*Liebe Kolleginnen und Kollegen
in Sortiment und Presse,*

gern überreichen wir Ihnen dieses Leseexemplar und wünschen Ihnen eine anregende Lektüre. Über Ihre Rückmeldung würden wir uns freuen.

Rezensionen bitten wir Sie hinsichtlich des geplanten Erscheinungstermins Ende Februar 2005 nicht vor dem

26. Februar 2005 zu veröffentlichen.

Mit freundlichen Grüßen

Ihre Aufbau Verlagsgruppe

Raymond A. Scofield

Der Jadepalast

Roman

Rütten & Loening

ISBN 3-352-00716-0

1. Auflage 2005
© Rütten & Loening Berlin GmbH, 2005
Einbandgestaltung Gundula Hißmann, Hamburg
Druck und Binden Ebner & Spiegel, Ulm
Printed in Germany

www.ruetten-und-loening.de

PROLOG
Shanghai

Die drei schwarzen, amerikanischen Limousinen mit den abgedunkelten Scheiben fuhren achtlos über rote Ampeln, durchtrennten wie scharfe Messerklingen das unentwirrbare Knäuel aus Bussen, Lastwagen, Personenwagen, Motorrädern, Fahrrädern und Fußgängern, die zu dieser Vormittagsstunde alle Kreuzungen der Stadt hoffnungslos verstopften. Hälse reckten sich neugierig oder erbost aus der Menge der Aufgehaltenen. Vier schwere, weiße Polizeimotorräder japanischer Bauart bahnten den schwarzen Luxusschiffen den Weg durch die Fluten des Montagmorgens – mit ihren grellrot blitzenden Warnlichtern und Sirenenkreischen, unterstützt von ohrenbetäubenden Lautsprecheransagen: »*Weg da! Bahn frei! Der blaue Audi – rechts ranfahren – sofort!*«

Fast verzweifelt tönte ihnen das atemlose Konzert von Trillerpfeifen der Verkehrspolizisten hinterher, die – beide Arme ausgestreckt – bemüht waren, sich den Wogen des Berufsverkehrs so lange in Todesverachtung entgegenzustemmen, bis die Ehrengäste der Stadtregierung unbehelligt an ihrem Kontrollpunkt vorbeigerast waren und Kurs auf die Brücke hinüber nach Pudong genommen hatten.

Ein dunstiger, schwüler Sommermorgen in Shanghai. Eine im grauen Nebel unsichtbare Sonne schien die feuchten Wolken und den Smog herunter auf das Häusergetümmel zu drücken, als wolle sie die ganze Stadt noch vor der Mittagsstunde ersticken.

»Jesus Christus! Haben Sie das gesehen? Da haben nur zwei

Fingerbreit gefehlt!« kreischte der furchtsame Dennis Marshall auf, als der wuchtige Kühler eines Lastwagens hinter der getönten Scheibe ihrer Limousine vorbeiwischte. Marshall, Diplom-Übersetzer für Wirtschaftschinesisch, hatte während dieser haarsträubenden Reise vom Hotel durch die morgendliche Großstadt angstvoll seinen Hintern zusammengekniffen wie sonst nur während des Startens und Landens im Privatjet seines Arbeitgebers. Er saß kerzengerade auf seinem Platz – was eine Leistung war, denn die Polster der Sitze waren so weich und vereinnahmend, als würde man in einem riesigen Marshmellow hocken. »Das ist ja wie eine Fahrt mit der Achterbahn!« rief er. »Entsetzlich!«

»Unsere chinesischen Gastgeber wollen uns offenbar zeigen, daß wir etwas Besonderes sind«, stellte Chalmers Dixon fest, der neben ihm saß und dessen massiger Körper den gesamten Rest der Rückbank ausfüllte. »Nette Show, die sie da bieten. Ich weiß so was zu schätzen. Das hat Stil, wirklich. So und nicht anders hätte ich das von der Drachenlady erwartet …« Er dachte an das bemerkenswerte Gesicht dieser Frau, Lucy Wang, mit der er den epochalen Deal ausgehandelt hatte.

Sie war eine zugeknöpfte, strenge Person. Eine Frau, der keine Leidenschaft fremd war, weil sie alle gekostet, besiegt und unterworfen hatte. Körperlich klein – zerbrechlich fast wollte sie erscheinen. Ihre Stimme war hoch und dünn, beinahe zart, aber diese Frau war hart und scharf geschliffen wie ein Diamant, und wer sich vor ihr nicht in acht nahm, der zahlte teuer. Ihre Grazie war Berechnung, ihr Charme ein schleichendes Gift, ihre Blicke waren mal sanft wie das neckische Kitzeln einer Feder, mal scharf wie Skalpelle. Diese Frau hatte nichts weiter im Sinn als das Wohl ihres Imperiums. Derjenige, der ihr dabei im Weg stand, hatte nichts zu lachen. Die Drachenlady Lucy Wang, Gebieterin über schätzungsweise 450 000 Arbeiter, Angestellte, Manager und Ingenieure. Chinas reichste Frau und bei weitem bedeutendste Unternehmerin.

Chalmers Dixon hatte sie lange umgarnt und umworben, und schließlich hatte er sie gewonnen. Oder sie ihn? Gleichviel – der fette Amerikaner war zufrieden. Der Vertrag wartete unterschriftsreif im 45. Stockwerk des Wang-Buildings. Heute würde eine glanzvolle, neue Ära der internationalen Handelsgeschichte beginnen. *Dixon Inc.*, der Handelsgigant, der weltbeste Discounter, der gefürchtete Killerhai aus Des Moines, Iowa, war bereit für seine Vermählung mit *WIS*, *Wang Industries Shanghai*, dem 800-Pfund-Gorilla des modernen Orients. Wangs Fabriken, unter anderem eine ganze Stadt von Fabriken flußaufwärts am Yangtze, waren die Werkstatt der Welt. Es gab nichts irgendwo auf diesem Planeten, das nicht *WIS* schneller, besser und vor allem billiger herstellen konnte, gleichgültig, ob Schuhe, Autoreifen oder Microchips. Wenn die Unterschriften geleistet und die Dokumente ausgetauscht waren, würde ein neues Zeitalter im pazifischen Raum beginnen. Ein goldenes Zeitalter.

»Ich kann das nicht mit ansehen!« wimmerte Dennis Marshall nach einem weiteren, mörderischen Überholmanöver ihres chinesischen Fahrers.

»Wir sind ja gleich da!« ließ sich ungeduldig Dr. Trescott vernehmen, Dixons Advokat, der den beiden gegenübersaß und auf seinem Schoß die Unterlagen der geplanten transpazifischen Firmenehe balancierte und sie ebenso hartnäckig wie erfolglos ein allerletztes Mal nach versteckten Fallstricken durchforstete. Chinesen, so seine tiefsitzende Überzeugung, konnte man nicht trauen. Chinesen logen. Chinesen hatten immer ein verstecktes As im Ärmel – besonders die aus Shanghai. Doch wohin er auch sah – er fand keine Ungereimtheit, keine Zweideutigkeit. Der Deal war sensationell und bahnbrechend. Er brachte Zugang für Dixon und seine Partner zum chinesischen Cybermarkt inklusive *E-Commerce*, er brachte die verlockende Aussicht von *Dixon-Discount-Stores* im Land der 1,4 Milliarden Konsumenten. Er bot den Chinesen dafür

Lizenzen, Importvergünstigungen und Vertriebswege für *WIS* in Amerika. Die chinesische Drachenlady und der amerikanische Killerhai waren – jedenfalls vom betriebswirtschaftlichen Standpunkt aus gesehen – das perfekte Liebespaar des 21. Jahrhunderts. Die Chinesen produzierten konkurrenzlos billig die Ware, von der die Amerikaner nicht genug bekommen konnten – Schuhe, Spielzeug, Mobiltelefone, Computer –, und die Amerikaner verkauften den Chinesen Autos, Filme für ihre DVD-Player und Software für ihre Computer. *Dixon Inc.* und *WIS* wurden dabei reich und immer reicher.

Die drei Limousinen verlangsamten ihr Tempo und bogen in eine elegante, von Palmen gesäumte Zufahrt ein. Sie hatten das *WIS*-Hochhaus erreicht – ein imposantes, futuristisches Gebilde aus Glas, Stahl und Beton inmitten der Hochhaussiedlung von Pudong, dem modernen Geschäfts- und Finanzbezirk Shanghais. Vorneweg fuhren die Repräsentanten der Stadtverwaltung. Im Wagen hinter ihnen befanden sich die beiden Vertreter der Zentralregierung aus Peking, die das Abkommen mit dem Siegel der höchsten Autorität im Lande zu versehen hatten. Mitreden durften sie nicht. Madame Wang bestimmte allein und ohne Einmischung. Funktionäre und Bürokraten aller Gewichtsklassen fraßen der Drachenlady dankbar aus der Hand. Türen flogen auf, livrierte Diener huschten herbei, um die illustren Herrschaften aus den Limousinen zum Glasportal zu geleiten.

»*Let's Boogie*«, sagte Dixon, was er immer sagte, wenn eine wichtige Herausforderung vor ihm lag, und wuchtete sich aus seinem Sitz empor. Doch da drückte eine Hand ihn unversehens und unsanft zurück in seinen Sitz, und auch Dolmetscher Dennis Marshall, der auf der anderen Seite endlich aus dem Wagen steigen wollte, fand den Ausgang blockiert.

»Was, zum Teufel, ist denn jetzt los?« protestierte Anwalt Trescott. »Werden wir gekidnappt?«

»*Sorry*«, radebrechte der chinesische Boy, während er die

Tür der Limousine wieder zuschlug und eine militärisch stramme Haltung einnahm. »*Important* – wichtig!«

»Was hat das zu bedeuten?« grunzte mißmutig und alarmiert Chalmers Dixon und blickte sich ungeduldig um. Die uniformierten Türsteher, die eben noch dienstteifrig den Ausländern den Weg ins Wang-Gebäude weisen wollten, hielten die Gäste nun in ihrer Limousine unter Verschluß, erstarrten und rissen sodann ihre Mützen vom Kopf, um sich tief zu verbeugen.

»Was soll das, Marshall?« fragte ein nervöser Dixon. »Sehen Sie was?«

»Sie nehmen uns gefangen!« quiekte Anwalt Trescott. »Wir sind Geiseln der Chinesen. Ich wußte doch, daß der Deal einen Haken hatte!«

»Ich weiß auch nicht, was das soll!« stammelte Marshall. Dann sah er die Gestalt.

Unendlich langsam einen Fuß vor den anderen setzend und schwer auf einen Gehstock gestützt, schritt sie die palmengesäumte Auffahrt zum hochmodernen Wang-Gebäude hinauf wie eine Besucherin aus einer anderen Zeit. Langsam und voller Würde wie eine müde Schildkröte. Beinahe im rechten Winkel nach vorne gebeugt, in die einfache, blaue Arbeitskleidung einer fernen Epoche gekleidet, welche die meisten Chinesen schon längst vergessen hatten. Ihr wirres Haar schimmerte schlohweiß unter einem Kopftuch aus grobem Stoff.

»Was ist los?« drängelte Chalmers Dixon, der nichts sehen konnte.

»Es ist nur eine alte Frau«, sagte Marshall.

»Eine alte Frau?« wiederholte Dixon verständnislos. »Was für eine alte Frau?«

»Ich weiß es nicht! Die Chinesen verehren das Alter. Ahnenkult, Sie verstehen doch …«, jammerte Marshall, der sich wünschte, er hätte eine bessere Erklärung. »Sie verehren eben ihre Vorfahren.«

»Aber ihre Vorfahren sind tot!« protestierte Trescott, als

9

hochbezahlter Jurist ein Ausbund an Vernunft und Rationalität.

»Nicht diese! Offensichtlich.«

»Das ist doch unglaublich! Sie schleusen uns wie Staatsgäste durch den Verkehr, legen dabei die halbe Stadt lahm und sperren uns dann hier wegen einer alten Frau ein?« wunderte sich Dixon. »Das ergibt für mich keinen Sinn.«

Die alte Frau trug keine Schuhe, sondern Sandalen aus Reisstroh. Ihr Gesicht, soweit man unter den Falten des Kopftuches überhaupt erkennen konnte, war verrunzelt und eingefallen.

»Die muß schon über hundert Jahre alt sein«, sagte Dennis Marshall.

»Älter!« korrigierte Trescott, der schon aus beruflichen Gründen kaum eine Aussage gelten lassen konnte.

Die Alte schien nichts um sich herum zu bemerken und reagierte nicht auf die Verbeugungen des Personals. Zwei junge Männer sprangen herbei, öffneten ihr die Tür und verbeugten sich so lange, bis die Frau das Foyer des Wang-Gebäudes betreten hatte.

Erst als die schmächtige, gespenstergleiche Gestalt in der klimatisierten Marmorhalle verschwunden war, traten die jungen Männer beiseite und ließen die Gäste aussteigen. Mit einem halb amüsierten, halb verwirrten Gesichtsausdruck zupfte Chalmers Dixon seinen Anzug über dem massigen Bauch gerade und wandte sich dem Shanghaier Bürgermeister Xiang zu, der mit strahlendem Lächeln auf ihn zukam.

»Sie haben wirklich Glück gehabt«, sagte Xiang in passablem Englisch. »Ich selbst hatte sie bisher nur einmal mit eigenen Augen gesehen ...«

»Wen? Die Alte da?« wunderte sich Dixon.

»Ja, die alte Frau.« Bürgermeister Xiang senkte den Blick, und seine Stimme begann ein wenig zu flattern. »Das war Wang Ma Li ...«

Dixon blickte fragend auf Marshall, doch der Dolmetscher zog nur betroffen die Mundwinkel nach unten.

»Sie sind im Begriff, Wang Ma Lis Haus zu betreten«, erklärte der Bürgermeister. »Sie wollen einen Vertrag mit Wang Ma Lis Firma abschließen. Sie verhandelten mit Wang Ma Lis Urenkelin, Lucy Wang.«

»Die alte Frau ist also die eigentliche Chefin hier?« Dixon riß die Augen auf und deutete auf die Tür.

»Nein. Sie kümmert sich nicht mehr um die Geschäfte. Sie ist mehr als die Chefin. Viel mehr. Sie ist die Kaiserin im Jadepalast.« Xiang schüttelte den Kopf, als befreie er sich aus einem Traum. »Kommen Sie, wir wollen doch unsere Gastgeberin nicht warten lassen …«

Die drei Ausländer folgten ihm leicht verwirrt und bemerkten, daß sich die Türsteher vor ihnen nicht einmal halb so tief verbeugten wie vor der alten Frau.

1. BUCH

1919

Die Feuerpferde

1. Kapitel

Xiezhuang, Provinz Shandong, Mai 1919

»Dein Haar ist so dünn. Es ist wie das erste Gras im Frühling, aber ganz trocken, ganz schwach.« Ma Li ließ die spröden Haarsträhnen immer wieder durch ihre Finger gleiten, führte sie an ihren Mund und küßte sie. Tränen liefen in brennenden Bahnen über ihre Wangen, erreichten ihren Mund und benetzten die Lippen. »Bitte, Lingling, laß mich nicht alleine. Laß mich nicht alleine mit der bösen Frau. Ich werde immer für dich da sein, das schwöre ich bei meinem Leben, aber du mußt auch für mich da sein!«

Linglings kleiner Kopf und ihr verwachsener Körper glühten wie ein Ofen. Ihr Atem war heiß und stank faulig wie der giftige Feueratem eines Höllendrachens. Manchmal stöhnte sie in ihrem todesähnlichen Schlaf auf, als griffen die Dämonen der Schattenwelt mit ihren schauerlichen Klauen nach ihr, um sie mit sich zu reißen. Ma Li hielt die Schwester in ihren Armen und drückte den fiebernden Körper an sich. »Ich gebe dich nicht her!« weinte sie. »Sollen sie doch kommen. Ich werde dich nicht loslassen. Da müssen sie mich schon zuerst holen.«

Sie wußte selbst nicht, woher sie den Mut nahm, denn nichts fürchtete die scheue Zwölfjährige mehr als die grausige Geister- und Höllenbrut, die nach Sonnenuntergang um die Häuser schlich, um die Alten und Kranken zu ergreifen und zu sich in die ewige Nacht zu zerren. Nicht einmal die böse Frau konnte ihr solche Schrecken einjagen wie die dunklen Wesen, die bluttriefenden Löwen, die häßlichen Hunde und die kopflosen Schlächter, die Raubvögel und Schlangen des Totenreiches, die ihre Mutter geholt hatten und lange davor auch ihren Vater. Ma Li war aber trotzdem fest entschlossen, ihre Schwester vor jeder noch so abscheulichen Ausgeburt der Hölle zu beschützen, denn Lingling war alles, was sie noch hatte auf der Welt. Zusammengekauert, in muffige Decken gewickelt, hockte Ma Li auf dem festgetretenen Lehmboden in der dunklen Küche, mit dem Rücken an den Ofen gelehnt, den sie die ganze Nacht am Brennen halten mußte. Wenn das Feuer erlosch, würde die böse Frau sie übel bestrafen. Einmal war das bereits passiert. Schläge hatten sie getroffen wie Blitze. Mit einem Holzscheit drosch die böse Frau auf sie ein, und vielleicht hätte sie das Mädchen gar erschlagen, aber da begann Lingling zu schreien. Vor Lingling, wenn sie schrie, hatte selbst die böse Frau Angst.

»Lingling, wir beschützen uns gegenseitig, nicht wahr?« flüsterte Ma Li ihrer fiebernden Schwester ins Ohr. Es war wie eine Beschwörung: »Niemand kann uns etwas anhaben. Wir sind stark. Wir sind die Kaiserinnen im Jadepalast. Wir spielen im Pfirsichgarten, du und ich. Wir tanzen mit den Schmetterlingen des Wohlergehens im Pavillon der tausend köstlichen Düfte. Bitte, Lingling, hör nicht auf zu leben …«

Auch diese Fiebernacht ging vorüber. Das graue Licht des Morgens sickerte durch die Mauerritzen. Hinter dem Vorhang im Stall begannen die Schweine zu grunzen, und die Enten regten sich – beruhigendes, vertrautes Geschnatter. Die Grimassen und Fratzen, die Klauen und Hufe der Dämonen verwandelten sich zurück in Töpfe, Kochwerkzeuge und zum Trocknen aufgehängtes Gemüse.

Schließlich flog die Tür auf, und die dicke Köchin polterte herein.

»Aufgestanden, faules Stück! Ofenholz holen!« brüllte sie ihren Morgengruß. Die Köchin war eine grobe, ruppige, aber dabei doch liebenswerte Frau. Jedenfalls war sie nicht böse –

oder zumindest nicht so böse wie die böse Frau, und jeder, der nicht diese Bosheit besaß, wollte Ma Li beinahe liebenswert vorkommen. Die dicke Köchin hatte rötliche, fleischige Hände, die ganz rauh und voller Narben und Furchen waren, Hände, die lustvoll Teig walgten, mit bewundernswerter Geschicklichkeit das Hackmesser herumwirbelten und die fest und ohne Zögern zupackten, wenn ein Ferkel, ein Huhn oder eine Ente unter eben dieses Messer kommen sollten. Vor der Köchin, obwohl sie laut war und sie oft verprügelte, hatte Ma Li keine Angst. Im Gegenteil – sie wußte, daß auch die dicke Köchin Angst vor der bösen Frau Zhuang hatte, und das machte sie irgendwie sogar zu einer Verbündeten.

»Was liegst du da noch untätig herum?« kläffte die Köchin und machte sich in der Vorratskammer zu schaffen. Sie holte Mehl, Eier, Reis und Kohl für das Frühstück – die Dampfbrötchen und die Reissuppe.

»Lingling ist wieder krank«, erklärte Ma Li. Nicht, daß sie Trost oder gar Hilfe erwartete. Sie freute sich nur lediglich darüber, nach dieser schrecklichen Nacht mit einem leibhaftigen Menschen reden zu können und nicht mit einem feuerspuckenden Höllenfürsten.

»Ach, die Kleine ist doch immer krank«, grunzte die Dicke leichthin. »Irgendwann wird sie sterben. Das ist auch besser so. Niemand kann ihr helfen.«

»Ich kann ihr helfen!« protestierte Ma Li. »Und bevor ich sie sterben lasse, werde ich gegen jeden kämpfen, der ihr etwas zuleide tun will. Das habe ich heute nacht beschlossen.«

»Halt den Mund und geh Feuerholz holen, sonst kann ich den Gästen das Frühstück nicht zeitig richten, und du weißt, was dann passiert …«

Ma Li erhob sich und drückte Lingling wie ein Bündel fest an sich. Eine Weile stand sie so da und blickte ihre Schwester liebevoll an. Linglings Temperatur war zurückgegangen. Sie glühte nicht mehr und schlief nun friedlich. Vorsichtig, um sie

17

nicht zu wecken, bettete Ma Li den winzigen Körper auf dem Lager neben dem Ofen.

»Sieh bloß zu, daß sie mich nicht wieder von der Seite angafft!« keifte die Köchin. »Ich kann das nicht vertragen.«

»Aber sie schläft doch!« entgegnete das Mädchen.

»Gleichviel! Sie soll mich nicht ansehen. Sie hat den bösen Blick.«

»Sie hat nichts Böses in sich«, widersprach Ma Li leise und eilte hinaus zum Holzlager.

»Diese Mißgeburt«, grollte die Köchin in sich hinein und vermied es, das schlafende Teufelskind auch nur anzusehen, sondern spuckte aus und vergrub ihre Hände im Mehl. »Weiß der Himmel, mit welchem Gnom, welchem Fuchsgeist, welchem ziegenköpfigen Dämon sich deine unselige Mutter eingelassen hat, um dieses kleine Monstrum zu empfangen.«

Zehn Jahre alt war das unheimliche Kind, aber es war so klein wie ein zweijähriges. Sein Körper, fahl und zerbrechlich, war mißgebildet und krank. Die Haut, ständig befallen von eitrigen Pusteln und Ausschlägen, war an manchen Stellen so dünn, daß man mit bloßem Auge das Blut in den Adern pulsieren sehen konnte. Der Kopf, unverhältnismäßig groß auf dem winzigen Leib, hatte stechende Augen und war voller Dellen und so häßlich wie die Schnitzereien der gräßlichen Drachenfratzen im daoistischen Tempel. Die Köchin hatte keinen Zweifel daran, daß von dem zwergenhaften Geschöpf eine Gefahr für jeden ausging, der es auch nur ansah. Es war überhaupt keine gute Idee, ein solch aberwitziges Wesen ausgerechnet in der Küche zu halten. Die mächtigen Küchengötter, die sich Respektlosigkeiten aller Art nicht gerne bieten ließen, hatten schon aus geringerem Anlaß ganze Großfamilien vergiftet und ausgerottet.

Aber zum Glück war ja bald alles vorbei! Die Köchin seufzte erleichtert. Die Wirtin, die listenreiche Frau Zhuang, hatte endlich dafür gesorgt, daß die Mißgeburt und ihre vorlaute, große Schwester auf eine lange, lange Reise gehen würden, und zwar noch an diesem Tag. Die fetten Hände der Köchin formten die *mantou* – die trockenen Dampfbrötchen – für die sieben Gäste, die diese laue Mainacht in der Herberge von Xiezhuang verbracht hatten. Einer dieser Gäste war ein Stammkunde, ein Herr aus Shanghai, der großen Stadt im Süden, und der hatte angeboten, das freche Gör und seine fürchterliche Schwester mitzunehmen und für immer aus ihrer Umgebung zu entfernen.

Der Moment war günstig.

Der Wirt war für ein paar Tage geschäftlich in der Provinz unterwegs. Er hätte es gewiß nie zugelassen, daß seine Frau die beiden Mädchen weggab. Noch dazu an einen Fremden mit fragwürdigen Absichten. Nicht, daß der Wirt so durchdrungen von Pflichtgefühl und Güte gewesen wäre. Wahrscheinlich machte sich der geile Bock schon heimlich Hoffnungen darauf, das Mädchen Ma Li in naher Zukunft als blutjunge Nebenfrau in Besitz zu nehmen – obwohl sie doch die Tochter seiner verstorbenen Base war. Frau Zhuang, deren eigene Schönheit längst verblichen war und deren einst anmutiges Gesicht nunmehr nichts weiter darstellte als eine Maske der Mißgunst auf alle Welt, hegte wohl ganz ähnliche Befürchtungen, aber sie war keine Frau, die wartete, bis andere handelten. Sie war resolut und skrupellos und entschlossen, sich diese Laus nicht in ihren Pelz setzen zu lassen. Deswegen hatte sie mit dem Herrn aus Shanghai die Abmachung getroffen, daß er Ma Li und Lingling mitnehmen sollte. Auf einen Preis von zwei silbernen, mexikanischen Dollarstücken für Ma Li und zwei billige Schnüre chinesisches Metallgeld für Lingling hatten sich die beiden Parteien spät am Abend geeinigt. Der vornehme Stadtmensch wollte versuchen, Ma Li in Shanghai als Haushaltshilfe zu vermitteln. Gute Haushaltshilfen würden in der großen Stadt immer gesucht, versicherte er. Die Köchin, die den unheiligen Handel belauscht hatte, konnte sich sehr gut vorstellen, was das zu bedeuten hatte. Es gab überall im Land, sogar im kleinen, provinziellen Xiezhuang, besondere Gasthäuser, in denen »Haushaltshilfen« vom Kaliber der kleinen Ma Li sich nützlich machen konnten. Ihre vermeintlichen Dienste als Haushaltshilfe waren sehr begehrt bei gewissen Herrschaften, die meinten, es komme ihrer eigenen Gesundheit zupaß, wenn sie sich an einer Kindfrau vergingen. Sogar für die mißgestaltete Lingling würden sich irgendwelche krankhaft veranlagte Interessenten finden. In einer großen Stadt gab es schließlich alle möglichen Abarten der menschlichen Begierde und des Aberwitzes. In den großen Städten und ganz besonders in Shanghai tummelte sich der gesamte Abschaum Chinas. All das und noch viel mehr wußte die Köchin, weil sie gute Ohren hatte und weil sie nicht vorhatte, Frau Zhuang diesen Handel tätigen zu lassen, ohne sich eine saftige Provision zu sichern.

Während Ma Li, schwer bepackt mit Feuerholz, in die Küche zurückkehrte, malte sich die Köchin aus, wie sie der Hexe Zhuang gegenübertreten und ihren rechtmäßigen Anteil fordern würde, da ansonsten der Herr Wirt leider erfahren mußte, daß seine beiden Nichten durchaus nicht durchgebrannt waren, wie Frau Zhuang ihrem Gatten weismachen wollte. Die Köchin allein würde dem Ahnungslosen berichten können, auf welchem Wege und mit welchem Ziel seine beiden Pflegetöchter das Haus, das Dorf und die Provinz verlassen hatten. Das war gewiß ein fettes Schweigegeld wert …

»Du lächelst so glücklich!« stellte Ma Li fest, als sie das Holz abgeladen hatte und Wasser holen ging.

»Kümmere dich um deinen eigenen Kram«, fauchte die Köchin. Ob sie sich mit den beiden Geldschnüren zufriedengeben sollte oder ob sie es wagen konnte, auch einen der begehrten Silberdollars zu beanspruchen?

»Ist dir etwas Lustiges passiert? Bitte erzähle es mir.«

»Schwatz nicht und mach deine Arbeit!«

Lingling erwachte und rappelte sich in ihrem Deckenlager hoch. Sie rieb sich die für den kleinen Kopf viel zu großen Augen und gähnte. Sofort lief Ma Li zu ihr und nahm sie in die Arme. Ihre Schwester erwiderte die Umarmung. Sie kniff dabei ihre Augen fest zusammen, denn sie wußte, daß es ihr verboten war, die Köchin anzusehen.

»Wahrscheinlich ist es das Beste für euch beide«, sagte die Köchin mehr zu sich selbst, als sie ihre *mantou* fertig geformt hatte und den Bastkorb herbeiholte, in dem sie über dem kochenden Wasser gedämpft wurden.

»Was ist das Beste für uns?« erkundigte sich Ma Li unschuldig.

»Das Beste«, echote Lingling. Sie sprach nicht mehr als vielleicht hundert Worte, aber auch wenn sie es sich nicht merken konnte, wiederholte sie begierig jedes neue Wort, das sie aufschnappte.

»Ich habe nichts gesagt«, wehrte die Köchin ab. »Wo ist das Wasser? Hol sofort das Wasser herbei!«

»Warte!« rief Lingling und folgte ihrer Schwester mit wackeligen Schritten. Ma Li nahm sie bei der Hand und führte sie hinaus. Es sah aus, dachte die Köchin, während sie den in Lumpen gekleideten Mädchen nachspähte, als ginge eine Zwölfjährige mit ihrer ausnehmend häßlichen Puppe spazieren.

Von hohen Mauern umfriedet und geschützt stand die Herberge des Herrn Wang am Rande der Kleinstadt Xiezhuang, die sich wuchernd wie ein Geschwür aus grauen Ziegeldächern und stinkenden Gassen auf dem alten Handelsweg hinauf zur Hauptstadt Peking ausgebreitet hatte. Als vor ein paar Jahren die Eisenbahn kam, war aus dem ehemals verschlafenen Marktflecken ein vibrierender Bienenstock geworden – eine Stadt von fünfzigtausend Einwohnern, weit genug entfernt von den grauen Bergen und dem Moor um einigermaßen sicher zu sein vor den Banditen und Mördern, die dort ihr Unwesen trieben. Die alten Stadtmauern, die in Zeiten des Krieges den feindlichen Armeen und plündernden Horden getrotzt hatten, waren längst zu klein für die stetig wachsende Bevölkerung geworden. In ihrem Schatten waren neue Behausungen gewachsen – die Hütten und Verschläge der Landflüchtigen, der Ausgeraubten und Verjagten. Auch Ma Li und ihre Mutter waren aus dem Hinterland nach Xiezhuang gekommen; Flüchtlinge aus einem Dorf unweit der großen Stadt Qingdao, das es nicht mehr gab. Auf der Flucht nicht vor Räubern und Mördern, sondern vor Chinas ältestem und erbittertstem Feind: dem Hunger. Wo Hunger herrschte, so hatte Ma Li erfahren, da erlosch alles. Freundschaft, Mildtätigkeit, Güte, Freundlichkeit und am Ende sogar Liebe. Wo Hunger herrschte, gab es keine Menschlichkeit mehr, statt dessen herrschte nur noch nackte Gier. Hunger trieb die Menschen zu Verbrechen und Bosheit. Es kam einem Wunder gleich, daß ihre Mutter, geschwächt und vom Tode gezeichnet, weil sie am Schluß nichts anderes mehr aß als nackte Erde, ihre Töchter noch in Sicherheit bringen konnte. In das Haus ihres Vetters Wang in Xiezhuang, den sie seit Ewigkeiten nicht gesehen hatte und den sie niemals um Hilfe gebeten hätte, wenn nicht der Hunger sie getrieben hätte.

Sie starb am Tag nach ihrer Ankunft. Das war im vergangenen Sommer gewesen, dem Sommer der Not und der sengenden Hitze, als die Ernte auf den Feldern verdorrte und die Flüsse und Kanäle austrockneten und sich der Staub des Todes darin sammelte.

Vetter Wang, der Herbergswirt, war alles andere als erfreut gewesen über die Ankunft seiner entfernten Verwandten und die Tatsache, daß sie ihm als allererstes die Kosten für ihre Bestattung auferlegte. Doch wo er nur unfreundlich und abweisend gegen ihre beiden Waisentöchter war, da war seine Frau boshaft. Wo er gleichgültig war, war sie gemein. Wo er Milde zeigen wollte, riß sie das Ruder an sich und zeigte blanken Haß.

»Deine sogenannte Mutter war nichts weiter als eine Schlampe«, griff sie, wenn es ihr gefiel, Ma Li an. »Du und deine Mißgeburt von einer Schwester, ihr seid die Brut einer sittenlose Hure, die sich für Geld jedem dahergelaufenen Strolch hingab. Wo ist denn euer Vater? Ihr habt keinen, weil es keinen gibt!«

Ma Li schwieg, auch wenn es sie innerlich fast verbrannte. Sie wußte, daß nichts von dem stimmte, was die böse Frau Zhuang geiferte. Ihre Mutter war eine zärtliche und fürsorgliche Frau gewesen. Sie hatte ihre Töchter in Liebe aufgezogen und hatte Ma Li sogar zur Schule geschickt. Sie hatte obendrein ihr letztes Geld für einen Arzt in Qingdao ausgegeben, der Lingling allerdings auch nicht helfen konnte. Ihren Vater hat Ma Li nie kennengelernt – da hatte die böse Frau Zhuang recht, aber sie hatte einst ihren Vater gefühlt. Seine Hände, große, starke Hände um die sich ihre kleinen, blassen Finger schlossen. Das war Ma Lis einzige Erinnerung an ihren Vater – nein, es war nicht einmal eine Erinnerung, eher ein Gefühl von Wärme, Liebe und Sicherheit. Sie trug dieses Gefühl in sich und würde ihr Leben lang nicht aufhören, danach zu suchen. Vielleicht kam es auch von diesem Gefühl: das einzige Geschenk, das sie von ihrem Vater je erhalten hatte – sie konnte Hände lesen.

Die Hände der bösen Frau Zhuang etwa waren knochig, hart und voller spitzer Winkel. Hände, die nichts erschaffen konnten – nur zerstörten.

»Und als ob das alles noch nicht schlimm genug wäre«, grollte die böse Frau Zhuang weiter, »bist du auch noch ein Feuerpferd. Das ist das schlimmste Sternzeichen, das es gibt. Feuerpferde verbrennen alles. Ihre eigene Familie. Was immer deinen Eltern zugestoßen ist – du bist schuld. Feuerpferde denken nur an sich selbst und niemals an andere!«

»Ich denke an Lingling!« hatte Ma Li widersprochen und es sofort bereut, denn die strafende Hand der Frau Zhuang traf sie hart am Hinterkopf. »Ich tue alles für Lingling!«

»Du weißt doch gar nicht, was es heißt, Opfer zu bringen«, kreischte die böse Frau. »Hier, ich zeige dir, was es heißt …« Sie riß sich die dünnen Seidenschläppchen von den winzigen Füßen und entblätterte aus den stinkenden Bandagen die Überreste zerschmetterter Knochen und verkrüppelter Zehen, eingebettet in geschundenes, faulendes Fleisch. »Das ist mein Opfer!« schrie sie. »Und als meine Schwiegermutter alt und gebrechlich wurde, da habe ich mir selbst mit dem Beil einige Zehen abgehackt und habe mein Fleisch für sie aufgekocht, damit sie es essen und genesen möge. Das ist ein Opfer!«

Manchmal, wenn sie ihr zuhörte, dann wollte Ma Li so etwas wie Mitleid verspüren für diese bittere, betrogene Frau. Mitleid jedoch ist eine Tochter der Stärke, und Stärke kannte Ma Li nicht. Lingling und sie lebten wie Küchenschaben – sie liefen gebückt und immer auf der Hut, nicht plötzlich heimtückisch zertrampelt zu werden. Sie ernährten sich von den Essensresten der Herbergsgäste und mußten sich diese magere Kost noch mit den Schweinen nebenan teilen, deren Wohlbefinden ihren Pflegeeltern ungleich wichtiger war. Ma Li, die sich nichts so sehr wünschte, wie zurück in die Schule gehen zu dürfen, hatte sich mit der Rolle einer Magd zu bescheiden – Holz und Wasser holen, Teller waschen, fegen und putzen. Sie durfte das Haus nicht verlassen und keinen anderen Bereich der Herberge betreten als die Küche und den Hof. Lingling war nur deswegen geduldet, weil nicht nur die dicke Köchin, sondern selbst die böse Frau Zhuang Angst vor ihr und ihrem angeblich bösen Blick hatten. Medikamente, Kräuter und Wurzeln, ärztliche Hilfe, welche die Zwergin so sehr brauchte, gab es nicht. Wenn sie einen ihrer Fieberanfälle erlitt, dann kämpften ihre winzigen Lebensgeister einen verzweifelten Kampf gegen die bösen Wünsche und Flüche aller

Erwachsener im Haus, die nichts mehr erfreut hätte als der schnelle Tod dieses Koboldwesens, dessen bloße Existenz die Geister der Gesundheit und des langen Lebens zu beleidigen schien. Nein, mit der bösen Frau Zhuang hatte Ma Li kein Mitleid. Einen Hauch davon verspürte sie gegenüber Herrn Wang, Onkel Wang, wie sie ihn nennen durfte, wenn Frau Zhuang nicht in der Nähe war. Er war ein reicher Mann und hatte vier Söhne gehabt. Zwei waren jedoch im letzten Krieg gefallen, einer war im Ausland verschollen, und der Jüngste lebte als radikaler Künstler – was immer das nun war – in Peking. Er schrieb nur gelegentlich um Geld und erschien noch nicht einmal zum Neujahrsfest bei seinen Eltern. Auch drei Töchter hatte Onkel Wang, aber die galten weniger als nichts, denn sie waren verheiratet und wie Schmetterlinge in fremde Familien davongeflattert.

»Meine Söhne sind mir wie Sand zwischen den Fingern zerronnen, und meine Frau ist nun zu alt, um noch Früchte zu tragen«, hörte Ma Li ihn eines Nachts flüstern, als er sich an ihr Lager neben dem Küchenofen geschlichen hatte. Sein Atem roch nach scharfem Schnaps, und sie spürte seine Hand auf ihrem Rücken, eine feuchte, gierige Hand, die geplagt war von Ängsten und Sorgen und der Furcht vor dem Tod. Ihre Nackenhaare stellten sich auf, als sie begriff, daß der Mann ihren Körper streichelte. Nie hatte eine andere Hand als die ihrer Mutter sie gestreichelt. Onkel Wangs war keine Berührung, die sie ertragen wollte. Sie wollte schreien, kratzen, weglaufen – aber das konnte sie nicht. Zum Glück hatte Lingling, ihre Beschützerin, einen leichten Schlaf und begann mit einem Mal zu schreien. Lingling mochte zwergenhaft und mißgebildet sein, aber wenn sie schrie, erschütterte dies das ganze Haus. Wie der Schatten aus einem üblen Traum verschwand die Gestalt ihres Onkels in der Dunkelheit und kehrte dorthin zurück, wo er hergekommen war, um nicht den Verdacht seiner Gattin, der bösen Frau Zhuang, zu wecken.

Oder gar die böse Frau Zhuang selbst.

Die Küche und der Hof der Herberge waren seit fast einem Jahr ihre Welt, und die Mauern der Herberge waren ihr Gefängnis. Oft hörte Ma Li Stimmen von draußen. Manchmal sah sie am Himmel die bunten Drachen und verfolgte mit scharfem Blick die Schnüre zurück zur Erde hinter der Mauer und stellte sich die Hände vor, in denen die Schnüre zusammenliefen. Manchmal wartete sie in einem Versteck darauf, daß sich das rote Tor zur Herberge öffnete. Dann erspähte sie für einen Moment die Fremden, die Gäste, die für eine Nacht unter dieses Dach gespült wurden, und roch ihre Freiheit. Da waren Händler mit Ballen von Seide, Tabak, Opium oder Tierfellen, oder es kamen vornehme Beamte, deren Frauen und Töchter in Sänften getragen wurden. Es kamen Offiziere und Polizisten in dunklen Uniformen mit wertvoll glänzenden Knöpfen. Es kamen auch Unholde und Gesindel, laut und grob, die tranken und gröhlten, und einmal tauchten sogar zwei unheimliche Ausländer in schwarzen Roben mit langen Bärten und durchdringenden, hellen Augen auf.

Den Mann aus Shanghai hatte Ma Li schon mehrmals in der Herberge gesehen. Es war ein schlanker, feiner Herr in einem schwarzen Wams mit goldenen Stickereien und weiten Hosen. Er trug eine schwarze Kappe auf dem Kopf und eine runde Brille auf der Nase.

Nun stand dieser Herr im gleißenden Licht des neuen Morgens plötzlich vor ihr. Ma Li ließ vor Schreck den Eimer in den Brunnen fallen und spürte, wie sich Linglings Arme von hinten in krampfhafter Umarmung um ihre Beine schlossen.

»Bist du Ma Li?« fragte der Mann aus Shanghai. Seine Stimme klang hoch wie die einer Frau und durchaus nicht bedrohlich.

Sie senkte den Blick, was als Antwort reichen mußte, da sie nicht mit Fremden sprechen durfte.

»Und das ist gewiß deine Schwester Lingling, nicht wahr?«

Der Mann war offenbar gut unterrichtet.

»Möchtet ihr beide mich in die große Stadt Shanghai begleiten?«

Ma Li wünschte sich weit weg – oder daß zumindest der Eimer aus dem Brunnen wieder rasch auftauchen möge. Dann könnte sie mit dem Wasser schnell zur dicken Köchin zurückkehren.

»Frau Zhuang hat mir erlaubt, mit dir zu sprechen«, erklärte der Fremde.

Ma Li spürte, wie der eiserne Griff ihrer Schwester um ihre Beine sich lockerte und wie ihr Kopf sich bewegte. Lingling wollte wissen, woher diese sanfte, freundliche Stimme kam. Es waren die ersten freundlichen Worte seit langem, die sie aus einem fremden Mund hörte.

»Mit mir reist eine andere junge Dame namens Zhang Yue. Ich glaube, ihr würdet euch gut verstehen.«

»Sie irren sich, feiner Herr. Ich bin keine junge Dame«, erwiderte Ma Li und erschrak selbst über ihre vorlaute Art.

Der Mann lachte. »Bist du schon mal mit der Eisenbahn gefahren?«

»Nein.«

»Du möchtest doch sicher die große Stadt Shanghai sehen, oder?«

»Gibt es da eine Schule für mich? Und einen Arzt für Lingling?«

Der Mann lächelte noch breiter. »Sicherlich. In Shanghai gibt es alles. Alles, was du willst.«

Ma Li spürte, wie Lingling an ihrer Lumpenhose zerrte. Sie drehte sich um und ging in die Knie.

»Was ist?« fragte sie ungeduldig, während sie den Blick des Fremden in ihrem Nacken spürte.

»Das Beste«, flüsterte Lingling angestrengt.

»Was?« Ma Li verstand nicht sofort.

Als sie sich umdrehte, sah sie, wie der fremde Mann ihr

seine Hand reichte, eine falsche und geschickte Hand, flink darin, Mahjong-Steine zu mischen und heimlich zurechtzulegen oder unbemerkt Schmuck und Geld zu stehlen. Eine Hand, die immer und immer wieder fälschte und log und die eine sonderbare gelblich-braune Verfärbung an den Fingerkuppen aufwies. Ma Li konnte nicht ahnen, daß diese Spuren vom Opium herrührten. Außerdem waren da noch die roten Punkte, die einen Halbkreis unterhalb des kleinen Fingers beschrieben – Bißspuren, von denen Ma Li nicht wissen konnte, daß sie von Zhang Yue stammten.

Bevor sie wußte, was sie tat, streckte sie auch ihre Hand aus.

»Dann wollen wir aufbrechen«, sagte der Mann. »Aber zuvor müssen wir zusammen in mein Zimmer gehen.«

»Ich darf nicht in die Zimmer gehen!« widersprach Ma Li. »Frau Zhuang hat das ausdrücklich verboten.«

Sie wollte ihre Hand aus dem Griff des Mannes befreien, doch er ließ sie nicht los. Lingling schluchzte verzweifelt auf, als sie bemerkte, daß etwas gegen den Willen ihrer Schwester geschah.

»Es wird dir nichts zustoßen«, beruhigte der Mann. Seine Stimme klang nun eher ungeduldig als sanft und angenehm. Lingling begann zu schreien, als der Mann Ma Li kurzerhand emporhob, ihr seine betrügerische Hand auf den Mund legte und das wild zappelnde Mädchen ins Haus trug.

»Sag deiner Schwester, daß sie still sein soll! Die Kleine weckt ja die ganze Stadt auf!« herrschte er Ma Li an. Doch selbst wenn sie gewollt hätte – mit seiner Hand fest auf ihren Mund gepreßt, brachte sie nichts als ein dumpfes Stöhnen hervor. Linglings markerschütternde Schreie schienen die Mauersteine aus den Fugen bringen zu wollen, als er Ma Li unsanft auf den Brettern seines Bettes absetzte und ihr ins Gesicht schlug, hart genug, um sie erstarren zu lassen, aber nicht so heftig, daß ihre wohlgeformte Nase oder ihre makellosen Zähne Schaden nahmen.

»Ausziehen!« herrschte er sie an.

Zitternd folgte sie seinem Befehl.

Bao Tung erkannte einen Diamanten, wenn er ihn sah, selbst wenn das gute Stück, wie in diesem Falle, schmutzig und ungeschliffen war. Ein gründliches Bad, vermutlich das erste seit Jahren, ein kleiner Tanz mit einer von fachkundiger Hand geführten Schere und ein roter *Chipao* mit goldenem Saum – das knielange, hochgeschlossene Schlitzkleid, das bei den Damen in Shanghai gerade in Mode gekommen war – und dieses Mädchen könnte ihrem Besitzer ein Vermögen einbringen. Feingliedrig, mit edlem Gesicht und samtschwarzen Haaren war es etwas ganz Besonderes. Allein der erste Kunde, der das Privileg genoß, ihre Blume zu pflücken, würde für dieses besondere Vergnügen eine stattliche Summe hinblättern müssen. Nachdem sich Bao Tung davon überzeugt hatte, daß die Kleine tatsächlich noch unberührt und ihre kostbare Blume unversehrt war, zahlte er der Wirtin die vereinbarte Summe.

»Wer sollte sie denn auch gepflückt haben?« kläffte die Wirtin, ihre lange Pfeife trotzig zwischen die braunen Zähne geklemmt. »Mein nutzloser Mann vielleicht? Das hätte ich ja wohl zu verhindern gewußt. Und die Knechte? Das sind Eunuchen. Alle vier. Also? Wo ist meine Bezahlung?«

»Ich habe schon viele Haushaltshilfen nach Shanghai vermittelt«, erklärte Herr Bao Tung wichtig, während er die Münzen aus seiner Tasche fischte. Zwei mexikanische Silberdollar für die Prinzessin und zwei Schnüre billiges Blechgeld für ihre verwachsene Schwester. Teuer, aber für solche Qualitätsware doch nicht zu teuer. »Da lernt man, nicht den Beteuerungen der Verkäufer, sondern nur seinen eigenen Augen zu trauen.«

Die Frau riß ihm förmlich das Geld aus der Hand.

»Danke. Und noch fünf Tael für die Übernachtung, bitte sehr.«

Er lächelte überlegen und zahlte auch diese Summe. Dann war sie zufrieden und grinste ihn breit an.

Schauerliche Schlange, dachte er.

»Ein Frage hätte ich noch, rein aus Neugierde«, neckte sie ihn listig. »Wenn es doch nur Haushaltshilfen sind, wie Sie behaupten, mein Herr … Wie kommt es dann, daß sie Jungfrauen sein müssen?«

»So will es das Gesetz. Bis zum nächsten Mal …«

Bao Tung deutete eine Verbeugung an und ließ die Wirtin stehen, nicht ohne zu bemerken, wie sich aus dem Schatten des Korridors, der in die Küche mündete, eine fette Gestalt löste, die mit entschlossenen Schritten auf die Wirtin zuging.

»Ich hätte da etwas mit Ihnen zu besprechen, ehrenwerte Frau Zhuang …«, hörte er die kratzige Stimme der Köchin.

Ma Lis Tränen waren getrocknet, aber der Schrecken und die Erniedrigung würden sie für immer begleiten. Der fremde Mann, der sich auf sie warf und mit grober Gewalt ihre Beine spreizte und festhielt, damit er sie einer unerklärlichen Prüfung unterziehen konnte, war ihr mit einem Schlag verhaßt wie der Teufel selbst. Sie sprach nicht mehr mit ihm, sah ihn nicht einmal mehr an, sondern klammerte sich an Lingling, deren wildes Angstgeschrei die unendlichen Minuten der peinsamen Prüfung begleitet hatte und die nun stumm neben ihr auf der Ladefläche der Kutsche neben den Koffern, Ballen und Schachteln des Reisenden hockte. Ihre erste Fahrt mit einer Maultierkutsche hatte Ma Li sich anders vorgestellt. Wie oft hatte sie aus ihrem Versteck die Gefährte am Herbergstor vorfahren sehen und sich gewünscht, daß sie und Lingling auch irgendwann in solch einem vornehmen Fahrzeug sitzen würden und irgendwo hinfahren würden! Egal wohin, Hauptsache weg aus der nach Kohl stinkenden Küche und dem Reich der bösen Frau. So hatte sie sich ihre Befreiung nicht ausgemalt, so schmutzig und gemein. Sie hatte kaum Augen für das bunte

30

Treiben neben der schlammigen Fahrrinne, durch die das brave Maultier ihre Kutsche quer durch die Stadt zog. Händler, die aus den weit offenen Eingängen ihrer Häuser Waren anpriesen. Garköche, die kreischten und dazu scheppernde Gongs schlugen, um die Kunden an ihre dampfenden Töpfe und Bastkörbe zu locken. Bettler, denen ganze Gliedmassen fehlten und die ihre verdreckten Arm- und Beinstümpfe mitleidheischend den Passanten unter die Nasen hielten. Hungrige, schmutzige Kinder, die, kaum zu glauben, noch schlimmer dran waren als sie und Lingling hinter ihrem Ofen. Gemüsebauern, die mit Lauch und Rettich wedelten, Geflügelverkäufer mit Stangen über den Schultern, an denen kopfüber die Enten baumelten und schauerlich schnatterten. Ein Schweinemetzger, der mitten im Getümmel einem Tier die Kehle durchschnitt – das Blut schwallte über den Matsch und versickerte zwischen Obstschalen und Holzsplittern. Irgendwo brannte jemand, der wohl ein neues Geschäft eröffnete und die bösen Geister verjagen wollte, eine Kette von Knallfröschen ab.

Plötzlich entstand in dieser Unruhe ein Tumult. Schreie wurden laut. Einzelne Worte hallten anklagend von den Mauern wider. »*Verrat!*« »*Unterdrückung!*« »*Schande!*« »*Steht auf und wehrt euch, wenn ihr Chinesen seid!*«

»Was ist denn da los?« Bao Tung tippte unsanft mit seinem Fuß den Kutscher an, der vor ihm auf dem Bock saß.

»Haben Sie es nicht vernommen, ehrwürdiger Herr? Die Ausländer haben uns Chinesen wieder einmal schmählich verraten. Die Deutschen haben den Krieg verloren, und nun soll ihr sogenannter Besitz in China, unser schönes Shandong, den Japanern überlassen werden. Ausgerechnet den Japanern, diesen zwergenwüchsigen Piraten! Statt das Land seinen rechtmäßigen Besitzern – uns Chinesen – zurückzugeben!«

»Ich interessiere mich nicht für Politik«, brummte mißmutig Bao Tung und ließ sich zurück in den gepolsterten Sitz sinken.

Eine wogende Menschenmenge hatte den zentralen Platz der Stadt erobert, die große Kreuzung vor dem alten *Yamen*, dem Behördensitz mit seinem prachtvollen Tor, den roten Wänden und dem schwerem Dach aus grauen Ziegeln, unter dem bis vor einigen Jahren noch der kaiserliche Mandarin regierte wie ein kleiner König. Weiße Totenfahnen wehten über der aufgebrachten Menge in der Frühlingsbrise. Darauf standen die Namen verachtenswürdiger Politiker, die den verhaßten Japanern gefällig waren. Außerdem waren Parolen zu lesen: *China – wohin?* Diese Worte konnte selbst Ma Li entziffern, die sich, vom Lärm neugierig geworden, aufgerichtet hatte und die Demonstration für eine ausgelassene Feier wilder, junger Männer in schwarzen Jacken hielt.

Erst viele Jahre später würde sie erfahren, daß der Tag, an dem ihr neues Leben begann, der 4. Mai 1919 war. Der Tag, an dem China sich auflehnte und an dem jeder aufrechte Chinese Wut verspürte, weil die Welt da draußen sein Land, das Reich der Mitte, achtlos herumstieß. Ein paar arrogante, zumeist weiße Herren in einer fernen Stadt namens Versailles hatten mit einem Federstrich den Japanern einen Teil Chinas zugesprochen. Der Kaiser war vom Thron gestoßen, nichtsnutzige Politiker stritten um ihre eigenen Vorteile, bewaffnete Banden terrorisierten das Land, Ausländer spielten sich auf wie die wahren Herren, und nun begannen sie auch noch, China zu verteilen wie einen Lotteriegewinn.

»Ja, richtig!« wetterte der Kutscher, den das patriotische Fieber der Demonstranten ergriffen hatte. »Wir dürfen uns so etwas nicht gefallen lassen!«

Ein weiterer Tritt des Herrn Bao Tung brachte ihn abrupt zum Schweigen.

»Fahr weiter, du Trottel, sonst kommen wir nicht rechtzeitig zum Bahnhof.«

»Sehr wohl, ehrwürdiger Herr«, erwiderte kleinlaut der Gescholtene.

»Und vergiß nicht, daß wir zuerst am Lagerhaus halten müssen. Ich habe dort noch Gepäck abzuholen.«

Das Gepäck des Herrn Bao Tung bestand aus zwanzig Bastkäfigen, in denen wie gefangene Vögel kleine Kinder kauerten. Der Einfachheit halber hatte Herr Bao sein menschliches Gepäck für diese eine Nacht in der Herberge von Xiezhuang am Bahnhof zurückgelassen. Mädchen und Jungen hockten in den fest geflochtenen Waben, zusammengesunken und geschwächt. Ihre Augen waren tränenleer, doch voller Unverständnis und Furcht. Ihre Gesichter, mager und schwarz vor Dreck, erzählten Geschichten von Hunger, Mißhandlung und Tod. Einige waren in Ma Lis Alter, andere viel jünger. Ein kleiner Junge, der immer noch die Kraft zum Wimmern hatte, mochte vielleicht sechs Jahre alt sein. Müde, dunkle Augen verfolgten jede Bewegung der Neuankömmlinge. Zwei leere Bastkäfige standen für die beiden Mädchen aus Xiezhuang bereit. Ma Li widerstrebte es, in den Käfig zu steigen, aber sie fügte sich doch. Schließlich sollten sie mit der Eisenbahn reisen. Vielleicht war dies die Art, wie Kinder in der Eisenbahn transportiert wurden. Außerdem wollte sie nicht noch einmal den Zorn und die Brutalität des fremden Mannes mit den betrügerischen Händen herausfordern. Solange niemand Lingling etwas antat, bestand kein Grund zur Auflehnung. Nur nicht zurück zu der bösen Frau, dachte Ma Li. Nichts konnte schlimmer sein als deren Schläge und Demütigungen. Allein der kurze Weg von der Herberge in das Lagerhaus hatten sie gelehrt, daß es hier draußen eine Welt gab, in der ihre kleine Schwester und sie allemal besser aufgehoben waren als hinter dem Ofen in der Küche.

»Das Beste«, krächzte Lingling und verschwand in ihrem Käfig, als wäre er ein warmes Nest, das sie lange vermißt hatte.

»Verhaltet euch ruhig und macht keine Dummheiten«, ermahnte Bao Tung die Kinder. »Ihr alle bekommt unterwegs zu essen und zu trinken, dafür ist gesorgt. Wir sehen uns in Shanghai wieder.«

Dann zahlte er den Kutscher aus und winkte die Träger herbei, die sein eigentümliches Gepäck an Schulterstangen zum Bahnsteig schleppten. Niemand hielt es für nötig oder wagte es gar, den feinen Herrn auf die unglücklichen menschlichen Wesen in ihren Käfigen anzusprechen. Es gab zwar in der Republik inzwischen Gesetze, gegen die solches Handeln verstieß – aber wer sollte sich um deren Einhaltung in einem Land kümmern, dessen Territorium an Tischen in fremden Städten verteilt wurde? Alle Polizisten der Stadt waren ohnehin bei der Demonstration vor dem alten *Yamen* im Einsatz, und selbst wenn es einem übermütigen Ordnungshüter gefallen hätte, den Reisenden auf seine ungesetzliche Fracht aufmerksam zu machen – ein paar Tael auf die Hand hätten ihn sehr schnell zum Schweigen gebracht. Außerdem hielt Bao Tung wasserdichte Papiere mit beeindruckenden Stempeln parat, die ihn als Beschützer der ihm anvertrauten Waisenkinder auswiesen, welche er zu einer Missionsstation im Shanghaier Stadtteil Honkou bringen sollte. Diese Papiere benötigte er für die mißtrauischen Polizisten in Shanghai.

Der Zug nach Süden rollte mit den üblichen dreizehn Stunden Verspätung in den Bahnhof von Xiezhuang ein, als es schon längst dunkel war. Herr Bao bezog seine Kabine in der Ersten Klasse und streckte sich aus, um in Ruhe seine Opiumpfeife zu stopfen.

Goldene Jungs und Jademädchen zu suchen – das war, wenn man ein gutes Auge und die entsprechende Berufserfahrung hatte, ein sehr einträgliches Geschäft. Bao Tung verstand sich besonders gut auf die Auswahl von vielversprechenden Talenten. Jahrelang war er mit der bunten Operntruppe seines Schwagers durch die Provinzen gezogen und hatte sich um die Rekrutierung neuer Darsteller verdient gemacht. Sein Schwager war nun tot, und Bao Tungs Schwester hatte die Truppe übernommen und sich weitsichtig im Amüsierviertel der Foochow Road in Shanghai niedergelassen. Zwar nahm das

Opernensemble nach wie vor nur Jungen auf, und Bao Tung konnte hin und wieder einen seiner Schützlinge für wenig Geld dort loswerden, aber der Handel mit frischen Mädchen war weitaus verlockender und einträglicher. Der Hunger dieser verruchten Stadt nach neuen »wilden Hühnern« war kaum zu befriedigen. Es wollte ihm scheinen, als reichten alle Mädchen Chinas nicht aus, um die Betten, die Gassen und die Gossen von Shanghai zu füllen.

Mit vierundzwanzig Käfigen kehrte er diesmal heim. Seine Kosten beliefen sich insgesamt auf acht mexikanische Silberdollar und sechzehn Münzschnüre, zuzüglich 87 Tael Reisespesen. Selbst bei vorsichtiger Schätzung und nach Abzug der Unkosten konnte er sich auf einen Gewinn von mindestens 70 Silberdollar einstellen.

Und dann waren da noch die Juwelen unter den Kindern: Zhang Yue, diese kleine Teufelin, die ihn in die Hand gebissen hatte. Zhang war ein Goldstück, dreizehn Jahre alt, ein Feuerpferd dem Geburtsjahr nach und wild wie eine Tigerin. Dabei bereits gut ausgebildet – starker Knochenbau, ausgeprägte, weibliche Gesichtszüge, lodernde Augen und vielversprechende Brustansätze. Madame Lin, die Königin des Nachtlebens von Shanghai, würde allein für dieses Mädchen zehn Silberdollar auf den Tisch legen, denn sie hatte bekanntlich etwas übrig für Mädchen mit Feuer und Temperament. Zwar war das kleine Luder dank ihres dummen, versoffenen Vaters keine Jungfrau mehr, aber mit einer Portion Hühnerblut konnte man für die ohnehin meist angetrunkenen Kunden die Illusion leicht herstellen. Madame Lin kannte sich mit all diesen Tricks bestens aus.

Den größten Gewinn aber versprach Ma Li, dieser Rohdiamant, diese kleine Prinzessin. Auch sie ein Feuerpferd des Jahrgang 1906. Ma Li würde er nicht unter zwanzig Dollar hergeben. Ihr Gesicht war bereits so schön, unschuldig und ebenmäßig wie das einer Göttin. Dieses Mädchen würde niemanden kaltlassen. Sie war aus dem Stoff, aus dem in den Straßen um die Foochow Road Legenden gewoben wurden. Sie war klug und würde ihre Kunden nicht nur im Bett beglücken, sondern eines Tages auch singen und Gedichte rezitieren und schöne Kalligraphien erstellen können. Ma Li hatte, wie der erfahrene Talentjäger Bao Tung sofort erkannt hatte, das Zeug zu einer ganz großen Kurtisane.

Er führte das Feuer an den Opiumball und sog das süße, berauschende Gift tief in seine Lungen.

Schließlich hatte er noch die Zwergin. Körperlich hinfällig zwar, aber ihre Möglichkeiten waren dennoch nicht zu unterschätzen. Sie könnte mit der entsprechenden Reklame Tausende von Gaffern in das große Varieté *Dashijie* – »Neue Welt« – locken.

Hereinspaziert, hereinspaziert: sehen Sie hier – und nur hier – die kleinste Jungfrau der Welt! Die Nacktschau heute abend zum doppelten Preis.

Fünfzehn Dollar für die Zwergin, dachte Bao Tung, als der Opiumnebel seine Sinne umwaberte und der immer gleiche träge Takt der Eisenbahngleise ihn in den Schlaf rief. Das machte zusammen fünfunddreißig Dollar für die beiden Schwestern.

Fünfunddreißig Dollar oder sogar noch mehr …

Ma Li hockte, den Kopf zwischen den Schultern eingezogen und die Stirn auf den Knien, in ihrem Bastkäfig in der Dunkelheit des Gepäckwaggons. Hin und her geworfen von der unsteten, langsamen Fahrt über grobe Schienenwege. Sie erforschte ein neues Gefühl, das in ihr entstanden war und das sie nie zuvor gespürt hatte. Nicht einmal gegenüber der bösen Frau war sie zu diesem Gefühl fähig gewesen, und es erschreckte sie selbst ein wenig. Doch zur gleichen Zeit nährte sie es, ließ es wachsen und betrachtete es mit wachsender Faszination – wie einen wilden Wolf, der seine Lefzen hochzog und seine scharfen Zähne bleckte. Haß war es, den sie verspürte und der sie ermächtigte, an etwas zu denken, das ihr bisher völlig fernlag: Sie mußte aufstehen und sich wehren – mit aller Kraft, mit allen Mitteln. Sie war ein Feuerpferd – das hatte ihr die böse Frau immer wieder eingebleut. Sie wußte zwar nicht, was genau ein Feuerpferd war, aber der Gedanke allein spendete ihr Kraft und Mut. Sie würde immer ein Feuerpferd sein und kämpfen. Nicht nur für sich selbst, sondern vor allem für Lingling. Ihre kleine Schwester, die im Jahr des Affen geboren war, schlummerte nebenan tief und fest in ihrem Käfig, in dem sie sich fast ausstrecken konnte, und ahnte nichts von der großen Gefahr. Der Mann, der sie in die Stadt Shanghai brachte, war verdorben und schmutzig, dachte Ma Li. Sie rechnete nunmehr fest damit, daß er sie zu anderen Männern bringen würde, die nicht weniger verdorben und schmutzig waren. Es gab nun in ihrer Welt etwas, das noch furchteinflößender und widerwärtiger war als die Dämonen der Schattenwelt. Das waren fremde Männer mit geifernden Blicken und groben Händen. Onkel Wangs Schnapsatem und seine Hand an ihrem Körper gaben nur eine blasse Vorahnung von dem, was vor ihnen lag.

Ma Li ballte ihre Hände und schloß die Augen. Sie schwor im Namen ihrer toten Mutter: Niemand wird uns anfassen. Niemand wird uns weh tun. Ich werde kämpfen. Dein kleines Feuerpferd wird kämpfen bis zum letzten Atemzug.

Sie wiederholte diese Worte so oft, bis aus der Dunkelheit des Waggons der Schlaf scheinbar auf sie zugekrochen kam. Doch bevor der Schlaf sie erreichte, riß sie eine rauhe Stimme zurück, die gar nicht zu einem jungen Mädchen passen wollte.

»Wie ist dein Name?«

»Ich heiße Ma Li«, antwortete sie verwundert und spähte schlaftrunken in die Richtung, aus der die Stimme kam.

»Ich bin Zhang Yue. Ist das deine Tochter?«

»Unsinn. Das ist meine Schwester. Sie ist zehn Jahre alt.«

»Ist sie eine Zwergin oder sogar ein Affe?«

»Nein, sie ist ein Mensch wie du und ich. Sie ist nur im Jahr des Affen geboren. Aber ich bin ein Feuerpferd.«

»Ha. Das bin ich auch! Mein Vater hat immer gesagt, daß Feuerpferde das Unglück anziehen.«

»Rede nicht so laut, sonst weckst du meine Schwester auf.«

Das gesichtslose Mädchen namens Zhang Yue wollte sich nichts sagen lassen und sprach noch lauter. »Weißt du, was er mit uns vorhat?«

»Wer – der Mann mit der runden Brille?«

»Er will uns weiterverkaufen – an andere Männer.«

Ma Li erschauerte. »Darüber hatte ich gerade nachgedacht.«

»Weißt du, was diese Männer mit uns machen werden?«

»Ich will es nicht wissen.«

»Ich weiß es und gebe dir einen guten Rat: Tu alles, was sie von dir wollen, sonst bekommst du fürchterliche Schläge. Ich weiß, wovon ich rede, aber ich kenne einen Trick. Wenn einem alles zuviel wird, dann kann man sich einfach hinfallen lassen und so tun, als sei man ohnmächtig. Oder auch tot. Das hilft meistens.«

Ma Li wollte von alledem nichts hören, doch das Mädchen hörte nicht auf zu reden. Sie erzählte von ihrem Dorf, ihrem Haus und von ihrem Vater, davon, was er mit ihr gemacht hatte und daß man sich besser nicht wehrte, wenn es geschah.

»Mein Vater lebt nicht mehr«, sagte Ma Li, nachdem sie schweigend und verängstigt zugehört hatte.

»Da hast du aber Glück gehabt.«

Mein Vater war aber nicht wie deiner, wollte sie sagen, besann sich jedoch. Sie wollte das fremde Mädchen aus der Dunkelheit nicht verletzen. Sie hatte wahrhaftig schon genug Unglück erlitten. Ma Li wollte nicht an den Schmutz und den Schmerz und das Ziel ihrer Reise denken, sondern an etwas Schönes, etwas Tröstendes.

»Kennst du die Geschichte vom Jadepalast?« fragte sie. Das

Wort allein, laut ausgesprochen, schien die Finsternis ihres Gefängnisses aufzuhellen.

»Nein. Was soll das sein?«

»Unsere Mutter hat meiner Schwester und mir oft vom Jadepalast erzählt. Es ist ein geheimnisvoller Ort, weit hinter den *Kunlun*-Bergen. Nur wenige Menschen haben ihn bisher betreten, und noch weniger kamen zurück, um davon zu berichten. Denn wer einmal dort angekommen ist, will um keinen Preis mehr zurück in diese Welt. Der Jadepalast ist ein Ort des ewigen Lebens und der Schönheit. Nichts Böses und Gemeines gibt es dort. Alles glänzt im grünen Schein der Jade, aus dem der ganze Palast gebaut ist. Überall riecht es ganz köstlich, und alles, was die Kaiserin im Jadepalast bestimmt, wird Wirklichkeit ...«

»Das ist doch ein Märchen für dumme Kinder.«

»Ist es nicht«, widersprach Ma Li kraftlos. Sie war viel zu müde, um ihren himmlischen Traum gegen irdische Zweifel zu verteidigen. »In der Mitte der großen Halle steht ein großer Springbrunnen, und Schmetterlinge tanzen den ganzen Tag zwischen den Blumen. Draußen ist ein Pfirsichgarten, der das ganze Jahr über blüht ...«

Ma Lis Stimme wurde leiser und leiser, bis sie im metallischen Takt der Gleise verstummte und ihr die Lider zufielen. Im Traum flogen die grünen Jadetüren weit auf, und sie lief lachend zwischen mächtigen Säulen immer tiefer hinein in die Säle des Palastes. Lingling mit ihr – nicht klein und verwachsen, sondern groß und schön wie alles an diesem magischen Ort des Glücks, der so weit weg war und doch nur einen Traum entfernt.

2. KAPITEL

Shanghai, Mai 1919

»Das ist dein Palast! Und? Sieh dich nur gut um! Habe ich dir zu viel versprochen?« Pearson hatte die weiße Flügeltür aufgestoßen, die in den großen Salon führte. Er legte den Arm um Marthas Taille, führte sie sanft in den Raum, der sich lichtdurchflutet und geschmackvoll möbliert vor ihr ausbreitete wie eine wunderbare Landschaft. »Hier kannst du Hof halten wie eine Königin.«

Glänzender Parkettboden, ein Kamin, ein großer Tisch aus tropischem Edelholz. Stühle mit ausgesuchten Schnitzereien, silberne Leuchter, weiße Fensterrahmen, die bis unter die Decke reichten, und hinter dem feingeschliffenen Glas ein Garten, aus dem heraus die Blüten sie freundlich anblinzelten. Ein weiterer Springbrunnen sogar, etwas kleiner als der vor dem Portal. An Blumen hatte Pearson nicht gespart. Drei prachtvolle Gebinde zierten den Raum.

Willkommen daheim, stand in goldenen Buchstaben auf der samtroten Schleife, die sich von einer Seite des Raumes zur anderen spannte.

Daheim? Martha schluchzte auf.

In dieser Ecke eine würdige Chaiselongue, in jener ein lederner Ohrensessel, an der Wand ein Diwan, mit köstlichem Stoff bespannt. Eine vornehm verglaste Schrankwand von Büchern und aktuellen Journalen. Dazu diese unwirkliche, erlösende Stille – nichts drang durch in ihren verborgenen Palast –, nichts von dem Geschrei, dem Fluchen, Rotzen und dem widerlichen Brodeln jenseits der hohen Gartenhecke. Schon das Äußere ihres Anwesens, schon der erste Blick darauf hatte Martha bei allem Widerwillen gegen diese gotteslästerliche Stadt ringsherum sofort eingenommen und ein wenig versöhnt. Nach all dem Schmutz, den sie auf dem kurzen Weg vom Hafen bis hierher hatte betrachten und ertragen müssen, war ihr das herrschaftliche Gebäude sogleich vorgekommen wie eine rettende Insel der Vertrautheit. Innerhalb der Umfriedung der haushohen Hecke schienen aller Unrat und alles Elend, durch das sie soeben angereist war, wie ein verblassender Alptraum. Sobald sich die schweren, gußeisernen Tore hinter ihrem Wagen geschlossen hatten, konnte Martha endlich wieder durchatmen.

Sie erblickte Heimatliches: einschmeichelndes, ebenmäßiges Fachwerk, steile Dächer, spitze Giebel und lauschige Erker, eine gepflegte Grünanlage. Vor dem Eingang ein Springbrunnen, der von einer Fortuna-Statuette gekrönt wurde, aus deren Füllhorn Wasser floß. Es war ein Tudor-Haus, wie sie es daheim in England nicht prachtvoller und üppiger hätte vorfinden können. Sie war verwirrt und sprachlos.

Erleichtert umarmte Martha ihren Gatten. »Pearson, es tut mir so leid. Denke bitte nicht, daß ich zimperlich und damenhaft sei. Doch ich dachte zuerst, ich sei in der Hölle gelandet!« schluchzte sie. »Es war so furchtbar …«

Er streichelte ihr Haar und nahm sie in den Arm, wiegte ihren schmalen Körper verständnisvoll hin und her

»Sieht so die Hölle aus?« fragte er schelmisch. »Wenn man genau hinsieht, ist es ein Paradies, unser Paradies, Martha.«

»Aber dort draußen … diese Stadt! Widerwärtig, einfach widerwärtig …«, wimmerte sie. Der Schrecken, den Shanghai ihr eingejagt hatte, legte sich nur langsam. Kein Wunder, daß die meisten Gattinnen der hier tätigen Kaufleute es vorzogen, daheim zu bleiben.

Aus der luxuriösen Beschaulichkeit ihrer Schiffskabine war Martha ohne Vorwarnung in den stinkenden Mahlstrom einer Stadt gestoßen worden, die schon aus Prinzip nicht viel

Schminke trug. Halbnackte Kulis hatten ihre Gepäckstücke befingert, gierige schwarze Augen voller Heimtücke hatten ihr das weiße Kleid förmlich vom Leib gerissen. Tausend lüsterne Blicke folgten der goldhaarigen, hellhäutigen Frau mit ihren blauen Augen und ihrem roten Mund. Grinsende, schielende Schurken in verdreckten Uniformen hatten mit Fettfingern ihre Reisedokumente durchblättert. Schwüle Hitze und der unerträgliche Gestank von Hafen, Armut und unaussprechlichen Krankheiten raubten ihr fast die Besinnung. Als sie endlich Pearson sah, freudig winkend hinter der Schranke, hatte sie schon dreimal beschlossen, mit dem nächsten Dampfer zurück nach England zu fahren und nie wieder einen Fuß in den Orient zu setzen. Sie liebte ihren Mann in diesem schrecklichen Moment nicht mehr. Seine Umarmung war ihr erschienen wie der Todesgriff eines Leprakranken. Er hielt sie umschlungen, als wolle er sie tatsächlich für immer hier festhalten – in diesem Nest voller Schmutz und Fäulnis.

In Kairo, in Aden, in Madras, Bombay und in Singapur hatte das Schiff unterwegs Station gemacht, aber keine dieser Städte – jede für sich eine auszeichnungswürdige Würmergrube aus Wundbrand und Abschaum – war Martha McLeod-Palmers so verdorben und abstoßend erschienen wie dieses Monstrum namens Shanghai. Wenn Martha es unterwegs vom Hafen in die Stadt dann doch gewagt hatte, den Vorhang ihres Wagens nur ein wenig zur Seite zu schieben und hinauszuspähen in diese fremde Welt Chinas, dann hatte sie nichts als Huren, Bettler und halbnackte, schweißglänzende Körper gesehen.

Dieser Müllplatz Gottes also war das berufliche Sprungbrett für ihren geliebten Pearson? Die Bewährungsprobe, die ihr strenger Vater dem Schwiegersohn auferlegt hatte? Wenn Pearson drei Jahre lang das China-Geschäft erfolgreich geleitet hatte, dann wäre er würdig, einen wichtigen Posten in der Zentrale des McLeod-Handelshauses zu übernehmen. Nicht vorher – das waren die Worte ihres Vaters gewesen. Drei Jahre in der größten Jauchegrube der Welt? Sie haßte ihren Vater für diese unmenschliche Prüfung. Denn der greise Patriarch McLeod, verbittert und eifersüchtig auf den Gatten seiner einzigen Tochter, hielt Pearson Palmers für einen Windhund und wollte ihm eine Lektion erteilen.

Dann jedoch hatte sie das Haus betreten. Ein Haus, das sie sofort warm umarmte und aufsog, das den Geruch fein gerösteten Toasts, Orangenmarmelade und frischer Schnittblumen verströmte. Ein Haus, wie sie es sich immer gewünscht hatte. Ein Nest und zugleich ein Palast, ein wirkliches Zuhause.

»Es ist ja nur für eine kurze Zeit«, sagte Pearson. Er hatte sie zum Sofa geleitet und schenkte ihnen Portwein ein. »Dein Vater will sehen, wie ich arbeite, wie ich mich durchsetze in der Geschäftswelt. Ich kann es ihm nicht verdenken. Er hat diese großartige Firma mit seinem Schweiß aufgebaut und will sie nicht in die falschen Hände geben.«

Pearson reichte ihr ein Glas und lächelte ihr aufmunternd zu. Wie hatte sie dieses Lächeln vermißt! Die zauberhaften Fältchen, die sich neben seinen Mundwinkeln auftaten. Charmant, selbstbewußt, siegessicher. Pearson war kein Träumer, wie ihr Vater vermutete, sondern ein Visionär. Der Welt und ihren kleinlichen Sorgen und Nöten haushoch überlegen. Abenteuerlustig und ein bißchen wild. Zudem sah er blendend aus in seinem weißen Anzug mit schwarzer Fliege und Einstecktuch, jeder Zoll ein Gentleman. »Ich kann deinen Vater in diesem Punkt gut verstehen. Ich an seiner Stelle hätte mich nicht anders verhalten. Schließlich kennt er mich ja nicht. Ich werde ihn nicht enttäuschen. Zum Wohl, meine Liebste ...«

Das vertraute Klingen der feingeschliffenen Gläser beruhigte sie. »Zum Wohl«, sagte Martha.

Beide tranken einen Schluck, ohne daß sich ihre Blicke losgelassen hätten. Pearson stellte fest, daß seine Gemahlin noch blasser und schwächer wirkte, als er sie in Erinnerung hatte. Ihre wasserblauen Augen schienen noch weiter in den Höhlen

43

verschwunden zu sein als bei ihrem letzten Zusammensein. Ihre Lockenmähne, früher engelsfarben, erschien ihm bleich wie ein Nebel. Martha sah kränklich aus, anämisch. Ihre Arme waren so fein und zerbrechlich wie chinesisches Porzellan. Man konnte das blaue Muster ihrer Blutbahnen unter der Haut erkennen. Kein Wunder, daß die vornehmen Chinesen es ihren Frauen verboten, nackte Arme zu zeigen.

»Shanghai ist ein Hochofen, in dem wahre Männer geformt werden«, sagte Pearson. »Wer hier Erfolg hat, der kann es überall auf der Welt schaffen. Deswegen hat mich dein Vater hierher versetzt. Der alte McLeod weiß schon, was er tut.«

Und was habe ich dann hier zu suchen? fragte Martha sich, aber sie sprach diesen Gedanken nicht aus. Sie war schließlich hier, weil sie selbst es gewünscht hatte. Ihr Vater hatte das für keine gute Idee gehalten, und ihre Mutter hatte die Hände über dem Kopf zusammengeschlagen und wäre beinahe in eine ihrer häufigen Ohnmachten gefallen: *In den Orient, mein Kind! Bist du denn von allen guten Geistern verlassen?* Martha hatte jedoch keine Ruhe gegeben. Sie wollte bei ihrem Liebsten sein. Sie verzehrte sich nach Pearson Palmers, der so kurz nach ihrer Hochzeit abreisen mußte. Seine Briefe waren voller Leidenschaft, die sie nicht länger missen wollte. Sie war bereits neunzehn Jahre alt, und sie hatte ein Recht auf ihr eigenes Leben nach ihren eigenen Entscheidungen, und sie wollte den Zwängen des Elternhauses entrinnen. Sie wollte frei sein und nach China gehen, in dieses geheimnisvolle Land des Porzellans und der raffinierten Ornamente.

In China an der Seite ihres Liebsten lag das Glück – hatte sie gedacht.

Nun stellte sie zu ihrem Entsetzen fest, daß der Weg in die Freiheit manchmal über schlüpfrige Brücken führte und über übelriechende Abgründe und daß dieses geheimnisumwitterte China bei näherem Betrachten eine Kloake war. Sie hatte sich daheim im sicheren London bei einer Tasse Tee mit Blick auf die perfekt gestutzten Heckenbäume vorgestellt, wie sie hier in der Ferne ihren Gatten unterstützen und bei seinen oft gefährlichen Handelsreisen ins Landesinnere begleiten würde. Sie hatte sich romantisch ausgemalt, wie Pearson und sie in der zivilisationslosen Wildnis eines fremden, exotischen Landes ihr erstes Kind großziehen würden: Lester McLeod, geboren in Shanghai. Den Namen und den Geburtsort ihres ersten Sohnes hatte sie schon festgelegt. Der kleine Lester, der Erbe eines der größten Handelshäuser des Empire. Fließend in beiden Sprachen – der englischen und der chinesischen. Sie wischte diesen Traum aus ihren Sinnen wie einen Fleck auf dem Tisch. Eher wollte sie kinderlos bleiben, als in diesem Sumpf ihr erstes Baby zur Welt zu bringen. Ihre romantischen Mädchenträume hielten schon der ersten Belastungsprobe nicht stand.

»Du bist sicherlich müde.« Pearson ergriff ihre Hände und küßte sie zärtlich. *Wie die Hände eines Skeletts*, dachte er dabei mitleidig und mit leichtem Schaudern. »Das ist ja auch kein Wunder nach einer solchen Reise. Wie wäre es, wenn du dich erst ein wenig ausruhst? Später zeige ich dir den Rest des Hauses, und dann gehen wir zum Tanztee im *Hotel Majestic,* und ich führe dich ein wenig in die Gesellschaft ein. Man ist überall schon sehr begierig, dich zu sehen. Ich habe mächtig mit dir angegeben. Am Wochenende bringe ich dich zum Pferderennen – es gibt so viel zu entdecken in dieser Stadt.«

»Wie du meinst, Liebster. Ich würde mich tatsächlich gerne für ein Stündchen hinlegen. Aber kann man dem Personal trauen? Es sind ja doch alles Chinesen, oder?«

Pearson lächelte nachsichtig. »Gewiß sind es Chinesen, aber sie stehlen nicht. Das würde ihnen auch schlecht bekommen.« In einer vielsagenden Geste führte er seinen Zeigefinger an seinem Kehlkopf vorbei. »Unser Hausmädchen heißt Nanny. Das ist natürlich nicht ihr richtiger Name, doch den kann man sich unmöglich merken. Also nenne sie nur Nanny. Sie ist eine

45

echte Perle. Schon seit meiner Ankunft führt sie mir den Haushalt. Den Koch nennen wir Bill, und mein Boy, den du schon kurz am Hafen gesehen hast, heißt Ben. Der Fahrer heißt Willy. Es gibt noch einen Gärtner namens George, und die Wachfrau trägt den Namen -«

»Genug, genug«, wehrte Martha kichernd ab. »Wie soll ich mir denn so viele Namen auf einmal merken? Du hast ja mehr Angestellte als meine Eltern!«

»Insgesamt elf. Allerdings kosten sie alle zusammen die Firma nicht einmal halb soviel wie der Jagdgehilfe deines Vaters.« Er stand auf, zog sie an sich und erklärte feierlich. »Ich bin froh und dankbar, daß du nun tatsächlich zu mir gekommen bist.« Eine dreiste Lüge, die ihm so bravourös und leicht über die Lippen kam, daß er selbst ein wenig stolz auf sich war. In Wirklichkeit befand sich Pearson Palmers in einem Zustand fortgeschrittener Panik und hatte keine Ahnung, wie dieser verfluchte Tag enden sollte. Ihm schwante, daß es kein besonders gutes Ende geben würde.

»Das habe ich doch versprochen«, erklärte Martha tapfer. »Ich bin kein Weibchen, das brav am Ofen sitzt und wartet, bis ihr Liebster aus der weiten Welt zurückkommt.«

Er küßte sie und richtete sich zu seiner ganzen Größe auf. Ein Bild von einem Handelsfürsten *in spe*. Die Haare streng gescheitelt, aber immer gab es ein paar rebellische Strähnen, die sich nicht bändigen lassen wollten und ungestüm in alle Richtungen abstanden. Diese Strähnen verliehen ihm etwas Geniales. Martha sah ihn an wie einen Dirigenten, der streng und befehlsgewohnt sein Orchester im Griff hatte. Sie liebte diese kleine Unkorrektheit in seiner Frisur genauso wie die kleinen Falten neben seinen Mundwinkeln. Und den Griff zur Taschenuhr. Und das bedeutungsvolle Zusammenziehen seiner dunklen Augenbrauen.

»Leider muß ich noch einmal das Haus verlassen. Eine dringende geschäftliche Angelegenheit, die keinen Aufschub duldet. Ich hole dich dann später zum Tanztee ab. Es wird dir nicht langweilig – versprochen.«

»Bleib nicht so lange fort. Nicht am ersten Tag«, bettelte Martha, doch da war er schon zur Tür hinaus. Im Rahmen erschien die füllige Gestalt einer etwa fünfzigjährigen Chinesin mit grotesk vorstehenden Zähnen und einer flachen, breiten Nase. Das knielange, schwarze Kleid, aus dem ebenso fette wie krumme Beinchen hervorlugten, die weiße Schürze und das Häubchen ließen sie aussehen wie eine Karikatur aus dem Witzblatt *Punch*.

»Welcome, Missy«, sagte die Chinesin und verbeugte sich tief. »Ich bin Nanny.« Jedenfalls vermutete Martha, daß dies ihre Worte waren. Mehr konnte sie beim besten Willen nicht verstehen, obwohl Nanny auf dem Weg treppauf in die Schlafgemächer ununterbrochen redete und lachte, sich verbeugte und zwischendurch die ungeschickten Kofferträger mit vermutlich sehr deftigen Schimpfworten maßregelte.

Möglicherweise berichtete diese Nanny leutselig, daß sie die Anstellung im vornehmen Hause des jungen Herrn Pearson Palmers erst vor drei Tagen angenommen hatte, nachdem ihrer Vorgängerin, einem siebzehnjährigen, stets stark geschminkten Mädchen von eher aufreizendem Äußeren – sie trug sogar manchmal Hosen! – und wenig Kenntnissen in der Haushaltsführung, fristlos gekündigt worden war. Vielleicht trug Nanny das Gerücht weiter, daß sowohl der Gärtner als auch der Koch den jungen Herrn Pearson mehrmals in eindeutiger Situation mit dieser jungen Dame gesehen haben wollten. Vielleicht sagte sie aber nur, daß es ihr eine besondere Ehre sei, für so eine schöne, weiße und vornehme junge Dame den Haushalt führen zu dürfen.

Was immer sie sagte – Martha verstand es nicht. Sie lächelte etwas befremdet und war froh, als sie endlich die Schlafzimmertür hinter sich geschlossen hatte, sich auskleidete, wusch und auf das herrlich weiche Bett unter dem hölzernen Ventilator ausstrecken konnte. Noch bevor sie sich wieder daran erinnerte, daß sie nun tatsächlich in Shanghai angekommen war, schlief sie bereits tief und fest.

Pearson Palmers hingegen vergaß selten, daß er in Shanghai war, und bisher hatte er jede Minute seiner Zeit genossen. Der Hochofen, in dem angeblich wahre Männer geformt wurden, schien wie gemacht für ihn und seine großen Pläne. Als Schwiegersohn des legendären Firmenchefs und Generalbevollmächtigten für den China-Handel hatte er schon mehr erreicht, als er sich je zu erträumen gewagt hatte. Ihm standen in dieser Stadt alle Türen offen. Wie von selbst öffneten sich dem Geschäftsführer der *McLeod China Lines & Trade Company* die Pforten der exklusivsten gesellschaftlichen Kreise. Er war bevorzugter Gast auf dem Rennplatz und im Tennisclub, er bekam stets die besten Tische im *Majestic* oder im *Astor*, hatte einen festen Platz an der Bar im prestigeträchtigen *Shanghai Club* und verkehrte mit allen großen *Tycoons*, den ausländischen Handelsherren, auf Augenhöhe. Der Name McLeod war ein Begriff in China, seit das Empire die schwachen Chinesen nach dem Opium-Krieg zum Einlenken gezwungen hatte und ihnen die manchmal bitteren Regeln des internationalen Handels beigebracht hatte: *Der Starke kassiert ab, der Schwache buckelt und bedient.* Mittlerweile hatten sich die Chinesen schon ganz gut an diese Arbeitsteilung gewöhnt. McLeods wendige Flußschiffe fuhren den Yangtze auf und ab und kehrten, beladen mit Tee, Gewürzen, Tabak, Baumwolle, Mineralien und allem, was man aus diesem riesigen Land herausholen konnte, nach Shanghai zurück. In den McLeod-Lagerhäusern und Fabriken von Honkou waren viele tausend Arbeiter damit beschäftigt, die Ware zu verpacken, zu veredeln, zu verarbeiten, damit sie auf die Ozeandampfer der McLeod-Linie geladen und nach Europa, Indien oder Amerika verschifft werden konnten. Pearson Palmers kontrollierte mit seinen fünfundzwanzig Jahren einen Umsatz von fast zwei Millionen Pfund. Das war herrlich, das war phänomenal – das war Shanghai.

Unglücklicherweise hatte sich vor etwa zwei Wochen das Blatt plötzlich, drastisch und sehr zu seinen Ungunsten gewendet. Eine Summe von 500 000 Pfund, die er ohne Genehmigung seines Schwiegervaters für ein vielversprechendes Immobiliengeschäft abgezweigt hatte, hatte sich über Nacht in Luft aufgelöst. Immobilien und Landbesitz waren die wahre Goldgrube in dieser Stadt, was die schier unermeßlichen Reichtümer der jüdischen Kaufmannsfamilien Kadoorie und Sasoon eindrucksvoll belegten. Aber irgendwie hatte sich das Landstück, das Pearson so kurz entschlossen gekauft hatte, als allzu sumpfig und durchaus nicht bebaubar erwiesen. Erster Fehlschlag. Sein Versuch, die Baumwollreserven zurückzuhalten, bis ein noch höheres Angebot vom amerikanischen Kriegsministerium vorlag, war von der Kapitulation der Deutschen unversehens durchkreuzt worden. Zweiter Fehlschlag. Pearson saß auf einem Berg von Rohstoffen, die zu Textilien verarbeitet, eine ganze Armee einkleiden konnten. Leider war die Armee nun in Auflösung begriffen. Die Lagerräume, die er für seine Vorräte anmieten mußte, kosteten die Firma täglich zweihundert Pfund, und die Preise für Baumwolle waren im Keller. Was ihn – vielleicht – aus diesem Fiasko retten konnte, war allein die Tatsache, daß er mit der einzigen Tochter des mächtigen McLeod verheiratet war. Allerdings war das eine komplizierte Geschichte und bei Lichte betrachtet der dritte Fehlschlag. Er hatte in wenigen Monaten in Shanghai nicht weniger als neunzehn einheimische Liebschaften verzehrt – die letzte, eine zuckersüße Kunststudentin, die er als Hausmädchen eingestellt hatte. Die Chinesinnen waren so willig und so billig, daß ein Mann in seiner Position kaum auf die Straße gehen, geschweige denn im *Astor* oder im *Majestic* sitzen konnte, ohne daß sie sich wie ausgehungerte Hyänen auf ihn warfen. Schöne, sehr schöne Hyänen freilich. Schlank, feingliedrig, raffiniert und zu allem bereit. Pearson hatte noch nie einem Rock widerstehen können – und schon gar nicht dem *Chipao* mit den neckischen Schlitzen. Er fühlte deswegen keine Schuld. Jeder Ausländer, verheiratet oder nicht, hielt sich hier eine oder auch mehrere Geliebte. Obwohl sie die Chinesen kaum kannten und den Kontakt mit den Einheimischen auf den Verkehr mit Dienstboten beschränkten – gegen die Blumen von Shanghai war keiner immun. Zumeist waren diese Affären ja ohne Konsequenzen und schnell vergessen, wenn es Zeit war, in die Heimat zurückzukehren, aber für Pearson Palmers war der Fall etwas komplizierter. Er war tatsächlich hoffnungslos verliebt, nicht in eine Chinesin, sondern in Sonya, die Russin, die Tänzerin, gegen die sich seine anämische und träge Ehefrau Martha ausnahm wie eine graue Maus. Nun war aber Martha ausgerechnet jetzt hier eingefallen, und Sonya war umschwärmt, anspruchsvoll und eifersüchtig.

Pearson war nervös. Der unerwartete, gänzlich unwillkommene Besuch seiner jungen Frau, die schwarzen Löcher in der Bilanz, die Baumwolle und die Rechnungen, die sich auftürmten, und der böse Schwiegervater – Pearson Palmers wußte sich plötzlich nicht mehr zu helfen. Er hockte in zunehmend düsterer Stimmung über den Büchern in seinem Kontor am Bund, der beeindruckenden Hafenfront Shanghais. Unter dem Portrait seines Schwiegervaters hatte er Platz genommen. Aus dem rötlichen Bart des alten Tyrannen auf dem Ölgemälde schienen Hohn und Verachtung auf Pearson herabzutriefen. *»Siehst du, du verfluchter Windhund – ich habe es ja immer gewußt ...«*

Vor ein paar Tagen jedoch war Robert Liu, sein *Comprador*, eingeschritten und hatte einen möglichen Ausweg aus der Notlage aufgezeigt.

»Das ist zwar keine Sache, die ich normalerweise zur Sprache gebracht hätte«, hatte Robert Liu erklärt, nachdem er die halbe Nacht über den Büchern gebrütet hatte. »Aber mir scheint, als stünden wir mit dem Rücken zur Wand und könnten ein wenig Bares gut gebrauchen ...«

Robert Liu war ein Zauberer mit einem klugen kantigen Gesicht. Ein trickreicher Genius in einem langen, schwarzen Gewand. Niemals legte er seine runde, flache Chinesenmütze ab, unter der er, während er nickte und lächelte, seinen schnell arbeitenden Verstand verbarg. Liu sprach fließendes, feines Englisch – obwohl er das Land seiner Vorväter nie verlassen hatte. Seine Familie stammte aus Ningpo im Süden und war den britischen Eroberern und Händlern bis nach Shanghai gefolgt. Am meisten faszinierte Pearson sein zehn Zentimeter langer, von zieliertem Silber eingefaßter Fingernagel der rechten Hand. Als *Comprador* oblag Robert Liu das eigentliche Management der McLeodschen Interessen in China. Er sprach Chinesisch, er kannte die Gepflogenheiten, die Möglichkeiten und die Bestimmungen. Vor allem kannte er die Menschen, seine Landsleute, und da er aus dem Süden kam, wo die Menschen von alters her geschäftstüchtiger und gerissener waren als selbst die Bewohner Shanghais, war Robert Liu unschlagbar. Er hatte alle Torheiten und Fehler seines neuen Meisters schweigend und mit versteinertem Gesicht beobachtet und auf seinen Moment gewartet.

»Ich sehe, daß wir ein gewaltiges, ständig weiterwachsendes Loch in unserer Kasse haben, und wenn wir das nicht zum nächsten Bilanzprüfungstermin geschlossen haben, dann, nun ja ...« Liu war zu sehr Feingeist, um in die schmutzigen Details zu gehen.

»Und?« fragte Pearson sorgenvoll.

»Wir müssen dieses Loch stopfen. Dazu brauchen wir Verbündete, die reich genug und mächtig genug sind, um uns schnell und ohne Aufhebens aus diesem Schlamassel zu helfen. Die einzige Möglichkeit, die ich sehe, besteht darin, Kontakt zu Huang Li aufzunehmen.«

Pearson fuhr aus seinem ledernen Chefsessel hoch, als hätte ihn eine Schlange gebissen.

»Pockengesicht Huang?« schrie er.

»Eben dieser« erwiderte Liu ruhig. »Er ist reich, er ist verschwiegen, und er ist nicht wählerisch, wenn er Geschäftspartner sucht.«

Zu diesem Pockengesicht war Pearson Palmers nun unterwegs. *Eine dringende geschäftliche Angelegenheit, die keinen Aufschub duldet*, hatte er Martha sein Verschwinden erklärt. Er hoffte, sie würde niemals herausfinden, wie wörtlich das zu nehmen war. Es ging um seinen Hals.

Mitten durch das lärmende Gewühl von Händlern, Bettlern, Huren und Rikschas lenkte Willy, der Fahrer, den stattlichen Brougham die Avenue Joffre hinunter, hinein ins Herz der Französischen Konzession, dem Stadtteil Shanghais, der von den Franzosen kontrolliert wurde. Die bärtigen Sikh-Polizisten, die in der Stadt die Verkehrsaufsicht führten, hatten ihre finsteren Mienen unter den Turbanen noch weiter verdunkelt, seit es vor ein paar Tagen zu Unruhen gekommen war. Zwei Autos westlicher Händler hatte ein erzürnter Mob umgestürzt und in Brand gesteckt, und wenn die Sikhs nicht mit Prügeln und Pistolen eingeschritten wären, dann wären die Insassen wohl gelyncht worden. Zwei Japaner, die dumm genug gewesen waren, sich an diesem Tag zum Einkauf auf die Nanjing-Straße zu begeben, waren tatsächlich von aufgebrachten Demonstranten erschlagen worden. Die chinesische Seele brodelte, so entnahm man den Zeitungen, wegen der Sache in Versailles. Für Politik und Chinas verletzten Nationalstolz hatte Pearson Palmers jedoch wie all die anderen ausländischen Herren überhaupt kein Verständnis.

Pockengesicht Huang Li war der Boß der chinesischen Detektive, die für die *Sureté* arbeiteten und zuständig für die Aufklärung von Verbrechen in der französischen Zone war. Gleichzeitig aber war derselbe Huang Li auch das Oberhaupt der berüchtigten Grünen Bande, des größten und erfolgreichsten Verbrechersyndikats in der Stadt. Das war Shanghai! Der größte Gangster war gleichzeitig der Chef der Polizei. Mit diesem Geniestreich sicherten die findigen Franzosen Ruhe, Ordnung und die Unversehrtheit der Ausländer in ihrem Verwaltungsbezirk. Wenn irgendein Taschendieb, ein Einbrecher oder gar ein Mörder so dumm sein sollte, einen Weißen auch nur schräg anzusehen, dann bekam er es mit Huang Li, dem König der Unterwelt, zu tun. Im Gegenzug dafür drückten die Franzosen beide Augen zu, wenn Huang seine chinesischen Landsleute ausnahm, entführte, erpreßte und ermordete. Kaum ein Verbrechen gegen einen Ausländer, das in der Französischen Konzession begangen wurde, blieb ungesühnt, und kaum eines, das Huang Lis Geheimbündler gegen ihre chinesischen Landsleute begingen, wurde auch nur aktenkundig. Und wenn doch, dann mußten die Übeltäter nichts weiter tun, als die Avenue Foch zu überqueren und in der Internationalen Siedlung unterzutauchen, die von Amerikanern und Briten kontrolliert wurde.

Huang Li hielt stets am Nachmittag im Teehaus *Lu Yuan* Hof, einer Keimzelle von Intrigen, Scharaden und Verrat, die selten ein Ausländer aufsuchte. Pearson Palmers konnte jedoch bei der Wahl seiner Geschäftspartner nicht mehr wählerisch sein. Diese Zeiten waren vorbei. Mittlerweile war er bereit, nach jedem Strohhalm zu greifen.

»Der ehrwürdige Herr Huang erwartet Sie schon«, begrüßte ihn der schneidige Boy an der Pforte der achteckigen, zweistöckigen Pagode mit dem schweren roten Ziegeldach und geleitete den Ausländer hinein und in das Obergeschoß. An niedrigen Tischen hockten, über ihre Teeschälchen und kleinen Leckerbissen aus Teig, gekochten Eingeweiden und Obst gebeugt, Geschäftsleute, Dichter und Ganoven – mehr Chinesen als Pearson jemals auf einem Fleck gesehen hatte. Chinesen waren ihm suspekt, unheimlich und widerlich. Besonders,

53

wenn sie nicht von ihm abhängig waren und er sie nicht kommandieren und wegscheuchen konnte. Die Gäste im Teehaus spuckten Kürbiskerne, Hühnerknochen und Schleim auf den Boden vor seinen Füßen und lauschten ihren Pirolen, die in hölzernen Käfigen an den Fensterrahmen hingen. Einige blätterten in Zeitungen, andere gingen jener wohl größten und lautesten Leidenschaft dieses Volkes nach und stritten und haderten miteinander. Pearson fühlte, wie Dutzende Augenpaare ihn musterten, als er, hoch aufgerichtet und den Hut in der Hand, die schmale Wendeltreppe empor und zu dem einzigen Tisch schritt, der nur von einer Person besetzt war. Ein massiger Rücken, ein Stiernacken, kurzgeschorene Haare und darunter häßliche, rote Inseln von Hautauschlag. Eine leichte, wattierte Chinesenjacke aus teurer Seide, weite Hosen und Plattfüße, die in Strohsandalen steckten.

»Bitte, nehmen Sie doch Platz, Mr. Palmers«, sagte eine sonore Stimme.

Die Vokale klangen exotisch eingefärbt, die Verschlußlaute abgehackt, aber dies war nicht das lächerliche *Pidgin*, diese entwürdigende Kindersprache, in welcher sonst die Ausländer ihre Befehle an die Einheimische erteilten – dies war, wenn auch kein fließendes, dann doch akzeptables Englisch. Pearson ließ sich auf dem freien Hocker nieder und sah dem Mann ins Gesicht. Er hatte dieses breite, häßliche Gesicht schon mehrmals auf Fotos in der Zeitung gesehen. Abstoßend und verschlagen trotz des triumphierenden Lächelns, das stets in die alles bedeckenden Pockennarben gemeißelt war, weil die Fotos immer dann erschienen, wenn Huang Li wieder einmal einen aufsehenerregenden Fall gelöst hatte. Eine warzige Nase, weit auseinander stehende, große und hervorquellende Augen. Das Gesicht hatte etwas Froschhaftes. Ein breiter, schmaler Mund und ein übergroßes, nach vorne drängendes Kinn. Die Haut auf den Wangen und der Stirn war eine Kraterlandschaft aus Narben und Pocken.

Palmers überlegte kurz, ob er versuchen sollte, schneidig zu wirken, entschied sich dann aber schnell dagegen. Am besten ließ er diesen chinesischen Froschkönig in dem Glauben, er diktiere die Bedingungen. Ja, am besten verhielt er sich, wie sein kluger *Comprador* es ihm empfohlen hatte: bescheiden, ehrerbietig, etwas schüchtern, nicht drängend und auf keinen Fall aufbrausend.

»Vielen Dank, daß Sie mich so kurzfristig empfangen konnten, werter Herr Detektiv Huang.« Palmers mochte sich einbilden, damit einen Coup an verborgenem, sarkastischem Humor gelandet zu haben. Huang Li war dagegen jedoch völlig unempfindlich. Hier in seinem Reich redete niemand anders mit ihm als mit dem größten Respekt und einer tiefempfundenen Wertschätzung. Für Sarkasmus hatte er als Chinese ohnehin überhaupt kein Empfinden.

»Sie brauchen Hilfe?« forschte Huang Li nach, dessen Überlebensregel besagte, daß er immer mindestens doppelt so viel über sein Gegenüber wissen mußte, wie der andere über ihn wissen konnte. »Sie haben für Ihre Baumwolle eine ganze Menge Lagerraum angemietet, und die Kosten laufen Ihnen davon. Außerdem hat man Ihnen für viel Geld einen Flecken Sumpfland in Chapei angedreht, auf dem Sie Häuser bauen wollten, aber der allenfalls als Reisfeld taugt – nicht wahr?«

»Sie haben es erfaßt«, quittierte in seiner Verblüffung entwaffnet Pearson Palmers. Huang Li wußte anscheinend alles.

Huang schüttelte mitleidig den Kopf. »Sehr unangenehm das alles. Mit dem Grundstück – da kann man wenig machen. Der Kaufvertrag ist gültig, und der Verkäufer ist ein guter Bekannter von mir. Hätten Sie mich vorher gefragt, hätte ich Ihnen von einem Handel mit diesem Halsabschneider dringend abgeraten, aber das ist nun zu spät. Die Baumwolle ist eine andere Sache. Ich könnte Abnehmer dafür besorgen – ich habe gute Kontakte zu so mancher Armee. Nicht ganz für den Preis, den Sie sich vielleicht vorstellen, doch gut genug, um

Ihre Unkosten einigermaßen zu decken und Sie gegen ihren Herrn Schwiegervater abzusichern.«

»Großartig«, erwiderte Palmers, dem erst Stunden später und zu seiner großen Bestürzung auffiel, wie genau der unheimliche Huang Li über seine verzweifelte Lage im Bilde sein mußte.

»Großartig – das ist das richtige Wort. Nun zu Ihrem Teil des Abkommens. Da, wie Sie sicherlich wissen, der Handel mit einer gewissen sehr begehrten Ware seit einiger Zeit vom Gesetz untersagt ist und ich schon von Berufs wegen nichts Illegales tun kann, würde ich Sie bitten, für mich einige diskrete Lieferungen zu bewerkstelligen. Sie haben die Schiffe, Sie haben die Leute, und niemand verdächtigt ehrenwerte Herrschaften wie Sie eines unlauteren Tuns. Obwohl natürlich Ihre Firma McLeod bis vor kurzem Unsummen mit dem Vertrieb eben dieser verbotenen Ware eingenommen hat.«

»Sie reden von Opium«, schloß der Brite und blickte sich unwillkürlich nach Lauschern um. »Das war vor meiner Zeit. Der Handel ist strengstens verboten.«

»Das sagte ich ja bereits, doch das spielt keine Rolle. Sie holen mir die Fracht von den Pflanzungen in Sichuan ab und bringen sie nach Shanghai. Für den Rest Ihrer Zeit in China, also für die nächsten«, Huang holte einen speckigen Notizblock aus den Falten seiner Jacke, »zweieinhalb Jahre. Ganz einfach, Sie schmuggeln Rauschgift. Nichts anderes eigentlich, als ihr Briten seit hundert Jahren gemacht habt.«

Ohne eine Miene zu verziehen, verstaute Huang Li den Block wieder in seiner Jacke und schlürfte einen Schluck aus seiner Teetasse, die in seinen wurstigen Händen kaum größer wirkte als ein Fingerhut.

Der Kerl ist größenwahnsinnig, dachte Pearson Palmers. Zweieinhalb Jahre Opiumschmuggel auf dem Yangtze – das bedeutete, wenn alles gut lief, ein gigantisches Vermögen. Hundertmal, tausendmal mehr als die verfluchte Baumwolle und die Lagerkosten. Und das verfluchte Grundstück in Chapei sollte an ihm hängenbleiben? Huang wollte ihn hereinlegen!

»Ich bin Kaufmann«, sagte Pearson vorsichtig. »Und ich rechne scharf. Von Berufs wegen. Bitte, nehmen Sie es nicht persönlich …«

Huang Li zog lediglich die Augenbrauen in die Höhe und fischte sich eine Zigarette aus der zerknitterten Packung, die auf dem Tisch lag.

»… aber der Handel erscheint mir etwas einseitig. Ich soll ein enormes Risiko auf mich nehmen und die Transportwege meiner angesehenen und unbescholtenen Firma für ein illegales Geschäft benutzen, und dafür haben Sie nicht mehr zu bieten als die Erledigung des Baumwollproblems? Das reicht mir nicht!« Dafür hatten Palmers schon seine Kameraden auf der Schule bewundert: seine große Klappe und seine Fähigkeit zum Bluffen, selbst wenn er mit dem Rücken zur Wand stand. Er hob die Schultern und breitete unschuldig beide Hände aus. »Das reicht mir einfach nicht.«

Huang Lis Gesicht verriet nicht, ob er dem Ausländer überhaupt zugehört hatte. Er spuckte mit spitzem Froschmund Tabakkrümel auf den Tisch und sah aus, als würde er über das Wetter nachdenken.

»Wie Sie wollen«, sagte er nach einer langen Pause. »Dann müssen wir eben noch einmal über das Grundstück reden. Ich werde mit meinem Bekannten, dem Halsabschneider, verhandeln. Er nimmt dann vielleicht sein Land zurück, und Sie bekommen Ihr Geld wieder. 400000 englische Pfund?«

»500000.« Palmers jauchzte innerlich auf, und weil er einen Ruf zu verlieren hatte, setzte er noch einen drauf. »Und um die inzwischen angefallenen Kosten zu decken, verlange ich 510000 Pfund.«

Huang Li nickte. »Ich werde sehen, was ich tun kann.«

Ich bin ein Gewinner, dachte Palmers benommen. *Ich beherrsche das Glück, und ich beherrsche diese Stadt.*

Huang Li ließ sich nicht anmerken, was er dachte. Aus den Tiefen seiner Jacke fischte er ein Papier heraus, das er vor Pearson auf dem Tisch ausbreitete.

»Da ist unser Vertrag. Unterschreiben Sie hier!«

Der Brite, der aus bitterer Erfahrung wußte, daß kein Vertrag in diesem Land auch nur das Papier wert war, auf dem er geschrieben war, leistete ohne Zögern seine Unterschrift.

»Und nun zur Frage der Sicherheit«, sagte Huang Li in einem Ton, als beginne diese Unterhaltung, ihn zu langweilen. »Welche Sicherheit haben Sie zu bieten? Was geben Sie mir, wenn das Geschäft – was nicht zu wünschen wäre – aus irgendeinem widrigen Grunde, den Sie zu verantworten haben, ausfällt?«

Palmers schüttelte sich wie unter einer kalten Dusche. »Ich habe nichts anzubieten außer meinem Wort. Das Wort eines englischen Gentleman!«

Wenn Huang Li bisher sein wahres Gesicht verborgen hatte, ließ er nun die Maske fallen. Seine Hand raste wie ein Fallbeil auf die Tischplatte, daß Teekanne und Teetasse klirrten, seine Froschaugen wurden kalt und leer.

»Das Wort eines englischen Gentleman gleicht dem Furz eines chinesischen Kulis. Was ist Ihre Sicherheit? Ich frage nicht noch einmal!«

Palmers zuckte zusammen. »Meine Frau ist heute hier angekommen«, hörte er sich stottern. »Sie ist die Tochter des alten McLeod, wie Sie ja wissen. Ich biete sie als Sicherheit.«

Huang Li gönnte sich ein breites Grinsen. »Lachhaft«, sagte er.

»Sie ist meine geliebte Frau! Sie ist alles, was ich habe!« gab Palmers ehrlich entrüstet zurück, seine Stimme mühsam bändigend. Sein unterdrückter Wutausbruch schien Eindruck zu machen.

Das gewaltige Kinn seines Gegenübers begann gedankenvoll zu malmen. »Na gut«, sagte Huang Li nach einer Weile. »Ich

58

werde Ihre Sicherheit akzeptieren. Betrachten Sie das Baumwollproblem als gelöst und den unseligen Immobilienhandel als nichtig. In den kommenden Tagen werden Ihnen 510 000 englische Pfund zugehen, und die Baumwolle wird ihre Abnehmer finden. Ein wenig später erhalten Sie die Namen der Absender und Empfänger des Opiums. Wenn irgend etwas schiefläuft, wird Ihre Frau abgeholt.«

Ungeheuerlich! Als hätten sie soeben den Verkauf von zehn Hühnern verhandelt, bot ihm Huang Li seine breite Hand.

Pearson Palmers schlug ohne Zögern ein. Dann verließ er das Teehaus wie in Trance. Er hatte seine Probleme mit einem Schlag gelöst, seine Alpträume bezwungen und das Leben seiner ahnungslosen Frau verpfändet.

Was immer man von ihm sagen mochte – er war ein Genie.

Huang Li blieb allein an seinem Tisch zurück und spuckte nach einem letzten, tiefen Zug aus der Zigarette *Great Wall* noch mehr Tabakkrümel auf den Tisch. Palmers war tatsächlich kein vertrauenswürdiger Partner. Er hatte zwar seine Frau als Sicherheit gegeben, doch das bedeutete kaum etwas. Wenn man sich die Liste seiner diversen Liebschaften ansah und besonders den neuesten Eintrag auf dieser Liste – diese russische Tänzerin –, dann galt die angebliche Sicherheit namens Martha McLeod so gut wie nichts.

Wenn er den Handel trotzdem besiegelt hatte, dann, weil Palmers' Comprador Liu ihn darum gebeten hatte. Liu wußte, was er tat, und er war ein Mann, dem man vertrauen konnte.

Liu war Chinese.

Huang verließ seinen Tisch und ging mißmutig zu seinem Wagen, dem neuesten Model aus dem Haus Peugeot, das mitten auf der Straße vor dem Teehaus parkte und das trotzdem niemand, dem an seiner leiblichen Unversehrtheit gelegen war, bemerken oder gar schief ansehen durfte. Daheim wartete *seine* Frau auf ihn und brauchte wieder einmal seinen geschäftlichen Rat. Manchmal wünschte er sich, jemand würde *sie* als Sicherheit in einem wichtigen Handel akzeptieren, aber die Aussichten darauf standen wohl eher schlecht. Jeder in der Stadt kannte Madame Lin, und keiner würde sie geschenkt nehmen. Die schlangenzüngige Puffmutter und Scheißekönigin.

Huang Li hatte sich schon vor Jahren mit ihr zusammengetan, und nun wurde er sie einfach nicht mehr los. Und wenn sie seine Anwesenheit verlangte, dann folgte er lieber, denn sonst gab es lediglich Geschrei, Beleidigungen und Aufregung und nichts, was seinem Blutdruck guttun würde. Für den Abend hatte sich Bao Tung angesagt, dieser scheeläugige Kinderdieb, um Madame Lin seine Neuerwerbungen zu zeigen. Huang Lis sachverständiges Urteil war daher gefragt.

Zuvor jedoch hatte er ein wichtiges Gespräch mit Robert Liu zu führen.

3. Kapitel

Shanghai, Mai 1919

Ma Li ließ wieder und wieder ihre Hand über den Stoff gleiten und war wie verzaubert von der weichen Berührung. Es fühlte sich auf der Haut gar nicht an wie ein Stoff, sondern mehr wie ein wohliger, kühlender Hauch. Reich verziert war das Kleid, wie ein Kunstwerk, mit Stickereien aus Gold und Silber, verspielten Mustern am Kragen und entlang der Säume.

Neben ihr stand ihre Begleiterin, Zhang Yue, in einer ähnlich vornehmen Aufmachung. Während Ma Li Rot trug – die Farbe des Glücks –, war Zhang Yue ganz in Silber gekleidet. Sie sahen aus wie kleine Prinzessinnen, fand Ma Li, und schienen zu glitzern und zu erstrahlen wie Sterne. Es war fast so wie in ihrem Traum vom Glück im Jadepalast und täuschte für den Moment darüber hinweg, welcher Alptraum ihnen in Wahrheit bevorstand.

»Ich hatte noch nie so ein schönes Kleid«, flüsterte sie ehrfürchtig Zhang Yue zu, als sie ihre Sprachlosigkeit überwunden hatte.

»Ich hatte bisher überhaupt kein Kleid«, gab die andere ebenso verzaubert zurück. »Daheim bin ich immer nackt herumgelaufen.«

Am Vormittag waren sie endlich in Shanghai angekommen. Bao Tung, der Mann mit der runden Brille, hatte die Bastkäfige mit seiner menschlichen Ware am Bahnhof auf eine ganze Flotte von Rikschas aufgeteilt. Eingeschüchtert von den fremden Geräuschen, dem Lärm und den sonderbaren, neuen Gerüchen der großen Stadt hatten die Kinder durch die

Maschen ihrer Gefängnisse hindurch ihre ersten Blicke auf Shanghai geworfen. Straßen hinter Straßen, Häuser hinter Häusern, Menschen, die flink wie Ameisen kreuz und quer durcheinanderliefen. Alle waren in Eile, manche lachten, andere schrien und fluchten. Die Mädchen wurden von Benzinkutschen überholt, die schnauften wie Drachen und manchmal quäkende Sirenen erschallen ließen. Sie bestaunten Menschen in sonderbaren Anzügen, Ausländer mit lustigen Hüten, feine Damen, die unter ihren Sonnenschirmen einherschritten und in eleganten Geschäften verschwanden, die prächtig aussahen wie Paläste. Außerdem erblickten sie Soldaten und Matrosen in weißen Uniformen und riesige, bunte Tafeln, so groß wie Häuser, die ihrerseits an Häusern klebten, die groß waren wie Berge. Auf den Tafeln waren gigantische Zigaretten abgebildet oder glücklich lachende Frauen mit einem Getränk. Bunt und vielfältig waren die Läden und zur Straße hin offen. In manchen sah man Gold und Silber oder unglaublich kostbare Kleider und Möbel.

Ma Li blickte sich sorgenvoll nach Lingling um, deren Käfig neben ihrem auf dem Rücksitz der Rikscha von zwei weiteren Käfigen eingeklemmt war. Die Kleine schien die Fahrt jedoch zu genießen. Sie jauchzte, wenn der barfüßige Kuli, der sie zog, genug Schwung geholt hatte, daß ihre Haare in der Brise wehten.

»Das ist Shanghai!« rief Ma Li ihr zu. Ihre Stimme überschlug sich vor Aufregung. Sie wünschte, dieser Ritt durch die Stadt der Wunder würde niemals aufhören, und versuchte, nicht daran zu denken, was am Ende dieser Reise auf sie wartete.

Dem Gefährt des Herrn Bao Tung folgend, bog die Flotte der Rikschas von einer großen, prachtvollen Straße voller vielfarbiger Fahnen, verwirrender Schilder und eiliger Menschen ab in eine Seitengasse und erreichte ein Haus, das mit den Bildern von bärtigen Kaisern und Konkubinen, von Generälen und Weisen behängt war. Aus dem Inneren des Hauses hörten

sie die hohen Gesänge, die Gongs und Zimbellen einer Opern-
aufführung.

Eine wortkarge, übellaunige Frau mit blutunterlaufenen
Augen trat aus der Tür und nahm Ma Li und Lingling sowie
Zhang Yue in Empfang.

»Ich bringe die anderen erst ins Lager und komme dann
gleich wieder«, rief Bao Tung ihr zu, und schon setzte sich der
Troß wieder in Bewegung.

Die Frau öffnete die Käfige und entließ die Mädchen aus
ihrer Gefangenschaft.

»Macht bloß keinen Unfug und bleibt bei mir. Sonst setzt
es Prügel!« keifte sie. »Los – hier entlang! Macht schon!«

Die Knochen der Kinder, die drei Tage lang wie eingefroren
gewesen waren, wollten nicht so schnell gehorchen. Schon
versetzte die Frau Zhang Yue den ersten Schlag auf den Kopf.

»Vorwärts! Ich kann nicht den ganzen Tag warten!«

Zhang Yue zog die Schultern ein und humpelte voraus. Ma
Li ergriff Lingling und schleppte sie hinter sich her. Ihre
Angst kehrte zurück. Diese Stunde, in der sie sich würde wehren müssen – auf Leben und Tod –, diese Stunde rückte immer
näher. Sie betraten eine große, dunkle Halle, die voller Menschen war. Greise, Frauen, ganze Familien hockten da und ver-
speisten mitgebrachte Mahlzeiten, spielten Karten, schliefen
oder schnatterten und lachten munter, während auf der Bühne
ein riesiger Mann in leuchtend gelbem Gewand ein wehmüti-
ges Klagelied über den Tod seiner Geliebten schmetterte. Die
Frau walzte voraus, quer durch die Reihen der Besucher, und
die Kinder folgten ihr hinter die Bühne. Zwischen Töpfen
mit Schminke, falschen Bärten, prächtigen Theatergewändern
und Trommeln warteten sie, bis Bao Tung zurückkehrte.
Manchmal kamen die Darsteller von der Bühne, um sich ein
wenig auszuruhen, zu rauchen oder in der Zeitung zu blättern,
bevor sie wieder nach draußen gingen. Niemand würdigte die
Mädchen eines Blickes.

Bao Tung redete kurz mit der Frau, die er »ältere Schwester« nannte und gab ihr Anweisungen.

»Diese drei sind für Madame Lin. Mach sie fertig und zieh ihnen was Ordentliches an. Ich hole sie am Abend ab.«

»Du machst es dir leicht! Was soll ich denn diesem Zwergenmädchen anziehen?«

»Finde irgendwas! In diesen Lumpen kann ich sie ja wohl kaum zu Madame Lin bringen«, beschied Bao Tung sie. »Und denk immer an das Geld. Ich gebe dir zwei Silberdollar, wenn alles läuft wie geplant.«

»Ja, ja«, kreischte ihm die Frau hinterher. »Du schmauchst dein verdammtes Opiumpfeifchen, und an mir bleibt wieder die Drecksarbeit hängen.«

Bao Tung lachte im Weggehen, bis er gewaltig husten mußte.

Danach hatte die Frau die Mädchen in scharfer Seifenlauge gebadet, sie geschrubbt, bis ihre Haut rot wurde, und hatte ihnen die Haare geschnitten. Sie hatte ihre Finger- und Fußnägel einer fachkundigen Behandlung unterzogen und lackiert. Sie hatte ihnen Farbe in die Gesichter gemalt und sie in erstickende Duftwölkchen eingenebelt. Ganz am Schluß waren ihnen diese wundervollen Kleider angelegt worden.

Nun stand Bao Tung wieder vor ihnen und unterzog sie einer gründlichen Musterung durch seine runden Brillengläser. Er schien zufrieden.

»Nicht schlecht – was?« Die grimmige Frau verschränkte stolz die Arme vor der Brust, als sie ihr Werk betrachtete. Die Mädchen standen hilflos vor ihnen, und Ma Li fühlte sich trotz des schönen Kleides nackt.

»Fabelhaft«, sagte er. »Was ist mit der Zwergin?«

»Da wirst du staunen …«

Die Frau verschwand hinter dem Wandschirm, hinter den sie vor ein paar Minuten Lingling gebracht hatte, nachdem die Kleine wie gebannt zugesehen hatte, wie sich ihre Schwester und das fremde Mädchen in zwei Königinnen verwandelten.

Lingling hatte keine Scheu vor der grimmigen Frau und sich ohne Widerrede von ihr waschen und die Haare schneiden lassen. Wer Ma Li mit solcher Freundlichkeit behandelte und sie so prachtvoll einkleidete, dem brachte sie alles Vertrauen entgegen. Nicht ein einziges Mal, seit sie die Herberge und die böse Frau verlassen hatten, hatte Linglings unerträgliche Proteststimme sich erhoben.

Und sie strahlte, als die Frau sie nun in den Raum führte.

»Schönes Kleid!« sagte sie freudig. »Schön. Lingling auch schön!«

Zhang Yue kicherte vergnügt, als sie die Kleine sah. Ma Lis Gesicht hingegen verfinsterte sich. Wenn sie erwartet hatte, daß auch ihre Schwester in einem feinen Kleid erschien, dann wurde sie nun enttäuscht. Lingling war in einen roten Anzug gezwängt, Jäckchen und Hose mit goldenen Knöpfen versehen, und auf dem Kopf trug sie einen runden, schwarzen Hut.

»Was ist das denn?« prustete Bao Tung.

»Lao Wu hat mir ausgeholfen«, krähte die Frau zufrieden mit sich und ihrem Werk. »Ich bin rüber in sein Theater und habe ihn gefragt, ob er mir nicht ein Kostüm von einem seiner Affen ausleihen kann. Und siehe da – es paßt wie angegossen.«

»Von einem Affen …« Zhang Yue gluckste.

Ma Li wurde heiß und kalt vor Zorn. Allein Linglings glückliches Lächeln über ihr schönes, neues Kleid hinderte sie daran, sich auf die fett grinsende Frau oder die prustende Zhang Yue zu stürzen. Sie biß ihre Zähne so fest zusammen, daß es weh tat.

Es war ein eher unscheinbares Reihenhaus, das die gefürchtete Madame Lin und ihr Lebensgefährte Huang Li in der *Avenue Edouard VII.* bewohnten. Eine hohe Mauer und ein Tor zur Straße, dahinter ein liebevoll angelegter Garten mit einem Teich, in dem würdevoll und regungslos ein einsamer Reiher stand.

Madame Lin legte großen Wert auf Schönheit und Stil. Ihr Haus war bis unter das Dach mit den feinsten Möbeln aus Edelholz, den erlesensten Antiquitäten und den kostbarsten Gemälden der größten chinesischen Tuschemaler ausgestattet. Es war ein Schrein der hohen Kultur und klassischen Eleganz, der wohl vergessen machen sollte, daß Madame Lin ihre beträchtlichen Reichtümer in zwei anrüchigen Branchen verdiente: Sie unterhielt eine Reihe von Bordellen, Bars und Clubs, und sie kontrollierte den Shanghaier Handel mit Scheiße. Wobei dieser Handel ein von ihrem ersten, inzwischen verstorbenen Gatten ererbtes Gewerbe war. Das paßte, dachte sie manchmal bitter, ein immenser Haufen Scheiße als einziges Überbleibsel einer kinderlosen und durchaus nicht sehr glücklichen Ehe. Scheiße, pflegte ihr Gatte zu sagen, war die einzige Ware auf der Welt war, an der man zweimal verdienen konnte: einmal beim Abholen aus den Sickergruben der Wohnsiedlungen und dann noch einmal beim Weiterverkauf an die Gemüsebauern auf dem Land. Natürlich war die feine Madame nicht persönlich mit dem Fäkalienhandel befaßt. Diese Arbeit erledigten ihre Angestellten und – auf der untersten Ebene – ein Heer von Kulis, Kutschern und Trägern. Madame Lin verdiente jedoch an jedem Eimer zweimal – genau wie es ihr erster Gatte beschrieben hatte. Ihr zweites geschäftliches Standbein war – gesellschaftlich gesehen – zwar etwas weniger schmutzig und konnte mit einem Augenzwinkern als »Entertainment« oder mit viel Wohlwollen sogar Kunstgewerbe bezeichnet werden, denn zu ihren Bordellen zählten auch vornehme Kurtisanenhäuser, in denen ausgebildete Damen der hohen Schule der Gedichtrezitation und des Musizierens tätig waren und in denen die vornehmsten und reichsten Herren der Stadt, wenn nicht des ganzen Landes einkehrten. Zum weitläufigen Imperium der Madame Lin gehörten allerdings auch jene weniger noblen *Blumenhäuser*, *Sing-Song*-Kneipen, Puffs, Bars und Nachtclubs bis hinunter zu den dreckigen Spelunken, in denen mit Decken verhängten Parzellen bedauernswürdige Mädchen, die sogenannten *Salzwas-ser-Schwestern*, die Wünsche und Gelüste jedes zahlenden Kinderschänders, Syphillisträgers, ausländischen Matrosen oder verdreckten Hafenarbeiters zu erfüllen hatten. Allein ihre Opium-Höhlen hatte Madame Lin als Geste des guten Willens gegenüber dem vor zwei Jahren erlassenen Gesetz mittlerweile geschlossen und dafür gesorgt, daß alle Zeitungen groß über diesen Schritt berichteten und sie dabei in ein günstiges Licht rückten. Denn nichts – außer dem Geschäft – lag Madame Lin so sehr am Herzen wie ihr Ruf. Und nichts – außer immer mehr Geld – wünschte sie sich so sehr wie die Anerkennung und den Respekt der erlauchten Shanghaier Gesellschaft. Auf nichts und niemanden war sie neidischer – fast schon krankhaft neidisch – als auf die von allen verehrte Familie von Charles Jones Soong. Dessen Familie wurde in der ganzen Stadt verehrt wie ein Königshaus. Seine drei Töchter waren die Kronjuwelen Shanghais. In Amerika erzogen – klug, selbstbewußt, bewundert. Madame Lin, zum Äußersten entschlossen, um zum Ruhm und Ansehen des ehemaligen Missionars und Geschäftsmannes Charlie Soong aufzuschließen, war sogar zum christlichen Glauben übergetreten, hatte sich taufen lassen und den Namen Elisabeth angenommen. Es hatte jedoch nichts genutzt. Jedermann nannte sie weiterhin Madame Lin oder, wenn sie oder ihr rachsüchtiger Lebensgefährte Pockengesicht Huang Li außer Hörweite waren, die »alte Giftnatter«. Als sie im vergangenen Jahr den alten Charlie Soong zu Grabe trugen und mit einer Trauerfeier ehrten, wie sie Shanghai noch nicht gesehen hatte, da war Madame Lin zu ihrer großen Zerknirschung noch nicht einmal eingeladen gewesen. Keinen Gast, den sie in ihr Haus und zu ihren luxuriösen Partys und Gesellschaften bat, konnte sie durch die exquisite Einrichtung, die zur Schau gestellte Noblesse und ihren sagenhaften Reichtum dazu verleiten, in ihr mehr zu sehen als eine in Verbitterung und Ehrgeiz verwelkende, gemeine Puffmutter und Fäkalienschieberin.

Der Gast, der mit einer tiefen Verbeugung und hingehauchten Huldigungen das Reihenhaus betrat und sich von einem Dienstboten in den Salon geleiten ließ, hatte überhaupt kein Auge für die Kunstschätze und Edelmöbel. Den drei Mädchen, die er hinter sich herzog, stockte jedoch der Atem angesichts all der Pracht, Schönheit und der Sauberkeit. Schon die Fahrt durch die nun dunkle Stadt mit ihren tausend Lichtern hatte sie bis an den Rand der Ungläubigkeit beeindruckt. Aber dieses Haus – das war nach den Verschlägen und der Operngarderobe wie ein Königspalast!

»Vogel, Vogel«, quengelte Lingling, die keinen Schritt mehr gehen wollte, ohne den Reiher im Gartenteich zu begrüßen. Ma Li hatte Mühe, sie zu beruhigen.

»Nicht jetzt, später!« flüsterte sie ängstlich, um nicht den Zorn von Bao Tung zu wecken, dessen Nervosität sich auf die Mädchen übertrug.

»Elisabeth Lin läßt nun bitten«, näselte der Dienstbote und wies Bao Tung und seiner Begleitung den Weg in den Salon. Es war dem Personal unter Androhung von Strafe verboten, sie als »Madame Lin« anzukündigen.

Die alte Giftnatter saß kerzengerade an dem Sekretär, wo sie ihre Geschäftspost erledigte, und bedeutete Bao Tung, ohne aufzusehen, auf dem Ledersofa Platz zu nehmen, während sie stirnrunzelnd einen Brief zu Ende las. Tief auf ihrer Nase saß eine in Gold gefaßte Brille. Ihr zierlicher Körper steckte in einem einfachen schwarzen Kleid mit langen Ärmeln und Rüschen, aus denen ihre skeletthaften Hände ragten. An mehreren Fingern funkelten Brillanten. Ihr Haar war streng nach hinten gekämmt. Wer genau hinsah, konnte sehen, daß es an manchen Stellen bedrohlich dünn wurde und die Kopfhaut durchschimmerte. Madame Lin war zwar erst 54 Jahre alt, aber sie hatte in ihrem Leben nichts ausgelassen.

Bao Tung setzte ein öliges Lächeln auf und drückte die drei

Mädchen auf das Polster nieder. Lingling in ihrem roten Zirkusaffenkostüm rutschte unruhig hin und her.

»Vogel!« quiekte sie unterdrückt, eingeschüchtert von dem vornehmen Glanz rundherum. Als Ma Li ihre Schwester zu sich ziehen wollte, um sie zu beruhigen, strafte Bao Tung sie mit einem wütenden Blick. Die kleine Prinzessin sollte erstrahlen, wenn Madame Lin sie zum ersten Mal sah. Das Affenmädchen würde mit ihrer grotesken Erscheinung womöglich den ersten Eindruck ruinieren, was sich ungünstig auf den Gesamtpreis auswirken konnte. Daher griff er Lingling am Arm – so fest, daß er schon selbst fürchtete, dieses Zweiglein von einem Körperglied könnte in seiner Hand zerbrechen. Lingling begann zu schreien, ein Schrei wie ein Schwertstreich, der durch die samtene Stille des Salons fegte und die Gläser in der Vitrine zum Zittern brachte. Bao Tung, der um seinen satten Gewinn fürchtete, beging einen folgenschweren Fehler. Er holte aus und wollte Lingling schlagen und zum Schweigen bringen, doch bevor er dazu kam, warf sich Ma Li mit Gebrüll auf ihn, riß ihm seine Brille von der Nase und grub ihre frisch gefeilten und lackierten roten Fingernägel so tief in die Haut seiner Wangen, daß Blut hervorquoll. Niemand würde ihrer Schwester etwas antun. Ihr Haß, dieser knurrende Wolf, riß sich los.

Bao Tung brüllte vor Schmerz und Empörung, und Zhang Yue sprang auf und trat schnell zur Tür, als wolle sie zeigen, daß sie ein braves Mädchen war und mit diesem ungeheuerlichen Vorgang nichts zu tun hatte. Madame Lin hatte beide Hände schützend über ihre Ohren gelegt und sah dem Kampf auf ihrem Sofa halb entsetzt, halb amüsiert zu. Schließlich gelang es Bao Tung, sich aus der Umklammerung der Angreiferin zu lösen und Ma Li bei den Schultern zu packen. Er hob sie hoch, und für den Moment sah es aus, als wolle er sie mit voller Wucht auf die noch immer wie am Spieß schreiende Lingling werfen, als eine andere Stimme den Raum erfüllte.

Der mächtige Baß von Pockengesicht Huang übertönte sogar Linglings nervenzerfetzende Schreie.

»Schluß jetzt! Was ist hier los?« grollte der stiernackige Fleischberg, während er wütend den Raum betrat wie ein Rachegott. Linglings Stimme erstarb, und sie starrte den Riesen mit ungläubigem Staunen an. Bao Tung gefror in der Bewegung, besann sich und setzte Ma Li neben sich ab. Auch sie rührte sich nicht mehr, eingeschüchtert von der erdrückenden Macht des großen, unglaublich häßlichen Mannes.

»Ich bin untröstlich.« Bao Tung verbeugte sich so tief, daß seine Stirn beinahe die Knie berührte. Aus seinem zerschundenen Gesicht fiel ein Blutstropfen auf das glänzende Parkett des Salons. Er fand, bevor er sich aufrichtete, seine Brille auf dem Boden und ergriff sie mit zitternder Hand, getraute sich aber nicht, sie aufzusetzen. Ma Li, die vor Angst und Wut kaum Luft bekam, stand reglos da.

»Er wollte meine Schwester schlagen«, keuchte sie schließlich. »Niemand darf ihr etwas zuleide tun. Das habe ich geschworen!«

»Sei doch still du kleines Miststück«, zischte Bao Tung zwischen zusammengepreßten Zähnen, während Huang Li näher schritt und sich vorbeugte, um das kleine Mädchen auf dem Sofa zu betrachten.

»Sieht aus wie ein Mensch«, sagte er verwundert. »Ist aber gekleidet wie ein Affe!«

»Sie ist ein Mensch!« rief Ma Li empört. »Seine Schwester hat sie in dieses furchtbare Kostüm gesteckt!« Sie deutete anklagend auf Bao Tung.

»Sei endlich still!« zischte der Mädchenhändler wütend. »Ich bitte noch einmal in aller Form um Verzeihung!« Wieder verbeugte er sich.

Ma Li dämmerte, daß Bao Tung sie in dieses Haus und zu diesem Riesen gebracht hatte, um sie an ihn zu verkaufen. Dieser häßliche Unhold, dessen Gesicht aussah, als wohnten gefräßige Würmer darin, wollte sie besitzen und ihnen weh tun. Fast ohnmächtig angesichts der Vorstellung, daß er sie berühren wollte, baute sie sich nun vor ihm auf. Wild blitzte es in ihren Augen.

»Und Sie werden uns auch nicht anfassen. Nicht meine Schwester und nicht mich! Ich bin ein Feuerpferd!« brüllte sie.

Bao Tung war, als öffnete sich ein Abgrund vor ihm. Am liebsten hätte er sich auf die kleine Bestie gestürzt, um sie zu erwürgen.

Plötzlich jedoch erklang vom anderen Ende des Raumes das Klatschen zweier magerer Hände.

»Bravo, mein Kind!« Madame Lin lachte. »Ich wünschte, ich hätte genau das vor vielen Jahren schon gesagt. Ein Feuerpferd bist du also. Sehr interessant. Feuerpferde sind sehr selten …«

Bao Tung schöpfte, ermutigt von der sonderbar milden Reaktion der Giftnatter, neue Hoffnung. »Das Mädchen ist nicht immer so«, erklärte er kleinlaut. »Bisher hat sie sich sehr still verhalten. Ich werde sie wieder mitnehmen und ihr Manieren beibringen. Wenn Sie inzwischen dieses Mädchen betrachten wollen? Ihr Name ist Zhang Yue. Übrigens ebenfalls ein Feuerpferd …«

Zhang Yue erstarrte in ihrem silbernen Kleid. Auch sie ahnte, daß der fette Mann mit dem widerwärtigen Gesicht ihr neuer Herr werden sollte. Also mußte sie ihm gefällig sein, wenn sie überleben wollte, und sie wußte, was sie tun mußte: Sie legte ein wenig den Kopf zur Seite und lächelte ihn kokett an.

»Wie lautet dein Name?« Madame Lin hörte dem Kinderhändler gar nicht zu und wandte sich direkt an Ma Li.

»Ich bin Ma Li. Meine Schwester heißt Lingling.« Sie sprach so schnell, als hinge ihr Leben davon ab. »Unsere Eltern sind tot. Wir haben bei meinem Onkel in der Küche gearbeitet, und ich kann auch hier in der Küche arbeiten. Ich lasse niemals das Feuer ausgehen, und ich kann *mantou* zubereiten. Wir essen nicht viel und brauchen wenig. Nur manchmal muß ein Arzt nach Lingling sehen ...«

Bao Tung stieß sie unsanft an. »Sei nicht so vorlaut. Du sollst nur reden, wenn du gefragt wirst!«

»Die Dame hat mich aber gefragt!« versetzte Ma Li und erntete ein spitzes Lachen der Giftnatter.

Huang Li fiel es schwer, seinen Blick von Lingling zu lösen. So ein winziges Wesen hatte er noch nie gesehen. Das Kind war wie eine lebende Puppe, wie ein Spielzeug. Lingling starrte ihn gleichfalls an, ebenso verängstigt wie gebannt. So etwas Großes und Menschenähnliches war ihr noch nie unter die Augen geraten. In diesem Moment schmiedeten die beiden ein eisernes Band der Zuneigung.

Bao Tung, seine Sinne geschärft, bemerkte den Blick des Pockengesichts. »Ich hatte überlegt, daß sich das Affenmädchen sehr gut als Attraktion in einem Varieté machen könnte. Ich dachte an *Dashijie* – die Neue Welt ...« So lautete der Name des neuesten Vergnügungstempels oben an der Tibet Road. Sechs Stockwerke vollgestopft bis unter das Dach mit Akrobaten und Absonderlichkeiten, mit Schauspielern und Sängern. Spielhölle, Theater, Oper und Zirkus in einem. Ein großer Erfolg in Shanghai, wo man stets auf der Suche nach dem neuesten Superlativ war – und dem kürzesten und bequemsten Weg zur nächsten Sensation.

»Die kleinste Frau der Welt – sie würde dort bestimmt ein Vermögen einspielen«, stotterte Bao Tung, als er sah, wie Huang Lis Miene sich verfinsterte. »Aber ich wollte sie doch zuerst und vor allen anderen Ihnen anbieten .... weil ... zusammen ... mit der Schwester ...«

Seine Rede versiegte unbeachtet.

Madame Lin erhob sich und schlenderte auf die Besucher zu. »Ich übernehme die Rote und ihre kleine Schwester«, beschied sie Bao Tung. »Die andere kannst du wieder mitnehmen. Was ist dein Preis?«

72

Bao Tung, verdutzt, aber wendig, fand schnell seine Kalt-schnäuzigkeit wieder. »Eine gute Wahl«, katzbuckelte er. »Lei-der nicht ganz billig. Ich habe ihrer Pflegemutter, die sehr an den beiden hing, zehn Silberdollar zahlen müssen. Pro Stück! Sie werden verstehen, liebe Elisabeth Lin, daß ich sie nach Aufrechnung der Umlagen für nicht weniger als vierzig Silberdollar abgeben kann. Als Freundschaftspreis …«

Die Giftnatter bedachte ihn mit einem verächtlichen Blick. »Ich glaube dir kein Wort«, murmelte sie. »Ich zahle dir zwan-zig Dollar. Für beide.«

Der Mädchenhändler warf entsetzt die Arme in die Höhe. »Unmöglich! Wollen Sie mich ruinieren?«

»Dreißig für beide – das ist mein letztes Wort. Huang Li, was meinst du?«

»Ich an seiner Stelle würde den Preis annehmen«, grollte der Gangsterboß.

Bao Tung krümmte und wand sich. Auf fünfunddreißig hatte er in seinem Opiumrausch gehofft. Dreißig war – im nüchternen Zustand – immer noch genug. »Also gut – einver-standen«, knirschte er. Schließlich würde die silberne Zhang Yue mit ihrem elfenhaften Lächeln an anderer Stelle vielleicht noch einmal zehn Dollar einbringen.

Madame Lin zählte ihm das Geld in die Hand und gönnte sich ein feines, überlegenes Lächeln. Für das, was sie mit den ungleichen Schwestern vorhatte, waren dreißig Dollar wahr-lich kein zu hoher Preis. Für die beiden hätte sie auch drei-hundert bezahlt und wäre noch zufrieden gewesen.

Huang Li blickte seine Partnerin argwöhnisch an und ver-suchte, zu verstehen, wobei er hier Zeuge geworden war. So schnell hatte er die alte Giftnatter noch nie weich werden se-hen. Sie mußte ihre ganz besonderen Gründe haben.

Bao Tung ergriff Zhang Yue so fest am Arm, daß sie vor Schmerz aufschrie. Er mußte beweisen, daß er noch immer Macht besaß, und zerrte das kleine Luder wütend aus dem

Zimmer. Im Flur schlug er ihr mit beiden Händen ins Gesicht.

»Was? Du willst mich beißen? Hier, das ist für dich!« Wieder und wieder erklang das schauerliche Geräusch einer brutalen Männerhand, die in ein Kindergesicht fuhr.

»Los, steh auf, du kleine Bestie! Stell dich nicht tot, ich weiß, daß du nicht tot bist!« hörte Ma Li zu ihrem Entsetzen den Mädchenhändler. Sie wußte, daß Zhang Yue wieder ihren alten Trick versuchte, aber diesmal schien es ihr nicht zu helfen.

Ma Li begriff, daß sie irgend etwas tun mußte. Die unheimliche Frau, die sie mit diesem eigenartigen, wohlwollenden Lächeln betrachtete, konnte vielleicht auch Zhang Yue aus den Fängen dieses bösen, grausamen Kerls befreien, doch dann dachte sie an das gemeine Lachen von Zhang Yue, als sie Lingling in dem entwürdigenden Affenkostüm gesehen hatte, und beschloß, daß sie eine Strafe verdient hatte. Außerdem war Ma Li selbst viel zu froh, daß niemand sie oder gar Lingling schlug, und daher schwieg sie.

Doch das bereute sie bald – und für den Rest ihres Lebens.

Kein Tanztee im *Hotel Majestic*, keine Einführung in die Shanghaier Gesellschaft, die doch angeblich so begierig darauf war, sie endlich zu sehen. Martha McLeod wartete in ihrem feinsten rosafarbenen Kleid, das die lange Schiffsreise erstaunlich gut überstanden hatte, seit Stunden vergebens auf ihren Mann. Nanny, das Mädchen mit dem schauderhaft hervorstehenden Zähnen, schwirrte unglücklich durch den Raum, denn sie spürte die Enttäuschung und die Hilflosigkeit ihrer schönen, aber sehr dünnen, blassen Herrin. Sie wischte seufzend Staub und rückte irgend etwas von hier nach dort. Dann eilte sie aus dem Zimmer, kehrte mit Ingwerkeksen zurück, die der Koch gebacken hatte, und brachte wieder und wieder frischen Tee.

Martha bemerkte die Chinesin jedoch gar nicht. Sie fühlte

sich so einsam und verlassen wie noch nie in ihrem Leben und kämpfte immer wieder mit den Tränen. Längst war die Sonne untergegangen, und noch immer hatte Pearson sich nicht wieder blicken lassen. So hatte sie sich ihren ersten Abend des Wiedersehens wahrlich nicht vorgestellt. »Dringende Geschäfte«, hatte er gesagt. Wieviel dringender konnten seine Geschäfte denn sein, als sich um sie zu kümmern? Immerhin war sie die Tochter seines Arbeitgebers! Ihr verdankte er alles. Sie hatte ihn nie daran erinnert – aber vielleicht war es an der Zeit, genau das zu tun! Oder war ihm vielleicht etwas zugestoßen? Das war nicht auszuschließen in dieser gesetzlosen Stadt, die von schlitzäugigen Schurken und unsagbar elenden Massen bevölkert wurde. Liebte er sie nicht mehr – hatte er eine andere gefunden? Über die Sittenlosigkeit und moralische Verdorbenheit der *Shanghailänder*, wie sie sich nannten, als hätten sie eine eigene Nationalität, kursierten daheim in England allerlei wilde Gerüchte. Lebten sie doch wie Fürsten in einem fremden Land, das nach Belieben auszubeuten und zu unterwerfen sie für ihr natürliches Recht hielten. Sie konnten in dieser Stadt, die gerne das Sodom und Gomorrha des Fernen Ostens genannt wurde, tun, was immer sie für richtig hielten, weil sie immun waren gegen die chinesische Gerichtsbarkeit. Sie waren reich und wurden immer reicher – und nach ein paar Jahren rechenschaftslosen Treibens kehrten sie triumphierend zurück in die Heimat, um sich als wertvolle Mitglieder der Gesellschaft zu gebärden. Sollte Pearson Palmers, den sie als zielstrebigen und vielversprechenden Mann kennenund liebengelernt hatte, den Versuchungen und Verlockungen des Orients erlegen sein und seine Frau verraten haben? Es waren dunkle Gedanken, die wie unsichtbare Aasgeier über ihr kreisten. Doch reichte plötzlich ein einziges Geräusch, um alle dunklen Gedanken zu verscheuchen – die Melodie der Hausklingel. *Er ist zurück*, jubelte Martha und sprang auf. Es waren gewiß schwierige Verhandlungen mit Halsabschneidern und

Zinkern, die er schließlich doch erfolgreich und zum Nutzen der Firma zu Ende gebracht hatte. Nun würde sie seine Entschuldigungen natürlich einigermaßen pikiert, aber am Ende doch gnädig entgegennehmen, um dann endlich zum Abendvergnügen aufzubrechen.

Stimmen erklangen in der Halle.

Es wurde jedoch Chinesisch gesprochen. Konnte das tatsächlich Pearson sein? Sie stürmte hinaus. Der Boy – wie war noch sein Name? – im Gespräch mit einem anderen Chinesen, einem gut gekleideten Mann von feiner Gestalt. Mit Befremden bemerkte Martha einen unglaublich langen, in Silber eingefaßten Fingernagel an seiner rechten Hand, mit der er die ledernen Griffe einer stattlichen Brieftasche umfaßt hielt.

Der Mann bemerkte sie und lächelte. »Sie sind sicherlich Martha McLeod ...«, wandte er sich mit einer freundlichen Verbeugung an sie und winkte den Boy mit einer verstohlenen Handbewegung aus dem Foyer. »Sehr erfreut, Ihre Bekanntschaft zu machen!« Sein Englisch war fließend und angenehm anzuhören.

»In der Tat, ich bin Martha McLeod.« Sie erwiderte seine Begrüßung mit einem leicht befremdeten Kopfnicken. »Und mit wem habe ich das Vergnügen?«

»Mein Name ist Robert Liu. Ich bin der *Comprador* Ihres Herrn Gemahls.«

»Der ... Comp ... ra – *was*?«

»Der Comprador.« Er lächelte erneut. »Ein portugiesisches Wort, das soviel wie ›Einkäufer‹ heißt. Ich bin Mr. Palmers Einkäufer, ein chinesischer Assistent. Das heißt, ich bin der Assistent des *Hong*.«

Martha blinzelte ihn verständnislos an. Er lächelte ein sehr gewinnendes Lächeln.

»*Hong* – so nennen wir ein Handelshaus. Die Firma Ihres werten Herrn Vaters ist bei uns ein *Hong*. Und ich bin sein Einkäufer. Ganz einfach.«

»Ach so …« Sie kam sich so fremd und ahnungslos vor, daß sie am liebsten im Erdboden versunken wäre. »Ich vermute, Sie möchten meinen Mann sprechen, doch er ist leider noch nicht wieder von einem dringenden Geschäftstermin zurückgekehrt«, fuhr sie fort und hoffte, es sei eben dies der Grund, der den Chinesen mit dem absonderlichen Fingernagel in ihr Haus führte. Vielleicht hatte er den Auftrag, ihr seine Verspätung anzuzeigen, zu erklären und zu entschuldigen. Doch das schien nicht der Fall zu sein.

»Wie gefällt Ihnen Shanghai?« fragte Robert Liu statt dessen.

»Es ist …« – schmutzig? Übelriechend? Furchteinflößend? – »Es ist … turbulent …«

Der Comprador lachte so unerwartet und laut auf, daß sie zusammenfuhr. »Ja, das ist es.«

»Wissen Sie, wo sich mein Mann aufhält?« Sie erschrak selbst über den verzweifelten Klang ihrer Stimme und die offensichtliche Hilflosigkeit, mit der sie einem wildfremden Menschen, einen Chinesen zumal, überfiel. Sein Lächeln erlosch – aber schon nach einem Moment kehrte es zurück.

»Er wird sicherlich bald bei Ihnen sein. Um diese Jahreszeit, wo stets neue Verträge ausgehandelt werden, ist es immer sehr … *turbulent*!« Er lachte, als er ihr Wort wieder zurückspielte wie in einem eleganten Tennismatch. »Ich habe Ihren Herrn Vater einmal vor vielen Jahren kennengelernt. Ein imposanter und strenger Mann mit sehr roten Haaren …«

»Er ist Schotte«, erwiderte Martha. Allein die Erinnerung an den alten McLeod gab ihr für einen kurzen Moment ihren Stolz zurück. »Er hat die Firma aus dem Nichts aufgebaut.«

Und im Nichts wird sie bald verschwinden, dachte Robert Liu. Er hatte schon vor einiger Zeit aufgehört, diesen Umstand zu bedauern, sondern begonnen, im unausweichlichen Zusammenbruch seinen eigenen Vorteil zu suchen. Als *Comprador* nahm er die Aufgaben eines Dolmetschers, eines Babysitters, eines Blitzableiters, eines Erziehers, eines Mitwissers, eines Prokuristen, des heimlichen Bosses und noch ein halbes Dutzend anderer Funktionen wahr. Nun aber war er in eine ganz neue Rolle geschlüpft – die Rolle des Verräters.

Robert Liu diente nun schon dem dritten Geschäftsführer. Palmers Vorgänger war ein Idiot gewesen und dessen Vorgänger ein Genie. Pearson Palmers hingegen war nichts von beiden. Er war nichts weiter als ein Spieler, ein Hasardeur und ein verantwortungsloser Hurenhund, der ein einst blühendes Unternehmen durch seine Ahnungslosigkeit und seine Gedankenlosigkeit in kürzester Zeit an den Abgrund geführt hatte. Der einzige Grund, warum dieser Schürzenjäger und Dandy es überhaupt bis nach Shanghai und in eine leitende Position geschafft hatte, stand nun vor ihm: zierlich, blaß, nett in Rosa gekleidet und anämisch.

Liu ergriff unverhofft ein Gefühl, daß er nicht oft Gelegenheit hatte, gegenüber den Ausländern zu verspüren: Mitleid. Er wünschte, die junge Frau wäre geblieben, wo sie hingehörte. Sie war dabei, in einen Strudel zu geraten, den sie vielleicht nicht überleben würde. Das Ende eines alten und angesehenen *Hongs* kam mit Riesenschritten näher. Alle Weichen waren gestellt, die Uhr tickte. Nur ein paar Stunden noch und *McLeods China Lines & Trade Company* würde endlich und endgültig umbenannt in *Robert Lius China Lines & Trade Company*.

»Haben Sie Kinder, Mr. Liu?« fragte Martha McLeod. Die unerwartete Frage riß ihn jäh aus seinen Gedanken.

»Ich habe einen Sohn. Er ist vierzehn, fast schon ein Mann. Er heißt Benjamin Liu.«

»Ein schöner Name. Ich wünsche mir auch einen Sohn. Ich wollte ihn Lester nennen.« Ein Seufzer entfuhr ihr, und sie konnte ihre Tränen nicht mehr zügeln. »Bitte, sagen Sie mir: Wo ist mein Mann? Wo ist Pearson?«

»Bei einer sehr wichtigen Besprechung mit unseren chinesischen Lieferanten«, log Liu. Was sollte er sonst tun? Sollte er sagen, daß Pearson Palmers mit aller Wahrscheinlichkeit im Bett bei seiner neuen, russischen Flamme lag, sich an ihren üppigen Brüsten labte und ihr vermutlich von seinem Schneid vorschwärmte – wie er das gefürchtete Pockengesicht Huang Li in Grund und Boden verhandelt hatte? Der *Comprador* kannte längst die Details des Abkommens zwischen Palmers und dem Chef der chinesischen Detektive. Schließlich hatte er den Handel selbst erdacht, und nach dem Treffen mit Palmers im Teehaus war Huang Li sofort zu ihm gekommen, um das weitere Vorgehen zu beraten. Palmers war erledigt, endgültig, unwiderruflich, und die Tatsache, daß er von sich aus McLeods Tochter verpfändet hatte, änderte nichts daran. Robert Liu wünschte allerdings, er hätte diese Frau nie gesehen. Es machte die ganze, unappetitliche Angelegenheit sehr viel schwerer, wenn man es mit Menschen aus Fleisch und Blut zu tun hatte. Zumal mit einer offensichtlich ahnungslosen, jungen Frau.

»Ich warte schon so lange«, schluchzte Martha, die nun gar nicht mehr daran dachte, daß sie sich vor einem wildfremden Mann und dazu einem Chinesen gehenließ. »Ich habe mich so auf das Wiedersehen gefreut, aber er scheint mich vergessen zu haben.«

»Bestimmt nicht!« versicherte Robert Liu. »Leider gibt es im Frühsommer immer sehr viel zu tun. Die Verhandlungen mit den Flußkapitänen, die Preise für den Herbst, die Frachtraten nach Übersee – alles muß jetzt entschieden werden.« Das überzeugende Lügen war ihm in all den Jahren im Umgang mit den Ausländern, ihrer Gier und ihrer Rücksichtslosigkeit zur zweiten Natur geworden. »Ihr Mann wird sicher bald bei Ihnen sein. Er nimmt seine Pflichten nun mal sehr ernst.«

»Gewiß haben Sie recht.« Martha bekam sich wieder in den Griff. Die lange Reise, die Hitze, die vielen Fremden, der

Schock über diese Stadt – kein Wunder, daß sie beinahe durchdrehte. »Vielleicht kommen Sie uns bald einmal besuchen. Mit Ihrer Frau und dem kleinen Benjamin …« Sie reichte Robert Liu die Hand.

»Ja, das wäre fein.« Er geleitete die kleine Engländerin zurück in den Salon. Wie dumm und ahnungslos diese Ausländer waren! Als würde ein vornehmer Chinese wie er seiner Frau gestatten, das Haus auch nur zu verlassen. Und sein Sohn hielt sich gar nicht in China auf – Benjamin besuchte das angesehene Internat von Headhurst in Neuengland, Tausende von Meilen entfernt in einer anderen Welt. »Und sorgen Sie sich nicht! Mr. Palmers hat, seit ich ihn das erste Mal gesehen habe, von nichts anderem gesprochen, als von Ihnen …«

Als er die Tür hinter ihr geschlossen hatte, huschte Robert Liu lautlos die Treppe hinauf und widmete sich dem eigentlichen Zweck seines Besuches in Palmers Haus, der durch das unerwartete Auftauchen der unglücklichen Gattin verzögert worden war. Er betrat das Arbeitszimmer und machte sich am Schreibtisch des Geschäftsführers zu schaffen. In einer Schublade verstaute er die Papiere, die ihm Pockengesicht Huang Li gegeben hatte – den »Vertrag«, den Pearson so achtlos unterschrieben hatte, und zwei Schiffspassagen nach Australien. Die Brieftasche schob er unter das Bett.

Dann schlich Liu wieder hinunter in die Halle. Für einen kurzen Moment überlegte er, ob er Martha McLeod warnen sollte. Lange genug hatte er für die Briten gearbeitet, um eines zu verstehen: *fair play.* Niemand, zumal ein Unschuldiger, durfte seiner gerechten Chance beraubt werden. Pearson Palmers hatte mehr als eine Chance in dieser Stadt gehabt, doch er hatte wieder und wieder versagt und dabei noch nicht einmal seinen unerschütterlichen Glauben an sich selbst verloren. Um ihn tat es Liu nicht leid, aber seine Frau hatte mit all dem nichts zu tun. Ihr einziges Vergehen bestand darin, mit einem Nichtsnutz verheiratet und die Tochter des Firmenbosses zu sein.

Einige Sekunden lang stand Robert Liu, die Hand schon auf dem Türknauf, am Ausgang und dachte: *Kehre um! Sag es ihr! Sag ihr, daß sie abreisen muß, daß sie den Schutz der britischen Behörden suchen soll. Sofort!*

Aber er tat es nicht. Die Ereignisse der letzten Woche hatten auch ihm gezeigt, daß die Chinesen sich erheben und sich wehren mußten. Als er gehört hatte, welche Schmach und Schande die Siegermächte in Versailles dem chinesischen Staat angetan hatten, war auch er in patriotischem Fieber entflammt, und dies war der letzte Auslöser für seinen Verrat an der Firma McLeod gewesen. Es war Robert Liu bewußt geworden, daß er bis zu diesem Moment Verrat an seinem Volk begangen hatte, indem er den Ausländern half, sich an der Rückständigkeit Chinas zu bereichern. Mittlerweile jedoch war alles anders geworden. Die Ausländer mußten bestraft und verjagt werden. Es durfte ihnen nicht länger gestattet sein, auf dem Rücken der Chinesen, die sie verachteten und mißhandelten, ihre Reichtümer zu verdienen. Es stand hier nicht nur das Schicksal seines Volkes, sondern auch sein eigenes auf dem Spiel – und die Zukunft seines Sohnes. Nein, er hatte den Ausländern lange genug gedient. Jetzt bot sich die Gelegenheit, China zu dienen und gleichzeitig selbst ein Herr zu werden. Er mußte hart sein und brutal, wenn nötig auch gegen Unschuldige. Für sich, für sein Land und für Benjamin.

Für *Robert Lius China Lines & Trade Company.*

Vielleicht gab es einen Weg für Martha McLeod, diese Stadt lebend wieder zu verlassen, aber es würde schwierig werden – und sehr turbulent …

»*Sonya, Sonya, Sonya*!« Wie die rhythmische Beschwörung einer kultischen Göttin der Liebe stammelte er ihren Namen, als er sich unter wilden Zuckungen zu seinem Höhepunkt stieß. Schweißnaß war sein Körper, die verklebten Haare hingen in Strähnen. Seine Hände walgten ihr köstliches Fleisch, wo immer er es zu fassen bekam – ihre Schenkel, ihre Brüste, ihr Becken. Im goldenen Licht der Wandlampe neben dem Bett blickte er an sich herunter, sah seinen Körper, auf den er so stolz war, sah die Muskeln arbeiten, als gehörten sie zu einer Maschine, und die Sehnen sich spannen wie Peitschen. Er geriet angesichts seines eigenen, perfekten Leibes derart in Wallung, daß er regelrecht explodierte und gleich darauf stöhnend und schnaufend vor Erschöpfung über sie fiel. »Sonya«, hauchte er in das Tal ihres Busens, in dem Schweißperlen sich sammelten, die er genüßlich aufleckte. »Sonya!«

»Du bist aber heute schnell fertig, mein Prinz«, sagte sie – der Klang ihrer wonnevollen Stimme mit dem rollenden R schmeichelnd und ein bißchen hilflos, so wie er es liebte. Ihre Hände sanken auf seine Schultern.

»Ich mußte eben viel zu lange auf dich warten«, keuchte er. Gleich morgen würde er ihr einen Ventilator installieren lassen. Wenn der Sommer kam, war es ohne Ventilator nicht mehr auszuhalten in dieser Wohnung, die er seiner russischen Liebschaft finanzierte – ein weiterer schwer zu erklärender Posten auf dem Spesenkonto der Firma. Pearson Palmers vertraute aber darauf, daß er die Rechnungsprüfer daheim in England leicht einschüchtern konnte. Wenn es dem Schwiegersohn des Chefs beliebte und wenn es dem Fortgang der China-Geschäfte dienlich war, dann konnte er sehr wohl für besondere, geschäftliche Anlässe eine Wohnung auf der teuren Nanjing-Straße unterhalten. Oder etwa nicht? Wer sollte ihm da widersprechen?

»Ich werde dir morgen einen Ventilator einbauen lassen!« sagte er. »Die Wohnung wird im Sommer sicherlich sehr stickig.«

»Bitte …«, erwiderte Sonya und dirigierte seinen ermatteten Körper seitwärts, so daß sie aufstehen und sich waschen konnte. Sie wollte das gute Bettzeug nicht beschmutzen. Mit einem Tuch und einer Schüssel Wasser vollführte sie jedesmal ein raffiniertes, unendlich erregendes Säuberungsritual.

»Ich möchte, daß du nicht mehr in dem Club tanzen gehst«, sagte er unvermittelt und war froh, daß er es endlich ausgesprochen hatte.

Sonya griff blind nach der Seife und antwortete, ohne ihre Intimwäsche zu unterbrechen: »Aber ich muß mir doch meinen Lebensunterhalt finanzieren, Liebster.«

»Ich will dich allein für mich. Ich will dich mit niemandem teilen – und wenn es nur für die Dauer eines Foxtrotts ist.« Der Ton eines enttäuschten Knaben – Pearson Palmers hielt das für einen seiner charmantesten Kniffe. Sonya Chernowa brachte es fertig, mit nassen Fingern eine Zigarette zu ergreifen und anzuzünden, mit einer Hand zu rauchen und mit der anderen den Schaum zwischen ihren Beinen zu massieren.

»Ach, mein kleiner Prinz«, hauchte sie im Ton einer Frau, die nach bitteren Erfahrungen ihre Schritte auf dem dünnen Eis der Hoffnung mit großer Vorsicht setzte.

Es hatte eine Zeit gegeben, da hatten respektable Männer liebeskrank zu ihren Füßen gelegen und ihr Schlösser und Brillanten versprochen. Da hätte sie nur den Finger heben müssen und Dutzende Bewerber mit schweren Orden an der geschwellten Brust, umgeschnallten Degen und faszinierenden Schnauzbärten wären vorgetreten, um sich für sie zu duellieren. Sonyas Kavaliere waren schmucke Offiziere und Millionäre, Fabrikanten, bekannte Dichter und Adelige mit Ländereien so groß wie ganze Staaten. Es hatte eine Zeit gegeben, da war sie in wallenden Kleidern über Freitreppen in einen Ballsaal hinabgeschwebt, während die Kapelle einen Tusch zu ihren Ehren angestimmt hatte, und man hatte ihr applaudiert und sich vor ihr verbeugt. Oft hatte sie Pearson unter Tränen von diesen rauschenden Festen aus dieser anderen Zeit erzählt. Dann war auf einmal alles kaputtgegangen, ihr ganzes Leben und ihr ganzes Land in tausend Scherben und Fetzen. Plötzlich übernahmen die Kutscher und Mägde, die Köchinnen und Kohlenknechte die Herrschaft über den Stadtpalast, in dem sie großgeworden war. Plötzlich mußte sie mitansehen, wie ihr Vater, ein verdienter Held und General des Zaren, der sich in Krieg und Frieden für sein Land aufgeopfert hatte, wie ein Verbrecher abgeführt wurde. Wie ihre Mutter, eine Dame von unendlicher Bildung und Feinheit, von einem Lumpenpöbel gezwungen wurde, den Boden zu wischen. Wie ihr Bruder, dem eine glänzende Laufbahn als Advokat und Duma-Abgeordneter bevorstand, auf der Schwelle des Hauses erschlagen wurde, weil er sich weigerte, vor einem ungewaschenen Fabriklümmel, der sich als Herr aufspielte, den Hut zu ziehen. Sonya Chernowa hatte erlebt, wie sich die Tür zur Hölle für sie öffnete – und sie war geflohen. Einer ihrer Verehrer, der sich den Truppen der Weißen angeschlossen hatte, schmuggelte sie aus St. Petersburg heraus und über Moskau in den Osten. In einem Treck aus Elenden und Verarmten erreichte sie nach Monaten der Qual Wladiwostok. Ihr Retter, selbst nur ein verfrorener Pirat in einer Uniform aus Lumpen und Stiefeln aus Filz, warf sich irgendwo unterwegs in eine sinnlose Schlacht gegen die roten Banden, aus der er nicht mehr zurückkehrte. Sonya war wieder allein, ohne Geld, ohne Hoffnung. Unterwegs hatte sie bereits gelernt, Glück ständig neu zu definieren. Glück war nicht mehr ein Opernbesuch in angenehmer Gesellschaft oder ein gelungener Ball. Glück war, wenn man den nächsten Tag erleben durfte. Ein Stück Brot war Glück. Ein warmes Plätzchen zum Schlafen.

Das letzte Schiff aus Wladiwostok, das sie endlich in ein anderes Land und ein besseres Leben bringen sollte, war hoffnungslos überfüllt. Plötzlich war es auch ein Glück, daß sie ihre so tapfer gegen Grafen, Industrielle und Millionenerben verteidigte Unschuld an einen strenggriechenden, bärtigen Maat vergeben konnte, damit er sie an Bord dieses Dampfers schmuggelte, während rings um sie schreiende, zerlumpte Skelette – in jener anderen Zeit die Herren und Damen der feinen Gesellschaft – mit hilflos ausgestreckten Armen in das eisige Hafenwasser stürzten.

Das Glück der neuen Sonya Chernowa bestand darin, daß der übelriechende Maat sie nach Shanghai brachte, der einzigen Stadt der Welt, die sie ohne Papiere betreten durfte und in der sie ohne Geld überleben konnte. Ihr Körper, an dem er sich während der Überfahrt immer wieder verging, könnte ihr ein Vermögen einbringen, prophezeite der weltläufige Seemann. Zwar waren russische Frauen in den Tanzbars am Hafen längst kein seltener Anblick mehr, aber mit ihrem engelsgleichen, edlen Gesicht, ihrer Größe und Ausstrahlung würde Sonya dort sicherlich ihr Auskommen finden. Ganz besonders mit ihrem hinreißenden Muttermal auf der linken Brust – groß wie ein Daumennagel und so täuschend echt die Form eines Schmetterlings beschreibend, daß es aussah wie eine Tätowierung.

»Meinst du wirklich?« hatte Sonya gefragt, die sich in seiner schmuddeligen Kabine ihre später von Pearson Palmers so bewunderte Technik der Intimwäsche angeeignet hatte. Sie hatte sich längst für ein düsteres Schicksal gewappnet. Glück war, nicht mehr nachdenken zu müssen. Glück war, Anstellung in einer der besseren Bars zu finden und als *Taxigirl* gegen Coupons mit fremden Männern zu tanzen und sich von ihnen Drinks spendieren zu lassen.

Schließlich dann war das wahre Glück zurückgekehrt und hatte sie in die Arme ihres Prinzen Pearson Palmers geführt.

Das war die Lebensgeschichte der Sonya Chernowa – ein russischer Leidensweg, wie er in dieser Zeit in Shanghai tausendfach und unter schweren Seufzern erzählt wurde. Das Besondere an dieser traurigen Geschichte war, daß Sonya Chernowa sie von vorne bis hinten erfunden hatte.

Pearson Palmers glaubte, die gefallene Tochter eines zaristischen Generals erobert zu haben. In Wirklichkeit umarmte er ein Luder, das von der russischen Revolution und ihren schauderhaften Auswüchsen nichts mitbekommen hatte, denn zu diesem Zeitpunkt arbeitete Sonya, die Tochter eines Pelzhändlers aus Charbarowsk, bereits sehr erfolgreich in einer

Bar in Harbin in der Mandschurei. Man nannte sie dort wegen ihres Muttermals auf der linken Brust, das sie zum Höhepunkt des Abends und unter allgemeinem Gröhlen entblößte, den *Wodka-Schmetterling.* Wer ein paar Rubel locker machte, dem wurde es gestattet, Wodka davon abzulecken.

Vor zwei Monaten war sie nur deswegen nach Shanghai umgezogen, weil sie die kalten mandschurischen Winter nicht mehr ertragen konnte. Ihr größtes Glück in der Hafenstadt war auch durchaus nicht die Begegnung mit Pearson Palmers, diesem glücklosen Hasardeur, sondern mit einem alerten Chinesen, der sie mit Palmers bekanntgemacht hatte und von dem sie ihre Anweisungen empfing. Der Mann hatte einen langen, in Silber eingearbeiteten Fingernagel, der sie sehr fasziniert hatte.

»Ich möchte, daß du meine Frau wirst und mit mir zurück nach England kommst«, sagte Pearson, der nackt auf dem Bett lag, Arme und Beine weit von sich gestreckt. Sein Penis klebte schlaff und unansehnlich an seinem Oberschenkel.

»Wie gerne würde ich das, mein lieber Prinz«, heuchelte Sonya und drückte ihre Zigarette in einer chinesischen Teetasse aus. Sie nahm das Handtuch von der Stuhllehne und trocknete sich ab. »Wann reisen wir ab?«

Pearson Palmers fuhr hoch und strahlte sie an. »Du bist einverstanden?« jauchzte er. Schneller, als sie ihren Körper in den seidenen Bademantel hüllen konnte, war er bei ihr und umarmte sie. Sie hatte Mühe, ihren Widerwillen nicht zu zeigen. Sie war nun sauber und wollte nicht wieder mit ihm in Berührung kommen. »Am liebsten brechen wir sofort auf. Noch heute nacht. Spätestens morgen früh!«

»Du bist verrückt«, wehrte sie ab. »Was ist mit deiner Karriere? Mit deiner Firma? Bist du nicht hier, um eine Menge Geld für die Firma zu verdienen?«

»Ich bin nur hier, weil ich dich treffen mußte. Das ist mein Schicksal. Alles war vorbestimmt. Ich liebe dich, Sonya …«

Er preßte seine Lippen auf ihren Mund, und sie fügte sich in den Kuß, um keinen Verdacht zu erregen. In ein paar Minuten war ohnehin alles vorbei. Pearson Palmers wollte fliehen. Dabei war sein Fluchtweg längst abgeschnitten. Sie streichelte sein Haar und senkte ihre Stimme zu einem Flüstern herab.

»Was ist los, mein Prinz, was bedrückt dich ...?« Eigentlich wollte sie es nicht wirklich wissen. Je weniger man von solchen Sachen wußte, desto besser, aber so konnte sie seinen nackten Körper, vor dem sie sich ekelte wie vor jedem männlichen Körper, fürsorglich zurück auf die Bettkante drücken, den Bademantel schließen und auf dem Hocker Platz nehmen.

Unvermittelt brach es schon aus ihm heraus, und er beichtete ihr alles. Seine skandalösen Fehlinvestitionen, das plötzliche Auftauchen seiner Frau Martha – daß er Sonya bisher deren bloße Existenz verschwiegen hatte, überging sie taktvoll –, die Angst vor dieser Frau, die sicherlich daheim auf ihn wartete und Erklärungen verlangen würde, die Angst vor dem Schwiegervater, der ihn gewiß vor Gericht bringen würde, der Handel mit dem Pockengesicht Huang Li, der ihn zwang, Opium nach Shanghai zu schmuggeln. Das ganze schmutzige Bündel seiner Laster, die er für Leidenschaften hielt, lag schwer auf seinen Schultern, und er zerbrach unter ihrem Gewicht wie ein dummer Schuljunge unter den Anforderungen einer Prüfung.

»Ich liebe dich, Sonya.« Pearson Palmers weinte und rutschte auf Knien zu ihr. »Ich möchte mein Leben noch einmal neu anfangen. Mit dir ...« Er drückte sein Gesicht auf ihre Knie, während sie mechanisch sein schweißnasses Haar streichelte. *Du lieber Himmel, er ist wirklich ganz verrückt nach mir*, dachte sie mit einem leichten Schaudern.

»Beruhige dich doch, mein Prinz«, tröstete sie ihn und sah dabei auf die Wanduhr. Fünf nach zehn. Um zehn sollten sie hier sein, hatte der Chinese gesagt. Einen Moment später hörte sie endlich die schweren Schritte im Treppenhaus und das Hämmern an der Tür.

»Polizei – aufmachen!«

»Was soll das?« Erschrocken fuhr Pearson hoch und suchte in Panik nach seiner Hose.

»Pearson Palmers!« donnerte eine Stimme durch die Tür. »Wir wissen, daß Sie da drin sind.«

»Ich habe doch nichts Unrechtes getan!« jaulte er auf, während er in einem bizarren Tanz in seine Hosen schlüpfte. Sonya erhob sich seufzend und entriegelte die Tür. Zwei Detektive in Zivilkleidung und drei chinesische Beamte in den Uniformen der Shanghaier Stadtpolizei waren zu Palmers Verhaftung aufgeboten worden.

»Hat er Ihnen etwas zuleide getan, Ma'am?« fragte einer der Detektive mit einem gespielt besorgten Lächeln.

Sonya Chernowa verdrehte zur Antwort die Augen und hoffte, der Chinese mit dem langen Fingernagel würde Wort halten und die Miete für diese fabelhafte Wohnung noch für ein Jahr weiterbezahlen. Es war die beste Bleibe, die sie bisher gehabt hatte, nur ein paar Minuten von den besten Läden und Boutiquen entfernt.

»Was wollen Sie von mir? Es handelt sich um einen Irrtum!« jammerte Pearson, dem es inzwischen gelungen war, auch sein Hemd anzulegen. Allerdings zitterten seine Finger zu sehr, als daß er es hätte zuknöpfen können.

»Sie sind festgenommen!« erklärte der Detektiv, und die drei Uniformierten ergriffen ihn.

»Aber aus welchem Grund?« jaulte er auf.

»Was hat er Ihnen gesagt?« erkundigte sich der Detektiv bei Sonya.

»Er wollte, daß wir zusammen das nächste Schiff besteigen. Ich habe jedoch meine Arbeit hier in Shanghai …«, antwortete sie und gab sich hilflos.

»Sie wollten also flüchten?«

Pearson Palmers begann zu dämmern, wie er in diese Lage geraten war. »Das Pockengesicht hat mich angeschwärzt!«

schrie er. »Aber ich hatte doch gar nicht die Absicht, Opium zu schmuggeln!«

»Wir reden hier nicht von Opium«, fuhr ihn der andere Detektiv an. »Sie haben Ihre Frau umgebracht!«

Pearson konnte nicht einmal mehr antworten. Wie ein Hammerschlag traf ihn dieser Vorwurf, so daß er sich wehrlos abführen ließ.

»Ma'am.« Der Detektiv tippte sich an den Hut und schloß die Tür von außen.

Sonya lehnte sich erschöpft gegen den Türrahmen und dachte nach. In einem Punkt hatte Pearson recht gehabt. Die Wohnung wurde im Sommer tatsächlich sehr stickig. Ein Ventilator war eine gute Idee. Sie entschied, dieses Thema mit dem Chinesen zu erörtern und den Ventilator noch mit in den Handel aufzunehmen. Die Schritte des Verhaftungskommandos waren noch nicht verhallt, als es schon wieder an ihrer Tür klopfte. Diesmal leise und verschwörerisch.

Das war er vielleicht schon, der Chinese mit dem Namen Robert Liu.

4. KAPITEL

Shanghai, Mai 1919

Wenn Pockengesicht Huang Li außer absoluter Skrupellosigkeit eine besondere Gabe besaß, so war es seine Menschenkenntnis. Daher dauerte es nicht sehr lange, bis er begriffen hatte, zu welchem Zweck seine langjährige Gefährtin Madame Lin dem widerlichen Menschenhändler die beiden Mädchen zu einem deutlich überteuerten Preis abgekauft hatte. Es war ein Zweck, den das Pockengesicht weder verstand, geschweige denn billigen wollte.

Bao Tung war mitsamt des silbernen Mädchens längst verschwunden. Die beiden Schwestern, die ihr Interesse geweckt hatten, ließ Madame Lin von der Dienerin in die Dachkammer bringen, damit sie sich dort ausruhten.

Das Pockengesicht und die Giftnatter saßen umgeben von Edelholz, Gold und Brokat in ihrem feinen Salon im goldenen Licht und tranken Tee. Er hatte sich auf dem Sofa ausgebreitet und beförderte in regelmäßigen Abständen eine Ladung Spucke in den dafür bereitstehenden Napf. Daß in diesem Moment in einer Wohnung an der Nanjing-Straße in der Internationalen Siedlung und außerhalb seines Zuständigkeitsbereiches jener Mann verhaftet wurde, mit dem er heute einen Handel abgeschlossen hatte, interessierte Huang Li nicht besonders. Der Mord, die geniale Falle für Pearson, das ganze Drumherum – das lief alles wie ein Uhrwerk, konstruiert vom genialen Ingenieur Robert Liu. Mit dem Fall Pearson würde er sich später befassen. Nun galt es erst einmal, seine Lebensgefährtin zur Vernunft zu bringen.

Sie saß in Gedanken versunken in dem großen Ohrensessel.

»Du bist verrückt«, knurrte er sie an.

Elisabeth Lin, die sich zum ersten Mal, seit sie den Namen angenommen hatte, tatsächlich wie »Elisabeth« fühlte, bedachte ihn mit einem strafenden Blick.

»Warum kümmerst du dich nicht um deinen eigenen Dreck und läßt mich in Ruhe?« fragte sie kampfeslustig. Es war so ungerecht, daß der einzigen chinesischen Frau in dieser Stadt, die es wagen konnte, in solchem Ton mit diesem Mann zu sprechen, der einzigen Frau, die mit ihrer Hände Arbeit ein stattliches Vermögen angehäuft hatte, ohne sich von reichen Männern aushalten zu lassen und abhängig zu machen, die Anerkennung und der Respekt der Gesellschaft versagt bleiben sollte.

»Du verrennst dich in eine Sache, die dir nicht ansteht!« stichelte Huang Li weiter.

»Was weißt du denn schon, was mir ansteht?«

Er zündete sich eine *Great-Wall*-Zigarette an und blies den Rauch gedankenvoll in die Luft. »Du wirst niemals den Soongs auch nur ähnlich werden. Du wirst dein Leben lang die Scheißekönigin bleiben oder die Mutter aller Bordelle. Das allein kannst du dir aussuchen, sonst nichts. Alles andere ist vorbestimmt. Du bist nicht aus dem Holz der vornehmen Klasse geschnitzt.«

Madame Lin steckte eine Zigarette in die lange Spitze, aus der zu rauchen sie für schick hielt, nahm sich trotzig Feuer und sog den Rauch tief in ihre Lungen.

»Ich scheiße auf das Holz der vornehmen Klasse.« Sie lachte derb.

»Genau das meine ich – allein schon diese Ausdrucksweise«, freute sich Huang Li, der sein Urteil bestätigt fand.

Er selbst hatte sich nie für etwas Besseres gehalten. Sohn eines Dockarbeiters und einer Bettlerin war er, der sich durch die Gosse gekämpft hatte wie eine Ratte, stets hungrig, immer auf der Suche nach der nächsten Mahlzeit. Spieler, Schläger und Erpresser schon als Knabe. Unfähig und unwillig, Recht und Unrecht auseinanderzuhalten. Aufgewachsen in einer Welt, in der allein das Recht des Stärkeren galt und darüber noch das Recht der ebenso verhaßten wie bewunderten Ausländer. Für Menschen wie ihn gab es nur eine Schule und eine Universität – die Geheimbünde, die Triaden. Sie sogen solche Existenzen auf wie ein gewaltiger Schwamm. Huang Li hatte das Ritual abgelegt, als er fünfzehn war. Er war mit tief gesenktem Kopf unter dem Gebiß eines Tigers hindurchgetaucht und hatte den Eid geleistet, niemals, auch nicht unter Todesdrohungen einem Außenstehenden die Geheimnisse der Bande zu verraten, zu denen Opiumhandel, Entführungen, Morde und Erpressungen, Schmuggel und Diebstahl zählten. In all diesen Disziplinen erwarb sich Huang Li den Ruf eines Meisters, und so schaffte er es bis in die Führung und – nach ein paar Morden mehr – in die Position des einzigen Führers. Gleichzeitig machte er Karriere bei den chinesischen Detektiven in der Französischen Konzession – weil er alles wußte, jeden Taschendieb, Tagelöhner und Halsabschneider persönlich kannte und mit eiserner Faust jedes Verbrechen aufklärte, das er und seine Verbündeten nicht selbst begingen. Er war gefürchtet und verhaßt – das reichte ihm völlig. Nie würde er verstehen, wieso seine Partnerin so versessen darauf war, daß wildfremde Menschen sie auf der Straße freundlich grüßten, ohne gleich hinter ihrem Rücken über sie zu tuscheln.

Huang Li verstand ja kaum, was ihn dazu brachte, mit dieser Frau seit so vielen Jahren zusammenzuleben. Ein Fingerzeig hätte genügt, und ihm wäre jede Frau in dieser Stadt, Chinesin oder Ausländerin, beglückt oder betäubt, ins Bett gelegt worden. Er hatte jedoch kein Interesse mehr an diesen Dingen. Lag es an seinen angegriffenen Nieren, dem Alter, dem fetten Essen, dem *Maotai*-Schnaps oder den Strapazen des Verbrechens und des Kampfes dagegen? Huang Li war impotent, und keine der Kuren, welche die traditionelle Medizin in solchen Fällen empfahl, hatte ihm weitergeholfen. Geriebene Eidechsen, Akupunktur, Tigerpenisse, Nashörner oder Kräuterbäder konnten seine Manneskraft nicht zurückbringen. Bevor in der Stadt ruchbar wurde, daß der König der Unterwelt eigentlich kein Mann mehr war, hatte er beschlossen, sich in diese Zweckgemeinschaft mit Madame Lin zu flüchten, dieser scharfzüngigen, von allen gefürchteten Giftnatter, die genauso verschlagen und gemein war wie er und die, obwohl sie die wichtigsten Lusttempel der Stadt beherrschte, selbst keine Lust verspürte und kein Geschlechtsleben hatte.

Sie erinnerte ihn an seine Mutter, und auf seine eigene Art liebte und bewunderte er diese Frau. Ihren Hunger nach Anerkennung jedoch würde er niemals verstehen. Wieder spuckte er aus – zielsicher in den Napf und ohne seinen Kopf zu bewegen.

»Du solltest aufhören, solch unvernünftigen Träumen nachzuhängen, und das Mädchen dorthin schicken, wo sie dir am meisten nutzt und einbringt«, sagte er. »Und das ist der *Lotusgarten*« – dies war der Name des schillerndsten Blumenhauses, das Madame Lin unterhielt. Ein dreistöckiges Bordell in bester Lage an der Bubbling Well Road, vom Keller bis unter das Dach ausstaffiert mit rotem Samt.

Elisabeth Lin hörte ihm gar nicht zu. Sie war begeistert, beseelt von ihrem Vorhaben, denn sie war nicht als boshafte Natter auf die Welt gekommen. Sie war ein Mädchen vom Land, das noch vor dem Einsetzen ihrer Regel als dessen dritte Frau an einen wildfremden, ältlichen Seidenhändler aus Hangzhou verkauft worden war. Es war die Zeit, in der Frauen nur drei Gebote kennen mußten: als Töchter ihrem Vater, als Ehefrau ihrem Mann und als Mutter ihrem ältesten Sohn bedingungslos zu gehorchen. Lin Zao, wie sie damals hieß, hatte sich in ihrer Kindheit schon Schmähungen anhören müssen, weil sie aus einer Bauernfamilie kam und ihre Füße nicht gebunden waren. Der Krämer hatte sie nur deswegen aufgenommen, weil das Angebot günstig war und weil seine ersten beiden Frauen sich bei aller Anstrengung unfähig zeigten, ihm Kinder zu gebären. Nach zahlreichen ebenso schmerzhaften wie vergeblichen Versuchen stellte sich heraus, daß auch seine dritte Frau ihm kein Kind schenkte. Was er indes nie erfuhr – sie wurde sehr wohl schwanger, aber nicht von ihm, sondern von einem seiner Gehilfen. Während sie das Kind, einen Jungen, heimlich aus Angst tötete, ruinierte der Seidenhändler sich bei dem Versuch, eine vierte und eine fünfte Frau zu unterhalten. Bevor seine Gläubiger den bankrotten Haushalt übernahmen – und die Frauen dazu –, riß die kleine Natter aus und schlug sich nach Shanghai durch, wo sie den reichen Scheißekönig Zhou Feng kennenlernte und seine zweite Frau wurde. Sie gebar ihm sogar eine Tochter, die jedoch bald starb – diesmal ohne Zutun der Mutter. Die erste Frau des Herrn Zhou starb ebenfalls kurz darauf, und wenig später folgte ihr der einzige Sohn.

Die Umstände der beiden plötzlichen Todesfälle waren nie ganz aufgeklärt worden.

Erschüttert und als gebrochener Mann verbrachte der Scheißekönig Zhou seine letzten Jahre in der Pflege seiner schönen und überaus fürsorglichen Zweitfrau, die aus eigener Erfahrung wußte, daß diese Stadt junge, ahnungslose Mädchen anlockte wie das Meer die Flüsse, und sie begann noch zu seinen Lebzeiten, damit gutes Geld zu verdienen.

Je reicher sie indessen wurde, desto leerer wurde ihr Herz. Immer öfter dachte sie an ihren Sohn, der nie wirklich gelebt hatte, und an ihre Tochter, die so schnell wieder in das Totenreich entschwunden war. Etwas fehlte in ihrem Leben. Es fehlte schmerzhaft und quälend wie ein Körperglied, das sie nie besessen hatte und das sie sich mehr wünschte als alles andere auf der Welt.

Sie dachte bis zu diesem Tag, daß es die Anerkennung der anderen sei, die sie vermißte, das Ansehen und der Respekt, die ihr verweigert wurden. Das war aber nur ein Teil dessen, was fehlte. Der größere Teil war etwas anders. Erfüllung? Fürsorge? Liebe? Vielleicht. Aber mehr noch war es jemand, der ihren Geist ehren, wenn sie ins Schattenreich übergewechselt war. Ohne Nachkommen zu sterben war in ihrer Vorstellung die schlimmste Strafe. Dann würde ihr Geist ruhelos durch die Ewigkeit streifen und Unheil in der Welt der Lebenden verbreiten, würde verflucht und gehaßt von allen heimgesuchten Menschen. Schon jetzt fürchtete Madame Lin den Geist, der aus ihr einmal werden würde, wenn niemand sich um ihr Andenken kümmerte. Sie brauchte treue Nachkommen, solche, die es sogar mit den Töchtern von Charlie Soong aufnehmen konnten.

Madame Lin hatte kurzerhand beschlossen, sich das fehlende Element ihres Daseins für dreißig Silberdollar zu kaufen; zwei Schwestern, von denen die eine schön und tapfer war und die andere verkrüppelt und häßlich. Es war Madame Lin, als hätte sie in diesem Schwesternpaar, welches ihr das Schicksal zugeführt hatte, sich selbst und ihre Seele zurückgekauft und hätte nun die Chance, ihr eigenes Leben noch einmal neu zu formen und – wichtiger noch – sich auf das Jenseits vorzubereiten.

Ein zweites Leben, eine neue Chance – konnte es etwas Schöneres auf dieser Welt geben? Sie verschwendete nicht einen Gedanken an die Frauen, Mädchen und Kinder, die sie in all den Jahren versklavt und vernichtet hatte. Diese Menschen bedeuteten ihr nichts, die beiden Schwestern jedoch hatten ihr Herz berührt. Die Schöne, dieses Feuerpferd, wäre unter normalen Umständen geradewegs in den verruchten *Lotusgarten* gewandert. Die Zwergin gehörte als Attraktion eigentlich in das Varieté *Neue Welt*, genau wie Bao Tung gesagt hatte. Aber beide zusammen und im Kampf gegen die Mächte des Schicksals – das war es, was Madame Lins steinhartes Herz berührt hatte.

»Du wirst nie etwas Gutes oder Gerechtes vollbringen«, höhnte Huang Li, der ihre Gedanken las. »Genausowenig wie ich. Wir sind dafür nicht gemacht. Also sorge dafür, daß die beiden Gören von hier verschwinden. Ich will sie hier nicht mehr sehen.«

Madame Lin trank den letzten Schluck aus ihrem Weinglas und funkelte den Gangsterboß angriffslustig an.

»Wenn du noch einmal in diesem Ton von meinen Töchtern redest, werfe ich dich aus dem Haus«, drohte sie.

»Sie sind nicht deine Töchter«, widersprach Huang Li. »Sie sind Bauernmädchen aus der Provinz, die du gekauft hast und die dir mit etwas Glück deine Ausgaben wieder einbringen werden. Was redest du dir ein?«

»Ich rede mir ein, was immer ich für richtig halte«, schrie sie. »Und wenn du nicht sofort aufhörst, schlecht von meinen Töchtern zu reden, dann werde ich beginnen, schlecht von dir zu reden!«

»Genug – reg dich nicht auf, alte Hippe«, grunzte geschlagen der grausamste Impotente der Stadt. Nach einem Moment des Schweigens und Nachdenkens setzte er müde hinzu: »Die Kleine wirkt wie eine lebende Puppe, nicht wahr? So zerbrechlich und zart. Ich möchte nicht, daß sie für Geld begafft wird. Ich glaube, sie mag mich.«

»Niemand mag dich!« erwiderte Madame Lin mit einem bösen Lachen.

»Doch, sie mag mich, und ich mag sie. Sie kann schreien. Hast du gehört, wie sie schreien kann?«

»Wie könnte ich das nicht gehört haben? Aber hast du gesehen, wie ihre Schwester sich auf Bao Tung geworfen hat?«

»Sie kann sich wehren. Ich mag es, wenn kleine Leute sich wehren können. Vielleicht kann ich der Kleinen beibringen, durch die winzigsten Öffnungen zu schlüpfen und Sachen zu stehlen.«

»Und vielleicht kann ich dir beibringen, einmal in deinem Leben etwas Anständiges und Ehrenhaftes zu denken.« Madame Lin erhob sich. »Ich bin müde.«

Das Paar machte Anstalten, sich ins Bett zu begeben – wie

gewöhnlich im Zwist. Doch der aufgeregte Boy fing sie ab und meldete unter heftigen Verbeugungen: »Herr Detektiv, zwei Beamte stehen vor dem Haus und möchten dringend mit Ihnen sprechen. Es ist ein Mord in der Französischen Konzession geschehen.«

Es war äußerst selten, daß die Detektive der *Shanghai Municipal Police*, welche die Internationale Siedlung kontrollierten und sich für etwas Besseres hielten, in die Sümpfe der Korruption hinabstiegen, die sich in der Französischen Konzession ausgebreitet hatten. Was sie freilich nicht daran hinderte, dort zu wohnen – wie so viele vornehme Leute. Aber sie wollten beruflich so wenig wie möglich mit den Franzosen und ihren örtlichen Helfern zu tun haben. Der französische Generalkonsul, der den Stadtteil beherrschte wie ein kleiner König, galt als ein Ausbund an Verlogenheit und Gier. Seine ganze Behörde war nicht viel mehr als ein Ameisenhaufen von chinesischen und vietnamesischen Kriminellen. Dieser Fall jedoch, der zweifellos die Anlagen eines internationalen Zwischenfalls trug, zwang zu Distrikt übergreifender Kooperation.

Martha McLeod, die einzige Tochter des britischen Handelsmagnaten, lag, ihr Schädel mit einem schweren Gegenstand eingeschlagen, mit dem Gesicht in einer Pfütze ihres inzwischen am Parkettboden angetrockneten Blutes. Superintendent Craighton Keynes, der backenbärtige Vorgesetzte der beiden britischen Detektive, die Stunden zuvor den Hauptverdächtigen, ihren Ehemann Pearson Palmers, in der Wohnung einer russischen Hure festgenommen hatten, stand kopfschüttelnd neben der Leiche, als Detektiv Huang Li und sein Vorgesetzter, der füllige Sureté-Offizier Maurice Lombard, das Haus erreichten. Der Franzose Lombard und der Brite Keynes begrüßten einander kühl und tauschten einen Blick der Geringschätzung aus. Huang Li ließ seine eifrigen Helfer in Haus und Garten ausschwärmen und nach Spuren suchen.

»Das Hausmädchen hat die Tote gefunden und sofort den Comprador der Firma alarmiert – der wiederum uns benachrichtigt hat. Ich nehme an, weil Opfer und Täter britische Staatsangehörige sind – beziehungsweise waren«, sagte Keynes, der diesen unappetitlichen Fall so schnell wie möglich hinter sich bringen wollte und bestimmt keinen Zuständigkeitsstreit mit den eifersüchtigen Franzosen suchte. »Was für eine Schande! Sie ist offenbar erst heute morgen mit der *Malay Star* in der Stadt angekommen.«

»Wie ich hörte, haben Sie den Hauptverdächtigen schon dingfest gemacht – meine Gratulation.« Der beleibte Franzose – seine ganze Statur ein Denkmal für die Freuden der französischen Küche, die man in dieser Stadt so fern der Heimat genießen konnte – zückte ein Taschentuch, mit dem er sich seine schweißbedeckte Stirn abtupfte.

Keynes nickte. »Er streitet natürlich alles ab, faselt statt dessen irgendwas von einem geheimen Handel und von Opium. Können Sie sich das erklären, Huang Li?« fragte der Brite mit einem provozierenden Stirnrunzeln.

»Wir haben Pearson Palmers schon seit einiger Zeit unter Verdacht«, erwiderte Huang Li finster. »Und wir haben die Schlinge immer enger zugezogen. Gerade heute habe ich selbst mit ihm gesprochen, um ihm eine Falle zu stellen. Vielleicht war das der Auslöser, der ihn zum Explodieren brachte.«

»Ja, er erwähnte, mit Ihnen gesprochen zu haben.« Keynes lächelte und konnte nicht umhin, die unglaubliche Chuzpe des Chinesen zu bewundern.

»Wir wollten Sie natürlich informieren«, versicherte der schwitzende Franzose scheinheilig. »Immerhin ist der Verdacht des Opiumschmuggels ein sehr schwerwiegender, und es handelt sich bei der Firma, die der Verdächtige hier vertrat, schließlich um eine britische Institution.«

»Das kann man wohl sagen«, knurrte Keynes. Ihm war es zugefallen, den Vorsitzenden des britischen Stadtrates aus einer vergnügten Runde zu holen und ihm die schlechte Nachricht zu überbringen: ein herausragendes Mitglied der britischen Kaufmannschaft unter Mordverdacht! Das konnte Verwicklungen und Unannehmlichkeiten politischen Ausmaßes bedeuten. *Bringen Sie es schnell und ohne Aufsehen zu Ende*, hatte der nervöse Ratsherr befohlen.

»Ganz offenbar hat seine Frau, die bekanntlich auch die Tochter des Firmenchefs ist, seine schmutzigen Machenschaften aufgedeckt und hat gedroht, ihn zu verraten. Das konnte er nicht geschehen lassen«, sinnierte Huang Li.

»Monsieur Lombard, Monsieur Huang?« Einer der vietnamesischen Schnüffler betrat den Raum und überreichte ihnen mit einer Verbeugung einen Stapel Papiere. Lombard angelte eine Brille aus seiner Brusttasche und begann zu lesen.

»Das ist Chinesisch«, stellte er nach einer Weile beleidigt fest und gab die Dokumente an Huang an. »Das hier erkenne ich – zwei Passagen nach Australien. Auf der *Pacific Imperator*, die morgen ablegen soll. Für Pearson und eine Dame namens Sonya Chernowa.«

»Das ist die russische Nutte, bei der meine Mitarbeiter den Kerl aufgelesen haben.« Keynes hielt es nicht für erwähnenswert, daß sie den entscheidenden Tipp von Palmers *Comprador* erhalten hatten und daß sie den Zugriff durchführten, noch bevor jemand die Leiche gesehen hatte, denn die lag ja in Palmers Haus, und das wiederum stand auf französischem Gebiet. Da zwischen den beiden Distrikten nicht einmal eine Telefonleitung existierte, mußte man im Kampf gegen das Böse schnell und entschlossen handeln, bevor alles zu spät war.

»Monsieur Lombard, Monsier Huang.« Erneut schlich sich der Vietnamese ins Zimmer. »Die Papiere haben wir in seinem Schreibtisch gefunden – dies hier lag unter dem Bett.« Er öffnete die Brieftasche und hielt sie triumphierend den verblüfften Detektiven hin.

»Guter Gott – das ist ja ein Vermögen«, entfuhr es dem Briten.

»510 000 Pfund«, erklärte der Vietnamese stolz. »Wir haben es nachgezählt.«

Dann waren es vorher gewiß 600 000, dachte Keynes. Wie auch immer: Mit diesen Indizien war Pearson Palmers so gut wie überführt, und wenn das noch nicht reichte, dann besiegelte Huang Li soeben dessen Todesurteil.

»Das ist ein Vertrag zwischen Pearson Palmers und einem chinesischen Mittelsmann der deutschen Armee. Palmers hat offenbar den Feind während des Krieges mit Uniformen versorgt. Und nicht nur das – hier ist auch die Rede von Erzen und Chemikalien.«

»Unerhört – das ist ja Hochverrat!« entfuhr es Keynes. Die Sache wurde immer peinlicher und immer politischer. Der oberste Ratsherr würde das gar nicht mögen.

»Meine Herren«, Lombard gähnte, »ich denke, angesichts der vorgerückten Stunde und der erdrückenden Beweislast setzen wir die Beratungen morgen fort.«

Am Eingang entstand Unruhe. Aufgeregte Stimmen redeten durcheinander. Chinesisch, Englisch und Französisch. Schließlich betrat ein aufgelöst wirkender Robert Liu den Salon.

»Es tut mir leid, aber ich konnte nicht früher kommen«, sagte der *Comprador*. »Ich mußte doch zuerst ihren Vater in London verständigen und ihm alles erklären. Oh, mein Gott …« Er erblickte die Leiche der Frau und schlug sich beide Hände vor den Mund.

»Und jetzt müssen Sie uns einiges erklären«, fuhr Keynes den Chinesen an. »McLeods Handelshaus hat offenbar während des Kriegs die Deutschen beliefert!«

»Das ist nicht möglich«, wisperte Robert Liu, der seinen Blick nicht von der Leiche der jungen Frau lösen konnte.

»Wir haben hier die Beweise!« Keynes entriß Huang die Papiere und wedelte aufgeregt damit.

»Was das angeht«, Robert Liu wandte endlich den Blick, »Pearson Palmers besaß einige geheime Geschäftskontakte, über die er mich nicht unterrichtete. Waren es die Deutschen? Es wundert mich nicht, aber ich habe damit nichts zu tun. Das können Sie gerne nachprüfen. Ich habe ihn im Gegenteil mehrmals davor gewarnt, Geschäfte ohne mein Wissen zu machen. Diese Frau …« Er deutete mit der Hand auf die Frauenleiche. Aus dem etwa zu engen und verrutschten Kleid quoll ihre linke Brust hervor, und man erkannte das Muttermal – oder war es doch eine Tätowierung? – in der Form eines Schmetterlings. »Das ist nicht Martha McLeod, sondern Mr. Palmers' russische Freundin. Sie heißt Sonya Chernowa.«

Superintendent Keynes zupfte verlegen an seinem Backenbart. Damit wurde die Affäre noch peinlicher. Es kam ihm durchaus nicht in den Sinn, daß Palmers zum Zeitpunkt seiner Verhaftung ja zusammen mit eben dieser ermordeten Russin angetroffen wurde und er allein deswegen schon kaum als ihr Mörder gelten konnte. Tage später würde sich herausstellen, daß eine unbekannte, zweite Russin im Spiel war, die seine Leute wohl für Sonya Chernowa gehalten hatten und die seither nicht mehr aufgetaucht war.

In dieser Stadt gab es kein Problem, das nicht durch Zahlung einer angemessenen Summe an den richtigen Empfänger gelöst werden konnte.

Huang Li, dessen schnelle und zuverlässige Mitarbeiter wieder einmal ganze Arbeit geleistet hatten, lächelte in sich hinein. Rätselhaftes Shanghai, dachte er belustigt, die einzige Stadt auf der Welt, in der ein ebenso ahnungsloser wie unschuldiger Mann für einen Mord festgenommen werden konnte und das Mordopfer der Polizei die Tür öffnete. Eine wundersame Stadt, in der höhere, britische Töchter spurlos verschwanden und große Firmen und schöne Häuser über Nacht den Besitzer wechselten.

Der Mann war klein und sah schüchtern und sogar etwas verängstigt aus, als er geräuschlos den Raum betrat. Trotzdem dachte Ma Li, daß nun der schreckliche Moment gekommen war. Den Riesen gestern abend hatte sie erfolgreich abgewehrt. Nun jedoch mußte sie sich selbst und Lingling offenbar gegen diesen kleinen Mann verteidigen, der sich an ihre Betten schlich. Er trug einen fremdländischen, schwarzen Anzug und einen Hut. Sein dünner Hals ragte aus einem eng sitzenden, weißen Kragen hervor. Über seinem schmalen Mund sproß ein vornehmes, dünnes Bärtchen. Er hatte einen Koffer dabei, in der leise Gegenstände – Messer? – klirrten, als er ihn auf dem Tisch abstellte. Ma Li tat so, als schliefe sie weiter, aber sie beobachtete den Mann und beschloß, sich auf ihn zu werfen, sobald er nahe genug herangekommen war.

Sie hatte geschlafen wie auf einer Wolke – zum ersten Mal in ihrem Leben in einem Bett, in weißen Tüchern. Sie hatte von ihrer Mutter geträumt, der sie so gerne erzählt hätte, wie herrlich man sie gebettet hatte und wie sehr sie sich nach ihr sehnte. Ihre Mutter hatte sie angelächelt und sie gestreichelt, und wie immer hatte sie Ma Li gebeten, gut auf Lingling aufzupassen. Ma Li hatte das versprochen. Als sie ihre Mutter zuletzt lebend gesehen hatte, war sie bis auf die Knochen abgemagert gewesen. Ihre Zähne und ihre Augen schienen gewachsen zu sein, so daß sie das ganze Gesicht beherrschten. Im Traum aber sah sie ihre Mutter so, wie sie vor dem großen Hunger ausgesehen hatte – wunderschön und immer ein wenig besorgt. *Ich warte auf euch im Jadepalast*, hatte sie gerufen, als ihr Bild verblaßte. Die grelle Morgensonne flutete in das Dachzimmer und schien auf den Tisch, Stühle, ein Sofa, auf Bilder von Landschaften und Vögeln an der Wand, und da stand sogar ein Regal mit Büchern. Es wollte Ma Li im ersten Moment erscheinen, als sei dies endlich der Jadepalast, von dem sie geträumt hatte.

Aber dann hatte sich die Tür geöffnet, und der Mann war in das Zimmer geschlichen.

Er nahm den Hut ab und legte ihn neben seinen Koffer auf den Tisch. Dann ließ er sich auf einem Stuhl nieder und blickte sich im Zimmer um. Er nahm eine runde Brille, wie sie auch Bao Tung getragen hatte, aus seiner Jackentasche und angelte aus den Tiefen seines Koffers eine Zeitung.

Ma Lis Angst wuchs mit jedem Augenblick. Sollte sie schreien? Sollte sie sich auf den Mann stürzen? Sollte sie versuchen, den Koffer mit den Messern an sich zu reißen? Plötzlich jedoch erwachte Lingling und rieb sich die Augen.

»Ma Li«, sagte sie mit belegter Stimme und streckte die Hand nach ihrer Schwester aus.

Nun ist der Moment gekommen, dachte Ma Li und setzte sich ruckartig auf.

Der Mann erschrak und faltete schnell seine Zeitung zusammen. »Ach, die jungen Damen sind wach«, sagte er mit einer dünnen, hohen Stimme.

»Wer?« fragte Ma Li verwirrt. »Welche jungen Damen?«

»Na ... Sie!« Der Mann blickte sich unschlüssig im Raum um, ob da vielleicht noch zwei Betten standen. »Elisabeth Lin hat mir aufgetragen, nach den jungen Damen zu sehen. Nach Ihnen und nach Ihrer Schwester.«

Der Mann sprach sehr sonderbar und mit einem fremden Akzent, den Ma Li kaum verstehen konnte. Als sie aber hörte, daß er nach ihrer Schwester sehen wollte, riß sie die Bettdecke weg und baute sich vor Linglings Lager auf.

»Niemand sieht nach meiner Schwester!« fuhr sie den Fremden an.

»Verzeihen Sie«, flüsterte der Mann. »Ich habe mich der jungen Dame nicht vorgestellt.« Er erhob sich und machte eine tiefe Verbeugung. Noch nie hatte sich jemand vor Ma Li verbeugt. Lingling saß aufrecht im Bett und genoß das seltsame Schauspiel.

»Mann«, krächzte sie, aber sie schien ihn nicht zu fürchten. Ma Li wußte aus Erfahrung, daß Lingling ein ausgezeichnetes Gespür für Menschen hatte. Wenn sie nicht schrie, bestand vielleicht doch keine unmittelbare Gefahr.

»Mein Name ist Doktor Hashiguchi. Ich bin ein Arzt.«

»Sie haben einen komischen Namen«, stellte Ma Li miß-trauisch fest. Noch immer stand sie vor dem Bett ihrer Schwester und verschränkte die Arme vor der Brust.

»Es ist ein japanischer Name.«

»Sie sind also ein Japaner?«

»Das will ich meinen.« Der Arzt lächelte.

Ma Li besaß keine gute Meinung von den Japanern. Sie hatte zwar noch nie einen leibhaftigen Japaner gesehen und mußte nun feststellen, daß ihr Gegenüber auch mühelos als Chinese hätte durchgehen können, aber sie hatte auch noch nie jemanden gut von Japanern reden hören – selbst ihre Mutter nicht. Japaner waren zwergenhafte Banditen und Räuber – sie hatten China im Krieg besiegt und dabei viele Menschen umgebracht.

Dr. Hashiguchi schien daran gewöhnt zu sein, daß man ihn in diesem Land mit einer gewissen Feindseligkeit behandelte. Er lächelte nachsichtig und verbeugte sich noch einmal.

»Mann«, rief Lingling begeistert.

»Arzt«, verbesserte der Japaner.

»Arzt«, wiederholte Lingling. »Arztmann.«

Er öffnete seinen Koffer und holte ein Rohr heraus, wie Ma Li es von dem Arzt in Qingdao kannte, zu dem sie ihre Mutter manchmal gebracht hatte.

»Ich möchte die Kleine zuerst abhören, wenn Sie gestatten?«

Ma Li trat zur Seite. »Ich gestatte«, sagte sie steif. Was immer hier vorging – sie begriff es nicht mehr, doch es schien nicht zu ihrem Schaden zu sein.

Nachdem der Arzt Lingling mit seinem Rohr abgehört hatte, ihren Puls gefühlt, ihren Rücken abgeklopft und ihr in die Augen und den Mund geschaut hatte, nachdem er ihre immer wunde Kopfhaut untersucht und sich Notizen gemacht hatte, wandte er sich Ma Li zu. Auch sie wurde abgehört und abgeklopft, auch sie mußte den Mund weit öffnen und sich die Augenlider herunterziehen lassen.

»Vielen Dank für Ihre Geduld«, sagte Dr. Hashiguchi, als er fertig war.

Ma Li vermochte sich auf kein Wort besinnen, mit dem sie ihm antworten konnte. Noch nie hatte sich jemand bei ihr für irgend etwas bedankt – geschweige denn für etwas so Selbstverständliches wie ihre Geduld. Während der Arzt seine Werkzeuge einpackte, klopfte es an der Tür, und eine sehr schöne Frau in einem sehr sauberen schwarzen Kleid mit weißer Schürze betrat den Raum.

»Haben die jungen Damen gut geschlafen?« fragte sie. Im Arm trug die Frau eine Wasserschüssel und in der Hand Tücher. Hinter ihr erschien eine zweite, etwas dickere Frau und brachte Kleider, ein ganzes Bündel bunter, wunderschöner Kleider.

Ma Li vergaß das Mißtrauen, mit dem sie den japanischen Arzt begrüßt hatte, ergriff seinen Arm und wisperte ihm ins Ohr: »Sind wirklich *wir* die jungen Damen, von denen alle reden?«

»Gewiß«, flüsterte der Arzt zurück und lächelte mit den Augen. »Ihre Gönnerin verlangt, daß alle Sie mit ausgesuchter Hochachtung behandeln. Sie nennt Sie ihre Töchter.«

»Aber unsere Mutter ist tot«, widersprach Ma Li. »Wir sind niemandes Töchter.«

»Darüber würde ich jetzt nicht mehr nachdenken«, erklärte der Arzt und wollte sich mit einer weiteren Verbeugung zum Gehen wenden, doch Ma Li hielt seinen Ärmel umklammert.

»Werden wir wieder verkauft? Wir sind schon einmal verkauft worden – an einen Mann mit dem Namen Bao Tung. Und Zhang Yue hat gesagt, daß er uns weiterverkaufen würde und daß Männer kommen und uns anfassen wollten.«

Dr. Hashiguchi lockerte sanft ihren verzweifelten Griff und schob ihre Hand beiseite. Sie sah ihn flehentlich an. »Kennen Sie Bao Tung? Ist er hier irgendwo?«

»Um diesen Bao Tung müssen Sie sich keine Sorgen mehr

machen, junge Dame. Ich glaube sogar, Sie werden sich nie wieder irgendwelche Sorgen machen müssen. Ich werde bald wiederkommen. Bleiben Sie gesund!«

Wenig später schritten sie die Treppe herunter wie zwei Königinnen, Hand in Hand. Noch etwas ungeschickt in den neuen, festen Schuhen, die furchtbar drückten. Ein wenig unbehaglich fühlten sie sich auch in den steifen Kleidern. Ma Li in einem samtgrünen, knielangen Kleid mit weißen Rüschen und weißen Strümpfen. An ihrer Hand ging Lingling in hellem Blau. Ihr Kleidchen war noch ein wenig zu groß, Ma Lis dagegen eine Spur zu eng. Die Schneider, die nach Madame Lins groben Angaben die halbe Nacht an diesen Modellen gearbeitet hatten, würden später wiederkommen und genau Maß nehmen müssen. Hinter den Schwestern gingen die beiden *amahs*, die Haushälterinnen, und strahlten vor Stolz über ihr Werk.

Madame Lin saß in einem weißen *Chipao* mit Goldstickereien, für den sie schon längst nicht mehr die Figur hatte, in ihrem Sessel im feinen Salon und begutachtete ihre Geschöpfe mit Wohlgefallen.

»Wie schön ihr beiden ausseht!« rief sie zur Begrüßung.

Ma Li konnte nicht anders, es platzte förmlich aus ihr heraus: »Wer sind Sie, gnädige Frau? Sind Sie eine Glücksgöttin?«

Madame Lin lachte auf. »Nein«, entgegnete sie und besann sich dann. »Oder vielleicht doch.«

»Kennen Sie unsere Mutter oder vielleicht sogar unseren Vater? Haben Sie den Onkel Wang aus der Herberge getroffen? Hat er Sie vielleicht gebeten, nach uns zu sehen?« Ma Li wünschte sich nichts so sehr, als zu verstehen, was mit ihr und Lingling geschah. Wieso war die Frau so gut zu ihnen? Diese fremde Frau ließ sie in wunderschönen Betten schlafen, schickte einen Arzt, ließ teure Kleider bringen, und wenn das wohlige Kitzeln in ihrer Nase sie nicht täuschte, dann roch sie das Aroma köstlicher Speisen aus der Küche. Doch wo war der Riese mit dem schauerlichen Gesicht? Versteckte er sich irgendwo und wartete auf seine Gelegenheit? Wo war die Gefahr – und wie konnte sie ihr begegnen? Das kleine Feuerpferd nahm angstvoll Witterung auf, bereit zu fliehen oder zu kämpfen. Allerdings gab es nichts, wovor sie fliehen mußte, und niemanden, gegen den es zu kämpfen galt.

»Ihr seid sicherlich sehr hungrig«, sagte die Dame.

Lingling zog plötzlich so heftig an Ma Li, daß sie in den ungewohnten Schuhen beinahe das Gleichgewicht verlor.

»Vogel, Vogel«, quengelte die Kleine.

»Entschuldigen Sie«, erklärte Ma Li verschämt. »Lingling ist sehr neugierig, und sie liebt Vögel. Sie möchte gerne den Reiher draußen im Garten ansehen.«

Madame Lin schien belustigt. »Selbstverständlich. Schaut euch den alten Vogel nur an.«

»Vielen Dank!« Ma Li verbeugte sich tief, so wie sie es bei dem japanischen Arzt gesehen hatte.

»Schon gut«, wehrte Madame Lin ab und bedeutete den Mädchen, ruhig in den Garten zu gehen und den Vogel zu betrachten. Sie blickte ihnen hinterher und stellte fest, daß sie recht gehandelt hatte, nein, viel mehr, sie hatte ihre eigene Seele gerettet. *Charlie Soong*, dachte sie triumphierend, *ich war nicht einmal gut genug, um zu deiner Beerdigung eingeladen zu werden. Jeden Tag lese ich in der Zeitung, welch edle Wesen deine Töchter sind, aber warte, bis meine Töchter heranwachsen!*

Elisabeth Lin fühlte sich so gut wie noch nie in ihrem Leben.

Es dauerte nicht lange, bis die beiden Schwestern wieder vor ihr im Salon standen. Lingling weinte jedoch nun bitterlich, und Ma Li versank fast im Boden vor Scham.

»Es tut mir sehr leid«, stammelte sie. »Meine Schwester wird sicherlich bald aufhören zu weinen.«

»Aber was ist denn los?« Madame Lin erhob sich aus ihrem Sessel. Die jammervollen Tränen der kleinen Lingling, die ihren Kopf in Ma Lis Kleid vergraben hatte, erschreckten sie. Madame Lin, zum ersten Mal in ihrem Leben durchdrungen von dem Wunsch, Gutes zu tun, war wie vor den Kopf geschlagen. Was hatte sie nur falsch gemacht?

»Vogel, Vogel«, japste Lingling, die kaum noch Luft bekam zwischen ihren Weinkrämpfen.

Madame Lin kniete sich nieder und streichelte vorsichtig Linglings Kopf. Sie hatte das Gefühl, eine Grenze zu überwinden, die sie bisher von anderen getrennt hatte.

»Was hat sie denn?« Sie spürte mit Verwunderung, wie ihr selbst plötzlich und unerwartet die Tränen kamen, denn sie konnte sich nicht erinnern, jemals geweint zu haben. Weinen, stellte sie nun mit fast sechzig Jahren fest, war wie eine Erkältung – man konnte plötzlich nicht mehr durch die Nase atmen. Weinen schmeckte nach Salz. Die warme, weiche Berührung des Kinderkopfes, das dünne Haar, die Körperwärme eines anderen Menschen – es war eine so erschreckende, neue Erfahrung, daß sie davon völlig überwältigt wurde. Die Tränen flossen ihr aus den Augen, als seien sämtliche Dämme des Leids gebrochen, das sie über Jahrzehnte anderen zugefügt hatte. Sorgsam aufgetragene Schminke verlief auf ihren Wangen. Ihr Mund zitterte, so daß sie kaum noch sprechen konnte.

»Bitte, sie soll nicht weinen«, brachte sie hervor, zu Ma Li aufschauend. »Was ist denn Schreckliches passiert?«

Ma Li begann ebenfalls zu schluchzen. »Es ist nur … der Vogel … seine Augen sind zugenäht.«

»Aber doch nur, damit er nicht wegfliegt«, erklärte Madame Lin hilflos. »Das ist doch nicht schlimm.«

»Schlimm, schlimm!« kreischte erbost Lingling auf.

Madame Lin ergriff das Kind sanft bei den Schultern und drehte es zu sich um. »Ja, du hast recht«, sagte sie und nahm Lingling in ihre Arme. *Verdammt*, dachte sie. *Wenn ich wirklich entschlossen bin, gewisse Dinge richtigzustellen, dann kann ich ja auch sofort damit anfangen.* »Ja, es ist schlimm, Lingling. Wir werden seine Augen öffnen, und er soll fliegen, wohin er will. Ich verspreche es.«

Lingling ließ sich von der fremden Frau umarmen und benetzte mit ihren Schluchzern die Schulterpartie eines wertvollen, goldbestickten *Chipao.*

»Ich will, daß ihr glücklich seid«, hörte Madame Lin sich sagen und konnte dabei förmlich sehen, wie der gute, alte Charlie Soong sich in seinem Grab umdrehte. »Ich will doch nur, daß ihr beiden glücklich seid.«

Die beiden *amahs* standen verblüfft an der Tür und nickten sich verschwörerisch zu.

Nun war die alte Giftnatter endgültig verrückt geworden.

Martha McLeod hatte viel geweint und wenig geschlafen in dieser grauenvollen Nacht. Wieder und wieder durchlebte sie die alptraumhaften Minuten, als die schwarzen, maskierten Gestalten in den Salon ihres schönen Tudor-Hauses stürmten und über sie herfielen, sie fesselten, knebelten, ihr einen Sack über den Kopf stülpten und sie fortschafften. Kraftvolle Hände trugen sie und legten sie schließlich ab wie ein zur Strecke gebrachtes Wild. Sie hatte es vom ersten Moment geahnt, als sie diese unselige Stadt betreten hatte: Hier wohnte der Antichrist, dies war die Hölle. Der Schlaf, der dann irgendwann doch nach ihr Griff, glich einer Ohnmacht und brachte keine Erholung. Oft wachte sie auf, halb wahnsinnig vor Angst, dachte an Pearson, an ihren Vater, an alles, was sie verloren hatte, und weinte sich wieder in die Bewußtlosigkeit. Sie war entführt worden, würde sicherlich geschändet, gefoltert und schließlich ermordet werden. So etwas geschah in Shanghai beinahe täglich. Manchmal berichteten sogar die Zeitungen in London darüber, nicht groß und reißerisch, sondern in einer kleinen Meldung von wenigen Zeilen auf der Seite *Was sonst noch geschah.*

Nun wurde es hell. Selbst unter dem Stoff, den man ihr über die Augen gebunden hatte, bemerkte sie die Kraft der Sonnenstrahlen. Sie lag weich und bequem. Es umgab sie ein angenehmer, vertrauter Geruch.

Plötzlich ließ der Klang eines mächtigen Hornes sie zusammenfahren und unter ihrem Knebel lautlos aufheulen. Das war eine Schiffssirene. Jetzt erkannte sie den Geruch: Es war die frisch gestärkte Bettwäsche in der Luxuskabine der *Malay Star* – eben dem Schiff, auf dem sie gestern – oder vor hundert Jahren? – diese Stadt erreicht hatte.

Noch einmal donnerte die Sirene und ließ die Gläser im Wandschrank erzittern. Die Häuser am Hafen warfen den Klang zurück wie ein Echo. Das Vibrieren und das ferne Stampfen des Schiffsmotors setzten ein, das vertraute Geräusch einer Reise. Martha stellte fest, daß sie ihre Hände bewegen konnte. Sie war gar nicht mehr gefesselt. Sie riß sich die Augenbinde vom Kopf und das Tuch vom Mund. Es war ihre Kabine – dieselbe Kabine wie auf der Herfahrt. Neben dem Bett stand ihr Koffer. Es war, als hätte sie das Schiff nie verlassen und nichts von dem, was sie in den letzten vierundzwanzig Stunden erlebt hatte, wäre wirklich passiert.

Martha sprang aus dem Bett und sah eben noch, wie die Hafenmauer sich entfernte, wie eine bunte Menschenmenge am Kai winkte und eine Kapelle die Instrumente wegpackte. Wo war ihr Mann? Wo war Pearson? Hatte er sie abgeschoben? Hatte er sie betrogen? Hatte er sie gerettet? Sie wußte es nicht und wollte es im Grunde auch gar nicht wissen. Pearson war ihr nun völlig gleichgültig. Sie war überglücklich. Sie war auf dem Weg nach Hause. Bloß weg aus dieser Stadt mit ihren tausend Alpträumen. In der Menge am Hafen glaubte sie für einen Moment den Chinesen zu erkennen, der gestern abend in ihrem Haus aufgetaucht war. Sie konnte sich nicht an seinen Namen erinnern, nur an den sonderbaren, silbernen Fingernagel. War er es tatsächlich? Aber diese Chinesen sahen irgendwie alle gleich aus, und schon hatte sie das Gesicht in der Menge verloren.

Robert Liu sah dem Dampfer nach, bis er die Biegung des Huangpu genommen hatte und auf dem Weg ins offene Meer war. Er gestattete sich ein feinsinniges Lächeln. Nun war Martha McLeod widerfahren, wofür diese Stadt in aller Welt berühmt-berüchtigt war. Sie war »geshang-heit« worden – gegen ihren Willen auf ein Schiff verbracht und verschwunden auf Nimmerwiedersehen.

Das größte und gewagteste Spiel seines Lebens war zu Ende – er hatte es gewonnen. In seiner Tasche trug er, säuberlich zusammengefaltet, ein Kabel aus London, das sein Leben veränderte und ihn zum Besitzer der Firma machte.

Denn Robert Liu hatte gestern abend gleich mehrere Ladungen Dynamit nach London gekabelt. Die erste, noch bevor Pearson Palmers überhaupt festgenommen worden war. Sein Plan zur Übernahme des McLeodschen Handelshauses lief wie eine Präzisionsmaschine.

Dringend, dringend: Palmers unter Mordverdacht verhaftet. Offenbar auch Kontakte zur Unterwelt und deutschen Spionen. Gez. Robert Liu.

Ehe der alte McLeod, der zweifellos hinter seinem Schreibtisch in London um Fassung rang, reagieren konnte, legte Robert Liu nach: *Dringend, dringend: Martha verschwunden, womöglich entführt. Gez. Robert Liu.*

Dann, zehn Minuten später, die entscheidende Depesche: *McLeod-Unternehmen in China vor dem Aus. Hochverschuldet durch Palmers Fehlinvestitionen in Immobilien und Baumwolle. Untersuchung wegen Hochverrats und Opiumschmuggels droht. Martha McLeod spurlos verschwunden. Möglicherweise von Palmers Geschäftspartnern entführt oder Mörderin von Palmers russischer Geliebter und auf der Flucht. Erbitte dringend Anweisungen! Gez. Robert Liu.*

111

Endlich kam, wie erwartet, die Antwort aus London: *Oberste Priorität – Martha finden. Dann Firma liquidieren. Verkaufen. Sofort. Aufsehen vermeiden. Jeder Preis akzeptabel.*

Eine Stunde hatte sich Robert Liu Zeit gelassen und dann geschrieben: *Martha wohlauf. Chinesischer Investor bietet 10 000 Pfund für McLeod China Lines & Trade Company. Gez. Robert Liu*

Die ersehnte Anweisung folgte postwendend: *Sofort annehmen. Gez., Alistar McLeod.*

Auf diese Weise hatte eine alte, britische Firma innerhalb kürzester Zeit und mit minimalem Verwaltungsaufwand den Besitzer gewechselt. Denn natürlich war kein anderer als Robert Liu der chinesische Investor: Er verkaufte die Firma zu einem sehr günstigen Preis, den er auch noch geschickt aus der Firmenkasse abzweigte, an sich selbst. Die Papiere waren noch vor der Abfahrt des Schiffes von einem Notar rechtskräftig gemacht worden. *McLeod China Lines & Trade Company* existierte nicht mehr.

Im Firmenregister tauchte seit heute *Robert Lius China Lines & Trade Company* auf – allerdings war in bezug auf den Namen noch nicht das letzte Wort gesprochen. Robert Liu dachte an eine feierlichere, traditionellere Bezeichnung, etwas mit Drachen oder Tigern.

Alles, was der Schotte McLeod in Shanghai besessen hatte, war in den Besitz von Robert Liu übergegangen – alles, bis auf Pearson Palmers schönes Haus im Tudor-Stil. Das hatte Huang Li als Preis für seine Mitwirkung an diesem Coup für sich selbst eingefordert, und nach allem, was der Chef der Detektive und der Gangster für Robert Liu getan hatte, war es nur statthaft, daß seine Mühen angemessen belohnt wurden. Zudem: Huang Li brauchte den Platz. Seine Lebensgefährtin, die alte Giftnatter Madame Lin, war anscheinend verrückt geworden und hatte beschlossen, Nachwuchs aufzunehmen. Dafür jedoch war das Reihenhaus an der Avenue Edouard VII. schlichtweg zu klein.

Niemals würde Alistar McLeod erfahren, wer die *McLeod China Lines & Trade Company* übernommen hatte, niemals begreifen, daß er auf eine schmutzige Erpressung hereingefallen war. Er ersparte sich durch den Panikverkauf die Schande, seinen guten Namen in Verbindung mit Hochverrat und Opiumschmuggel in der Zeitung zu lesen und vor einen Untersuchungsausschuß des Parlaments treten zu müssen. Außerdem erhielt er seine geliebte Tochter zurück – gereift an den Erfahrungen mit einem Mann, den ihr Vater von Anfang an als unwürdig angesehen hatte. Der Verlust seiner China-Linie machte McLeod auch nicht zu einem armen Mann. Er verdiente genug Geld mit seinen Niederlassungen in Indien, Singapur und in Arabien. Er brauchte China nicht.

Robert Liu hingegen brauchte China, und China brauchte ihn.

Der Tag, an dem Ma Li und Lingling ihre Wohltäterin kennenlernten und an dem sie feststellten, daß sie nicht mehr dienen mußten, sondern bedient wurden und nicht mehr hungern mußten und geschlagen wurden – diesen Tag würden sie in Erinnerung behalten als den schönsten Tag ihres Lebens.

Am selben Tag in derselben Stadt machte Zhang Yue, das andere Mädchen und Feuerpferd, das Bao Tung aus der Provinz verschleppt hatte, die Bekanntschaft einer groben und gehässigen Frau, die sich weigerte, für das Mädchen, das, wie sie sich mit ein paar groben Griffen überzeugt hatte, keine Jungfrau mehr war, mehr als vier Silberdollar zu bezahlen. Und das auch nur, wenn sie das schöne silberne Kleid anbehielt. Die Frau hieß Wu und unterhielt ein schmuddeliges *Singsong*-Haus in einer Seitengasse der Foochow Road. Diese Gegend war so finster und verbaut wie ein Labyrinth, in das nie ein fröhlicher Sonnenstrahl fiel. Fette Ratten hoppelten am hellichten Tag frech über den festgetretenen Dreck der Wege, taten sich an den wenigen, unverdaulichen Fleischresten gütlich, welche die

Metzger achtlos in die Gosse kippten. Manchmal, am frühen Morgen, sah man die Tiere an Leichen nagen, die in diesem Teil der Stadt jede Nacht vom Himmel zu fallen schienen. Mordopfer, Verhungerte, verendete Zuwanderer aus dem kriegsgeplagten Hinterland.

Das billige *Singsong*-Haus der Madame Wu glich einer vorgeschichtlichen Höhle, in der alle Laster und Krankheiten der Menschheit gediehen. Sehr schnell erkannte Zhang Yue, daß es tatsächlich keinen Zweck hatte, sich zu wehren. Widerstand brachte nur Schläge, Stockhiebe und Essensentzug ein. Wenn es ganz schlimm wurde, dann stellte sie sich tot. Sehr bald und noch immer das silberne Kleid tragend, das aber bereits schmutzig wie ein Putzlappen aussah, lehnte sie an einer Backsteinwand im Halbdunkel und sah, wie sie ihre Arme nach vorbeihastenden Männern ausstreckte.

»Komm mit in mein Zimmer«, hörte sie sich zirpen. »Billig und schnell. Bitte, komm doch mit …«

Wenn sie nicht mindestens drei Freier pro Nacht mitbrachte, dann gab es mehr Schläge und mehr Stockhiebe. Neben ihr stand wie ein Schatten streng und grimmig eine Aufpasserin der Madame Wu, die den Auftrag hatte, sie nicht aus den Augen zu lassen.

An Flucht war nicht zu denken.

Ma Li in ihrem unverhofften Glück sollte jahrelang nicht an das unglückliche Mädchen denken, das Bao Tung an jenem Abend wieder mitgenommen hatte. Kein Tag verging jedoch, ohne daß Zhang Yue an Ma Li dachte, an das Mädchen mit dem albernen Kindermärchen vom Jadepalast, an welches sie selbst auf einmal so gerne geglaubt hätte.

2. BUCH

1927

Der Kommunist

1. KAPITEL

Shanghai, 15. Januar 1927

Keinen Passagier hielt er es mehr in seiner Kabine, als die *Pacific Poseidon* nach fast zweiwöchiger Überfahrt die schier endlose Galerie der Lagerhäuser und Docks von Chapei passierte. Hinter der nächsten, der letzten Biegung erstand die graue Fassade des *Bund*, der Shanghaier Prachtkulisse aus Hochhäusern der Banken und Handelshäuser aus dem Winternebel – unwirklich wie eine Luftspiegelung. Zum Greifen nah schienen die Straßen, ein wirres Getümmel aus Autos, Rikschas und Fußgängern. Die markerschütternde Schiffssirene des Pazifik-Liners mit dem Heimathafen San Francisco, verkündete die Ankunft bis tief in die Stadt hinein und weckte die Horden von zerlumpten Kulis und Tagelöhnern zum Leben, die sich trotz klammer Kälte für ein Nickerchen auf der Hafenmauer ausgestreckt hatten.

An der Reling, erschauernd in der feuchtkalten Morgenbrise, stand eine junge Frau von zwanzig Jahren und hielt mit beiden Händen ihren um die Schultern gelegten Mantel umklammert, während ihre Augen fieberhaft die wartende Menge nach dem einen Gesicht absuchten. Aber die Suche, das wußte die Frau selbst, war so gut wie aussichtslos, denn das ersehnte Gesicht war zweifellos das kleinste in ganz Shanghai.

»Und, Mary? Haben Sie Ihre kleine Schwester schon entdecken können?«

Die neckische Stimme neben ihrem Ohr ließ sie vor Schreck zusammenfahren. Auch wenn sie Chinesen waren, redete er Englisch mit ihr. Beharrlich und frech nannte er sie bei ihrem englischen Vornamen Mary – obwohl sie mehrmals darauf bestanden hatte, er möge sie korrekt als *Misses Wang* ansprechen. Sie wollte keine Vertraulichkeit entstehen lassen zu diesem Snob und Frauenhelden namens Benjamin Liu und bedauerte längst, diesem geschniegelten Schönling jemals etwas über sich und vor allem über ihre geliebte, kleinwüchsige Schwester Lingling erzählt zu haben.

»Nein, ich wüßte auch nicht, was Sie das angeht, Mr. Liu«, gab Ma Li pikiert zurück.

Die beiden hatten sich schon auf der langen Zugfahrt nach San Francisco kennengelernt – die einzigen Asiaten im Erster-Klasse-Wagen. Beide waren nach abgeschlossener Ausbildung an Amerikas feinen Schulen auf dem Weg zurück in die Heimat. Er kam aus Headhurst, Connecticut und sie vom *Wesleyan College for Women* in Macon, im Bundesstaat Georgia – nicht zufällig dieselbe Schule, die einst die berühmten Töchter des legendären Charlie Soong besucht hatten. Ma Li hatte dort mit großer Hingabe die englische Sprache und Literatur, im Nebenfach und mit großem Interesse jedoch Volkswirtschaft studiert – und sie hatte unter anderem gelernt, daß man sich als junge Frau vor Männern wie diesem allzu schneidigen Benjamin Liu besser in acht nahm. Überhaupt war sie keine leichte Eroberung – sie war ein stolzes Feuerpferd, das auf nichts so sehr bedacht war wie auf ihre Unabhängigkeit. Auch hatte sie, bei einem gemeinsamen Abendessen im Speisewagen, das er ihr aufnötigte, einen Blick auf seine Hände erhascht – weiche, frauenhafte Hände, perfekt und wohlgeformt, ohne die geringste Verwerfung. Der junge Mann hatte noch niemals hart arbeiten oder sich durchsetzen müssen. Ihm war alles im Leben geschenkt worden. Es waren Hände, die immer nur genommen, selten gegeben und nicht ein einziges Mal gekämpft hatten. Sein breites, selbstzufriedenes Gesicht paßte genau ins Bild: Kurz über dem rechten Ohr war ein flacher Scheitel angesetzt, der streng und etwas schmierig seinen kugelrunden Schädel umfaßte. Seine Augen waren zwar nicht ohne Verständnis und nicht ohne einen schelmenhaften Humor, aber wieso mußte er unablässig zwinkern, als mache er sich schmutzige Gedanken? Sein Mund war klein, und die Lippen waren stets trotzig aufgewölbt. Ein Kindermund, dachte Ma Li geringschätzig.

»Ich halte mein Angebot aufrecht – ich würde Sie gerne morgen abend ausführen«, erklärte Benjamin Liu.

»Moderne Frauen lassen sich nicht ausführen wie Hunde, Mr. Liu. Wenn Sie von allem, was Sie nicht begriffen haben, nur dies eine verstünden, dann wären wir schon einen großen Schritt weiter«, versetzte Ma Li, während sie immer noch sehnsuchtsvoll nach Lingling Ausschau hielt, die sie seit drei Jahren nicht gesehen hatte.

»Ach, die sogenannten modernen Frauen sind am Ende doch wie alle Frauen. Sie wollen umschmeichelt und umgarnt werden.« Ihr smarter Verehrer kicherte. »Ich verehre Sie, Mary, und werde Ihnen diese Stadt zu Füßen legen.«

»Danke, nicht nötig«, gab sie schnippisch zurück. »Diese Stadt liegt mir bereits zu Füßen.«

Sie ließ ihn stehen, den verhinderten Kavalier in seinem langen, dunklen Kaschmirmantel mit dem Kragen aus Polarfuchs sowie seinem breitkrempigen Hut. Sie ließ ihn wieder abblitzen und wußte dabei doch, daß ihr noch heute abend eine Nachricht von ihm zugestellt werden würde. Nach allem, was sie – vorwiegend aus Büchern freilich – in der Fremde über Männer gelernt hatte, stachelten Verweigerung und Gleichgültigkeit ihren Eroberungsinstinkt nur noch an. Benjamin Liu, Erbe eines blühenden Handelshauses, der *Golden Dragon Freight Lines,* das seinem kürzlich unter tragischen Umständen verstorbenen Vater Robert Liu gehört hatte, war sicherlich niemand, der leicht aufgab. Aber sie – und das würde er begreifen müssen – war keine, die leicht zu beeindrucken war. Schon gar nicht durch Versprechungen wie: Er werde ihr die

Stadt zu Füßen legen. Denn Mary Wang oder Wang Ma Li war auch nach drei Jahren im Ausland ein unverändert beliebtes Thema der Klatschpresse. Ob Shanghai ihr tatsächlich zu Füßen lag, wußte sie nicht, aber sie wußte, daß sie berühmt war in dieser Stadt. Schließlich war sie die Tochter – Pflegetochter, genau genommen – der wohl schillerndsten Persönlichkeiten Shanghais: Elisabeth Lin, der inzwischen geläuterten ehemaligen Ikone der Vergnügungsindustrie und ihres Gatten – die beiden hatten sich vor Jahren in einer christlichen Kirche das Jawort gegeben –, des ebenso berüchtigten wie bewunderten Oberdetektivs Huang Li. Der Reporter eines Fotomagazins war für eine Reportage über sie sogar bis an ihr College in Georgia gereist. *Wang Ma Li – wird sie der nächste große Filmstar?* war der Artikel überschrieben. *Ihre Schönheit, ihre Intelligenz und ihr Charme zeichnen eine Karriere auf der Leinwand vor. Eine selbstbewußte, junge Shanghaierin, eine chinesische Nora* – nach der Romanfigur Ibsens, deren Geschichte die Frauen Shanghais fesselte – *Wang Ma Li – wir können deine Rückkehr kaum erwarten.*

Den Artikel, den ihr voller Stolz ihre Gönnerin und Pflegemutter zugeschickt hatte, fand Ma Li zwar ziemlich peinlich, was sie aber nicht daran hinderte, ihn wieder und wieder zu lesen und sich die Fotos anzusehen. War sie das wirklich? Diese wunderschöne, hochgewachsene junge Frau mit den frechen Grübchen, dem von einer strengen Spange gebändigten Mittelscheitel und den verheißungsvoll blitzenden Augen? Mit den langen Beinen, damenhaft und fast ein wenig kokett übereinandergeschlagen, während sie in der College-Bibliothek Gedichte von Lord Byron las? Sie – ein Filmstar? Nicht wirklich – aber wäre das nicht auch schön? Es gab angeblich schon verlockende Angebote.

Ich bin unendlich stolz auf Dich, mein kleines Feuerpferd, hatte Elisabeth Lin in ihrer oft überschwenglichen Art dazu geschrieben. *Seit dem Tag, an dem Du und Lingling in mein*

Leben traten, habe ich mich an Euch erfreut. Ihr seid mein Son-
nenschein. Ganz Shanghai schwärmt dieser Tage von Deiner
Schönheit und Klugheit und fiebert Deiner Rückkehr entgegen.
Auch ich kann es kaum erwarten, Dich endlich wieder in meiner
Nähe zu wissen.

Die *Pacific Poseidon* drosselte ihre Fahrt nun merklich, und
die Hafenarbeiter am Kai gingen in Stellung, um die arm-
dicken Taue aufzufangen und den Dampfer festzumachen.
Die Menge der Wartenden war nun so dicht wie ein Ozean aus
Köpfen und winkenden Händen. Ma Ling an der Reling war
umringt und bedrängt von Heimkehrern, die wie sie die lieben Gesichter in diesem Gesichtermeer zuerst entdecken
wollten. Jauchzer und Jubelschreie erklangen rings herum.

»Lingling!« schrie sie, für den Moment völlig vergessend,
daß sich solch rüdes Benehmen für einen angehenden Filmstar nicht schickte. »Lingling!«

Dann hörte sie auf einmal die Antwort ihrer Schwester,
durchdringender noch als das Heulen der Schiffssirene. In der
Menge entstand Unruhe als Wartende, sich entsetzt die Ohren
zuhaltend, schnell abrückten vom Quell dieses unmenschlichen
Kreischens: Ein Mann, groß wie ein Berg, hielt ein schreiendes
Bündel auf dem Arm, das kaum größer als ein Säugling war.

»Ma Li! Ma Li!« schrie Lingling so laut, daß die große Uhr
am höchsten Turm des Bundes plötzlich rückwärts zu laufen
schien.

Huang Li, der berüchtigte Detektiv, inzwischen entweder
abgehärtet gegen die übermenschliche Lautstärke seiner liebsten Pflegetochter oder mit fortschreitendem Alter gnädig des
Gehörs beraubt, winkte ins Leere. Madame Elisabeth Lin, neben ihm im feinen Nerz, hochaufgerichtet und trotz ihrer
schmalen Gestalt und geringen Größe eine imposante Erscheinung, hatte ebenso ihre Hand zum Gruß erhoben.

»Lingling! Ich komme!« schrie Ma Li und bahnte sich einen
Weg, um die erste auf der Gangway zu sein, die erste, die

121

Shanghai wieder betrat. Vergessen die drei Jahre Amerika. Vergessen die lange Reise. Vergessen erst recht der zudringliche Benjamin Liu – sie wollte zurück zu ihrer geliebten Schwester, und nichts konnte sie aufhalten.

»Sie sind Wang Ma Li, nicht wahr?« Sogar der gut gekleidete junge Mann, der den Ausgang bewachte, kannte sie bereits.

»Ja. Wann wird endlich die Treppe hinuntergelassen?«

»Mein Name ist Kang. Ich arbeite für die *Filmrevue*.«

»Was?« Ma Li hörte ihm gar nicht zu, sondern versuchte, ihre Schwester in dem Getümmel wiederzufinden.

»Die *Aktuelle Filmrevue*, das größte Magazin mit einer Million Leser. Wir sind sehr gespannt auf Ihre Geschichte.«

»Welche Geschichte?« Von hinten drückten ungeduldig die anderen Passagiere nach. Obwohl die Landungsbrücke noch längst nicht gelegt war und nur ein Seil zwischen dem Deck und dem Abgrund lag, wollten alle so schnell wie möglich das Schiff verlassen.

»Ich bin vorhin heimlich mit dem Lotsen an Bord gekommen, um Sie als erster und vor der Konkurrenz zu erwischen. Mein Name ist Kang.«

»Mama!« schrie jemand hinter ihnen. Andere Stimmen wurden laut, und die Menschentraube wogte bedenklich nahe heran an das einsame Seil, das den Ausgang sicherte.

»Bitte, behalten Sie doch Ruhe, sonst wird es noch ein Unglück geben«, ermahnte ein weiß uniformierter Schiffsoffizier die Ungeduldigen.

»Mein Name ist Kang Bingguo von der *Aktuellen Filmrevue*«, schrie der junge Mann wieder. »Mit welchen Gefühlen kehren Sie heim nach Shanghai?«

»Ma Li!« hörte sie vom Kai ihre Schwester kreischen.

»Lingling!« schrie sie zurück und fuchtelte dabei wild mit den Armen. Sie war unfähig, sich dafür geschmeichelt zu fühlen oder auch nur darüber nachzudenken, daß das meistgelesene Wochenblatt Shanghais einen Reporter auf sie an-

setzte, um ihre Ankunft zu bezeugen. »Mit guten Gefühlen –
was glaubten Sie denn?«

Während er ihre Worte auf einen Notizblock kritzelte,
lachte der junge Mann so liebenswert, daß sie in ihrem Glück
nicht anders konnte, als ihn zu umarmen. Ihre Freude über die
Heimkehr entlud sich ungestüm und unerwartet an einem
fremden Reporter.

»Willkommen daheim«, rief Herr Kang, dem diese Umarmung sichtlich peinlich war. Dann wurde die Gangway endlich an das Schiff geschoben. »Hier ist meine Karte!« Er
steckte Ma Li im Gedränge eine Visitenkarte zu, die sie ohne
nachzudenken annahm. »Ich schreibe nicht nur für die *Filmrevue*, sondern auch Drehbücher. Darf ich Ihren Namen nennen? Darf ich dem Filmstudio vorschlagen, daß Sie die Hauptrolle in meinem ersten großen Film spielen werden?«

»Ma Li!« Linglings Schreie klangen nun noch lauter und
dringlicher.

»Darf ich …?« fieberte der junge Reporter namens Kang.
»Sie sind die ideale Besetzung für die Hauptrolle? Darf ich
Ihren Namen nennen?«

»Nein! Was wollen Sie denn von mir?« Ma Li war verwirrt,
verängstigt und dabei überglücklich. Sie konnte überhaupt
keinen klaren Gedanken fassen. »Lingling!«

Die Gangway wurde am Ausgang verankert und das Sperr-
tau endlich gelichtet.

»Ich will, daß Sie in meinem Film die Hauptrolle spielen.
Der Film soll *Der Jadepalast* heißen.«

Nun gab es kein Halten mehr. Das Tau war entfernt, der
Weg nach Shanghai frei. Ma Li spürte Ellenbogen, die sich in
ihren Rücken drückten, Fußspitzen, die sich schmerzhaft in
ihre Fersen bohrten. Sie mußte gehen, oder sie würde zu Tode
getrampelt.

»Was sagen Sie da?« schrie sie dem fremden Reporter hinterher, der in der Flut der Ankömmlinge unterzugehen schien.

»… der Jadepalast!« rief er ihr hinterher.

»Ma Li!«

Endlich konnte Ma Li die Gangway hinunterstürmen und Lingling in den Arm nehmen. Deren kleine Arme und Hände klammerten sich um ihren Hals, daß sie schon fürchtete, keine Luft mehr zu bekommen. »Ma Li, Schwester, Ma Li!«

Tränen liefen Ma Li über die Wangen, doch neben der Freude hatte sie ein plötzlicher Schrecken erfaßt. *Der Jadepalast* – wie konnte das sein? Wie konnte ein wildfremder Reporter von ihrem Traum wissen?

»Willkommen daheim!« rief überglücklich Madame Elisabeth Lin, und ein Fotograf der Tageszeitung trat heran, um ihre mütterlicher Aufwallung für die Titelseite der morgigen Ausgabe festzuhalten.

»Was ist denn das für ein scheußlicher Fummel? Du siehst aus wie eine verdammte Ausländerin«, brummte streng und doch gerührt Onkel Huang Li. »Unser Wagen wartet dort drüben. Die Boys kümmern sich um dein Gepäck. Kommt jetzt – und hör endlich auf so zu schreien, Lingling. Deine Schwester ist ja wieder da …«

Ma Li hatte Benjamin Liu unterschätzt. Er hatte durchaus nicht bis zum Abend gewartet, um ihr eine Nachricht zukommen zu lassen. Ein überdimensionales Blumengesteck mit einer in Gold gefaßten Grußkarte erwartete sie im Foyer des Hauses.

»Wer hat denn dieses Gemüse geschickt?« wunderte sich Huang Li unwirsch und zog sich sofort einen strengen Seitenblick seiner Gattin zu.

»Unsere Tochter hat einen Verehrer, du Tölpel«, zischte Elisabeth Lin und strahlte Ma Li an. »Willst du nicht die Karte lesen?«

»Später. Erst möchte ich richtig zu Hause ankommen!« Wie hatte sie dieses Haus vermißt! Die Fassade aus Fachwerk und die verspielten Erker, den Garten mit der riesigen, dichten Hecke, die alles Unschöne und Gemeine dieser Welt fernhielt, und der Springbrunnen vor dem Eingang, der von einer Fortuna-Statuette gekrönt wurde, aus deren Füllhorn Wasser floß. Dazu das weitläufige Foyer mit dem Schachbrettmuster aus Bodenkacheln, die mächtigen Flügeltüren, die breite Treppe ins Obergeschoß.

»Dein Zimmer ist noch genau so, wie du es verlassen hast«, erklärte Madame Lin lächelnd.

»Danke für alles!« rief Ma Li und stürmte auf ihre Pflegemutter zu.

Ma Li hatte während ihres USA-Aufenthaltes anscheinend eine ganze Menge ausländischer Unsitten angenommen, dachte Huang Li mißgestimmt. Zuerst diese moderne Kleidung, dann redete sie viel zu frech und vorlaut, und nun begann sie auch noch mit Umarmungen, erst Madame Lin und dann sogar ihn!

»Schon gut«, wehrte er ab.

»Schon gut!« echote Lingling, die dem pockennarbigen Riesen seit Jahren nicht von der Seite wich. Selbst auf dem Weg nach Hause hatte sie auf seinem Schoß gesessen, was Ma Li ein wenig enttäuscht hatte. Aber schließlich war diese geheimnisvolle Liebe, die ihre Schwester für diesen grobschlächtigen Mann empfand, der Grund, warum Ma Li sie so lange hatte allein lassen können. Sie wußte, daß Lingling gut behütet und glücklich war und daß deren Zuneigung von Huang Li in gleichem Maße erwidert wurde. Lingling war, wie sie gleich beim ersten Wiedersehen am Hafen festgestellt hatte, gesund und glücklich. Sie trug noch immer am liebsten die zweiteiligen Pyjamas aus Seide, derer sie in jeder Farbe drei Stück besaß. Ma Li erinnerte diese Aufmachung stets an das Affenkostüm, mit dem sie damals in dem Opernhaus ausstaffiert wurde – aber in feinen Kleidern, Blusen und Röcken konnte Lingling sich nicht wohl fühlen.

»Schon gut, schon gut«, zirpte sie weiter.

»Und wer bist du – ein Papagei?« Huang Li fuhr Lingling an, die sich an seinem Hosenbein festgekrallt hatte. Sein grober Ton erschreckte Ma Li zutiefst – doch ihre Schwester jauchzte vor Vergnügen.

»Papagei! Papagei!«

»Es ist ihr Lieblingswort«, sagte der Gangsterboß. Sein gräßliches Gesicht verzog sich zu einem scheuen Lächeln – so liebenswert, daß ihn Ma Li am liebsten noch einmal umarmt hätte.

»Und – wer ist der Kavalier, der dir diese schönen Blumen schickt?« Madame Lin konnte ihre Neugier nicht mehr im Zaun halten. Ma Li war schließlich ihr Werk, ihr *Kunstwerk* – und sie brannte darauf, zu wissen, wem die schönste Frau Shanghais den Kopf verdreht hatte.

»Ach, ein verwöhnter Schürzenjäger«, wehrte Ma Li ab. Trotzdem nahm sie die Karte aus dem Blumenstrauß und öffnete den Umschlag, um die Zeilen zu überfliegen.

Willkommen daheim, schrieb der Schnösel, als habe er sie hier willkommen zu heißen. *Ich komme heute abend um 19.00 Uhr, um meine Aufwartung zu machen.*

»Wie lautet sein Name? Daß er Geschmack und Geld hat, kann man ja an dieser Blumenpracht sehen. Wer ist es?« bohrte Madame Lin.

»Er heißt Benjamin Liu.«

»Oh!« entfuhr es ihrer Pflegemutter. »*Der* Benjamin Liu?« Sie hörte wohl im Geiste schon die Hochzeitsglocken läuten. Alles war bereits für diesen Tag geplant. Ma Lis Vermählung sollte ein Fest werden, von dem Shanghai lange sprechen würde. Tausend Gäste im Ballsaal des Hotels *Majestic*, Blumenregen und ein Orchester, die Tische, die sich bogen unter Geschenken und den köstlichen Speisen …

Während die Boys mit Ma Lis Gepäck das Foyer betraten, ging Elisabeth Lin in den Salon voraus, wo sie Tee und Gebäck auftragen ließ. Das Mobiliar in diesem Raum war beinahe unverändert geblieben seit jener Nacht, als man die Leiche der Sonya Chernowa abtransportiert hatte. Madame Lin, die wenige Tage nach dem Mord das Haus in Besitz genommen hatte, fand großen Gefallen an der westlichen Einrichtung. Ihre kostbaren chinesischen Möbel und Antiquitäten, die Vasen, Wandschirme und Kuriositäten hatte sie auf die übrigen Zimmer verteilt – es gab derer ja wahrhaftig genug.

»Benjamin Liu also«, brummte Huang Li versonnen in sich hinein. Daß aus seiner Doppelfunktion als Ordnungshüter und Unterweltboß die absonderlichsten Komödien des Schicksals entstanden – daran hatte sich das Pockengesicht längst gewöhnt. Trotzdem kam es manchmal noch vor, daß selbst er erstaunt war über die Art, wie die Fäden von Intrige, Verbrechen und Politik in seinen Händen zusammenliefen. Denn auf sein Geheiß hin war Robert Liu, Benjamins Vater, ehemals *Comprador* der *McLeod China Lines & Trade Company*, dann schwerreicher Händler, Eigner der *Golden Dragon Freight Lines*, Reeder und Besitzer zahlreicher Seidenspinnereien, Nudel- und Tabaksfaktoreien, vor zwei Wochen mittels einer Ladung Schrot zu seinen Ahnen befördert worden. Sie lebten in harten Zeiten, und wer sich nicht solidarisch mit den Mächtigen zeigte, der lebte gefährlich – oder, wie im Falle Robert Liu, gar nicht mehr. Dabei hatte Huang lediglich um den bescheidenen Beitrag von 25 000 Dollar für die Kriegskasse des Generals Chiang Kaishek gebeten, und weil er Liu lange kannte und ihm nicht zuletzt auch dieses wunderschöne Haus verdankte, hatte er sogar davon abgesehen, den alten Geizkragen zu entführen und zu foltern, bis er das Geld ausspuckte, wie es sonst üblich war. Auch hatte er davon abgesehen, dessen Sohn zu kidnappen – was freilich auch recht schwierig geworden wäre, denn Benjamin Liu weilte ja zu diesem Zeitpunkt noch im amerikanischen Ausland. Gleichviel – Robert Liu wollte nicht zahlen, und dafür hatte er mit dem

Leben bezahlt. Nun schickte sein verwaister Herr Sohn einen Haufen Blumen an die Pflegetochter seiner Frau. *Seltsam, wirklich seltsam das Leben,* dachte Huang Li und kratzte sich am Schädel. Lingling, die ihn keinen Moment aus den Augen ließ, saß neben ihm auf dem Diwan und tat es ihm gleich.

»Er hat sich auf dem Schiff an mich herangemacht und wollte durchaus keine Ruhe geben«, erklärte Ma Li finster. »Nun scheint er von allen guten Geistern verlassen und will heute abend hier aufkreuzen!«

»Also, ich habe nichts gegen einen solchen Bewerber«, flötete Elisabeth Lin. »Er ist ein junger Mann aus gutem Hause, und arm ist er auch nicht. Ein Jammer, die schreckliche Sache mit seinem Vater, aber Benjamin Liu tritt ja wohl ein reiches Erbe an, nicht wahr, Huang Li?«

»Das möchte ich meinen«, pflichtete der Riese ihr bei und dachte: *Hoffentlich ist er weniger stur als sein alter Herr, wenn es ans Bezahlen geht.*

»Ach, mein Kind, es hat sich so viel verändert in dieser Stadt«, seufzte Madame Lin und ergriff die Hand ihrer Pflegetochter. Ma Li war diese Berührung nicht sonderlich angenehm: Die Hände ihrer Ersatzmutter waren keine guten Hände. Sie waren trocken und spröde, ihre Finger fühlten sich an wie Zweige, und die drei viel zu großen, glitzernden Ringe erstrahlten nicht in schöner Eleganz, sondern in einem kalten Glanz der Macht. Es waren die Hände einer Richterin über Glück und Unglück. Vor vielen Jahren schon hatte Ma Li begriffen, daß diese Hände – soviel Glück sie auch ihr und Lingling bescherten – unendliches Leid über so viele unschuldige Mädchen gebracht hatten, daß sie verdorren oder abfaulen müßten, wenn es denn tatsächlich den gerechten Gott gab, zu dem Madame Lin so oft und inbrünstig betete.

»Es sind viele neue Häuser entstanden. Hochhäuser darunter bis zu zwanzig Stockwerke hoch. Und neue Geschäfte. Gleich morgen werde ich dich zum Warenhaus *Sincere* auf die Nanjing Road bringen und dich neu einkleiden. Die Chipaos werden immer reizender. Jeder hat jetzt ein Grammophon daheim, aber das ersetzt natürlich nicht die gehobene und kultivierte Unterhaltung, die in meinen Cabarets geboten wird.« Von den üblen Absteigen und zwielichtigen Bordellen hatte sich Madame Lin, zielstrebig auf dem Weg zu einer angesehenen Geschäftsfrau, Wohltäterin der Armen und Förderin der schönen Künste längst getrennt. Sie unterhielt nunmehr drei Etablissements, in denen auch angesehene Geschäftsleute und Politiker sich sehen lassen konnten. Überdies betrieb sie zwei große Lichtspielhäuser mit jeweils über dreihundert Plätzen, die zu jeder Vorstellung ausverkauft waren, weil die Shanghaier nicht genug bekommen konnten von den *elektrischen Schatten* – den Filmen auf der Leinwand. Auch den Fäkalienhandel hatte sie abgegeben – in der Hoffnung, daß sich in einer Stadt der Zuwanderer und Durchreisenden in ein paar Jahren ohnehin niemand mehr an ihre schmutzige Vergangenheit erinnern würde.

»Und das Verbrechen«, fuhr sie augenrollend fort, »nimmt langsam überhand. Jeden Tag Mord und Totschlag, Entführung und Vergewaltigung. Allein in der vergangenen Woche gab es siebzehn bewaffnete Überfälle auf Banken und Geschäfte! Man kann sich nicht mehr sicher fühlen. Kein Wunder, wenn dieser fette Nichtsnutz hier die Polizei repräsentiert.«

Huang Li schnaufte belustigt und zündete sich trotzig eine Zigarette der Marke *Great Wall* an. Wie immer spuckte er Tabakkrümel mit spitzem Mund auf die Tischplatte und den Teppich, auch wenn ihm das einen besonders giftigen Blick seiner Gattin einbrachte. »Was weißt du schon?« grollte er.

Ma Li hörte nur mit halbem Ohr zu, denn endlich geschah etwas, auf das sie still gehofft hatte. Lingling begann, ihre Scheu vor der Heimkehrerin zu überwinden. Stück für Stück rückte sie ab vom massigen Leib ihres Beschützers. Ihre Augen ließen die Schwester nicht mehr los. An was mochte sie sich wohl erinnern? Doch nicht an die schmutzige Küche in der Herberge des Onkels Wang und seiner bösen Frau? Sicher nicht an die Eisenbahnfahrt in den Käfigen und die Angst vor der Berührung eines fremden Mannes. Vielleicht erinnerte sie sich an ihre Mutter, die sie getragen hatte, bis sie auf der Schwelle ihres entfernten Verwandten zusammenbrach? Vielleicht erinnerte sie sich an ihren liebsten Traum?

Ma Li entzog Madame Lin, die sofort verstummte, als sie begriff, was geschah, ihre Hand und streckte sie der Schwester entgegen.

»Erinnerst du dich an den Jadepalast, Lingling?«

»Pfirsichgarten«, sagte die Kleine ohne Zögern. »Schmetterlinge.«

»Ja. Der Pfirsichgarten blüht das ganze Jahr über, und die Schmetterlinge des Wohlergehens tanzen im Pavillon der köstlichen Düfte. Nicht wahr, Lingling, du hast es nicht vergessen?« Sie mußte unwillkürlich schlucken, als ihre kleine Schwester endlich zu ihr kam, und sie so fest drückte, wie es ihr nur möglich war.

»Schmetterlinge tanzen«, quietschte sie.

Ma Li streichelte ihr Haar und spürte Tränen über ihre Wangen laufen, während Huang Li weiterhin Tabakkrümel ausspuckte, denn er spürte einen Stich von Eifersucht in seiner Brust. Madame Lin lächelte wie eine Heilige und faltete die Hände wie zum Gebet.

»Doktor Hashiguchi sieht jede Woche nach ihr. Es geht ihr gut. Das Herz ist ein bißchen schwach, aber ansonsten ist sie kerngesund.«

»Danke für alles, was ihr für sie getan habt und tut«, preßte Ma Li hervor. Es war einer dieser Momente, wo sie derart von Dankbarkeit für diese Frau und ihren Grobian von Ehemann erfüllt war, daß es ihr schier das Herz zerreißen wollte, doch auch in diesem Augenblick würde sie Madame Lin niemals das geben können, was diese sich am meisten wünschte – ihre Liebe.

Ein kühler Nieselregen fiel aus niedrigen Wolken auf den Fabrikhof, durchsetzt, wie so oft um diese Jahreszeit, mit einzelnen Schneeflocken. Es war ein Wetter, das nichts als Trübsinn mit sich brachte und den Wunsch nach Sonnenschein und Wärme. Schäbig ragten die grauen Mauern der Textilfabrik *Goldener Lotus* in den nebligen Dunst, und die Menge, die sich vor dem Hauptgebäude versammelt hatte, sah im Grau dieses Januartages noch erbärmlicher aus, als sie ohnehin schon war. Kang Bingguo wußte, daß er mit diesem Attentat eine unsichtbare Grenze überschreiten würde und daß sein Leben nie wieder so sein würde wie bisher. Was er im Begriff war zu tun, würde ihn in den Augen der einen für immer als übelsten Aufrührer und Verbrecher brandmarken – in den Augen vieler anderer jedoch würde er zum Helden werden. Der Vorarbeiter, ein gedrungener Fettwanst aus Jiangsu, der bei einer Schlägerei vor Jahren sein rechtes Auge verloren hatte und allenthalben *Einauge Wu* genannt wurde, hatte sich breitbeinig vor den mürrischen Arbeitern aufgebaut und hielt ihnen eine seiner gefürchteten Standpauken, die für gewöhnlich darin gipfelten, daß er sich wahllos einen aus der Menge herausgriff und ihn mit seinem Bambusstock halbtot prügelte. Diesmal ging es nicht um versäumte Schichten, verpaßte Quoten oder verschlampte Ware, sondern um ernstere Dinge. Die Arbeiter, unter ihnen viele Frauen, deren kleine Kinder sich verängstigt an ihre schmutzigen Röcke klammerten, hatten sich zu einem Streik aufstacheln lassen. Wieso auch nicht? Jeder streikte dieser Tage in Shanghai. Es war wie ein neuer Volkssport. Mal hier, mal dort und manchmal sogar alle gemeinsam machten sich die Arbeiter Luft über schlechte Bedingungen, lausige Bezahlung oder rattenverseuchte Unterkünfte. Immer öfter streikten sie sogar für eine neue Regierung. Die wortgewandten Agitatoren der kommunistischen Partei, Leute wie Kang Bingguo, der junge Journalist und Drehbuchautor, öffneten ihnen die Augen.

Einauge Wu führte ein Schreckensregiment über die 350 armen Schlucker, die in Vierzehn-Stunden-Schichten in der Fabrik schufteten, im Dämmerlicht der Hallen und in giftigen Dämpfen der Färberei ihre Gesundheit ruinierten und dafür mit einem Hungerlohn abgespeist wurden. Er stellte sie ein und feuerte sie ganz nach Belieben – er war wie ein König für sie, und sein Wort war Gesetz. Einauge Wu war nicht nur Vorarbeiter, sondern auch ein Mitglied der *Qingbang*, der berüchtigten *Grünen Bande*, und jeder Arbeiter wußte, daß er sich den Zorn des mächtigen Verbrecherrings zuziehen würde, wenn er dem Vorarbeiter nicht bedingungslos gehorchte.

Kang Bingguo hatte sich zum Ziel gesetzt, mit seinem Attentat diese Abhängigkeit für immer zu brechen. Die Arbeiter, auf die der junge Idealist alle Hoffnungen für eine bessere Zukunft setzte, mußten von dem Fluch dieser feudalistischen und ausbeuterischen Autorität befreit werden. Sie mußten sich ihrer eigenen Kraft bewußt werden und das Heft selbst in die Hand nehmen. Der sicherste Weg dorthin war, Einauge Wu sein Gesicht zu rauben. Wenn die Arbeiter über ihren Peiniger lachen konnten, dann hatte der seine Macht über sie für immer verloren, und sie würden Kang Bingguos Vorträgen um so aufmerksamer zuhören. Über nichts konnten chinesische Arbeiter herzlicher lachen als über ein peinliches Mißgeschick eines anderen, und um so derber fiel das Lachen aus, wenn eine Ladung Scheiße im Spiel war. Deswegen führte Kang Bingguo für sein Attentat kein Messer und keine Schußwaffe bei sich, als er sich leise von hinten an den Vorarbeiter heranschlich, sondern eine mit Fäkalien gefüllte Wassermelone, die er nun hochhob und sie mit voller Wucht auf dem Schädel des Einäugigen zerbersten ließ.

Der Erfolg war überwältigend. Stand Wu eben noch furchteinflößend und übermächtig vor ihnen, drohend auf seinen Bambusstock gestützt, bot er einen Moment später, über und über mit stinkenden Fäkalien besudelt, das Bild eines Volltrottels. Ein befreiendes Brüllen aus 350 Kehlen erfüllte den Fabrikhof – die Arbeiter ganz vorne hielten sich die Nasen zu und bogen sich dabei vor Lachen. Die Kinder, erlöst wie alle anderen aus ihrer Furcht, hüpften übermütig umher und kreischten vor Vergnügen. Finger aus der Menge deuteten auf Einauge Wu, der nicht einmal auf die Idee kam, mit seinem Bambus für Ruhe zu sorgen – er wußte, daß ihn niemals wieder ein Arbeiter fürchten, geschweige denn auch nur ernst nehmen würde.

»Kampf den ausländischen Imperialisten und ihren chinesischen Lakaien!« schrie Kang Bingguo, der sich in diesem wundervollen Moment vorkam wie ein Held auf den Barrikaden des Klassenkampfes. Es war nur ein Streich, ein Schabernack – andere Genossen legten Bomben und planten Morde –, aber Kang Bingguo fühlte, daß er mit nichts weiter als einer Melone voller Fäkalien einen großen, unblutigen Sieg für die kommunistische Sache errungen hatte. »Arbeiter an die Macht! Unterstützt die Gewerkschaft!« brüllte er und genoß den Jubel der Menge, für einen Moment vergessend, daß diese elende Schar mit ihren schmutzigen Gesichtern, in ihren Lumpen und Strohsandalen noch weit entfernt davon war, irgendeine Macht zu übernehmen. »Kommt alle zum Treffen heute abend im Gewerkschaftshaus«, appellierte er an sie. »Wir organisieren den größten Streik, den Shanghai jemals erlebt hat.«

Aber schon war das Proletariat, sich die Tränen der Heiterkeit aus den Augen wischend, in Auflösung begriffen. Manche berieten, ob es geboten war, nicht doch lieber die Arbeit fortzusetzen. Bald blieb Kang Bingguo allein zurück, und sein einziger Triumph bestand darin, einen einzigen Schinder vor seinen Opfern lächerlich gemacht zu haben. Nicht lange, dann würde der nächste kommen.

Keine Zeit jetzt für kleinliche Zweifel, ermahnte sich Kang Bingguo. Vielleicht hatte er ein paar Leute überzeugt, die auch zum Gewerkschaftstreffen erscheinen würden. Mehr war hier

133

nicht zu tun. Auf ihn wartete Arbeit. Die Redaktion der *Aktuellen Filmrevue* verlangte bis zum Abend eine Reportage über die Ankunft der zauberhaften Wang Ma Li in Shanghai, und er war der einzige, der die junge Frau leibhaftig gesehen und sogar mit ihr gesprochen hatte. Morgens Interviews führen, mittags Vorarbeiter mit Scheiße bewerfen, nachmittags Geschichten für die Klatschpresse schreiben und nachts an seinem großen Drehbuch schreiben – Kang Bingguo war ein vielbeschäftigter Mann.

»Was, zum Teufel, war das?« wunderte sich Benjamin Liu, nachdem er aus dem Fenster eines Büros im vierten Stock beobachtet hatte, wie der Vorarbeiter namens Wu hinterrücks von einem jungen Mann mit einer Wassermelone angegriffen worden war, was bei seinen Arbeitern für große Heiterkeit sorgte. Auch Benjamin Liu mußte lachen, als er sah, wie dieser Wu als begossener Pudel abzog, obwohl er instinktiv spürte, daß der Angriff auch ihm galt – als dem großen, neuen Boß dieses Unternehmens.

»Das waren die verdammten Kommunisten«, erklärte grimmig der Fabrikchef, ein gewisser Herr Zhang. Hager, dünnes Haar, in seinem schwarzen Anzug sah er aus wie ein Bestattungsunternehmer. Im rechten Auge hatte er ein Monokel. »Ihr verehrter Herr Vater hat die Zügel zuletzt wohl etwas schleifen lassen.« Während Benjamin Liu sich auf diese Worte hin ihm mit einer ruckartigen Bewegung zuwandte, fiel Zhang vor Schreck und Bedauern die Sehhilfe aus dem Auge. »Das ist nur meine unmaßgebliche Meinung«, fuhr er hastig fort. »Sie wird allerdings von anderen Fabrikleitern geteilt. Ich wollte das Andenken Ihres werten Vaters sicherlich nicht beschädigen, aber in bezug auf die Gefahr, die von den Kommunisten ausgeht, war er nicht immer, nun ja, ganz auf der Höhe der Zeit.«

Benjamin Liu, erst seit wenigen Stunden in der Stadt, fühlte sich erdrückt von einer Lawine der Mißliebigkeiten. Hier stand er, der Erbe eines mächtigen Unternehmens, und kam sich fremd und ahnungslos in seinem eigenen Land vor. Längst hatte er zurückkehren wollen, aber Robert Liu bestand darauf, daß sein Sohn in Amerika blieb und nach dem College von Headhurst auch noch die Universität von Harvard besuchte. Shanghai sei zu gefährlich, hatte sein Vater immer wieder geschrieben. Im Lichte seines gewaltsamen Todes schien das nicht übertrieben. Neun Jahre insgesamt war Benjamin, von zwei kurzen Ferienreisen abgesehen, nicht in China gewesen. Er hatte nun Mühe, dieses Land zu begreifen, weil er, so bildete er sich zumindest ein, wie ein Amerikaner dachte und empfand. Er wollte schnelle Erfolge, geringe Betriebskosten, steile Wachstumskurven und vor allem: Ruhe. Doch schon am ersten Tag wurde er Zeuge dieses Zwischenfalls. Kein guter Start in die Zukunft als chinesischer Großunternehmer.

»Die Kommunisten ...« Er kaute nachdenklich an dem Wort, das er sehr wohl schon gehört, aber niemals ausgesprochen hatte. »Was genau wollen sie?«

»Den Umsturz, die Macht, die Enteignung, die Beseitigung der Ausländer und der Kapitalisten und der herrschenden Ordnung«, eiferte sich Herr Zhang, während er sein Monokel wieder an den rechten Platz beförderte.

»Haben also die Kommunisten meinen Vater umgebracht, weil er Kapitalist war?«

Herr Zhang hätte diese Frage gerne mit einem begeisterten »Ja« beantwortet, aber er wußte es besser, und er fühlte, daß er diesem ahnungslosen jungen Mann, der immerhin sein Boß war und von nun an die Geschicke des Unternehmens zu leiten hatte, schon in seinem eigenen Interesse eine etwas ausführlichere Geschichte schuldig war.

»Ja – und nein«, entgegnete er daher verlegen. »Sehen Sie, ehrwürdiger Benjamin Liu: Um zu verhindern, daß die Kommunisten an die Macht kommen und alle Fabriken – also auch unsere – enteignen, haben sich die Geschäftsleute von Shanghai entschlossen, einen Mann zu unterstützen, in den wir alle große Hoffnungen setzen. Sein Name ist Chiang Kaishek. Er hat soeben einen äußerst erfolgreichen Feldzug gegen die Kriegsherren in Südchina abgeschlossen und ist im Begriff, Shanghai einzunehmen. Zum Schein paktiert dieser General Chiang zwar mit den Kommunisten, aber das wird bald zu Ende sein. Wenn er hier herrscht, wird es keine Vorfälle wie den heutigen mehr geben. Also unterstützen alle reichen Männer Shanghais General Chiang großzügig mit Geld. Alle, bis auf ihren werten Vater, der sich wohl aus persönlichen Gründen nicht dazu entschließen konnte.«

Benjamin Liu hatte aufmerksam zugehört und zog blitzschnell seine Folgerung. »Also hat dieser General Chiang meinen Vater ermordet.«

»Natürlich nicht!« gab Herr Zhang entsetzt zurück und trat so nah an Benjamin heran, daß dieser seinen unangenehmen Mundgeruch wahrnahm. »Aber es wäre für alle Beteiligten sicherlich das beste, wenn Sie die – Verzeihung – Torheit Ihres bewundernswerten Herrn Vater nicht wiederholen würden und zum gegebenen Zeitpunkt, also wenn eine kleine Geldforderung an Sie gestellt würde, dieser Bitte ohne Zögern nachkommen würden.« Er trat wieder einen Schritt zurück und setzte ein unsicheres Lächeln auf. »Es wäre für alle Beteiligten das beste.«

»Vielen Dank für Ihre Erklärungen und Ihren Rat«, sagte Benjamin voller Aufrichtigkeit. Ihn interessierte nicht Geschäft und schon gar nicht Politik. Ihn trieb kein Rachedurst, denn sein Vater war ihm in den letzten neun Jahren wie ein Fremder vorgekommen. Vielmehr wollte er sein Leben und seine Reichtümer genießen und keinen Ärger haben. Das Textilwerk, die Seidenspinnereien, die Tabakfirma und die siebzehn Frachtschiffe und dreiundzwanzig Flußdampfer, die zur Reederei gehörten – sie scherten ihn kaum. Sollten die Direktoren, Leute wie dieser Herr Zhang, dafür sorgen, daß alles so weiterging wie bisher, und wenn Ruhe und Frieden durch eine Zuwendung an diesen General Chiang Kaishek zu erkaufen waren – um so besser. So mußte er, Benjamin, sich wenigstens nicht die Hände schmutzig machen und konnte so schnell wie möglich wieder aus dieser Stadt verschwinden.

Herr Zhang jedoch schien anderer Auffassung zu sein. »Ich empfehle Ihnen übrigens, daß Sie den Urheber des heutigen Zwischenfalls suchen und streng bestrafen lassen. Wenn wir derartige Unverschämtheiten durchgehen lassen, werden uns die Arbeiter bald auf der Nase herumtanzen.«

»Wenn Sie meinen …«, erwiderte der überforderte Erbe kraftlos. In Gedanken war er schon bei der Frage, welchen Anzug er heute abend anlegen würde, um die charmante Wang Ma Li zu erobern.

»Ja, und ich habe bereits einen Plan. Aus Erfahrung weiß ich, daß die Kommunisten gegen chinesische Infiltration gut gewappnet sind – sie sind mißtrauisch und schlau. Man kommt ihnen nicht so einfach bei. Ausländern gegenüber sind sie hingegen unvorsichtig und arglos – das liegt wahrscheinlich daran, daß sie im Grunde von Moskau aus gesteuert werden. Wenn es uns gelingt, einen ausländischen Spion in ihren Reihen zu plazieren, werden wir sehr schnell herausfinden, wer für den Anschlag auf unserer fähigsten Vorarbeiter verantwortlich ist. Ich kenne einen Briten, der sich für diese Aufgabe angeboten hat.«

Benjamin Liu wurde die Sache nun zu schwierig. »Hören Sie, lieber Herr Zhang, ich bin sehr müde und habe noch eine Tour durch mehrere andere Fabriken vor mir, die ich plötzlich auch alle besitze und die ich leiten soll. Tun Sie, was Sie für nötig halten, aber ersparen Sie mir jetzt und in Zukunft die Details.«

»Sehr gerne.« Herr Zhang, die Hände vor dem Bauch gefaltet, das Monokel ins Auge geklemmt, sah nun mehr denn je aus wie ein scheinheiliger Bestattungsunternehmer. Er ahnte, daß das Leben mit diesem Mann an der Spitze des Unternehmens wesentlich leichter sein würde als mit seinem starrsinnigen Vater. Dem hatte er mehrmals erfolglos empfohlen, den britischen Glücksritter als Spion in seine Dienste zu stellen, um der kommunistischen Gefahr zu begegnen. »Nein, nein und nochmals nein!« hatte Robert Liu am Ende gezürnt, wenige Tage vor seiner Verschleppung und Ermordung. »Lassen Sie mich endlich damit in Ruhe. Ich will diesen Namen nicht mehr hören.« – »Wie Sie wünschen«, hatte Herr Zhang unter demütigen Verbeugungen erwidert. Nun jedoch war endlich der Moment gekommen, wo er Pearson Palmers anrufen und ihm die gute Nachricht mitteilen konnte: »Der neue Boß läßt mir freie Hand. Sie sind an Bord. Finden Sie die Aufrührer.«

»Bin ich schön?«

Zhang Yue erwartete ihn in einem engen, neuen Kleid westlichen Zuschnitts mit übermütigem Blumenmuster und tiefem Dekolleté. Ihre Pagenfrisur – zwei raffiniert gebogene Strähnen reichten fast bis an die Mundwinkel – umrahmte ihr Gesicht. Ihre Augen funkelten unter dunklem Make-up, der Mund glänzte rot und verheißungsvoll. In seiner mit Büchern, Zeitschriften und Manuskripten bis unter die Decke vollgestopften Wohnung im schäbigen Hinterhaus wirkte sie wie eine wilde Orchidee, die sich auf einen Komposthaufen verirrt hatte. Kang bewohnte ein Parterre-Zimmer im dichten Gewirr von Backsteinhäusern zwischen der Datong Road und der Chengdu Road – ein ärmliches, aber solides Wohnviertel derer, die den Vorhof der Hölle, die elenden Arbeiterquartiere am Soochow Creek, hinter sich gelassen hatten. Das kleine Fenster wies in den düsteren Hinterhof hinaus, wo die Kinder spielten, die Fahrräder abgestellt wurden, wo die Wäsche zum Trocknen hing und die Frauen das Gemüse für die Küche putzen.

»Und ob du schön bist«, bestätigte Kang, als sie sich ihm in die Arme warf und beide Hände spielerisch grob in sein Hinterteil vergrub. Er mochte es gern, wenn sie ihm auf diese für eine Frau eigentlich undenkbar freche und lüsterne Weise zeigte, daß sie ihn begehrte.

»Ich bin die Schönste«, gurrte sie. »Sag sofort, daß ich die Schönste bin, sonst reiße ich dir deinen süßen Arsch ab.«

»Du bist die Schönste, Zhang Yue, aber bitte … Du mußt lernen, dich etwas gewählter auszudrücken. Nicht alle in dieser Stadt verstehen schon, daß auch Frauen die gleichen Rechte haben wie Männer.«

»Ach, du bist ein langweiliger Bücherwurm«, schmollte sie und stieß ihn von sich. Ihre Launen waren so schnell und unvorhersehbar wie der Wind. Ein Feuerpferd, das außer sich selbst keinen Mittelpunkt in der Welt akzeptierte. Keine ihrer Stimmungen war jedoch von langer Dauer. Kaum wollte er sich auf eine Laune einstellen, wehte der Wind schon wieder aus einer anderen Richtung. Schrie sie eben noch wie eine Dämonin, konnte sie Sekunden später in bittere Tränen ausbrechen und kurz darauf wieder herzlich lachen. Es schien, als sei Zhang Yue bei allem Selbstbewußtsein und aller Koketterie, die sie so gerne zur Schau stellte, nicht in der Lage, sich über sich selbst klarzuwerden. Kein Wunder, dachte Kang Bingguo, wenn man wußte, was das Mädchen alles durchgemacht hatte. Das Wunder bestand vielmehr darin, daß sie daran nicht zugrunde gegangen war. Er hatte sie zu sich genommen – teils aus Faszination für ihre schillernde, unbezähmbare Persönlichkeit, teils aus Mitgefühl, teils aus nackter Lust. Alle jungen Männer in Shanghai sprachen immer wieder mit verträumtem Schimmer in ihren Augen über jene modernen Frauen, welche die *Glas-Wasser-Theorie* praktizierten. Nach dieser Theorie war das Zubettgehen mit einem Mann gleichbedeutend mit dem Genuß eines Glases Wasser – es bedeutete der Frau nichts, es war nichts Ehrenrühriges und schon gar nichts Schmutziges. Es war ohne Folgen und diente keinem anderen Zweck als dem Vergnügen und der Befriedigung eines menschlichen Bedürfnisses. Der Mann ging keine Verpflichtung ein und war der Frau hinterher auch nichts schuldig. Obwohl Kang Bingguo als braver Marxist die Urheberin dieser Theorie benennen konnte – es war Lenins ehemaliger Weggefährtin Alexandra Kollontai –, hatte er doch zu seinem Bedauern nie eine Frau kennengelernt, die das Sexuelle wirklich so leichtnahm. Bis er in einer langen Schlange von Bewerberinnen für eine Schauspielschule, über die er einen Bericht für die *Aktuelle Filmrevue* zu schreiben hatte, Zhang Yue traf und sich sofort in sie verliebte. Als ihm dämmerte, daß er nun endlich eine der legendären *Glas-Wasser-Theorie*-Frauen erobert hatte, konnte er sein Glück kaum fassen. Nachdem er allerdings ihre Geschichte erfahren hatte, war ihm die Freude an dieser Eroberung schnell vergangen, und er fühlte sich sehr wohl schuldig, wenn er ihren Körper benutzte. Doch weder dies noch der Akt selbst, den sie mit so großer Kunst beherrschte, schien ihr das geringste zu bedeuten.

»Wo hast du das neue Kleid her?« fragte er und bereute es sofort. Gewiß hatte sie unter der Teedose seine Ersparnisse gefunden und sofort zu *Wing-On*, dem beliebten Warenhaus auf der Nanjing Straße, getragen. Oder zu *Sincere* gleich nebenan. Die Schaufenster beider Kaufhäuser quollen über vor verlockenden, sündhaft teuren Kleidern, nach denen Zhang Yue süchtig zu sein schien. Natürlich würde sie ihm nicht gestehen, daß sie ihn bestohlen hatte, sondern eine ihrer abenteuerlichen Lügengeschichten auftischen, für die er nun wirklich nicht die Nerven hatte. Manchmal war es verdammt schwer, ein guter Kommunist zu sein und zu tun, was man von anderen verlangte: seine eigenen Besitztümer widerstandslos aufzugeben.

»Schon gut, ich will es gar nicht wissen.« Er seufzte. »Das Kleid steht dir wirklich sehr gut.«

Zhang Yue strahlte ihn an. »Ich habe es mir zur Feier des Tages gegönnt. Ich will es zum Vorsprechen anziehen. Denn …«, sie ballte die Fäuste, als fordere sie ihn zu einem Boxkampf heraus und tänzelnde spielerisch um ihn herum, »ich habe endlich einen Termin bei den *Mingxing*-Studios bekommen!«

Auf einmal schlug sie tatsächlich zu. Ihre kleinen Fäuste trafen seinen Brustkorb, und obwohl er es ihr nicht zeigte, taten die Schläge ihm weh. Zu sehr jedenfalls für eine Geste des Glücks.

»Wirklich? Das ist ja großartig!« freute er sich, während er unter ihren Schlägen abtauchte. Seit Wochen schon, eigentlich seit er sie kannte und sie bei ihm wohnte, hatte sie von nichts anderem gesprochen als von der Chance, bei den großen *Mingxing*-Filmstudios vorzusprechen, auf der Stelle von begeisterten Regisseuren entdeckt zu werden, eine große Rolle zu bekommen und ein bewunderter Filmstar zu werden.

»Großartig? Nein, das ist nicht großartig – das ist genial! Phänomenal. Ich habe es immer gewußt!« jubelte sie.

»Bitte, Zhang Yue, schrei nicht so laut! Die Nachbarn werden sich wieder beschweren!«

»Verdammte Nachbarn!« schrie sie noch lauter in Richtung der Wände. Er konnte sie gerade noch daran hindern, das Fenster aufzureißen und ihren Triumph in den kalten, regnerischen Abend hinauszubrüllen. »Scheiß auf die ganze Bande von Hurenböcken und Kinderschändern. Ich werde ein Filmstar, und ich werde es allen zeigen!«

»Ich bin sicher, daß du es schaffst«, sagte er leise, was sie schlagartig wieder verwandelte. Tränen sammelten sich in ihren Augen, ihre Schminke verlief, sie sah jammervoll aus.

»Glaubst du das wirklich? Ich wünsche mir nichts so sehr! Nichts auf der Welt. Bitte, sag mir die Wahrheit. Glaubst du, daß sie mich nehmen werden? Glaubst du, ich werde ein Star?«

»Ja.« Er nickte eifrig. »Du kannst schauspielern wie niemand, den ich kenne.«

»O ja, das kann ich wohl. Sechs Jahre als Blumenmädchen in

den Schmutzgassen bringen dir bei zu schauspielern. *Komm mit in mein Zimmer«*, zirpte sie plötzlich mit der Stimme eines kleinen Mädchens und blinzelte dazu unschuldig. *»Billig und schnell. Bitte, komm doch mit ...«*

»Hör auf damit«, bat er. »Tu dir das nicht an. Das ist vorbei. Für immer.«

Sie schüttelte heftig den Kopf. »Niemals ist das vorbei. Aber siehst du – das war meine Schauspielschule. Sag es mir noch einmal: Bin ich wirklich schön?«

»O ja.« Gottverdammt, sie war schön, aber leider nicht auf die Art, wie die Studios sie für die weiblichen Hauptrollen suchten. Kein zarter Schmetterling, keine unschuldige Lotosblüte, kein Seidenpüppchen. Zhang Yue besaß die böse, gefährliche Schönheit einer Wildkatze, einer Überlebenskünstlerin, einer Absolventin der härtesten Akademie des Lebens – eines Feuerpferdes, das alle Flüche dieses außergewöhnlichen Sternzeichens auf sich vereinte. Ihre großen Augen, der breite Mund und das leicht vorstehende Kinn verliehen ihrem Gesicht eine leicht verruchte Note. Ihr Körper war perfekt – hochgewachsen, schlank, die Brüste fest und in genau der mädchenhaften Größe, wie das männliche Publikum sie liebte. Ihr Haarwuchs war stark, aber wozu gab es Kosmetikerinnen? Die vielen Jahre der Mißhandlung hatten kaum sichtbare Spuren zurückgelassen, bis auf zwei große Narben – eine auf dem Rücken und eine auf dem rechten Oberschenkel. Kang Bingguo vermutete Messerstiche – oder waren es Folterspuren? Zhang Yue hatte ihm die Geschichte der Narben nie erzählt, sie weigerte sich überhaupt anzuerkennen, daß es diese Narben gab. Eine dritte, kleine Narbe an der Oberlippe bereicherte ihr breites, einnehmendes Lächeln auf anziehende und sündige Art – allerdings ruinierte dieses Mal auch jede Chance für eine romantische Rolle in einem Liebesfilm, die sich Zhang Yue so sehr wünschte. »Du wirst deinen Weg machen, davon bin ich überzeugt.«

»Wirst du das Drehbuch für mich schreiben?« Zhang Yue wirkte nun hilflos wie ein verlorenes Vögelchen.

»Das habe ich doch versprochen!«

»Du weißt, von welchem Drehbuch ich spreche.«

»Das wird dein erster großer Kino-Film – genau wie wir es verabredet haben …« Nun log er rundheraus und schämte sich dafür. Kang Bingguo war keiner, dem das Lügen leichtfiel. Er hatte heute, in einer Aufwallung eines Gefühls, das er sich nun kaum noch erklären konnte, diese Rolle einer anderen, wild-fremden Frau versprochen, die noch nicht einmal wußte, ob sie wirklich Schauspielerin werden wollte – Wang Ma Li. Als er sie sah, war es förmlich aus ihm herausgesprudelt. Obwohl er eigentlich nur an Bord des Dampfers gegangen war, um sie zu interviewen, hatte er sie kurzerhand für diese Filmidee verein-nahmt. Erst seit er Wang Ma Li gesehen hatte, begriff er über-haupt, was für ein wundervoller Film das werden konnte: *Der Jadepalast*. Er vergaß dabei, daß er die Idee zu dieser Ge-schichte eigentlich Zhang Yue verdankte, die ihm neulich nachts von ihrem Traum vom Jadepalast erzählt hatte, als er müde und benommen von einem langen Tag des Schreibens und der politischen Arbeit nach dem Liebesakt neben ihr ge-legen hatte. Während er hinüberglitt in das Reich der Träume, hatte er die elektrisierende Idee für dieses Drehbuch, die in den Tagen und Nächten danach konkrete Formen annahm. Eine junge Frau auf dem Lande, wunderschön, anständig, ehr-lich – wird von einem Großgrundbesitzer gepeinigt und ver-folgt, bekommt von einer alten Frau die geheime Landkarte, die sie zum ewigen Glück im Jadepalast führen kann. Sie flüchtet mit der Karte aus ihrem Dorf, wird von Banditen überfallen, aber bald schon von kommunistischen Truppen heldenhaft befreit. Mit deren Anführer, einem aufrechten Kämpfer gegen alles Unrecht und die Unterdrückung der bäu-erlichen Massen, teilt sie ihr Geheimnis, und er öffnet ihr die Augen: Der Jadepalast ist in Wirklichkeit der Kommunismus, in dem alle Menschen glücklich und zufrieden sind. Begeistert und erleuchtet schließt sie sich der Bewegung an und besteht viele Schlachten und Abenteuer. Schließlich verläßt sie jedoch das Glück, und sie gerät zusammen mit dem Helden in einen Hinterhalt der Reaktionäre. Mit der Landkarte, die dadurch für die Feinde unbrauchbar wird, stillt sie, selbst schwerverletzt, das Blut, das aus einer Wunde rinnt, die er sich im Kampf zugezogen hat. Während sie immer schwächer wird, öffnet sich vor den beiden Märtyrern die Tür ins Paradies, zum Jadepalast. Fanfare, Schlußtitel.

Auf den letzten Dialog war Kang besonders stolz. Jedesmal, wenn er ihn las, trieb es ihm die Tränen in die Augen. Die Sterbende verzeiht ihren Peinigern und ihren Mördern. Denn nur wer reinen Herzens ist und ohne Haß, wer verzeiht und vergibt, der darf in den Jadepalast einziehen.

Aber sie tragen die Schuld an deinem Unglück! protestiert der Held. Die Sterbende will jedoch nichts davon wissen.

Schuld ist keine absolute Größe, belehrt sie ihn. *Schuld ist nicht wissenschaftlich und nicht weise. Schuld gebiert nur Böses. Und Böses gebiert neue Schuld. Wer etwas Neues anfängt, der darf nicht zurückschauen. Immer nur noch vor. Immer nur … nach … vorn …*«

Das waren ihre letzten Worte.

Wenn er bisher nur ein kleines Licht war und noch keine großen Erfolge als Drehbuchautor vorzuweisen hatte, wenn er bisher auch gezwungen war, seinen Lebensunterhalt als Reporter der Klatschpresse zu verdienen – Kang Bingguo wußte genau, daß diese Geschichte aus ihm einen der großen Autoren machen würde. Der Jadepalast würde ihm ewigen Ruhm und Anerkennung bringen, und er würde zudem der kommunistischen Sache einen großen Dienst erweisen. Mit der wunderschönen Wang Ma Li in der Hauptrolle konnte dieser Film sogar ein Welterfolg werden.

»Du schreibst den ›Jadepalast‹, und ich spiele die Hauptrolle.« Zhang Yue umarmte ihn – diesmal auf eine Art, wie sie es nur selten tat. Sie umarmte ihn wie ihren Retter, ihren Helden.

»Ich werde versuchen, dich nicht zu enttäuschen«, erklärte er, ihre Zärtlichkeit erwidernd.

»Und abends legen sich die Prinzessinnen im Jadepalast zur Ruhe, in Betten aus Pfirsichblüten und eingehüllt in die köstlichsten Düfte der Welt, während draußen der Wind sein Lied singt ...«

Lingling schlief nun. Auf ihrem Gesicht lag ein seliges Lächeln. Ma Lis Flüstern erstarb, sie streichelte die Wange der Schwester, und eine Aufwallung von zärtlicher Liebe für das kleine Geschöpf schnürte ihr fast die Kehle zu. Die drei Jahre im Ausland schienen plötzlich weggewischt und bedeutungslos. Alle Schätze der englischen Literatur und die Weisheiten der größten Ökonomen, die sie studiert hatte, verblaßten gegenüber der Tiefe des Gefühls, das sie für Lingling empfand. Trotz der unerwarteten Wendung, die ihr Leben damals genommen hatte, trotz der Güte und aller Reichtümer der Madame Lin, trotz der groben Zuneigung des pockengesichtigen Huang Li – tief in ihrem Herzen würden sie und Lingling doch immer das bleiben, was sie waren: verwaiste Kinder, Mädchen, denen das wichtigste, was es auf der Welt gab – die Liebe der Mutter – plötzlich genommen worden war. Ihr Traum vom Glück im Jadepalast war ein unzertrennliches Band, das ihr Leben lang halten würde. Lingling hatte nichts vergessen und ebensowenig Ma Li. Im Grunde suchten sie immer noch nach diesem Palast, gleichgültig, wie gut es ihnen ging, gleichgültig, wie fein ihre Kleider waren.

Ma Li, die vor dem Bettchen Linglings gekniet hatte, um ihr die Geschichte zu erzählen, von der die Kleine nie genug bekommen konnte, richtete sich auf und dachte an den jungen Mann, der sie heute auf dem Schiff so erschreckt hatte. Wie konnte ein Fremder von ihrem Traum erfahren haben? Ihr wollte keine Erklärung einfallen. Ein Zufall? Wenn er ein Drehbuchschreiber war, dann machte er sich gewiß viele Gedanken und hatte auch viel Phantasie – aber daß er damit ausgerechnet zu ihr kam! Ma Li bedauerte, daß sie in der Aufregung nicht daran gedacht hatte, sich seine Hände anzusehen. Sein Gesicht war jedenfalls offen, sympathisch und auf angenehme Art ebenmäßig gewesen, nicht so breit und rund wie die Gesichter, die man oft in Shanghai sah, sondern kantig und ausgeprägt, wie Menschen im Norden Chinas sie hatten. Kang Bingguo hieß der Mann. Niemals hatte sie jemanden mit einem ähnlichen Namen kennengelernt, und ganz gewiß hatte sie niemandem vom Jadepalast erzählt. Also war es doch nur ein Zufall? Sie löschte das Licht und schlich zur Tür.

Plötzlich erschien ihr aus der Dunkelheit ein Gesicht, schemenhaft und weit entfernt. Das schmutzige Gesicht eines jungen Mädchens, das sie einmal gekannt haben mußte. Es verschwand jedoch sofort wieder. Ma Li versuchte, sich an einen Namen für dieses Gesicht zu erinnern, aber nichts wollte ihr einfallen. Sie schüttelte den Kopf und lauschte auf Linglings Atem. Seufzend kuschelte sich die Schlafende in ihre Decke – und in ihre Träume vom Pfirsichgarten und den zehntausend Schmetterlingen.

Lächelnd schloß Ma Li die Tür, doch ihr Lächeln erlosch schlagartig, als sie die Treppe hinunterging und die Stimme erkannte, die aus dem Salon drang.

»Ich war zu lange im Ausland und kenne mich in den chinesischen Dingen nicht mehr sehr gut aus. Also ist dieser General Chiang Kaishek tatsächlich die letzte Rettung für dieses Land?« hörte sie Benjamin Liu sagen.

»Die letzte und die einzige«, pflichtete ihm Huang Li bei. »Wenn die Kommunisten an die Macht kommen, bricht alles zusammen, und wir werden für hundert Jahre die Sklaven der Russen sein. Allein Chiang Kaishek garantiert unsere Freiheit und Würde.«

»Interessant«, erwiderte der Firmenerbe.

Selbst hier draußen vor der Tür konnte Ma Li dem Klang seiner Stimme entnehmen, daß Benjamin Liu nicht die geringste Ahnung von den politischen Kämpfen in China hatte. Sie selbst war eine eifrige Zeitungsleserin und hatte während ihres Auslandsstudiums die Ereignisse in der Heimat mit Spannung verfolgt. Der Name Chiang Kaishek war ihr längst geläufig. Ein junger, offenbar sehr fähiger und ehrgeiziger General, der es sich zur Aufgabe gemacht hatte, die Macht der Kriegsherren, die willkürlich und oft mir verbrecherischer Brutalität über China herrschten, zu brechen und das Land wieder unter einer Regierung – vielleicht sogar einer demokratischen – zu einigen. Der General arbeitete noch mit den Kommunisten zusammen, die das gleiche Ziel verfolgten, denen aber ein Staat nach dem Vorbild der Sowjetunion vorschwebte. Immer mehr aber verdichteten sich die Anzeichen, daß es irgendwann zum Machtkampf zwischen Chiang Kaishek und den Kommunisten kommen würde. Ein ungleicher Kampf, denn das große Geld, zumal in der Handelsstadt Shanghai, stand fest hinter General Chiang. Seine Armeen lagen bereits vor Shanghai, und es wurde erwartet, daß sie bald die Kontrolle über den chinesischen Teil der Stadt übernehmen würden. Benjamin Liu freilich hatte von alledem noch nichts gehört.

»Dann werde ich am besten Ihrem Rat befolgen und mich gut mit General Chiang stellen«, sagte er.

»Sie sind ein würdiger Erbe und ein weitblickender Geschäftsmann«, lobte Huang Li, als hinter Ma Li eine Tür aufflog und Madame Lin im Flur erschien.

»Meine Tochter – da bist du ja endlich. Wir haben Besuch. Ein junger Herr ist hier, um dich zu sehen!« Sie zwinkerte so heftig und ungeschickt, daß ihre falschen Wimpern beinahe abfielen.

Mit Widerwillen betrat Ma Li den Salon und erblickte Huang Li und Benjamin Liu mit Sektgläsern in der Hand vor dem Kamin.

»Meine Liebe, wie schön, daß wir uns so schnell wiedersehen«, heuchelte ihr Kavalier. Rein äußerlich war er durchaus nicht die Idealbesetzung für diese Rolle. Er war einen halben Kopf kleiner als die hochgewachsene Ma Li, sein Gesicht war breit und verriet die fröhliche Zufriedenheit eines munteren Zechers und Liebhabers feiner Speisen. Sein Bäuchlein, das sich unter seinem maßgeschneiderten weißen Frack wölbte, würde in wenigen Jahren die magische Grenze zum Fettwanst überschreiten.

»Benjamin Liu«, sagte sie möglichst gleichgültig und kühl. »Sie schon wieder ...«

Madame Lin bedachte sie mit einem tadelnden Seitenblick.

»Sie sind ein Ebenbild der Schönheit, ein Ausbund an Grazie und Charme! Ich erhebe mein Glas auf Ihr Wohl, liebliche Mà Li!« rief Benjamin Liu und schaute sich beifallheischend um.

»Erheben Sie Ihr Glas, auf was immer Sie wollen, mein Bester. Ich bin müde und möchte zu Bett gehen. Die Reise war lang und strapaziös, und die Gesellschaft auf dem Schiff nicht immer nach meinem Geschmack. Gute Nacht, Benjamin Liu. Und gute Nacht, Mama ...«

Ma Li drückte der perplexen Madame Lin einen Kuß auf die Wangen und winkte dem ebenso sprachlosen Huang Li verspielt zu. »Und gute Nacht, Papa.« Damit war sie zur Tür hinaus. Madame Lin war wie benommen von dem Gruß – noch niemals hatte Ma Li sie *Mama* genannt und noch gar Huang Li als *Papa* bezeichnet.

»Was ist denn in sie gefahren?« brummte Huang Li in seiner unnachahmlich ehrlichen Grobheit.

»Ein braves Kind«, bemerkte Benjamin Liu gewandt und prostete ihr hinterher, während die Tür krachend ins Schloß fiel.

»Der lange Aufenthalt in Amerika, die strapaziöse Reise, das Kind ist erschöpft und verwirrt«, stotterte Madame Lin verwirrt und überglücklich. Sollte sie an diesem Abend unerwartet und endlich ihre Tochter gefunden haben? »Lassen Sie sich durch die Zurückweisung nicht irritieren, junger Mann. Sie ist ein Feuerpferd, das nichts so streng bewacht wie die Tür zu ihrem Herzen. Aber wenn sie diese Türe einmal öffnet, dann für immer. Ich weiß, wovon ich spreche.«

Ma Li, sobald die Tür hinter ihr zufiel, griff sich mit beiden Händen an den Kopf und wünschte, sie könnte die letzten dreißig Sekunden noch einmal erleben. *Mama, Papa?* Wie, um alles in der Welt, war sie nur darauf gekommen? Sie eilte die Treppe hinauf und verschwand in ihrem Zimmer, ließ sich auf das Bett fallen und raufte sich die Haare, wütend wie schon lange nicht mehr. Sie wollte nichts weiter als diesen geölten Schnösel da unten dumm aussehen lassen, wollte ihn abblitzen lassen, demütigen, ihm zeigen, daß sie aus einer guten und intakten Familie stammte und ganz gewiß nicht auf seine Zuneigung angewiesen war. Sie wollte ihm zeigen, daß sie ihre Liebe vergab und er sie sich nicht erschleichen konnte. Doch dabei hatte sie eine Grenze überschritten, die seit ihrem Einzug in das Haus der Madame Lin unangetastet geblieben war. Madame Lin war nicht ihre Mama und würde es nie sein. Einen solchen Verrat konnte sie ihrer leiblichen Mutter niemals antun. Und Huang Li war alles andere als ein Papa! Ihr Papa hatte gute Hände gehabt. Huang Li hatte grobe Schaufeln als Hände, an denen, auch wenn er sie stundenlang wusch, noch Dreck und Blut kleben würden. Wie konnte sie sich nur wegen eines aufdringlichen Buhlers so vergessen? Empfand sie etwa am Ende doch etwas für ihn? Genug zumindest, um sich und alle Vorsätze zu vergessen? Natürlich hatte sie während der Reise oft über diese Frage nachgedacht, denn noch nie hatte ihr jemand so ungeniert den Hof gemacht und ohne Zweifel hatte sie sich geschmeichelt gefühlt, aber sie wollte ihn nicht. Benjamin Liu stieß sie ab. Seine unerprobten, verwöhnten Babyhände, seine blasierte Selbstgewißheit, sein feistes Bäuchlein. Nun jedoch hatte sie alles vermasselt und schlimmer noch – sie hatte ein schlafendes Ungeheuer geweckt, das seit vielen Jahren verborgen im Keller hauste. Sie wollte im Erdboden versinken, von der Nacht verschluckt werden, sie wollte sterben vor Scham und Unglück.

Draußen hörte sie in der Auffahrt den Motor seines Wagens anspringen und dann den neuen Günstling ihrer Pflegeeltern einen freundlichen Gute-Nacht-Gruß rufen. Dann knirschten die Kiesel, er stieg ein, und der Wagen entfernte sich.

»Lieber Gott, laß dies schnell vergessen sein, laß niemanden sich erinnern. Ich bitte dich, deine Ma Li!« betete sie. Sie glaubte eigentlich an keinen Gott, aber wenn es ihn gab, dann konnte allein er vielleicht noch etwas ausrichten. Wenn nicht, war sie verloren.

Der Mann trat schnell zur Seite und tauchte in die Schatten, als der Wagen Benjamin Lius aus der Einfahrt fuhr und sich zweihundert Meter weiter in den Verkehr der Hauptstraße einfädelte. Er wollte nicht gesehen werden. Nicht so kurz vor dem Ende, wo sich die Schlinge um den fetten Hals unter dem verhaßten Pockengesicht langsam, aber sicher zuzog, ohne daß der Todgeweihte auch nur die leiseste Ahnung hatte. Huang Li sollte die gleichen unmenschlichen Qualen erleiden, die er dem Mann im Schatten vor vielen Jahren zugefügt hatte.

Er war längst kein Gentleman mehr und die feinen Clubs, in denen wie eh und je alle wichtigen Entscheidungen getroffen, alle goldenen Kontakte geknüpft wurden, waren ihm seit langem verschlossen. Im *Hotel Majestic* und im *Astor* hatten die Kellner Order, ihn sofort und unauffällig zu entfernen. Auf der Pferderennbahn, wo er noch immer oft zu Gast war, saß er nicht mehr in einer vornehmen Loge, sondern hockte zwischen Kulis und Fabrikarbeitern, zwischen Matrosen und Gaunern auf den Rängen. Nur eines hatte sich nicht verändert – das Glück machte weiterhin einen großen Bogen um Pearson Palmers. Nach ein paar Tagen Untersuchungshaft

hatten sie ihn damals laufenlassen. Ein gewisser Superintendent Keynes verabschiedete ihn mit einer müden Entschuldigung und dem süffisanten Hinweis, daß der nächste Dampfer
nach Australien am kommenden Dienstag ablege – hatte er
doch ohnehin geplant, sein Glück dort unten zu suchen.

Gestrauchelte Ausländer von zweifelhaftem Leumund wie
Pearson Palmers hatten die *Shanghailänder* nicht gerne um sich.
Sie störten das Bild des Weißen Mannes im Orient. Schlimm
genug, daß die verdammten Flüchtlinge aus Rußland, die zer-
lumpt und ausgehungert durch die Stadt streiften und sich für
keine Drecksarbeit zu schade waren, dem Ansehen der weißen
Herrscherrasse schlimmen Schaden zufügten! Wie sollte man
als Brite, Amerikaner oder Franzose die Chinesen beeindrucken, wenn sie nur auf die Straße gehen mußten, um einen
Ausländer zu begegnen, der sie um ein Almosen anbettelte. Sicherlich, Pearson Palmers war der Mord an der Russin nicht
nachzuweisen und auch die Vorwürfe des Hochverrats erwiesen sich nach genauerer Recherche als nicht haltbar. Trotzdem
wäre es angemessen gewesen, der Kerl hätte sich auf und davon
gemacht, nachdem seine Karriere, seine Reichtümer – ja, seine
ganze Firma nicht mehr existierten. Superintendent Keynes
ging wieder zurück in die Heimat, ebenso der Franzose Lombard, und nach und nach verschwanden auch seine ehemaligen
Clubkameraden, Tennispartner und Teebekanntschaften, deren
Shanghai-Abenteuer sich ausgezahlt hatte und die als gemachte
Männer heimkehrten. Palmers aber war geblieben, und bis vor
kurzem gab es nur zwei Männer in der Stadt, die überhaupt
wußten, unter welchen Umständen er damals alles verloren
hatte: Robert Liu, der Handelsherr und Reeder, der auf den
Trümmern der *McLeod China Lines & Trade Company* sein
eigenes Handelsimperium aufgebaut hatte. Und Pockengesicht
Huang, der nach wie vor sowohl die Detektive als auch die
Horden der Unterwelt anführte. Beide wußten, daß er noch in
der Stadt lebte – beiden war das gleichgültig. Pearson Palmers

war niemand mehr, den man kennen oder mit dem man rechnen mußte. Man kannte ihn nun in den illegalen Opiumhöhlen, in den Spelunken und an den Spieltischen. Man kannte ihn sogar sehr gut im Vergnügungszentrum *Große Welt*, wo es jeden Sonntagnachmittag Freibier für alle Gäste gab. Er war, von den eifrigen Missionaren abgesehen, einer der wenigen Ausländer, die fließend Chinesisch sprachen und vielleicht der einzige, der sogar die Gossensprache der Dockarbeiter, Zocker und Taschendiebe beherrschte. Er bewohnte eine kleine Wohnung in der Chinesenstadt, schlug sich mit allerlei Gelegenheitsarbeiten durch, trank viel, rauchte Opium und spielte leidenschaftlich Mahjong. Außerdem kannte er alle Anführer der kommunistischen Bewegung mit Namen und Decknamen, wußte, wo sie wohnten und sich trafen, wo sie Streiks oder Kundgebungen planten und welche Sabotageakte zu erwarten waren. Die Kommunisten hielten ihn für einen der ihren, schätzten ihn, ließen sich Briefe von ihm übersetzen, vertrauten ihm ihre Geheimnisse an. Palmers wußte, daß diese intimen Kenntnisse irgendwann in nicht allzu ferner Zukunft ein Vermögen wert sein würden, und er wartete nur auf das beste Angebot. Dem Fabrikdirektor Zhang, der ironischerweise eine von Robert Lius Werkstätten leitete, und noch einigen anderen potentiellen Interessenten, die er auf der Pferderennbahn oder beim Opiumrauchen kennenlernte, hatte er vielsagende Andeutungen gemacht. Zusagen wollte ihm noch keiner geben, aber alle waren hellhörig geworden.

Palmers war es gleichgültig, wer ihn am Ende dafür bezahlte, daß er die Umstürzler ans Messer lieferte. Er haßte die Kommunisten nicht, sie waren ihm gleichgültig, und wenn sie ihm nützlich sein konnten – um so besser. Er haßte kaum jemanden. Nicht einmal Robert Liu, sein ehemaliger *Comprador*, der Verräter und Nutznießer seines Absturzes, war ihm verhaßt gewesen. Der hatte am Ende doch nur getan, was jeder kluge Geschäftsmann an seiner Stelle getan hätte. In gewisser Weise hatte Palmers ihn sogar respektiert, obwohl die Nachricht von dessen gewaltsamem Tod ihn amüsiert hatte. Wenn es jedoch einen Menschen gab, den Pearson Palmers haßte, dann war es Huang Li, der Sonya, die Liebe seines Lebens, auf dem Gewissen hatte. Das Pockengesicht hatte ihn kalt lächelnd in die Falle gelockt und ihn mit dem Vertrag gründlich hereingelegt – und nun – bei diesem Gedanken zog sich Palmers Magen vor Zorn zusammen – residierte er mitsamt seiner Familie in einem herrlichen Tudor-Haus, das einst ihm gehört hatte, als wäre er dessen rechtmäßiger Besitzer. Wenn es einen Menschen gab, den Pearson Palmers bestrafen, den er sogar umbringen wollte, dann war es dieser Mann. Der Durst nach Rache an Huang Li war wohl der wichtigste Grund dafür, daß Palmers noch immer in Shanghai war.

Oft schlich er abends, wenn er wie heute angetrunken von seinem Besuch im *Große Welt* heimkehrte, in den Schatten an der hohen Mauer und der riesigen Hecke vorbei und ballte die Fäuste in den Taschen. Dann war der Schmerz über den Verlust seiner großen Liebe wieder genauso intensiv wie vor acht Jahren. Huang Li würde dafür büßen. Alles, was es über den Gangsterboß und Polizeichef zu erfahren gab, hatte Palmers herausbekommen. Wie ein Buch, das er auswendig konnte, wußte er alles über das Pockengesicht, dessen Gewohnheiten und Laster, dessen Beziehung zu Madame Lin, die Gerüchte über seine Impotenz. Er wußte, wo dessen Freunde saßen, und, noch wichtiger, wer Huangs Feinde waren. Die wichtigste Erkenntnis jedoch war eine andere: Er hatte herausgefunden, daß wie alle Menschen auch der bullige Mörder einen weichen Punkt in seinem Herzen hatte: Es war das zwergenwüchsige Mädchen, ohne das er kaum jemals angetroffen wurde. Die kleine Lingling war sein Talisman, sein Schoßtierchen. Huang Li würde das Mädchen sterben sehen, bevor er selbst dran glauben mußte. Das war Palmers Rachephantasie, die er bald in die Tat umsetzen würde.

2. Kapitel
Shanghai, 5. Februar 1927

Kang Bingguo stammte, wie Ma Li korrekt aus seinem markanten Gesicht und den stark ausgeprägten Wangenknochen geschlossen hatte, tatsächlich aus dem Norden, aus Shenyang in der Mandschurei. Er war der jüngste Sohn eines verbitterten Gelehrten, der nie über den plötzlichen Verlust seines Ansehens, Einkommens und seiner Privilegien hinwegkam, nachdem mit der Revolution von 1911 das kaiserliche Prüfungsamt mitsamt den ehrwürdigen, konfuzianischen Schriften unversehens auf dem Müllhaufen der Geschichte gelandet war. Kang Bingguo war damals sieben Jahre alt gewesen und hatte unter Anleitung seines Vaters begonnen, die ersten Texte immer wieder niederzuschreiben und Sätze auswendig zu lernen, die sein kindlicher Verstand nicht im mindesten erfassen konnte. Von einem Tag auf den anderen – eine Erlösung oder ein schrecklicher Verlust? – war es mit diesem Studium jedoch vorbei. Sein Vater packte die Schriften ein und schloß sie weg. Soweit Kang Bingguo wußte, hatte er sie nie wieder zur Hand genommen.

Der junge Kang aber verlor nie seine Liebe zur Sprache und zur Literatur, zu den Schriftzeichen, die so kompliziert und schön und vor allem so mächtig waren, daß sie Dynastien zu Fall bringen und die Welt verändern konnten. Nie hatte er aufgehört zu lesen und zu lernen. Lange Zeit war es sein Ziel gewesen, ein Lehrer zu werden, aber das schlichte Wiederkäuen der Ideen anderer wollte ihm nicht genügen. Er beschloß, Schriftsteller und Philosoph zu werden, und mit diesem

Wunsch verließ er Shenyang und ging nach Shanghai, das in dem Ruf stand, die Heimat der Freigeister und Denker, der Phantasten und Träumer zu sein. Mit nichts als dem Willen, durch die Kraft seiner Worte die Welt zu verbessern, kam er in diesem betäubenden Strudel von einer Stadt an und landete wie so viele Neuankömmlinge zunächst einmal im Elendsviertel von Soochow Creek. Hier lebten Hunderttausende im Dreck, oft willkürlich mißhandelt von den korrupten Behörden. Für einen halben Yuan pro Monat mietete Kang eine Parzelle in einer von Ratten und Flöhen verseuchten Herberge, wurde Zeuge von Mord, Vergewaltigung und himmelschreiendem Leid. Er beobachtete die Menschen auf den *sampans*, den klapprigen Flußschiffen, deren von Ungeziefer malträtierte Kleinkinder an Seilen festgebunden waren, damit sie nicht ins Wasser stürzten, weil die Eltern sich von früh morgens bis spät in der Nacht in Fabriken, am Hafen, in Gasthäusern oder auf den Straßen als Rikschakulis krumm schufteten. Niemand hier hatte auch nur die Mittel sich menschenwürdig zu kleiden – manche, selbst Frauen, waren mit nicht mehr als Fasern bedeckt. Kinder waren fast immer nackt, ihre Kleidung bestand aus Schichten von Schmutz und Schorf. Kang sah Hungrige, die sich aus den Schenkeln eines verendeten, halb verwesten Maultieres tagelang ihre Mahlzeiten herausschnitten. Er sah Kulis, die nach der harten Arbeit eines langen Tages zu nichts anderem mehr in der Lage waren, als sich in einer der zahlreichen Opiumhöhlen ein Pfeifchen stopfen zu lassen und träge zuzuschauen, wie sich ihr sauer verdienter Lohn in Dunst auflöste, der sie gnädig betäubte. Kang sah, wie die Grobiane der sogenannten Ordnungsbehörden erschienen, um ganze Siedlungen niederzubrennen. Jeder bekam eine Stunde Zeit, um seine Habseligkeiten in Sicherheit zu bringen, und dann gingen Hunderte Hütten, Schuppen und Verschläge in Flammen auf. Befanden sich noch Menschen dort? Alte, Schwache, Kranke? Gut möglich, aber an die wollte niemand denken.

Kang Bingguo, ein belesener, intelligenter und schriftkundiger junger Mann, lebte nicht sehr lange unter Chinas erstem Lumpenproletariat, aber es verging kein Tag, an dem ihm nicht die Galle hochkam. Selbst als er seine erste Arbeit als Zeitungsreporter fand, ließen ihn die Gesichter der Menschen vom Soochow Creek nicht mehr los, besonders, wenn er sich das andere, vornehme Shanghai mit seinen exklusiven Clubs und Vergnügungsetablissements, mit seinen Einkaufstraßen und Wohnvierteln ansah. Er mußte nicht lange suchen, um Menschen zu finden, die, wie er angewidert von dieser Ungerechtigkeit, beschlossen hatten, China wieder vom Kopf auf die Füße zu stellen. 1921 war in einer Mädchenschule in der Rue Wantz in der Französischen Konzession die Kommunistische Partei Chinas gegründet worden. Kang Bingguo kam 1924 nach Shanghai, und da hatten die Revolutionäre, unterstützt von ausländischen, meist russischen Helfern, bereits ein weitläufiges Netzwerk aufgebaut, in dessen Maschen sich Idealisten wie Kang Bingguo schnell verfingen. Der junge Reporter wollte nicht nur zusehen, er wollte mitwirken am Aufbau eines neuen, gerechten China. Er besuchte alle Treffen, alle Lehrgänge, alle Untergrundseminare und las alles, was er über die Revolution in Rußland in die Finger bekommen konnte. Nächtelang diskutierte er in Intellektuellenkreisen über Befreiung, Aufklärung und Revolution. Wirkliche Freunde konnte er nicht finden – er blieb am Ende immer für sich. Denn anders als die anderen, die Heißsporne und Umstürzler, war Kang im Grunde seines Herzens ein hoffnungsloser Romantiker. Er suchte vergeblich seine große Liebe, fand nur Ersatz in den Kinos. Er liebte die Filme und die Märchen von Unglück, Errettung und Glück, die sie erzählten, und er entdeckte den Film als das beste Vehikel, die neuen Ideen unter das Volk zu bringen und die Massen in Bann zu ziehen. Die Chinesen liebten genauso wie er die *elektrischen Schatten* – selbst die müdesten und elendsten Arbeiter sparten sich das Eintrittsgeld für die Vorführungen vom Munde ab. Sie dürsteten nach neuen Bildern und Geschichten, nach Ablenkung und Träumen. Wenn man diese unstillbare Sucht nach Filmen benutzte, um das Proletariat auf die Revolution vorzubereiten, dachte Kang Bingguo, dann würde der Kommunismus in diesem Land triumphale Erfolge feiern. Solche Drehbücher wollte er schreiben – aufklärerische, aufwühlende Drehbücher.

Um zu überleben und auch, um Kontakte bei den Filmstudios zu knüpfen, arbeitete er für die *Aktuelle Filmrevue*, eines von vielen Klatschblättern im Dunstkreis der Traumfabrik. Er verfaßte Geschichten über aufstrebende Jungschauspieler und glanzvolle Superstars, er schrieb über neue Projekte, Flops und Hits und war sich für Bettgeschichten und Gerüchte nicht zu schade, denn gerade die wurden immer wieder verlangt. Nachts jedoch schrieb er für sich und für seine Sache: die Revolution. Bisher allerdings ohne große Anerkennung und Fortschritte. Doch nun hatte er die Geschichte vom Jadepalast gefunden. Oder hatte die Geschichte ihn gefunden? In drei Nächten, schlaflos und getrieben von der Macht dieser Erzählung, hatte er sie zu Papier gebracht, während Zhang Yue, seine Muse in dieser Sache, auf dem engen Bett unruhig schlief. Diese Story hatte alles, was einen großen Publikumserfolg garantierte: ein durch und durch chinesisches Motiv, eine unschuldige, gepeinigte Jungfrau und einen strahlenden Helden. Zudem transportierte die Geschichte eine wichtige politische Botschaft, die zur Grundlage eines neuen China werden mußte: Vergebung und Versöhnung. Nur wenn dies gelang, dann würden die Menschen im Land nach dieser schrecklichen Phase des Hasses, der Ausbeutung und der Auflehnung wieder zueinander finden. Alles, was noch fehlte, war eine unverbrauchte Hauptdarstellerin. Ein Gesicht, das sich einprägte und ein Name, mit dem er die mißtrauischen Studiobosse sofort auf seine Seite bringen konnte. Dieses Gesicht

157

und diesen Namen hatte er unverhofft gefunden – und nun wartete er darauf, daß Wang Ma Li, der er seit dem Morgen unbemerkt nachgestiegen war, das Kaufhaus *Wing On* verlassen und in den wartenden Wagen steigen würde, denn diesen Zeitpunkt hatte er sich für seinen sorgfältig geplanten Überfall ausgewählt. Er war wie immer, wenn er offizielle Termine wahrnahm, in seinen schon etwas lädierten, grauen Manchester-Anzug gekleidet und das sauberste Schmutzhemd, das er hatte finden können. Auf dem Kopf trug er die Lenin-Mütze, die er einem russischen Emigranten für zwei Yuan abgekauft hatte. Der Russe hatte dafür eine warme Mahlzeit bekommen, und Kang konnte sich nun nicht nur wie ein waschechter Weltverbesserer fühlen, sondern sah auch wie einer aus.

»He, du! Steh hier nicht dumm herum – verschwinde!« Der Fahrer der Limousine, der offenbar auch die Rolle eines Leibwächters wahrnahm, hatte ihn bemerkt. An der Art, wie der drahtige Kerl sich vor ihm aufbaute, erkannte Kang Bingguo sofort, daß er es bei dem Chauffeur mit einem Schläger der *Qingbang*, der *Grünen Bande*, zu tun hatte. So arrogant und siegessicher spielten sich in dieser Stadt nur die Ausländer und die Mitglieder des mächtigen Verbrechersyndikates auf. Kang war entschlossen, sich von dem Strolch nicht einschüchtern zu lassen. Er sah trotzig in das knochige Gesicht des Fahrers der schönen Ma Li, dessen schmale Augen im Schatten seiner Schirmmütze verschwanden.

»Ich warte hier auf jemanden«, gab er mutig zurück.

»Warte woanders«, blaffte ihn der Leibwächter an.

»Ich bin ein freier Chinese und warte, wo ich es für richtig halte.«

»Wie du meinst.« Der Fahrer drehte sich zur Seite, als sei die Unterhaltung für ihn beendet, doch dann schnellte sein Oberkörper blitzartig zurück, und seine Faust bohrte sich mit der Wucht eines Hammerschlages in Kangs Magen. Als wäre sein Rückgrat gebrochen, sackte Kang zusammen und übergab sich elend auf den Bürgersteig. Für einige Momente war er sogar bewußtlos. Er stöhnte vor Schmerzen, war unfähig, sich zu bewegen. Er sah Schuhe, Absätze, Beine, die hastig an ihm vorbeistrebten, hörte Fußgetrappel laut wie das Grollen einer vorbeirasenden Büffelherde. Dann wollte ihm wieder schwarz vor Augen werden.

»Diese verdammten *liumang* – überall liegen die Strolche heutzutage herum«, schimpfte lautstark eine männliche Stimme.

»Das ist ja schrecklich. Sollten wir dem Mann nicht helfen, Lao Liang?«

»Nein, besser nicht. Steigen Sie ein und –«

»Aber warte, Lao Liang, ich kenne diesen Mann. Das ist gar kein Herumtreiber! Er ist ein Journalist.«

Kang Bingguo begann zu begreifen, daß von ihm die Rede war. Er versuchte, sich aufzurichten, doch er kam kaum auf die Füße, da mußte er sich erneut erbrechen.

»Oh, Sie Armer!« Wang Ma Li hockte sich vor ihm nieder und musterte ihn mitleidig. »Herr Kang, nicht wahr? Sie haben mich doch bei meiner Ankunft auf dem Schiff begrüßt.«

Das letzte Würgen brachte endlich eine spürbare Erleichterung, und Kang, verschämt sich den Mund wischend, richtete sich auf und versäumte nicht, nach seiner Lenin-Mütze zu greifen, die verloren auf dem Pflaster lag. »Ich habe auf Sie gewartet«, brachte er flüsternd hervor.

»Wirklich?« wunderte Ma Li sich. »Und dann ist Ihnen wohl plötzlich schlecht geworden?«

Kang blickte haßerfüllt zu dem Schläger empor, der seinem Schützling noch immer die Wagentüre aufhielt und den Blickkontakt mit seinem Opfer mied.

»Ja«, keuchte Kang. »Vor Aufregung.«

»Das tut mir leid«, sagte Ma Li, ehrlich betroffen. »Sollen wir Sie zu einem Arzt bringen. Ich kenne einen sehr guten Arzt. Auch wenn er Japaner ist, hat er …«

159

»Es wird schon gehen.« Kang Bingguo stützte sich am Auto ab und rappelte sich hoch.

»Es war nett, Sie wiederzusehen«, sagte Ma Li und strich sich das Kostüm glatt. »Ich habe mehrmals an Sie gedacht. Sie erwähnten einen Film, den Sie machen wollten. Wie sollte er noch gleich heißen?«

»Der Jadepalast.«

»Natürlich! Der Jadepalast. Sie müssen mir unbedingt erzählen, wie Sie auf diesen außergewöhnlichen Titel gekommen sind.«

»Hier, mitten auf der Straße?« fragte er unschuldig.

»Nein, nicht hier. Wieso gehen wir nicht zusammen zum Lunch? Lao Liang kennt alle Lokale in dieser Stadt. Er wird sicherlich wissen, wo man um diese Uhrzeit gut speisen kann. Ach, verzeihen Sie – Ihnen war ja schlecht, nicht wahr?«

»Vielen Dank, es geht schon wieder. Ich würde sehr gerne mit Ihnen zum Lunch gehen.«

Mißmutig, mit mahlendem Kiefer, schloß Lao Liang, der Fahrer, die Autotür hinter Kang und brachte ihn und seine junge Herrin zu einem Lokal am Hafen, das *Café Continental* unweit des *Cathay Mansion*, wo Sandwiches und Kaffee serviert wurden. Er lauschte, während er den Wagen wie einen Panzer durch das mittägliche Verkehrsgewimmel steuerte, genau auf die Unterhaltung seiner beiden Passagiere. Wenn dieser schmächtige Drecksskerl auch nur ein Wort darüber verlieren würde, wie er tatsächlich dazu gekommen war, in gekrümmter Haltung vor dem Auto zu liegen, dann würde Lao Liang sich seiner später annehmen. Kang Bingguo brachte jedoch seinen plötzlichen vermeintlichen Schwächeanfall nicht mehr zur Sprache.

»Ich habe sehr oft an Sie gedacht, Wang Ma Li«, gestand er. »Ich war ganz perplex, als Sie mich auf dem Schiff plötzlich umarmten.«

»Ach ja.« Sie errötete. »Ich war so aufgewühlt, und Sie waren einfach der erste nette Mensch, den ich seit langem sah.«

160

Großer Gott, hörte sie eine Stimme in ihrem Hinterkopf. *Du flirtest ja! Hör sofort damit auf!*

Kein Tag war vergangen, an dem Wang Ma Li nicht die Visitenkarte des Reporters in den Händen gehalten und darüber nachgedacht hatte, ob sie ihn anrufen sollte. Jedesmal hatte sie sich wieder dagegen entschieden. Es war nicht statthaft und ganz gewiß nicht klug. Sie wollte diese flüchtige Begegnung lieber schnell vergessen und einen merkwürdigen Zufall nicht aufbauschen. Es konnte tausend Gründe haben, daß dieser Fremde ein Drehbuch mit dem Titel *Der Jadepalast* schrieb, schließlich war Jade ein beliebter Schmuckstein und begehrt wegen seiner magischen Kräfte. Und wer wünschte sich nicht einen Palast? Trotzdem hatte sie sich voller Ungeduld die nächste Ausgabe der *Aktuellen Filmrevue* gekauft und Kangs Geschichte gelesen. Es war zu ihrer Enttäuschung nur eine kleine Notiz geworden. *Wang Ma Li endlich zurück in der Heimat*, lautete die Überschrift. Dann folgten ein paar bedeutungslose Zeilen über ihre Ankunft und ihre dämliche Aussage, daß sie *mit guten Gefühlen* zurückkehrte. *Über ihre weiteren Pläne wollte Wang Ma Li noch keine Auskunft geben, aber es gilt in Fachkreisen als nicht unwahrscheinlich, daß sich die wunderschöne junge Frau zu einer Karriere als Filmdarstellerin entschließen könnte. Interessante Angebote sollen ihr nach Informationen der* Aktuellen Filmrevue *schon unterbreitet worden sein.*

Während Lao Liang den Wagen die Nanjing Road hinauf steuerte, hatte Ma Li endlich Zeit, Kang Bingguos Hände zu betrachten. Er hielt seine Kappe mit beiden Händen fest und ließ sie nervös kreisen. Es waren die Hände eines Gelehrten, dachte sie, eines Mannes der Schrift und der tiefen Gedanken. Lange, feine Finger, die sich sicherlich auch gut mit den Tasten eines Klaviers verständigen konnten, Finger, die gekonnt einen Kalligraphiepinsel führten und die ganz gewiß wußten, wo sie den Körper einer Frau zu streicheln hatten.

Hör jetzt auf damit, du dumme Gans, rief wieder die Stimme in ihrem Hinterkopf.

»Da wären wir – das *Café Continental*«, verkündete Lao Tung. »Ich warte hier draußen. Wenn irgendwas sein sollte, schicken Sie sofort nach mir.«

»Gewiß«, erwiderte sie und sah ihren Fahrer fragend an. Was sollte schon passieren?

Kang und Ma Li nahmen an einem runden Tisch in einem vornehmen Raum Platz, der von Mittagsgästen in feiner Kleidung bevölkert wurde. Reiche Chinesen und auch einige Ausländer, Inder und Japaner, führten halblaute Tischgespräche in vielen Sprachen, und in der Ecke spielte ein Pianist die aktuellen Schlager. Die Fenster, die fast bis an die Decke reichten, gaben den Blick auf die geschäftige Straße frei – davor stand unübersehbar die Limousine, in der sie gekommen waren, und der Fahrer Lao Liang, der mit verschränkten Armen und tief ins Gesicht gezogenen Mütze am Wagen lehnte.

Sie bestellten Kaffee und Sandwiches. Drei bange Minuten lang wußte keiner der beiden, wie er ein Gespräch beginnen sollte, und dann begannen sie in derselben Sekunde zu sprechen.

»Wie schön daß …«, sagte Kang Bingguo.

»Wie geht die Schreiberei voran …«, fragte Ma Li, und sie beide lachten peinlich berührt, bevor sie nach diesem peinlichen Auftakt wieder in Schweigen versanken.

Schließlich räusperte sich Ma Li, um eine weitere Kollision der Worte zu vermeiden, und sagte: »Ist Ihnen wirklich schlecht vor Aufregung geworden?«

»Ja, gewiß. Es gehört nicht zu meinen alltäglichen Beschäftigungen, jungen Frauen bei ihrem Einkauf zuzusehen, müssen Sie wissen.«

»Sie haben mir also aufgelauert?« folgerte sie streng.

»Man könnte das so ausdrücken. Ich würde aber eine andere Formulierung bevorzugen: Ich habe auf Sie gewartet. Sie haben mich nicht angerufen, dabei wollte ich Sie doch unbedingt wiedersehen.«

»Mit welchem Recht?«

»Mit dem Recht eines Mannes, der Sie als Prinzessin im Jadepalast sieht.«

Ma Li erschrak ein weiteres Mal, aber da brachte der Kellner ihre Sandwiches.

»Wie sind Sie auf den Titel für Ihr Drehbuch gekommen?« fragte sie hartnäckig.

»Ich dachte einfach an einen wunderbaren Ort, auf den sich all unsere Träume und alle Sehnsüchte, die wir als Chinesen empfinden, konzentrieren, und so endeten meine Gedanken am Jadepalast, einem unendlich schönen und erhabenen Ort.«

»Wirklich?«

»Ja!« Seine nervösen Hände verrieten, daß er nicht die Wahrheit sagte. Seine Finger trommelten auf seine Oberschenkeln, dann griff er nach der Serviette und legte sie wieder auf den Tisch. Schließlich trank er einen Schluck Wasser, benetzte jedoch kaum seine Lippen. Er wahrte ein Geheimnis, und das konnte sie nicht dulden. Nichts haßten Feuerpferde mehr als Lügen und Unaufrichtigkeit.

»Was ist? Bekommen wir keine Eßstäbchen?« blaffte er, um seiner Nervosität Luft zu machen, den verdutzten Kellner an.

Köpfe drehten sich nach ihm um, und er senkte beschämt den Blick.

»Sie waren wohl noch nicht so oft zum Sandwich-Essen?« fragte Ma Li vorsichtig.

»Ich esse Sandwich jeden Donnerstag«, gab er gereizt zurück.

»Dann wissen Sie sicherlich auch, daß man die Sandwiches nicht mit Stäbchen, sondern mit den Händen ißt. Sehen Sie – so!« Sie nahm das wattige Weißbrot, führte es zum Mund und biß hinein.

163

»Natürlich weiß ich das«, sagte er kraftlos und griff wie sie nach dem Brot.

Ma Li kaute langsam, ohne ihn aus den Augen zu lassen, spülte mit einem Schluck Kaffee nach und tupfte sich feierlich mit der Serviette ihren Mund ab.

»Was immer Sie von mir wollen«, sagte sie kühl und schneidend. »Ich empfehle Ihnen eines: Lügen Sie mich niemals an.«

»Ich habe verstanden«, erwiderte er und würgte schnell einen viel zu großen Bissen hinunter. Dann holte er tief Luft. »Ich habe noch niemals Sandwich gegessen, weil ich als patriotischer Chinese lieber *Xiaolongbao* esse«, gab er zu und hoffte, ihre Gnade wiedergewinnen zu können.

»*Xiaolongbao* sind sehr lecker«, sagte sie geduldig. Sie erinnerte sich, vor vielen Jahren einmal die Shanghaier Spezialität, die gedämpften, mit Hackfleisch gefüllten Teigtaschen, probiert zu haben, aber sie wußte nicht mehr, wie sie schmeckten. Sie wußte nur noch, daß man sich beim Essen schauerlich den Mund verbrennen und bekleckern konnte.

»Ich könnte Sie in eines meiner Lieblingslokale einladen«, erklärte Kang hoffnungsvoll.

»Ein andermal. Was hat es nun mit dem Jadepalast auf sich? Wie kamen Sie auf diesen Titel für Ihr Drehbuch? Und lügen Sie mich nicht an!«

»Ich weiß nicht, wie ich es Ihnen sagen soll«, stotterte er. Dann gab er seinem Herzen einen Stoß und begann alles zu erzählen. Wenn er sie für seine Hauptrolle gewinnen wollte, würde sie früher oder später ohnehin erfahren, zu welchem Lager er gehörte: »Ich bin ... bin ... überzeugter Kommunist und glaube, daß der Kommunismus für die Menschen eine Art Jadepalast ist. Ein Ort des Friedens und der Erfüllung. Ein Ort des Vergebens und des Neuanfangs. In diese Richtung geht auch das Buch.«

»Wirklich?« staunte Ma Li. »Sie sind der erste Kommunist, den ich kennenlerne!«

»Sehen Sie – ich beiße nicht!« freute er sich.

»Aber ich kann beißen. Drei Menschen auf der Welt außer mir kennen den Traum vom Jadepalast. Meine Mutter, die seit vielen Jahren tot ist, meine kleine Schwester, die niemandem davon erzählen kann, und ein Mädchen, das ich vor vielen Jahren getroffen habe und dem ich den Traum beschrieb. Ich erinnere mich nicht an ihren Namen. Vielleicht können Sie mir auf die Sprünge helfen, Kang Bingguo?« Sie fragte scharf und wissend, wie eine Staatsanwältin, die einen Lügner und Verbrecher enttarnte.

»Ich weiß wirklich nicht, wovon Sie sprechen, Wang Ma Li«, stammelte Kang. »Ich habe einfach nur an den Kommunismus gedacht, als ich diesen Titel ersann.«

»Gut«, beschied Ma Li entschlossen. »Dann ist unser Gespräch hier beendet. Ich wünsche Ihnen noch einen schönen Tag.« Sie erhob sich, und sofort eilte der aufmerksame Kellner zur Garberobe voran, um ihr den Mantel zu bringen.

Kang Bingguo fühlte sich wie unter einer Dusche, die abwechselnd heiß und kalt wurde. Seine Knie waren weich, und sein Magen rebellierte noch immer, doch wenn er sie nun gehen ließ, würde er sie vermutlich niemals wiedersehen.

»Der Name des Mädchens lautet Zhang Yue«, sagte er schnell. »Bitte setzen Sie sich wieder.«

Auch ohne seine Einladung hätte sie wieder Platz genommen. Zhang Yue. Natürlich! Das arme Mädchen, das nie Kleider besessen hatte, das von ihrem Vater mißbraucht worden war und das Madame Lin damals nicht behalten wollte. Das Mädchen, das der widerliche Bao Tung wieder mitnahm und in die Prostitution verkaufte, weil Ma Li ihr nicht geholfen hatte.

»Zhang Yue«, flüsterte sie wie benommen.

»Ich bin ganz ehrlich zu Ihnen.« Kang Bingguo wollte ihre Nähe und ihre Aufmerksamkeit, auch wenn er dazu alles offenlegen mußte. Keine Lügen, keine Ausflüchte, keine Beschönigungen. Das waren ihre Regeln, und er war bereit, sich

165

zu fügen, weil es eigentlich auch seine Regeln im Leben waren. Zudem zählten sie auch zu den Prinzipien des Kommunismus. Aufrichtigkeit und Ehrlichkeit. Keine Angst vor Konsequenzen.

»Zhang Yue war jahrelang ein *Blumenmädchen*, eine Prostituierte, aber sie konnte vor ihrer Aufpasserin flüchten, bevor sie völlig zugrunde gerichtet wurde. Ich traf sie vor ein paar Monaten. Seither teilen wir uns eine Wohnung.«

»Sie sind also ein Liebespaar?« fragte Ma Li kühl.

»Manchmal«, gab er zu. »Aber ich fürchte, mit ihr und der Liebe ist das so eine Sache …«

»Was für eine Sache?«

»Ich denke manchmal, Zhang Yue kann nicht wirklich lieben.«

»Aber Sie schlafen doch sicherlich mit ihr?« Ma Li war entschlossen, sich nichts zu ersparen. In diesem aufregenden und grausamen Spiel der Ehrlichkeit gab es keine Grenzen und keine Tabus.

Er spielte mit. »Ja, das meinte ich, als ich sagte, wir seien manchmal ein Liebespaar.«

Plötzlich kämpfte sie mit den Tränen. Sie spürte, daß sie die Kontrolle über dieses Spiel verlor, und er spürte es auch. Der Kellner, der noch immer mit ihrem Mantel an der Garderobe stand, resignierte und hängte das Kleidungsstück zurück, wo es bis zum Abend hängen blieb. Gäste kamen und gingen, der Pianist pausierte und spielte sodann sein Repertoire wieder von vorne. Der Fahrer Lao Liang gefror in seiner Haltung, die Mütze tief im Gesicht, den Rücken an den Wagen gelehnt.

Niemand vermochte Ma Li und Kang zu stören; es war, als hätten sie sich hinter einer Wand aus dickem Glas vom Rest der Welt abgesetzt.

Als sie sich der Stunde bewußt wurden und bemerkten, daß draußen längst die Gaslampen brannten und drinnen das Abendpublikum nach freien Plätzen suchte, hatten Wang Ma

Li und Kang Bingguo kein Geheimnis mehr voreinander. Es war wie der Tanz zweier verlorener Seelen, die sich endlich gefunden hatten. Sie hielten einander bei den Händen, als sie übereinkamen, daß es nun Zeit wäre, das Treffen zu beenden. Sie waren sich so nahe gekommen, wie es nur möglich war, ohne in einem öffentlichen Caféhaus Anstoß zu erregen. Kang, der unverbesserliche Romantiker, glaubte fest daran, die Frau fürs Leben gefunden zu haben. Wang Ma Li hingegen dachte längst noch nicht so weit in die Zukunft. Sie war noch zu tief gefangen in der Vergangenheit, aber sie spürte nicht ohne Angst, daß sie ihr Herz an diesen Mann verlieren könnte – und dann würde es für immer sein. Denn wie hatte die in diesen Dingen sehr bewanderte Madame Lin einmal gesagt: *Feuerpferde haben nur eine Liebe in ihrem ganzen Leben, und wenn sie diese schenken, wächst keine neue mehr.*

»Ich möchte, daß Zhang Yue ihren Traum erfüllt. Ich will, daß sie glücklich wird«, sagte Ma Li. »Ich will, daß sie zum Film kommt und daß sie ein Star wird. Genau so, wie sie es sich wünscht.«

Kang Bingguo verstand sofort. »Du meinst, daß du Zhang Yue etwas schuldest.«

»Ja, sie führte das Leben, das auch auf mich wartete. Nur ich hatte Glück, sie nicht. Ich weiß nicht, was aus mir und aus Lingling geworden wäre. Vielleicht wären wir beide längst tot – oder noch schlimmer. Statt dessen ...«

Kang drückte ihre Hand. Ein wohliges Gefühl erfüllte sie. Er war ein Habenichts, voller verrückter Ideen, ein Träumer und vielleicht ein Tunichtgut. Kommunisten standen in ihren Kreisen in keinem sehr hohen Ansehen. Ihr Pflegevater Huang Li verbrachte einen großen Teil des Tages damit, sie zu verfluchen. Madame Lin hielt sie für ungewaschen und weltfremd. Waren sie nicht auch vom Ausland gesteuert? Logen sie nicht, wenn sie den Mund aufmachten? Nun, dachte Ma Li trotzig, zumindest dieser Kommunist hier log nicht.

Nicht mehr.

»Wäre es möglich, daß du mit Zhang Yue redest, daß ihr beiden euch trefft?« schlug er unschuldig vor.

»Um alles in der Welt – nein!« Ma Li erschrak schon bei diesem Gedanken bis ins Mark. »Ich schäme mich ihr gegenüber unendlich. Ich konnte mich bis heute nicht einmal mehr an ihren Namen erinnern. Und sie träumte all die Jahre meinen Traum. Nein, das kann ich nicht. Bitte, Kang Bingguo …«, sie erwiderte seinen Händedruck so fest, daß es ihm fast weh tat, »… bitte, versprich mir, daß du ihr nie von mir erzählen wirst! Niemals.«

Er lächelte sein beruhigendes Lächeln. »Natürlich nicht.«

»Ich werde mit meiner Pflegemutter reden. Elisabeth Lin hat sehr gute Kontakte zur Filmbranche. Sie kennt alle Studiobosse und auch die großen Regisseure. Sicherlich nützt es etwas, wenn ich Zhang Yues Namen nenne. Vielleicht kann ich ihr dabei helfen, ihren Traum zu verwirklichen. Sie darf jedoch niemals erfahren, daß ich von ihr weiß.«

Kang nickte feierlich. »Sie wird es nie erfahren. Ich gebe dir mein Wort.«

Ein ehrenwertes Versprechen – aber sinnlos.

Im feuchtkalten Dunst des Abends, angerempelt von unachtsamen Passanten, vor Wut kochend, stand Zhang Yue seit einer halben Stunde vor der hellen Glasfront des *Café Continental* und sah Kang zu, wie er sich angeregt mit der schönen, eleganten Wang Ma Li unterhielt.

Zhang Yue hatte ihren Namen nicht vergessen. Sie war das Mädchen, das damals in dem schönen Haus geblieben war. Das Mädchen mit der verkrüppelten Schwester, die schreien konnte, daß die Wände einzustürzen drohten. Vor kurzem hatte Zhang Yue begriffen, wie unterschiedlich ihre Lebenswege seit diesem Abend verlaufen waren. Erst als sie den Artikel über Wang Ma Li in der Zeitung gelesen hatte, daß sie in Amerika – *meiguo*, dem *schönen Land* – studieren durfte. Daß sie eine moderne, gebildete und vorbildliche junge Frau war und sie nur mit dem Finger schnippen mußte und schon würden ihr die verlockendsten Filmangebote gemacht. Erst da hatte Zhang Yue verstanden, was in den letzten acht Jahren wirklich geschehen war. Ma Li war in der Sonne herangewachsen und sie im Schatten. Ma Li hatte Milch getrunken und sie schmutziges Wasser. Ma Li bekam Hühnchen zu essen und sie Rattenfleisch. Ja, erst mit dieser Erkenntnis hatte Zhang Yue begonnen, Wang Ma Li zu beneiden.

Aber nun, als sie hinter der Glasscheibe in dem vornehmen *Café* ihren Kang Bingguo – *ihren Mann!* – sah, wie er mit dieser Wang Ma Li an einem Tisch saß, wie er sie anhimmelte, ihre Hände nahm und sie umgarnte, begann Zhang Yue diese Frau aus tiefstem Herzen zu hassen. Einzig Kang haßte sie noch mehr.

Die Dinge veränderten sich in Shanghai. Die arroganten Ausländer jedoch, deren ganze Aufmerksamkeit darauf gerichtet war, China auszupressen wie eine Orange, bemerkten entweder nichts davon, oder sie waren machtlos gegen diese Entwicklungen. Pearson Palmers spürte indes ganz genau, daß eine Zeitenwende bevorstand. Die wilden Streiks der Kommunisten häuften sich und fanden ein immer breiteres Echo bei der Masse der unzufriedenen Arbeiter. Die Spannungen zwischen den europäischen und amerikanischen *taipans* und den reichen chinesischen Händlern und Fabrikanten traten immer deutlicher zutage. Die einen wollten nur weitermachen wie bisher und der gelben Konkurrenz nichts von ihren Privilegien abgeben – die anderen aber forderten genau dies und strebten unaufhaltsam an die Spitze. Am erschreckendsten war der blanke Haß, den sogar der einfachste Kuli und Straßenhändler auf die verdammten Ausländer empfand. War das schon damals so gewesen, als er selbst noch bequem im Sattel von *McLeod China Lines & Trade Company* gesessen und von diesem Land nichts gewußt hatte? Hatten sie damals schon in den Kneipen, den Gemüsemärkten und Nudelrestaurants so offen und haßerfüllt darüber gesprochen, den »Barbaren« die Kehlen durchzuschneiden und ihr Land wieder für sich zu reklamieren? Manchmal war es wie ein Fluch, ihre Sprache zu verstehen und Zugang zu dem Denken der einfachen Menschen zu haben. Sie kochten vor Wut und dürsteten nach dem Moment, da sie Rache üben konnten. Sie arbeiteten knirschend vor Zorn und nur, weil die Vorarbeiter sie sonst die Peitsche kosten ließen. Immer häufiger aber konnten nicht einmal mehr Lohnverweigerung, Sonderschichten oder Hiebe sie einschüchtern. China, dieser angeschlagene Riese, erhob sich langsam aus dem Schlamm auf die Knie und von den Knien auf die Beine. Es hatte bereits Unruhen und Übergriffe in anderen Städten gegeben. Tobende Menschenmengen waren über ausländische Institutionen hergefallen, und nur nackte Waffengewalt hatte sie vertreiben können. Ausländer waren überfallen worden, keiner der stolzen Herren von gestern konnte sich mehr sicher fühlen. Auch in Shanghai ging mittlerweile die Angst um. Man besann sich auf den Boxeraufstand und die meuchelnden, fremdenhassenden Horden. Der nächste Streik, der nächste Zwischenfall konnte die Lunte entzünden. Die Stadtverwaltung schmiedete insgeheim Evakuierungspläne für den Fall der Fälle. Ein entfesselter Mob, der schlimmste Alptraum jedes Ausländers im Reich der Mitte, konnte sich jederzeit erheben und alles, was den verwöhnten Günstlingen der ungleichen Verträge lieb und teuer geworden war, stand auf dem Spiel. Auch ihr eigenes Leben und das ihrer Frauen und Kinder würde unter den Sohlen von hunderttausend Strohsandalen zertreten und zermalmt werden.

Palmers Pearson sah all dies kommen, aber es scherte ihn nicht. Er hatte seine eigene, persönliche Rechnung zu begleichen, und auch die stand kurz davor, eingelöst zu werden. So wie sich die politischen Gewichte langsam verschoben, so war auch die Unterwelt in Aufruhr. Der jahrzehntelange eiserne Griff des Pockengesichts Huang Li um die *Qingbang*, die *Grüne Bande,* wurde allmählich schwächer. Die Organisation war gewachsen, zählte mittlerweile gut 15 000 Mitglieder. Dank Opiummonopol, Schmuggel und Entführungen ging es den Verbrechern so gut wie nie zuvor. Die Unterführer der verschiedenen Zweige des Syndikates wurden immer mächtiger, verlangten mehr Entscheidungsfreiheit und forderten die Autorität des Pockengesichts heraus. Huang Li war inzwischen fast siebzig Jahre alt. Er war robust, bei guter Gesundheit und immer noch unübertroffen an Raffinesse und Niederträchtigkeit, aber eine neue Generation von Schurken war herangewachsen. Sie murrten über Huangs selbstherrlichen Führungsstil, neideten ihm seinen Einfluß und seine Reichtümer und hielten sich selbst für die besseren Führer. Wer von diesen zum richtigen Zeitpunkt handelte, der konnte Huang Li von seinem dunklen Kaiserthron stoßen und selbst die Herrschaft über die Unterwelt übernehmen. Mit einem dieser Männer war Palmers Pearson verabredet: Peng Lizhao, auch er Detektiv bei den Franzosen und auch er Gangsterboß. Die rechte Hand des großen Paten Huang Li. Peng Lizhao gebot über eine Armee von 3 500 Mördern, Zinkern, Dieben und Wegelagerern. Darunter viele ehemalige Soldaten, denen das Kriegshandwerk trotz Plünderungen und Vergewaltigungen nicht einträglich genug war und die sich aus den Provinzen nach Shanghai abgesetzt hatten, um das ganz große Geld zu machen.

Peng war ein kleiner Mensch, nicht mehr als ein Meter und sechzig vom streng gezogenen Scheitel bis zur mit Einlagen versehenen Sohle. Ein eitler Mensch zudem. Immer im weißen Anzug, mit dunkler Krawatte. Er rauchte Zigaretten in einer goldenen Spitze und trug nicht weniger als vier Brillantringe an den Fingern. Seine Hände waren fein, sein Gesicht war weich und mochte dem Unwissenden sogar auf den ersten Blick liebenswert erscheinen. Ein frommes Lächeln nistete trügerisch in seinen Mundwinkeln, und seine Augen blinzelten geradezu verbindlich, wenn er etwas zu versprechen hatte – woran er sich freilich meistens nicht hielt. Sie standen weit auseinander, diese Augen, und quollen ein wenig aus ihren Höhlen, als wirke von innen ein geheimnisvoller Druck auf sie. Mit der markanten und für einen Chinesen etwas zu großen Nase und dem breiten Mund wirkte sein Gesicht unsymmetrisch und unberechenbar – darüber konnte auch kein freundliches Gehabe hinwegtäuschen. Doch erst wenn Peng Lizhao den Mund öffnete, dann mußte jedem klar sein, daß in diesem kleinen Herrn der Teufel wohnte. Er entblößte dann eine Reihe abenteuerlich schlechter Zähne. Gelb und bräunlich verfärbt standen sie schräg und krumm gegeneinander, als hätten sie untereinander einen Kampf auszutragen. Peng fürchtete nichts auf der Welt mit Ausnahme eines Zahnarztes, dabei ertrug er selbst den bohrendsten Schmerz mit eiserner Duldsamkeit – das machte ihn noch gemeiner, sagten seine Mitarbeiter.

Pearson Palmers wußte aus unzähligen Gesprächen mit Gewährsleuten so gut wie alles über diesen Mann. Er hatte dessen Leben nicht weniger gründlich durchleuchtet wie das seines Feindes Huang Li. Ihm war klar, daß er selbst als Ausländer auf der Werteskala dieses gefährlichen Gangsters nur wenig über einem Schwein rangierte. Und er wußte, daß er nur eine Chance hatte, um seinen großen Plan wahrzumachen. Peng Lizhao hatte ihn über Mittelsmänner in das Restaurant *Sieben Glückseligkeiten* eingeladen. Nicht zum Essen freilich. Niemals wäre es einem Unterweltboß eingefallen, sich mit einem verdreckten Engländer an einen Tisch zu setzen. Er hatte ihn gnädig eingeladen, eine Geschäftsidee zu unterbreiten, von der Palmers in den richtigen Kreisen gestreut hatte, daß sie unfehlbar sei, und war bereit, dem Ausländer zwei Minuten seiner kostbaren Zeit zu opfern. Deswegen ließ Peng ihn nach langer Wartezeit in das für exklusive Gäste reservierte Hinterzimmer winken.

Der Unterweltboß saß zusammen mit vier seiner engsten Vertrauten an einem runden Tisch. Die Kellnerin, eine blutjunge, hochgewachsene Schönheit in einem roten *Chipao*, der so eng saß, daß man darunter förmlich ihren Puls schlagen sah, schüttete eine Karaffe Wein auf die glühende Stahlplatte und kippte aus einer Schüssel die lebenden Krabben in das dampfende, zischende Inferno. *Betrunkene Krabben* – ein Festschmaus und Pengs Leibgericht. Er, der den Ausländer an der Tür nicht zu bemerken schien, lachte laut und mit hoher Stimme, als die Tierchen im Todeskampf zuckend zum Leckenbissen heran garten.

Sein Adjutant, der Palmers hereingeleitet hatte, schlich sich respektvoll von hinten an und flüsterte ihm etwas ins Ohr.

»Nicht jetzt!« fauchte Peng. »Du verdammter Trottel hast mich um den Spaß meiner betrunkenen Krabben gebracht! Bring die Pfanne raus und hol eine neue! Sofort!«

Der Adjutant, ein athletischer Jüngling mit kurzgeschorenen Haaren, schluckte und zögerte einen kurzen Moment, denn was der Boß von ihm verlangte, würde verdammt weh tun. Dann trat er vor und schloß beide Hände fest um die glühend heißen Griffe der Pfanne. Er hob sie hoch und trug sie zur Tür. Der Geruch verbrannten Fleisches mischte sich unter das köstliche Aroma der betrunkenen Krabben.

Palmers sah, wie zwischen den Fingern des jungen Mannes, der gemessenen Schrittes an ihm vorbeiging, feiner Rauch aufstieg. Reglos blieb er stehen, bis der arme Kerl mit einer neuen Pfanne zurückkam, die vermutlich noch heißer war als die erste. Auch diese Pfanne hielt der Adjutant krampfhaft in seinen inzwischen bis auf die Knochen verbrannten Händen und stellte sie, ohne eine Regung in seinem Gesicht zu zeigen, auf den Tisch.

»Jetzt verschwinde und laß dir die Pfoten verbinden«, blaffte

Peng Lizhao ihn an. Die Kellnerin in ihrem hautengen *Chipao* betrat wieder den Raum, aber Peng schickte sie mit einer Handbewegung wieder hinaus. »Ich bin nicht mehr hungrig. Also, ausländischer Freund, wie sieht Ihr Geschäftsangebot aus, dessentwegen Sie mein Abendessen unterbrechen?« Der Chinese sah Palmers bei diesen Worten nicht einmal an, sondern suchte in seinem weißen Jackett nach den Zigaretten.

Einen Schuß, dachte Palmers, als er einen Schritt vortrat und sich demütig verbeugte. Ich habe nur einen Schuß …

»Ich bin der Meinung, daß Pockengesicht Huang Li lange genug die Geschicke der *Grünen Bande* bestimmt hat«, erklärte er.

»Was interessiert mich Ihre Meinung?« erwiderte Peng barsch. »Ich interessiere mich nicht für die Meinung eines ausländischen Streuners. Interessiert jemanden von euch diese Meinung?«

Die anderen im Raum gaben ein mürrischen Grummeln von sich. Peng hatte unterdessen seine Zigaretten gefunden. Er pflanzte eine auf die goldene Spitze und nahm von dem Unterling zu seiner Rechten Feuer entgegen.

»Ich habe ihm eine Falle gestellt und kann das Pockengesicht jederzeit liquidieren«, legte Palmers nach. Eine Aussage, die zwar theoretisch stimmte, aber nicht in der Praxis. Auf derartige Feinheiten konnte er nun jedoch keine Rücksicht nehmen. Er hatte einen Plan – das war alles, was zählte. Die Umsetzung würde später kommen.

Peng sog den Rauch ein und blinzelte amüsiert – wenn Palmers seine Mimik richtig deutete. »Ich sollte Sie sofort erschießen lassen, Sie aufgeblasener Blutegel. Wie können Sie es überhaupt wagen, in diesem Ton von unserem verehrten Herrn Huang zu sprechen? Verlassen Sie sofort diesen Raum!«

Jetzt oder nie, dachte Palmers. »Huang Li wird vor dem Tod, den ich ihm zugedacht habe, leiden wie ein Hund«, sagte er.

Ein feiner Riß in der Maske der Gleichgültigkeit zeigte Palmers, daß dieser Satz in Pengs Kopf eine Saite zum Klingen gebracht hatte. »Wartet draußen, bis ich euch wieder hereinrufe«, befahl er seinen vier Tischgenossen, die sich sofort erhoben und den Raum verließen.

»Also?« fragte er, als er mit Palmers allein war.

Huang Li war müde – er war sehr oft müde in letzter Zeit, aber auf eine Art, die nichts mit körperlicher Erschöpfung zu tun hatte. Er saß manchmal stundenlang daheim im Salon, in einem der bequemen Sessel am Kamin und dachte an nichts, plante nichts und wollte nichts. Manchmal lag Lingling auf seinem mächtigen Bauch, hielt sich fest an ihn geklammert und schlummerte. An diesem Tag nun war sie schon oben in ihrem Bett. Dr. Hashiguchi hatte wie immer nach ihr gesehen und festgestellt, daß sie ein leichtes Fieber hatte – wie so oft. Kein Grund zur Beunruhigung, sagte der Japaner. Das sagte er fast immer. Irgend etwas war anscheinend immer entzündet in diesem winzigen Körper, arbeitete gegen die Kleine und verursachte ihr Schmerzen.

»Um Lingling mache ich mir keine Sorgen«, sagte der Japaner, nachdem Madame Lin und das Hausmädchen den Salon verlassen hatten, um die Kleine ins Bett zu bringen. »Es ist Elisabeth Lin, die mir Kummer bereitet.«

»Wieso?« raunzte Huang Li. »Was stimmt denn nicht mit ihr?«

»Sie hat Krebs«, erklärte der Arzt mit einem bedauernden Schulterzucken. »Ihr ganzer Unterleib wird langsam davon aufgefressen. Ich bin leider gezwungen, Ihnen mitzuteilen, daß Ihre Gattin nicht mehr lange zu leben hat. Sie hat mir ausdrücklich verboten, Sie einzuweihen, aber ich denke, ich bin Ihnen das schuldig. Sie wird bald sterben.«

Huang Li starrte ins Feuer des Kamins. »Gibt es denn keine Medizin dagegen?« fragte er tonlos, aber natürlich gab es keine, sonst hätte der Doktor sie ja wohl nicht aufgegeben.

»Eine Operation würde sie nicht überleben. Es gibt allenfalls schmerzlindernde Mittel. Das Beste ist Opium.«

Huang Li schnaufte grimmig amüsiert auf. »Opium«, grunzte er. »Ich weiß, wo ich das beschaffen kann. In jeder gewünschten Menge …«

»Dann beschaffen Sie es. Viel mehr können Sie nicht für sie tun. Es tut mir sehr leid.« Der Japaner verbeugte sich tief, als hätte er die Krankheit verursacht und müßte um Vergebung bitten – so wie es in seinem Volk Gepflogenheit war.

»Gehen Sie jetzt!« Als der Arzt unter weiteren Verbeugungen die Tür erreichte und hinausschlüpfen wollte, rief Huang Li noch kraftlos: »Danke, daß Sie es mir gesagt haben!«

Opium, dachte er. Jahrzehnte lang hatte er in Shanghais Räuberhöhlen sieche, abgemagerte Gestalten damit versorgt, die auf blanken Brettern ausgestreckt lagen und im Schummerlicht das süße Gift einsogen – und nun mußte er seine Frau damit versorgen. Die Ironie dieser Tatsache war so offensichtlich, daß einem schlecht davon werden konnte. Liebe hatte er, soweit er sich erinnern konnte, niemals für Madame Lin verspürt. Liebe hatte er überhaupt nie kennengelernt. Liebe war nichts für chinesische Männer und insbesondere für Männer wie ihn. Was er für Lingling fühlte, kam Liebe möglicherweise nahe. Madame Lin aber war immer nur seine Begleitung gewesen, seine Gefährtin im Verbrechen und in aufgesetzter Rechtschaffenheit. Darüber hinaus war sie auch seine Aufpasserin. Irgendwie, so verstand er plötzlich und es war ihm ein bißchen peinlich, hatte er wohl in der alten Giftnatter seine Mutter gesucht, die er als Kind geliebt hatte. Huang Li begann auf einmal über sein Leben nachzudenken, und es kam ihm lächerlich vor. Neunundsechzig Jahre war er alt, fett, häßlich und verhaßt. Soviel Geld hatte er angehäuft, daß er längst das Zählen aufgegeben hatte, so viele Feinde sich gemacht, daß er ein Dutzend Leibwächter beschäftigen mußte. So viele Leben hatte er beendet oder zerstört, daß man

176

damit eine kleine Stadt bevölkern könnte. Gefürchtet von allen und gemocht nur von einem zwergenwüchsigen Geschöpf, das sich manchmal an ihm festklammerte, als versuche es, in seinen großen Leib hineinzukriechen und ein Teil von ihm zu werden. Schon lange hatte er begriffen, wie dankbar er Madame Lin dafür war, daß sie damals die beiden Kinder ins Haus genommen hatte. Wenigstens eine einzige gute Tat hatten sie vollbracht. Vielleicht würden wenigstens diese Kinder seiner gedenken, würden sein Andenken ehren und zum Totenfest auf den Friedhof kommen und sein Grab schmükken. Was sonst blieb einem denn noch, wenn man sterben mußte? Nichts außer der Hoffnung, daß die Nachkommen sich kümmerten. Das galt für Könige und für Bettler, für Detektive und für Gangster. Söhne sollten es eigentlich sein, aber Kinder hatten seine Lenden nicht hergegeben. Einen Mann jedoch betrachtete er wie einen Sohn – Peng Lizhao, sein engster Vertrauter. Peng war krankhaft brutal und unberechenbar. Eine neue Generation von Gangstern – Leuten wie ihm gehörte die Zukunft. Er, Huang Li, war altmodisch und ein wenig romantisch. Er wollte sich gerne als einen Helden betrachtet wissen. Wie die Räuberhauptmänner aus den alten Sagen: gesetzlos, aber nur, weil die Gesetze schlecht waren, hart zwar, dabei edel und gerecht. Er mochte insgeheim der größte Opiumkönig der Stadt, vielleicht des ganzen Yangtze-Deltas sein, doch wagte niemand es laut auszusprechen. Zu hoch wurden allenthalben seine Verdienste als Ordnungshüter angesehen. Er war ein angesehenes Mitglied der feinen Gesellschaft. Politiker und Geschäftsleute machten ihm Komplimente und buhlten um seine Freundschaft. Niemand konnte ihm auch nur einen Mord, eine Entführung nachweisen oder vor einem Gericht beweisen, daß er tatsächlich etwas mit dem Opiumschmuggel zu tun hatte. Die beiden Mädchen mußten sich seiner nicht schämen, und auch Madame Lin war mittlerweile anerkannt und respektiert. Sie hatte sich ihren größten

Wunsch erfüllt, und kaum noch einer in der Stadt erinnerte sich an ihre Vergangenheit als Scheißekönigin und Fürstin aller Bordelle.

»Schläfst du schon wieder?« Madame Lin war lautlos in den Raum geschlichen und stand vor ihm. Nun, mit dem Wissen, daß sie todkrank war, bemerkte auch er, wie dünn und zerbrechlich sie aussah – als hätte der Tod schon seinen Besitzanspruch auf ihren Leib geltend gemacht.

»Ich bin wohl eingenickt«, murmelte er.

»Ich habe mit dir zu reden.«

Jetzt wird sie mir sagen, was ich schon weiß, dachte er sorgenvoll. Wie nur sollte er dieser Frau sagen, daß es ihm leid tat, was mit ihr geschah? Sie hatten sich doch in all den Jahren so gut wie niemals etwas Nettes oder Mitfühlendes gesagt.

»Ich weiß es schon.« Mit einem Nicken starrte er zurück ins Feuer.

»Und was gedenkst du, dagegen zu tun?« fragte sie scharf.

»Ich denke, da kann man nichts tun. Opium eben – und hoffen, daß es schnell vorbeigeht.«

»Opium? Bist du völlig verrückt geworden?« keifte sie, angriffslustig wie in alten Tagen.

»Opium gegen die verdammten Schmerzen!« brüllte er hilflos und mißverstanden zurück.

Sie wandte sich wutschnaubend von ihm ab, ging zum Fenster und starrte eine Weile wortlos in die Nacht.

»Was du gegen deine Schmerzen tust, interessiert mich nicht«, sagte sie schließlich. »Aber mir hilft kein Opium. Mir bricht das Herz, und ich lasse nicht zu, daß so ein dahergelaufener Hanswurst mir meine Pläne durchkreuzt!«

Huang Li setzte sich in seinem Sessel auf und kratzte sich den Kopf. Wovon, zum Teufel, faselte die alte Giftnatter? Am Ende ging es hier gar nicht um ihre verfluchte Krankheit?

»Ich verstehe nicht«, gab er schließlich zu.

»Natürlich nicht!« lamentierte sie. »Deine Tochter sitzt

schon seit dem Mittag mit einem jungen Mann in einem Café. Die beiden scheinen sich sehr viel zu sagen zu haben. Lao Liang, der Fahrer, hat es mir gemeldet. Ich habe den Mann überprüfen lassen. Es handelt sich um einen Kommunisten, einen Schreiberling von der *Aktuellen Filmrevue*, der nicht einmal genug Geld hat, um seine Miete pünktlich zu bezahlen.«

»Mit solch einem Kerl hockt Ma Li so lange zusammen? Vielleicht ein Interview?«

»Unfug – Interview!« tobte Madame Lin.

Die Aufregung tat ihr gut, dachte Huang Li. So gesund hatte sie schon seit Wochen nicht mehr ausgesehen.

»Er hat es auf sie abgesehen. Sie ist die Blume von Shanghai, und dieser kleine Dreckskommunist will sie pflücken. Ich werde das nicht zulassen! Sie soll einen anständigen Mann bekommen. Jemanden wie Benjamin Liu, jemanden, der ihr etwas bieten kann und der sie verwöhnt. Nicht so ein Habenichts. Also tu gefälligst irgendwas!«

Mit diesen Worten rauschte sie aus dem Salon.

So ist das, dachte Huang Li wie betäubt. Madame Lin war offenbar entschlossen, ihm ihren Zustand zu verschweigen. Auch gut, dann mußte er sich wenigstens keine tröstenden Sprüche ausdenken, die sie ihm ohnehin allesamt um die Ohren hauen würde. Nur das Opium bereithalten, wenn die Schmerzen kamen – und dafür sorgen, daß dieser verdammte Kommunist von der Bildfläche verschwand. Es wäre nicht der erste aus diesem Gesindel, dessen Huang Lis erprobte Männer sich annahmen.

Es klopfte leise an der Tür.

»Was ist denn?« blaffte er.

Langsam schob sich Lao Liang, der Fahrer, in den Raum. »Es tut mir sehr leid, daß ich um diese Uhrzeit störe«, sagte er zerknirscht. »Ich habe einen schweren Fehler begangen.«

Verdammt, dachte Huang Li.

»Die junge Dame ist verschwunden. Sie hat mich gebeten,

179

nur kurz an einem Kiosk anzuhalten, damit sie sich eine Film-
zeitschrift kaufen konnte, aber dann kam sie nicht zurück. Ich
bin gleich herumgelaufen und habe alles abgesucht, doch sie
war nirgendwo zu finden.«

»Was sagst du da?« tobte Huang Li, rot vor Zorn. Was war,
wenn seine Widersacher innerhalb der *Grünen Bande* oder
rivalisierende Gruppen Ma Li entführt hatten? Was passierte,
wenn die Kommunisten sie als Geisel hielten und die Frei-
lassung ihrer inhaftierten Gesinnungsgenossen forderten?
Was würde Madame Lin sagen, wenn das Luder den Fahrer
und Aufpasser abgehängt hatte, weil sie mit ihrem neuen
Freund alleine sein wollte? Entkräftet von diesen Vorstellun-
gen ließ sich Huang Li zurück in seinen Sessel sinken und griff
sich an die Brust. Sein Herz schlug und schlug. Keine Sorge,
dachte er, keine Sorge.

Aber warum tat es nur bei jedem Schlag so weh?

Sie kicherten leise, bis sie die Straßenecke erreicht hatten und
in die bunt erleuchtete Bubbling Well Road einbogen, wo sie
sofort in der Menge verschwanden. Selbst zu dieser späten
Stunde herrschte noch ein wildes Gedrängel auf den Geh-
wegen. Die Köche der Garküchen priesen ihre Speisen an. In
bräunlich blubberndem Fett brutzelten die Leibspeisen der
Nachtschwärmer vor sich hin – Spatz am Spieß, Geflügelin-
nereien und Tauben. Bettler, Diebe und die Elendsten der Armen, die elternlosen Straßenkinder in ihren Lumpen, drückten sich in den Schatten herum, Flaneure in feiner Kleidung,
viele mit lachenden Mädchen am Arm, beanspruchten wie
selbstverständlich den Bürgersteig für sich.

Hier, unerkannt und unbemerkt, fielen sie einander in die
Arme und prusteten vor Lachen.

»Ich wette, der arme Kerl bekommt einen Riesenärger«,
keuchte Ma Li. »Wenn er Madame Lin beichten muß, daß er
mich verloren hat, wird sie ihm den Kopf abreißen.«

»Und wenn schon – das hat er verdient. Er hat mich zusammengeschlagen, als ich vor dem Kaufhaus auf dich wartete!«

»Wirklich?« Ma Li spielte die Verwunderte. »Ich dachte, dir
sei vor Aufregung schlecht geworden.«

»Ich konnte dir das doch nicht erzählen, während der Fahrer zuhörte. Wer weiß, was er mir dann noch alles angetan
hätte? Der Kerl ist gemeingefährlich.«

Ma Li wurde plötzlich ernst. »Du wirst mich nie belügen,
Kang Bingguo. Das ist alles, was ich von dir verlange. Sonst
nichts. Du darfst mir niemals im Leben die Unwahrheit sagen.«

»Ich schwöre es!« erklärte Kang stolz. »Ich werde dir immer –«

Weiter kam er nicht, denn sie preßte ihren Mund auf seinen
in einer fast verzweifelten Nachahmung dessen, was sie für
einen romantischen Kuß hielt. Ma Li wußte nichts vom Küssen. Sie hatte freilich viel darüber gelesen, aber ihr Vorstellungsvermögen hatte sie immer an einem bestimmten Punkt
verlassen. Genau diesen Punkt wollte sie nun überschreiten.
Sie hielt Kangs Hinterkopf in beiden Händen und küßte ihn,
daß er beinahe erstickte.

»Ich liebe dich«, sagte er, als sie seinen Mund freigab.

»Und ich liebe dich«, antwortete sie. »Das glaube ich zumindest. Ich fühle mich wohl bei dir, gut aufgehoben. Das
muß Liebe sein. Ich habe nur eine Liebe in meinem Leben,
und ich will, daß du es bist!«

Kang streichelte ihre Wange so zärtlich, daß sie ihr Herz in
beiden Ohren hämmern hörte. »Ich werde dich immer beschützen.«

»Und ich dich.«

Der zweite Kuß war viel köstlicher als der erste, langsam
und weich, warm und feucht. *So ist das also*, dachte sie ein wenig erschrocken. Etwas tief in ihrer Brust oder in ihrem Bauch

– sie konnte es nicht genau lokalisieren – fing Feuer. Ja, *das muß die Liebe sein*, vermutete Ma Li.

Plötzlich stieß sie Kang weg, plötzlich irrsinnig wütend. Auch das – sie wußte es nur nicht – war Liebe: »Ach, das machst du doch sowieso jeden Tag mit Zhang Yue!« fuhr sie ihn böse an.

Kang richtete sich beleidigt auf. »Niemals«, widersprach er. »Niemals habe ich Zhang Yue so geküßt!« Was der reinen Wahrheit entsprach – Zhang Yue zu küssen war wie der Tanz mit einer Kobra. Sie wand sich, ihre Arme und Beine schlangen sich in gierigem Verlangen um seinen Körper, ihr Kuß war wie ein Biß.

»Aber du schläfst immer noch mit ihr!« schimpfte Ma Li.

»Nicht mehr«, erklärte er feierlich. »Nie wieder.«

»Mit mir auch nicht!« bestimmte sie und schritt energisch davon. Er holte sie glücklicherweise schnell ein. Gerade zu dem Zeitpunkt, als sie eingesehen hatte, wie dumm sie sich verhalten hatte. Als junge Frau, allein in dieser Gegend, bei Nacht. »Es tut mir leid«, sagte sie kleinlaut.

»Schon vergessen.« Kang nahm ihre Hand. »Möchtest du vielleicht mit mir ins Kino gehen? Hier ganz in der Nähe gibt es ein sehr gemütliches Theater. Das *Haus der tausend Träume*.«

»Das gehört meiner Pflegemutter.« Ma Li kicherte.

»Dann ist es ja praktisch wie dein Zuhause.« Er lächelte. »Und wir müssen kein schlechtes Gewissen haben.«

Die Plakate am Eingang kündigten den neuesten Film von Ruan Ling-yu an, der größten unter Shanghais jungen Diven. Niemand spielte die tragischen Frauenrollen so eindringlich und lebensnah wie Ruan. In diesem Film stellte sie eine reiche, aber unglückliche Tochter aus gutem Hause dar, die sich entgegen aller Warnungen ihrer Eltern in einen mittellosen jungen Dichter verliebt hatte. Das alte und nie erschöpfte Lieblingsmotiv der Shanghaier Filmemacher, das in unendlichen

Variationen immer wiederkehrende Drama von *Mandarinen-ten und Schmetterlingen*. Die unglückliche Liebe über alle gesellschaftlichen Schranken hinweg, von dem das Publikum offenbar nicht genug bekommen konnte. Unglückliche Liebe war der romantischste Traum, den diese Stadt träumen konnte. Wenn Ma Li und Kang Bingguo nicht zu beschäftigt mit sich selbst gewesen wären, dann wäre ihnen die Ironie des Filmes sicherlich nicht entgangen, doch so achteten sie kaum auf die Handlung und die Tränen und die Tragödie, sondern fielen, kaum daß das Licht im Saal erlosch, übereinander her. Sie küßten sich immer gieriger und leidenschaftlicher. Neugierige Hände gingen beseelt und mutig auf Entdeckungsreise. Durchrieselt von wonnevollen Schauern hatten sie kein Auge für den Film – und das traf wohl für die meisten im Saal zu. Viele junge Paare nutzten ebenso die Dunkelheit des Filmtheaters, um einander ihre Liebe zu zeigen. Die Lampen glühten eine Stunde später wieder auf über zerzausten Frisuren, verrutschten Kleidern und geröteten Köpfen.

»Möchtest du mit in meine Wohnung kommen?« fragte Kang über die getragene Schlußmusik hinweg, nachdem er sich heftig geräuspert hatte.

»Lieber nicht«, erwiderte Ma Li, sowohl enttäuscht als auch erleichtert. »Hast du vergessen, daß du mit einer Frau zusammenlebst?«

»Ja, das habe ich«, sagte er. »Ich werde ihr heute noch sagen, daß sie sich eine andere Bleibe suchen muß.«

Kang brachte Ma Li nach Hause – in einem Limousinen-Taxi, das sie bezahlte. Sie bot ihm Geld für die Weiterfahrt zu seiner Wohnung an, aber er ließ den Wagen davonfahren. Lieber wollte er laufen, durch die feuchte Kälte, durch die Nacht, auch wenn es Stunden dauern würde, bis er seine bescheidene Bleibe erreicht hatte.

Er stand wohl eine halbe Stunde in der Dunkelheit vor dem verschlossenen Tor, durch das seine Liebste verschwunden

183

war, und konnte sein Glück kaum fassen. Seine Drehbuchidee hatte er beiseite geschoben. Ma Lis Traum vom Jadepalast gehörte ihr allein, und dieser Traum hatte wahrhaftig nichts mit der kommunistischen Sache zu tun. Einen Film daraus zu machen wäre falsch und fast ein Verbrechen. Statt dessen würde etwas viel Besseres, etwas viel Schöneres geschehen: Er und Ma Li würden gemeinsam in ihrem Jadepalast wohnen. Sie hatten das gefunden, weswegen Millionen Menschen in diese Stadt kamen und das so wenigen vergönnt war.

Sie hatten das Glück gefunden.

3. Kapitel

Shanghai, 10. Februar, 1927

Es gab keinen Trost und kein Vergessen, und ganz gewiß gab es kein Vergeben. Seit dem Abend, als die böse Vergangenheit mit plötzlicher, zerstörerischer Wucht über sie kam, um sie zu verhöhnen und ihr Leben zu zerstören, hatte sie nicht einmal im Schlaf mehr Ruhe gefunden. Sie aß nicht regelmäßig, sie vernachlässigte ihr Äußeres. Sie trank viel zu viel, manchmal schon am Morgen. Sie war eine Ausgestoßene, eine Flüchtige in der Hölle, eilte von einer Folterkammer in die nächste. Jeder Tag hielt Erinnerungen und Qualen bereit, Demütigungen – vielleicht noch schlimmer als die, die sie als Blumenmädchen in den Gassen rund um die *Bubbling Well Road* erlitten hatte. Denn damals war sie Abschaum gewesen, und nichts hatte sie noch erniedrigen können, aber nun, wo sie sich endlich auf dem Weg an die Sonne wähnte, als sie endlich soweit war, nach den Sternen zu greifen und den Mann ihres Lebens gefunden hatte, war ihr der Boden unter den Füßen weggezogen worden, und sie fiel ins schwarze Nichts. Zhang Yue war fast wieder dort angekommen, wo sie einst begonnen hatte – in der Gosse.

Sie stand in einer engen Kabine. Draußen wartete ein stinkender Ausländer. Sie streifte die Schuhe ab und spürte das teure Blumenkleid an ihrem Körper hinab zu Boden gleiten. Einmal eine Hure, immer eine Hure. Ich bin wie damals, dachte sie, nur vielleicht besser bezahlt …

Er würde es niemals erfahren – aber Kang Bingguo hatte qualvoll sterben sollen. An jenem Abend noch wollte sie ihm auflauern in seiner Wohnung, wollte ihm die kalte Klinge eines langen Küchenmessers in seine Verräterbrust bohren und ihn verbluten sehen. Sie wollte sich weiden an den letzten Zukkungen seines Körpers, wollte ihn verstümmeln und foltern und ihm kalt in seine verlogene, schmerzverzerrte Fratze lächeln. Fast hoffte sie, er werde seine neue Eroberung mitbringen. Das erste intime Stelldichein der beiden Liebesvögel. Kang sollte es nicht überleben. *Wie ich sehe, hast du die Jadeprinzessin gefunden*, wollte sie dem Sterbenden zugurren. *Die echte Jadeprinzessin, die wohl die Hauptrolle in deinem großen Film spielen sollte. Aber das Glück im Jadepalast kommt euch teuer zu stehen ...*

Das Messer in der zitternden Hand, hatte sie vergebens gewartet und schließlich aufgegeben. Sie brachte es noch nicht einmal über sich, seine Wohnung zu verwüsten und Feuer zu legen. Denn was geschähe, wenn sie entdeckt würde? Was, wenn sie als Brandstifterin oder Mörderin verurteilt würde? Shanghais Gefängnisse waren kein guter Platz für eine junge Frau, und selbst die Zeit bis zu ihrer Hinrichtung wäre gewiß schlimmer als der Tod selbst. Diesen Sieg konnte sie den dunklen Mächten des Schicksals auf keinen Fall lassen. Sie würde durchhalten, den Schmerz unterdrücken, wie sie es schon als Kind gelernt hatte. Nichts ist gefährlicher als ein Feuerpferd, das betrogen wurde. Sie würde auch diese faule, wunde Stelle aus ihrem Leben entfernen, ihren Traum verwirklichen und ein Filmstar werden. Und nie den Gedanken an Rache verlieren.

So hatte sie die wenigen Sachen gepackt, die ihr gehörten, hatte sich seine letzten Bargeldreserven aus dem Versteck unter der Teedose genommen und war verschwunden. Kein Abschiedsbrief, kein Lebewohl. Nur eines nahm sie mit aus seiner Wohnung: das Drehbuch mit dem Titel *Der Jadepalast* – das gehörte ihr, sie würde es ihm nicht überlassen.

Lautlos stahl sie sich aus Kangs Leben und wünschte sich nichts anderes, als daß er leiden sollte, leiden, so wie sie gelitten hatte. Sein Leid stand ihm schon auf die Stirn geschrieben: Er wollte Wang Ma Li erobern – dieser Narr.

Er war verloren.

Tags darauf war ihr Termin zum Vorsprechen bei den *Mingxing*-Studios. Ein Fiasko. Sie sah verheerend aus, nach einer Nacht voller Tränen und Wut, einer verregneten Nacht ohne Bleibe, die sie in einem schäbigen Kino verbracht hatte. Das teure, neue Kleid, das sie von Kang Bingguos Ersparnissen gekauft hatte, hing an ihrem müden Körper wie ein Lappen, das prachtvolle Blumenmuster schien verblichen, und das spektakuläre Dekolleté unterstrich nur ihre insgesamt traurige Erscheinung. Sie stotterte, bewegte sich wie eine Puppe aus Holz, und ihr Lächeln erschien ihr selbst wie eine Farce. Die drei Herren und eine Dame der Talentabteilung gaben ihr zehn grausame Minuten und ließen sie dann von einem schmalen Jüngling in weißem Anzug hinausbringen, der aussah, als warte er selbst auf sein Filmdebüt – wenigstens in einer Nebenrolle als öliger Liebhaber. Sein Haar war zurückgekämmt und glänzte schwarz.

»Hinterlassen Sie uns Ihre Adresse und – sofern Sie haben – Telefonnummer. Wir werden uns bei Ihnen melden … Die nächste, bitte!«

»Aber ich habe zur Zeit keine Adresse und schon gar keine Telefonnummer«, flehte sie den jungen Mann an, der sie schnell loswerden wollte. »Kann ich nicht hier warten? Ich möchte es wirklich so schnell wie möglich wissen, ob ich genommen werde.«

»Ich weiß. Damit Sie nicht vorschnell einen Vertrag mit einem anderen Studio abschließen«, erwiderte gelangweilt der gelackte Studiodiener, der schon viele verzweifelte Geschichten gehört hatte. »Wie Sie wünschen, aber wir schließen hier um sieben Uhr. Dann müssen Sie draußen warten.«

»Das macht mir nichts aus«, sagte Zhang Yue schnell und bestimmt. »Ich bin sicher, daß ich eine Rolle bekomme.«

»Exzellent.« Er nickte schelmisch. »Ich denke auch, daß Sie Talent haben, und sollte es hier nicht gleich klappen – dann rufen Sie diese Nummer an und nennen Sie meinen Namen. Ich heiße Wu und habe schon viele Frauen zu großen Stars gemacht.« Er schob ihr eine Karte zu und vertiefte sich in seine Liste.

»Sandra Zhou? Ist Sandra Zhou hier?«

»Das bin ich!« Eine maushafte Person in einem koketten schwarzen Kleidchen riß ihren Arm in die Höhe und schälte sich aus der Menge der wartenden Mädchen.

»Bitte hier entlang.« Mit diesen Worten war Herr Wu verschwunden.

Sandra Zhou, dachte Zhang Yue voller Neid. Warum war sie nicht auf den Gedanken gekommen, sich einen westlichen Vornamen zu geben. Vivian Zhang? Oder Jane Zhang? Das klang doch allemal besser als Zhang Yue.

Sie wartete tatsächlich den ganzen Nachmittag lang im Korridor vor der verschlossenen Tür und gab die Hoffnung nicht auf, daß der smarte Herr Wu noch einmal ihren Namen rief. Sie wartete vergebens. Eine nach der anderen verschwanden die Mädchen im Vorsprechzimmer und kamen nach kurzer Zeit – manche auch nach verdächtig langer Zeit – wieder hervor. Manche strahlend, selbstsicher und stolz. Andere zerschmettert und weinend.

Zhang Yue wartete bis sieben Uhr, bis das letzte der für diesen Tag vorgeladenen Talente sich vor ihren Richtern erschöpft hatte und die Lichter erloschen, bis ein grober Hausmeister sie vor die Tür setzte und geräuschvoll hinter ihr abschloß. Noch zwei andere Mädchen warteten in einem dunklen Hinterhof. Zhang Yue redete nicht mit ihnen. Die beiden gaben nach zwei Stunden auf und trollten sich fröstelnd in die Nacht. Zhang Yue aber wartete weiter. Sie hoffte, daß die Mitglieder der Jury vielleicht durch diesen Ausgang nach Hause gehen, sie sehen und sich an sie erinnern würden.

Gut, daß Sie noch hier sind. Wir wollten Sie dringend sprechen, würde einer sagen. Sie haben uns gut gefallen. Sie waren
sehr natürlich und ergreifend.

Geben Sie uns nur noch ein paar Tage Zeit. Wir haben noch
kein passendes Drehbuch für Sie, doch wir geben sofort eines
in Auftrag, würde der zweite erklären.

Kommen Sie doch morgen wieder. Dann machen wir Sie
schon einmal mit unseren Maskenbildnern bekannt, würde die
Frau sagen. Die Frau in der Jury war sicherlich gescheiter als
die Männer. Sie hatte zweifellos erkannt, daß Zhang Yue das
Zeug zu einem ganz großen Star hatte.

So wartete sie bis halb zehn, aber niemand kam. Alle Lichter in dem dreistöckigen Gebäude der *Mingxing*-Studios erloschen und schließlich auch das Firmenschild über dem Eingang. Niemand erschien. Nur ab und zu sah sie weit hinten im
Korridor die Gestalt des unfreundlichen Hausmeisters vorbei-
huschen wie ein Gespenst. Die Talentsucher hatten sich wohl
durch einen anderen Ausgang nach Hause begeben und Zhang
Yue daher übersehen.

Sie mietete sich für die Nacht in ein billiges Hotel gleich in
der Nachbarschaft ein.

»Sie waren sicherlich bei den Filmfritzen zum Vorsprechen«, kläffte eine schlechtgelaunte Greisin am Empfang.

Zhang Yue fühlte sich geschmeichelt. »Ich erwarte eine
Rolle«, sagte sie.

»Fein, aber ich erwarte, daß Sie das Zimmer im voraus bezahlen«, quäkte die unfreundliche Alte. »Und zwei Yuan Kau-
tion dazu. Wir haben nämlich oft solche Mädchen hier, die
eine Rolle erwarten, und dann finden wir sie am nächsten
Morgen tot im Bett und haben den Ärger.«

Zhang Yue blitzte die Alte aus müden Augen an und zählte
ihr das Geld in die Hand. Im Zimmer, einem tristen Loch ohne
Fenster, ließ sie sich auf das brettharte Bett sinken und suchte
nach ihrem Mut, ihrem Trotz und ihrer Wut – ihren bewährten

Waffen gegen das Leben, aber sie fand nur rabenschwarze Nacht. Die Visitenkarte des öligen jungen Mannes namens Wu fiel ihr ein. *Ich habe schon viele Frauen zu großen Stars gemacht,* hatte er gesagt. Ein Wichtigtuer, ein Lügner? Sie studierte die Karte im Licht der Öllampe. *Famous Images Photo Agency*, las sie. Ein englischer Name. Vielleicht eine internationale Agentur. Vielleicht suchten sie asiatische Darstellerinnen für eine Produktion in Hollywood. Zhang Yue war bereit, nach Amerika zu gehen. Ma Li war in Amerika gewesen. Wieso nicht auch sie?

Sie schlief ein, bevor sie bemerkte, daß sie wieder Hoffnung geschöpft hatte. Im Schlaf noch hatte sie einen Fluch auf den Lippen, der Kang Bingguo galt, ihm und seiner Jadeprinzessin.

Die schäbigen Räumlichkeiten der *Famous Images Photo Agency* im Obergeschoß eines Sichuan-Restaurants auf der Avenue Joffre, die Zhang Yue am nächsten Tag aufsuchte, weckten nicht gerade großes Vertrauen in die Seriosität der Agentur. Die Fenster waren abgedunkelt, das Mobiliar war karg und alt. Immerhin schien der Inhaber tatsächlich ein Ausländer zu sein. Allerdings kein Amerikaner aus Hollywood, wie sie gehofft hatte, sondern ein langhaariger Franzose mit ungepflegtem Bart, der kaum Chinesisch verstand. Er nickte ihr nur flüchtig zu, als er den Raum betrat, und verschwand sogleich wieder. Sein Dolmetscher, ein schmieriger Fettsack in einem schwarzen Chinesenwams und einer runden Kappe, ließ sich von Zhang Yue die Visitenkarte aushändigen.

»Herr Wu von den *Mingxing*-Studios hat Sie mir empfohlen«, erklärte die junge Frau.

»So, so«, erwiderte der Dolmetscher, als ginge ihn das nichts an. »Dann kommen Sie bitte mit!« Er führte sie in den Nebenraum, in eine mit Bettüchern notdürftig abgehängte Kabine, in der ein niedriger Hocker stand. »Dann legen Sie mal Ihre Kleider ab.«

»Ich verstehe nicht«, entgegnete Zhang Yue beleidigt. »Wieso sollte ich –«

»Hören Sie, junge Dame«, unterbrach sie der Dolmetscher. »Wir haben nicht gerade Mangel an Nachwuchs hier. Andere Mädchen reißen sich um diese Chance. Wenn Sie etwas anderes erwartet hatten, dann verduften Sie lieber sofort. Das sind hier nicht die *Mingxing*-Studios. Wir machen keine Filme, sondern Fotos.«

»Nacktfotos?«

»Künstlerische Fotos!« Der Dicke schnaufte beleidigt. »Monsieur Levesque ist einer der bedeutendsten Fotografen auf seinem Gebiet. Wir zahlen drei Dollar sofort und später zwei Dollar pro veröffentlichtes Bild. Einen Dollar, wenn Sie auf dem Bild nicht alleine sind. Aber das alles nur, wenn wir tatsächlich beschließen, Sie unter Vertrag zu nehmen. Dazu müssen wir Sie zunächst einmal genauer in Augenschein nehmen und untersuchen. Also?«

»Wozu das? Wozu untersuchen?«

»Wollen Sie mit mir streiten, oder wollen Sie Geld verdienen? Wir haben viel zu tun – verschwenden Sie nicht unsere Zeit.« Er rauschte aus der Kabine und zog den Vorhang hinter sich zu. »Wenn Sie soweit sind, werde ich Monsieur Levesque hereinrufen.«

Nacktfotos, dachte Zhang Yue ernüchtert. Das ist also alles, wozu ich noch tauge? Keine Filmrolle. Kein Ruhm und kein Rummel. Keine feinen Kleider und keine Premieren. Keine Artikel über sie in Glamour-Zeitschriften, sondern schmutzige Pornografie. Wie damals, dachte sie. Nur wird mich vielleicht niemand anfassen. Oder doch? Würde sie den fetten Dolmetscher befriedigen oder dem Fotografen zu Willen sein müssen, damit sie an ihr Geld kam? Aber war das jetzt noch wichtig?

Bevor sie es selbst bemerkte, fügte sie sich. Ihr Körper war schön, sehenswert. Zwei Dollar pro Veröffentlichung? Ein

Vielfaches dessen, was in der Bubbling Well Road für grausamste Vergewaltigung und Qualen bezahlt wurde. Konnte sie jetzt noch wählerisch sein? Nachdem sie alles verloren hatte? Sie streifte ihre Schuhe ab und spürte das teure Blumenkleid an ihrem Körper hinab zu Boden gleiten. Dann holte sie tief Luft, schob ihre Brüste vor und schritt durch den Vorhang. Hier kam eine neue Frau.

Hier kam Vivian Zhang.

Der Ausländer lümmelte sich – die Füße auf dem Schreibtisch – in einen Ledersessel und rauchte eine Zigarre. Er grunzte etwas in seiner unverständlichen Sprache.

»Wie ist dein Name?« übersetzte der Fettsack, der neben dem Ausländer in Position gegangen war.

»Mein Name ist Vivian Zhang.«

Wieder äußerte sich der Ausländer. Sie hörte mit Mißfallen, wie er ihren wunderschönen, neuen Namen in seiner nasalen Sprache verhunzte.

»Dreh dich um, Vivian Zhang«, befahl der Dolmetscher, während sein Zeigefinger in einer geübten Bewegung in der Luft einen Kreis beschrieb.

Der Ausländer stöhnte auf.

»Was sind das für Narben?« fragte der Dolmetscher.

»Das geht Sie nichts an. Wollen Sie meinen Arsch fotografieren oder meine Titten?«

Der Franzose lachte heiser und verschluckte sich an seinem Zigarrenrauch, als ihm ihre Frage übersetzt wurde.

»Wir haben Make-up«, sagte der Chinese. »Das bekommen wir schon hin, aber das könnte –«

Ein Hämmern an der Tür, laut genug, um die nackte Vivian Zhang zusammenzucken zu lassen, unterbrach ihn. Der Ausländer bedeutete ihm durch eine Handbewegung, nach dem Rechten zu sehen. Er schwang die Beine vom Tisch, legte seine Zigarre in einem Aschenbecher ab und erhob sich aus seinem Ledersessel, kam langsam um den Tisch herum auf Vivian Zhang zu. Er schob seine rechte Hand unter ihre Brust und legte seine Rechte auf ihren Hintern, als wollte er die Festigkeit ihres Körpers testen. Er stank nach Schweiß, Fisch und Zigarrenrauch. In seinem Bart hingen die festgetrockneten Überreste von Eigelb.

Vivian Zhang hielt seinem Blick stand und schob leicht den Kopf in den Nacken. Im Nebenraum wurde geschrien, aber sie konnte nichts Genaues verstehen. Der Fotograf grunzte etwas auf französisch, und sie vermutete, daß es eine Art Begattungswunsch war. Es berührte sie nicht im geringsten.

Der dicke Dolmetscher platzte in den Raum.

»Sie werden gesucht«, sagte er zu Vivian Zhang. »Wenn Sie uns Ärger mit der Polizei machen, geht es Ihnen schlecht, kapiert? Los, anziehen!«

Gesucht? Wer in dieser Stadt würde sie suchen? Sie ließ den verwirrten Franzosen stehen und verzog sich in die Kabine, legte ihr Blumenkleid an. Draußen wartete der ölige Herr Wu aus den Studios. Er hatte seine Schneidigkeit verloren. Er senkte beschämt den Kopf, als er sie sah.

»Bitte, verraten Sie mich nicht. Sagen Sie niemandem, daß ich Ihnen diese Agentur empfohlen habe. Die Agentur zahlt mir zwanzig Cents für jede erfolgreiche Vermittlung. Und ich brauche das Geld!«

Vivian Zhang ahnte in diesem Moment, daß ihr Leben schon wieder eine neue Wendung nehmen wollte. Sie spürte es, wie ein erlösendes Erdbeben, das nahte, spürte, wie ihr Körper unter der Vorahnung erschauerte.

»Was ist?« fragte sie heiser.

»Sie sind eingestellt«, hechelte Herr Wu. »Das Studio will Sie haben. Um jeden Preis. Die Bosse haben mich losgeschickt, um Sie zu suchen. Ohne Adresse und Telefonnummer hätte ich Sie niemals gefunden. Sehen Sie, es war zu Ihrem Besten, daß ich Ihnen diese Agentur empfohlen habe. Bitte, verraten Sie mich nicht.«

»Man will mich haben?« fragte Vivian Zhang, atemlos vor Aufregung.

»Sie haben offenbar Bewunderer ganz oben. Wichtige Leute haben sich für Sie eingesetzt. Ich soll Sie sofort in die Studios bringen. Ein Vertrag ist vorbereitet.«

»Ich will keinen Ärger mit der Polizei«, quietschte der fette Dolmetscher.

»Schon gut«, wiegelte der smarte Herr Wu ab. »Regen Sie sich nicht auf. Haben Sie schon Fotos gemacht?«

»Nein! Sie ist voller widerlicher Narben. Wie sollen wir davon Fotos machen? Wir sind der Kunst verpflichtet!«

»Dann gibt es auch keinen Ärger. Wir bleiben in Kontakt!« Herr Wu schob die junge Frau vor sich her aus dem Raum, die Treppe hinab und in den wartenden Wagen.

Den aufgehenden Stern des chinesischen Films – Vivian Zhang.

»Ich würde den Wagen natürlich lieber selbst steuern«, schwadronierte Benjamin Liu, nachdem sie auf dem Rücksitz seines Rolls Royce Platz genommen hatten. »Ich kann nämlich fahren, habe ich in Amerika gelernt. Manche sagen, ich sei sogar ein sehr guter Fahrer. Aber natürlich wäre es für einen Mann von meinem gesellschaftlichen Rang nicht statthaft, hinter einem Lenkrad zu sitzen. Außerdem würde dann mein Fahrer Willy arbeitslos – und das wäre gänzlich unsozial, finden Sie nicht?«

Er redete wie ein Wasserfall, seit sich das Portal des Tudor-Hauses hinter ihnen geschlossen hatte. Ma Li sah, wie Madame Lins Schatten hinter dem Fenster auftauchte, und konnte sich vorstellen, mit welch stolzen Blicken sie dieses von ihr eingefädelte Rendezvous verfolgte. Ma Li hatte nichts unversucht gelassen,. Übelkeit, Kopfschmerzen und Unterleibskrämpfe vorgeschützt, aber die erbarmungslose Madame Lin hatte so lange auf sie eingeredet, bis sie schließlich einwil-

194

ligte. Im Grunde nur, weil sie glaubte, ihrer Pflegemutter einen großen Gefallen zu schulden, denn Madame Lin hatte sich tatsächlich auf Ma Lis Bitten und Drängen hin bei ihren Freunden in der Filmbranche für eine junge Schauspielerin namens Zhang Yue eingesetzt. Wie ihr versichert wurde, war gerade dringend eine kleine, aber anspruchsvolle Rolle in einem Historiendrama zu besetzen. Außerdem ließ sich Ma Li zum Ausflug mit Benjamin Liu überreden, weil die alte Frau seit einiger Zeit schon so schwach und krank aussah, daß sie ihr schon aus Mitleid keine Aufregung bereiten wollte.

Seit sie wieder in Shanghai waren, schickte Benjamin Liu ihr täglich Blumen und Konfekt, rief bei ihr an, stand sogar manchmal vor der Tür und zeigte auch sonst alle Anzeichen eines liebestrunkenen Volltrottels. Ma Li konnte es kaum ertragen. Aber sie konnte Madame Lin wohl auch kaum gestehen, daß sie sich in einen Kommunisten verliebt hatte, der nichts besaß außer einer Wohnung voller Bücher, einer großen Menge wildester Träume und dem dringenden Wunsch zum politischen Umsturz.

»Wohin möchten Sie reisen, werteste Ma Li? Die Welt steht uns offen.« Benjamin Liu glühte vor Begeisterung über seinen Erfolg an diesem strahlenden Frühlingstag. Die Sonne schien, die ersten Blüten lugten hervor, die Vögel zwitscherten in jedem Baum. Es war der erste schöne Sonnentag des Jahres. Nach vielen naßkalten Wochen blies ein herrlicher Westwind vom Meer her und schien wie durch Zauber allen Gestank, alle Mühen und Drangsal von Shanghai wegzublasen. »Wie wäre es mit der Pferderennbahn? Möchten Sie vielleicht bei diesem herrlichen Wetter spazierengehen? Oder Tee trinken im *Astor*? Ein Bummel durch die Nanjing-Road? Oder vielleicht ins Kino?«

»Nein!« rief Ma Li etwas zu entsetzt. Bloß nicht ins Kino. Niemals würde sie mit einem anderen Mann ins Kino gehen als mit Kang Bingguo. Durch nichts und niemanden sollte die

Erinnerung an ihren wundervollen Abend entzaubert werden. Schon gar nicht durch diesen aufgeblasenen Angeber. Liu trug – dem Anlass eines nachmittäglichen Ausflugs ganz unangemessen – einen grauen Frack und einen Zylinder, den er auf dem Schoß balancierte, während sein Fahrer mit wütender Zielstrebigkeit die Avenue Edouard VII. in Richtung *Bund* hinunterfuhr.

»Nicht ins Kino? Nun gut, ich mache mir sowieso nichts aus Filmen, jedenfalls nicht aus chinesischen. Ich mag amerikanische Filme. Habe mir schon überlegt, ob ich nicht vielleicht ein bißchen dort investieren sollte. Haben Sie Hunger? Im *Shanghai Club* servieren sie diese Woche sehr anständigen Hummer. Zudem ist eine Lieferung ausgezeichneter Weine aus Europa eingetroffen.« Offensichtlich war Liu dazu entschlossen, nichts auszulassen, um eine verwöhnte junge Shanghaierin für sich einzunehmen. Er hatte nicht einmal eine blasse Ahnung, wie wenig all das auf Ma Li wirkte, wie sein hohles Imponiergehabe sie im Gegenteil zutiefst abstieß. Benjamin Liu hatte unlängst beschlossen, seinem allzu weichen und kindlichen Gesicht durch einen dünnen Oberlippenbart eine männlichere Kontur zu verleihen. Der Versuch war kläglich mißlungen – er sah aus wie ein verhinderter und leicht übergewichtiger Sun-Yat-Sen-Doppelgänger. Das Bärtchen machte seine ganze Erscheinung nur noch affiger.

»Ich mache mir nichts aus Hummer«, gab Ma Li zurück und vermied es, ihn anzusehen. Sie starrte aus dem Fenster und sah die bedauernswerten Rikschakulis, die dem rücksichtslosen Fahrer kaum ausweichen konnten. Spindeldürre Gestalten mit hohlen, ganz unmenschlichen Augen. Sandalen aus Reisstroh an den Füßen, zerlumpte Hosen, die an der Hüfte mit einem Strick verschnürt waren. »Ich bevorzuge *Xiaolongbao*.«

»Hört sich lecker an. Was ist das?« fragte er.

Das sah diesem Bürschchen ähnlich, dachte sie. War so lange in Amerika gewesen, daß er Shanghais Leib- und Magenspeise, die fleischgefüllten Teigtaschen nicht einmal kannte. Mit was für einer Art weltfremden Kapitalisten hatte sie es hier eigentlich zu tun? Sie entschloß sich, ihn ein wenig zu quälen und ihn mit seiner feinen, arroganten Nase mitten hineinzustoßen ins chinesische Leben.

»Möchten Sie es wissen? Ich zeige es Ihnen gerne! Warum fahren wir nicht in die Chinesenstadt. Da gibt es Hunderte der köstlichsten *Xiaolongbao*-Restaurants.«

»Mit dem größten Vergnügen«, rief er, froh, daß sie endlich eine positive Regung gezeigt hatte. Sogleich jedoch kamen ihm Zweifel. Das Chinesenviertel, bekannt für Verbrechen, Willkür, Armut, Schmutz und ansteckende Krankheiten, war nicht gerade sein bevorzugter Aufenthaltsort, schon gar nicht, wenn er sich in charmanter Damenbegleitung befand. Vielleicht konnte sein Fahrer ihnen das Schlimmste ersparen. Der wohnte schließlich im Chinesenviertel und kannte sich dort aus.

»He, da, Willy!« Liu klopfte mit dem Knauf seines Gehstockes, den er aus lauter Blasiertheit und zu derartigern Zwecken immer mit sich führte, an die Trennscheibe zur Fahrerkabine. Willy kurbelte sofort die Scheibe herunter. »Kennen Sie ein gutes Restaurant im Chinesenviertel, das *Xioalongbao* serviert? Bringen Sie uns sofort dorthin!«

Willy, der seinerzeit schon diesen windigen Briten, Palmers, gefahren hatte und dann in den Dienst des ehemaligen Compradors Robert Liu überwechselte, hatte schon manches erlebt, aber daß einer seiner Passagiere ins Chinesenviertel gebracht werden wollte, kam äußerst selten vor – und daß er dort gar etwas essen wollte, war geradezu unerhört.

»Sehr wohl, junger Herr«, gab er zurück und bog nach rechts in eine Seitenstraße.

Nach nur ein paar hundert Meter begann das andere Shanghai. Keine breiten Alleen, keine Modeboutiquen und keine Cafés. Keine Flaneure und kein einziger Ausländer. Die

Wände rückten zusammen, und die Fahrbahn versank im Dreck. Plötzlich gab es kaum noch Autos um sie herum. Nur noch die einrädrigen Schubkarren, Rikschas, Gespanne von Maultieren und sogar noch abgedunkelte Sänften, in denen sich die Ehefrauen reicher Leute spazierentragen ließen. Der schwarze Rolls Royce kam trotz wilden Hupens kaum schneller voran als im Schrittempo. Kaum noch einzelne Menschengestalten zeichneten sich ab. Es war eine gigantische Menschenmasse, ein riesiges Lebewesen aus Leibern, durch das Willy mühevoll navigierte – oft weniger als eine Hand breit entfernt von todkranken Bettlern mit offenen Wunden, die am Boden kauerten, von schauerlich kreischenden Bündeln von Enten und Hühnern, die an den Füßen zusammengebunden waren von den Markisen mancher Geschäfte hingen, von braungebrannten, finster dreinblickenden Gesellen, deren Schädel bis zur Mitte kahlrasiert waren, die mit verschränkten Armen an den Hauswänden lehnten. Vor ihnen balancierte ein Metzger auf seinem Kopf eine blutige Schweinehälfte durch das Getümmel. Betäubende Kräutergerüche waberten aus Apotheken, Dampfwolken aus Garküchen. Geschrei und Gezeter, Zanken und Jubel drangen gedämpft in die Passagierkabine ihres Rolls.

Wang Ma Li begann ihre Abenteuerlust zu bereuen. In diesem rohen, grausamen China war sie ebensowenig zu Hause wie Benjamin Liu. Auch wenn sie vor vielen Jahren aus eben diesem Pfuhl entkommen war – es führte kein Weg mehr zurück. Sie hatte dem Snob eine Lehre erteilen wollen, aber auf die obszöne Armut und Grobheit, die hier herrschte, war auch sie nicht eingestellt. Sie dachte an Kang Bingguo, der diesen Menschen ihre Würde zurückgeben wollte. *Viel Glück dabei*, dachte sie bitter und schämte sich dafür, daß der *Shanghai Club* mit seinem ausgezeichneten Hummer ihr plötzlich doch mehr als akzeptablen erscheinen wollte.

»Sehen Sie, Wang Ma Li«, sagte Benjamin Liu nachdenklich,

während er nach draußen sah, wo sich gerade ein Volltrunkener übergab. »Das mag ich so an Providence oder New Haven oder auch Boston. Selbst die Armut ist dort irgendwie noch zivilisiert und manchmal direkt malerisch. Hier ist die Armut wie ein Faustschlag ins Gesicht, wie ein Kübel Scheiße – Verzeihung! – ein Kübel Unrat direkt vor die Füße gekippt. Dabei ist dies hier ist ein relativ wohlhabender Teil der Chinesenstadt. Drüben in der Gegend von Soochow Creek sieht es dem Vernehmen nach noch sehr viel schlimmer aus. – Moment mal!«

Plötzlich riß er die Tür auf und sprang hinaus. Seine feinen Schuhe versanken umgehend im Schlamm, und in seinem grauen Frack sah er aus wie ein verirrter Zirkusdirektor.

»Nicht!« rief Ma Li erschrocken, aber sie konnte Benjamin Liu nicht mehr aufhalten. Sie rutschte auf seine Seite des Rücksitzes herüber, um sehen zu können, was ihn so erregt hatte. Ein kräftiger Mann war im Begriff, einen kleinen Jungen mit Stockhieben zu Tode zu prügeln. Der halbnackte Knabe, der nicht älter als sechs Jahre sein mochte, lag zusammengekrümmt am Boden und schrie aus vollem Halse, während der Rohling immer wieder ausholte und dem Kind mit jedem Schlag eine neue Wunde beibrachte. Benjamin Liu attackierte ihn von hinten, entriß ihm den Stock und zerbrach ihn über dem Knie. Durch die geschlossene Autotür konnte Ma Li, von Panik ergriffen, nicht verstehen, was Benjamin dem Schinder zubrüllte, aber sie sah, daß dieser den Kopf senkte und dem feinen Herrn kein Widerwort gab. Eine riesige Menschentraube von Neugierigen, wie sie in China blitzschnell um jedes Spektakel entstand, umgab Liu, während er den Jungen hochhob, ihm die Haare aus dem verschmutzten Gesicht strich und ihm etwas zusteckte. Als er zum Wagen zurückkehrte, stank er übel und atmete schwer.

»Der verdammte Hurensohn hätte das Kind fast umgebracht«, knurrte er, und bevor Ma Li etwas sagen konnte, klopfte er heftig mit seinem Stock an die Trennscheibe. »Wo hast du uns denn hingebracht, du verdammter Trottel?« brüllte er seinen Fahrer an. »Wang Ma Li ist eine feine Dame, und ich wünsche nicht, sie solchen Szenen auszusetzen. Wir wollten etwas essen und nicht verdammten Kindermördern bei der Arbeit zusehen!«

»Ich muß mich verfahren haben«, winselte Willy, der Chauffeur. »Aber gleich da vorne rechts geht es zum besten *Xiaolongbao*-Restaurant der Stadt.«

»Dann fahr endlich los!« schrie Liu mit hochrotem Kopf. Sein lächerliches Bärtchen zuckte vor Aufregung. »Verzeihen Sie«, keuchte er, ohne seine Begleiterin anzusehen. Er wagte keinen Seitenblick auf Ma Li. Er fürchtete, sie werde ihn auslachen dafür, daß er soeben einem Kind das Leben gerettet hatte.

So wenig verstand er von ihr. Ma Li sah ihn zum erstenmal wie einen Menschen an und wünschte sich, er würde sein Gesicht von diesem albernen Bärtchen erlösen.

Sein Gesicht hatte plötzlich Kontur gewonnen.

Der Besuch im Restaurant erwies sich als himmelschreiendes Debakel. Hatte Ma Li ihrem Kavalier eine Lehre erteilen wollen, dann schlug dies grausam fehl. Sie wollte dem verwöhnten Hummerliebhaber und Weintrinker zeigen, daß sie als chinesisches Mädchen die bodenständigen Genüsse ihres Heimatlandes bevorzugte. Sie wollte selbst in diesem aufgezwungenen Rendezvous ihren lieben Kang Bingguo begegnen. Deswegen hatte sie die *Xioalongbao* erwähnt – weil Kang sie ihr gegenüber erwähnt hatte, als sie ihn zum Sandwich-Essen brachte. Aber auch Ma Li hatte die hohe Kunst des Teigtaschen-Genusses längst verlernt, und nachdem der Wirt ihnen die dampfenden Bastkörbchen vorgesetzt hatte, mußte sie erst einmal schlucken. Als sie die Eßstäbchen ergriff und das heiße Bündel zum Mund führte und hineinbiß, geschah, was auf keinen Fall geschehen durfte – die ölige, suppige Füllung spritzte explosionsartig in alle Richtungen, besudelte ihr Kleid und Benjamins Gesicht und auch die Gäste am Nebentisch.

»Es sieht sehr lecker aus«, grunzte Liu, zu sehr Gentleman, um den Fettspritzer auf seiner Nase zu bemerken. Er stopfte sich, während Ma Li noch nach einem Stofftuch suchte, um die Flecken von ihrem Busen zu entfernen, eine ganze Teigtasche in den Mund und verbrannte sich den Gaumen derart, daß er zwei Wochen lang kaum etwas schmecken würde. Trotzdem, den Schmerz unterdrückend, lächelte er Ma Li glückselig an. »Ach, die Freuden der Shanghaier Küche«, schwärmte er mit vollem Mund und lautstark Luft einsaugend, um den brandheißen Bissen zu kühlen.

»Ich sollte vielleicht Nachhilfe bei Kang Bingguo nehmen«, kicherte Ma Li.

»Bei wem?« fragte Liu, sofort einen Rivalen witternd.

Ma Li hoffte, er würde sie verstehen, ohne daß sie sich erklären mußte. Sie wollte ihm sagen, daß seine Werbungversuche allesamt zum Scheitern verurteilt waren, daß sie ihn niemals erhören würde, aber sie scheute die Offenheit.

»Ach, ein Freund, der sich gut mit diesen Gerichten auskennt«, wiegelte sie ab.

Benjamin Liu nickte. Hatte er verstanden?

»Sie müssen zuerst ein Loch in den Teigmantel stoßen und die Suppe heraussaugen«, erklärte gereizt der Tischnachbar, der ebenfalls von Ma Lis Spritzern getroffen worden war. »So ißt man *Xiaolongbao*!« Er machte es vor, worauf sie sich überschwenglich bedankten.

Beiden war jedoch der Appetit gründlich vergangen. Nachdem sie Kangs Namen wie eine Beschwörungsformel gegen unerbetene Kavaliere vorgebracht hatte, war Liu schweigsam und nachdenklich geworden. Er schien vollauf mit der Pflege seines Gaumens beschäftigt, trank viel Wasser, um die Schmerzen zu besänftigen. Ma Li konnte indes nicht aufhören, an ihrem roten Kleid herumzureiben, das von Flecken übersät war.

»Vielleicht jetzt ein Spaziergang?« fragte Benjamin Liu schließlich, voller Abscheu vor den Bastkörbchen mit fettspritzenden, angeblichen Delikatessen vor ihm auf dem Tisch.

»Wieso zeigen Sie mir nicht mal eine Ihrer Fabriken?« fragte Ma Li. Ihr gefiel der Gedanke nicht, mit ihm in einem Park, am *Bund* oder sonstwo gesehen zu werden. Was wäre, wenn sie zufällig Kang Bingguo in die Arme liefen? Eine Fabrik schien ihr in dieser Hinsicht ein sicherer Ort zu sein.

»Vielleicht eines meiner Seidenwerke – da finden wir vielleicht ein passendes neues Kleid für Sie?« stimmte Benjamin begeistert zu, weil er meinte, sie damit gewiß beeindrucken und für sich gewinnen zu können. Dieser mysteriöse Kang Bingguo mochte vielleicht wissen, wie man *Xiaolongbao* aß, aber er besaß gewiß keine eigene Seidenfabrik.

Eine Stunde später jedoch versank Benjamin Liu vor Scham fast im Boden. Der Fabrikdirektor, ein gewisser Herr Wang, hatte sie eindringlich davor gewarnt, hinunter in die Halle zu gehen. Liu hatte nicht auf ihn gehört – schon weil Ma Li darauf brannte, zu sehen, wo ihre heißgeliebte Seide überhaupt herkam.

Nun stand sie wie versteinert neben ihm und rang nach Luft. Er hörte sie flüstern: »Niemals wieder werde ich Seide tragen.«

Es war ein Bild wie aus einem Alptraum, in das sie eintauchten. Reihe um Reihe standen die mit heißem Wasser gefüllten, großen Bottiche, aus denen die erstickenden Dämpfe der kochenden Kokons waberten. Gelblich glomm das Licht der Gaslaternen. Kein Luftzug war zu spüren. Die Fenster mußten auch an den stickigsten Sommertagen verschlossen bleiben, weil der kleinste Luftzug das empfindliche Material beschädigen konnte. Fast nur Frauen arbeiteten an den dampfenden Schlunden. In zerfetzte Lumpen gekleidet, halbnackt, schwitzend und keuchend. Ihre Gesichter wirkten leer und leblos. Selbst Mädchen alterten in dieser Waschküche der Hölle schneller. Sie verloren ihre Zähne, entwickelten grauenvolle Hautausschläge, husteten erbärmlich, und wer sich ihre geschundenen Hände besah, der mochte nur hoffen, daß sie damit keine Schmerzen mehr empfinden konnten. Aufseher schritten ihre Reihen ab und verteilten Stockhiebe, wenn es ihnen nicht schnell genug ging. Das schlimmste aber waren die Kinder. Vier, höchstens fünf Jahre alt waren die Jüngsten. Ihnen kam die Aufgabe zu, mit bloßen Händen, die Kokons aus dem siedend heißen Wasser zu fischen.

»Kinder sind darin am geschicktesten«, lispelte der Fabrikdirektor, der die Blicke seiner Gäste bemerkte und darin nichts Gutes für sich lesen konnte. »Sie tun es gerne. Es macht ihnen sogar Spaß«, setzte er hinzu, doch dann besann er sich eines besseren und verließ schnell die Halle.

»Niemals … in meinem … ganzen Leben«, hörte Ma Li ihren Kavalier mit tränenerstickter Stimme sagen. »Niemals war ich so erschüttert wie jetzt.«

Auch er drehte sich herum und eilte hinaus. Ma Li stand noch eine ganze Weile regungslos da. Sie sah, wie ein Säugling, der wenige Wochen alt war, auf dem schmutzigen Fußboden schlief, neben ihm sein vielleicht dreijähriges Geschwisterchen. Seine Augen waren von Tränen verquollen, und doch versuchte es, die fremde Frau in ihrem roten Kleid anzulachen und ihr zuzuwinken. Das war auch für sie zuviel. Ma Li stürmte gleichfalls hinaus. Sie fand Benjamin Liu an die Wand gelehnt und sich den Mund wischend. Er hatte sich übergeben.

»Ich wußte das nicht, wirklich«, stammelte er. »Ich bin untröstlich!«

»Ich glaube Ihnen«, erwiderte sie und hatte für einen Moment das Gefühl, als müsse sie ihn trösten – ihn, den Besitzer dieser Knochenmühle, den Ausbeuter, Sklavenhalter und Kinderschinder.

»Ich dachte, die Seide kommt …« Er lachte, als wäre er irre geworden. »Ich weiß auch nicht, was ich dachte, woher die Seide kam! Ich wußte es nicht! Ich wußte nicht, daß sich kleine Kinder dafür die Hände verbrühen.« Seine Lippen zitterten unkontrolliert. Tränen flossen über seine Wangen. »Ich liebe Kinder. Ich will selbst Kinder haben, viele Kinder. Bitte, glauben Sie mir …«

»Bringen Sie mich jetzt bitte nach Hause«, sagte Ma Li und wandte sich von ihm ab.

Es war eine sonderbare, verschworene Gesellschaft, die sich am frühen Abend im schummrigen Hinterzimmer einer Werkzeughandlung in Chapei versammelte. Zwanzig Männer und drei Frauen. Es waren Arbeiter darunter, auch Beamte der Stadtverwaltung, sogar – in Zivilkleidung und unerkannt – Offiziere aus der Armee Chiang Kaisheks, deren Truppen noch vor der Stadt lagerten und auf ihren Befehl zum Einmarsch warteten. Sie saßen auf Stühlen und Holzkisten, manche lehnten an der Wand. Vier Leute schoben draußen Wache, denn die Agenten des Kriegsherrn, der den chinesischen Teil Shanghais kontrollierte, waren niemals weit. Auch die Schläger der *Qingbang* hatten sie zu fürchten. Die *Grüne Bande* hatte unlängst eine mit gräßlichen Breitschwertern bewaffnete Killertruppe aufgestellt, deren Aufgabe allein darin bestand, den Kommunisten die Köpfe abzuschlagen.

Trotz dieser Gefahren waren die Versammelten voller Zuversicht, denn sie fühlten ihre große Zeit immer näher rücken. Intellektuelle, Journalisten, Hochschullehrer und Studenten befanden sich unter den Teilnehmern – und sogar zwei Ausländer. Ein hochgewachsener, bärtiger Russe mit dem Decknamen Mikhail. Sein unantastbarer Status als Bevollmächtigter des mächtigen Genossen Stalin konnte seine Nachbarn in dem engen Raum nicht damit versöhnen, daß er einen sehr strengen Körpergeruch verströmte. Und dann war da noch Pearson

Palmers, dieser Brite, der immer wieder an den geheimen Treffen der Kommunisten teilnahm und sich als Geheimbote des englischen Proletariats empfahl.

Im Mittelpunkt des Treffens stand der Mann jedoch, der die Arbeiter Shanghais antrieb und der ihre Streiks, Flugblattaktionen und Demonstrationen plante und koordinierte: Zhou Enlai, ein hochgewachsener, gutaussehender junger Mann, strahlte Würde und Autorität aus. Er hatte in Frankreich gelebt, er kannte die Welt und war Lehrer auf der Militärakademie gewesen. Er war der Held und Anführer der Arbeiter. Der nächste große Streik war vorzubereiten. Ein Generalstreik. Alles sollte stillstehen in dieser Stadt. Die chinesischen Arbeiter sollten ihre Stärke zeigen und die Ausländer zwingen, ihre Sonderrechte ein für allemal aufzugeben. In anderen Städten war dies schon geschehen. Shanghai sollte der größte Sieg ihrer Bewegung werden. Wenn Shanghai ihnen gehörte, dann würde der Rest Chinas bald folgen. Zhou Enlai sprach leidenschaftlich von konzertierten Aktionen, von bewaffneten Arbeitermilizen, aber auch von den Gefahren, die von den Schlägern und Schlächtern des Kriegsherrn und der *Grünen Bande* drohten.

Pearson Palmers machte eine Miene, die revolutionäre Entschlossenheit ausdrücken sollte, und sah sich die teilnehmenden Kader genauestens an. Er versuchte, sich jedes Gesicht einzuprägen. Intime Kenntnisse aller führenden Kommunisten würden bald hoch im Kurs stehen, und er wollte seine Chance nicht verpassen. Da war zum Beispiel der junge Mann, der den Ehrenplatz zur Rechten von Zhou Enlai eingenommen hatte. Ein flinker und alerter Bursche, den Palmers noch nie bei einer solchen Veranstaltung gesehen hatte. Zhou Enlai hatte ihn eingangs seiner Rede als herausragenden Kommunisten gelobt und ihm wie zum Ritterschlag seine Hand auf die Schulter gelegt. Der Mann hieß Kang Bingguo und war Journalist. Als eine seiner Heldentaten wurde aufgeführt, daß er an einem Samstagmorgen Flugblätter vom Dach des *Sincere*-Warenhauses auf die Nanjing-Road geworfen hatte. Und nicht zu vergessen die mit Kot gefüllte Wassermelone, die er dem Vorarbeiter der Textilfabrik *Goldener Lotus*, einem gewissen Einauge Wu auf dem Kopf zertrümmert hatte. Zhous Schilderung dieses Vorganges löste viel Heiterkeit unter den Kadern aus, und Kang Bingguo lächelte stolz und diebisch in sich hinein. Auch Pearson Palmers lächelte. Der Fabrikleiter des *Goldenen Lotus*, Monokel-Zhang, hatte ihm einen fetten Lohn in Aussicht gestellt, wenn er den Urheber eben dieses Attentats benennen konnte. Und das konnte er nun: Kang Bingguo, der aufsteigende Stern der Shanghaier Kommunisten. Bald würde er tot sein.

»Sind sie nicht rührend in ihrer Ahnungslosigkeit?« zischte leise und in holprigem Englisch der Russe Mikhail.

Palmers beugte sich zu ihm herüber, furchtlos durch die Wolke von Schweißdünsten. »Wie meinst du das, Genosse?« flüsterte er.

»Sie ergötzen sich wie kleine Kinder an mit Scheiße gefüllten Melonen. Sie planen den Aufstand, aber sie haben keine Ahnung von den Gesetzmäßigkeiten der Revolution. Ein Haufen Idioten, nichts weiter.«

»Wirklich?« wunderte sich Palmers. »Ich hielt sie immer für sehr kompetent!«

»Kompetent?« gab der Russe beleidigt zurück. »Amateure sind diese sogenannten chinesischen Kommunisten. Sie wollen den Marxismus auf den Kopf stellen und ihre eigenen Regeln erfinden. Bauern sollen die Revolution führen, daß ich nicht lache! Man darf sie nicht einen Moment aus den Augen lassen.«

Palmers sah sich das Häuflein Revolutionäre an und nickte nachdenklich. »Gut, daß sie dich haben«, schmeichelte er dem stinkenden Russen.

»Gut, daß sie den Genossen Stalin haben«, gab Mikhail

206

zurück. »Aber man muß sie ständig daran erinnern, daß sie seinen Befehlen und Anweisungen folgen sollen.«

»Eine schwierige Mission! Ich beneide dich nicht, Genosse. Hier geht ja ständig alles drunter und drüber. Und um jeden Scheiß muß sich Genosse Stalin persönlich kümmern?«

»Ach, halb so schlimm«, grunzte der Russe augenzwinkernd und tätschelte die lederne Aktentasche, die auf dem Boden neben seinem Stuhl stand. »Ich habe ein Dutzend vom Genossen Stalin unterschriebene Briefe und Befehle. Blanko, natürlich. Ich muß nur noch die passenden Namen und Zeilen einfügen, und sie gehorchen mir aufs Wort. Der Name Stalin wirkt Wunder.«

»Ein Segen!« seufzte Palmers.

Heute war sein Glückstag.

Er wußte selbst nicht, was genau er bei diesem Untergrund-Treffen gesucht hatte. Er hatte den Melonenwerfer Kang Bingguo identifiziert – dafür gab es von Monokel-Zhang mindestens zwanzig Dollar auf die Hand. Aber das war nicht das Beste. Als der Russe sich erhob, um einige lobende und viele tadelnde Worte für die chinesischen Genossen zu finden, glitt Palmers Hand unbemerkt in die Aktentasche und fischte eine dieser Blanko-Vollmachten heraus. Mit klopfendem Herzen faltete er den Briefbogen dann zusammen und verstaute ihn in seiner Innentasche. Er hatte gehofft, auf dieser Versammlung ein paar Hinweise auf den bevorstehenden Generalstreik zu bekommen, die er für gutes Geld an seine Kontaktleute verkaufen konnte. Nun aber besaß er das Todesurteil für seinen Feind Huang Li.

Entzückt und beseelt von einem neuen, todsicheren Plan, verließ Palmers die Versammlung vorzeitig, wünschte dem stinkenden Russen alles Gute und machte sich auf den Weg zu Peng Lizhao. Unterwegs würde er noch bei Monokel-Zhang vorbeischauen, den Namen Kang Bingguo nennen und sich seine zwanzig Dollar abholen. Er würde etwas Bargeld gut brauchen können, denn er gedachte, am Abend seinen großen Sieg gebührend zu feiern.

Kang Bingguo hatte Mühe, den revolutionären Ausführungen zu folgen. Seine Gedanken waren dort, wo sie neuerdings ständig ein- und ausflogen wie treue Tauben aus ihrem Taubenschlag – bei Ma Li. Sie würden heiraten, so war es beschlossen. Sie war seine Frau – für ihn bestimmt. Er schrieb bereits ein neues Drehbuch nur für sie. Eine Liebesgeschichte von solcher Kraft und Wahrhaftigkeit, daß er schon Schuldgefühle verspürte. Wo blieb die revolutionäre Botschaft? Er konnte sich manchmal nicht mehr darauf besinnen. Er war wie betrunken vor Liebe, so daß es ihm beinahe peinlich war, wie ausgerechnet er heute vor all den anderen tapferen Kadern vom Genossen Zhou Enlai als Modellkommunist gelobt wurde. Diese Anerkennung hätte ihm vor ein paar Tagen noch mehr bedeutet als sein Leben. Nun aber war sie ihm alles andere als willkommen. Denn heute war die Nacht, in der er und Ma Li sich endlich umarmen würden. Allein bei ihm zu Hause und nicht im Kino oder in einer dunklen Gasse. Sie würde zu ihm kommen, in seine Wohnung, und sie wollten miteinander schlafen, endlich vollziehen, wovon er so oft geträumt hatte. Ma Li fürchtete sich, weil es ihr erstes Mal sein würde. *Keine Angst*, hatte er sie beruhigt. *Ich werde dir ein guter Mann sein.*

Während um ihn herum über Streikposten, geheime Druckerpressen und Ausgabe von Waffen gesprochen wurde, stellte er sich ihren makellosen Körper vor. Die Reden plätscherten an seinem Ohr vorbei, bedeutungslos wie die Geräusche eines Wasserfalles. Er applaudierte, wenn alle klatschten, er wandte mechanisch den Kopf in die Richtung dieses oder jenes Redners – aber er dachte nur an Ma Li und zählte die Minuten bis zu ihrem Wiedersehen. Nichts auf der Welt, dachte er in einem Anflug von Humor, nichts war so nutzlos wie ein verliebter Kommunist.

»Ich danke euch und erwarte von jedem, daß er an seinem Platz das Nötige tut«, schloß Zhou Enlai die Versammlung. Wieder spürte Kang Bingguo die Hand des Anführers auf seiner Schulter.

»Ich möchte, daß du heute mit uns kommst, Genosse Kang«, sagte Zhou leise zu ihm. »Wir haben im kleinen Kreis noch ein paar wichtige Fragen zu besprechen.«

»Oh, wirklich?« erwiderte er und hoffte, niemand spürte seine Verzweiflung.

»Ich möchte dich mit einer wichtigen Aufgabe betrauen.«

Kang wurde heiß und kalt. In weniger als einer Stunde sollte er Ma Li vor *ihrem* Kino abholen. Sie würde auf ihn warten. Allein in der Nacht, unter den blinkenden, bunten Lichtern der gefährlichen Stadt. Nicht weit von der Bubbling Well Road, der Straße der Blumenmädchen. Der Versammlungsraum leerte sich. Nur wenige Genossen blieben zurück. Der engste Kreis der Kader, die Elite, und Kang sollte dazu gehören.

Ich habe noch eine andere Versammlung – ich kann nicht lange bleiben! hätte er sagen müssen, doch er brachte es nicht fertig. Wenn der große Zhou Enlai dir seine Hand auf die Schulter legte und dich mit einer wichtigen Aufgabe betrauen wollte, dann war das nicht der richtige Zeitpunkt für Notlügen. Ma Li würde sich eine Rikscha oder ein Taxi rufen und zurück nach Hause fahren können. Sie war nicht dumm. Sie würde verstehen. Wenn sie wirklich die Frau eines Revolutionärs sein wollte, mußte sie lernen, auf sich selbst aufzupassen.

»Ich fühle mich sehr geehrt, Genosse Zhou«, sagte Kang.

Lingling wollte nicht einschlafen. Ausgerechnet heute weigerte sie sich, auch nur die Augen zu schließen. Die elektrische Lampe spendete ein gelbliches Licht, in dem die vielen Puppen im Regal über dem Bett höhnisch zu grinsen schienen.

»Nicht weggehen!« bettelte die Kleine und schloß ihre Finger fest um die Hand ihrer Schwester.

»Aber ich will doch nicht weggehen, Lingling.« Ma Li fühlte sich schäbig dafür, daß sie log. Natürlich wollte sie weggehen. Sie sehnte sich nach ihrem Liebsten, besonders nach dem schrecklichen Tag in Gesellschaft von Benjamin Liu. Sie brannte darauf, Kang von ihrem Besuch in der Seidenfabrik zu berichten und seine Meinung zu den Zuständen dort zu erfahren. »Du mußt schlafen.« Sie streichelte den Kopf der Kleinen und küßte wieder ihre Stirn.

Lingling war in den letzten Tagen unruhig gewesen. Sie war leicht reizbar und weinte oft. Es war, als peinigte sie eine Ahnung, die sie mit niemandem teilen konnte, weil ihr die Worte fehlten. Ma Li spürte diese Unruhe, konnte jedoch keine Erklärung dafür finden. Aber nun, während sie die Hand ihrer Schwester umklammerte wie ein rettendes Floß, wimmerte Lingling: »Mama Lin …«, so nannte sie ihre Pflegemutter, »Mama Lin …«

»Ja, Lingling«, gab Ma Li traurig zurück. »Mama Lin ist krank. Vielleicht sehr krank.« Endlich wußte sie, was ihrer Schwester so zusetzte.

Madame Lin verfiel vor ihren Augen. Sie war immer schmal und knochig gewesen, aber nun wirkte sie mehr und mehr wie ein wandelndes Skelett. Ihre Wangen waren hohl und eingefallen, ihre Augen erschienen riesengroß und verschwanden immer tiefer in den Höhlen. Ihr Kopf wackelte oft unheimlich hin und her, als fehlte ihr die Kraft, ihn gerade zu halten.

Ma Li hatte ihre Begegnung mit den Dämonen des Todes, die weit zurück in einer entfernten Kindheit lagen, schon lange vergessen und wollte sich nicht erinnern. Aber Linglings Gedächtnis war nicht so leicht zu besänftigen.

»Mama Lin …«, flüsterte sie. »Mama.«

»Vielleicht wird Mama Lin auch sterben. So wie unsere Mama.«

»Großer Mann!« Die Kleine krümmte sich angstvoll in ihrem Bettchen zusammen.

»Keine Angst, Lingling. Der große Mann wird nicht sterben. Er wird bei dir bleiben. Er ist doch dein bester Freund. Ich glaube, er liebt dich, wie sonst nur ich dich liebe.« Unerwartet traten ihr die Tränen in die Augen.

»Ma Li«, wisperte die Kleine. »Angst!«

»Nein, nein!« Ma Li streichelte ihren Arm und die Hand, die sie nicht loslassen wollte. »Keine Angst! Der große Mann ist für dich da.«

»Ma Li?«

»Ja, auch Ma Li ist für dich da, kleine, tapfere Lingling. Wir werden immer zusammenbleiben.«

Sie erschrak, als sie erkannte, daß ihre Schwester, die so wenig zu verstehen schien, schon längst begriffen hatte, was sie in letzter Zeit mehr beschäftigte als alles andere. Ma Li wollte weg aus diesem Haus, weg von den Pflegeeltern. Darüber, was dann aus Lingling werden sollte, hatte sie noch nicht gewagt nachzudenken. Mitnehmen konnte sie die Kleine nicht. Als Braut eines Revolutionärs und Untergrundkämpfers würde sie viele Opfer bringen müssen und könnte Lingling keinerlei Sicherheit bieten. Hier im Haus ging es der Kleinen gut. Mit furchtbarer Klarheit erkannte Ma Li, daß sie fast bereit war, ihre Schwester aufzugeben.

»Ma Li?« wiederholte Lingling mit zarter Stimme.

Plötzlich wußte Ma Li wieder, daß ihr nichts wichtiger war auf dieser Welt als ihre kleine Schwester. Ein hilfloses Wesen, ihr anvertraut und ihr ergeben. Sie hatte einen heiligen Schwur geleistet, sie immer zu beschützen, und sie durfte daher nicht von ihrer Seite weichen. Der große Mann konnte sie vertreten – ersetzen konnte er sie nicht.

Ma Li griff mit beiden Händen in Linglings Bett und hob den kleinen Körper heraus wie einen Säugling – drückte ihn fest an sich und wiegte ihn hin und her. »Keine Angst, keine Angst«, sagte sie immer wieder rhythmisch vor sich hin.

Kang Bingguo würde warten müssen, vielleicht die ganze

Nacht. Wenn er sie liebte, dann durfte ihm das nichts ausmachen. Sie konnte sich eben nicht wie geplant aus dem Haus
schleichen und ihre Schwester alleine lassen. Nicht in dieser
Nacht, nicht mit dieser Angst. Ma Li dachte, während sie
Lingling in einen unruhigen Schlaf wiegte, an die kleinen Kinder in der Seidenfabrik. Dieser Höllenschlund aus Hitze, Gestank und Elend. Sie dachte an Benjamin Liu, wie er sich übergeben und wie er geweint hatte. Und wie er einem kleinen
Jungen, den er gar nicht kannte und der ihm gleichgültig hätte
sein können, das Leben rettete. Plötzlich ertappte sie sich dabei, wie sie Kang Bingguo und Benjamin Liu miteinander ver-
glich. Der mittellose Revolutionär und der Ausbeuter wider
Willen. Sie schämte sich schon für den Gedanken, aber er
verließ sie nicht.

»Was soll ich nur tun, Lingling?« wisperte sie in die dünnen
Haare auf dem Kopf ihrer kleinen Schwester. Mit einem Mal
war sie Lingling dankbar dafür, daß sie sie daran gehindert
hatte, zu dem Kino, *ihrem* Kino zu laufen und Kang dort in die
Arme zu fallen. »Bis heute war ich ganz sicher, aber jetzt kommen mir die Zweifel. Es ist mein Leben. Ich will es nicht ver-
pfuschen, ich habe Angst, einen Fehler zu machen. Was soll
ich tun? Ich habe nur eine Liebe und ein Herz, und was wäre,
wenn ich mich irren sollte?«

Lingling kuschelte sich tiefer in ihre Umarmung. »Das
Beste …«, sagte sie leise, schon halb im Schlaf.

»Aber ich weiß doch nicht, was das Beste ist«, gestand Ma
Li mit zitternder Unterlippe. »Ich liebe Kang. Er ist gut und
ehrlich und hat liebevolle Hände, aber … heute habe ich einen
anderen Benjamin gesehen. Einen, der verletzlich war und der
geweint hat und sich schämte. Ich weiß wirklich nicht, was das
Beste ist …«

Lingling atmete ruhig und gleichmäßig. Ma Li legte sie vorsichtig ins Bett und löschte das Licht. Sie schlich aus dem
Zimmer, schloß leise die Tür und stand lange ratlos im Korri-

dor. Sollte sie doch noch loslaufen? Sie war viel zu spät, aber Kang Bingguo würde gewiß auf sie warten. Es sollte schließlich ihre »große Nacht« werden, wie er immer gesagt hatte.

Ma Li ging ein paar Schritte bis zur Treppe – und hielt dort inne. Sie hatte diese Nacht herbeigesehnt und gefürchtet. Nun jedoch überwog die Furcht. Ihre Hand lag auf dem Geländer, aber ihre Füße wollten nicht die erste Stufe nach unten nehmen. Sie gewahrte einen seltsamen Geruch. Wie Rauch, aber nicht von Zigarren. Sie erkannte das Aroma. In den letzten Wochen waberte es immer öfter durch das Haus, allerdings noch nie so frisch und kräftig. Sie folgte dem Geruch nach unten.

»Siehst du? Es ist gar nicht so schlimm. Wird es nicht schon besser? Habe ich doch gleich gesagt. Noch einmal. Tief einziehen …«

Ma Li öffnete leise die Tür zum Salon und sah Huang Li, wie er vor dem Sofa kniete, auf dem sich die müde Madame Lin ausgestreckt hatte. Sie hielt, die Augen geschlossen, eine Opiumpfeife in der Hand, und Huang half ihr, das Mundstück an ihre Lippen zu führen. Ein schwarzes Kügelchen qualmte darin. Daher kam der sonderbare Geruch.

Madame Lin rauchte Opium.

»Zieh es tief ein und laß es wirken. Dann hören die Schmerzen schon auf. Los, sonst verglimmt die Kugel!«

Sie hustete erbärmlich.

»Versprich es mir!« stieß sie zwischen den Hustenattacken hervor.

»Ich habe es schon tausendmal versprochen. Ich werde die Sache regeln!« grollte er.

Unvermittelt begann die alte Frau wild hustend mit den Armen zu wedeln.

»Ich muß den Doktor rufen«, sagte Huang Li. »Bleib ganz ruhig und zieh an der Pfeife. Dann lassen die Schmerzen nach. Hörst du mich!«

Sie hustete noch immer.

Ma Li war, ohne es selbst zu bemerken, eingetreten und stand auf einmal mitten im Raum. Huang Li wandte sich zu ihr um.

»Was machst du hier?« fuhr er sie an. »Verschwinde auf dein Zimmer, und laß uns in Ruhe. Du hast ihr genug Kummer gemacht!«

»Sie stirbt«, sagte Ma Li und dachte an Linglings Vorahnung.

»Ja, sie stirbt«, brüllte Huang Li außer sich. »Und was soll ich tun?« Er stand vor ihr, der große Mann, und streckte hilflos die Arme von sich. »Ruf den Japaner. Ruf sofort den Doktor!«

»Es ist zu spät.« Ma Li ging auf das Sofa zu und kniete nieder. Madame Lin hatte die Opiumpfeife zu Boden sinken lassen und griff sich mit beiden Händen ans Herz. Sie röchelte und hustete. Ma Li nahm ihre Hand, die sich kalt anfühlte.

Huang Li trommelte mit den Fäusten an die Wand. Ein Bild fiel herunter, der Glasrahmen zerschellte auf dem vornehmen Parkett. »Die alte Giftnatter läßt mich alleine! Ich kann nicht ohne sie leben!«

Madame Lin zuckte wie unter schauerlichen Schlägen zusammen, und dann, von einem Moment auf den anderen, lag sie ganz ruhig da.

»Mama Lin?« Lingling war in der Tür erschienen. Zitternd in ihrem Nachthemd und bleich vor Schrecken. »Mama Lin!« Sie rannte auf das Sofa zu und warf sich auf die Sterbende, als wolle sie ihre Pflegemutter vor den Dämonen des Todes beschützen.

Elisabeth Lin lächelte, als sie den kleinen Körper spürte. Es schien, als sei der Schmerz von ihr gewichen. Sie war nun ganz ruhig. Ihre Hände wollten sich heben, aber ihre Kräfte reichten dafür nicht mehr. Dann sank ihr Kopf zur Seite.

»Sie ist tot«, sagte Ma Li nach ein paar langen Augenblicken.

Huang Lis gewaltiger Schatten fiel auf sie, den Leichnam und Lingling, die sich um die Brust der alten Frau klammerte. Der große Mann ergriff den Winzling und nahm ihn zärtlich auf den Arm. Er wimmerte wie ein kleines Kind.

»Jetzt habe ich nur noch dich«, weinte er und drückte Lingling so fest an sich, daß Ma Li es fast mit der Angst zu tun bekam. Dann sah sie, wie Linglings Hand sein Ohr suchte, an dem sie sich so gerne festhielt.

»Ich habe nur noch dich«, jammerte Huang Li.

Und wen habe ich? fragte sich Ma Li.

Benjamin Liu hatte sie alle kommen lassen, die Geschäftsführer und Fabrikdirektoren, die *Compradores* und die Teilhaber der *Golden Dragon Freight Lines.* 27 vornehme, chinesische Herren, manche in feinem westlichen Zwirn, andere in traditionellen chinesischen Gewändern, tummelten sich im Konferenzraum der Firmenzentrale unter einem riesigen Kronleuchter. Nur für die wenigsten gab es einen Sitzplatz. Recht so, dachte Liu bitter und ließ sie stehen. Es wurden keine Drinks, nicht einmal Tee serviert. Keiner der Anwesenden wußte, warum der junge Boß sie einberufen hatte. Dem Direktor Wang aus der Seidenfabrik schwante etwas, aber er hütete sich, den Mund aufzumachen.

Von der Stirnseite der holzgetäfelten Wand blickte in stummer Würde das Portrait des Firmengründers und ehemaligen *Compradors* Robert Liu auf die Männer herab, und manch einem wurde wehmütig ums Herz. Robert Liu war ein Händler gewesen, ein Genie und Patriot, der es auch leicht mit den gerissenen ausländischen *taipans* aufnehmen konnte. Was von seinem Sohn zu erwarten war, wußte indes niemand so genau. Der junge Liu war viel zu lange im Ausland gewesen, um China zu verstehen, und die Tatsache, daß er die mächtigen Generäle seiner eigenen Handelsarmee hier ohne Bewirtung warten ließ wie Rikschakulis, ließ nichts Gutes ahnen.

Nachdem er die Gesellschaft eine gute halbe Stunde hatte schmoren lassen, betrat Benjamin Liu den Raum unauffällig durch einen Seiteneingang, schritt zur Kopfseite des ovalen Tisches. Als er sich aufrichtete, erstarben alle gemurmelten Gespräche.

»Meine Herren«, ließ sich Liu mit fester Stimme vernehmen. »Was ich zu sagen habe, ist kurz. Was ich beschlossen habe, ist simpel. Sie sind mit dem heutigen Tage allesamt entlassen.«

Wie gut tat es, ihre betretenen Gesichter zu sehen, ihre in ungläubigem Erstaunen geweiteten Augen, ihre heruntergeklappten Unterkiefer! Keiner wagte zu sprechen. Das verlegene Schaben einiger Schuhsohlen auf dem Parkett war für Minuten das einzige Geräusch, während Liu jedem einzelnen fest in die Augen sah. Keiner konnte seinem Blick lange standhalten.

»Ich habe mich heute anläßlich eines unangemeldeten Besuches in der Seidenfabrik von Herrn Wang ...« – der Angesprochene senkte den Blick und versuchte, sich ganz klein zu machen – »... übergeben müssen. Warum? Weil ich nicht ertragen konnte, unter welchen Bedingungen die Arbeiterinnen in dieser Fabrik und vor allem ihre Kinder dort leben.« Liu begann nun vor der versammelten Gesellschaft konsternierter Herren auf und ab zu schreiten, wie er es bei den Professoren in Amerika bewundert hatte. Er hatte beide Daumen in die Weste versenkt und sprach, als erklärte er dummen Studenten die tiefere Weisheit des Lebens. »Ich habe keinen Anlaß, anzunehmen, daß es in den anderen Fabriken, die sich in meinem Besitz befinden, nicht ähnlich oder vielleicht sogar noch schlimmer aussieht. Und ich habe keine Lust, mich selbst davon zu überzeugen und noch mehr zu kotzen – über Ihre Nachlässigkeit und Menschenverachtung und verbrecherische Ausbeutung!« Die beiden letzten Worte schrie er förmlich hinaus und riß dazu seinen rechten Arm in die Höhe, den an-

216

klagenden Zeigefinger auf irgendeinen der sprachlosen Direktoren gerichtet. »Sie spielen den Umstürzlern und Kommunisten in die Hände. Wenn selbst Chinesen ihre Landsleute schlimmer behandeln als Hunde – dann geschieht es dieser Stadt vielleicht ganz recht, unter ausländischer Herrschaft zu stehen! Sie sind schuld, wenn wir bestreikt und sabotiert werden. Sie ruinieren das Geschäft meines Vaters!«

»Er ist verrückt geworden«, flüsterte einer, der ganz hinten stand, mutig seinem Nebenmann zu, aber der tat so, als hätte er nichts gehört.

»Deswegen werfe ich Sie alle raus. Verschwinden Sie! Los, raus hier!« Benjamin Liu wandte sich zum Gehen, doch, wie er erwartet hatte, faßte einer der Gescholtenen Mut und trat vor.

»Verzeihen Sie, Herr Liu!« Ein älterer Herr mit buschigen weißen Augenbrauen namens Feng oder Zheng verbeugte sich tief. Liu konnte sich nicht erinnern, ob er in der Textil-, der Streichholz- oder der Frachtbranche tätig war. »Wir bedauern zutiefst, daß Sie mit unserer Arbeit nicht zufrieden sind. Ich spreche für alle, wenn ich sage, daß uns nichts mehr am Herzen lag als das Wohl Ihrer Firma – unserer Firma, wie ich wohl sagen kann.«

Zustimmendes Murmeln erklang. Liu musterte den Mann streng und insgeheim erleichtert. Es wäre geschäftlicher Selbstmord gewesen, alle Direktoren zu entlassen. Danach stand ihm auch bei aller Entrüstung nicht der Sinn. Er wollte sie nur erschrecken und zur Umkehr zwingen. Entlassen würde er sie erst, wenn sich in ein, zwei Monaten keine Besserung zeigte.

»Und?« fragte Liu kühl.

»Ich weiß, was Sie meinen, und auch mir bricht oft das Herz, wenn ich sehe, wie miserabel unsere Arbeiter leben. Ich wollte schon lange etwas ändern, aber ich traute mich nicht, denn so etwas kostet Geld. Nun jedoch bin ich erleichtert und mache mich gleich morgen daran, neue Unterkünfte zu bauen und eine neue Werkskantine. Ich hatte auch schon lange geplant, einen Notdienst zu berufen, wenn doch mal jemand verletzt wird ...«

»Ich würde gerne mehr Fenster einbauen lassen, damit bessere Luft in den Hallen ist«, rief ein anderer von hinten.

»Bei uns wird ab morgen nicht mehr geprügelt. Wenn die Vorarbeiter das nicht beherzigen, werde ich sie auspeitschen lassen!«

»Wir dachten schon seit einiger Zeit über moderate Lohnerhöhungen nach ...«

Plötzlich schien jeder beseelt vom Schicksal der Arbeiter, und die Direktoren und Geschäftsführer überschlugen sich mit frommen Vorschlägen und Reformen, als wäre Benjamin Lius Firmengruppe plötzlich zu einer Filiale der Heilsarmee geworden.

»Ich höre, daß Sie einsichtig sind«, stoppte der Boß ihren Eifer. »Und ich bin bereit, Ihnen eine zweite Chance zu geben. Sie alle sind hiermit wieder eingestellt – aber nur auf Bewährung. In einem Monat werde ich sehen, welche Fortschritte gemacht wurden. Ich verlange gleiche Wirtschaftlichkeit bei deutlich verbesserten Bedingungen für die Arbeiter. Wem das nicht gelingt, der hat seine Bewährungsprobe nicht bestanden. Guten Abend.«

Breitbeinig baute sich Benjamin Liu vor den ratlosen Männern auf und beobachtete, wie sie unter Verbeugungen den Raum verließen. Nur einer blieb zurück, ein Monokel fest ins Auge geklemmt und mit einem verschmitzen Lächeln auf seinem Gesicht.

»Ich bin tief beeindruckt«, sagte er, als alle anderen gegangen waren. »Sie haben die Zeichen der Zeit erkannt und die richtige Entscheidung getroffen.«

»Dann verschwinden Sie und tun Sie was«, wollte Benjamin Liu ihn abwimmeln.

»Sofort, aber zuvor noch eine kleine Information, die mir

soeben zugetragen wurde. Es betrifft den kommunistischen Aufrührer, der unlängst unseren Vorarbeiter mit der Melone angegriffen und die Disziplin unserer Belegschaft untergraben hat. Seit diesem Zwischenfall, den Sie ja selbst bezeugten, ist es sehr schwer, Termine einzuhalten und Normen durchzusetzen. Es sei denn …« – er zuckte scheinheilig und schicksalsergeben die Schultern – »… Sie wollten auch gegenüber solchen kommunistischen Saboteuren und Attentätern lieber Gnade walten lassen.«

»Wenn Sie Ihre Fabriken führen würden wie verantwortungsvolle, menschliche Wesen mit einem Hauch von Anstand und Ehre im Leibe, dann hätten die Kommunisten nicht solchen Zulauf«, erwiderte Liu ungeduldig.

»Wie Sie meinen«, buckelte Direktor Zhang. »Ich habe jedenfalls meine Fühler ausgestreckt und weiß jetzt, wer den Zwischenfall verursacht hat. Dieser Mann ist persönlich verantwortlich für über fünfzig Tonnen Produktionsausfall, für verpaßte Liefertermine und Strafzahlungen, für zahllose Schlägereien und Angriffe auf das Wachpersonal. Ich dachte nur, Sie wären noch interessiert. Es tut mir leid, wenn ich Ihre Zeit verschwende.« Er verbeugte sich, um zu gehen.

»Sie verstehen immer noch nicht«, fuhr Liu ihn an. »Was nützt mir der Name, wenn die Leute guten Grund haben, ihm zu glauben und nachzulaufen. Das Problem liegt, wie ich mich heute mit eigenen Augen überzeugen konnte, zum guten Teil bei uns selbst!«

»Gewiß.« Zhang zwinkerte aufgeregt hinter seinem Monokel. »Aber wenn wir diesen Missetäter bestraften und gleichzeitig unsere Verbesserungen anbrächten, dann könnten wir den Arbeitern ein wichtiges Signal setzten. Hört nicht auf die Aufwiegler – glaubt an uns, vertraut uns. Wer aufsässig ist, wird bestraft; wer arbeitet, wird belohnt. Ich denke, ein solches Signal wäre angebracht.«

»Und wie gedenken Sie den Mann zu bestrafen?«

Zhang rieb sich die Hände, als wasche er sie mit Seife. »Ich kenne einige aufrechte Männer, die dergleichen mit Vergnügen übernehmen. Dieser Kang Bingguo büßt für seinen Angriff, die Kunde verbreitet sich schnell, die Arbeiter lernen ihre Lektion, das Leben wird leichter.«

Liu, eben noch voller Abscheu gegen die Gangster-Methoden des Direktors, hielt inne. Diesen Namen hatte er heute schon einmal gehört. Beim Mittagessen. Aus dem Munde seiner zukünftigen Frau.

»Wie sagten Sie, lautet der Name des Aufwieglers? Kang Bingguo?« fragte er.

»Ganz recht.«

»Ein Kommunist also?«

»Einer der schlimmsten. Er verdreht allen die Köpfe.«

Das scheint zu stimmen, dachte Liu. *Sogar bei meiner lieben Ma Li ist ihm das gelungen.* »Ich werde darüber nachdenken«, beschied er den Direktor. »Unternehmen Sie nichts ohne meine ausdrückliche Zustimmung.«

Zhang verließ den Raum unter zahlreichen Verbeugungen. Er war sich ziemlich sicher, daß er nicht zu denen gehörte, die Benjamin Lius Bewährungsprobe nicht bestehen würden.

Nicht sehr lange sonnte sich Benjamin Liu in dem erhabenen und erhebenden Gefühl, ein guter und gerechter Mensch zu sein. Aus den Schatten krochen finstere Gedanken heran, wie er einen gefährlichen Aufrührer unschädlich machen konnte. Und mit ihm einen lästigen Nebenbuhler. Manchmal war das Leben so einfach, daß es fast langweilig wurde.

220

4. Kapitel

10. April 1927

Scheinbar endlos lange hatte Kang Bingguo noch warten müssen, bis sein Traum sich erfüllte. Doch er würde diese Nacht, die *große Nacht* mit Ma Li, nicht vergessen, solange er lebte. Wochen der Streiks und der Demonstrationen lagen hinter ihm. Zweimal war er verhaftet worden, doch selbst die Polizisten, die im Dienste des Kriegsherrn standen, schienen seinen kämpferischen Reden nicht widerstehen zu können. Zweimal ließen sie ihn nach wenigen Tagen wieder laufen. Kang scheute kein Risiko. Unter Lebensgefahr schmuggelte er Waffen für die Arbeitermilizen nach Chapei, gewann durch seine brillanten Vorträge Hunderte Anhänger und war unverzichtbar bei den Vorbereitungen für den Generalstreik, der am 21. März die ganze Stadt lahmlegte. 800 000 Arbeiter verweigerten den Gehorsam – alle Lichter gingen aus, die Straßenbahnen kamen zum Stillstand, und in den Fabriken liefen die Maschinen erst gar nicht an. Kang erwies sich auch unter Feuer als Held. Beim Kampf um den Nördlichen Bahnhof hielten er und seine Mitstreiter den haushoch überlegenen Truppen des Kriegsherrn stand – auch wenn sie schließlich aufgeben und flüchten mußten. Sein Platz an der Seite des Anführers Zhou Enlai war nicht mehr gnädig gestattet, sondern ehrlich verdient. Viel anerkennendes Schulterklopfen, nicht nur von Zhou, war ihm zuteil worden. Menschen erkannten ihn auf der Straße und grüßten ihn voller Ehrerbietung und Bewunderung. Kang Bingguo war der aufsteigende Stern der Shanghaier Kommunisten. Als endlich die Armee Chiang Kaisheks in Shanghai einmarschierte und auch die Kommunisten glaubten, der große Sieg stünde unmittelbar bevor, da wurden Kangs Verdienste vom allseits gefürchteten General Chiang ausdrücklich gewürdigt. Kein Zweifel, Kang Bingguo war einer der kommenden Männer Shanghais. Trotzdem wartete er mit klopfendem Herzen an diesem Abend der *großen Nacht* vor dem Kino, *ihrem Kino*, auf die Frau seines Lebens, auf Ma Li.

Viele Briefe waren seit dem Abend des verpaßten Rendezvous, geschrieben, zerrissen, wieder geschrieben und schließlich abgeschickt worden. Schließlich hatten beide erkannt, daß sie ohne einander nicht leben wollten. Beide wollten die *große Nacht* und alles, was danach kam.

Ma Li wartete im Schatten neben dem beleuchteten Schaukasten, der den neuesten Film der *Mingxing*-Studios anpries. Ein Drama um eine anständige Magd in einer von hartgesottenen Banditen heimgesuchten Schenke im Liang-Shang-Moor. In einer kleinen Nebenrolle debütierte eine unbekannte Schauspielerin namens Vivian Zhang, doch weder Ma Li noch Kang hatten Interesse an dem Film. Ma Li sah hinreißend aus. Ihr Haar trug sie mittlerweile schulterlang, ohne die modischen Dauerwellen und furiosen Locken, mit der Shanghais Töchter sich neuerdings ausstaffierten, um ihren Vorbildern aus den Filmzeitschriften ähnlich zu sehen. Ma Li brauchte kein solches Vorbild. Sie war eine Schönheit nach ihrem eigenen Recht. Feine, ebenmäßige Züge, Augen groß und leuchtend wie Mandelblüten, der Mund klug und eigenwillig, doch dabei von zärtlicher Zeichnung.

Es war ihr erstes Wiedersehen nach dem verpaßten Rendezvous – dieses Thema hatten sie in ihren Briefen vorsichtig ausgeklammert. Beide dachten, der andere habe in jener Nacht vor dem Kino gewartet. Kang Bingguo war bis weit in die Morgenstunden hinein mit Aufmarschplänen der Arbeitermiliz und Fluchtrouten beschäftigt gewesen; Ma Li hatte in der traurigsten Nacht ihres Lebens weinend zugesehen, wie

Dr. Hashiguchi ihre Pflegemutter Madame Lin für tot erklärte. Längst war Elisabeth Lin beerdigt worden – in einer Gruft, die nicht weit entfernt von der des bewunderten Charlie Soong lag. Wenigstens im Tode war sie ihrem großen Vorbild fast ebenbürtig geworden. Zu ihrer Trauerfeier erschien alles, was in Shanghai Rang und Namen hatte.

Kang Bingguo trat nun langsam auf Ma Li zu und überreichte ihr Blumen, die er vor ein paar Momenten noch an einem Stand an der Ecke gekauft hatte.

»Schön, dich wiederzusehen«, sagte er. »Ich habe große Sehnsucht nach dir gehabt.«

»Wirklich?« antwortete sie. »Du warst wohl sehr beschäftigt. Ich habe deinen Namen oft in der Zeitung gelesen.«

Er wußte nicht, ob es angebracht war, sie zu umarmen und zu küssen. Etwas verschämt blieb er vor ihr stehen. »Ich habe immer nur an dich gedacht. Was ich tue, das tue ich auch für uns.« Er machte eine kurze Pause. »Und für unsere Kinder.«

»Ich wollte an diesem Abend zu dir kommen, wirklich, aber dann starb meine Pflegemutter. In meinen Armen …«

»Ich habe die ganze Nacht hier auf dich gewartet«, log er und fühlte sich dabei nicht besonders schäbig. Schließlich *hätte* er sicherlich die ganze Nacht hier auf sie gewartet, wenn nicht auch ihm anderes dazwischengekommen wäre. Das würde Ma Li jedoch niemals erfahren. Die kleine Lüge hatte die Kraft der Sonne, die in Sekundenschnelle alles Eis zum Schmelzen brachte.

»Es tut mir leid.« Ma Li warf ihre Arme um seinen Hals und küßte Kang leidenschaftlich. »Nie wieder sollst du auf mich warten.«

»Bleibst du heute bei mir?« Er hielt sie ganz fest an sich gedrückt und starrte auf das Filmposter im beleuchteten Schaukasten an der Wand. Ihm war, als sehe eine der leicht bekleideten Mägde, die sich im Wirtshaus um die trinkenden Räuber tummelten, Zhang Yue auf unheimliche Weise ähnlich.

223

Er hatte kaum mehr an das unglückliche, unberechenbare Mädchen gedacht, das unbemerkt und ohne weitere Szenen aus seinem Leben verschwunden war. Nun schien es, als erwidere sie seinen Blick aus dem Filmplakat, und er begann zu stottern. »Wird … es … heute … wirklich unsere große Nacht?« Er beschloß, Ma Li nicht in diese kuriose Entdeckung einzuweihen. Denn es war ja fast so, als wolle ihnen Zhang Yue bei ihrem Liebesakt zuschauen.

»Jede Nacht von heute an wird unsere große Nacht«, flüsterte sie ihm ins Ohr.

Er nahm ihre Hand und wollte loseilen durch das Getümmel der Nachtschwärmer vor dem Kino, doch Ma Li blieb stehen und zog ihn zurück.

»Du mußt mir etwas versprechen«, sagte sie.

»Alles, was du willst.« Das war keine Lüge. Er war so begierig, sie endlich zu entkleiden und ihren Körper zu erobern, daß er ihr versprochen hätte, sie zur neuen Kaiserin von China ausrufen zu lassen, sollte dies ihr Wunsch sein.

»Es betrifft meine Schwester.«

»Die Zwergin?« fragte er und bereute es sofort, als sich ihr Gesicht verfinsterte.

»Nenne sie bitte nicht so. Wenn ich zu dir ziehe, werde ich sie mitbringen. Wir gehören zusammen. Ich möchte, daß du das verstehst.«

»Natürlich verstehe ich das.« Wieder schloß er Ma Li in die Arme. »Sie wird es gut bei uns haben.«

»Unsere Pflegemutter ist tot. Ich weiß nicht, wie lange Herr Huang noch bei Gesundheit sein wird. Er ist seit ihrem Tod sehr verwirrt. Ich kann meine Schwester nicht bei ihm lassen. Wenn ich zu dir gehe, dann nicht ohne Lingling.«

»Huang Li ist verwirrt?« wunderte sich Kang. »Uns macht er das Leben nach wie vor schwer. Kennst du die *Gesellschaft für gemeinschaftlichen Fortschritt*? Huang Li ist einer ihrer Anführer. Wenn es nach ihm und seinen sauberen Freunden ginge, würden wir alle lieber heute als morgen tot im Huangpu treiben.«

»Ich weiß nichts darüber. Ich weiß nur, daß er viel trinkt und noch mehr flucht. Ich möchte Lingling nicht länger bei ihm lassen.«

»Du bringst sie mit zu mir. Zunächst in meine kleine Wohnung, aber wenn wir unseren Kampf gewonnen haben, dann wird mir die Partei sicherlich ein größeres Quartier zugestehen. Ich werde bei nächster Gelegenheit mit Zhou Enlai darüber sprechen.« Wie gut sich das anhörte!

»Dann laß uns gehen!« Nun lief Ma Li los und zog ihn hinter sich her.

»Warte! Es geht hier entlang.« Er lachte glücklich. Sie stießen im Weggehen mit zwei jungen Männern zusammen, die, ihre Hände in den Hosentaschen, durch die Nacht schlenderten.

»Moment mal!« keifte der eine und zog seine Schultern zusammen, als wappnete er sich für einen Faustschlag. Doch als Kang sich drohend vor ihm aufbaute, trat er einen Schritt zurück. »Du bist doch Kang Bingguo!« stieß er hervor. »Es tut mir leid. Ich wollte dir nicht im Wege stehen.« Der Mann verbeugte sich, und Kang zog Ma Li hinter sich her. Wie sie ihn bewunderte, diesen Helden in seiner einfachen Kleidung mit seiner revolutionären Mütze. Es war wie in einem Roman, wie in einer wilden Liebesgeschichte aus Amerika oder England. Geheimnisse, Flucht, Verschwörung. Und sie befand sich mittendrin. Noch nie in ihrem Leben war sie so aufgeregt und neugierig gewesen.

Kang führte sie durch den Trubel der Nachtmärkte, vorbei an hell erleuchteten Hauseingängen und durch dunkle Straßen nach Hause. Nur einmal blieb sie unterwegs stehen und hielt inne: Der Name eines Restaurants an der Ecke fuhr ihr mitten ins Herz. Es wollte ihr vorkommen, wie ein Zeichen des Himmels. *Jadepalast*, hieß das Restaurant. Ihm schien dieser sonderbare Zufall noch nie aufgefallen zu sein.

»Es ist nicht mehr weit«, sagte Kang und drängte sie, weiterzugehen.

Er liebte sie voller Gier und so, als vollbringe er einen revolutionären Akt. Er riß ihr die Kleider vom Leib, kaum daß er seine Wohnungstür verschlossen hatte, und stürmte zu seinem Höhepunkt als folge er einer unsichtbaren roten Fahne. Schnell, aggressiv und ganz von ihr Besitz nehmend. Kang Bingguo war nicht mehr derselbe Mann, der sich sexuell von der wilden Zhang Yue hatte einschüchtern lassen. Er war nun selbst ein Held, ein Anführer. Versteckt im Bund seiner Hose, trug er eine Pistole bei sich und hatte Macht.

Ma Li mußte ihn wieder und wieder bitten, sich zu mäßigen. Sein Stöhnen, das Zucken seines muskulösen Körpers, sein derber Männergeruch – all das machte ihr plötzlich angst, aber sie ließ alles mit sich geschehen und versuchte, einen Sinn darin zu erkennen – was ihr allerdings nicht gelang. Sie versuchte, Genuß zu finden, den Zauber der Liebe, die Romantik, von der sie so oft gelesen und geträumt hatte – vergebens. Das einzige, was sie spürte, waren Schmerz und Widerwillen. Ma Li hatte von Liebe geträumt, von Partnerschaft und Gleichberechtigung und bekam in diesem Akt doch nur, was alle Chinesinnen bekamen, viele ihr ganzes Leben lang – Unterdrückung und Zwang.

Als Kang endlich von ihr abließ, da weinte sie.

Für ein paar Minuten war er ratlos, dann besann er sich und nahm sie in den Arm. Er bat sie um Verzeihung, es fehlte nicht viel und er hätte mit ihr geweint.

»Ich habe dich schlecht behandelt«, flüsterte er. »Es tut mir leid. Ich habe so lange auf diese Stunde gewartet, und ich wollte dich so sehr, daß ich mich selbst vergaß. Ich schwöre, ich werde es wiedergutmachen. Bitte, verzeih mir.«

Nun plötzlich konnte er zärtlich sein, und sie fügte sich, immer noch schluchzend, ein weiteres Mal in seine Umarmung. Sie konnte ihm verzeihen. Das war gut. Es würde kein einfaches Leben werden mit diesem Mann, dachte sie. Und doch wollte sie es.

Der ölige Herr Wu, der Laufbursche der *Mingxing*-Studios, war so etwas wie ihr Haustier geworden. Mal ein kleiner Pinscher, den sie herumstoßen und quälen konnte, mal ein Bluthund, den sie abgerichtet hatte, um für sie zu jagen. Vivian Zhang erlebte einen herrlichen Frühling voller Hoffnungen und großen Erwartungen. Wu hatte inzwischen seinen Job bei den Studios aufgegeben und widmete sich ganz seinem Fortkommen in der Unterwelt. Sie vermutete, daß er Opium schmuggelte.

Sie hatte ihre Rolle in dem Film *Die Schenke im Liang-Shang-Moor* mit Bravour gespielt, wie sie fand. Eine kleine Nebenrolle zwar nur – bereits in ihrer zweiten Szene wurde sie von einem Trunkenbold ins Heu gezerrt, mißbraucht und ermordet –, aber immerhin war es ihr Tod, der die Handlung um einen entscheidenden Schritt voranbrachte. Der Film war kein Meisterwerk, eher schon ein Machwerk, wie es die Studios in Shanghai im Monatsrhythmus herausbrachten, um das hungrige Publikum bei Laune zu halten, aber sie hatte den Fuß in der Tür und machte eine Reihe von wichtigen Bekanntschaften. Herr Wu war die unwichtigste von allen, nur wußte er das nicht. Dankbar labte er sich an ihrer Umarmung, die sie gewährte, wenn es ihr in den Sinn kam. Sie hatte sich in seiner Wohnung, einem dunklen Loch im zweiten Hinterhaus, eingerichtet. Ihre Kleider begannen, seinen Schrank zu überschwemmen, so daß kaum noch Platz für seine Hemden blieb.

Herr Wu, so erfuhr sie, war nicht nur Laufbursche bei den *Mingxing*-Studios. Viel wichtiger war, daß er Mitglied der *Qingbang* war und stolz davon berichtete, sein Anführer, der gefürchtete Peng Lizhao, hielte große Stücke auf ihn. In ihren sentimentalen Momenten, von denen es allerdings nicht viele gab, bemitleidete sie den verliebten Idioten. Den Rest der Zeit verachtete sie ihn und war beschäftigt damit, sein Geld auszugeben. Ihr Honorar für die erste Rolle war eher dürftig ausgefallen. Keines der Filmmagazine, keine der zahllosen Illustrierten war auf sie aufmerksam geworden. Dann jedoch hatte sie einen zweiten Auftrag bekommen – es war wie ein Geschenk des Himmels. Die Rolle eines Blumenmädchens, also einer Prostituierten, namens Xiao Lu in dem neuesten Drama mit Ruan Ling-yu in der Hauptrolle. Dieser Film, so hatte sie beschlossen, sollte ihr Durchbruch werden. Es waren zwar wieder nur wenige Szenen für sie, aber sie war entschlossen, die Leinwand mit so viel Leben und Wahrhaftigkeit zu erfüllen, daß man sich später eher an sie als an ihre Hauptdarstellerin erinnern würde.

Leider mußte sie dazu ihren Text ein wenig ändern, was dem Regisseur, einem Idioten namens Deng Ping Lao, gar nicht gefallen hatte.

»Sie sollen, verdammt, vortragen, was im Drehbuch steht«, fuhr er sie an, nachdem er die Kamera angehalten hatte. »Und reden Sie nicht mit so einer albernen Kleinmädchenstimme!«

»Aber der Text ist Unfug«, gab sie trotzig zurück. »Das würde Xiao Lu doch nicht sagen. Wenn sie an der Ecke steht und Freier sucht, dann ist sie verzweifelt. Sie ruft nicht *Hallo, vornehmer Herr, wie wäre es mit uns beiden*? Sie ruft: *Bitte, komm mit auf mein Zimmer. Billig und schnell* … Xiao Lu versucht, ihrer Stimme einen kindlichen Klang zu geben, damit die Freier sie für jünger halten, als sie tatsächlich ist.«

Regisseur Deng hatte für derartig feinsinnige Belehrungen keine Geduld und verdrehte voller Mißfallen die Augen. »Ich habe keine Zeit für solchen Quatsch. Ich habe einen Film zu machen. Also halten Sie sich gefälligst an die Vorlage!«

»Aber es stimmt nicht!« protestierte Vivian Zhang.

»Ich erkläre hier, was stimmt und was nicht!« brüllte Herr Deng sie an und sprang angriffslustig aus seinem Stuhl auf.

»Und wenn Ihnen das nicht paßt, dann können Sie verschwinden.«

»Ich versuche doch nur, die Rolle authentischer zu machen«, verteidigte sich Vivian Zhang.

»Raus!« schrie der Regisseur. »Raus auf die Straße. Da haben Sie authentisch. Ich will Sie hier nicht mehr sehen!«

»Darf ich es noch einmal versuchen?« Plötzlich wurde ihr klar, daß sie einen schweren Fehler begangen hatte. Sie hätte einfach nur ruhig sein sollen und tun, was man ihr sagte. Schon als Kind hatte sie begriffen, daß dies der sicherste Weg war, um zu überleben. Wenn es ganz schlimm kam, dann konnte sie immer noch eine Ohnmacht vortäuschen. Aber sie schien diese Lektion vergessen zu haben. War ihr der kleine Erfolg, in einem bedeutungslosen Film ein Mordopfer zu geben, denn schon so zu Kopf gestiegen, daß sie sich für berufen hielt, einem gestandenen Regisseur Vorschriften zu machen? Sie verfluchte sich selbst, ihre Unbeherrschtheit, ihr vorlautes Mundwerk. »Bitte, geben Sie mir noch eine Chance. Ich verspreche, ich tue es diesmal genau so, wie Sie es wollen.«

»Tun Sie, was Sie wollen«, raunzte der Regisseur. »Aber nicht in meinem Film. Gehen Sie! Sie haben ohnehin nicht die Spur von Talent. Lao Shi –«, er wandte sich an einen diensteifrigen Mitarbeiter seines Stabes – »finden Sie bis nach dem Mittagessen einen Ersatz! Das dürfte ja wohl nicht so schwer sein.«

Das war die Inschrift gewesen auf dem Grabstein des aufstrebenden Filmstars Vivian Zhang. Schweigend, zerschmettert schlich sie in die Garderobe, ertrug die mitleidigen Blicke der anderen Nebendarstellerinnen, die sich tunlichst von ihr fernhielten, um nicht auch noch beim strengen Deng in Ungnade zu fallen.

»Armes Kind«, seufzte nur die betagte Cao Xiao Li, die in diesem Film in ihrer Paraderolle als herzlose Zimmerwirtin auftrat, »was mußtest du dich auch ausgerechnet mit Deng anlegen. Der ist doch bekannt für seine Boshaftigkeit.«

229

»Mir war es nicht bekannt!« heulte Vivian Zhang auf und brach sogleich in Tränen aus.

Die alte Frau Cao hockte sich neben sie auf die Bank. »Die Welt ist ungerecht«, sinnierte sie und legte tröstend die Hand auf Zhang Yues Arm. »Du hattest völlig recht mit deinen Vorschlägen, aber das hier ist nun mal nicht das wirkliche Leben, sondern Kino.«

»Was soll ich denn jetzt machen?« schniefte Zhang Yue. »Meinen Sie, ich bekomme noch mal eine Rolle?«

»Das dürfte schwer sein. Du weißt ja selbst, wie viele da draußen Schlange stehen. Und jetzt, wo deine Gönnerin tot ist …«

»Meine Gönnerin?« Zhang Yue horchte auf.

»Ja, gewiß. Madame Lin hat sich doch für dich eingesetzt. Ich glaube, das war auch der Grund, warum Deng dich so kalt abserviert hat. Madame Lin konnte ihn nicht leiden und hat seine Filme oft lächerlich gemacht. Und nun hat er sich an dir gerächt.«

»Aber ich kenne doch Madame Lin gar nicht«, entgegnete Zhang Yue aufgewühlt. Plötzlich dämmerte es ihr: Madame Lin war die Pflegemutter von Wang Ma Li, die ihm den einzigen Mann abspenstig gemacht hatte, den sie lieben konnte. Und als Trostpreis für die betrogene Zhang Yue gab es dann eine Rolle beim Film. Nicht ihrem Talent hatte sie also ihr erstes Engagement zu verdanken, sondern dem hinterhältigen Kang Bingguo und seiner Schlampe, die sich damit eine Nebenbuhlerin billig vom Hals geschafft hatte. In Zhang Yue kochte eine ohnmächtige Wut auf.

»Du darfst jetzt nicht verzweifeln«, ermahnte sie die alte Frau Cao. »Bald wird auch bei den *Mingxing*-Studios eine neue Zeit anbrechen. Und dann machen wir endlich Filme, die der Wirklichkeit entsprechen. Dann wird dein Talent gefragt sein, glaube mir. Dann kommst du zurück.«

»Wovon reden Sie?« Zhang Yue sah die Schauspielerin an, als sähe sie ihr Gesicht zum ersten Mal.

»Vom Kommunismus, mein Kind. Chinas einziger Hoffnung. Im neuen China werden Leute wie Deng keine Filme mehr machen. Eine neue Generation wächst heran. Und du kannst ein Teil davon werden. Denk darüber nach und freue dich darauf.« Sie tätschelte im Aufstehen Zhang Yue die Hand. »Du solltest mal mit zu einer unserer Versammlungen kommen …« Damit verließ sie die Garderobe, um sich wie alle anderen in der Kantine um Reis, Gemüse und vielleicht sogar ein Stück Schweinefleisch anzustellen.

Zhang Yue blieb allein zurück. Ihre Tränen trockneten, doch ihre Wut wuchs. Einmal war ihr Kang Bingguo davongekommen. Diesmal würde sie ihn töten. Sie wußte, wo sie ihn finden konnte. Es war der 23. März, zwei Tage nach dem Generalstreik. Die Zeitungen berichteten von kaum etwas anderem als den Aktionen der Kommunisten. Immer wieder las man Kangs Namen. Zwei Tage später war ihr letztes Geld aufgebraucht. Herr Wu saß wieder einmal für ein paar Tage im Gefängnis. Auch er brachte kaum noch Geld nach Hause, faselte aber ständig von irgendwelchen großen Veränderungen, wenn nur erst die Kommunisten besiegt wären. Sie waren am Ende, und auch daran war Kang Bingguo schuld. Wie ein alter Bekannter klopfte plötzlich der Hunger wieder an ihre Tür. Vor wenigen Wochen noch war Zhang Yue auf dem Weg zum Starruhm – und nun hatte sie nichts mehr zu essen. Sie erinnerte sich an die Adresse in der *Famous Images Photo Agency* im Obergeschoß des Sichuan-Restaurants in der Avenue Joffre. Sie schlief mit dem bärtigen Franzosen, ließ sich von ihm fotografieren und bekam dafür fünfzig Dollar, genug für ein paar Mahlzeiten und das dringend nötige Make-up. Sie ging wieder hin und bekam nur noch fünfundzwanzig.

»Kennst du Kang Bingguo?« fragte sie am Abend ihren Schoß- und Kettenhund, Herrn Wu, dem sie von alledem nichts erzählt hatte. Er war erst nachmittags wieder aus dem

Gefängnis entlassen worden, und sie hatte ihm aus Mitleid ein paar Zärtlichkeiten gestattet.

»Wer soll das sein?«

»Ein Kommunist, der mich schlecht behandelt hat. Ich möchte, daß er stirbt. Kannst du mir dabei helfen?«

Herr Wu setzte sich im Bett auf und fischte sich eine Zigarette der Packung. »Ich soll einen Mord begehen?«

»Kein Mord, Liebling«, säuselte sie gewinnend. »Ein Akt der Gerechtigkeit. Dieser Mann hat mir wirklich übel mitgespielt.« Mochten die Dengs dieser Welt kommen und gehen – in ihr steckte ganz gewiß eine große Schauspielerin. Die Art, wie sie nun zu zittern begann, wie sie in sich zusammensank und wie sie weinte – so könnte sie Steine erweichen.

»Was hat das Schwein dir angetan?« fragte Herr Wu entrüstet.

Zhang Yue schüttelte den Kopf, als sei das zu viel, um darüber zu reden. »Ich will, daß er stirbt. Ich will, daß er bezahlt. Seine ahnungslose Schlampe, seine Freundin, soll tausend Jahre lang um ihn weinen. Wirst du mir helfen?«

»Natürlich helfe ich dir.« Nervös trat er seine Zigarette nach nur zwei Zügen aus und versuchte sich ungeschickt in einer liebevollen Umarmung. Denn plötzlich liebkoste und neckte Zhang Yue ihn mit ihrem unvergleichlichen Mund. *Alles, alles würde ich für diese Frau tun*, dachte er, während er sich stöhnend in die Kissen sinken ließ.

Huang Li fühlte selbst, daß er nicht mehr der alte war. Er litt unter der Krankheit der Traurigkeit. Nichts konnte seine Lebensgeister wieder erwecken. Dr. Hashiguchi, der wieselhafte japanische Arzt, war fast täglich im Haus, aber er konnte immer wieder nur feststellen, daß Huang Li eigentlich nichts fehlte und daß, was immer ihn plagte, seelischen und nicht körperlichen Ursprungs war. Der große Mann wollte offensichtlich sterben, und das einzige, was ihn in diesem Leben hielt, war seine Zuneigung zu dem kleinen Mädchen. Er ließ Lingling kaum noch von seiner Seite. Zunehmend eifersüchtig war er auf die Zeit, die Ma Li mit ihrer Schwester verbrachte. Er brauchte das Lachen der Kleinen jetzt mehr denn je. Sie war wie seine Sonne. Gegen Ma Li hegte er einen unsinnigen Groll, meinte er doch, daß ihre Beziehung zu diesem Kommunisten der sterbenden Madame Lin zusätzlichen Kummer bereitet hatte. Zweimal hatte er den Kerl fast in den Händen gehabt, hatte die Polizei ihn wegen illegaler Aktionen festgesetzt, doch jedesmal war er ihm wieder entwischt. Das dritte Mal würde dieses Kang Bingguo nicht überleben. Für jeden Sorgenseufzer, mit dem Madame Lin ihren Lebensatem seinetwegen verschwendet hatte, sollte er teuer bezahlen. Sollte Ma Li dann machen, was ihr beliebte – Huang Li kümmerte es nicht mehr. Sie hatte keinen Platz in seinem kalten, alten Herzen.

Huang Li war nicht mehr ganz bei der Sache. Seine Gedanken schweiften immer öfter ab. Seine Macht in der *Qingbang* und unter den Detektiven zerfiel schon seit einiger Zeit wie ein Denkmal, an dem die Zeit nagte. Nicht mehr lange, dann würde ein jüngerer, skrupelloser Führer aufstehen und seine Position für sich beanspruchen. Das war der Lauf der Zeit. Huang Li hoffte nur, noch soviel Einfluß zu haben, daß er seinen Schützling Peng Lizhao auf den Thron würde heben können.

Daß Huang Li nicht mehr ganz auf der Höhe seiner Kraft war, bemerkten auch die Mitglieder der *Gesellschaft für gemeinschaftlichen Fortschritt* – Wirtschaftslenker, Bürokraten, Polizisten und Verbrecher –, die sich an diesem Nachmittag in seinem Salon versammelt hatten. Huang Li starrte gedankenleer auf das Sofa, auf dem, wie einige wußten, Madame Lin gestorben war, und beteiligte sich kaum an dem Gespräch. Dabei ging es um eine Maßnahme, die er selbst eingefädelt hatte. Die nationalchinesischen Truppen ihres Freundes Chiang Kaishek waren endlich in Shanghai eingetroffen. Die Soldateska des Kriegsherrn war geflüchtet oder hatte sich schnell ergeben. Nun galt es, mit den Kommunisten aufzuräumen. Deren Anführer mochten denken, es brächen goldene Zeiten für sie an. Immerhin waren sie mit den Nationalisten verbündet. Aber um genau das zu verhindern, war die *Gesellschaft für gemeinschaftlichen Fortschritt* gegründet worden. Der Geschäftswelt graute vor dem wachsenden Einfluß der Gewerkschaften. Die dauernden Streiks kosteten sie ein Vermögen. Sie hatten schließlich Chiang Kaishek – freiwillig oder unter Zwang – immer mehr Geld in den Rachen geworfen, damit er sie von dieser Plage befreite. Morgen sollte nun der Tag der Abrechnung sein. Hunderte Killer der *Grünen Bande* standen mit gewetzten Messern bereit, um hart und rücksichtslos durchzugreifen. Chiangs Geheimdienst hatte die Unterschlüpfe der Kommunisten ausspioniert, hatte ihre Anführer im Visier, aber auch jeden Mitläufer, jeden Dummkopf, der sich ihnen in den Weg stellen würde.

»Wir schlagen vor Tagesanbruch los«, erklärte der Gesandte des Generals, ein strammer Offizier namens Liang. »Wir enthaupten sie, bevor sie ihre Arbeitermilizen ausschwärmen lassen können. Wir wollen keine Straßenschlachten.«

»Greifen Sie sich die Anführer – das wird den ganzen Rest einschüchtern«, ergänzte ein Vertreter der Handelskammer, der sehr bedacht darauf war, seinen Namen nicht zu nennen. Niemand sollte hinterher verbreiten, daß die Wirtschaftslenker in das blutige Vorhaben eingeweiht waren.

»Und achten Sie bloß darauf, daß die ganze Sache nicht aus dem Ruder läuft«, ermahnte der Emissär der westlichen Vertragsmächte, der ebenso wie sein Vorredner auf Anonymität bedacht war. Nicht auszudenken, wenn jemand die Briten, Franzosen und Amerikaner beschuldigen konnte, an der Planung eines feigen Massenmordes beteiligt gewesen zu sein. »Wir haben in anderen Städten gesehen, wie schnell sich ein

234

chinesischer Mob zusammenrottet und es für eine gute Idee hält, erst einmal ausländische Ziele zu zerstören.«

»Keine Sorge, meine Herren«, beschwichtigte der Mann, den Huang Li ausersehen hatte, die Aktion zu leiten. Es war einer seiner fähigsten Detektive und gleichzeitig Anführer einiger tausend Gangster. Sein Name lautete Peng Lizhao. »An alles ist gedacht. Auch daran, den gemeinsten und gefährlichsten aller Kommunisten unschädlich zu machen.«

»Sie meinen gewiss Zhou Enlai?« mutmaßte der Offizier Liang.

»Auch der steht natürlich ganz oben auf unserer Liste.« Peng lächelte fein. »Ihn meine ich aber nicht. Ich meine einen, der noch gefährlicher und mächtiger ist als Zhou Enlai, weil er im verborgenen arbeitet und weil er nicht davor zurückschrecken würde, den Führer des neuen China, General Chiang Kaishek, zu ermorden.«

Ein Raunen ging durch die Gruppe.

»Ich will nur eines sagen«, erklang der Baß von Pockengesicht Huang Li. »Erschlagt, wen ihr für richtig haltet, aber geht sicher, daß ein gewisser Kang Bingguo unter den Toten ist. Das schulde ich meiner Frau. Kang Bingguo muß sterben.«

Ma Li hatte ihre Entscheidung getroffen und war voller Ungeduld. Das schöne Zimmer in dem herrlichen Tudor-Haus, den Garten, ihre Bücher, die stets freundlichen Bediensteten – sie war bereit, jeden Verlust zu ertragen. Solange sie und Lingling sicher und glücklich waren, solange würde sie ihrem Leben als Pflegetochter aus reichem Hause nicht hinterher trauern. Sie packte nur wenig ein, ein paar Kleider, einen Gedichtband von Lord Byron und einen von den Brontë-Schwestern. Kang hatte genug zu lesen in ihrem neuen Zuhause.

Es war Abend. Huang Li hatte unten seine Freunde von der geheimnisvollen Gesellschaft zu Gast, Lingling war müde und schlief fest. Ihre letzte Nacht in diesem Haus. Morgen würde sie eine neue Welt kennenlernen, und nichts hoffte Ma Li sehnsüchtiger, als daß ihre kleine Schwester ihren vergötterten großen Mann schnell vergessen würde. Später, wenn alles schlief, würde sie sich aus dem Keller eine Flasche Wein holen und sich betrinken. Ein Abschiedstrunk auf das Leben, wie es bisher gewesen war. Aus einer dunklen Küche in der Provinz Shandong, aus dem Fängen einer bösen Frau in die Arme einer ebenfalls bösen, aber zu ihrem Guten entschlossenen Frau. Ins Ausland, auf eine gute Schule, zurück nach China und in die Arme eines Kommunisten. Ma Li war nun zwanzig Jahre alt und hatte schon mindestens zwei Leben gelebt. Beides würde sie nun hinter sich lassen und ein neues Leben anfangen, ihr drittes. Sie freute sich darauf.

»Ist da nicht eine Erbschaft, die dir zusteht?« hatte Kang sie am Morgen nach ihrer *großen Nacht* gefragt, die so schrecklich begonnen hatte und dann doch fast so wurde, wie Ma Li sie sich erträumt hatte. Ausgerechnet er, der stramme Kommunist, machte sich Gedanken um so etwas! Manchmal konnte er sie so wütend machen, daß sie Gegenstände nach ihm werfen wollte. Sie bezwang den aufkeimenden Zorn und antwortete ruhig und bestimmt: »Selbst wenn es so wäre – es wäre mir gleichgültig. Ich will kein Geld von Madame Lin. Ich weiß, wie sie ihr Geld verdient hat, und ich werde davon nichts anrühren.«

»Was gibt es denn gegen Kinos und Nachtclubs einzuwenden?« wunderte sich Kang. Er war in einer Zeit nach Shanghai gekommen, als sich kaum noch jemand an das vormalige Gewerbe der *alten Giftnatter* erinnerte.

»Fällt es dir etwa schwer, mit einer mittellosen Frau ein neues Leben anzufangen?« fragte Ma Li plötzlich scharf und nah am Abgrund der Tränen. »Die noch dazu eine Zwergin in deine Wohnung schleppt?«

»Bitte, sprich nicht so von deiner Schwester!« Kang küßte sie auf die Stirn und hielt sie ganz fest. Sie versteifte sich erst, dann ergab sie sich in seine Umarmung.

»Ich habe niemals vergessen«, preßte sie hervor, »daß Madame Lin Lingling und mir ein Glück gab, das sie anderen raubte. Ich habe darunter immer gelitten. Sie war uns eine gute Pflegemutter, aber sie war alles andere als eine Heilige. Und ich bin froh, daß es endlich vorbei ist, verstehst du das?«

»Natürlich, verstehe ich das. Verzeih mir, daß ich so eine dumme Frage gestellt habe. Komm nur bald wieder.«

»Ich komme morgen früh.«

»Ich werde hier auf dich warten.«

Ihr fiel ein, daß sie ihren Paß nicht vergessen durfte. Möglich, daß sie wieder nach Amerika ging. Oder nach Japan. Oder nach Frankreich. Viele Kommunisten waren in Frankreich gewesen, und wer wußte schon, welches Leben sie erwartete? Der Paß lag unten in der Schublade des Sekretärs im Arbeitszimmer. Unbemerkt schlich sie die Treppe herunter und stahl sich in den Raum. Von nebenan, aus dem Salon hörte sie die gedämpften Stimmen. Sie hörte nicht zu, was gesprochen wurde, denn ihre ganze Konzentration wurde davon beansprucht, sich lautlos im Dunkeln durch den Raum zu bewegen. Sie ertastete den Sekretär und öffnete die Schublade, als von nebenan Huang Lis Stimme dröhnte: »Erschlagt, wen ihr für richtig haltet, aber geht sicher, daß ein gewisser Kang Bingguo unter den Toten ist. Das schulde ich meiner Frau. Kang Bingguo muß sterben.«

»Das wird kein Problem sein«, antwortete eine andere Stimme. »Wir wissen, wo er wohnt, wir kennen seine täglichen Wege. Er wird uns nicht entgehen. Um vier Uhr geben wir das Signal zum Angriff.«

»Aber zuvor wollen wir den größten aller Verräter überführen …«

Ma Li gefror zu Eis. Sie hörte plötzlich nur noch Rauschen, Stimmen aus der Ferne, Alarmglocken. Sie mußte weg. Sofort. Kang warnen. Aber sie konnte nicht ohne Lingling gehen. Die Alarmglocken waren nicht in ihrem Kopf. Es waren die

Sirenen der Fahrzeuge, die immer näher kamen. Sie übertönten jedes Geräusch im Haus. Niemand hörte, wie sie einen Stuhl umwarf, als sie zurück zur Tür strebte. Durch das bunte Glas der Eingangstüre sah sie Lichtblitze und Gestalten, die auf das Haus zurannten. Sie hatte erst die Mitte der Treppe erreicht, als die Tür des Salons aufflog und ein kleiner Mann die Halle betrat.

»Wer hätte gedacht, daß der Verräter mitten unter uns sitzt!« schrie der kleine Mann. Ma Li hastete zu Linglings Zimmer, schlüpfte in die Dunkelheit und rang um Atem. *Ich muß ihn warnen*, war alles, was sie denken konnte. Lingling strampelte unruhig in ihrem Bettchen. In der Halle entstand ein Höllenlärm, als grobe Gestalten mit festen Stiefeln das Haus stürmten. Jemand schrie mit grausam hoher und durchbohrender Stimme Befehle. »Ergreift ihn! Er ist der Verräter! Huang Li hat uns betrogen!«

»Lingling, wir müssen aufbrechen. Bitte, sei ganz ruhig!« keuchte Ma Li, als sie die Schwester ihren Träumen entriß. Sie wickelte das kleine Mädchen fest in ihre Nachtdecke ein. Im selben Moment schrie unten eine gräßliche Stimme: »Und vergesst nicht das Mädchen! Holt das kleine Mädchen!«

Lingling blinzelte verloren und erschauerte.

»Schnell!« Schon hörte Ma Li Schritte auf der Treppe. Lingling strampelte wütend, während sie hinaus auf den Flur eilte und sich hinter einen Mauervorsprung drückte. Die Köpfe zweier rasender Männer erschienen am Ende der Treppe. Sie kannten sich nicht aus und rannten daher in die falsche Richtung, ans andere Ende des Ganges, wo sich die Schlafräume Madame Lins und Huang Lis befanden.

»Ganz ruhig, Lingling. Nicht schreien, nicht schreien.«

»Ma Li?«

»Nicht!« Sie drückte ihre Schwester ganz fest an sich. Als sie sah, wie die Verfolger den Flur hinunterstampften, faßte Ma Li Mut und eilte zur Treppe. Ein Dutzend Uniformierte

238

wartete dort unten, aber alle standen mit dem Rücken zu ihr und spähten in den Salon, wo der geifernde Ankläger Gericht hielt.

»Huang Li hat jahrelang hinter der Maske eines aufrechten Kämpfers ein gemeines Doppelleben geführt«, rief er. »Ich habe Beweise, die das ganze Ausmaß seiner Niedertracht zeigen!«

»Hör doch endlich auf, Xiao Peng. Wovon zum Teufel redest du?« brüllte Huang Li zurück.

»Großer Mann«, zirpte Lingling, zutiefst verängstigt und verstört.

»Der große Mann ist in großen Schwierigkeiten«, flüsterte Ma Li und glitt lautlos und schnell die Treppe hinunter wie ein Schatten.

»Sie sind nicht hier!« schrie einer der beiden, die sie fassen sollten.

Ma Li nahm allen Mut zusammen und rannte durch die Halle.

»Da unten!« hallte es von oben, doch schon hatte Ma Li die Tür erreicht und tauchte in die Nacht. Es lungerten einige Männer an den Autos herum, aber sie waren zu beschäftigt damit, sich im feinen Nieselregen ihre Zigaretten anzuzünden.

»Sie sind hinausgelaufen!« gellte es von der Treppe.

Ma Li rannte mit eingezogenem Kopf, Lingling wie eine kostbare Beute an sich gedrückt, auf die offene Pforte zu. Im Augenwinkel gewahrte sie, wie die Männer an den Autos plötzlich verstanden, daß sie gefordert waren. Schnell warfen sie ihre Zigaretten zu Boden und schwärmten ziellos in die Nacht. Da hatte Ma Li bereits das Tor erreicht und stürmte auf die Straße. Schüsse bellten hinter ihr. Sie rannte so schnell wie noch nie in ihrem Leben. Linglings zitternden Körper schützend, rannte sie bis zur nächsten Abbiegung, dann hundert Meter eine ruhige Wohnstraße hinunter, bis sie endlich auf die hell erleuchtete Avenue Edouard VII. stieß.

Wütendes Hupen empfing sie, Schreie, Pfiffe aus den Trillerpfeifen der Sikh-Verkehrswächter mit ihren roten Turbanen. Ma Li rannte trotzdem weiter, mitten hinein in den Verkehr. Lingling begann zu schreien. Ein Wunder, daß sie unversehrt auf der anderen Seite ankam. Hinein in die nächste Seitengasse und weiter, weiter. Sirenen jaulten durch die Nacht, Geschrei und vereinzelte Pistolenschüsse verfolgten sie, bis sie endlich kraftlos und außer Atem und stöhnend an einer Hausmauer zusammensank.

Peng Lizhao war außer sich. Nichts genoß er mehr als die Qualen anderer, und daß Huang Li die schlimmsten Qualen erspart bleiben sollten, verdroß den neuen Anführer der *Grünen Bande* sehr. Die Zwergin war entkommen, und selbst wenn sie und ihre Schwester später gefaßt werden sollten, so entschädigte ihn das nicht für das Schauspiel, den gefürchteten Huang Li um das Leben seiner geliebten, verkrüppelten Pflegetochter wimmern und betteln zu sehen. Also beschloß Peng Lizhao spontan, daß Huang Li nicht in einer Zelle seines eigenen Gefängnisses erledigt werden sollte, nachdem der Pockengesichtige die Zwergin hatte sterben sehen, sondern hier und jetzt, in seinem eigenen Haus. Oder besser gesagt, auf der kiesbestreuten Auffahrt vor seinem eigenen Haus, denn das schöne Anwesen wollte Peng Lizhao in Zukunft selbst bewohnen, und er war nicht erpicht auf Blutflecken auf dem Parkett. Zuvor schuldete er seinen verwirrten Mitverschwörern der *Gesellschaft für gemeinschaftlichen Fortschritt* noch eine Erklärung und einen Beweis.

Pockengesicht Huang Li, in seinen besten Tagen ein Berg von einem Mann, saß zusammengesunken und bewacht von zwei Schergen des nationalchinesischen Geheimdienstes in seinem Stuhl und verstand die Welt nicht mehr. Er, ein Verräter? Die übrigen Gesellschafter schienen nicht minder überrascht zu sein. Es war Zeit für Peng Lizhaos großen Auftritt.

»Ich konnte es selbst nicht glauben«, deklamierte er, während er sich mitten im Salon aufgebaut hatte, den er selbst bald zu bewohnen gedachte. »Aber die Beweislast wurde immer erdrückender. Aus meinen unfehlbaren Quellen tief in der kommunistischen Bewegung habe ich erfahren, daß niemand anders als Huang Li der eigentliche Strippenzieher des Aufstandes in Shanghai war.«

Er stieß die Tür zum Nebenraum auf und schritt feierlich zum Sekretär, demselben Möbel, in dem fünfzehn Minuten zuvor noch Ma Li ihren Paß gesucht hatte. Er zog die Schublade heraus und hielt in seiner Hand einen Brief.

»Das ist ein Schreiben von dem Mann, der Huang Li kontrollierte und leitete. Von keinem Geringeren als Stalin persönlich.«

»Verdammter Schweinemist!« brüllte Huang Li, aber niemand beachtete ihn.

»*Lieber Genosse Huang Li*«, las Peng mit seiner hohen, durchdringenden Stimme vor. »*Ich danke Dir für Deine bisher geleisteten Dienste. Aber nun steht der letzte große Schlag bevor, und ich weiß, daß Du mich nicht enttäuschen wirst. Chiang Kaishek muß sterben, und Du wirst ihn beseitigen, wie wir es verabredet haben. Hab Dank für Deine große, revolutionäre Tat. Es grüßt Dich – Dein Genosse Stalin*!«

Peng hielt den Brief am ausgestreckten Arm in die Luft wie ein Schwert. Dann reichte er ihn weiter an das nächstbeste Mitglied der *Gesellschaft für gemeinschaftlichen Fortschritt*. Bald hatten sich alle von der Echtheit des Briefes überzeugt. Es trug unwiderlegbar und eindeutig die Unterschrift des größten Feindes.

»Huang Li muß sterben, und ich werde ihn persönlich richten«, erklärte Peng, und als fürchte er den einstmals so mächtigen Unterweltboß immer noch, wies er die beiden Aufpasser an, ihn zu ergreifen und nach draußen zu führen.

Das Pockengesicht leistete keinen Widerstand. Die *Gesellschaft für gemeinschaftlichen Fortschritt*, erschrocken über das

Ausmaß des Verrates, vernahm von draußen einen Pistolenschuß. Huang Li war tot, ein stilles, unspektakuläres Ende.

»Und nun«, verkündete Peng Lizhao, als er wieder den Salon betrat, den gründlich umzudekorieren er sich bereits vorgenommen hatte, »kommen die anderen an die Reihe.« Er blickte auf die Uhr. »In drei Stunden beginnt die Jagd. Die Klingen sind gewetzt. Guten Abend, meine Herren.«

Es gab für ihn keinen besseren Platz, um seinen großen Sieg zu feiern als die *Große Welt*, diesen sechsstöckigen Fleischwolf aller Vergnügungen und Exzesse, der die ganze Nacht hindurch vibrierte in der fast hysterischen Hingabe an alle menschlichen Sehnsüchte, Verirrungen und Begierden. Von den Restaurants, Teestuben und Bars der unteren Etagen schob und drängelte sich Pearson Palmers durch die wogende Menge. Vorbei an den Ständen der Hellseher und Gesichtsleser, der kreischenden, hüftschwingenden Taxi-Tänzerinnen, der Gaukler mit ihren tanzenden Affen und sprechenden Hunden, der Kräuterärzte und Liebesdienerinnen in ihren aufreizenden Kleidern. Knallfrösche brannten ab inmitten der Menge, Kinder schrien nach ihren Eltern oder nach einer zweiten Portion Eiscreme. Dort war eine wüste Schlägerei im Gange, hier lockte ein Zirkusdirektor im schwarzen Frack die Gäste, damit sie ein zehn Meter langes Krokodil aus Afrika bestaunen konnten.

Palmers schob sich in seinen Lieblingssalon im fünften Stockwerk hinauf, dem einzigen ausländisch geführten Etablissement, der Bar *Charbarowsk*, das ein glatzköpfiger Hünen mit Namen Vitalii führte, der wie so viele Russen vor den Roten nach Shanghai geflohen war. Hier traf Palmers die wenigen ausländischen Freunde, die er hatte. Allesamt Desperados und gestrauchelte Glücksritter so wie er. In der *Charbarowsk*-Bar fühlte er sich zu Hause. Hier traten eine rassige, tief dekolletierte Sängerin namens Natascha auf, deren billiger

Glasschmuck nach dem fünften Wodka glänzte wie Juwelen, und ein melancholischer Pianist, der nach Mitternacht seine wehmütigen Lieder nur unter Tränen zu Ende spielen konnte. Mit den Überbleibsel seines Kopfgeldes von zwanzig Dollar, das ihm der dankbare Monokel-Zhang ausgezahlt hatte, wollte Palmers seinen Sieg über das Pockengesicht feiern. Leider konnte er selbst nicht dabei sein, als Peng Lizhao Sonyas Mörder hinrichtete. Leider konnte er nicht Huang Lis verzweifelte Schreie hören, wenn Peng sich das kleine Mädchen vornahm. Spitze Schreie stellte Palmers sich vor, spitze, quiekende Schreie wie von einem abgestochenen Schwein. Es war am Ende so einfach gewesen. Alles, was nötig war, um die größte Macht in Shanghai zu stürzen, war der Zorn einer noch größeren Macht, in diesem Fall der Nationalisten, die die Stadt nun kontrollierten. Als Palmers die Blanko-Vollmacht von Stalin aus der Aktentasche des Russen gestohlen hatte, war Huang Lis Ende besiegelt gewesen. Der Attentatsbefehl auf Chiang Kaishek war besser als ein Todesurteil. Als schwierig hatte sich erwiesen, den Brief unbemerkt in das bestens bewachte Haus des Gangsterbosses zu schmuggeln. Hier erwies sich ein japanischer Arzt namens Dr. Hashiguchi, der in der Huangschen Villa ein- und ausging, als hilfreich, nachdem ihn zwei von Pengs Leuten besucht und mächtig Angst eingejagt hatten.

Palmers hob sein erstes Glas Wodka und leerte es in einem Zug. Huang Li lebte nicht mehr. Auch wenn dessen Tod ihm Sonya nicht zurückbringen konnte, tat es ihm trotzdem unendlich gut. Er wandte sich der Sängerin Natascha zu und spürte, wie der hochprozentige Alkohol in seinem Kopf seine Wirkung tat. Ein schönes Gefühl. Die Sängerin zwinkerte ihm zu. Ach, dachte Palmers, die russischen Frauen haben so viel Seele. Vielleicht war es nun Zeit, die Trauer zu beenden und sich nach einer neuen Liebe umzusehen? Natascha vielleicht? Aber sie war nur eine Barsängerin. Eine bessere Hure. Nicht wie Sonya, die Adelige.

»Noch einen, Vitalii.« Palmers schob das Glas über die Bar. »Ich habe heute was zu feiern.«

»Dann bist du am richtigen Ort.« Der Russe lachte heiser. »Niemand feiert besser als die Russen.«

»Ich weiß«, bestätigte Pearson und kippte den zweiten Wodka hinunter. »Ich war mal in eine Russin verliebt. Nein, nicht nur verliebt. Sie war die Liebe meines Lebens.« Er schob dem Wirt erneut das Glas über den Tresen, und bevor er den Satz beendet hatte, stand es wieder randvoll vor ihm. »Auf Sonya Chernowa!« sagte er mit Trauer in der Stimme und kippte den dritten großen Schnaps hinunter.

»Sonya Chernowa?« Vitalii horchte auf. »Etwa die Sonya Chernowa aus Charbarowsk?«

»Unfug!« Palmers winkte ab. »Die Sonya, die ich liebte, war die Tochter eines hohen, zaristischen Generals. Sie war auf der Flucht und besaß nichts, als sie hier ankam. Wir wollten heiraten und nach Australien gehen.« So gerührt war er plötzlich, daß ihm die Tränen die Kehle zuschnürten. Zum ersten Mal hatte er die Kraft, seine traurige Geschichte in Worte zu fassen. »Dann aber wurde sie ermordet. Von Pockengesicht Huang Li. Und heute nacht ist das Pockengesicht gestorben. Ist das nicht ein Grund zu feiern?« Er hob das Glas und wollte den dritten Wodka hinunterkippen, aber er kam nicht weit, denn das verwirrte Gesicht Vitaliis glänzte ihn an wie der Vollmond.

»Komisch, die Sonya aus Charbarowsk wurde auch vor Jahren ermordet. Ich war sogar bei ihrer Beerdigung. He, Natascha, komm mal her! Erinnerst du dich an Sonya aus Charbarowsk?«

Ich war nicht bei ihrer Beerdigung, dachte Palmers schwindelig. Ich saß noch drei Wochen im Gefängnis.

»Dann wart ihr bei der Beerdigung der falschen Sonya Chernowa«, folgerte er, als Natascha sich neben ihm auf einen Barhocker sinken ließ und umgehend begann, sein Haar zu streicheln. »Meine Sonya hätte sich mit Leuten wie euch nicht abgegeben.« Er begann zu lallen. Der Wodka stieg ihm zu Kopf.

»Sonya war ein liebes Mädchen«, erinnerte sich Natascha, »nur ein wenig unvorsichtig in der Auswahl ihrer Freunde.«

»Eure Sonya war vielleicht wild, meine arbeitete nur als Taxi-Girl, um am Leben zu bleiben. Und der verdammte russische Maat, den erwische ich auch noch …« Das war eine weitere offene Rechnung in seinem Leben. Der verdreckte Seemann, der seine Liebste damals auf dem Weg von Wladiwostok immer wieder mißbraucht hatte. »Noch einen!« Schon wieder war das Glas voll. Palmers leerte es mit Zug.

»Wir wohnten damals zusammen«, sagte Natascha und ließ endlich von Palmers Haaren ab, um sich eine Zigarette anzuzünden. »Aber dann finanzierte ihr so ein reicher Trottel, wahrscheinlich ein Franzose oder ein Amerikaner, eine eigene Wohnung auf der Nanjing Road. Wenn ich mich recht erinnere, war da auch ein Chinese – so einer mit einem langen Fingernagel, der ihr viel Geld bezahlte, weil er den reichen Trottel reinlegen wollte. Ach, es ist schon so lange her … Schenk mir auch einen ein, Vitalii, wenn ich an Sonya Chernowa denke, dann werde ich immer ganz traurig.«

Palmers konnte ihre Worte kaum verstehen, so sehr rauschte der Wodka in seinen Ohren.

»Ein Chinese mit dem Fingernagel? Wie war sein Name?« Verdammt, wieso war sein Verstand plötzlich so träge? Er schob das Glas von sich, als könne er dadurch wieder nüchterner werden. Er bemerkte, daß er Natascha anstarrte. Es fehlte nicht viel, und er hätte sie bei den Schultern gepackt, um ihre Erinnerungen herauszuschütteln.

»Ich weiß auch nichts«, seufzte sie, als sie seinen irren Blick bemerkte und von ihm abrückte.

»Aber das war ja sowieso eine andere Sonya«, versuchte Vitalii einzuspringen, dem auch nicht entgangen war, wie Palmers sich verändert hatte. »Deine Sonya war eine Generalstochter, und unsere Sonya war der *Wodka-Schmetterling* aus Charbarowsk. Komm, trink noch einen!«

»Ja.« Palmers beruhigte sich wieder. »Eine Verwechselung.«

»Natürlich!«

Der nächste Wodka brannte nicht mehr, sondern floß mild und warm seine Kehle hinunter, nahm alle Tränen und alle Erinnerungen mit und brachte den Frieden zurück.

»Ich muß wieder auf die Bühne«, verabschiedete sich Natascha und warf Vitalii einen mahnenden Seitenblick zu. Nachdem sie sich wieder zu ihrem melancholischen Pianisten gesellt hatte, wischte Vitalii, der es nicht lassen konnte, die Theke ab und raunte. »Unsere Sonya Chernowa aus Charbarowsk war wirklich was ganz Unverwechselbares. Sie hatte ein Muttermal – scharf wie eine Tätowierung – hier oben auf der Titte. Unglaublich! Soll ich dir verraten, wie sie zu ihrem Spitznamen kam – *Wodka-Schmetterling*?«

»Ich will es nicht wissen. Es war eben einfach eine Verwechslung«, sagte Palmers. In seinem Mund hatte er plötzlich den Geschmack von Eisen. Er hatte es die ganze Zeit geahnt. Während dieses unseligen, wodkagetränkten Gespräches am Abend seines größten Sieges hatte er von seiner größten Niederlage erfahren. Die Niederlage war so groß, daß er sie gar nicht begreifen konnte, groß wie ein ganzes Gebirge, das plötzlich über ihm zusammenstürzte, groß wie ein Nebelsturm aus dem Weltall, der ihn einhüllte und nie wieder freigeben würde. Er hatte acht Jahre lang eine tote Frau geliebt und betrauert, die ihn auf die niederträchtigste Art und Weise verraten hatte. Er hatte die ehrliche, unschuldige Martha McLeod aufgegeben für einen *Wodka-Schmetterling*.

Aber er wollte nicht, daß irgend jemand Zeuge seiner Niederlage wurde. Nicht hier, nicht ein russischer Wirt, der ihn aus blutunterlaufenen Augen ansah, nicht Natascha, die Sängerin. Und keiner der anderen Gäste in der *Bar Charbarowsk*.

»Ich nehme die ganze Flasche mit«, sagte er und schob dem Russen den Rest seines Bargeldes über den Tresen.

Vitalii strahlte, während er das Geld einsteckte. »Ich erzähle es dir. Damals in Charbarowsk konnte jeder, der genug bezahlte, ihr den Wodka von der Titte lecken. Von dem Schmetterling, verstehst du. Das war für manchen der Pelzjäger und Holzfäller dort der größte Tag in seinem Leben …«

»Ich sagte, ich will es nicht wissen!« schrie Palmers so laut, daß der melancholische Pianist sich in den Tasten vergriff, Natascha betroffen mitten im Lied innehielt und sich alle Gäste nach dem strauchelnden Briten mit der Wodkaflasche im Arm umsahen.

»Es war doch eine Verwechselung«, rief ihm Vitalii entschuldigend hinterher und erntete einen vorwurfsvollen Blick von Natascha, bevor sie ihr Lied wieder anstimmte, in dem es um Liebe und Leid ging.

Palmers schleppte sich, immer wieder an seiner Flasche nippend, hinauf in den sechsten Stock, dorthin, wohin kaum einer der vergnügungssuchenden Gäste sich verirrte. Auf der Treppe hockten müde Gestalten, und wer Palmers im Weg war, dem versetzte er einen Tritt. Er stieg auf das Dach. Hier gab es nur noch ein paar Mahjong-Tische und ein Häuflein Pfandleiher, die einem für das letzte Hemd noch ein paar Yuan aushändigten.

Er stand an der niedrigen Brüstung und blickte hinab auf die Stadt. Hell und bunt war Shanghai, auch noch zu dieser Stunde. Unten auf der Kreuzung der Tibet Road und der Avenue Foch rauschte der Verkehr, knatterten Motoren, schrien Rikschakulis, stießen Sikh-Polizisten in ihre Trillerpfeifen.

Wodka-Schmetterling, dachte er voller Selbstmitleid und setzte ein letztes Mal die Flasche an. Es war noch ein guter Schluck darin. Er beugte sich weit nach hinten, um keinen Tropfen zu verschwenden, stellte sich dabei vor, er lecke es von dem unverwechselbaren Muttermal auf ihrer Brust. Vielleicht hätte er es schon vor acht Jahren tun sollen, aber die Liebe hatte ihn am Leben gehalten. Nichts als eine große Lüge.

Welche Liebe? fragte er sich jetzt nur noch.

Die Flasche zerklirrte neben ihm auf dem Dach. Das Leben war so einfach mit Wodka im Kopf. Nicht mal springen mußte er. Sich einfach nur nach vorne fallen lassen.

Wieder einer, der seine Spielschulden nicht bezahlen konnte. Unten auf der Straße machten die Fußgänger schon einen vorsichtigen Bogen um die Stelle, an der es abends Gestrauchelte und Verzweifelte vom Dach der *Großen Welt* regnete.

Diesmal war es ein Ausländer. Und? Waren das vielleicht bessere Menschen? Hatten die nicht auch Schulden und Sorgen? Wußten die etwa nicht vor Kummer noch aus noch ein? Der Tag war nicht mehr fern, wo Ausländer und Chinesen in dieser Stadt endlich gleich behandelt würden. Und der tote, zerschmetterte Ausländer auf dem Pflaster machte einen Anfang.

Pearson Palmers hatte es längst gewußt: Eine Zeitenwende stand bevor, und Shanghai würde nie wieder das sein, was es gewesen war.

»Wir müssen unser Vorhaben abbrechen«, war alles, was Zhou Enlai den Genossen zu sagen hatte, als er endlich, viel zu spät zum Treffen erschien.

»Jetzt abbrechen? So kurz vor dem Ziel?« protestierte Kang. Er hatte den Genossen Zhou immer bewundert und verehrt, seine Klugheit, seine Gewandtheit und seinen Mut. Aber nun war der Anführer bleich und sah gehetzt aus.

»Abbrechen«, wiederholte er. »Wir müssen aus der Stadt, bevor es zu spät ist. Heute morgen um vier Uhr wird die *Grüne Bande* losgelassen. Sie kennen unsere Namen und unsere Adressen. Der Wind hat sich gedreht.«

Ein Dutzend gestandener Kommunisten, Aufrührer und

Unruhestifter umringten ihn im Schein einer einzelnen Glühbirne, die trostlos von der Decke baumelte.

»Aber wohin? Wo sind wir sicher?« fragte einer.

»Wir schlagen uns zu Mao Zedong durch«, erklärte Zhou. »Er organisiert den Aufstand bei den Bauern auf dem Land. Dort werden wir erst einmal sicher sein.«

»Du willst Shanghai aufgeben? Jetzt?« schrie der junge Kang außer sich. »Hier in Shanghai ist das größte Proletariat in ganz Asien. Hier oder nirgends wird die Revolution siegen.«

»Kang Bingguo!« Zhou legte ihm beide Hände auf die Schultern und blickte ihm tief in die Augen. Sein Blick war intensiv, seine Augen wie glühende Kohlen. »Verstehst du nicht, was ich sage? Wir sollen alle in dieser Nacht sterben. Willst du hier den Konterrevolutionären in die Hände fallen – oder kommst du mit?«

»Wieso heute nacht?« keuchte er. Wieso nicht morgen, wenn Ma Li endlich bei ihm wäre? Dann wäre er Zhou Enlai, wenn nötig, bis ans Ende der Welt gefolgt, aber er konnte jetzt nicht weg. Nicht, bevor er seine Frau bei sich hatte. Er hatte sie einmal verlassen im Namen des Kommunismus, ein zweites Mal, so hatte er sich geschworen, würde das nicht geschehen. Ma Li würde ihm das niemals verzeihen. Auch wenn die Welt zusammenstürzte – er mußte morgen früh in seiner Wohnung auf sie warten. Er hatte es versprochen.

»Weil wir den Morgen nicht erleben sollen. Ich habe das aus sicherer Quelle. Die *Grüne Bande* erledigt die Henkersarbeit, aber dahinter stehen die Geschäftsleute, und hinter ihnen steht Chiang Kaishek. Er hat uns verraten und will uns loswerden. Ich kenne ein paar von den Offizieren in seiner Armee aus meiner Zeit an der Militärakademie. Sie schulden mir etwas und werden uns aus der Stadt bringen.«

»Worauf warten wir dann noch? Holt die Waffen aus dem Versteck, und dann nichts wie los!« Sie stürmten in alle Richtungen auseinander, verrückten die Möbel in dem schummrigen

Hinterzimmer, schoben Vorhänge beiseite, langten in Maueröffnungen und kamen mit Gewehren und Pistolen wieder zum Vorschein.

»Hierher kommen sie zuerst! Wir dürfen keine Zeit verlieren«, feuerte Zhou sie an. Sein Blick war gehetzt, er schien innerlich zu beben.

»Was ist mit den anderen – den Streikposten, den Zeitungsleuten und denen, die am Morgen Flugblätter verteilen wollten?« begehrte Kang Bingguo auf.

»Wir haben keine Zeit, sie alle zu warnen«, gab Zhou zurück. »Mao sagt stets, die Revolution ist kein Gastmahl. Wir werden sie nicht vergessen. Sie werden auf ewig unsere Märtyrer sein.«

Alle hielten nun ihre Waffen in den Händen und standen mit wilden Blicken um die beiden herum.

»Sie könnten leben!« schrie Kang. Seine verzweifelte Liebe, seine Angst, Ma Li für immer zu verlieren, verlieh ihm die Kraft, dem verehrten Anführer zu widersprechen.

»Und wir würden sterben«, schrie Zhou zurück.

»Dann laßt uns wenigstens wie Helden sterben. Wir wehren uns und lassen uns nicht abschlachten wie Kaninchen auf der Flucht! Verdammt, wir sind chinesische Kommunisten. Laßt uns Shanghai verteidigen, dann gehört uns das ganze Land!«

Die anderen ließen sich jedoch nicht von Kang umstimmen. Im vielleicht wichtigsten Moment der Prüfung versagte seine vielgerühmte Überzeugungskraft. Die Genossen wollten nicht kämpfen, sie wollten fort, heraus aus der Stadt. Er stand allein mit seinen Idealen vom Heldentum und nichts als seiner Sehnsucht nach einer Frau, die er morgen in die Arme schließen und nie wieder loslassen wollte.

»Ich sage es nur noch einmal«, zischte Zhou Enlai ihn an. »Komm jetzt mit uns, oder stirb hier wie ein Hund.«

»Hast du nicht eben gesagt, die hier sterben, sind auf ewig Märtyrer? Und nun sollen sie sterben wie die Hunde«, empörte Kang sich. Seine Stimme versagte vor Erregung und Ratlosigkeit.

Zhou wandte sich wortlos und stürmte zornig aus dem Raum, die anderen folgten ihm, ohne sich auch nur mit einem Blick von Kang zu verabschieden.

Es dauerte bis nach Sonnenaufgang, bevor sie die Wohnung von Kang Bingguo gefunden hatte. Es war eine Sache, in seinem Arm, an seiner Hand und wie durch Wolken durch die bunt beleuchteten Straßen und dann die lichtlosen Gassen zu schweben und plötzlich mit klopfendem Herzen vor der schmucklosen Tür zu stehen wie vor der Pforte zum Paradies. Aber es war eine ganz andere Sache, sich mit einer wimmernden Lingling auf dem Arm wie eine Flüchtende keuchend vor Anstrengung und Angst entlang der Mauern und Hauswände durch die Schatten der Stadt zu schleppen, nur eine ungefähre Ahnung vom Ziel zu haben und bei jedem lauten Geräusch zusammenzuzucken.

Ein herrlicher Morgen war angebrochen, noch war es kühl, aber bald würde die Sonne einen makellosen blauen Himmel erklimmen. Der östliche Horizont, wenn er durch die Straßenschluchten zu erkennen war, erstrahlte in leuchtendem Orange. Ma Li hatte die falschen Schuhe an für eine kopflose Jagd quer durch die Stadt. Ihre Füße schmerzten bei jedem Schritt. Die Haut an der Ferse und an den Zehen war bis auf das rote Fleisch aufgescheuert. Wenn sie lange genug pausierte, dann sammelte sich das Blut in ihrem Schuh.

Jeden Moment fürchtete sie, entdeckt zu werden. Kangs Wohnung im zweiten Hinterhaus lag irgendwo im dichten Gewirr von Backsteinhäusern zwischen der Datong Road und der Chengdu Road, wo ein Gebäude aussah wie das nächste. Hoffnungslos war die Suche bei Dunkelheit, und mit dem ersten Licht kam die nackte Panik. Sirenen heulten, Schüsse bellten, wildes Kriegsgeschrei drang von den Hauptstraßen in die Seitengassen.

Ma Li erhaschte, als sie niederkauerte, um sich auszuruhen, einen Blick auf mehrere vorbeirasende Lastwagen, auf deren Ladeflächen grölende Männer hockten. Sie trugen Armbinden und breite Schwerter bei sich. Vor einer Schule, die von den Kommunisten gelegentlich als Versammlungsplatz genutzt wurde, kam einer der Lastwagen zum Stehen, die Männer sprangen herunter und griffen sich ein junges Paar, einen Mann und eine Frau, die sie auf der Stelle enthaupteten und selbst die kopflosen Leichen noch mit Füßen traten. »Tod den Kommunisten!« schrien sie dabei. »Hängt ihre Köpfe an den Laternen auf – als Warnung für die anderen!«

Ma Li war wie gelähmt vor Schrecken. Eine Tür öffnete sich direkt hinter ihr. Ein alter Mann, der mit seinem Pirol im Käfig zu einem Morgenspaziergang aufbrechen wollte, stand verstört da. Seine Haare standen kraus in alle Richtungen ab.

»Was geht hier vor?« fragte er.

»Bitte, helfen Sie mir«, flehte Ma Li.

Doch der Mann verzog sich schnell zurück in sein Haus. »Verschwinde! Du gehörst wohl auch zu denen. Los, hau ab!«

Sie eilte weiter. Wenigstens schrie Lingling nun nicht mehr, sie war anscheinend wohl so verschreckt und verängstigt, daß nur noch ein leises Wimmern aus der Decke drang, in die Ma Li ihre Schwester eingewickelt hatte. Es mochte nun sechs Uhr sein. Niemand wagte sich auf die Straßen, in denen die bewaffneten Mörderbanden der *Grünen Bande* patrouillierten. Immer mehr von ihnen sah Ma Li auf ihrem Weg zu Kangs Haus. Viele auf Lastwagen, andere zu Fuß. Manche Menschen jubelten ihnen von ihren Fenstern aus zu und schwenkten übermütig die Fahne der Nationalisten, die anderen flohen gebückt und voller Schrecken.

Anscheinend wußten die Häscher genau, wen sie suchten. Sie hielten vor bestimmten Häusern und zerrten ihre Bewohner auf die Straße – und schon floß das Blut am Rinnstein hinab, schon rollten Köpfe, zuckten Leiber im letzten Aufbäumen.

Ich bin zu spät, war alles, was Ma Li denken konnte. Endlich sah sie von weitem ein Restaurant an der Ecke der Avenue Road, an dessen Namen sie sich erinnern konnte. Das Restaurant hieß *Jadepalast*. Von hier aus waren es nur noch ein paar Schritte geradeaus, dann links gegenüber dem Tabakgeschäft in den Hauseingang und durch in den Hof – dort wohnte Kang. Vielleicht konnte sie ihn noch rechtzeitig aus dem Schlaf trommeln, und konnte mit ihm fliehen. Am Morgen wollte sie zu ihm kommen, sie hatte es versprochen. Er würde auf sie warten. Schließlich hatte er schon einmal die ganze Nacht auf sie gewartet. Alles würde gut werden. Sie mußten nur heraus aus dieser Stadt und weg von den Todesschwadronen mit ihren breiten Schwertern.

Den Schmerz in ihren Füßen spürte sie kaum noch, als sie auf das Restaurant zurannte. Was hing dort an dem Schild? Ein Ball? Wieso hatte jemand einen Ball an dem Schild des Restaurants befestigt? Oder war es eine Melone? Aber es war Frühling, noch viel zu früh für Melonen. Ihre Schritte verlangsamten sich, sie hielt inne. Schließlich, als sie begriff, sank sie auf die Knie, Lingling noch immer an sich gedrückt.

Das war kein Ball, der da hing, und auch keine Melone. Es war ein menschlicher Kopf, den man mit einem Seil an dem Schild befestigt hatte, auf dem *Jadepalast* stand.

Die geliebten Gesichtszüge waren in Furcht und Wut zu einer Maske des Schreckens verzerrt. Aus dem durchtrennten Hals tropfte immer noch Blut. Der Körper lag zwanzig Meter weiter in der Gosse.

Ma Li begann zu schreien, und auch Lingling, die, eingewickelt in ihrer Decke, nichts sehen und kaum etwas hören konnte, schrie, was ihre Stimme hergab, doch zum ersten und einzigen Mal in ihrem Leben schrie Ma Li lauter als ihre kleine Schwester.

3. BUCH

1937

Die andere, fremde Frau

1. Kapitel
Shanghai, 10. August 1937

Nebenrollen, immer wieder nur Nebenrollen. Zehn Jahre waren vergangen, seit sie das erste Mal mit klopfendem Herzen im wunderbaren Licht der Scheinwerfer vor einer Filmkamera gestanden hatte, und immer noch gab es für sie nur Nebenrollen, für die sie auch noch dankbar sein sollte. Nur einmal, ein einziges Mal hatte sie eine Hauptrolle gespielt, die Titelrolle sogar. Wenn Vivian Zhang daran dachte, wurde sie immer noch rasend vor Wut. Es war das Experimentalwerk eines verschrobenen Intellektuellen namens Lu Wen Shou, der seine Vision von Utopia verfilmen wollte und billige, willige Darsteller suchte. Der Film hieß *Die Elfe,* und Vivian war als Elfe in einem lächerlichen, silbern glänzenden Kostüm herumgetanzt wie ein Gespenst und hatte dabei rufen müssen: *Ich bringe Euch die Botschaft, ich bringe Euch die Botschaft.* Der Film kam glücklicherweise nie in die Kinos, und ihre vereinbarte Gage von fünfhundert Dollar blieb der blutarme Schwachkopf ihr und den andern Schauspielern, die verzweifelt genug waren, seinen Versprechungen zu glauben, auch noch schuldig. Aus Zorn schlugen ihn die männlichen Darsteller derart zusammen, daß er vermutlich sein Lebtag nie wieder geradeaus laufen konnte.

Der vielleicht wichtigste Film, in dem Vivian Zhang auftrat, war ein sozialkritisches Drama, produziert von einem jungen Filmstudio ganz im Osten der Stadt, das sich *Erwachende Hoffnung* nannte und von Anhängern der Kommunisten infiltriert war. Die Produktion war ihr von der alten Schauspielkollegin

Cao Xiao Li empfohlen worden, die sich damals bei ihrem Rausschmiß als Kommunistin zu erkennen gegeben hatte. Vivian Zhang bekam schon beim Einstellungsgespräch Ärger mit dem Regisseur, der sie dafür kritisierte, daß sie einen affigen, ausländischen Namen angenommen hatte, der ihre stolze, chinesische Herkunft verleugnete. Dieser Name würde nicht in seinem Film erscheinen, bestimmte der Regisseur, ein schmaler, verbissener Mann. Entweder sie würde als Zhang Yue einsteigen, oder sie sollte sich eine andere Rolle suchen.

Zhang Yue war an diesem Punkt nicht mehr zum Streiten aufgelegt. Ihr Name war ihr gleichgültig. Sie willigte ein, als Zhang Yue zu erscheinen und erhielt die Rolle eines Dummchens vom Lande, das sich in die große Stadt aufmacht und in einer Fabrik von einem widerlichen japanischen Vorarbeiter gequält wird, bis sie diesen schließlich ermordet und dabei selbst zu Tode kommt. Wieder ein früher Tod in der Geschichte, wieder nur eine Nebenrolle. Der Film hieß *Das Mädchen mit dem eisernen Willen* – aber dieses Mädchen war nicht etwa sie. Der Titelheldin, die in derselben Schicht arbeitete wie Zhangs Person, war es vergönnt, einen Streik anzuführen, die Japaner zu vertreiben und schließlich die Kontrolle über die Fabrik zu übernehmen.

Das Mädchen mit dem eisernen Willen wurde wegen seiner deutlich revolutionären Botschaft kurz nach der Premiere ohnehin verboten. Die Japaner regierten mittlerweile kräftig mit Shanghai und waren nicht sehr empfänglich für Kritik. Also wurde der Film nur in schummrigen Hinterhäusern gezeigt. Keine Filmplakate, keine Interviews für Magazine, kein Ruhm. Nichts. Zhang Yue war mit 35 Jahren bereits auf dem Weg zur gescheiterten Schauspielerin.

Immerhin hatte ihr gelegentlicher Lebensgefährte aus Bequemlichkeit, der ölige Herr Wu, eine recht ansehnliche Karriere gemacht. Wu kontrollierte sieben Opiumhäuser in der Hafengegend und war dank seiner guten Beziehungen zum

Gangsterkönig Peng Lizhao und den Behörden ein respektierter Geschäftsmann, der ihr immer mal wieder durch seine Kontakte eine Nebenrolle verschaffen konnte. Aber es war nun nicht mehr klug, auf den großen Durchbruch zu warten. Ständig tauchten neue Gesichter in den Studios und Agenturen auf, und alle waren jünger als Yhang Zue. Die ersten Falten waren in ihr Gesicht gekrochen, die schwere Kindheit und die vielen Tränen hatten wohl die Haut um ihre Augen frühzeitig ausgedörrt. Zhang hatte Shanghai, hatte sogar ganz China als Sprungbrett für ihre Filmkarriere schon fast aufgegeben.

Vielleicht würde es aber in Japan klappen. Die Japaner, die sie in ihrer wichtigsten Nebenrolle so tapfer und bis zum Martyrium bekämpft hatte, waren mächtig, und obwohl sie ebenfalls Asiaten waren, hatten sie in Shanghai schon fast so viel zu sagen wie die westlichen Ausländer. Ihre Kriegsschiffe lagen in imposanter Reihe im Hafen, die Kanonen bedrohlich auf die stetig wachsende Kulisse der Stadt gerichtet. Schon einmal, vor ein paar Jahren, hatten sie Teile der Chinesenstadt in Schutt und Asche gelegt, und vor ein paar Wochen hatten sie auch noch einen richtigen Krieg im Norden Chinas angefangen. Die Zeitungen waren voll davon. Zhang aber interessierte sich nicht für Politik und schon gar nicht für den Krieg. Viel mehr als die Nachricht vom japanischen Überfall hatte sie jene Nachricht bewegt, die seit mehr als einem Monat die Seiten der Filmgazetten füllte: Jean Harlow war tot. Wie hatte Vivian diese wunderschöne Frau mit ihrem engelsfarbenen Haar geliebt und bewundert. So wie Jean Harlow hatte sie werden wollen, hatte sich ihre Haare mühevoll in wuchtige Wellen gelegt und diesen unvergleichlichen Augenaufschlag geübt und hatte sich nach luftigen Kleidern umgesehen, die so ähnlich aussahen wie jene, die Jean Harlow trug. Sie hatte sogar darüber nachgedacht, den Namen Vivian abzulegen und sich lieber Jean Zhang zu nennen. Nun war Jean Harlow tot, ganz plötzlich, vergiftet. War das ein schlechtes Vorzeichen für ihre

Karriere? Oder sollte sie nun alles daran setzen, die neue Jean Harlow zu werden? Und wenn schon nicht in China, dann vielleicht in Japan? China war arm, rückständig und zerrissen. Japan hingegen war reich, und Japaner würden sicherlich bald in China regieren. Dumm war, wer da nicht rechtzeitig seine Kontakte knüpfte.

Vivian Zhang, die Gesangs- und Tanzunterricht genommen und sich sehr gute Kenntnisse der japanischen Sprache angeeignet hatte, war mit ihrem kleinen Repertoire japanischer Lieder ein gern gesehener Gast im Kasino der japanischen Marineoffiziere. Ihr Publikum war hingerissen. Man sprach von Engagements in Tokio und Yokohama – und von Filmrollen. Der schneidige Commodore namens Iwamoto, der nackt und erschöpft auf ihrem Bett lag, hatte einen Schwager, der in Japan Filme produzierte. Vielleicht ließe sich da was machen, meinte Iwamoto.

Und noch für ein weiteres Vorhaben, eines aus dem großen und noch unvollendeten Drehbuch ihres Lebens, hatte der Japaner Iwamoto sich als nützlich erwiesen. Er war ein Mitarbeiter im Stab des bedeutenden Admiral Shiozawa, gehörte zum Geheimdienstflügel der Marine und war daran interessiert, einen unliebsamen Shanghaier Industriellen zu beseitigen: Benjamin Liu stand bei den Japanern im Verdacht, sehr enge Kontakte nach Amerika zu haben. Sie hielten ihn für einen der gefährlichsten Männer in der Stadt, weil er gegen Japan spionierte und möglicherweise daran arbeitete, Amerika auf Chinas Seite in den Krieg zu ziehen. Leider aber kamen sie nicht an ihn heran, weil er ein Dutzend erstklassiger, russischer Leibwächter beschäftigte und sein Haus in der Internationalen Siedlung lag.

Zum Glück jedoch hatte Iwamoto unlängst seiner chinesischen Freundin von diesem Problem erzählt. Sie war sofort entzückt von der Vorstellung, sich nützlich zu machen. Zhang Yue wollte Gerechtigkeit schaffen, allerdings nicht wie so viele

Revolutionäre und Wirrköpfe da draußen Gerechtigkeit in China, sondern nur Gerechtigkeit in ihrem Leben. Damit sie endlich wieder ruhig schlafen konnte.

Commodore Iwamoto rauchte eine Zigarette nach der anderen, während Zhang Yue vor dem Spiegel saß und ihr Jean-Harlow-Haar in Form kämmte. Der Japaner war ein kleiner Mann von dunkler Hautfarbe, mit starkem Haarwuchs und niedriger Stirn – ein Räuberzwerg wie er im Buche stand. So nannten die Chinesen die verhaßten Japaner: Räuberzwerge. Er war grob und hatte eigentlich nichts als Verachtung für seine Geliebte und für alle Chinesen übrig. Japaner, hatte er ihr immer wieder eingebleut, Japaner waren eine göttliche Rasse, und alle anderen Völker waren nichts weiter als Abschaum. Niedere Lebensformen, kulturlos, hoffnungslos. Wie Tiere. Das hinderte ihn freilich nicht daran, regelmäßig bei Zhang Yue anzuklopfen und sich an ihr zu befriedigen. Dafür verschaffte er ihr neue Auftritte im Offizierskasino, dafür wollte er sie seinem Schwager vorstellen – und dafür war er ein ahnungsloses Werkzeug ihrer Rache.

»Wir haben heute etwas zu feiern«, hörte sie ihn vom Bett her sagen. Stolz und wichtig spuckte er ein paar Tabakkrümel aus und richtete sich auf. »Ich habe das Zeug, und wir können die Falle aufstellen.«

»Wirklich?« Sie hielt mit dem Kämmen inne und horchte auf ihr pochendes Herz. Endlich!

»Sie haben mir nicht viel gegeben – es ist verdammt kostbar und noch nicht ausreichend erforscht, aber für unsere Zwecke sollte es reichen.«

»Das ist ja wunderbar«, säuselte sie und drehte sich zu ihm um. Ihr Morgenmantel aus feiner Seide bedeckte kaum ihre Brüste. »Ich bin so froh, daß ich dir helfen kann.«

»Wirst du denn nicht ein wenig eifersüchtig sein?« Er erhob sich und kam, nackt wie er war, auf sie zugeschlendert. Seine Arme schienen zu lang für den kleinen Torso, seine Beine

261

waren krumm. Schwarze Haare ringelten um sein müdes, verschrumpeltes Glied. Er legte seine Hände auf ihre Schultern und begann mit einer Massage. So grob, daß sie unter seinem Griff fast aufschrie vor Schmerz. »Ich bin ja nicht gegen das Ficken, auch nicht mit euch Chinesinnen, und wenn sich das mit einem wichtigen Dienst für Seine Majestät, den Kaiser, verbinden läßt, um so besser. Aber ich frage mich immer noch, wieso du darauf bestehst, daß Madame Liu mit mir ins Bett geht.«

Zhang Yue erhob sich und umarmte ihren japanischen Liebhaber, der das nicht gern mochte, weil das den Umstand unterstrich, daß er ihr kaum bis ans Kinn reichte. »Ich mag sie einfach und möchte, daß auch sie einmal in den Genuß deiner Leidenschaft kommt. Ich möchte, daß du ihr alles zeigst, mit dem du mich so oft erfreust.« Die blauen Flecken auf ihren Brüsten taten oft tagelang weh, und zweimal war sie wegen der Bißwunden, die er ihr zufügte, schon beim Arzt gewesen. »Sie wird dir verfallen, und über sie wirst du Benjamin Liu vernichten können.«

»Xiao Tang! Hör auf mit dem Unfug und sage mir sofort, wo du das Bild versteckt hast, sonst ...« Seine Drohung war nicht sehr wirkungsvoll, denn er mußte selbst lachen. Sein Jüngster war ein rechter Teufelsbraten – ganz so, wie er selbst einer gewesen war.

Benjamin Liu jagte den Fünfjährigen spielerisch um den Frühstückstisch und bekam ihn schließlich zu fassen. Xiao Tang quiekte und lachte, als der Vater ihn mit den großen Augen und dem weit aufgerissenen Schlund eines Dämons durchkitzelte.

»Unter dem Schrank, unter dem Schrank!« schrie der Kleine in höchster Not kichernd.

»Das hätte ich dir auch sagen können«, sagte gelangweilt sein älterer Bruder Xiao Sheng, der am Tisch saß und mißmutig in seinem kalten Reisbrei stocherte. Xiao Sheng fühlte sich bereits sehr erwachsen, interessierte sich für nichts als Flugzeuge, am liebsten solche, die Bomben werfen konnten. Der kindischen Streiche des kleinen Bruders war er schon längst überdrüssig.

Benjamin Liu, schnaufend von der Anstrengung der morgendlichen Hatz, setzte den immer noch kichernden Jungen auf den Boden und sah seinen Ältesten ernst an. »Ich mußte es aber von ihm hören, verstehst du? Von ihm und niemandem sonst. Ich will keine Petzereien in meinem Haus. *Als Kind eine Petze, als Erwachsener ein Verräter* – das ist ein altes, chinesisches Sprichwort!«

»Ich glaube nicht an deine Sprichworte«, erwiderte der Junge mit dem feierlichen Stolz des Neunjährigen. »Du denkst sie dir sowieso nur aus!«

Benjamin Liu seufzte und dachte an die tausend kleinen Gefechte, die ihm mit diesem Jungen noch bevorstanden. Dann schüttelte er entnervt den Kopf und beschloß, daß er wenigstens heute keines führen wollte. Nicht am Geburtstag seiner Mutter. Sie war noch im Obergeschoß, um sich selbst und die Jüngste anzukleiden. Yuanyuan, ihre Tochter, lernte gerade laufen. Mit knapper Not hatte er dem flinken Xiao Tang das Geschenk entrissen.

Ein gerahmtes Bild, eigentlich nicht mehr als nur eine farbige Skizze. Darauf war ein Haus zu sehen. Es sollte ihr gehören, ihr neues Heim.

Sie hatten es hier nicht ungemütlich. Das Haus war groß, modern und hatte einen ansehnlichen Garten. Es lag in der friedlichen, vornehmen Sicherheit der Internationalen Siedlung. Allein der lichtdurchflutete Salon mit den westlichen Möbeln und den modernen Bildern an der Wand, in dem sie eigentlich nur das Frühstück nahmen, war größer als der Raum, den ein gutes Dutzend vielköpfiger chinesischer Familien in Shanghai zum Wohnen beanspruchte. Aber Benjamin wußte, daß seine Frau an nichts in dieser Stadt so sehr hing wie an diesem Haus. Und deswegen hatte er es gekauft – für verdammt viel Geld. Doch daran dachte er nicht. Sie sollte glücklich werden und wieder lachen so wie früher. In letzter Zeit lachte sie überhaupt nicht mehr.

Auch wenn ihnen vielleicht nicht viele Tag in dem schönen Haus vergönnt bleiben würden, wollte Benjamin Liu, daß sie es besaß.

Die Japaner führten nun tatsächlich offen Krieg gegen China. Es war nur eine Frage der Zeit, bis sie auch Shanghai angreifen würden. Darauf hoffte jedenfalls Chiang Kaishek, den Liu nach wie vor unterstützte. Chiang spekulierte darauf, daß die Japaner so unvorsichtig sein würden, die Internationale Siedlung – die amerikanischen, britischen und französischen Interessen anzugreifen und damit die Westmächte in den Krieg zu ziehen. Der Generalissimus, wie er sich neuerdings nennen ließ, hatte die Hoffnung schon aufgegeben, sich der japanischen Feuerwalze mit seinen demoralisierten und schlecht geführten Truppen entgegenzustellen, aber wenn die Briten und die Amerikaner eingriffen, dann konnten die Räuberzwerge besiegt werden.

Fast täglich traten Chiangs Boten mit Benjamin Liu in Kontakt, denn niemand verstand sich mit den amerikanischen Militärs und Diplomaten besser als er. Ob er nicht über seine Kanäle doch etwas erreichen konnte? Ober er auch wirklich in aller Deutlichkeit geschildert hatte, was geschehen würde, wenn China an die Japaner fiele. Natürlich hatte Benjamin Liu das getan – aber es nutzte nichts. Die Amerikaner wollten sich heraushalten. Alles, wozu sie bereit waren, war ein wenig Geld aufzubringen und verdeckte, militärische Hilfe. An ein offenes Eingreifen war jedoch nicht zu denken. Insgeheim hatte Chiang Kaishek schon alles vorbereitet, um seine Hauptstadt weit ins schwer zugängliche Hinterland, nach Chongqing zu verlegen, und Benjamin Liu wußte, daß er schon sehr bald mit der Frage konfrontiert sein würde, ob es nicht besser wäre, auch sich und seine Familie dorthin in Sicherheit zu bringen. Und er wußte auch, daß die Japaner es auf ihn abgesehen hatten. Seine Fabriken und Lagerhäuser hatte er längst verkauft, das Geld zum größten Teil in Amerika in Sicherheit gebracht. Nur die Schiffahrtslinie hatte er vorerst behalten. Auch die konnte er jedoch innerhalb von wenigen Tagen abstoßen, wenn die Zeit gekommen war.

All das hätte er nie ohne die Hilfe einer Frau bewerkstelligen können. Sie war das eigentliche Gehirn seines Unternehmens, sie traf alle wichtigen Entscheidungen, gab die besten Ratschläge. Sie verschlang förmlich die Zeitungen, speicherte alle Informationen. Sie wußte, wann es Zeit war, die Zinkvorräte aus Mittelamerika an den Markt zu bringen und vom Erlös Baumwolle in Ägypten zu kaufen. Sie war ein wandelndes Börsenbarometer, ohne geschult zu sein, ein Phänomen. Niemand, den er kannte – und er kannte die klügsten Köpfe des Landes –, konnte ihr, was geschäftliche Entscheidungen anging, das Wasser reichen. Sie hatte eine goldene Hand; was sie berührte, verwandelte sich in Reichtum. Das schöne *Tudor*-Haus, das er im Begriff war, ihr zu schenken, war zwar teuer, aber sein Wert belief sich nur auf einen Bruchteil des Geldes, den sie mit ihrem Geschick und ihrer Intuition seinen Reichtümern hinzugefügt hatte. Vermutlich würde es ihnen nur für ein paar Wochen, wenn nicht Tage gehören, doch er bereute seine Investition nicht, wenn sie nur wieder ganz unbeschwert glücklich sein konnte, so wie früher, bevor sie den anderen Mann verlor und ihre Schwester krank wurde. Ma Li sollte wieder so sein wie damals, als er ihr sein Herz schenkte.

Er sah sie nicht kommen, weil er mit dem Rücken zur Tür stand. Trotzdem spürte er, wie sie den Raum betrat – mit der stillen Würde und Macht einer Königin. Sie mußte nichts sagen, nichts anordnen, und dennoch setzte sich Xiao Sheng plötzlich auf und stocherte nicht mehr in seinem Frühstück,

265

und Xiao Tang stellte unverzüglich das Toben ein und kehrte an den Tisch zurück. Noch nie hatte sie ihre Stimme gegen die Knaben erhoben, und doch folgten ihre Söhne ihr aufs Wort, selbst aufs unausgesprochene Wort.

Ma Li führte Yuanyuan an der Hand. Die Kleine wollte laufen, obwohl sie es noch nicht konnte.

»Happy Birthday, Mama!« krähten die beiden Jungs im Chor. Sie sprachen dank ihres amerikanischen Hauslehrers beinahe besser Englisch als ihre Muttersprache.

»Ich danke euch, ihr beiden Helden.« Ma Li lächelte.

Benjamin Liu war wieder einmal hingerissen von seiner Frau. Sie war groß, stolz und schön. In ihr schwarzes Haar hatte sie diamantbesetzte Spangen gesteckt. Sie trug ein cremefarbenes Kleid, das er nie an ihr gesehen hatte. Sie schien zu schweben – selbst mit dem strauchelnden Kleinkind an der Hand.

»Ihr solltet nicht mit dem Frühstück auf mich warten«, tadelte Ma Li. »Die ersten Gäste werden bald hier sein.«

»Die können warten.« Benjamin schritt auf seine Frau zu und küßte sie auf den Mund. »Alles Gute zum Geburtstag.«

»Nun bin ich schon 31 Jahre alt.« Ma Li zuckte die Achseln und wollte etwas Selbstironisches ergänzen.

Er kam ihr zuvor. »Und du bist schöner als je zuvor.«

»Du Schmeichler. Ich glaube dir kein Wort, aber ich gebe zu – es tut gut.«

Sie küßte ihn, und er schloß sie in die Arme und dachte zurück an das Bild des Jammers, das sie damals abgegeben hatte. Mit zerfetzen Schuhen und blutenden Füßen, weinend, verlassen und verfolgt, war sie mit ihrer geliebten Schwester im Arm zu ihm geflüchtet – und das auch nur, weil sie sonst niemanden kannte. Er hatte keine Fragen gestellt, weil er viel zu dankbar dafür gewesen war, daß sie ihn gewählt hatte. Wochen dauerte es, bis er sie zum Sprechen bringen konnte. Kang Bingguo war tot; sie hatte seinen Kopf vor dem Jadepalast gefunden. Monate dauerte es, bis er sie zum erstenmal zum Lachen brachte – er hatte *Xiaolongbao* bestellt und die Suppe im ganzen Restaurant verspritzt. Zwei Jahre, bis sie endlich sein Werben erhörte und ihn heiratete. Und immer noch wachte sie manchmal nachts schweißgebadet auf und schrie nach diesem fremden Mann, nach Kang, dem Kommunisten. Ma Li war schwanger gewesen, schwanger von einem enthaupteten Mann. Sie war Mutter, als sie heirateten. Xiao Sheng war nicht sein Sohn, aber er hatte sich und seiner Frau geschworen, daß er den Jungen großziehen würde, als wäre er sein eigen Fleisch und Blut. Damals hatte Benjamin Liu noch oft daran gedacht, daß er die Schuld am grausamen Tod ihres Geliebten, des kommunistischen Aufrührers, trug. Diesen Gedanken hatte er jedoch mittlerweile verdrängt. Das Leben ging weiter. Ma Li war nun seine Frau, und sie waren eine glückliche Familie – und nun war es Zeit, ihr das Geschenk zu überreichen.

»Ich habe lange an deinem Geschenk gearbeitet«, sagte er bescheiden. »Aber endlich ist es gelungen.«

»Ich weiß es!« Sie blinzelte ihn spöttisch an. »Du hast die Japaner aus China verjagt!«

»Das mache ich erst zu deinem nächsten Geburtstag. Nun erst einmal dies ...« Er nahm das gerahmte Bild, die Skizze, vom Tisch und hielt es hinter einer vorgehaltenen Hand vor seine Brust. Die Hand gab Stück für Stück das Bild frei. Langsam, Zentimeter für Zentimeter erschien das Bild eines Tudor-Hauses mit Giebeln aus Fachwerk. Eingerahmt von grünen Bäumen, vor dem Eingang ein Springbrunnen, der von einer Fortuna-Statuette gekrönt wurde, aus deren Füllhorn Wasser floß.

»Unser neues Zuhause«, sagte Benjamin Liu und war plötzlich selbst ganz gerührt. »Ich glaube, du kennst es schon ...«

Sie stand regungslos da, das kleine Mädchen zappelte an ihrer Hand, bis die *amah*, das Hausmädchen, herbeieilte und Yuanyuan an sich nahm. Es waren kleine Blitze aus Erinnerung und Sehnsucht, die in Ma Lis Gesicht aufzuckten. Ihre Augen füllten sich mit Tränen, die sie schnell wegwischte, bevor sie über ihre Wangen rollen konnten. Wie gebannt starrte sie auf das Bild, das ihr Mann hielt.

»Ich … ich kann gar nichts sagen …«, stammelte sie überwältigt.

»Es gehört dir. Wenn du willst, können wir morgen schon alles einpacken und umziehen«, sagte er.

Sie ergriff den Rahmen und hielt das Bild lange in den Händen. »Ich muß es Lingling zeigen!«

»Warte noch!« wollte er sagen, doch sie war schon zur Türe hinaus. Ma Li hatte inzwischen drei Kinder und einen liebenden Mann, aber noch immer schien der wichtigste Mensch in ihrem Leben ihre kleine Schwester zu sein.

Lingling war sehr krank. Sie litt seit Wochen unter starkem Fieber. Doktor Hashiguchi blieb manchmal nächtelang bei ihr, ohne daß er viel ausrichten konnte. Auch diese Nacht hatte er an ihrem Krankenbett verbracht. Auf dem Weg die Treppe hinauf wäre Ma Li beinahe mit ihm zusammengestoßen.

»Nanu – so stürmisch?« wunderte sich der Japaner.

»Stellen Sie sich vor, Doktor, mein Mann hat mir das schönste Geschenk meines Lebens gemacht! Er hat unser altes Haus zurückgekauft. Das schöne Tudor-Haus mit den Dachgiebeln und dem Garten!«

»Das ist ja ganz reizend.« Der Arzt lächelte wehmütig. »Ich mochte das Haus immer sehr gern.«

»Und wir erst! Es war unser erstes richtiges Zuhause. Darin werden nun meine Kinder großwerden. Ich will es gleich Lingling erzählen. Diese Nachricht wird sie mit neuem Leben erfüllen …« Sie versuchte, an ihm vorbei die Treppe zu steigen, doch Dr. Hashiguchi versperrte ihr den Weg.

»Bitte, Madame Wang. Hören Sie mir zu, bevor Sie zu ihr gehen«, sagte er. Etwas in seiner Stimme ließ sie erschauern. »Ich fürchte, Ihre Schwester würde diese Aufregung nicht überleben.«

»Aber warum? Sie hat doch gestern abend noch mit den Kindern gespielt. Sie war lustig und gut gelaunt …«, stammelte Ma Li und hielt sich am Geländer fest. Sie fühlte sich, als rinne alle Kraft aus ihren Beinen. Zum erstenmal hatte Dr. Hashiguchi die Möglichkeit angedeutet, daß Lingling sterben könnte. Das Fieber war seit Wochen immer wieder aufgetreten und dann wieder verschwunden. Manchmal wirkte Lingling schwach, ein andermal gereizt, dann wieder ganz abwesend. Sie erzählte immer öfter von dem großen Mann, der sie gerufen habe. Seit jener furchtbaren Nacht, in der sie ihren Beschützer und Ma Li ihren Liebsten verlor, hatte Lingling den großen Mann nicht mehr erwähnt, doch nun träumte sie fast jede Nacht von ihm.

»Die Symptome kommen und gehen«, erklärte der Doktor. »Mal ist es schlimmer, mal etwas besser. Die Krankheit aber bleibt. Es ist eine Infektion, ähnlich wie eine Grippe. Ich kann jedoch noch nicht einmal den Herd dieser Infektion bestimmen.«

»Was ist denn mit diesem neuen Wundermittel? Sind Sie denn nicht weitergekommen?«

Das Wundermittel – ihre letzte, ihre größte Hoffnung. Seit Dr. Hashiguchi unvorsichtigerweise erwähnt hatte, daß die Ärzte im Labor des japanischen Hospitals in Shanghai mit einem neuen Wirkstoff experimentierten, glaubte Ma Li, daß ihre Schwester geheilt werden konnte.

»Es ist kein Wundermittel …« Er hielt seine Tasche verlegen mit beiden Händen vor dem Bauch, dieselbe Tasche, die er damals, bei seinem ersten Besuch bei sich getragen hatte. Das Leben schien ihr auf einmal so kurz, so flüchtig und so ungerecht.

»Sie darf nicht sterben. Ich habe geschworen, sie immer zu beschützen«, schluchzte Ma Li.

Dr. Hashiguchi seufzte bekümmert, nahm sie am Arm und führte sie in den hinteren Bereich des Empfangsraumes, wo er sie auf einen Stuhl drückte. »Der Wirkstoff heißt Penicillin und ist noch nicht wirklich erforscht. Um ganz ehrlich zu sein – ich vermute, daß die japanische Armee ihn in China an Menschen erprobt. Wir wissen allerdings bereits, daß dieses Penicillin alle möglichen Infektionen sehr wirkungsvoll bekämpft. Insofern gibt es doch etwas Hoffnung.«

Allein das Wort *Hoffnung* machte Ma Li wieder Mut. Wo Hoffnung war, da gehörten sie hin – sie und Lingling.

Vorsichtig fuhr der Arzt fort: »Aber, bitte denken Sie daran: Es ist wirklich kein Wundermittel. Und ich weiß immer noch nicht, wie ich es bekommen kann. Ich habe es versucht, habe eine Eingabe bei den höchsten Stellen gemacht, ohne eine Antwort zu bekommen.«

Der Doktor lächelte fein, als betrachte er einen fernen Stern am Nachthimmel. Er hoffte, Madame Wang möge seiner Miene entnehmen, wie ungeheuer schwierig und nahezu unmöglich es sein würde, auch nur eine kleine Dosis aus den Klauen der Laborärzte zu erbeuten. »Das japanische Krankenhaus wird geleitet von der Kaiserlichen Marine, und die würde es ganz gewiß nicht zulassen, ein so vielversprechendes und kostbares Medikament ...« Er beendete seinen Satz lieber nicht. ... dieses Wundermittel an eine mißgebildete Frau zu verschwenden, noch dazu eine Chinesin. Welcher kaiserlich japanische Arzt würde sich darauf einlassen?

»Geld spielt keine Rolle«, sagte Ma Li. »Nennen Sie einen Preis, und ich werde mit meinem Mann darüber reden. Er wird mir keinen Wunsch abschlagen, nicht, wenn es um Lingling geht.«

»Ich fürchte, diese besondere Medizin hat einen besonderen Preis«, erwiderte der Doktor geheimnisvoll. Er hatte viel nachgedacht in den letzten Wochen, und schließlich war ihm ein Gedanke gekommen, der so schmutzig und verwerflich war, daß er sich lange scheute, ihn zu verfolgen. Vielleicht konnte er den Laborärzten einen Handel vorschlagen, einen Handel, dessen er sich jetzt schon schämte, aber wenn er damit Linglings Leben wenigstens um ein paar Tage oder gar Wochen verlängern konnte, war es die Sache allemal wert. Und jetzt war es an der Zeit, diesen Handel vorzuschlagen, denn nach dieser Nacht an ihrem Bett glaubte er nicht daran, daß Lingling noch länger als eine Woche überleben würde.

»Ich werde sehen, was ich machen kann«, sagte er, und als diese Worte sie nicht zu beruhigen schienen, setzte er hinzu. »Ich verspreche es.«

»Danke, Doktor.« Ma Li erhob sich und nahm seine Hand. »Sie waren immer sehr gut zu uns.«

Nicht immer, dachte er und lächelte wieder sein fernes Lächeln. *Damals, als ich mithelfen mußte, Ihren Pflegevater zu erledigen, war ich nicht sehr gut zu Ihnen ...*

Das Dienstmädchen erschien in der Diele. »Gnädige Frau, es ist Besuch gekommen«, verkündete sie. »Vermutlich eine erste Gratulantin. Sie stellt sich als Frau Zhang Yue vor.«

Ma Li ließ sich wieder zurück auf den Stuhl sinken, kreidebleich. Ihr war, als wäre mitten in ihrem Haus, mitten in ihrem Herzen eine gewaltige Bombe explodiert.

Sie standen sich gegenüber, und keine der beiden Frauen fand ein Wort der Begrüßung.

Im Salon lärmten die Kinder, Dr. Hashiguchi verdrückte sich unbemerkt und mit tief eingezogenem Kopf, das Dienstmädchen hatte leise die Tür hinter sich geschlossen.

»Ich höre, du hast Geburtstag«, sagte Zhang Yue schließlich und setzte ein scheues Lächeln auf. »Also: alles Gute zum Geburtstag.«

»Danke.« Ma Li suchte im Gesicht der Besucherin vergeblich die Spuren des Mädchens, das damals das Haus der Madame Lin wieder verlassen mußte. Dann erwiderte sie das Lächeln und bemerkte dabei, daß ihre Knie zitterten. Sie dachte an Lingling und das Wundermittel, an die Hoffnung

271

und die Zukunft – und nun auch noch an die Vergangenheit. »Du bist Schauspielerin geworden, nicht wahr? Du siehst gut aus, fast ein bißchen wie eine chinesische Jean Harlow.«

»Findest du wirklich?« Zhang Yues Lächeln wurde breiter und erlosch dann abrupt. »Sie ist tot.«

»Wer? Die Harlow? Oh, wirklich? Das wußte ich nicht. Ich gehe nicht sehr oft ins Kino. Bekommst du viele Rollen?«

»O ja – dank deiner Unterstützung«, log Zhang Yue und nickte. »Die Fürsprache von Madame Lin, deiner Pflegemutter, hat mir damals sehr geholfen.«

»Das freut mich«, sagte Ma Li und meinte es wirklich ehrlich. Jahrelang hatte sie nicht einen einzigen Gedanken an Zhang Yue verschwendet. Dabei waren sie doch irgendwie Zwillingsschwestern des Schicksals.

»Ich habe nur sehr kurz Zeit. Ich werde Shanghai bald verlassen.«

»Das ist klug. Es wird hier immer gefährlicher.«

Zhang Yue sah sich in der Diele um. Die dunklen, holzgetäfelten Wände, der Kronleuchter an der Decke. Die Blumen überall. »Du hast ein sehr schönes Haus. Manchmal lese ich in der Zeitung von dir, deinem Mann und deinen Kindern.«

»Ach, die Zeitungen brauchen immer was zum Herausposaunen.«

»Ja, sicher. Ich gehe nach Japan. Ich habe dort Engagements. Filmprojekte und Bühnenshows, du weißt schon …«

»Das ist gut, wirklich gut«, erwiderte Ma Li verlegen. Es war nicht der richtige Ort und Zeitpunkt für einen patriotischen Vortrag. »Ich freue mich, daß es dir gutgeht.«

»Ich habe viele einflußreiche Freunde unter den Japanern, besonders bei der Marine. Ich habe sozusagen einen direkten Draht zu Admiral Shiozawa …« Zhang Yue fühlte sich, als winke sie mit großen, bunten Fahnen, aber Ma Li schien es nicht zu bemerken. »Meine japanischen Freunde würden alles für mich tun.«

»Wie schön für dich.« Ma Li lächelte ihr sonderbar trauriges Lächeln.

Wieder schlich sich eine bleierne Stille zwischen sie. Zhang Yue starrte auf den Boden, als sammele sie Kraft, um endlich auf den eigentlichen Grund ihres Besuches zu sprechen zu kommen. Ma Li atmete schwer und fürchtete sich vor dem Moment.

»Hast du ihn danach noch einmal gesehen?« fragte Zhang Yue unvermittelt.

»Bao Tung? Nein, nie wieder.« Ma Li wußte, daß Zhang nicht den Kinderhändler meinte, aber sie hoffte, sie könnte sich so retten. *Bitte nicht*, dachte sie. *Wecke nicht die Gespenster der Vergangenheit.*

»Ich meine nicht Bao Tung, sondern Kang Bingguo.«

Die Erwähnung seines Namens riß die Narbe in ihrem Herzen wieder auf.

Im nächsten Moment wurde die Tür zum Salon geöffnet, und Benjamin Liu tauchte auf.

»Liebling, weißt du, wo Xiao Tangs Kreisel ist? Oh, Entschuldigung. Du hast Besuch?«

»Nicht jetzt!« fuhr Ma Li ihn an, und er schloß sofort wieder die Tür, ohne zu verstehen, aber mit höchst alarmiertem Gesichtsausdruck.

»Kang Bingguo … er wurde ermordet.«

»Er ist tot?« Zhang Yues perfekt geschminktes Gesicht alterte von einer Sekunde auf die nächste. Nun atmete auch sie schwer und suchte Halt an der Wand. Sie führte ihre Hand zur Schläfe und stöhnte: »Es geht gleich wieder.« Wäre Ma Li öfter ins Kino gegangen, dann hätte sie Zhang Yue schon einmal in dieser Rolle gesehen, und zwar nachdem der japanische Vorarbeiter in *Das Mädchen mit dem eisernen Willen* sie brutal verprügelt und vergewaltigt hatte.

»Bitte setz dich doch!« Ma Li zog sie zu dem Stuhl und kniete davor nieder. »Du hast das nicht gewußt?«

Zhang Yue brauchte in paar Momente, um ihre Stimme wiederzufinden. »Ich dachte …«, krächzte sie. »Ich dachte, er sei damals mit den Kommunisten aus der Stadt geflohen.«

»Nein. Sie haben ihn verfolgt und umgebracht. Ich habe ihn vor dem Restaurant *Jadepalast* gefunden.« Ma Li wollte nicht weinen, aber nun brach es doch aus ihr heraus. Sie wand sich ab, damit sie nicht laut aufheulen mußte. Plötzlich schien das Dach ihres Lebens über ihr einzustürzen. Sie biß in ihre Hand, bis es weh tat. Lingling starb, ohne daß sie ihr helfen konnte. Kang Bingguo war tot, und sie würde niemals über diesen Verlust hinwegkommen. Jeden flüchtigen Gedanken an ihn hatte sie in letzten zehn Jahren schnell eingefangen und weggesperrt. Jetzt aber brachen sie alle aus ihr heraus.

»Es tut mir so leid«, heuchelte Zhang Yue und legte ihre Hände auf Ma Lis Schultern. »Kommen die Erinnerungen zurück …?« Auch sie war tief bewegt von diesem Wiedersehen – aber ganz anders als Ma Li. Wie gerne hätte sie ihre Hände zu dem zarten, weißen Hals der glücksverwöhnten Jadeprinzessin heraufwandern lassen und zugedrückt! Aber nein, sie mußte klug vorgehen! Sie hatte einen besseren Plan und konnte genau das erreichen, was sie wollte, ohne sich die Hände schmutzig zu machen.

»Ich weiß, daß du sehr große Sorgen hast«, sagte sie und streichelte sanft über Ma Lis Rücken. »Meine japanischen Freunde berichten, daß ein gewisser Dr. Hashiguchi sehr dringend ein neues Medikament braucht. Das ist doch der Arzt deiner Schwester, nicht wahr?«

Ma Li fuhr herum und sah die Besucherin aus verquollenen, wirren Augen an. Wie konnte Zhang Yue das alles wissen? Sie hatte deren Hände auf ihrem Rücken gespürt und in erschreckender Klarheit durchschaut. Es waren die flinken, falschen Hände einer Hexe, und es war kein Zufall, daß die schattenhafte Zwillingsschwester ihres Schicksals gerade jetzt auftauchte, sondern eiskalte Berechnung. Die Hexe war gekommen, um sie ins Verderben zu reißen. Ma Li trat einen Schritt zurück, weg von Zhang Yue und ihrem teilnahmsvollen Lächeln, das so falsch war wie ihre Wimpern und ihre Locken.

»Ich habe nachgedacht, wie ich dir helfen kann, an dieses besondere Medikament zu kommen. Und ich habe ich eine Lösung gefunden.« Zhang Yues Stimme war wie das Zischen einer Schlange.

»Ich will es nicht wissen.« Ma Li brachte kaum mehr als ein heiseres Flüstern zustande. Sie sah Zhang Yue an. »Bitte, gehe jetzt!«

Nachsichtig lächelnd wie zu einem unartigen Kind, fuhr Zhang Yue fort: »Ein Freund von mir, Commodore Iwamoto, ist ein hohes Tier bei der Marine. Er hat genug von dem Medikament besorgt, um Lingling wieder gesundzumachen, aber er verlangt einen Preis.«

»Laß mich in Ruhe!« Ma Li hob den Arm und zeigte zur Tür.

Zhang Yue ärgerte sich ein wenig über sich selbst. Würdevoll und mit gespielter Anteilnahme hatte sie diese kleine Szene aufführen wollen. Sie hatte lange gewartet und wollte den Moment bis zum äußersten genießen, aber nun spürte sie, einen wilden Zorn aufwallen, der es ihr unmöglich machte, die Haltung der kühlen und überlegenen Rächerin zu bewahren.

»Ach, die ehrenwerte Dame will ihre Ruhe, aber hast du die auch verdient? Alles ist dir in den Schoß gefallen: schöne Kleider, eine gute Ausbildung, ein reicher Mann, nette und gesunde Kinder.« Zwischen zusammengebissenen Zähnen stieß sie den Beginn ihrer Rede hervor wie einen bösen Fluch, doch mit jedem Wort wurde sie lauter. Es tat so gut, dies alles endlich auszusprechen – und dazu noch vor der einzigen Person auf der Welt, die die ganze Geschichte kannte. »Und weißt du, was sie mit mir gemacht haben? Soll ich dir meine Narben zeigen? Die äußeren? Die inneren, die noch mehr weh tun, kann ja leider niemand sehen.«

275

»Es tut mir leid«, wimmerte Ma Li, die auf die Knie gesunken war. »Ich konnte doch nichts dafür. Ich mußte an Lingling denken!«

»Das mußt du jetzt auch!« schrie Zhang Yue. »Iwamoto, der Mann mit dem Medikament, hat Gefallen an dir gefunden. Er mag deinen Arsch und deine Titten. Er will dich ficken. Dann bekommst du die Medizin für Lingling. Danach, um genau zu sein.«

»Raus!« Es war kein Schrei, es war nur ein klägliches Jaulen.

»Am 14. August um Punkt 15 Uhr im Cathay Hotel. Er wartet auf dich. Dann wirst du endlich auch einmal die Erfahrung machen, wie es ist, wenn man die Beine breit machen muß, um zu überleben.« Zhang Yue griff in ihre Tasche und schleuderte einen Stapel Papier auf den Boden. »Schönen Gruß von Kang Bingguo – das ist sein großes Drehbuch. *Der Jadepalast*. Er hat es für mich geschrieben. Lebe wohl, Ma Li.« Langsam und hoch aufgerichtet schritt Zhang Yue zur Tür.

Aus dem Salon eilte Benjamin Liu herbei, der das Geschrei gehört hatte. Zhang Yue hielt inne und sah ihn mit einem verächtlichen Schnaufen an.

»Verschwinden Sie aus meinem Haus!« sagte Benjamin Liu zu ihr mit schneidender Stimme.

»Ich bin schon weg«, versetzte Zhang Yue mit einem aufgesetzten Lächeln. Endlich hatte sie ihre Haltung wiedergefunden.

Ich kenne sie irgendwoher, dachte Benjamin Liu. *Wenn ich nur wüßte, wo ich dieses Gesicht schon einmal gesehen habe.* Dann eilte er zu Ma Li, die wie unter Schock damit begonnen hatte, die eng beschriebenen Blätter vom Fußboden zusammenzuklauben. Er hockte sich neben sie und schloß sie fest in die Arme. Ihre beiden Söhne standen verschreckt in der Tür. Der Kleine begann zu weinen. Zwischen ihnen krabbelte quietschend Yuanyuan herum.

»Was hat dir diese Frau angetan?« Benjamin streichelte den Kopf seiner Frau. »Wer war sie überhaupt?«

»Es ist nicht wichtig«, erwiderte Ma Li hastig. »Es ist schon vorbei.« Sie rappelte sich auf und zupfte an ihrem Haar herum. »Bald werden die ersten Gäste kommen. Ich muß mich fertig machen.«

»Willst du mir sagen, was diese Frau von dir wollte?«

»Es ist vorbei«, wiederholte sie mit entschiedener Stimme. »Ich will nicht über gestern nachdenken und schon gar nicht über vorgestern. Es war nur ein Schatten aus der Erinnerung.«

»Ein ziemlich lauter Schatten!« Benjamin wollte sich mit dieser Auskunft nicht zufriedengeben, zumal er durch die geschlossene Tür einige häßliche Worte gehört hatte. *Arsch, Titten, ficken* – das waren keine Worte, die in dieses Haus gehörten.

Ma Li las die restlichen Blätter auf, drückte den kleinen Stapel an ihre Brust und huschte an ihm vorbei die Treppe hinauf ins Obergeschoß. Benjamin Liu ließ sie gehen, weil ihm plötzlich einfiel, wo er die fremde Frau schon einmal gesehen hatte.

»Xiao Li!« rief er nach dem Kindermädchen. »Kümmere dich um die Kleinen!« Er hatte es auf einmal sehr eilig, in sein Arbeitszimmer zu kommen. Im Aktenschrank ganz hinten fand er, was er suchte. Eigentlich hatte er die Magazine und Postkarten schon längst wegwerfen wollen. Die kleine, geheime Sammlung pornografischer Fotos war nichts, das er gerne seiner Frau oder gar seinen Söhnen erklären wollte. Hektisch blätterte er durch die Abbildungen halbnackter und gänzlich unbekleideter Schönheiten. Vor Schminktischen, vor Wandschirmen und Spiegeln posierten die Frauen, die Arme lustvoll angewinkelt und emporgestreckt, was ihre Brüste besser zur Geltung brachte. *Sündige Töchter Shanghais* hieß eine Sammlung ziemlich aufreizender Akte, die vor vielen Jahren ein Franzose namens Levesque aufgenommen hatte. Und ja – da war sie. Die Frisur war weniger auffällig, das Gesicht eine

Idee breiter und der Körper etwas molliger. Es waren insgesamt zwölf Bilder, die von einer Schamlosigkeit waren, die nichts mehr der Phantasie überließ. Kein Zweifel, diese sündige Tochter Shanghais war die Frau, die eben draußen in der Diele gestanden hatte und Ma Li so schrecklich zugesetzt hatte. Ihr Name stand auch da: *Zhang Yue, Schauspielerin*. Benjamin Liu schämte sich dafür, daß er sich für einen bangen Moment fragte, ob nicht auch seine Frau damals eine von Shanghais sündigen Töchtern war. Schnell wischte er den Gedanken beiseite und beschloß, sich zumindest von diesen Fotos noch nicht zu trennen.

Als Zhang Yue das Haus verlassen hatte, hielt sie inne, spannte ihren weißen Sonnenschirm gegen die mörderische Mittagshitze auf und holte tief Luft. Der Köder war ausgeworfen. Würde der Fisch auch anbeißen? Sie zweifelte nicht daran. Die Ma Li von einst hätte alles für ihre kranke Schwester getan, und manche Dinge änderten sich nie. Gewiß würde sie zum Rendezvous mit dem Japaner in das Hotel kommen und die Medizin holen. Und gleichzeitig würde die vornehme, vom Glück geküßte Ma Li, auch ihren Teil der Medizin erhalten, den Zhang Yue seit so vielen Jahren schon verabreicht bekam.

Hoffentlich tat es ihr weh ...

2. Kapitel

Shanghai, 14. August 1937

Er hatte ihr sein Drehbuch nie gezeigt. Sie hätte es damals auch gar nicht sehen wollen, denn sie hatte es als dreist und schamlos empfunden, daß er ihren Traum vom Jadepalast gestohlen hatte und zu einem hohlen, kommunistischen Heldenepos verbrämen wollte. Nun konnte sie kaum entziffern, was er geschrieben hatte, so sehr brannten ihre Augen von Tränen.

Es war tatsächlich seine Handschrift, die sie aus den Briefen kannte. Große und präzise Schriftzeichen, auch die schwierigsten sauber und fehlerfrei. Die Schrift und die Sprache eines Gelehrten. Sie saß neben Linglings Bett, hatte das Licht ganz nah an sich herangezogen und versank in Kangs Phantasie. Es war, als spräche er zu ihr, flüsterte ihr liebevolle Worte zu, manchmal war es sogar, als umarmte er sie. Wenn Zhang Yue ihr diese Seiten in der Absicht vor die Füße geworfen hatte, sie zu quälen, dann war zumindest dieses Vorhaben gründlich mißlungen.

Ma Li konnte endlich wieder in die Vergangenheit wandern und darin spazierengehen, gewissermaßen Hand in Hand mit Kang Bingguo. Er zeigte ihr bei diesem Spaziergang ihren Jadepalast plötzlich in ganz neuem, ganz wunderbarem Licht. Es war, als hätte er ihr aus dem Jenseits heraus den Schlüssel zum Palast ihrer Träume gereicht. Vergeben, verzeihen, Geduld üben, keinen Haß und keine Rachegelüste in sich zu tragen – das war für ihn, den romantischen Revolutionär, der Schlüssel zum Glück. Er hatte es gewiß als eine politische Metapher für China gemeint, das den Krieg und die schreckliche Ungerechtigkeit hinter sich lassen und neu anfangen mußte, doch sie sah darin ein Vermächtnis, das nur sie verstand.

Nachdem sie das Drehbuch vom Jadepalast zur Seite gelegt hatte, konnte sie zum erstenmal wieder ganz gelöst an ihn denken, an sein übermütiges Lachen, als sie nach ihrem unvergeßlichen Kinobesuch auf dem Nachtmarkt die ersten *Xiaolongbao* zusammen aßen. Sein scheues Gesicht, wenn ihn etwas verunsicherte – wie das erste Sandwich, das er mit Stäbchen hatte essen wollen. Sein ernstes Gesicht, wenn er von der Revolution und all den Veränderungen sprach, die China brauchte und die er mithelfen wollte herbeizuführen. Zum erstenmal seit so vielen Jahren erlaubte sie sich, an ihn als den ermordeten König ihres Herzens zu denken. Nicht an seinen geschändeten Leichnam, nicht an den abgetrennten Kopf, sondern an den lieben Menschen. Es war, als besuchte sie zum erstenmal sein Grab und stellte Blumen darauf. Sie hatte ihn verleugnet, denn nun war sie längst die Frau von Benjamin Liu – und sie war es gerne. Liu kümmerte sich um sie und sorgte dafür, daß es Lingling an nichts fehlte. Er liebte die Kinder und liebte auch den Xiao Sheng, der nicht sein leiblicher Sohn war, sondern der Sohn von Kang Bingguo. Sie hatten beschlossen, daß der Junge dies niemals erfahren sollte, und doch schien er es schon zu ahnen. Seine Auflehnung gegen Benjamin Liu war mehr als nur der Trotz eines Heranwachsenden – es war, als spräche sein Blut. Manchmal, wenn er über seinen Flugzeugbüchern und kindlichen Konstruktionszeichnungen brütete und das Licht in einem ganz bestimmten Winkel auf sein Gesicht fiel, dann sah Ma Li in seinen noch unentwickelten Zügen ein anderes Gesicht …

Lingling stöhnte im Schlaf. Ma Li beugte sich über sie und wischte den Schweiß von ihrer Stirn. Das Fieber war schlimmer geworden. Fast vierzig Grad hatte Dr. Hashiguchi am späten Abend gemessen, bevor er ratlos abgezogen war. Noch immer hatte er keinen Weg gefunden, an das kostbare, neue

Medikament heranzukommen. Ma Li begann zu zittern, als sie daran dachte, welch eine schmutzige Strafe Zhang Yue für sie erdacht hatte. Sie sollte mit ihrem Körper Linglings Leben erkaufen – oder zumindest verlängern. Sie sollte ihren Mann, ihre Kinder und alles, was ihr wichtig war, verraten und mit einem Japaner schlafen. Und würde er überhaupt Wort halten und ihr das Medikament wirklich geben? *Nein*! schrie eine Stimme in ihrem Innern. *Du darfst noch nicht einmal daran denken*! Und doch dachte sie an nichts anderes mehr. Morgen würde sie gehen müssen. Sie sah auf die Uhr. Nein, es war schon Samstag. Es war kurz nach vier. Heute war der Tag. Heute um fünfzehn Uhr im Cathay Hotel.

Linglings kleiner Körper zuckte. *Vielleicht stirbt sie jetzt, und ich werde nicht gehen müssen*! Ma Li stöhnte laut auf – so erschrocken war sie über diesen Gedanken. Wie kam es nur, daß sie so etwas dachte? Welcher böse Geist war nur in sie gefahren? War es der Besuch Zhang Yues, der die Gemeinheit in dieses Haus gebracht hatte?

»Ich will, daß du lebst, Lingling«, flüsterte sie, und es klang fast wie eine Beschwörung. »Bitte, laß mich nicht allein …«

All die unbeschwerten und glücklichen Jahre in der Obhut von Madame Lin, das unfaßbare und unverdiente Glück ihrer Rettung waren mit einem Mal bedeutungslos. Die Uhr des Lebens war zurückgestellt auf den Tag, als sie in dieser Stadt ankamen und vor der Wahl standen: *Verkaufe dich oder stirb.* Es gab keinen Weg dazwischen.

Lingling schlug die Augen auf, aber sie schien ihre Schwester nicht zu sehen. Das Fieber trübte ihren Blick. Ihr Gesicht war gealtert, die Haare ergraut. Spröde und voller Ekzeme war ihre Haut. Sie war eine erwachsene Frau, gefangen im Körper und im Geist eines kleinen Kindes.

»Der große Mann«, sagte sie unter Mühen, weil ihr Mund ganz trocken war.

Ma Li ergriff das Wasserglas, hob den Kopf der Schwester

behutsam an und flößte ihr vorsichtig ein paar Schlucke ein. »Du hast wieder von dem großen Mann geträumt?« fragte sie sanft.

»… gerufen … gerufen … Lingling, komm …«

Ma Li fuhr ein Schauer über den Rücken. Sie würde es nicht zulassen, daß ein Geist aus dem Totenreich ihre Schwester rief. »Der große Mann kann auch noch warten.«

»Allein …«

»Nein! Er ist nicht allein. Alle sind bei ihm. Auch unsere Mama ist bei ihm.«

»Mama«, seufzte Lingling, leise, während sie wieder in ihrem Fiebertraum versank: »Jadepalast …«

Ich werde es tun, beschloß Ma Li. Ich werde ins das Hotel gehen und mit dem Japaner schlafen. Zuerst werde ich mir das Medikament geben lassen, und dann werde ich einfach die Augen schließen. Es wird nicht mir geschehen, sondern einer anderen, einer fremden Frau, die nichts mit mir zu tun hat. Eine andere Frau wird tun, was von mir verlangt wird.

Nun, wo die Entscheidung getroffen war, fühlte sich Ma Li sonderbar stark und erleichtert. Ein paar Stunden nur noch, dann würde sie das Medikament haben. Sie konnte nur hoffen, daß sie sich jemals würde verzeihen können und sich der Jadepalast nicht für immer in Luft auflöste.

In der Nacht waren immer wieder Schüsse durch die Straßen gepeitscht, auch wütende Salven von Maschinengewehrfeuer. Manchmal drangen sogar vereinzelte Wutschreie und das Heulen von Motoren bis in das Haus der Familie Liu. Als der Himmel sich erhellte und der Sonnenaufgang nicht mehr fern war, erklangen aber zum erstenmal Gewehrschüsse ganz in der Nähe. Das Feuer wurde sofort erwidert. Ma Li ging zum Fenster und spähte in die Dämmerung. Es sollte ein verregneter, stürmischer Tag werden. Die Japaner zogen ihre Schlinge immer enger um die Stadt. Vorgestern waren sie mit einer Flotte von 27 Kriegsschiffen den Huangpu hinaufgekommen. Ihr Flaggschiff, die *Idzumo*, mit ihren mächtigen Bordkanonen ankerte zur Einschüchterung direkt am *Bund.* Dahinter lagen weitere 26 Schiffe. Überall in der Stadt waren Barrieren aus Stacheldraht gezogen worden, wurden Gräben ausgehoben und Maschinengewehre in Position gebracht. Kriegsrecht herrschte in der Internationalen Siedlung. Die chinesische Armee hatte Verstärkung nach Shanghai geschickt, aber trotzdem waren Millionen von Menschen in den Chinesenvierteln, die vor Jahren schon einmal einen verheerenden japanischen Bombenangriff erlebt hatten, in Panik geraten. Hunderttausende hatten ihre Häuser verlassen und suchten nach Schutz und Sicherheit. In der Stadt herrschte das Chaos, und es wurde mit jedem Tag schlimmer.

Es ist, dachte Ma Li bitter, das passende Szenario für das, was heute zu tun ist.

»Erschrick nicht!« flüsterte er, doch natürlich zuckte sie zusammen, als Benjamin Liu plötzlich hinter ihr stand. Er zog sie vom Fenster weg und zog die Vorhänge zu.

»Die Schießereien kommen näher, nicht wahr?« fragte sie. »Werden sie die ausländischen Siedlungen angreifen?«

Ihr Mann schüttelte den Kopf. »So verrückt sind nicht einmal die Japaner. Leider. Dann hätten England, Frankreich und Amerika keinen Grund mehr, sich herauszuhalten.«

»Aber die chinesischen Stadtteile …«

»Für die wird es sicherlich schlimm werden.«

Gut, dachte sie kühl. Das Cathay Hotel lag auf sicherem Boden, in der Internationalen Siedlung. Das Schlimmste, was noch passieren konnte, war, daß Zhang Yues Freund zu beschäftigt damit war, chinesische Frauen und Kinder zu ermorden und das vereinbarte Treffen vergaß. Sie erschrak nicht einmal mehr über diesen widerlichen Gedanken. Mit diesen Gedanken hatte sie nichts zu tun, sie gehörten einer anderen, fremden Frau. Ma Li hatte sich vorgenommen, von jetzt an zu funktionieren wie eine Maschine. Eine Maschine, die Lingling das Leben retten würde.

»Ma Li, ich sage es ungern, aber es ist nun Zeit. Wir müssen aufbrechen.«

Seine Worte zogen ihr beinahe den Boden unter den Füßen weg.

»Aufbrechen? Aber wohin?« stammelte sie.

»Es ist alles vorbereitet. Wir werden zuerst nach Nanjing fahren und von dort weiter nach Chongqing. Wenn wir zeitig genug sind, bekommen wir sogar noch einen Platz im Flugzeug.«

»Chongqing? Warum? Was ist vorbereitet? Wieso weiß ich von nichts?« Ihr Flüstern war so laut, daß er sie aus dem Zimmer zog, um Lingling nicht aufzuwecken.

»Weil Shanghai und auch Nanjing militärisch für uns nicht mehr zu halten sind«, erklärte Benjamin im Flur und suchte ihre Hände. »Wenn die Japaner erst einmal hier gelandet sind, wird es nicht mehr lange dauern und sie marschieren auf Nanjing, die Hauptstadt.«

»Du hast gerade selbst gesagt, daß sie die Internationale Siedlung nicht angreifen werden.«

»Das stimmt schon, aber das Leben hier wird nicht mehr sein, wie es war. Sollen unsere Kinder zwischen Stacheldraht und bewaffneten Posten aufwachsen? Ständig in Angst, gedemütigt und gefangen?«

»Sollen sie als Flüchtlinge in dem Dreckloch Chongqing aufwachsen?« fragte Ma Li trotzig zurück. Sie war entschlossen, keinen Schritt aus dieser Stadt zu tun. »Und was ist mit Lingling? Wie glaubst du, soll sie in ihrem Zustand die Reise überstehen?«

»Ma Li, denk an die Kinder!« beschwor er sie. Diese Worte verrieten ihn. Er hatte Lingling schon aufgegeben. Für ihre Schwester war kein Platz in seinem Fluchtplan. Sie zog ihre Hände zurück.

»Du willst sie hier zurücklassen!« sagte sie anklagend.

»Dr. Hashiguchi wird sich um sie kümmern. Er wird alles für Lingling tun. Ich bezahle ihm ein fürstliches Honorar!«

»Bezahlen, bezahlen – das ist alles, woran du denkst!«
Überwältigt von ihren Tränen wandte sie sich ab und suchte
Halt am Treppengeländer. Unten, am Eingang sah sie einen
Berg gepackter Koffer. Offenbar wollte er tatsächlich sofort
die Kleinen wecken und aufbrechen. Ma Li spürte selbst, wie
ungerecht sie war, wie sie seine Fürsorge für sie und ihre Kinder in eine schmutzige Tat verwandelte. Aber es war und blieb
eine Tatsache, daß sie nicht mehr zurück konnte. Sie würde
ihre Schwester retten. »Ich gehe nicht mit. Ich lasse Lingling
nicht allein.«

»Ich kann dich nur bitten, Ma Li. Ich kann dir nichts befehlen. Du weißt, daß die Japaner mich gerne festnehmen würden. Wenn sie mich bekommen, dann werden sie nicht sehr
freundlich mit mir umgehen.«

Sie würden ihn foltern und ermorden – ja, das wußte Ma Li.
Viel zu nahe war Benjamin Liu dem Finanzgenie des Chiang-
Kaishek-Regimes, dem genialen T.V. Soong. Außerdem stand
er auf viel zu freundschaftlichem Fuße mit den amerikanischen Militärs und Diplomaten in Shanghai. Die Japaner
fürchteten ihn – und was sie zu fürchten hatten, das vernich-
teten sie.

»Aber ich kann nicht«, wimmerte sie. »Ich muß Lingling
beschützen. Ich habe es geschworen.«

»Du hast alles für sie getan!« erwiderte er streng. »Sie ist todkrank. Es gibt keine Rettung. Du mußt dich damit abfinden.«

Um diese Frage mit ihm zu besprechen, hatte sie nicht die
Kraft. Sie konnte nur noch den Kopf schütteln. »Ich gehe
nicht weg.«

»Ma Li!« Er kniete vor ihr nieder, doch sie schüttelte heftig
weinend den Kopf.

»Bitte, tu das nicht. Steh auf, bitte!«

Er blieb vor ihr knien. »Ich liebe dich, und ich werde dich
nicht hier zurücklassen. Wir nehmen Lingling und Dr. Hashiguchi mit. Ich brauche noch einen Tag, um ihre Namen auf die

Liste zu bekommen. Es wird nicht leicht, einen Japaner nach Chongqing zu bringen.«

Sie zog ihn zu sich und schloß ihn in die Arme. »Ich liebe dich auch, ich liebe dich so sehr …« Eine andere, fremde Frau würde tun, was getan werden mußte.

»Trotzdem müssen wir schon heute von hier weg. Ich fürchte, daß die Japaner mit allen Mitteln versuchen werden, mich zu fangen. Wir ziehen für diesen einen Tag in die Französische Konzession. In dein Haus, dein Geburtstagsgeschenk. Nur für eine Nacht. Morgen brechen wir auf.«

»Ja.« Sie nickte eifrig. »Morgen brechen wir auf.«

Er streichelte ihr verweintes Gesicht. »Du hast nicht geschlafen?«

»Ich bin nicht müde. Es geht mir gut. Ich muß noch ein paar Besorgungen machen, bevor wir aufbrechen können.«

Die andere, die fremde Frau war klug und verschlagen. Schon hatte sie ihr Vorhaben abgesichert. Am Mittag würde sie aufbrechen – zu ihrem schändlichen Rendezvous. Und Lingling würde leben. Vielleicht ein paar Tage länger nur.

Aber ein paar Tage waren genauso wichtig wie viele Jahre. Es kam nur auf den Preis an, den ein liebendes Herz bezahlen würde.

Dr. Hashiguchi hatte seine Heimat schon vor vielen Jahren verlassen. Damals war Yokohama, seine Geburtsstadt, eine aufblühende und lebenslustige Stadt gewesen. Tanzbars waren eröffnet worden, und bunte Lichter machten in manchen Vierteln die Nacht zum Tage. Ein frischer Wind von Freiheit, Gleichheit und Modernität wehte durch ganz Japan, die starren Umgangsformen wichen einem weltoffenen Austausch und hitzigen Diskussionen um liberale Ideen, Demokratie und Parlamentarismus. Aber es hatte nicht lange gedauert, bis die ersten Schatten auf die verunsicherte Gesellschaft fielen. Brutale Schlägertrupps tauchten auf, kaisertreue Fanatiker,

Geheimbünde von Offizieren, die auch vor Mord und Erpressung nicht zurückschreckten. Dr. Hiro Hashiguchi, ein brillanter Arzt, der den kommunistischen Idealen zugeneigt war und gerne Kolumnen in fortschrittlichen Zeitungen schrieb, in denen er sich kritisch mit dem Kaiserhaus auseinandersetzte, sah sich plötzlich mit Morddrohungen gegen sich, seine Eltern, Geschwister und Freunde konfrontiert. Er war nicht aus dem Holz der Helden und Märtyrer geschnitzt, sondern mußte sich eingestehen, daß er nicht den Mut hatte, für seine Ideale zu sterben. Er rannte um sein Leben, flüchtete nach Shanghai, wo ein chinesischer Freund aus den Studientagen an der Kaiserlichen Universität von Tokio sich niedergelassen hatte. Dr. Hashiguchi lernte die chinesische Sprache und wurde Hausarzt einiger reicher Familien, die sich nicht länger auf die Heilkünste der traditionellen Medizin verlassen wollten. Darunter waren Fabrikanten und Bankiers, Beamte und Gangster wie Pockengesicht Huang Li und seine Gefährtin Elisabeth Lin. Ein lukratives Geschäft. Um sich selbst und seine Zukunft mußte er sich keine Sorgen mehr machen. Doch seine Heimat und was aus ihr wurde, betrachtete Dr. Hashiguchi aus der Ferne mit wachsender Angst. Die kaisertreuen Fanatiker wurden immer mächtiger. Sie geiferten immer wilder, mordeten immer frecher. Die kaiserliche Armee bot ihnen Schutz, und die großen Geldhäuser und Wirtschaftsbosse standen hinter ihnen und gierten nach den Schätzen und Märkten Asiens. Das eingeschüchterte japanische Volk, das die Fesseln des Feudalismus noch nicht abgestreift hatte und dem der absolute Gehorsam in Fleisch und Blut übergangen war, folgte ihnen wie eine Schafherde.

Dr. Hashiguchi sah den Krieg kommen, bevor er ausbrach. Doch er hatte sich damit abgefunden, daß er ihn nicht mehr aufhalten konnte. Er schämte sich für sein Land und dessen Menschenverachtung, für die grausame Kolonialherrschaft in Korea und die Errichtung eines Marionettenstaates in der

Mandschurei. Stets ahnte Dr. Hashiguchi, daß das noch nicht alles war. Er schämte sich seiner Flucht und versuchte, wenigstens zu lindern, wo er nicht helfen konnte. So oft er konnte, erschien er wie zur Buße in einem baufälligen, französischen Missionskrankenhaus unweit des Elendsviertels um Soochow Creek und behandelte ohne Entgelt die abscheulichsten Ausschläge, Schnittwunden und Mangelkrankheiten. Er half, Kinder zur Welt zu bringen, auch wenn die Säuglinge und ihre Mütter den Tag nicht überlebten. Zwischen Todesseufzern und Schmerzensschreien behandelte er Schuß- und Stichverletzungen, salbte Brandblasen und schiente gebrochene Knochen. Er atmete den fauligen Gestank des Todes und verlor nie die Hoffnung auf das Leben. Die dankbaren französischen Missionare hielten ihn wohl für ein Geschenk Gottes, und doch wurde er einmal zum Werkzeug des Teufels. Nein, er war kein Held und kein Märtyrer, und als die Schläger der *Qingbang*, der *Grünen Bande*, mitten in der Nacht in seinem Schlafzimmer standen und mit ihren Messern jonglierten, da widersetzte er sich nicht und tat, was sie ihm befahlen, und schmuggelte einen Brief in den Schreibtisch des Polizeichefs Huang. Obwohl er sich denken konnte, daß dieser Brief dazu benutzt werden sollte, das Pockengesicht zu vernichten. Dr. Hashiguchi tat es und schämte sich wieder. Und wieder ging er ins Hospital der Franzosen und tat, was er konnte.

Als die Japaner, seine Landsleute, im Januar 1932 den Stadtteil Chapei bombardierten, arbeitete er fast eine Woche lang ohne Pause. Er nähte abgerissene Körperteile wieder an, stillte Blutungen, amputierte, und wieder schämte er sich. Es wurde immer schlimmer. Es fehlte nicht mehr viel, und die Scham würde ihn auffressen. Mit den Japanern wollte er nichts mehr zu tun haben. Es hatte ihn eine unbeschreibliche Überwindung gekostet, sich demütig und fromm bei den Ärzten im Hospital der Marine vorzustellen und um Medikamente für seine langjährigste Patientin zu bitten, die zwergenwüchsige Lingling. Doch es war der letzte Ausweg. Franzosen, Briten, Amerikaner, sie alle hatten ihm schon eine Absage erteilt. Die Forschungsabteilung der japanischen Marine, teilten man ihm mit, experimentierte im japanischen Hospital in Shanghai mit einem Wirkstoff, der dem neu entdeckten, aber noch nicht ganz erforschten Penicillin ähnelte, das bei Infektionen gut zu helfen schien.

Aus Scham und Schuldgefühlen hatte Dr. Hashiguchi seine Abneigungen überwunden und war bei einem gewissen Dr. Monobe vorstellig geworden, der, wie sich herausstellte, ebenfalls ein Absolvent der Kaiserlichen Universität von Tokio war, was ihre erste Begegnung deutlich vereinfachte. Dr. Monobe bestätigte die Penicillin-Forschung – aber er konnte oder wollte nicht helfen. Wieder und wieder suchte Dr. Hashiguchi den Arzt auf. Je ernster Linglings Fieberschübe wurden, desto öfter saß er stundenlang im Vorzimmer, bis der Laborarzt ihn endlich vorließ. Lingling zu retten kam ihm immer mehr vor wie seine heilige Mission. Den hilflosen Zwerg China vor dem menschenfressenden Monstrum Japan zu retten – das war seine Aufgabe.

Nun saß er schon wieder hier, seit Stunden schon, den Hut demütig in seinen Händen, obwohl er wußte, daß nach dieser Nacht der Feuergefechte in der Chinesenstadt die Schlange der Bambustragen mit Verwundeten und Sterbenden vor dem französischen Hospital wieder besonders lang sein würde.

»Dr. Monobe kann Sie jetzt empfangen«, sagte endlich der Bürochef in seinem weißen Kittel. »Aber die Zeit ist knapp!«

»Ich werde ihn nicht lange aufhalten«, erwiderte Dr. Hashiguchi und tauchte flink in das Arbeitszimmer des Forschers, das eine belebte Straße in Hafennähe überblickte, in der Tausende Flüchtlinge, ihre Habe auf dem Kopf balancierend, vor den Japanern flohen.

»Schauen Sie sich das an«, empfing ihn der Kollege, der am

Fenster stand und hinunterblickte. »Wie Ameisen transportieren manche das Sechsfache ihres Körpergewichts. Erstaunlich, finden Sie nicht?«

Dr. Hashiguchi, der wußte, was Menschen transportieren konnten, wenn sie in Todesangst waren, enthielt sich der Antwort. »Ich danke Ihnen, daß Sie noch einmal Zeit für mich hatten«, sagte er statt dessen und verbeugte sich tief.

»Sie sind wirklich sehr hartnäckig, Hashiguchi. Das ist heute das zehnte Mal, daß Sie bei mir vorsprechen.«

»Das zwölfte Mal, um genau zu sein«, korrigierte Hashiguchi mit einer weiteren, demütigen Verbeugung.

»Und ich kann Ihnen immer noch keine andere Antwort geben. Wir haben nichts von dem Zeug übrig. Jetzt noch weniger als vorher, weil plötzlich zwei Ampullen von der Marine beschlagnahmt wurden, für welche Zwecke weiß ich nicht.«

»Ich möchte Ihnen einen Handel anbieten.« Dr. Hashiguchi hatte sich seine Worte sehr lange und sehr verzweifelt überlegt. »Dies ist mein letzter Besuch. Meine Patientin wird keinen Tag mehr länger leben. Deswegen appelliere ich heute nicht an Ihre Menschlichkeit und auch nicht an den guten Geist der Universität. Ich appelliere an Ihren pathologischen Forschergeist …«

Dr. Monobe fuhr herum, ein dicklicher, kahler Mann mit dicken Brillengläsern. »Was ist das für ein letztes Angebot? Was haben Sie zu bieten?«

Dr. Hashiguchi holte tief Atem. Er hatte dies nicht mit Wang Ma Li besprochen, er hatte es selbst beschlossen. Er brauchte das Mittel, um Lingling wenigstens über den Sommer zu bringen.

»Ich biete Ihnen zur Vivisektion und Gewebsanalyse den Körper einer etwa dreißigjährigen Chinesin, die nur 56 Zentimeter groß ist.« Nun war es heraus, weil es keinen anderen Weg gab. Er wollte Linglings Leiche verschachern für Linglings Leben.

»56 Zentimeter? 30 Jahre alt? Das ist selten! Wie konnte sie denn überhaupt so alt werden?«

»Das genau kann nur die Vivisektion erklären.« Dr. Hashiguchi haßte sich und schämte sich wieder einmal. Er hatte ein wenig recherchiert. Dr. Monobe hatte noch in Tokio sehr intensive Forschungen an kleinwüchsigen Menschen betrieben und einen Aufsatz über ihren Stoffwechsel verfaßt, der vielen als wegweisend galt.

Der Arzt biß auch sofort an. »Wann kann ich die Frau haben?« fragte er kühl.

Dr. Hashiguchi war kaum erstaunt, daß dieser unheilige Handel sofort auf so viel Gegenliebe stieß. Wie würde sich Wang Ma Li freuen, wenn er endlich das Heilmittel brachte! Natürlich durfte er ihr niemals erzählen, zu welchem Preis er es erkauft hatte. »Wenn sie gestorben ist. Selbst mit einem Wundermittel wird das nicht mehr lange dauern. Wann kann ich das Medikament bekommen?«

Dr. Monobe lächelte maliziös. »Meinetwegen sofort, aber wenn Sie säumig werden sollten, Dr. Hashiguchi, werde ich Sie in der Mitte durchschneiden lassen und Ihren Körper der Vivisektion unterziehen. Haben Sie das verstanden?«

Es regnete, und der Wind blies aus allen Richtungen. Manchmal verjagte der Sturm den Regen für kurze Zeit, um ihn dann mit doppelter Macht zurückzutreiben. Die andere, fremde Frau kämpfte sich mühsam vorwärts durch ein nasses, vieltausendköpfiges Wesen aus Köpfen und Leibern, das getrieben von panischer Furcht weg strebte vom Hafen, aus dem Chinesenviertel, aus der Reichweite der japanischen Kanonen. Ein Stöhnen und Jammern war im Bauch dieses Wesens zu hören, ein Keuchen und Wimmern. Alles, was die Menschen in ihren Schubkarren und Handwagen, in Taschen und Körben auf den Schultern oder mit bloßen Händen wegtragen konnten, schleppten sie mit sich. Greisinnen und kleine Kinder stolperten verloren und hilflos dahin. Wer strauchelte und fiel, der kam nicht wieder auf die Beine. Das vielköpfige Monstrum der Angst hatte nur ein Ziel: hinein in die Sicherheit der Internationalen Siedlung oder der Französischen Konzession.

Die andere, fremde Frau kämpfte sich hinaus über die Gartenbrücke, den einzigen offenen Zugang zur Internationalen Siedlung. *Ich werde es nicht rechtzeitig ins Hotel schaffen, ich werde zu spät kommen!* dachte sie.

Ma Li hatte ihrer Schwester einen Milchreis mit Zimt als Frühstück ans Bett gebracht, aber Lingling war zu schwach gewesen, auch nur den Mund zu öffnen. Ihre Lider flatterten, ihr Atem war heiß. Ma Li hatte ihr Haar gestreichelt, hatte ihre Hände gehalten und die Stirn getupft. Es gab nun nur noch eines, was sie zu tun hatte, und das würde die andere, fremde Frau für sie erledigen. Wenn Lingling das Medikament bekam, dann würde das Fieber verschwinden und sie würde wieder zu Kräften kommen, und dann konnten sie tatsächlich morgen Shanghai verlassen. Dr. Hashiguchi würde, wenn er wie immer am Mittag zu seinem Kontrollbesuch kam, von Benjamin Liu ein Angebot bekommen, das er unmöglich ablehnen konnte. Sobald sie mit dem Medikament zurück war, würden sie mit ihren Koffern in das Tudor-Haus umziehen. Auch das würde Lingling wieder Kraft geben. Die Erinnerung an die glücklichen Jahre würde zurückkehren und sie heilen. Gute Gedanken konnten alle Krankheiten heilen.

Endlich lichtete sich die Menge, und der Regen hörte wieder auf. Nun waren es nicht mehr Tausende, sondern nur noch Hunderte, die sich auf der Straßen drängten. Zwei Blocks weiter winkte die fremde, andere Frau eine Rikscha heran. Der unerschrockene Kuli, dem sie ein fürstliches Entgelt bot, rannte los in Richtung Bund, als würde er von bösen Geistern gejagt.

Sie erreichte das Hotel zehn Minuten vor dem Termin. Selbst hier waren die Straßen überfüllt mit Flüchtlingen. Sie

kauerten erschöpft an den Mauern der Geld- und Handelshäuser. Manche fluchten, andere weinten, die meisten starrten
jedoch nur mit leeren Gesichtern ins Nichts. Frauen stillten
ihre Kinder, Händler huschten durch die Reihen und versuch-
ten, den Heimatlosen ihre letzte Habe billig abzukaufen.

Die andere, fremde Frau, gut gekleidet und eine besondere
Erscheinung trotz ihrer nassen Kleidung, wurde von den
strengen Türstehern sofort als Dame erkannt. Sie betrat das
Hotel durch die Drehtür und sah sich im Foyer um. Was
wurde von ihr erwartet? Sollte sie am Schalter nach Commodore Iwamoto fragen? Sollte sie mit einem Schild vor der
Brust hier stehen und warten? *Brauche Medizin – biete Körper*? Sollte sie doch schnell wieder verschwinden und ihre
Schwester sterben lassen?

»Sind Sie Madame Wang?« Ein Knabe mit einem kindlichen
Gesicht, der einen Anzug trug. Sein Chinesisch klang fremd
und abgehackt. Ein Japaner, der es angesichts der aufgeheizten
Stimmung in der Stadt für geraten hielt, nicht in seiner Mari-
neuniform aufzutreten.

»Sind Sie Iwamoto?« fragte die fremde, andere Frau erstaunt. Sollte sie mit diesem Jüngling schlafen?

»Ich bringe Sie zu ihm. Er erwartet Sie im Zimmer.«

Nun gab es kein Zurück mehr. Sie folgte dem jungen Mann,
und es war, als ginge sie auf Wolken. Wieso hatte sie nicht
daran gedacht, sich starken Alkohol zu besorgen? Oder sogar
Opium? Beides hatte sie nie probiert, nun wäre jedoch ein
guter Moment gewesen, damit anzufangen. Vielleicht wartete
der japanische Kavalier ja mit einer Flasche Champagner,
dachte sie, und plötzlich, noch auf dem Weg zum Lift, mußte
sie laut lachen. Der junge Japaner sah sie beleidigt an.

»Stimmt etwas nicht?« fragte er erbost.

Sie konnte nicht antworten, prustete in ihre Hand. Stand
Zhang Yue irgendwo hinter einem Vorhang und beobachtete
sie? Gewiß! Wie sonst hätte sie der Knabe so schnell erkennen

können? Zhang würde sich diesen Triumph nicht entgehen lassen – wie die Jadeprinzessin zur Hure wurde.

Die andere, fremde Frau sah sich um, ohne Zhang allerdings irgendwo zu entdecken. Sie war versucht, etwas in den vornehmen Saal zu schreien, etwas Böses und Unflätiges, aber sie schwieg, denn sie war ja gar nicht Ma Li. Diese Strafe, diese Prüfung konnte sie gar nicht betreffen.

Das Zimmer wies zur Straße hinaus. Nicht einmal Klasse hatte der Japaner. Ein billiges Zimmer war ihm genug. Er war klein und sehr behaart. Das Jackett lag über dem Stuhl. Er stand mit dem Rücken zum Fenster, hatte sein Hemd geöffnet und rauchte eine Zigarette. Der Junge, der sie hergebracht hatte, verbeugte sich tief vor ihm und ging rückwärts aus dem Zimmer. Der Japaner sah sie prüfend an und nahm einen tiefen Zug aus seiner Zigarette. Sein Gesicht verformte sich dabei zu einer Grimasse. Er sagte ein paar harsche Worte in seiner Sprache, welche die andere, fremde Frau aber nicht verstand.

»Sie müssen sich schon dazu herablassen, in meiner Sprache mit mir zu reden«, belehrte sie ihn kühl. »Oder sprechen Sie vielleicht Englisch oder Französisch?«

Er schien zu fluchen und trat seine Zigarette aus. »Ich spreche Chinesisch«, erklärte er dann barsch. »Aber ich spreche es nicht gern. Es ist keine wirkliche Sprache, nicht mehr als ein Grunzen und Jaulen.«

»Wie Sie meinen! Wo ist das Medikament?«

Er fischte mit kaltem Grinsen zwei braune Ampullen aus seiner Brusttasche. »Du wirst mehr davon brauchen. Ich habe mich bei den Ärzten genau erkundigt. Du brauchst mindestens zwei davon jede Woche.«

Es war ihr, als wäre eine eiserne Käfigtür hinter ihr zugefallen. Sie verbot sich jede Regung ihres bis zur Unkenntlichkeit geschminkten Gesichtes. Jetzt war nicht die Zeit, über die nächste Dosis nachzudenken. Jetzt war die Zeit, Lingling durch die nächste Nacht zu bringen.

»Erst einmal will ich diese Ampullen.« Sie deutete auf die Behälter, die wieder in seiner Brusttasche verschwunden waren.

»Chinesen sind dumm«, stellte er fest und steckte sich eine neue Zigarette an. »Wie willst du denn sicher sein, daß ich dir nicht wertloses Hafenwasser mitgebe?«

»Ich vertraue dem Wort eines ehrenhaften, japanischen Offiziers«, sagte sie entwaffnend.

Er blickte kurz zu Boden und dann wieder direkt in ihre Augen. »Du hast recht, aber du wirst mehr davon brauchen. Ich kann dir mehr davon besorgen. Allerdings werden wir über den Preis reden müssen.«

Die andere, fremde Frau war nicht in der Position, aufsässig zu sein. Später, in Ruhe, würde sie das alles mit Ma Li besprechen. Jetzt hatte sie nur das eine Ziel, mit den beiden Ampullen das Hotel auf dem schnellsten Wege wieder zu verlassen.

»Dann nennen Sie mir den Preis«, sagte sie daher schnell.

»Informationen über deinen Mann. Ich will wissen, wen er trifft und was er mit seinen Freunden bespricht. Ich will wissen, was die Amerikaner denken und vorhaben, und natürlich will ich auch auf dem neuesten Stand sein, was die Pläne der sogenannten chinesischen Regierung angeht.«

»Das ist leicht«, sagte sie mechanisch. Nur jetzt mitspielen, funktionieren. Alles weitere würde sich finden, wenn Ma Li wieder die Kontrolle übernahm.

Erneut wandte er sich seiner Zigarette zu. »Und jetzt zieh dich aus«, sagte er.

Er konnte sich nicht erinnern, jemals in seinem Leben so verwirrt und angespannt gewesen zu sein. Alles schien plötzlich aus der Ordnung zu kommen, alles fiel auseinander. Das Land, diese Stadt – und auch seine Familie. Ma Li war plötzlich wie eine Fremde. Sie war abweisend und gereizt. Gegen seinen ausdrücklichen Rat, gegen seine Bitten sogar war sie aufgebrochen, um in der Stadt Besorgungen zu machen. Als wäre dieser stürmische Samstag, an dem überall die Finger nervös an den Abzügen der Gewehre lagen, an dem die halbe Stadt auf der Flucht war und die Japaner jeden Moment angreifen konnten, ein ganz normaler Tag. Es war schlicht nicht mit ihr zu reden. Sie schloß sich ein, als sie Lingling das Frühstück brachte. Er klopfte immer wieder zaghaft an die Tür, aber sie ließ ihn nicht zu sich. Dann war sie aufgebrochen. Sie wollte keinen Fahrer und keinen der russischen Leibwächter, sondern ging allein. Benjamin kannte sie lange genug, um zu wissen, daß gutes Zureden nichts ausrichten würde. Ma Li war nicht die Frau, die sich beschützen lassen wollte, und doch konnte er sie nicht unbeschützt ziehen lassen, nicht an diesem Tag. Er schickte ihr seine besten Männer hinterher. Wassilij und Yurij – Tadschiken, die flink und wendig waren und asiatisch genug aussahen, um nicht sofort aufzufallen.

Benjamin blieb mit den Kindern, dem Hauspersonal und den gepackten Koffern zurück. Am Mittag erschien endlich Dr. Hashiguchi. Er nahm den Arzt beiseite, bevor er noch zu Lingling gehen konnte.

»Wir werden morgen nach Nanjing aufbrechen und von dort aus weiter nach Chongqing«, eröffnete er dem sprachlosen Japaner. »Auch Lingling!«

»Nein, das ...« Weiter kam der Japaner nicht.

»Und auch Sie! Packen Sie das Wichtigste zusammen und kommen Sie heute nacht noch in das Tudor-Haus, das einmal dem Pockengesicht gehört hat.«

»Aber ...«

»Ich zahle Ihnen jeden Preis, aber kommen Sie mit. Wenn Sie nicht mitkommen, muß Lingling zurückbleiben, und ohne Lingling geht meine Frau nicht.«

»Lieber, verehrter Her Liu ...«, wollte der Arzt einwenden.

»Sagen Sie nichts!« Benjamin Liu hob drohend seinen Zeigefinger. »Sagen Sie vor allen nicht nein, denn dann werde ich

296

Sie umbringen lassen. Das sind nicht meine üblichen Methoden, aber ich bin verzweifelt. Sie sollten meinen Zustand daher nicht unterschätzen.«

Der Doktor senkte den Kopf. Die zweite Morddrohung innerhalb nur weniger Stunden. Was für eine Zeit! »Ich habe verstanden«, flüsterte er. »Würden Sie mich jetzt bitte zu meiner Patientin lassen, denn ich habe endlich das Medikament, auf das wir so lange gewartet haben!«

Atemlos vor Anspannung stand Benjamin wenig später in der Tür und beobachtete den Doktor, wie er die Injektionsnadel mit der Flüssigkeit aus einer braunen Ampulle füllte. Er wünschte sich, daß Ma Li hier sein könnte. Wie sehr hatte sie diesen Moment herbeigesehnt! Dr. Hashiguchi hatte die Brille auf die Stirn geschoben und starrte aus zusammengekniffenen Augen in höchster Konzentration auf die Spritze, wandte sich dann Lingling zu und zog die Bettdecke von ihrem Oberkörper. Er tastete nach ihrem Puls.

Jetzt wird das Wunder geschehen, dachte Benjamin Liu erleichtert. Lingling wird gesund. Wir können aufbrechen. Der Arzt kommt mit uns. Wir werden wieder eine glückliche Familie, weit weg zwar, in Chongqing, doch nichts wird uns mehr trennen.

Dann sah Benjamin, wie der Arzt die Spritze auf dem Nachttisch ablegte und sich auf dem Stuhl neben Linglings Bett niederließ.

»Was ist?« fragte Liu. »Warum geben Sie ihr die Spritze nicht?«

»Es ist zu gefährlich«, sagte Dr. Hashiguchi nach langem Schweigen. »Sie ist sehr schwach. Selbst die kleinste Dosis könnte zuviel sein. Sie muß erst eine Infusion bekommen, aber die kann ich nur im Krankenhaus verabreichen.«

»Warum fällt Ihnen das jetzt erst ein?« grollte Benjamin und bereute es sofort. Verdammt, er brauchte diesen Arzt! »Kein Problem. Mein Wagen wird Sie ins Krankenhaus bringen.«

»Sofort!« drängte Hashiguchi. »Wir dürfen keine Zeit verlieren.«

Benjamin eilte die Treppe hinunter und schrie nach seinem
Fahrer, während der Doktor vorsichtig die kostbare Spritze in
ein Tuch wickelte und sie in seinem Lederköfferchen verstaute. Kein Tröpfchen ging verloren. Gut so. Sicherlich würde
er mit dem Medikament noch das eine oder andere Leben in
der französischen Missionsklinik retten können. Dieses eine,
kleine Leben hier jedoch nicht mehr.

Lingling war tot, und er mußte sie im Hospital der Marine
bei Dr. Monobe abliefern, sonst war er seines Lebens nicht
mehr sicher. Er packte den leblosen, erkalteten Körper fest in
die Bettdecke und ging nach unten, wo der Wagen bereits wartete.

»Bitte, richten Sie Madame Ma Li aus, daß ich alles Men-
schenmögliche getan habe und weiterhin tun werde«, sagte
Dr. Hashiguchi zum Abschied.

»Ja, das richte ich aus. Sobald es Lingling besser geht, kommen Sie zu dem Tudor-Haus in der Französischen Konzession!« befahl Benjamin Liu. »Aber nicht später als morgen
acht Uhr.«

»Ich werde dort sein«, log Dr. Hashiguchi – und schämte
sich dafür.

3. KAPITEL

Shanghai, 14. August 1937

Wieder hatte der Regen aufgehört. Weiße Wolkenfetzen jagten vor einem grauen Himmel landeinwärts. Benjamin Liu nahm Xiao Sheng bei der Hand und führte ihn in den Garten. Der Junge widersetzte sich diesmal nicht seinem Vater. Er spürte, daß große Veränderungen bevorstanden. Schweigend gingen sie über den gepflegten Rasen zu einem Rosenbusch, den Ma Li besonders liebte und hingebungsvoll pflegte, und schweigend gingen sie wieder zurück zur Terrasse.

»Ich habe kaum eine Erinnerung an meinen Vater«, sagte Benjamin Liu wie zu sich selbst. »Ich war nur wenig älter, als du heute bist, da schickte er mich auf die Schule nach Amerika ...«

Xiao Sheng, dessen Verstand schnell war, schöpfte sofort Verdacht. »Und jetzt willst du mich nach Amerika schicken?«

Liu lächelte. »Willst du das denn?«

»Nein, ich will hier bleiben. Dies ist mein Land.«

»Also gut. Als ich zurückkam aus Amerika, war ich schon ein erwachsener Mann. Meinen Vater habe ich nie wiedergesehen. Er starb kurz vor meiner Rückkehr.« Daß der alte Robert Liu keines natürlichen Todes starb, mußte der knapp Zehnjährige nun wirklich nicht wissen.

»Das ist eine traurige Geschichte«, seufzte Xiao Sheng pflichtschuldig.

»Ich erzähle dir das, weil du lernen sollst, daß man manchmal Abschied nehmen muß im Leben, auch wenn es schwerfällt. Und für uns ist jetzt die Zeit, Abschied zu nehmen.«

»Du willst uns verlassen, Papa?« Benjamin Liu konnte nicht

anders – er war gerührt. Oft dachte er, der Junge lehne ihn ab und verachte ihn. Vielleicht weil er irgendwie spürte, daß sein wirklicher Vater ein anderer war, aber nun, als er in seine angstvoll geweiteten Augen sah, da wußte Benjamin Liu, daß es nicht stimmte. Für den Jungen war er tatsächlich der Vater.

»Nein, ich werde euch nicht verlassen, niemals. Wir alle werden dieses Haus und diese Stadt zusammen verlassen und für kurze Zeit in einer anderen Stadt wohnen. Wir kommen aber nach Shanghai zurück, nur ist es im Moment hier einfach zu gefährlich. Du hast vielleicht in der Nacht die Gewehrschüsse gehört.«

»Natürlich«, sagte der Junge. Sein Gesicht verfinsterte sich. »Das waren die verdammten Japse.«

Liu ging in die Knie, um dem Jungen direkt in die Augen zu sehen.

»Du hast die Koffer schon gesehen, nicht wahr? Alles ist gepackt. Wir gehen jetzt noch einmal in unser Haus und holen Xiao Tang und Yuanyuan, und dann fahren wir alle gemeinsam in ein Haus, das eure Mutter so sehr geliebt hat. Sie ist dort aufgewachsen und wird dort auf uns warten. Morgen früh brechen wir nach Nanjing auf.«

In Xiao Shengs Gesicht arbeitete es heftig. »Wir hauen also ab? Wir flüchten vor den Japsen?«

»Ich würde es nicht Flucht nennen. Eher einen taktischen Rückzug. Daran ist nichts Schändliches.«

»Was wird aus Tante Lingling. Sie ist krank. Kann sie denn überhaupt reisen?«

Guter Gott, der Knabe war klug, dachte Benjamin Liu. Er vergaß nichts.

»Dr. Hashiguchi kommt mit uns und wird sich um sie kümmern. Er hat ein neues Medikament. Tante Lingling wird bald wieder gesund sein.«

Xiao Sheng nickte feierlich. Seine Stimme war glockenhell und von der resoluten Festigkeit, die nur ein Zehnjähriger zustande bringt: »Das ist gut. Ohne Tante Lingling wäre meine Mutter sicherlich nicht mitgekommen. Sie hängt sehr an ihr, vielleicht sogar mehr als an uns.«

»Das ist Unfug! So etwas darfst du nicht einmal denken«, sagte Benjamin Liu, der denselben Gedanken auch schon mehrfach erwogen und schnell wieder beiseite geschoben hatte. Schon fielen wieder die ersten, feinen Regentropfen. »Laß uns jetzt hineingehen und alles fertig machen. Wir müssen los ...«

Plötzlich erklang das Brummen von Motoren. Schnell näherte sich das Geräusch. Es kam aus den Wolken. Xiao Sheng, der sich so gut mit Flugzeugen auskannte, ließ die Hand seines Vaters los und rannte zur Ecke des Gartens. »Papa, sieh mal, das sind chinesische Bomber vom Typ Northorp.«

Benjamin Liu blickte auf und zählte fünf Kampfflieger, die in geringer Höhe über die Stadt herangerast kamen. Sie hielten genau auf den Bund zu, auf die japanische Flotte.

»Was, zum Teufel, haben sie vor?« fluchte er. »Sie können doch nicht die japanische Flotte angreifen ...«

Er beobachtete, wie sich vom ersten Flugzeug etwas löste und zur Erde stürzte. Viel zu früh – diese Bombe konnte nicht die *Idzumo* getroffen haben, dachte er in Panik. Diese Bombe war mitten in die Stadt gefallen! Noch bevor er die Detonation hörte, die selbst an ihrem Haus noch die Scheiben zum Klirren brachte, hatten die Northorp-Jäger ihren mißglückten Angriff abgebrochen und schnell abgedreht, um sich in alle Winde zu zerstreuen.

»Xiao Sheng ...« Er faßte wiederum die Hand des Jungen, diesmal, weil er selbst Halt suchte, und starrte auf die riesige, schwarze Rauchwolke, die über den Häusern am Bund emporwuchs. »Wie schwer sind die Bomben, die diese Flugzeuge abwerfen?«

»Kommt darauf an ... Sie können bis zu zweitausend Pfund wiegen«, antwortete der Knabe, der nicht verstand, was soeben geschehen war. Zweitausend Pfund Sprengstoff mitten hinein in die Straßen, die von verzweifelten Flüchtlingen überschwemmt waren.

Die andere, fremde Frau nahm die beiden braunen Ampullen an sich und versenkte sie vorsichtig in ihrer roten Handtasche. Sie kannte keine Tränen und keine Reue, spürte keine Demütigung. Sie war eine Maschine, die ein Leben zu retten hatte. Der Japaner lag auf dem Bett in seiner behaarten Nacktheit, rauchte und sah ihr zu, wie sie sich ankleidete.

»Wir sehen uns nächste Woche wieder«, sagte er. »Ich erwarte einen genauen Bericht. Uhrzeiten, Namen, Pläne. Dann bekommst du die nächste Dosis.«

Sie hatte nichts zu antworten.

»Gleiche Zeit, gleicher Ort. Das Zimmer ist für uns reserviert.«

Sie schloß die Tür hinter sich und stand lange im Korridor. Das Laufen tat weh, das Denken schmerzte. Laufen mußte sie, denken nicht. Sie steuerte auf den Lift zu und ließ sich hinunterbringen. Wartete Zhang Yue auf sie? Das war nicht wichtig. Wichtig waren die beiden braunen Ampullen. Die Lobby war belebt. Vornehme Geschäftsleute, feine Damen. Sie schlich sich unbemerkt zum Ausgang und hinaus in den Sturm. Der Regen hatte zum Glück wieder einmal aufgehört. Sie überlegte kurz und entschloß sich, erst zum Bund zu gehen. Vielleicht wartete dort Ma Li. Einst war sie hier angekommen, aus Amerika. Voller neuer Ideen, voller Hoffnungen und Sehnsüchte. Beide Männer ihres Lebens waren mit ihr auf dem Schiff gewesen. Ma Li hatte es gut, es gab nur diese beiden Männer in ihrem Leben. Beide liebten sie. Die andere, fremde Frau liebte niemanden und wurde nicht geliebt. Sie sah den japanischen Zerstörer, die *Idzumo* mit ihren zwei Masten und den Bordgeschützen, und hätte sich fast übergeben.

Nicht denken, nicht erinnern! Es gab nichts zu erinnern.

302

Nichts war wichtig, nur die beiden braunen Ampullen.

Sie hörte das Brummen von Motoren: Flugzeuge, dachte sie. Wer fliegt so tief über der Stadt? Im wolkenschweren Himmel konnte sie nichts ausmachen, aber die Kanone des Zerstörers *Idzumo* bewegte sich. Sie fuhr herum und zielte auf die Stadt. Plötzlich hob sich das Rohr und suchte sein Ziel im Himmel, und dann pfiff es schauerlich, als hätte sich ein Tor zur Hölle geöffnet. Sie sah noch, wie die Jagdflugzeuge im Tiefflug über den Bund schossen und abdrehten, und dann folgte die Explosion. Eine Druckwelle schleuderte sie gegen eine Wand. Sie verlor das Bewußtsein.

Als sie aufwachte, kauerte sie, eingehüllt von Rauch, am Boden. Auf ihren Beinen lag ein abgetrennter Arm. Warmes Blut sickerte in ihren Schoß. Sie schrie und warf den Arm von sich. Sie hustete, rang nach Luft. Mit jedem Atemzug sog sie Staub und Qualm in ihre Lungen. Die Handtasche! Die braunen Ampullen! Tief gebeugt, tastete sie den nassen Boden ab. Nichts. Die Druckwelle hatte ihr die Tasche von der Schulter gerissen. Sie stieß auf einen rotschwarzen Klumpen, feucht und warm. Ein kleiner Fuß! Wie unversehrt ragte er aus dem blutigen Bündel hervor.

Ma Li fuhr entsetzt zurück und wäre beinahe über eine weitere Leiche gestolpert, die grotesk verrenkt hinter ihr auf dem Pflaster der Hafenpromenade lag. Sie hörte sich atmen, hörte sich wimmern.

»Die Tasche, die Tasche!«

Der Sturm gewann wieder an Kraft und jagte den Dunst aus feinem Staub stadteinwärts. Wieder begann es zu regnen. Ihre Handtasche war nirgends zu finden. Allmählich sickerte in ihr Bewußtsein, was geschehen war. Eine Bombe. Viele Tote. Wehklagende Schreie gellten aus der Straße vor dem Cathay Hotel.

Die Tasche! Sie sah einen roten Gegenstand, halb begraben unter Trümmern und Geröll. Es war nicht ihre Tasche, sondern eine Uniform. Es war der Arm und die halbe Schulter eines der Türsteher aus dem Cathay Hotel.

Zwei starke Hände ergriffen sie von hinten.

»Kommen Sie, Madame!« Wassilij, der Tadschike, einer der Leibwächter ihres Mannes, schaute sie an. Sein Gesicht war weiß von der Staubwolke, die alles eingehüllt hatte.

»Wo ist meine Tasche?« schrie sie ihn in höchster Verzweiflung an. »Ich brauche meine Tasche! Ich gehe hier nicht weg ohne meine Tasche!«

Der Tadschike half ihr bei der Suche. Sie wunderte sich nicht, daß er hier aufgetaucht war. Er weinte, während seine Hände hektisch Trümmer beiseite räumten.

»Yurij ist tot. Sein Kopf ist weg.«

»Es war eine Bombe. Die Japaner haben eine Bombe geworfen!«

»Nein!« schrie er auf. »Nicht die Japaner! Die Bombe kam von einem chinesischen Flugzeug. Ich habe es genau gesehen. Ich bin schnell in einen Hauseingang. Yurij war zu langsam.«

Endlich! Ihre Tasche! Sie ging in die Knie und barg das rote Lederstück aus einem Haufen von Geröll und wollte nach den Ampullen greifen. Nichts. Nichts als feine Scherben, die ihre Finger zerschnitten. Die Ampullen waren zerstört. Jetzt erst konnte Ma Li weinen. Jetzt erst fiel sie vornüber in den Schmutz, krümmte sich zusammen und weinte – um die tausend Toten einer verirrten, chinesischen Bombe, um das sinnlose Opfer der anderen, fremden Frau, um ihre Schwester Lingling.

»Kommen Sie jetzt, bitte.« Der Tadschike richtete sie behutsam auf und führte sie den Bund hinunter. Er stützte sie, denn sie konnte kaum laufen. Ihre Schuhe hatte sie verloren. Ihr Haar war voller Dreck und Staub, ihre Beine und Hände bluteten.

»Endlich!« Benjamin Liu, der seit Stunden ruhelos in dem leeren Tudor-Haus auf und ab gegangen war, kam auf sie zugestürzt. »Ist dir etwas passiert?«

»Sie ist müde, aber gesund!« Wassilij, naß bis auf die Knochen, sank erschöpft auf den Boden. Es war ein Wunder, daß er die Madame hierher hatte bringen können. Sie war unterwegs ohnmächtig geworden. Die meiste Zeit hatte er sie auf beiden Armen getragen, durch einen wilden Strudel aus schreienden, hilflos flüchtenden Menschen. Unterwegs war eine zweite verirrte Bombe gefallen – mitten hinein in eine riesige Menschenmenge, die sich vor dem Vergnügungszentrum *Große Welt* um kostenlose Verpflegung angestellt hatten. Auch hier gab es Hunderte Tote. *Verdammte Chinesen!* dachte der verzweifelte Tadschike. *Wie wollen sie den Krieg gegen die verdammten Japaner gewinnen, wenn sie pausenlos ihre eigenen Leute bombardieren?*

Als Madame Wang in seinen Armen aus ihrer Ohnmacht erwachte, wollte sie nicht mehr mit ihm kommen. Sie bestand unsinnigerweise darauf, den Verletzen zu helfen, die blutend und mit abgetrennten Gliedmassen auf der Straße lagen. Er mußte sie wieder tragen, während sie mit schwindenden Kräften zappelte und auf ihn einprügelte. Bei Sonnenuntergang erreichten sie den Eingang zur Französischen Konzession und konnten dank ihrer Papiere passieren, während Tausende Hilfesuchende ausgesperrt blieben.

Die Rückkehr in das geliebte Haus ihrer Jugend – ihr Geburtstagsgeschenk, das leer, ohne Möbel auf seine neuen Besitzer wartete, geriet zu einer aberwitzigen Tragödie.

»Ich muß wieder hinaus«, stammelte Ma Li immer noch unter Schock und strebte zurück zur Tür. »Ich muß helfen.«

»Ma Li!« Benjamin faßte sie bei den Schultern und schüttelte sie flehentlich. »Komm doch zur Vernunft!«

»Ich muß helfen, wiedergutmachen! Ich muß wiedergutmachen!«

»Was mußt du wiedergutmachen?«

Plötzlich gefror sie und starrte ihn an, als sähe sie ihren Mann zum erstenmal.

»Wo ist Lingling? Ist sie oben in ihrem Zimmer?« Ma Li wechselte die Richtung. Statt zum Ausgang stolperte sie nun zur Treppe, wollte hinauf und in Linglings altes Zimmer.

Die beiden Jungen erschienen in der Tür zum ausgeräumten Salon, wo sie mit dem Kindermädchen Murmeln gespielt hatten. Sie hielten sich bei den Händen und betrachteten ihre Mutter aus angstvoll geweiteten Augen. Benjamin, zutiefst erschrocken, schickte sie mit einer strengen Handbewegung weg. Dann lief er seiner Frau nach.

»Ma Li! So beruhige dich doch! Lingling ist bei Dr. Hashiguchi. Er hat das Medikament bekommen, aber er mußte sie in die Klink bringen. Er wird uns spätestens morgen früh hier treffen und mit uns nach Chongqing gehen. Es wird alles wieder gut!«

Sie schien ihn nicht zu hören. »Lingling!« schrie sie. »Lingling!«

Benjamin hielt die Tobende fest und sah sich nach Hilfe um. Wassilij war zu nichts mehr zu gebrauchen. Der Tadschike lehnte bewegungslos an der Wand neben der Tür und hatte die Augen geschlossen. Da er sich nicht anders zu helfen wußte, schlug Benjamin seine Frau mit der flachen Hand ins Gesicht, um sie aus ihrer Raserei zu reißen. Doch Ma Li schlug zurück, zerkratze seine Wange und wollte immer noch weiter, die Treppe hinauf in das Zimmer, in dem sie ihre Schwester vermutete.

»Lingling!« schrie sie so laut sie konnte.

»Lingling ist tot!« schrie er zurück. Er hatte es ihr schonend beibringen wollen, aber auf den passenden Moment zu warten hatte nun keinen Sinn mehr. Gab es überhaupt einen passenden Moment für eine solche Nachricht? Dr. Hashiguchi hatte einen Boten mit der Mitteilung geschickt. Kein Brief, sondern nur einen hastig geschriebenen Zettel. *An Madame Wang Ma Li*, stand auf der einen Seite, auf der anderen: *Es tut mir sehr leid. Ich habe alles versucht. Ich bin voller Scham, aber sie war*

am Ende doch zu schwach, und das Medikament kam zu spät.
So ist sie friedlich gestorben. Gute Reise nach Chongqing. gez.
Dr. Hashiguchi.

»Lingling ist tot«, wiederholte Benjamin Liu in das leere, verweinte Gesicht seiner Frau. »Sie ist nicht oben, und sie kommt nicht zurück. Deine Schwester hat uns verlassen.«

»Tot«, wiederholte Ma Li im Flüsterton.

Die plötzliche Stille in der Diele war fast unheimlicher und bedrohlicher als ihr Geschrei.

»Sie hat nicht leiden müssen«, sagte Benjamin und verfluchte sich sofort für diesen Versuch, seine Frau zu trösten.

»Sie hat nicht leiden müssen?« brüllte Ma Li wie eine wütende Löwin. »Sie hat ihr ganzes Leben lang gelitten! Was weißt du denn schon? Jeden Tag hat sie gelitten! Jetzt ist sie tot, und ich war noch nicht einmal bei ihr!«

Benjamin schüttelte nur ratlos den Kopf. Diese Frau vor ihm war nicht mehr die Frau, die er geliebt und geheiratet hatte. Es war eine andere, fremde Frau.

»Und jetzt habe ich für sie gelitten, und sie ist tot! Sie ist tot ...« Immer weiter schrie sie, aber niemand außer ihr selbst konnte mehr ihre Worte verstehen. Benjamin, die verschreckten Kinder, das Hausmädchen und der völlig erschöpfte Wassilij hörten nur ein grauenhaftes Wehklagen, als sie am Fuße der Treppe zusammensank.

Benjamin beugte sich vor, wie um ihr etwas zu sagen, aber besann sich eines Besseren und zog sich zurück in den Salon. Die beiden Jungen erwarteten ihn mit bangen Blicken.

»Eure Mutter wird sich wieder beruhigen«, sagte er, ohne allerdings selbst daran zu glauben. Im Salon hatte das Hausmädchen fünf Feldbetten aufgestellt, in denen die Familie ihre letzte Nacht in Shanghai verbringen sollte. Eines der Betten aber blieb leer.

Mitten in der Nacht erwachte Benjamin Liu und stellte fest, daß Ma Li nicht zu ihm und den Kindern gekommen war. Er

ging hinaus in den Flur und fand sie nicht. Mit einer Taschenlampe bewaffnet, schlich er ins Obergeschoß, öffnete alle
Türen und spähte in jeden der dunklen Räume. Schließlich
entdeckte er sie. Der Raum war, was er nicht wußte, in einem
früheren Leben Linglings Zimmer gewesen. Dort lag Ma Li regungslos auf dem Boden, die Arme weit ausgebreitet, als erwarte sie ihre Schwester. Ihr Körper bebte vor unterdrücktem
Schluchzen. Schnell schloß er die Tür wieder.

Sie hat den Verstand verloren, dachte er. Ausgerechnet jetzt,
wo alles auf dem Spiel steht.

Leise schlich er wieder die Treppe hinunter und sah Wassilij,
der immer noch dort lag, wo er am Abend niedergesunken
war. Er weckte den Tadschiken mit einem sanften Fußtritt.

»Was ist geschehen?« fragte er den Leibwächter. Bald bereute er es, diese Frage gestellt zu haben.

Noch vor Sonnenaufgang hatte sich Ma Li aus dem Haus geschlichen. Wassilij, der noch immer kaum in der Lage war zu
gehen, mußte sie begleiten.

Benjamin Liu und die Kinder erwachten vom Lärm in der
Halle und von fremden Stimmen. Er rappelte sich von seinem
Lager hoch, zog seine Hosen an und befahl den Jungen, sich
nicht zu rühren. Waren die Japaner gekommen? Hatten sie ihn
gefunden und würden sie ihn verhaften? Er sammelte all seinen Mut und trat hinaus – und sah sich einer Menschenmenge
gegenüber. Es waren mindestens hundert Frauen und Kinder.
Durchnäßt und abgerissen standen sie im hohen Empfangs-
bereich des Tudor-Hauses und starrten ungläubig und wie verzaubert auf die dunkle Holztreppe mit ihren feinen Schnitzereien, auf den Fußboden mit den weißen und schwarzen
Kacheln und auf den fremden Mann, dessen Haare abstanden
und der sie mit einer Miene der Ratlosigkeit musterte.

»Was geht hier vor?« Benjamin hatte Wassilij entdeckt, der
sich eben davonschleichen wollte.

»Ich mußte ihr gehorchen!« Der Tadschike hob in einer Geste der Unschuld beide Arme. »Die Herrin befahl mir, so viele Mütter und Kinder wie möglich in das Haus zu bringen, und das habe ich getan. Was sollte ich denn sonst tun?«

Zwischen zerzausten Köpfen und ausgestreckten Händen entdeckte Benjamin seine Frau und bahnte sich unsanft einen Weg zu ihr.

»Ma Li, was hat das zu bedeuten?«

Sie war nicht mehr hysterisch, nicht mehr rasend und verzweifelt, sondern erschreckend ruhig, als sie sagte: »Ich reise nicht mit nach Chongqing. All diese Frauen und die Kinder haben niemanden, der sie beschützt. Sie würden verhungern, und wenn der Winter kommt, werden sie erfrieren. Das heißt, falls die Japaner sie nicht vorher umbringen. Ich bleibe hier, Benjamin. In meinem Haus.« Ohne seine Antwort abzuwarten, dirigierte sie eine wildfremde Frau in die Küche. »Dort entlang, da gibt es frische Milch und Dampfbrötchen.«

Sie wirkte selbst kaum weniger verwahrlost als die Elenden, die sie in Sicherheit gebracht hatte, aber niemals war ihm seine Frau schöner erschienen als in diesem Augenblick. Er beschloß, ihr zu verzeihen. Vielleicht gab es eine Erklärung. Vielleicht hatten die beiden Tadschiken sich getäuscht.

»Wir können trotzdem zusammen weggehen«, sagte er hilflos. »Wir können dieses Haus als Zuflucht erhalten. Ich bezahle alles. Und du kannst trotzdem mit mir kommen, mit mir und unseren Kindern.«

Ma Li schüttelte energisch den Kopf. »Ich kann nicht. Ich muß wiedergutmachen.«

»Aber was denn nur?« rief er verzweifelt und so laut, daß die geretteten Frauen vorsichtig von ihm abrückten und ihre verlausten Kinder Schutz an ihren Beinen suchten. Er konnte sich denken, was es war, aber er wollte nicht daran glauben. Er wollte seine Frau nicht verlieren, und doch führte kein Weg mehr zu ihr zurück. Selbst wenn er verzieh – sie würde seine ausgestreckte Hand nicht mehr nehmen. Er konnte es in ihren Augen lesen.

»Ich war wie die Jadeprinzessin«, sagte Ma Li, ohne ihn anzusehen. »Aber ich habe es nicht verdient. Ich bin unwürdig. Ich habe mich durchgemogelt bis auf den Thron –«

Die beiden Jungen waren ihm gefolgt, hatten sich durch die Mauer des menschlichen Jammers zu ihm durchgekämpft. Das Hausmädchen stand hilflos hinter ihnen, Yuanyuan im Arm, und rümpfte pikiert die Nase über die ungebetenen Gäste in diesem vornehmen Haus.

In der Tür erschien ein kahlköpfiger chinesischer Offizier. Seine sehr eng zusammenstehenden Augen hinter einer goldumrandeten Nickelbrille und unter buschigen Brauen zwinkerten nervös. »Liu-*xiansheng,* mein Name lautet Ren. Ich bin als Oberstleutnant für Ihre Sicherheit verantwortlich. Die Eskorte steht bereit!« rief er mit einiger Befremdung über die Köpfe der Flüchtlinge hinweg.

Benjamin wußte, daß seine Frage keinen Sinn mehr hatte. »Kommst du mit, Ma Li?«

Ma Li antwortete nicht, sondern streichelte lächelnd den Kopf eines Kindes, das in den Armen einer Frau mit widerwärtigem Hautauschlag schlummerte.

»Ich kann nicht«, sagte sie, ohne ihren Mann anzusehen. »Du würdest es niemals verstehen. Ich muß wiedergutmachen.«

»Ich bleibe auch hier!« Mit der ernsten, unumstößlichen Entschlossenheit eines Zehnjährigen stieß sich Xiao Sheng den Weg frei und klammerte sich an seine Mutter.

»Ich auch!« schrie Xiao Tang, aber Benjamin packte ihn und hob ihn hoch, bevor er seine Mutter erreichen konnte.

»Dann habe ich ja wenigstens einen Beschützer«, sagte Ma Li und streichelte den Kopf von Kang Bingguos Sohn.

»Können wir jetzt aufbrechen?« rief der Offizier nervös vom Eingang.

310

»Ich werde dir Geld schicken, ich werde all das hier bezahlen …«, sagte Benjamin Liu, aber er war zu sehr Geschäftsmann, um einen Vorteil ohne Gegenleistung aus der Hand zu geben. »…wenn du mir sagst, was gestern im Hotel vorgefallen ist.«

»Geh jetzt!« erwiderte Ma Li hastig. »Nimm deine Kinder und geh. Ich verdiene sie nicht! Sie verdienen etwas Besseres.«

Deine Kinder? Benjamin erschrak. Sie hatte soeben mit nur einem Wort ein kostbares Band zwischen ihnen zerschnitten.

»Was ist geschehen?« schrie er außer sich. »Was hast du in einem Zimmer mit einem Japaner getan?«

»Ich habe bezahlt! Bezahlt für mein ganzes Leben und das Leben von Lingling!« schrie sie zurück. Sie schüttelte den Zorn und die Verzweiflung ab, beugte sich zu den Kindern und küßte Xiao Tang und Yuanyuan, die, völlig verstört von ihrem plötzlichen Ausbruch, am ganzen Leib zitterten. »Lebt wohl, ihr beiden. Mama hat hier noch zu tun. Wir werden uns wiedersehen. Ich sehe euch in meinen Träumen.«

Xiao Tang weinte, und Yuanyuan plapperte aufgeregt vor sich hin, als Benjamin Liu sie forttrug.

Xiao Sheng winkte seinem Bruder hinterher. »Hör schon auf zu heulen!« schrie der Neunjährige. Dabei flossen Tränen über seine Wangen.

Es war früher Nachmittag. Der Sturm und der Regen waren weitergezogen. Es war ein brütender Sommertag geworden. Vivian Zhang zog die schwarzen Strümpfe über ihre Beine und befestigte sie an den Strumpfhaltern. Sie trällerte ein japanisches Liedchen vor sich hin und nahm ab und zu einen Zug aus der Zigarette, die im Aschenbecher qualmte. So nahm sie Abschied von einem weiteren großen Traum. Aus der Karriere in Japan würde nichts. Commodore Iwamoto, ihr Freund mit Verbindungen in die dortige Filmbranche, war tot, zerrissen von einer verirrten, chinesischen Bombe, als er das Cathay Hotel verließ.

Wenigstens hatte er zuvor ihren Racheplan erfüllt. Zhang Yue hatte es sich nicht nehmen lassen, die Ankunft und auch den Abgang der vornehmen Wang Ma Li von einem Tisch in der Lobby des Hotels aus mitzuverfolgen. Sie hatte auch Iwamoto gesehen, wie er kurz nach Wang Ma Li aus dem Aufzug schritt und zackig zur Drehtür strebte. Doch kaum hatte er die durchschritten, war draußen die Bombe hochgegangen, als wäre sie für ihn bestimmt gewesen. Niemand, der sich vor dem Hotel befand, hatte überlebt. Vielleicht hatte auch Wang Ma Li da draußen ihr Ende gefunden. Schade, denn es wäre angenehmer gewesen, sie noch recht lange in ihrer Schande durch Shanghai laufen zu wissen.

Vivian Zhang war von der Detonation aus ihrem Stuhl gefegt worden. Alle Scheiben, alle Gläser und Flaschen weit und breit waren zersplittert. Überall machte sich beißender Qualm breit. Einige Körper und Körperteile lagen auf dem Fußboden verstreut. Zhang jedoch hatte den Zwischenfall bis auf zwei blaue Flecken an Bein und Schulter unverletzt überstanden und war anschließend nach Hause gegangen, wo sie mit Alkohol und Opium ihren großen Sieg gefeiert hatte, um dann fast zwanzig Stunden zu schlafen.

Sie machte sich nun fertig für einen weiteren Auftritt im Kasino der Japaner, als die Tür zu ihrem Schlafzimmer aufflog und zwei Schlägertypen in weißen Hemden und billigen Arbeiterhosen den Raum betraten. Es mußte sich um Hafenarbeiter oder Bandenmitglieder handeln. Hoffentlich hatte der ölige Wu ihr das nicht eingebrockt. Vielleicht hatte sie den kleinen Mistkerl in letzter Zeit doch zu sehr vernachlässigt. Sie sprang auf, hielt sich ihren Morgenrock vor die blanke Brust und wollte losschreien, doch zwischen den beiden Rohlingen betrat ein Mann den Raum, dessen Anblick ihr die Sprache verschlug. Es war ein Mann, den sie nie in ihrem Leben wiedersehen wollte: Lu Wen Shou, der verdammte Experimentalfilmer. Seine rechte Gesichtshälfte war übel vernarbt

von der Begegnung mit einem abgebrochenen Flaschenhals –
die Quittung einer erbosten Gruppe unbezahlter Schauspie-
ler. Vivian Zhang dankte allen Göttern dafür, daß sie damals
nicht an dem Überfall auf den zahlungsunfähigen Experimentalfilmer teilgenommen hatte. Wie lange war das her? Vier
oder fünf Jahre?

»Du kennst mich noch?« frage Lu barsch.

Vivian Zhang fand trotz ihrer Angst vor den beiden Schlägertypen ihre Fassung wieder. »Was erlauben Sie sich?« schrie
sie. »Verschwinden Sie sofort aus meiner Wohnung!«

»Ruhig, ganz ruhig.« Lu quittierte mit einem Stirnrunzeln
ihren Ausbruch und blickte sich mit heruntergezogenen
Mundwinkeln in ihrem Schlafzimmer um. Das zerwühlte Bett,
der geöffnete Kleiderschrank, der Schminktisch mit dem
Chaos aus Töpfchen und Tuben. »Ich will dir nichts tun. Ich
will nur mit dir reden.«

»Ich aber nicht mit Ihnen!« gab Vivian Zhang zurück.
»Außerdem schulden Sie mir noch Geld, fünfhundert Dollar.«

Zu ihrer Verblüffung griff er in seine Hosentasche und
brachte ein dickes Bündel Geld hervor, zählte die Scheine ab
und ließ sie auf das Bett herabschweben. »Siehst du, ich bleibe
dir nichts schuldig.«

»Was wollen Sie?«

»*Ich bringe dir die Botschaft, ich bringe dir die Botschaft*«,
quiekte er mit verstellter Stimme und lachte, überwältigt von
seinem eigenen Humor, so heftig, daß er einen Hustenanfall
bekam.

Vivian Zhang, die immer noch in ihrem gerafften Morgenrock mit dem Rücken zum Fenster stand, fragte sich, ob er
den Verstand verloren hatte oder unter dem Einfluß von
Opium stand.

Als Lu wieder zu Atem gekommen war, schickte er die beiden Schläger mit einer Handbewegung hinaus und ließ sich
auf dem Bett nieder. Auch er trug einfache Kleidung, eine

blaue Hose, schmutzige Schuhe und ein weißes Hemd aus Baumwolle.

»Ich habe dir ein Angebot zu machen«, sagte er.

»Was für ein Angebot will mir einer wie Sie schon machen?« gab Zhang beleidigt zurück. Sie drehte sich um, damit der widerliche Eindringling nicht auf die Brust starren konnte, und schlüpfte in ihren Morgenmantel. Dann angelte sie eine neue Zigarette aus der Packung und zündete sie an. Sie blies den Rauch verachtungsvoll in seine Richtung. »Wollen Sie etwa wieder einen Experimentalfilm drehen? Aber bitte ohne mich!«

»Falsch, ganz falsch!« Er winkte müde ab. »Ich drehe keine Filme mehr.«

»Das ist auch gut so!« versetzte sie spitz.

»Ich bin jetzt der Beauftragte für die kulturelle Erziehung der Massen und unmittelbar dem Revolutionsrat unterstellt«, sagte er wichtig. »Ich komme direkt aus Yan'an.«

»Das ist mir egal«, entgegnete sie verständnislos, während sie heftig den Qualm ihrer Zigarette ausstieß.

»Ich koordiniere Propaganda- und Aufklärungsarbeiten der Partei, und zwar landesweit.«

»Dann koordinieren Sie mal Ihren Abgang aus meiner Wohnung. Ich habe heute noch zu tun.«

»Du willst wohl wieder für die Japaner singen.« Er nickte wissend. Offenbar spionierte er ihr hinterher.

»Und wenn schon? Was geht Sie das an?«

Das war zuviel. Plötzlich sprang er auf und kam so schnell auf sie zu, daß sie nicht einmal Zeit hatte, die Zigarette aus dem Mund zu nehmen. Er ergriff ihre Schultern, daß es weh tat, und zischte zwischen zusammengebissenen Zähnen: »Du bist eine Chinesin! Du wirst nicht länger leicht bekleidet für diese Zwergenbanditen herumhüpfen und singen. Ich verbiete es dir!«

Die Zigarette klebte an ihrer Lippe, der Rauch zog ihr unangenehm in die Nase und die Augen. Ihre Schultern schmerz-

314

ten von seinem Griff. Er war tatsächlich verrückt geworden. Er konnte sie umbringen! Hier und auf der Stelle erwürgen. Sie beschloß, vorsichtiger mit ihm zu sein.

»Sie haben recht!« krächzte sie kläglich.

Sein Griff lockerte sich. »So ist es besser. Ich habe jemanden mitgebracht, der dir jetzt gleich ein paar Fragen stellen wird. Paß nur auf, was du sagst. Bist du bereit?«

»Ich weiß nicht …«, jammerte sie, nun plötzlich hilflos, mit der Stimme eines kleinen Mädchens. Sie preßte dazu ein paar Tränen hervor, doch er drückte sie kommentarlos auf ihren Stuhl nieder und ging zur Tür. Nach drei Schritten hielt er noch einmal inne und drehte sich zu ihr um. »Du willst doch immer noch Filme machen, oder?« Seine Stimme klang nun weniger scharf.

»Ja«, hauchte sie mit treuem Augenaufschlag.

»Du willst ein Star werden?« Seine Stimme nahm einen einschmeichelnden Tonfall an.

»Ja, das will ich.«

»Ich kann dich zum größten Star im neuen China machen, und ich weiß, daß du das Zeug dazu hast. Jemand in Yan'an hat ein wohlwollendes Auge auf dich geworfen. Jemand, dem deine Vorstellung als Elfe gut gefallen hat und auch die Rolle, die du im *Mädchen mit dem eisernen Willen* gespielt hast. Jemand von ganz oben. Du wirst jetzt dem Genossen Zhao Rede und Antwort stehen. Wenn er zustimmt und keine Einwände hat, können wir heute noch aufbrechen.«

Lu wollte sich umwenden.

»Wohin denn aufbrechen?« zirpte sie im Ton eines hilflosen Vögelchens.

»Nach Yan'an.«

»Wo ist das? Was ist dort? Filmstudios?«

Lu nickte und lachte unterdrückt, während er sich wieder zur Tür umwandte und sie öffnete. »Ja, die größten Filmstudios der Welt. – Bitte, Genosse Zhao, die Frau ist nun bereit.«

Ihr Herz machte einen Freudensprung, als ein hagerer, älterer Herr in einem grauen Anzug eintrat. Ein Mann, dessen Schädel fast kahl war und auf dessen Schläfe sich eine blaue Ader wie eine Schlange abzeichnete. Er hatte einen kleinen, sehr roten Mund und wäßrige Augen. Wie ein geruchloses Gas schlüpft er in das Zimmer und ließ sich Vivian Zhang gegenüber auf der Bettkante nieder. Er holte ein schwarzes, etwas zerfleddertes Notizbüchlein aus seiner Jackentasche und blätterte lange darin, bevor er mit leiser Stimme fragte: »Zhang Yue?«

»Ja, das bin ich.«

»Gebürtig aus Shanghai?«

»Eigentlich aus Shangdong. Ich wurde als kleines Mädchen nach Shanghai gebracht.«

»Gebracht? Von wem?« Seine Stimme klang hoch, fast weiblich. Er vermied es, sie anzusehen. Statt dessen steckte er seine Nase in das Notizbuch und kritzelte mit einem dünnen Stift darin herum.

»Von einem Mann namens Bao Tung. Er suchte talentierte Kinder für eine Theatertruppe.«

»Verstehe, verstehe«, näselte der Mann, während er sich den Namen Bao Tung notierte. »Du warst ein Blumenmädchen?«

»Für eine kurze Zeit.« Sie schluckte, zu überrascht von seiner wie selbstverständlich gestellten Frage, um sich schnell eine Lüge auszudenken. Niemandem außer Kang Bingguo, ihrer einzigen Liebe, dem großen Verräter, hatte sie jemals von ihrer Kindheit erzählt.

»Gibt es irgend jemanden aus dieser Zeit, der sich an dich erinnern könnte? Denke genau nach!« Zum erstenmal sah er sie mit seinen wäßrigen Augen direkt an. Die Augen waren kalt wie bei einem Reptil. »Namen!« zischte er.

Sie dachte nach, verstört von seiner scharfen Aufforderung. »Mir fällt niemand ein. Sie sind bestimmt alle tot oder schon sehr alt. Ich war ein Kind, und die Männer waren erwachsen.«

»Du hattest vor Jahren eine Beziehung zu einem gewissen Kang Bingguo.«

»Woher – ?« Ein schneller Blick aus seinen leblosen Wasseraugen ließ sie sofort verstummen. *Frage nicht, sondern antworte*, sagte dieser Blick. *Frage nicht, woher ich etwas weiß, denn ich weiß alles.*

»Die Beziehung wurde beendet«, antwortete sie.

»Wo ist Kang Bingguo?«

»Ich weiß es nicht«, log sie hastig. »Ich habe ihn danach niemals wiedergesehen. Wo ist er? Wissen Sie das?«

»Er ist tot.« Der Mann notierte wieder etwas in seinem schwarzen Büchlein. »Hast du ihm von deiner Vergangenheit als Blumenmädchen erzählt?«

»Ja, ich glaube schon.«

»Und dein jetziger Freund. Herr Wu? Weiß er etwas?«

»Nein. Was sollte ihn das angehen?«

Weiter und weiter kritzelte der dünne Stift hektische Schriftzeichen in das kleine Notizbuch. Zhang antwortete offen und ehrlich und dachte dabei an die Filmstudios von Yan'an. Sollte dies ihr Glückstag sein? War sie endlich am Fuße der magischen Treppe angekommen, die sie zum Ruhm führen sollte?

»Was ist mit Cao Xiao Li? Hast du der etwas von deiner Vergangenheit als Blumenmädchen erzählt?« Sie kannten sogar ihre Verbindung zu der Schauspielerkollegin und Kommunistin, der sie die Rolle im *Mädchen mit dem eisernen Willen* zu verdanken hatte.

»Nein, niemandem! Nur Kang Bingguo, und der ist tot.«

Der glatzköpfige Mann horchte auf. »Woher weißt du das so genau?« fragte er.

»Das haben Sie doch gerade gesagt.«

»Ich stelle hier die Fragen«, zischte der Mann. »Was ist mit den Japanern? Bestehen sexuelle oder sonst irgendwelche Beziehungen zu Japanern?«

»Nicht direkt.«

»Sei präzise!«

»Es gab einen Offizier namens Iwamoto, mit dem ich zwei-, dreimal geschlafen habe, aber er ist von einer Bombe getötet worden. Sein Schwager ist beim Film ...«

Seite um Seite des kleinen Notizbuches füllte sich. Nichts wurde ausgelassen, kein Stein ihres Lebens blieb auf dem anderen. Als die Sonne unterging und sie ihre Packung Zigaretten aufgeraucht hatte, wußte der schmale Mann mit der Glatze alles über Zhang Yue, und sie konnte sich inzwischen ausrechnen, daß die beiden Schlägertypen durchaus nicht zu Herrn Lu, dem Experimentalregisseur und Propagandabeauftragten gehörten, sondern daß diese Kerle dem älteren Mann namens Zhao gehorchten. Leidenschaftslos und sachlich stellte Zhao auch die intimsten und peinlichsten Fragen und kritzelte dazu unablässig in seinem Büchlein herum. Schließlich zog er einen energischen Strich unter seine Aufzeichnungen und klappte das Notizbuch zu. Kein Lächeln, kein Seufzen – das Verhör war beendet.

»Wenn sich herausstellt, daß du mich belogen oder irgend etwas unterschlagen hast, wirst du dafür bezahlen«, sagte er tonlos wie ein Schalterbeamter.

»Ich habe nicht gelogen«, versicherte Zhang Yue.

»Was würdest du sagen, wenn dein Freund, der Herr Wu, nicht mehr nach Hause kommen würde.«

»Nichts. Er ist mir egal.«

»Noch etwas?« Zhao schickte sich an aufzustehen. »Etwas, nach dem ich nicht gefragt habe und das dennoch wichtig sein könnte? Gibt es irgendwelchen Schmutz, den ich nicht kenne?«

Sie dachte angestrengt nach. Schmutz? Na ja. Da war diese eine Sache, die so viele Jahre zurücklag, daß es diesen Herrn Zhao gewiß nicht mehr interessieren konnte. Die Sache betraf einen schmierigen, französischen Fotografen ... »Nein, nichts, gar nichts. Ich habe wirklich alles gesagt!« erklärte Zhang mit großer Festigkeit in der Stimme.

»Gut. Genosse Lu wird dich nach Yan'an bringen. Um den Rest kümmere ich mich. Auf Wiedersehen.« Dann ging er, lautlos und schnell, wie ein Gas, das sich auflöste.

Lu Wen Shou, der wohl die ganze Zeit vor der Tür gewartet hatte, steckte seinen Kopf durch die Tür. »Zieh dir was an! Unser Zug geht in einer Stunde. Pack nur das Nötigste ein. Es wird für dich gesorgt.«

Die Studios von Yan'an, dachte sie. Es wird für mich gesorgt. Endlich.

4. BUCH

1949–1950

Die Kommissarin

1. Kapitel

25. Mai 1949

Sie waren über die hilflose, kriegsmüde Hafenstadt hergefallen wie ein Schwarm bösartiger Heuschrecken. Das Plündern war ihnen in den vielen Jahren des Krieges – erst gegen die Japaner und gegen die Kommunisten, dann nur noch gegen die Kommunisten – derart in Fleisch und Blut übergegangen, daß sie es längst für ihr angestammtes Recht hielten. Selbst wo es fast nichts mehr zu holen gab, brachen sie ein und stopften sich die Taschen ihrer zerfledderten, schmutzigen Uniformen voll. Nicht einmal Bettler und Tagelöhner, Flüchtlinge und Sterbende waren vor ihnen sicher – keiner, bei dem sie noch ein paar Münzen oder irgendwas Eßbares vermuteten, kam davon. Sie nannten sich frech *Beschützer des Volkes* und raubten und beschlagnahmten alles, was ihnen gefiel. Sie prügelten und töteten nicht weniger rücksichtslos als die Japaner – und wer sich ihnen widersetzte, mußte mit dem Schlimmsten rechnen. Sie waren die kläglichen Reste einer Armee, die alles verloren und nichts mehr zu verlieren hatte. Ihr aufgeblasener, glatzköpfiger Generalissimus hatte aufgegeben und war geflohen. Er hatte sich in Taiwan niedergelassen und spuckte immer noch große Töne. Die traurigen Reste seiner zerschundenen, an vielen Fronten aufgeriebenen Lumpentruppe drangsalierten auf dem Weg ins Exil nun auch noch die letzte Stadt, die sie hielten. Aber nicht mehr lange.

Die Kommunisten hatten längst Nanjing eingenommen und marschierten auf Shanghai zu. Plötzlich erschien eine Banditenbande von ungebildeten Bauern den Menschen in

Chinas größter Stadt als Inbegriff der Hoffnung. Obwohl niemand so genau wußte, was man von diesen ungehobelten Gesellen zu erwarten hatte und ob sie die Würde und Überlegenheit der kultivierten Stadtmenschen überhaupt respektierten. Doch viel schlimmer, so lautete die übereinstimmende Meinung, als die verlotterten Plünderer der Guomindang konnten selbst die verteufelten Kommunisten nicht sein.

Shanghai war eine müde, ausgelaugte Stadt, eine Stadt der geschlossenen Fensterläden und zerbombten Fassaden. Wo einst zumindest für eine kleine Oberschicht obszöner Überfluß herrschte, regierten nun der Mangel, der Schwarzmarkt und die Angst, bei der nächsten Währungsumstellung auch den letzten Rest noch zu verlieren. Die eleganten Bekleidungsgeschäfte mit ihren seidenen Chipaos, mit den raffinierten Netzstrümpfen und tief dekolletierten Kleidern waren nur noch wenige Stunden am Tag geöffnet. Die teuren Nachtclubs waren heruntergekommen, ihre besten Shows, Tänzerinnen und Sängerinnen längst nach Hongkong abgewandert. Nur einige philippinische Bands hielten noch standhaft aus und spielten für die wenigen Gäste, die noch immer einen Genuß suchten, der hier längst nicht mehr geboten wurde.

Eine kleine Menschenmenge hatte sich unweit der Gartenbrücke gebildet, des Eingangs zur Internationalen Siedlung. Hier und auch in der Französischen Konzession standen nun viele Häuser und Wohnungen leer. Wer von den »fremden Imperialisten« noch übrig war und die Herrschaft der Japaner überstanden hatte, packte seine Sachen und verließ Shanghai. Die vorrückenden Kommunisten hatten schon verlauten lassen, daß sie als die Herren des neuen China irgendwelche Sonderrechte der ausländischen Kapitalisten und Blutsauger nicht hinnehmen würden. Die *amahs* und Kindermädchen, die Gärtner und Boys, die Fahrer und Köche hatten zumindest vorübergehend die Anwesen der abgereisten Herrschaften als ihren Hauptwohnsitz bezogen.

Aus ehemaligen Dienstboten bestand auch ein Großteil der Neugierigen, die sich am frühen Nachmittag an der Gartenbrücke versammelt hatte, um ein widerliches Spektakel zu bezeugen, mit dem die Guomindang-Truppen dieser Tage immer wieder für Aufregung sorgten: Sie hatten eine Bande von Kommunisten gefaßt und waren im Begriff, sie standrechtlich zu erschießen. Fünf Studenten, drei Männer und zwei Frauen, waren von den Soldaten überwältigt worden, als sie irgendwelche umstürzlerische Aktivitäten planten. Was das genau hieß, spielte keine Rolle. Beweise wurden nicht benötigt. Es reichte schon, wenn ein Verdächtiger im Studentenalter war und einen Guomindang-Offizier schräg ansah.

Die jungen Menschen waren mit auf den Rücken zusammengebundenen Händen in die Knie gedrückt worden und starrten die Gaffer aus schreckensstarren Augen an. Hinter jedem, die Haare seines Opfers fest in der Hand zusammengerafft, stand ein Soldat oder Unteroffizier, den ohne die geladene Pistole in seinen Händen niemand mehr ernstgenommen hätte. Trotz der einsetzenden Sommerhitze hatten sie noch ihre dunkelblauen, zerrissenen Winteruniformen an.

»Laden!« schrie der Offizier, der die Reihe der Soldaten abschritt. »Spannen!«

»Lassen Sie doch die Kinder am Leben!« gellte endlich eine Stimme aus der Menge. Eine alte Frau trat vor und baute sich vor dem barhäuptigen Offizier auf. Hinter seiner goldgerahmten Nickelbrille zwinkerten nervöse Augen.

»Ich kenne sie«, raunte einer der Zuschauer seinem Nebenmann zu. »Sie war mal Schauspielerin. Cao Xiao irgendwas …«

»Cao Xiao Li heißt sie«, wisperte der Nachbar zurück. »Aber halt die Klappe, oder willst du auch erschossen werden?«

Der Offizier schob die Alte unsanft beiseite. »Und Feuer!« schrie er. Vier Pistolenschüsse bellten gleichzeitig auf. Vier kleine Blutwolken spritzten auf, vier Oberkörper stürzten in den Straßendreck, der sich dunkelrot färbte.

Der fünfte, ein hochgewachsener junger Mann, verharrte mit geschlossenen Augen, heftig durch die Nase atmend in kniender Haltung, während der Soldat hinter ihm unterdrückte Flüche ausstieß. Seine Kameraden feixten unsicher.

»Laßt wenigstens ihn leben. Ich bitte euch!« schrie die ehemalige Schauspielerin. Der Offizier schob sie abermals weg und ging mit drei schnellen Schritten zu dem immer noch fluchenden Untergebenen, der aufgeregt an seiner defekten Pistole herumfingerte. Mit bloßer Hand schlug er dem verhinderten Henker rechts und links ins Gesicht.

»Verdammter Trottel«, stieß er voller Verachtung hervor.

»Die Pistole …«, klagte der Geschlagene und bekam noch zwei Hiebe ab.

»Ren! Was ist hier los?« Ein feiner, chinesischer Herr von dicklicher Statur und einem westlichen Anzug – dunkler Stoff, Weste, weißes Hemd, modischer Hut – drängte sich durch die Menge. Er hatte ein breites, angenehmes Gesicht und ein schmales Oberlippenbärtchen. Hinter ihm blieb ein ebenfalls sehr vornehm gekleideter Ausländer zurück, in dessen Gesellschaft der Chinese offenbar spazierengegangen war.

Sofort sprang die Schauspielerin auf ihn zu. »Bitte, Sie müssen helfen. Sie werden diesen Jungen auch noch umbringen! Sie haben doch nichts getan. Es sind doch noch Kinder.«

Der feine Herr schaffte es, sich würdevoll und bestimmt aus der Umklammerung der aufgeregten Alten zu befreien, und stellte den Offizier zur Rede.

»Es sind gefährliche Kommunisten«, verkündete der Offizier mit der Nickelbrille. »Wir haben sie erwischt, als sie einen Anschlag planten.« Als die erwartete Zustimmung ausblieb, setzte er hinzu: »Wir müssen durchgreifen und dürfen uns nicht entmutigen lassen.«

Der Ausländer, vermutlich ein Amerikaner, der die Szene aus sicherer Entfernung beobachtete, wünschte sich, wie deutlich an seiner Miene abzulesen war, weit weg aus dieser Situation. Er hatte nicht nur die strikte Order, sich nicht einzumischen, sondern vielmehr den ausdrücklichen Befehl, gewissermaßen unsichtbar zu sein. Zum Glück achtete niemand auf ihn. Alle Augen waren auf den feinen, chinesischen Herrn und den Offizier gerichtet, der plötzlich viel weniger furchterregend erschien als vor Momenten noch, da er den Soldaten geschlagen hatte. Nun zwinkerte er, als rechne er selbst jede Sekunde mit einem Hieb ins Gesicht.

Aber das war nicht der Stil des Benjamin Liu.

»Ren, wenn ich Sie entlassen könnte, würde ich das jetzt tun«, sagte er, dem der Kahlkopf mit dem nervösen Augentick seit zehn Jahren als persönlicher Leibwächter zugeteilt war. Eine Stunde nur hatte Liu diesen Wirrkopf Ren und seine Kumpanen allein gelassen, eine Stunde, in der er mit seinem amerikanischen Freund und Kontaktmann einige überlebenswichtige Fragen klären wollte. Schon lagen vier junge Leute tot auf dem Pflaster, und der fünfte verdankte sein Leben nichts weiter als einer Pistole mit Ladehemmung.

Liu ging zu dem Jungen, beugte sich zu ihm nieder und packte ihn an den Schultern. »Du kannst aufstehen. Es ist vorbei. Dir wird nichts passieren. Geh jetzt nach Hause …«

Der Junge hob den Kopf. Er mochte zwanzig Jahre alt sein, war ordentlich gekleidet und frisiert. Der Soldat, der ihn vor zwei Minuten noch hatte erschießen wollen, löste seine Fesseln. Als der Junge nun den Kopf hob und ihn aus verweinten, wirren Augen ansah, gaben Benjamin Lius Knie nach. Sein Magen rebellierte plötzlich. Er kannte diese Augen. Sie hatten in ihm einst den Vater gesehen.

»Xiao Sheng«, flüsterte er heiser.

Nichts im Gesicht des Jungen verriet, daß er den feinen Herrn wiedererkannte. Er rappelte sich auf die Beine und rieb sich die Handgelenke, die von den Fesseln zerschunden waren. Er überragte Benjamin Liu um mehr als eine Haupteslänge. Ein stattlicher, athletischer Kerl. Noch immer zitterte

327

er am ganzen Leib und atmete schwer, wie nach einer großen körperlichen Anstrengung.

»Sie sind alle tot«, waren die ersten Worte, die über seine ausgetrockneten Lippen kamen. Er blickte hinab auf die vier Leichen seiner Freunde. In der frühsommerlichen Hitze hatten sich die ersten Fliegen eingefunden und betranken sich an ihrem Blut.

»Ich bin zu spät gekommen. Es tut mir leid«, sagte Benjamin Liu. Die Menge, die ihre geflüsterten Worte nicht hören konnte, hatte genug gesehen und zerstreute sich schnell, bevor die *Beschützer des Volkes* sie für die Beseitigung der Leichen verantwortlich machen konnten. Zurück blieben der gedemütigte Oberstleutnant Ren, seine zerknirschten Soldaten und der unsichtbare Amerikaner. Auch er beschloß bald, daß alles gesagt und vorbereitet war. Benjamin Liu würde heute nacht, vor der Ankunft der kommunistischen Truppen, die Stadt an Bord des letzten Schiffes der US-Navy verlassen.

»Wie geht es deiner Mutter?« fragte Benjamin Liu den Jungen, der immer noch auf seine toten Freunde starrte.

»Warum interessiert Sie das?« Allein die plötzliche Schärfe seines Tones ließ erkennen, daß der Junge genau wußte, wer sein Retter war.

»Ich dachte, das wüßtest du …«, erwiderte Liu sanft. »Als wir uns das letzte Mal sahen, hast du mich *Papa* genannt.«

»Mein Vater ist tot«, sagte Kang Xiao Sheng streng. »Er starb, bevor ich geboren wurde. Mein Vater hieß Kang Bingguo und hat sich für China geopfert. So wie meine Freunde hier. Und was haben Sie zur Rettung unseres Landes getan, feiner Herr?«

Der Junge wollte sich wegdrehen und gehen, aber Benjamin Liu war niemand, von dem man sich frech abwandte. Er hielt den Jungen fest. Oberstleutnant Ren und seine Soldaten sprangen sofort mit gezückten Waffen herbei.

»Ich frage noch einmal: Wie geht es deiner Mutter?« Seine

Hand umklammerte hart den muskulösen Oberarm seines Gegenübers.

»Wieso fragen Sie sie das nicht selbst?« erwiderte Xiao Sheng.

»Das werde ich tun.«

»Sie sind wieder zu spät.« Er blickte vorwurfsvoll auf die manikürte Hand, die seinen Arm umfaßte, auf die funkelnden Ringe und seufzte: »Kann ich jetzt gehen?«

Zum Glück waren die Schaulustigen längst verschwunden. Zum Glück waren es nur vier Tote, die stumme Zeugen seines Ausbruchs wurden. Benjamin Liu vergaß, daß er einer der wichtigsten Finanziers Chinas war, er vergaß seine guten Geheimdienstkontakte zu den Amerikanern, vergaß seine schöne, zweite Frau, Li Song Li, die sich im Hotel um seine inzwischen fünf Kinder kümmerte, und vergaß auch den immer nervöser zwinkernden Oberstleutnant Ren und seine Männer, die peinlich berührt zu Boden starrten, als er mit hochrotem Kopf schrie: »Ich habe deine Mutter geliebt. Ich hätte alles für sie getan, aber sie hat mich verraten!« Er schrie auch noch, als der junge Mann ihm schon den Rücken zugewandt hatte und stolz davonschritt. »Und ich habe dein Leben gerettet! Ist das etwa nichts?«

Kang Xiao Sheng drehte sich nicht um. Er verschwand einfach.

»Bringen Sie mich zu dem Tudor-Haus!« blaffte Benjamin Liu dann seine Leibwächter an. »Auf der Stelle!«

In die Studios von Yan'an hatte sie damals gehen wollen. *Die Studios von Yan'an!* Oft dachte Zhang Yue halb amüsiert, halb verbittert an dieses grobe Mißverständnis zurück und wunderte sich im nachhinein über ihre Ahnungslosigkeit. Es gab in diesem Yan'an im unwirtlichen Lösbergland Zentralchinas nicht nur keine Studios – es gab noch nicht einmal Kinos. Manchmal, an besonderen Tagen, wurde ein klappernder

Projektor aufgebaut und ein dümmlicher Propagandafilm auf ein weißes Laken geworfen. In Yan'an fand man auch keine Bekleidungsgeschäfte, keine Filmgazetten und keine Netzstrümpfe – statt dessen schmierige Lappen, in die man die Füße einwickelte. Es gab kein Make-up, keinen Champagner – es gab schlichtweg nichts von alledem, was das Leben in Shanghai so zauberhaft machte. Nicht einmal Häuser standen in diesem verfluchten Landstrich des gelben Staubes. Alle lebten wie die Höhlenmenschen in Gewölben, die in die Hänge der Lösberge eingegraben waren. Die Winter waren grausam, wenn die trockene Kälte in jeden Knochen zog. Eingehüllt in Steppjacken, darunter Schicht um Schicht von Baumwolle, eine Pelzmütze – vermutlich aus Rattenfell – Hosen ohne Form und Schnitt –, so liefen die Menschen umher. Ebenso unerträglich waren die Sommer mit ihrer erdrückenden Hitze. Zwei Kilometer Fußmarsch bis zur nächsten Quelle. Immer Durst, nur selten der Luxus eines Bades. Keine Seife, kein Parfüm.

Zhang Yue war unter den Entbehrungen fast zerbrochen. Das einzige, was ihr Kraft gab, war die Gewißheit, daß die Drecklöcher von Yan'an nur eine Zwischenstation waren auf dem Weg nach oben, denn diese Stadt war die Basis der neuen Herren Chinas, der Kommunisten.

Als Zhang Yue, die Ahnungslose, nach achttägiger Reise aus Shanghai endlich hier eintraf, verfluchte sie Lu Wen Shou, der sie mit falschen Versprechungen eingelullt hatte, und wollte auf dem Absatz kehrtmachen. Aber es führte kein Weg mehr zurück, denn der Mann, der nach ihr geschickt hatte, ließ sie nicht mehr gehen. Einer der kommunistischen Führer, General Deng Ling, hatte die schöne Schauspielerin aus Shanghai entdeckt, nicht vorrangig wegen ihrer darstellerischen Talente, die sie in ihrer Nebenrolle im *Mädchen mit dem eisernen Willen* unter Beweis gestellt hatte, sondern weil er dringend mit ihr ins Bett wollte.

Der einäugige General, 56 Jahre alt, dem auf dem langen

Marsch vier Zehen an seinem rechten Fuß abgefroren waren und der es liebte, die vielen Narben auf seinem welken Körper zu betrachten und ihre Geschichten zu erzählen, konnte sich wegen seiner Nähe zu den Anführern der Bauernbewegung, zu Mao Zedong, Zhou Enlai, Liu Shaoqi und Deng Xiaoping, einige Freiheiten erlauben. So weit reichte sein Einfluß, daß er Lu Wen Shou, den ehemaligen Experimentalfilmer und späteren Beauftragten für die kulturelle Erziehung der Massen, bis nach Shanghai schicken konnte, um ihm die begehrenswerte Vivian Zhang Yue nach Yan'an zu holen. Der Veteran des langen Marsches, der Held einiger entscheidender Schlachten gegen die Armeen der Guomindang war trotz seines Alters ein Mann von erschreckendem sexuellen Appetit, aber begrenzter Phantasie. Offenbar hatte die Vergewaltigungsszene aus dem *Mädchen mit dem eisernen Willen* ihn derart erregt, daß er von Zhang Yue immer wieder verlangte, sich mit den Worten *Nicht, nicht – ich bin noch Jungfrau*! rücklings auf das Lager zu werfen, damit er wie ein hungriger Wolf über sie herfallen konnte.

Zhang Yue spielte ihre Rolle am Anfang widerwillig, dann routiniert, schließlich klug und berechnend, weil sie wußte, wie mächtig der General war. Er führte eine Armee von 50 000 Soldaten an und nahm an Besprechungen und Konferenzen teil, in denen die Zukunft des Landes erörtert wurde. Er konnte Sonderrationen beanspruchen und dafür sorgen, daß ihr Ofen nicht mit dem abscheulichen Schafsdung, sondern mit Holz befeuert wurde. Er konnte bessere Kleidung und besseres Essen beanspruchen, und er hatte ein Maultier. Ja, er war sogar Herr über Leben und Tod, wie sie herausfand, als sie ihrem General mit kalter Heimtücke unter Tränen berichtete, daß Lu Wen Shou, der wieselhafte Regisseur, sich ihr in unsittlicher Weise genähert hatte. Zwar stimmte das durchaus nicht – aber der Kulturbeauftragte Lu war einer der wenigen in Yan'an, die Zhang Yue noch aus ihrer wilden Zeit in Shanghai kannten. Nach einigen Monaten unter den Kommunisten war ihr klargeworden, daß ihr dieser Mann irgendwann einmal gefährlich werden konnte. Deswegen hielt sie es für eine kluge Idee, sich seiner auf elegante Art und Weise zu entledigen. Es war ihr erstes Experiment, und es verlief überaus vielversprechend. Der eifersüchtige General Deng tat genau das, was sie erwartet hatte: Er ging geradewegs zu Lu und schoß ihm eine Kugel in den Kopf.

Der wohlige Kitzel dieser Macht war es, der Zhang Yue mit allen Entbehrungen des primitiven Höhlenlebens versöhnte. Zum erstenmal in ihrem Leben spürte sie, wie es war, nicht Opfer zu sein, sondern selbst zu bestimmen und zu beherrschen. Sie verstand nichts vom Kommunismus, interessierte sich nicht für dessen Ideale und gähnte über dessen Philosophie, doch sie verstand sehr wohl die Macht, die er einigen wenigen verlieh, und war entschlossen, ihren Platz in diesem erlauchten Zirkel zu erobern. Wie eine Filmrolle lernte sie die Phrasen vom Klassenkampf auswendig, verfluchte die Großgrundbesitzer und imperialistischen Ausbeuter, bejubelte die russischen Brüder und verdammte abwechselnd die Guomindang, die Japaner und die Amerikaner. Mit jedem militärischen Sieg, den die Bauernarmee Mao Zedongs errang, mit jedem Quadratkilometer, den die Kommunisten eroberten, wurde Zhang Yues scheinbare Überzeugung tiefer und ihre ideologische Festigkeit größer. Sie knüpfte Kontakte zu den wichtigen Persönlichkeiten im Dunstkreis des Vorsitzenden Mao Zedong. Sie freundete sich mit Maos Gefährtin an, Jiang Qing – auch sie war eine ehemalige Schauspielerin, auch sie stammte aus Shanghai. Als der Sieg der Kommunisten nur noch eine Frage von Tagen war, als die Posten in der neuen Regierung vergeben wurden und die Zukunft des neuen Chinas entschieden wurde, da war Zhang Yue zur Stelle. Man kannte sie als stramme Verfechterin von Anstand und Moral, als strenge Wächterin der Tugend und Kämpferin gegen Sittenlosigkeit und Ausschweifung.

Ihre Leidensgeschichte, die sie bei einer geheimen Anhörung zu Protokoll gab, rührte selbst die hartgesottenen Veteranen. Als junges Mädchen in die Prostitution verkauft, mißhandelt und gefoltert von Ausländern und Kapitalisten. Sie zeigte ihre Narben und genoß die Betroffenheit ihrer Mitstreiter. Blauer Tabakqualm hing schwer in dem voll besetzten Raum, das Atmen fiel schwer. Hinter dem Tisch saß der zwölfköpfige revolutionäre Rat über den Empfehlungen und Lebensläufen der Kandidaten gebeugt. Hinter den Herren hockten oder lehnten noch Dutzend weitere stimmberechtigte Mitglieder an der Wand. Die Versammlung, hastig einberufen, sollte über das Schicksal von Chinas größter und modernster Stadt entscheiden, der Stadt, die wie keine andere zum Symbol der Ohnmacht eines entrechteten China gegenüber den Imperialisten geworden war, der Stadt, die im ganzen Land als koloniale Konkubine verachtet und verflucht wurde. Aber in Shanghai hatte auch die kommunistische Bewegung Chinas ihren Anfang genommen. Nun lag die Stadt fast wehrlos einen Tagesmarsch entfernt, und die letzten Ausländer und Guomindang-Verräter packten in Panik ihre Sachen. Bald würde Shanghai den Kommunisten in den Schoß fallen wie eine reife Frucht.

In der Versammlung wurde das Revolutionskomitee bestimmt, das die Macht in der Stadt übernehmen sollte. Zhang Yue kämpfte um ihre Nominierung. Sie war die einzige Frau unter acht Bewerbern für den wichtigen Posten des Kommissars für Wiederherstellung von Sitte und Ordnung.

»Wir haben deine Geschichte vernommen, Genossin Zhang«, brummte der Vorsitzende des Ernennungsausschusses, ein eulengesichtiger Greis namens Li. »Aber in aller Offenheit muß gesagt werden, daß einigen Mitgliedern eine Frau in dieser Funktion nicht behagt.«

»Frauen gehört die Hälfte des Himmels, sagt Mao Zedong«, erwiderte Zhang Yue selbstbewußt.

»Gewiß«, Herr Li lächelte milde, »aber Shanghai ist die Hölle, und dafür nehmen weiterhin die Männer die Verantwortung auf sich, auch wenn es schwerfällt.«

Die anderen Ausschußmitglieder kicherten verlegen in sich hinein. Sie alle hielten zwar das Andenken an General Deng Ling in großen Ehren, und jeder wußte, daß die Bewerberin die langjährige Gefährtin des verdienten Revolutionshelden war. Leider war der General in der vergangenen Woche einem Herzinfarkt erlegen. Es verbot sich, eine derart herausragende Position aus Dankbarkeit gegenüber einem Toten zu besetzen. Nicht nur deswegen erkannte Zhang Yue die Aussichtslosigkeit ihrer Bewerbung. Wie sollte man von diesen alten Hurenböcken erwarten, daß sie eine ehemalige Hure mit einer so wichtigen Aufgabe betrauten? Trotzdem wünschte sie sich gleichzeitig nichts sehnlicher als diesen Posten. *Kommissarin für die Wiederherstellung von Sitte und Ordnung.* Hauptrollen waren ihr zeitlebens verwehrt geblieben. Im gesellschaftlichen Leben des alten Shanghai war sie nie mehr gewesen als eine unbeachtete Fußnote. Aber jetzt, wo sich die Zeiten änderten und sie zum erstenmal auf der Seite der Gewinner stand, bot sich ihr die einmalige Chance, in die Stadt ihrer Träume zurückzukehren. Nicht nur als Siegerin, sondern als Königin.

»Ich kenne Shanghai besser als jeder von euch«, sagte sie trotzig. Ihre Wut machte sie schön trotz der jämmerlichen, blauen Parteiuniform und des streng nach hinten gebundenen Haars, trotz der breitrandigen Brille, die ihrem Gesicht die seelenlose Verkniffenheit einer fanatischen Tugendwächterin verlieh. »Ich habe jedes Laster, das diese Stadt beherbergte, selbst erduldet. Ich wurde gerettet von einem Märtyrer, der hier für unsere Sache kämpfte, als manche von euch noch längst kein Parteibuch besaßen.«

»Sie redet sich um Kopf und Kragen«, raunte ein Mitglied des Ausschusses seinem Nachbarn zu.

»Laß sie ruhig«, erwiderte dieser. »Sie tut uns einen Gefallen.«

»Wenn er sehen könnte, wie ihr zaudert und zögert und eine aufrechte Genossin übergehen wollt, nur weil sie eine Frau ist – er würde sich für euch schämen. Kang Bingguo würde sich schämen.«

Betretenes Schweigen fiel über den Saal, und in dieses Schweigen schnitt wie eine Säge der ruhige Bariton eines Mannes, dessen Stimme jeder der Anwesenden mit geschlossenen Augen erkannte.

»In welcher Beziehung standest du zu Kang Bingguo, Genossin?« Zhou Enlai hatte unbemerkt den Raum betreten und lehnte rauchend an der Wand.

Zhang Yue spürte, wie ihre Knie weich wurden. Jetzt hatte sie die Chance, das Ruder herumzureißen.

»Wir wollten heiraten«, sagte sie mit einem Schluchzen. »Aber die Mörder waren schneller und nahmen mir meinen Mann.«

»Ich verstehe.« Zhou nickte. Das also war der Grund, warum Kang, der Sturkopf, damals nicht mit ihnen fliehen wollte. Aus Liebe war er zurückgeblieben und in sein Verderben gerannt. Zhou war immer ein Freund großer Gefühle gewesen, besonders solcher, die den Menschen in eine Tragödie führten. In ihnen offenbarte sich die unbezwingbare Kraft der Geschichte. Wer seine Liebe unter solchen Umständen verloren hatte wie die Kandidatin Zhang Yue, der ging nicht mehr zurück, der war erkaltet, vernarbt und eisern. Wie geschaffen für die Aufgabe, die hier zu vergeben war. Zhou warf seine Zigarette auf den Boden, trat sie aus und beugte sich vor, legte dem Ausschußvorsitzenden Herrn Li seine Hand auf die Schulter und wisperte in sein Ohr: »Wie sagte schon der Vorsitzende Mao? Den Frauen gehört die Hälfte des Himmels. Vergeßt das nicht, liebe Genossen!« Dann verließ er den Raum.

Genosse Li räusperte sich. »Der Ausschuß zieht sich zur Beratung zurück«, verkündete er.

Reine Formsache. Nach dieser Ermahnung konnte kein

Zweifel mehr daran bestehen, wer in der verfluchten Stadt die Sitte und die Ordnung wiederherstellen würde.

Die Scham hatte ihn aufgefressen und krank gemacht. Kein Opfer, keine Buße und keine durchgearbeitete Nacht an den Krankenbetten und Totenlagern konnten ihn mehr retten. Er war ein toter Mann. Der gierige Krebs zerfraß seinen Magen, seine Därme und hatte bereits seine Leber so weit geschädigt, daß er nichts mehr essen und kaum noch etwas trinken konnte. Wenn er hustete, spuckte er Blut. Seine Haut spannte sich über seinem Skelett, er ernährte sich seit vielen Tagen ausschließlich von Opium und war doch geistig noch wach genug für die Erinnerung an Madame Lin, der er damals genau diese Therapie verschrieben hatte. Doch das Opium war teuer geworden, und er besaß nichts mehr, das er verpfänden konnte. Fast alle Ausländer waren geflüchtet, niemand hatte mehr Geld. Und wer wollte noch einem Arzt vertrauen, der selbst aussah wie der leibhaftige Tod? Von jedem Abend, an dem er in sein schmutziges Bett sank, verabschiedete er sich, als wäre es unwiderruflich sein letzter.

Dr. Hashiguchi raffte sich noch einmal auf, eine lebende Leiche, ein Gespenst. Er hatte nicht mehr die Kraft, seinen feinen Anzug anzulegen. Seine Arzttasche war längst zu schwer geworden, so daß er sie liegen ließ. Er torkelte aus dem Haus und drückte einem Rikschafahrer das letzte Geld in die Hand, das er eigentlich für Opium vorgesehen hatte. Er wollte nur noch sterben. Japan hatte den schändlichen Krieg verloren und lag am Boden. Alle seine vornehmen Patienten waren gestorben oder abgereist.

Nur ein letzter Hausbesuch war noch nicht erledigt, und bis er diese letzte Pflicht nicht erfüllt hatte, konnte er nicht in Ruhe aus diesem Leben treten.

Bis heute hatte er es nicht über sich gebracht, Wang Ma Li vom Tode ihrer geliebten Schwester zu unterrichten, vor allem, weil er die Verantwortung dafür trug, daß ihre sterblichen Überreste nicht bestattet werden konnten, und weil er genau wußte, wie wichtig jedem Chinesen die Bestattung eines Angehörigen war. Ein unbestatteter Leichnam wurde zu einem bösen Geist und konnte viel Schaden in der Welt der Lebenden anrichten. Dr. Hashiguchi hatte den Leichnam der Zwergin damals wie vereinbart bei Dr. Monobe abgeliefert und gehofft, bald zu vergessen, aber er konnte nicht vergessen. Linglings Geist quälte ihn, schrie ihn aus dem Schlaf, brüllte nach ihrer Schwester, wollte gefunden und beerdigt werden. Sie hatte keine Ruhe gefunden. Ihr kleiner Leib schwebte in einem großen Glasbehälter in einer gelblichen Flüssigkeit im Keller des japanischen Marinehospitals. Ihre weit aufgerissenen Augen flehten um Hilfe. Dr. Hashiguchi hatte seine kleinste Patientin einmal, kurz vor Ende des japanischen Krieges, dort wieder gesehen und hatte bei ihrem Anblick fast den Verstand verloren. Dr. Monobe war sehr unkonzentriert, weil gerade damit beschäftigt, seine über viele Jahre gesammelten, kostbaren Untersuchungsergebnisse nach Japan in Sicherheit zu bringen. Leider gab es nicht mehr ausreichend Platz auf dem Schiff, denn er hatte in unzähligen Menschenversuchen und Vivisektionen von chinesischen Gefangenen sehr viele Ergebnisse und einen ganzen Keller voller Gewebsproben zusammengetragen. Etliche Gefäße und Ordner konnte er beim besten Willen nicht mehr unterbringen. Einige eingelegte Gehirne, Nieren und Geschlechtsteile mußten deswegen in Shanghai zurückbleiben. Das galt auch für den Körper der Zwergin, den ihm Dr. Hashiguchi seinerzeit für eine Dosis des kostbaren Experimentalmedikamentes verkauft hatte.

»Ich brauche nur die Sachen, die ich den Amerikanern übergeben kann«, hatte der verwirrt erscheinende Dr. Monobe ihn belehrt. »Sie wollen mich als Kriegsverbrecher anklagen. Stellen Sie sich das einmal vor, werter Kollege. Ich vor Gericht oder womöglich am Galgen, obwohl ich mich doch immer nur um das Wohl der Menschen gekümmert habe. Aber sie lassen Gnade walten, wenn sie dafür ein paar von meinen Ergebnissen bekommen. Besonders aus der Giftgasforschung. Alles andere brauche ich nicht …«

Nun träumte Dr. Hashiguchi jede Nacht von dem kleinen Leichnam in dem Glas, der nach ihm schrie. Der Doktor war schon zu lange in China, um solche Zeichen nicht ernst zu nehmen: Sein Leben in der Nachwelt würde eine unvorstellbare Qual werden, wenn er nicht noch zu Lebzeiten Frieden schaffte.

Er erwachte, als der Rikschakuli ihn schüttelte und versuchte, ihn aus seinem Gefährt zu ziehen. »Hier ist das Haus!« rief der Chinese, dem sichtlich unwohl dabei war, einen solch hinfälligen Gast zu befördern.

Der japanische Arzt ließ sich von dem groben Gesellen aus dem Sitz heben und blinzelte im grellen Sonnenlicht. Noch ein paar Minuten, und der ewige Frieden würde kommen. Er mußte lediglich der unglücklichen Wang Ma Li sagen, wo sie den Leichnam ihrer Schwester finden konnte, um ihn endlich zu bestatten.

Er stützte sich an der Mauer des Hauses ab, vor dem ihn der Rikschafahrer abgesetzt hatte. Längst war der Kerl im Laufschritt weitergetrabt. Dr. Hashiguchi war allein. Er lauschte auf seinen Atem, hörte Rasseln und Keuchen. Er besaß kaum genug Kraft, um die zwanzig Schritte bis zum Eingang zurückzulegen. Seine Füße setzten sich in Bewegung. Wieder schrie aus der Ferne die grauenvolle, geisterhafte Stimme Linglings nach ihm. Er erschauerte.

Nicht mehr lange, dachte er. Ich bringe dich nach Hause, Lingling.

Dann sah er das Haus. Ja, es war ein Tudor-Haus mit Dachgiebeln und Fachwerk, aber es war nicht das Haus, in dem er viele Jahre seine Besuche gemacht hatte. Dies war nicht das Haus, in dem er damals, nach den Morddrohungen der Gangster die belastenden Papiere gegen Pockengesicht Huang Li versteckt hatte. Er torkelte auf das falsche Haus zu.

Eine böse, dicke *amah* kam mit fuchtelnden Armen auf ihn zugerannt und wollte ihn verscheuchen. Dr. Hashiguchi hatte nicht mehr die Kraft zu stehen, sondern stürzte. Sein Gesicht schlug in den feinen Kies der Auffahrt. Die sägende Stimme der Zwergin aus dem schwarzen Nichts, das immer größer wurde, kam näher. Dazu erklang nun auch noch der schauerliche Baß des Pockengesichts. Sie kamen beide, um ihn zu holen, kamen, um ihn bis in alle Ewigkeit zu quälen.

Wo sind die vielen, die ich gerettet habe, dachte Dr. Hashiguchi verzweifelt. Will mir denn keiner von denen zu Hilfe kommen?

Näher und näher kamen die Stimmen der bösen Geister.

»Steh auf und verschwinde, du Strolch!« brüllte die aufgeregte, dicke *amah*, die direkt über ihm stand, doch er konnte sie kaum verstehen. Sie trat auf ihn ein, damit er aufstand und verschwand. Er spürte die Tritte wie durch eine dicke Wattehülle.

Die Stimmen Linglings und Huang Lis waren schon ganz nah. Sie übertönten alles. Auf einmal griffen auch ihre Hände nach ihm.

Nicht … nicht, wollte er schreien, doch kein Laut verließ seinen weit aufgerissenen Mund.

Die dicke *amah* fluchte. Schon wieder ein Toter auf ihrem Grundstück.

Das andere Tudor-Haus zwei Straßen weiter hätte der Doktor wohl auch kaum wiedererkannt. Es hatte allen Glanz, alle Vornehmheit verloren. Die Fassade war marode und bröckelte, das Dach wies etliche Schäden auf. Der Garten ringsherum war verwildert. Die Fortuna auf dem Springbrunnen war verwittert, aus dem Füllhorn floß längst kein Wasser mehr. Die Fenster waren von innen mit groben Decken verhängt. Es sah aus wie ein Spukschloß, ein Geisterhaus.

Benjamin Liu dachte an den Tag, als dieses Haus das schönste Geburtstagsgeschenk gewesen war, dachte an den stolzen Preis, den er dem Gangsterboß Peng für diese Immobilie gezahlt hatte. Was für ein Jammer? Daß er tatsächlich an so etwas denken konnte, erschreckte ihn selbst ein wenig. Es war das Haus seiner ersten Frau, der Mutter seiner beiden ältesten Kinder. Er hatte diese Frau einmal so sehr geliebt, daß es immer noch weh tat. Und wie hatte er gelitten! Wieder und wieder hatte er sich von dem Tadschiken versichern lassen, daß kein Irrtum vorlag. Wassilij und sein Freund Yurij hatten gesehen, wie Frau Wang Ma Li, seine Frau, in der Hotelhalle von einem jungen Japaner in Empfang genommen worden war. Sie waren ihr gefolgt bis an das Zimmer, vor dem der junge Japaner Wache schob. Sie hatten die Nummer an der Rezeption kontrolliert. Der Gast war ein gewisser Commodore Iwamoto von der japanischen Marine.

Monatelang hatte sich Benjamin Liu den Kopf zerbrochen, hatte versucht, sich das Unerklärliche zu erklären, hatte Entschuldigungen ersonnen und wieder verworfen. Tagsüber hatte er Ma Li verflucht und doch jede Nacht voller Liebe von ihr geträumt. Den Kindern, die ständig nach ihr fragten, hatte er immer wieder gesagt, ihre Mutter würde sicherlich bald nach Chongqing nachkommen, wo sie ein schmuckes Häuschen mit Blick auf das ganze Yangtzetal bezogen hatten. Manchmal hatte er sogar selbst noch daran geglaubt, gelegentlich so sehr, daß er ihre Schritte vor dem Haus zu hören glaubte.

Dann hatte er Fräulein Li Song Li kennengelernt, die Tochter eines reichen Geschäftsmannes aus Chongqing. Fräulein Li war gerade siebzehn Jahre alt, bildschön, wohl erzogen, bescheiden und demütig, und sie himmelte ihn an. Drei Monate nach ihrer ersten Begegnung wurde die Hochzeit gefeiert. Der Generalissimus selbst erschien kurz bei der Feier und brachte eine kostbare Vase als Geschenk. Um die Annullierung seiner ersten Ehe machte Liu sich keine Sorgen. In den noblen Kreisen, in denen er verkehrte, waren zwei Ehefrauen ohnehin gang und gäbe. Die Kinder akzeptierten ihre neue, fröhliche Mutter schnell. Immer seltener fragten sie nach Wang Ma Li, und schließlich schienen sie ihre alte Mutter zu vergessen. Yuanyuan, inzwischen selbst fast eine kleine Dame, hatte keinerlei Beziehung mehr zu ihrem Shanghaier Leben, und auch Xiao Tang, der mit großem Erfolg die Offiziersschule besuchte, konnte die diffusen Erinnerungen an eine ferne, fremde Frau nicht zu einem festen Bild zusammenfügen. Beide erinnerten sich manchmal an schöne, wohl riechende Hände, die sie gestreichelt und beschützt hatten, aber sie wußten nicht, wem diese Hände gehörten. Und das war wohl das Beste für alle.

Benjamin Liu hatte eigentlich am abbruchreifen Tudor-Haus nichts mehr verloren. Er konnte sich plötzlich nicht erklären, was ihn hierher getrieben hatte. Die kühle Arroganz seines ehemaligen Pflegesohnes, dem er das Leben gerettet hatte? Oder war es der Vorwurf, er sei zu spät gekommen?

Er war nur deswegen auf der Flucht nach Taiwan über Shanghai gereist, um den Amerikaner zu sehen. Es war ein Auftrag, vielmehr eine Bitte der Regierung. Viel stand auf dem Spiel. Die Amerikaner mußten davon abgehalten werden, die Kommunisten als rechtmäßige Herren Chinas anzuerkennen, und Benjamin Liu hatte einige wichtige Kontakte. Er hatte seinem Bekannten, einem alten Schulfreund aus Headhurst, die Pläne der Nationalisten geschildert: taktischer Rückzug nach Taiwan, Kräfte sammeln, so bald wie möglich wieder losschlagen. Niemand konnte tatsächlich erwarten, daß diese Horde von ungebildeten Bauern China beherrschen würde. Die Nationalisten, die Guomindang, würde weiterhin bereit stehen, um einzugreifen, wenn die Sache aus dem Ruder lief, und das konnte nicht sehr lange dauern.

Der Amerikaner, ein einflußreicher Mann mit Kontakten bis ins Weiße Haus, hatte ihm geduldig zugehört, oft genickt und *Right, right* gesagt. Benjamin Liu hatte das Gespräch beim Mittagessen als großen Erfolg bewertet. Doch dann gerieten sie auf dem Weg zum Hotel in diese häßliche Hinrichtung, die kaum dazu angetan war, den Vertreter eines demokratischen Landes für die Sache der Guomindang einzunehmen. Zu allem Überfluß mußte Benjamin Liu auch noch jäh seiner eigenen Vergangenheit ins Gesicht blicken.

Es war Verwirrung, nichts weiter als Verwirrung, die ihn zu dem Tudor-Haus getrieben hatte. So zumindest redete er sich ein, obwohl er die Wahrheit längst kannte: Er wollte China nicht verlassen, ohne Ma Li noch einmal zu sehen.

Die Sonne würde bald untergehen. Seine Frau und die Kinder warteten auf ihn im Hotel. Morgen in aller Frühe wollten sie nach Taipeh aufbrechen. Das letzte Schiff der US-Navy würde auf sie warten. Die Kommunisten standen vor der Stadt. Es war wirklich nicht die Zeit, alte Wunden wieder aufzureißen, redete er sich ein. Er hatte genug gesehen und wollte sich zum Gehen wenden.

Plötzlich wurde die Tür geöffnet – mit einem tiefen Knarren, wie es nur die Türen alter Häuser von sich geben.

»Willst du nicht hereinkommen?« fragte Wang Ma Li. Ihre Stimme klang rauh und dabei doch warm. Ihr Haar war lang und hinten am Kopf zusammengebunden. Graue Strähnen hatten sich in das samtige Schwarz geschlichen. Ihr Gesicht war auf unheimliche Weise unverändert. Die ersten Falten hatten sich um ihren Mund und auf der Stirn eingenistet, aber sie machten es nicht alt, sondern nur noch schöner. Ihre Augen waren tiefer und seelenvoller, als er sie jemals gesehen hatte. Auch auf die Entfernung konnten ihn diese wachen Augen noch gefangennehmen. *Ja, ich habe gut gewählt an meiner ersten Frau*, dachte er. *Sie wird selbst als Greisin noch schön sein.*

Ma Li trug dunkle Baumwollhosen und eine grobe, graue Strickjacke, die an vielen Stellen gestopft war. Ihre hochgewachsene Gestalt war schlank – noch einige Kilo weniger, und

sie würde dürr aussehen. Der Überfluß, den Benjamin Liu
trotz Krieg und millionenfachem Leids in China immer noch
genoß, war in diesem Haus kein häufiger Gast. Benjamin Liu
war dick geworden. Ein paar Kilo mehr, dann würde er fett
aussehen.

Als er bemerkte, daß er langsam zurückwich, fand er endlich seine Stimme wieder. »Ich wollte nur nach dem Haus sehen«, sagte er.

»Das ist sehr nett«, erwiderte sie mit einem feinen Lächeln.
»Das Haus steht noch, es ist nicht im besten Zustand, aber das
können wir beide wohl auch nicht von uns behaupten.«

»Ich habe deinen Sohn gesehen«, sagte er.

»Ich weiß. Er hat mir alles erzählt.«

»Es tut mir sehr leid – wegen seiner Freunde. Ich konnte
das nicht mehr verhindern.«

»Willst du nicht hereinkommen? Ich habe einen Tee gemacht.«

»Nein.« Er schüttelte so heftig den Kopf, daß ihm schwindelig wurde. »Ich muß gehen.«

»Dann wünsche ich dir viel Glück auf deinem Weg.«

»Vielen Dank!« Er wandte sich ab und ging ein paar
Schritte. Dann fuhr er wieder herum zu ihr. Sie stand noch immer regungslos auf der Schwelle.

»Ich wollte das alles nicht. Ich wollte eine glückliche Familie!« schrie er.

»Ich weiß. Du mußt nicht schreien.« Nichts konnte ihr ru-
higes, buddhagleiches Lächeln erschüttern.

»Du hast mich mit einem Japaner in einem Hotel betrogen!« schrie er weiter. Längst hatte er geglaubt, die Verletzung
und den Schmerz vergessen zu haben, aber ausgerechnet jetzt,
in der Dämmerung eines warmen Frühsommertages, im Garten eines fast verfallenen Hauses brach es aus ihm heraus. »Mit
einem Japaner! Ich kenne sogar noch seinen Namen: Colonel
Iwamoto.«

343

Ma Li seufzte tief. »Ich hatte seinen Namen schon längst vergessen. Es tut mir leid, daß ich dich verletzt habe. Ich kann es nicht ungeschehen machen.«

Sie hatte dieses Kapitel für immer abgeschlossen, auch wenn die fremde, andere Frau in ihr weiterlebte und sie jeden Tag an ihr sinnloses Tun erinnerte. Lingling war tot und kehrte nicht zurück. Sie konnte nicht einmal ihren Leichnam betrauern und bestatten. Das war ihre Strafe. Manchmal hörte sie ihre Schwester schreien – in ihren Träumen oder in den grausamen, wachen Stunden kurz vor Sonnenaufgang.

»Warum?« fragte Benjamin Liu die Frage aller verständnislosen Gerechten. »Habe ich nicht alles für dich getan?«

»Es tut mir leid. Ich hatte keine andere Wahl. Ich mußte ein Versprechen einlösen und alles versuchen, um meine Schwester zu retten.« Immer noch lächelte sie dieses ruhige, unerschütterliche Lächeln. »Wie geht es den Kindern?« fragte sie unvermittelt.

»Sie haben eine neue Mutter. Und kleine Geschwister.« Er fühlte die Kraft zurückkehren, ihr endlich sagen zu können, daß sie ihn damals nicht zerstört, ja nicht einmal dauerhaft verletzt hatte, daß Benjamin Liu nicht der Mann war, der sich von einer untreuen Frau aus der Bahn werfen ließ, selbst wenn er diese Frau in einem fernen, längst vergangenen Leben über alles geliebt hatte.

»Ich weiß. Deine Frau heißt Li Song Li und ist sehr schön.« Als sie seinen fragenden Blick bemerkte, setzte sie hinzu. »Ich lese immer noch viel Zeitung. Ihr seid eine der Vorzeigefamilien des alten Regimes.«

Benjamin lächelte böse. »Du solltest uns nicht so schnell abschreiben. Wir kommen wieder.«

»Gewiß, aber willst du nicht endlich hereinkommen und einen Tee trinken?«

Schritt um Schritt war er während ihres Wortwechsels wieder näher an das verfallene Haus getreten und stand nun am

Fuß der breiten, vierstufigen Treppe, die zur Tür führte. Über diese Stufen hatte er vor zwölf Jahren das Haus verlassen, mit seinem Sohn und seiner kleinen Tochter auf dem Arm, umringt und bedrängt von zerlumpten Frauen und kreischenden, rotznasigen Bälgern.

»Wo sind all die Frauen mit ihren kleinen Kindern?« wollte er wissen.

»Sie sind längst weitergezogen. Ich habe geholfen, wo ich nur konnte«, sagte sie achselzuckend. »Aber irgendwann ging das Geld aus, und es gab nichts mehr zu essen. Jetzt bin ich allein mit meinem Sohn.«

Sie verschwand im dunklen Inneren des großen Hauses, und er folgte ihr, nicht ohne sich allerdings umzublicken. Niemand mit seinem Lebenslauf ging dieser Tage in Shanghai oder an einem anderen Ort in China irgendwohin, ohne zu wissen, was hinter seinem Rücken geschah. Zwar hielt seine Schutztruppe auf der Straße Wache, aber wie schnell konnten diese müden, demoralisierten Krieger überwältigt oder bestochen werden?

Er zog die knarzende Tür hinter sich zu.

Das Innere des Hauses war genauso verwahrlost, wie es von außen wirkte. Keine Möbel in der Halle, kein Schmuck an den Wänden. Es war so leer und unbewohnt wie an dem Tag, als er es seiner Frau zum Geburtstag geschenkt hatte und als sie sich für die Flucht nach Chongqing bereitmachten. Ihm kam es vor, als würde er ein Spukhaus betreten, in dem die Geister seiner Vergangenheit hausten. Widerwillen regte sich in ihm. Was hatte er hier zu suchen? Er war fertig mit diesem Haus und seiner einsamen Bewohnerin.

»Komm hier entlang«, rief Ma Li aus dem Salon – jenem Salon, in dem er an einem Abend vor vielen Jahren als ahnungsloser Heimkehrer und Fremdling im eigenen Land den Erklärungen des pockengesichtigen Huang gelauscht hatte. Trunken vor Liebe war er gewesen für die schöne Tochter des Hauses, die zu erobern sein ehrgeizigstes Ziel war. Diesen einen Raum mit seinen hohen Fenstern zum Garten hatte Wang Ma Li sich wohnlich gestaltet. Wer sich in diesem sauberen, ordentlichen Zimmer aufhielt, konnte leicht vergessen, daß das Gebäude rings herum einer Ruine glich. Ma Li besaß ein Sofa und zwei Sessel, einen Schrank voller Bücher und Zeitungen und einen zweiten, türlosen Kleiderschrank mit Kleidern, von denen keines elegant oder auch nur vorzeigbar gewesen wäre. Es waren die Kleider einer Einsiedlerin, die sich um keine gesellschaftlichen Anlässe mehr Gedanken machen mußte. Der Garten, zumindest der Teil, den man von diesem Raum überblickte, wurde immer noch mit viel Liebe gepflegt. Rosen blühten, Bougainvillia und Azaleen.

»Wußtest du, daß in diesem Raum einmal ein Mord geschehen ist?« fragte sie ihn im Plauderton und servierte Tee.

»Ach, wirklich?« Sein Interesse war nur geheuchelt. Er überlegte vielmehr, warum er ihr eigentlich gefolgt war.

»Ich habe im Lauf der Jahre viele Geschichten von vielen Leuten gehört. Bevor mein Pflegevater es in Besitz nahm, gehörte das Haus offenbar einem englischen *Tycoon* namens Pearson Palmers. Bei ihm war übrigens dein Vater einst als Comprador angestellt. Die Frau des Engländers wurde in diesem Zimmer ermordet, glaubte man zumindest, doch am Ende stellte sich heraus, daß es gar nicht seine Frau war, sondern eine russische Tänzerin. Eine sonderbare Geschichte, nicht wahr? Und wie alles im Leben mit allem zusammenhängt …«

Benjamin hatte sich auf dem äußersten Rand des Sessels niedergelassen und blickte sich um. Vielleicht, dachte er, bin ich ihr gefolgt, weil ich sie ein wenig leiden sehen will. Vielleicht muß ich nur noch ein paar Demütigungen loswerden, bevor ich meine Heimat China guten Gewissens verlassen kann.

»Ein Haus voller Lügen, Verrat und dunkler Geheimnisse also«, knurrte er. »Dann ist es gerade richtig für dich.«

Wenn er geglaubt hatte, ihr maskenhaftes Lächeln damit erschüttern zu können, hatte er sich geirrt. Ungerührt setzte sie sich ihm gegenüber und fuhr fort: »Der Engländer stürzte sich Jahre später vom Dach des *Große Welt* zu Tode. Es wird vermutet, daß er hohe Spielschulden hatte. Nachdem er dabei geholfen hatte, meinen Pflegevater zu ermorden – das geschah übrigens draußen vor dem Springbrunnen –, bezog Peng Lizhao, der gefürchtete Unterweltboß, dieses Haus. Man sagt, daß Peng hier unaussprechliche Orgien veranstaltete. Es sollen sogar Leichen von jungen Mädchen draußen im Garten verscharrt sein. Ich habe nicht danach gegraben. Dann hast du das Haus gekauft.«

»Für dreihunderttausend Silberdollar«, bemerkte Benjamin Liu. Rückblickend die größte Fehlinvestition seines ansonsten doch so erfolgreichen Geschäftslebens.

Ma Li nippte an ihrem Tee und lächelte. »Zu diesem Zeitpunkt war die Polizei Peng wegen versäumter Bestechungszahlungen allerdings so dicht auf den Fersen, daß er es auch für zweihunderttausend verkauft hätte, wahrscheinlich sogar für hunderttausend. Er hat dich übers Ohr gehauen, aber daran wollen wir lieber nicht rühren.«

Nein, er würde sie nicht demütigen können, wurde ihm auf einmal klar. Sie war ihm vom ersten Tag an überlegen gewesen und war es immer noch, und er brachte es nicht fertig, sie dafür zu hassen.

»Du hattest immer die besseren Ideen, nicht wahr? Ich frage mich, welche Ratschläge du mir heute geben würdest!«

Sie schnaufte belustigt und dachte nach. Er wollte sie herabwürdigen, wollte sie verlachen können. Nein, dachte sie, das will ich ihm nicht gönnen. Wenn sie sich eines bewahrt hatte, dann war es ihre Würde.

»Wenn stimmt, was die Zeitungen schreiben, dann hast du viel zu viele Immobilien und zu wenig Rohstoffe, zu wenig Öl. Deine lächerlich hohen Investitionen im französischen

Indochina sind bald verloren, denn es wird dort Krieg geben. Und wenn du nicht mehr in die Luftfahrt investierst, werden sie dich bald auslachen. Plantagen in Mittelamerika bringen nichts als Ärger. Kauf lieber Land dort, wo die Flughäfen entstehen. Kauf Autos.«

Benjamin wünschte, er hätte sie nicht gefragt. Wahrscheinlich hatte sie mit jedem Wort recht. Das Geschäft war ihre zweite Natur. Wer im Hause der legendären Madame Lin und des Pockengesichts Huang aufgewachsen war, den konnte man in dieser Disziplin nicht schlagen. Er sollte vielleicht aufbrausen, hinausstürmen und die Tür hinter sich zuschlagen, aber er unterdrückte diesen Impuls. Es verbot sich, dieser Frau, die ihn verraten und gequält hatte, den Sieg zu schenken. Verdammt, schließlich war er betrogen und belogen worden. Schließlich war er im Recht.

»Du hast mich nicht nur mit diesem Japaner betrogen.« Er verspritzte all das Gift, das er so lange in sich getragen hatte. »Du hast mich auch jahrelang mit deinem geliebten Kang Bingguo hintergangen, dem Kommunisten. Du warst doch in Wirklichkeit immer mit ihm verheiratet, nicht mit mir. Ich habe das vom ersten Tag an gespürt. Du hast seinen Sohn viel mehr geliebt als unsere Kinder. Du hast von ihm geträumt und im Schlaf seinen Namen gerufen.«

Ma Li hielt ihre Teeschale mit beiden Händen, als lausche sie verträumt ins Jenseits.

»Sprich weiter«, ermunterte sie ihn.

»Ich habe dich aufgelesen. Ich habe mich deiner erbarmt und dir eine Chance gegeben. Ich war bereit, mein Leben mit dir zu teilen. Und du …«

»Ich hatte eine Schuld einzulösen«, fiel sie ihm streng ins Wort. »Das Leben meiner Schwester. Ja, vielleicht war Kang meine erste, große Liebe, vielleicht sogar meine einzige, doch auch er hätte zurücktreten müssen, wenn es um Lingling ging. Sie war alles, was ich hatte. Sie war die einzige Brücke zu un-

348

serer Mutter. Sie sollte … im Jadepalast wohnen. Das war …
mein Versprechen …«

Nun hatte er es doch geschafft: Ihr Lächeln war erloschen,
und sie weinte. Zum erstenmal seit vielen Jahren quollen ihre
schönen, wachen Augen über von Tränen. Er genoß ihren
Schmerz auf teuflische Weise.

»Hier hast du deinen Jadepalast.« Er hob mit einer höhni-
schen Geste seine Hände und schrie: »Ein verfallenes Haus in
einer zum Untergang verdammten Stadt. Das ist dein Lohn.
Ein Haus voller Lügen und Heimtücke. Und das ist es, was du
verdienst!«

»Ich weiß«, flüsterte sie. »Ich beanspruche gar nicht mehr
auf dieser Welt. Ich bin bereit, bis an mein Lebensende zu bezahlen. Ich war es damals schon. Ich konnte nicht mehr mit
dir zusammenleben, als ich bereit war, dein Leben zu verkaufen für die Medizin, die Lingling brauchte. Die Japaner wollten Informationen über dich, und ich hätte sie ihnen gegeben.
Ich hätte dich tausendmal verraten, um meine Schwester zu
retten. Ich bitte dich um nichts als um Verzeihung.«

Es war ein hohler und bitterer Triumph, den er sich hier bereitet hatte. Benjamin Liu verspürte keine Genugtuung. Nein,
fast hätte er sich noch entschuldigt bei der Frau, die ihm einst
bei lebendigem Leibe das Herz aus der Brust gerissen hatte.

»Ich reise morgen in aller Frühe ab nach Taiwan«, sagte er
nach einer ganzen Weile. »China ist im Moment nicht mehr
zu retten. Die Kommunisten werden sich für ein paar Jahre
austoben, und wenn sie abgewirtschaftet haben, kehren wir
zurück.« Das zumindest hörte sich gut an, wie die Worte eines
Mannes, der Kontrolle ausübt. Nicht nur über sein eigenes
Schicksal, sondern auch über die Geschicke dieses riesigen
Landes. »Ich wollte mich nur verabschieden …«

Ma Li wischte sich die Tränen aus den Augen. »Danke, daß
du noch einmal gekommen bist. Ich wünsche dir alles Gute
mit deiner Familie.«

Benjamin stand auf und zog sich den Anzug über seinen Bauch. Sein Zorn und seine Rachegelüste waren verraucht. Plötzlich spürte er nur noch den Schmerz wie das Pochen eines vor vielen Jahren amputierten Körpergliedes. Sein ganzes Leben lang würde er diese Frau nicht vergessen können, niemals würde er es übers Herz bringen, sie zu verfluchen. Seit er sie zum erstenmal in jenem Zug nach San Francisco gesehen hatte, als sie beide voller Hoffnungen und Angst nach China heimkehrten, seit diesem Moment liebte er sie. Sie flehte um Verzeihung – dabei war er es, der ihr Leben zuerst ruiniert hatte. Er trug seine Schuld als Geheimnis: Er hatte Monokel-Zhang damals mit dem lässigen Kopfnicken eines römischen Kaisers zu verstehen gegeben, daß dieser die Schlächter der *Grünen Bande* auf ihren Liebhaber, den kommunistischen Aufrührer Kang Bingguo, hetzen sollte. Er hatte die Liebe ihres Lebens auf dem Gewissen. Grausam und unter falschem Vorwand hatte er den Rivalen beseitigen lassen. Er war der Auftraggeber seines Mordes gewesen. Zu ihrem und zu seinem Glück würde sie niemals erfahren, wer ihren geliebten Kang auf dem Gewissen hatte.

»Brauchst du Geld?« fragte er, zum Gehen gewandt.

Sie sah ihn an, als spräche er eine fremde Sprache. »Nein«, preßte sie schließlich hervor. Unterdrückte sie ein unverständiges Lachen oder kämpfte sie wieder mit den Tränen? Er konnte in ihrem Gesicht nicht mehr lesen.

An der Tür hielt er inne. Er wollte es nicht, aber dennoch drehte er sich zu ihr um. Sie war aufgestanden und ihm gefolgt. »Wir verlassen die Stadt mit einem amerikanischen Marineschiff«, hörte er sich sagen. »Es ist noch Platz an Bord …«

Sie hob schnell und würdevoll ihre Hand, um ihm zum Schweigen zu bringen. »Sprich nicht weiter! Ich kann Shanghai nicht verlassen«, sagte sie.

Plötzlich war es, als seien sie nie getrennt gewesen. Als seien sie immer noch ein Ehepaar – was juristisch gesehen ja auch stimmte. Eine formelle Scheidung war nie eingereicht worden.

»Vielleicht will dein Sohn weg aus der Stadt«, sagte er. »Ich bin sicher, es würde ihm in Taiwan bessergehen. Ich werde vielleicht weiterziehen nach Hongkong. Wenn er will, finanziere ich sein Studium. Interessiert er sich immer noch für Flugzeuge?«

»O ja.« Ihr Gesicht hellte sich auf. »Er studiert sogar Flugzeugbau an der technischen Hochschule, aber ich fürchte, es gibt einige unüberbrückbare weltanschauliche Gegensätze zwischen Xiao Sheng und dir. Er freut sich auf die Ankunft der Kommunisten. Für ihn sind sie wie die Brüder seines Vaters.«

»Ich muß jetzt gehen«, brachte Liu hervor, aber im nächsten Moment hatte er seine Arme um sie geschlossen und spürte ihr Haar auf seinen Lippen, spürte ihre Hände auf seinem Rücken und weinte er in ihre Schulter.

»Ich muß gehen«, wiederholte er nach einigen stummen Minuten der Umarmung. Dann eilte er hinaus. In der Diele hielt er noch einmal inne und drehte sich um. »Es tut mir leid!« rief er.

Durch die leere Halle lief er, wo das Geräusch seiner Schritte zurückgeworfen wurde, die traurige Melodie seiner Flucht. Vorbei an dem toten Springbrunnen mit seiner traurigen Fortuna, durch das rostige Tor hinaus auf die Straße, wo seine Leibwächter warteten und ihn in den Wagen geleiteten. Nur ein paar Stunden noch, und sie würden im rettenden Boot sitzen auf dem Weg nach Taiwan, in Sicherheit. Er hatte es verleugnet und verflucht, aber er hatte eines immer gewußt: Sein Glück ließ er hier zurück.

Sie betraten die Vororte der Stadt kurz nach Mitternacht, eine lange Reihe von Soldaten, ihre Gewehre geschultert und die Augen stur geradeaus gerichtet. Sie kamen leise und ohne

Kanonendonner. Das Echo ihrer Stiefeltritte hallte nicht von den Mauern wider, denn die meisten trugen gar keine Stiefel, sondern leichte Leinenschuhe. Manche hatten ihre Füße sogar nur mit Stoffetzen umwickelt. Das einzige Geräusch war das Klappern der Eßbestecke, die sich einige wie einen Schmuck um den Hals gehängt hatten. Es war eine weitere hungrige und abgekämpfte Truppe, die in Shanghai einmarschierte, aber anders als das letzte Aufgebot der Guomindang waren ihre Blicke entschlossen, ihr Gang aufrecht und ihre Manieren einwandfrei.

Als der Tag erwachte und die ersten Bürger von Shanghai auf die Straßen traten und die lange Prozession dieser kleinwüchsigen Bauernsoldaten erblickten, eilten viele schnell in die Häuser zurück, um mit Tee, Teigtaschen und Zuckergebäck bewaffnet zurückzukehren. Wenn dies die neuen Herren der Stadt und des ganzes Landes waren, dann konnte man gar nicht früh genug damit anfangen, ihnen gefällig zu sein.

Die Soldaten nahmen jedoch keine Geschenke entgegen. Höflich, aber bestimmt lehnten sie alles ab, was ihnen angeboten wurde. Es war ein Verhalten, das die Shanghaier zutiefst verunsicherte. Sie hatten niemals einen Soldaten erlebt, der Geschenke und Einladungen ausschlug. Diese unheimliche Bescheidenheit widersprach allem, für das Shanghai stand und dem Shanghai sich verschrieben hatte.

»Jetzt beginnt wahrhaftig eine neue Zeit«, raunten die Menschen am Straßenrand. Viele waren darüber noch nicht einmal sonderlich traurig.

2. KAPITEL

Shanghai, 1. Oktober 1949

Sie vernahm zwischen Rauschen und Knistern im Radio die näselnde, hohe Stimme des Mannes, dessen Namen jeder mit Ehrfurcht aussprach, als handele es sich nicht um einen Menschen, sondern eine Gottheit. Der Mann hieß Mao Zedong und verkündete weit entfernt in Peking, auf einem Balkon am Tor des Himmlischen Friedens, dem Eingang zur Verbotenen Stadt, den Sieg der Revolution. Das chinesische Volk habe sich erhoben und das Joch der Unterdrücker abgeschüttelt, rief der Mann, und die Massen jubelten ihm zu.

Xiao Sheng saß neben ihr, ehrfürchtig lauschend auf die ferne Stimme.

»Es ist wie ein Traum«, sagte der junge Mann ergriffen. »Endlich gehört unser Vaterland niemandem außer uns.«

Ma Li nahm seine Hand und lächelte. »Ich wußte nicht, daß du so ein glühender Patriot bist. Ich sehe sogar Tränen in deinen Augen.«

»Weißt du denn nicht, was das heißt?« fragte er begeistert. »Wir sind frei! Dafür hat mein Vater gekämpft, dafür ist er gestorben. Jetzt ist es vollbracht.« Ein wenig enttäuscht war Xiao Sheng schon, daß seine Mutter gänzlich immun gegen das große, heilige Fieber zu sein schien, das ihn und alle seine Freunde erfaßt hatte, aber es bestätigte nur, was er längst wußte.

Die Übertragung war beendet. Ma Li schaltete den Radioempfänger aus.

»Dein Vater ...«, seufzte sie nachdenklich. »Ich weiß nicht, ob dein Vater so sehr glücklich darüber gewesen wäre, wie sich die Dinge entwickeln.«

»Was meinst du?« fragte er wachsam. Ihre Skepsis den Kommunisten gegenüber gefiel ihm ganz und gar nicht.

»Dein Vater suchte Würde und Gerechtigkeit. Er haßte Unrecht und Leid … Das gilt übrigens auch für deinen Adoptivvater.«

»Ha!« schnaubte Xiao Sheng. »Du willst diesen Ausbeuter und Menschenschinder doch nicht wieder in Schutz nehmen?«

Sie erhob sich und ging zum Fenster. Das tat sie immer, wenn sie in die Vergangenheit blickte.

»Ich habe dir doch einmal erzählt, wie er bei unserem ersten gemeinsamen Ausflug den mißhandelten, kleinen Jungen von seinem Peiniger freikaufte und wie er die unmenschlichen Zustände in der Seidenspinnerei beendete. Er ist gewiß kein schlechter Mensch. Nur ist er auf der anderen Seite des Glücks geboren. Man darf Menschen deswegen keine Vorwürfe machen.«

Auch Xiao Sheng erhob sich. Er war groß und stark, ein Bild von einem jungen Mann. Die Ärmel hatte er hochgekrempelt und die Mütze mit dem roten Stern trotzig in die Stirn gezogen. Er hatte die hohen Wangenknochen seines Vaters, denselben entschlossenen Blick und einen ähnlich sensiblen Mund. Manchmal betrachtete sie ihn und suchte nach Spuren ihrer selbst – und konnte keine finden. Xiao Sheng war ein Abbild seines Vaters. Vielleicht liebte sie ihn deshalb so sehr.

»Ab heute muß in diesem Land niemand mehr auf die Gnade eines weichherzigen Kapitalisten wie dem Erzausbeuter und Mörder Benjamin Liu hoffen, um zu überleben. Ab heute gibt es keine besondere Seite mehr, auf der jemand geboren wird. Ab heute sind alle gleich, und niemand wird bevorzugt oder benachteiligt.«

Ma Li sah ein, daß es sinnlos war, mit ihm zu diskutieren.

Sein Weltbild war so fest, logisch und endgültig gefügt, wie das nur bei jungen Idealisten möglich war.

»Sicher, du hast ja recht.« Sie lächelte und streichelte seinen Kopf, was er sich seit einiger Zeit nur noch widerwillig gefallen ließ. Bei aller Sorge war sie stolz auf seine Begeisterung für eine große, wichtige Sache – den Wiederaufbau des Landes. Wie winzig nahmen sich da ihre eigenen Sorgen gegen diese Aufgabe aus? Sollte sie ihm sagen, daß dies ihr letzter Tag in diesem Haus sein würde? Sollte sie ihm den Brief zeigen, der am Morgen von einem Boten abgegeben worden war? Irgendein revolutionärer Ausschuß hatte nach gründlicher Prüfung aller Unterlagen beschlossen, daß die Tudor-Villa als Volkseigentum zu betrachten war. Ein nackter, brutaler Räumungsbefehl war ihr zugegangen, in dem obendrein noch stand, daß sie nicht mehr als einen Koffer mit persönlichen Gegenständen in ihre neue Bleibe mitnehmen durften. Nicht vermerkt war, wo ihre neue Bleibe sein würde und was aus dem Haus werden sollte, in dem sie großgeworden war und so viele Jahre verbracht hatte. Würde man es abreißen? Würden neue Eigentümer einziehen? Wer würde sich um den Garten kümmern? Natürlich war das Haus viel zu groß für nur zwei Personen. Natürlich verfiel es immer mehr, und jemand würde sich um das Dach kümmern müssen, durch das es hereinregnete. Aber es war doch immer noch ihr Haus – ihr Geburtstagsgeschenk. Die letzte Brücke zu einer verlorenen Zeit, einem verlorenen Glück und zu Lingling.

Sie mußte es dem Jungen sagen, beschloß Ma Li. Auch er würde morgen früh um acht Uhr sein Zuhause verlieren und in eine unbekannte Wohneinheit verpflanzt werden. Sie holte Luft, aber da platzte er schon mit einer anderen Nachricht heraus.

»Ich werde morgen heiraten«, sagte er und vermied es, seine Mutter anzusehen. Er starrte auf seine Finger, die er vor seinem Bauch gefaltet hatte.

Ma Li war ratlos, wütend und amüsiert zugleich. »Danke, daß du mir das jetzt schon sagst!« rief sie, als sie ihre Sprache wiedergefunden hatte.

»Ich habe ein Mädchen gefunden. Sie heißt Gao Xie.«

»Meinen Glückwunsch, aber warum teilst du mir das erst jetzt mit? Hast du kein Vertrauen mehr zu mir?«

»Ich habe es nicht früher gesagt, weil ich dich verlassen muß. Ich werde meine eigene Familie gründen.« Er sagte das bestimmt und fast feindselig, als wäre es eine heilige Pflicht, an dessen Ausübung sie ihn hindern wollte.

Sie faßte ihn bei den Schultern und zwang ihn, sie anzusehen. »Denkst du etwa, ich würde dir deswegen Vorwürfe machen? Das ist doch wunderbar!«

»Du wirst von nun an allein sein.« Er senkte den Blick.

»Das ist doch nicht schlimm.« Sie umarmte ihn, doch er blieb steif wie ein Stück Holz. »Wer ist sie? Erzähl mir von ihr! Willst du sie mir denn nicht vorstellen?«

Er schüttelte den Kopf. »Es wäre besser, wenn ihr euch nicht kennenlernen würdet.« Er entwand sich ihrer Umarmung und schritt zum Fenster, starrte nun seinerseits in den Garten. »Sie weiß nicht, daß ich dein Sohn bin. Ich meine, daß ich bei dir aufgewachsen bin. Ich halte es auch für besser, wenn sie es nicht erfährt. Es könnte … ihre Gefühle verwirren.«

Ma Li lachte laut auf. Was war nur geschehen? Hatte er nicht gestern noch nach ihr geschrien, wenn er Bauchweh oder Zahnweh hatte? War er nicht gestern noch in kurzen Hosen mit Flugzeugmodellen jauchzend durch den Garten gerannt? Hatte sie nicht gestern noch seine wenigen Spielsachen zusammengeräumt, mit der Hand seine schmutzigen Hemden gewaschen, seine Hausaufgaben korrigiert und ihn in den Schlaf gewiegt? Wo waren die Jahre? Wo war ihr Sohn?

Er sprach weiter, ohne sie anzusehen. »Sie ist die Tochter eines verdienten Kommunisten, Gao Lu, der vielleicht bald Bürgermeister wird. Sie weiß, daß ich Kang Bingguos Sohn

356

bin. Ihr Vater hat zusammen mit meinem Vater im Untergrund gekämpft. Dafür werde ich respektiert. Allerdings weiß sie nichts von all dem anderen ...«

Nein, beschloß Ma Li, sie würde es ihrem Sohn nicht einfach machen. Er würde *all das andere* schon benennen müssen, auch wenn es sie bis auf Blut quälte.

»Von was denn ...?« forderte sie ihn heraus. Sie hatte genau diese Auseinandersetzung oft mit sich selbst geführt und fühlte sich gewappnet, sie auch mit ihrem Sohn zu führen. »Sprich es ruhig aus«, ermunterte sie ihn.

»Von ... du weißt schon ...«

Als sie sich weigerte, darauf einzugehen, holte er tief Luft und spukte es voller Verachtung aus: »Von deinen Pflegeeltern. Ein Gangsterboß und eine Puffmutter – entschuldige die Ausdrucksweise, aber jeder in Shanghai redet so über sie. Huang Li und Madame Lin verkörpern alles Schlechte und Verdorbene, das diese Stadt so lange zu erdulden hatte. Und ausgerechnet die ...«

»Ausgerechnet die haben mir und deiner Tante Lingling ein Zuhause gegeben. Ja, das ist die Wahrheit. Sonst wären wir an allem Schlechten und Verdorbenen dieser Stadt zugrunde gegangen. Ich habe es mir nicht ausgesucht, Xiao Sheng. Man kann sich seine Eltern nicht aussuchen, auch nicht seine Pflegeeltern.«

»Siehst du!« rief er. »Nun verteidigst du sie auch noch. Hast du eine Vorstellung davon, wie unsäglich peinlich so etwas für mich als Kommunisten werden könnte? Jeder in Shanghai weiß alles über sie und über deinen zweiten Mann, Benjamin Liu, den Erzkapitalisten. Von diesem herrschaftlichen Haus und allem ... Ich möchte einfach nicht damit in Verbindung gebracht werden. Ich kann nichts dafür und bin dafür nicht verantwortlich zu machen. Ich bin Kommunist, wie mein Vater.«

Sie fühlte es und meinte es tatsächlich hören zu können – wie ihr Herz zerbrach. Sie bekam keine Luft mehr und konnte keinen Gedanken mehr fassen. Gerade hatte sie noch überlegt, wie sie ihm beibringen sollte, daß sie morgen aus ihrem Haus vertrieben würden, und nun vertrieb er sie aus seinem Leben!

»Xiao Sheng ...«, flüsterte sie kraftlos.

»Ich werde dich für eine Weile allein lassen«, sagte er. »Und ich bitte dich, mich nicht zu suchen oder in irgendeiner Weise zu kompromittieren. Das ist alles, was ich von dir erwarte.«

Nun konnte sie sich nicht mehr auf den Beinen halten. Sie sank in die Knie und suchte seine Hand, doch er zog sie weg. Er schritt rückwärts, zum Ausgang und sah zu, wie sie zusammensank und weinend auf den Boden fiel.

»Ich muß diesen Schritt tun. Es ist auch in deinem Interesse. Meine Kinder sollen ohne den Schatten von Verbrechen und Ausbeutung aufwachsen. Das schulde ich meinem Vater.«

»Und mir schuldest du nichts? Dein Vater wußte alles über meine Pflegefamilie. Ihn störte es nicht.«

»Gewiß.« Er konnte ihrem flehenden Blick nicht standhalten. »Aber versteh doch – das waren andere Zeiten damals.«

»Aber du kannst mich nicht verleugnen!« schrie sie. »Ich bin deine Mutter und werde es immer bleiben.« Sie kroch ihrem langsam zurückweichenden Sohn hinterher wie eine Verdurstende dem letzten Schluck Wasser. Strähnen ihres ergrauten Haares fielen in ihr Gesicht. »Ich liebe dich. Ich würde alles für dich tun. Bitte ...!«

»Ich wünschte, du würdest jetzt nicht diese Szene machen«, sagte er nervös, beide Hände schützend und beschwörend gegen die am Boden liegende Frau ausgestreckt. »Du redest schon fast wie Benjamin Liu, der verdammte Blutsauger. Es ist zu unserem Besten. Du wirst eine angenehme, neue Wohnung bekommen.«

Er wußte alles! durchzuckte sie die Erkenntnis. Er wußte von dem Räumungsbefehl, den sie aus lauter Fürsorge und Mutterliebe für sich behalten hatte. Und warum war in dem Räumungsbefehl gar keine Rede von ihm gewesen? Vielleicht, weil derjenige, der den Brief geschickt hatte, wußte, daß er das Haus ohnehin freiwillig verlassen würde?

»Du kannst mich nicht verneinen«, schrie sie, halb wahnsinnig vor Leere und Enttäuschung. »Ich bin deine Mutter!«

»Nicht mehr«, erwiderte er, selbst ein wenig erschrocken von seiner Kühle. Er hatte nun die Tür erreicht, und nur noch eine Körperdrehung trennte ihn von dem Leben, das er sich wünschte. Ein Leben ohne Scham und Schande, ohne Schatten der Vergangenheit, für die er nichts konnte und die trotzdem sein Glück bedrohten. »Die Papiere, die zur Trauung von Kang Xiao Sheng und Gao Xie eingereicht wurden, erwähnen deinen Namen nicht. Ich habe inzwischen die Wahrheit erfahren. Lebe wohl ...«

Er schlüpfte durch die Tür und verließ mit eiligen Schritten das Haus mit dem festen Vorsatz, es nie wieder zu betreten. Wenn ein guter Kommunist eines zu lernen hatte, dann war es dies: Familie, Gefühle, Liebe galten nichts im neuen China. Die Partei galt alles. Loyalität konnte es nur gegenüber der Partei geben. Die alte Frau, die er heulend und zähneklappernd in ihrem viel zu großen Haus zurückließ, hatte ihn großgezogen, und wenn er jemals dafür Dankbarkeit verspürt hatte, dann war die einer kalten Ernüchterung gewichen, als er vor ein paar Tagen die Wahrheit erfuhr.

»Welche Wahrheit?« schrie sie ihm durch die geschlossene Tür hinterher. »Sprich mit mir! Welche Wahrheit?«

An der Haustür hielt er kurz inne. Sollte er es ihr sagen? Sollte er ihr sagen, was so unerwartet und heftig über ihn hereingebrochen war, daß er fast den Verstand darüber verloren hatte?

Wang Ma Li war gar nicht seine leibliche Mutter. Sie hatte ihn nur zu sich genommen, hatte ihn seiner richtigen Mutter geraubt, die mittellos und verfolgt aus der Stadt fliehen mußte und sich allein bis nach Yan'an zu den Kommunisten durchschlug. Diese Frau, die heute eine wichtige Funktion in der

Partei bekleidete, hatte sich ihm zu erkennen gegeben, als er mit hundert anderen in der Parteizentrale um die Heiratserlaubnis anstand, die man neuerdings für eine Eheschließung brauchte. Zu diesem Zeitpunkt hatte er noch nicht daran gedacht, Wang Ma Lis Namen zu verschweigen, denn zu diesem Zeitpunkt kannte er die Wahrheit noch nicht.

Die Frau war den Korridor hinuntergeschritten und erstarrte, als sie sein Gesicht sah: eine schöne, mächtige Frau in stramm sitzender Parteiuniform. Einen Stapel wichtiger Dokumente, den sie unter dem Arm hielt, drückte sie einem ihrer Begleiter in die Hand und kam wie unter Schock auf ihn zu.

»Du bist Kang Bingguos Sohn«, waren ihre ersten Worte. Es mußte die Stimme des Blutes sein, die sie zu ihm gerufen hatte. Ihre Augen schwammen in Tränen, sie hob ihre zitternde Hand und streichelte sein Gesicht, was er ratlos und befremdet über sich ergehen ließ.

Ihre Aufwallung und Rührung verstand er erst, als sie ihm alles berichtet hatte: Sie und ihr Vater hatten sich die Ehe versprochen, sie war schwanger mit ihm, als Kang von den Konterrevolutionären grausam ermordet worden war. Unter größter Gefahr blieb sie in der Stadt und brachte ihn zur Welt. Um sein Leben zu schützen, gab sie ihn an die Tochter einer reichen Familie. Diese Frau aber war selbst verliebt in Kang Bingguo, obwohl sie ihn nur als eine Art Spielzeug und Zeitvertreib betrachtete und in Wahrheit längst mit dem steinreichen Benjamin Liu verlobt war. Wang Ma Li, die er bis zu diesem Zeitpunkt für seine Mutter gehalten hatte, brach alle Versprechen und beschloß, das ihr anvertraute Kind wie ihr eigenes großzuziehen. Wieder und wieder hatte die leibliche Mutter versucht, zu ihrem Kind vorzudringen, um es wenigstens einmal zu streicheln, aber das steinharte Herz der Madame Wang kannte kein Mitleid. Wie es auch nicht anders zu erwarten war von der Pflegetochter eines Gangsterkönigs und einer Bordellbesitzerin!

Parteikommissarin Zhang Yue nannte es den schönsten Tag in ihrem Leben, als sie ihm die Hände drückte und voller Stolz und Erregung zu ihm aufschaute, während er selbst noch wie gelähmt war von dieser Enthüllung. Er hatte ihr alles berichtet, sein ganzes Leben, seine Träume, seine Pläne, hatte von seiner vermeintlichen Mutter Wang Ma Li erzählt, die sich trotz ihres Verrates immer sehr anständig um ihn gekümmert hatte.

»O gewiß. Ich bin sogar bereit, dieser Frau vieles zu verzeihen, obwohl sie mir meinen Sohn genommen hat«, sagte Kommissarin Zhang großmütig und setzte traurig hinzu: »Aber ich kann nicht darüber hinwegsehen, daß die Frau, die sich als deine Mutter ausgab, eine durch und durch verdorbene unpatriotische Schlampe ist, die sich nicht zu schade war, mit einem Japaner anzubandeln …«

»Ist das wahr?« fragte er entsetzt.

»Was glaubst du, warum die Ehe mit dem Erzkapitalisten in die Brüche ging? Dieser Seitensprung war selbst Herrn Liu zuviel, und das will schon etwas heißen.«

»Mit einem Japaner?« wiederholte er angewidert. »Das ist unverzeihlich.«

»Aber du darfst dir nicht anmerken lassen, daß du nun die Wahrheit kennst. Wer weiß, zu welchen Gemeinheiten Madame Wang noch fähig ist. Wir werden zum geeigneten Zeitpunkt mit ihr abrechnen. Jetzt ist erst einmal wichtig, daß ich dich wiedergefunden habe. Und ich gebe dich nicht mehr her …«

Sie drückte ihn an sich, und er fühlte sich sonderbar wohl dabei. Er empfand sogar eine sexuelle Erregung, was ihn noch mehr verwirrte. Diese schöne und einflußreiche Frau, die seine Mutter war, raubte ihm die Sinne. Bei aller Unsicherheit und Verwirrung, die er nun spürte, war es eine große Beruhigung, daß er in Wahrheit nicht der Sohn aus einem feudalistischen und verbrecherischen Hause war, sondern der reinblütige Sohn zweier tapferer und aufrechter Kommunisten.

»Sag ihr nicht, daß ich dich wiedergefunden habe«, bat ihn Zhang Yue. »Das werde ich ihr zum geeigneten Zeitpunkt selbst eröffnen. Geh jetzt, fülle deine Heiratspapiere aus und gib die Namen deiner leiblichen Eltern an. Ich werde selbstverständlich zu deiner Hochzeit erscheinen. Ich kenne Gao Lu, deinen zukünftigen Schwiegervater. Wir arbeiten sehr gut zusammen. Ist es nicht herrlich, wie sich alles fügt und wie die Gerechtigkeit ihren Lauf nimmt nun, da endlich der Vorsitzende Mao unsere Geschicke leitet?«

»Du hast recht«, sagte er ergriffen. »Es ist wie ein Wunder.«

Als er den Raum verließ, trat Zhang Yue zum Fenster und fühlte eine unbändige Freude in ihrer Brust aufsteigen. Dies war vielleicht tatsächlich der schönste Tag in ihrem Leben. Sie war immer noch schön, immer noch begehrenswert. Kang Bingguos Sohn hatte sie so verliebt angesehen, daß sie seine schmutzigen Gedanken fast riechen konnte, aber nun war sie auch noch Herrin über Schicksale. Nie wieder Nebenrollen – Zhang Yue führte nun selbst Regie und bestimmte, wer welche Rolle bekam. Es war ein herrliches, unglaublich befriedigendes Gefühl, und es weckte den Wunsch nach mehr.

Nachdem sie ausgiebig dieses Glücksgefühl genossen hatte, rief sie einen ihrer Sekretäre, dem sie einen Räumungsbefehl für Wang Ma Li diktierte. Die Räuberin ihres Sohnes sollte nicht länger in einem Haus wohnen, das für wichtigere Bewohner gebraucht wurde. Dann diktierte sie einen weiteren Brief an die Parteiführung, in dem sie das Tudor-Haus in der ehemaligen französischen Konzession als Sitz ihrer Behörde, des Kommissariats zur Wiederherstellung von Sitte und Ordnung beschlagnahmte.

Sie war nicht nur eine Königin, sie war eine Kaiserin, und Shanghai war ihr *Jadepalast*, in dem alles, was sie bestimmte, Wirklichkeit wurde.

Zhang Yue war in ihrem Paradies angekommen.

3. KAPITEL

Shanghai, 25. Dezember 1949

Es war schlimmer, als sie befürchtet hatte. Ein dunkles Loch hatte das Wohnungskomitee ihr zugewiesen. Vier mal vier Meter Grundfläche hatte ihre neue Bleibe und nur ein kleines Fenster oben in der Wand, durch das lediglich in den Abendstunden, wenn die Sonne günstig stand, etwas Licht einfiel. Ihr Koffer, gefüllt mit zwei Garnituren frischer Kleider und vielen Büchern, war ihr einziges Möbelstück. Selbst dem Vorsitzenden des Hausrates erschien das als zu wenig. Er sagte: »Ich werde dafür sorgen, daß man Ihnen umgehend ein Bett und einen Schrank bringt.«

»Vielen Dank«, erwiderte Ma Li. Sie meinte es bitter und sarkastisch, doch ihre Stimme klang hilflos und verzweifelt.

Sie hatte die Nacht wie einen schlimmen Traum erlebt – betäubt von einer abgrundtiefen Enttäuschung, die sie nicht verstand. Rasender Kopfschmerz quälte sie, ihre Kehle tat weh von den Schreien. Ihr Herz und ihr Kopf waren leer, verwüstet. Mechanisch hatte sie ihre Sachen zusammengepackt, als schon die Herren vom Wohnungskomitee, die sie wegbringen sollten, ungeduldig in der Diele warteten. Wie viel schlimmer konnte es noch kommen? fragte sie sich immer wieder. Ihr Sohn hatte sie verstoßen, ihr Haus wurde ihr genommen, alle Bande der Erinnerung zerschnitten. Kein Garten mehr, keine Blumen mehr. Nur noch ein Loch in der Wand, durch das für ein paar Minuten jeden Tag die Sonne fiel.

Gab es noch eine Steigerung? Was immer sie getan hatte, um den Zorn des Schicksals herauszufordern – es hatte ein

Dämon von ihrem Leben Besitz ergriffen, der keine Gnade kannte: Das Haus mit seinen lichtlosen Verschlägen, in das man sie brachte, dieses graue Gebäude, das einst wohl eine billige Absteige gewesen sein mochte oder vielleicht eines der schäbigen Freudenhäuser, stand in der ehemaligen Internationalen Siedlung in dem Gewirr aus Backsteinhäusern zwischen der Datong Road und der Chengdu Road – direkt gegenüber dem ehemaligen Chinarestaurant *Jadepalast*.

Das Restaurant freilich gab es längst nicht mehr. Die Besitzer waren entweder geflüchtet oder verstorben – die einzigen Alternativen für viele in Shanghai, die sich mit den neuen Machthabern nicht arrangieren konnten. Die Fenster waren mit Brettern vernagelt. Das Schild, auf dem inzwischen ein anderer Name stand, war halb abgerissen und verblichen. Aber in Ma Lis Erinnerung würde es immer so aussehen wie an jenem Morgen im April.

Jedesmal, wenn sie das graue Haus verließ, sah sie Kang Bingguos Kopf wieder dort hängen, sah das Blut aus dem abgetrennten Hals tropfen, sah seinen Körper ein paar Schritte weiter im Rinnstein liegen. Anfangs versuchte sie noch, in die andere Richtung zu sehen, doch das hatte keinen Zweck. Eine unsichtbare Kraft ergriff jedesmal ihren Kopf und drehte ihn in die Richtung des Grauens. Sie wußte selbst nicht, wie sie es schaffte, darüber nicht wahnsinnig zu werden.

Es war wieder kalt geworden. Dunkle Dezemberwolken flogen wie böse Drachen landeinwärts. Ein unangenehmer Wind trug salzige Meeresluft in die Stadt. Vielleicht würde es in diesem Winter sogar wieder einmal Schnee geben. Selbst die Elemente schienen sich von Shanghai abzukehren. Die Stadt war kaum noch wieder zu erkennen. Verschwunden waren die bunten Fahnen in den Geschäftsstraßen, die Schaufenster und Boutiquen. Verschwunden die Nachtclubs, Bars und Kinos. Es war, als sei der Stadt plötzlich alle Farbe ausgegangen, als sei ihr das Lachen und das Tanzen verboten worden. Verschwunden waren aber auch die Bettler, die Sterbenden und die Toten. Nur noch wenige Autos fuhren auf den Straßen, meist waren es Lastwagen vollbesetzt mit Soldaten oder Arbeitern. Verschwunden waren auch die Sikh-Polizisten mit ihren roten Turbanen. Ausländer sah man keinen einzigen mehr. In den Parks, die die Fremden einst allein für sich beanspruchten, lagerten Einheiten der Volksbefreiungsarmee. In den Häusern der Privilegierten wurden ganze Großfamilien von Obdachlosen einquartiert. Die Fabriken, die zusehends verfielen, aber immer noch rauchten und die Luft verpesteten, führten jetzt Arbeiterkomitees. Die noblen Hotels standen leer, Gardinen waren heruntergerissen, Fenster eingeworfen. Die Menschen tummelten sich immer noch dort, wo es etwas zu essen gab und wo Markt gehalten wurde, aber es herrschte keine Geschäftigkeit mehr, sondern nur noch Not und Gier. Jeder drängte und schob, jeder raffte, was er bekommen konnte, und wenn es nur ein vertrocknetes Bund Spinat oder ein Kohlkopf war. Die Taschendiebe und die Schläger waren verschwunden und mit ihnen die Tänzerinnen, die Taxi-Girls und die Blumenmädchen. Manchmal sah man eine Kolonne von blassen Frauen in sackartigen Kleidern, die mit gesenkten Köpfen in Reih und Glied die Straßen hinuntertrotteten, aus denen die Flaneure längst verschwunden waren – das waren wohl die ehemaligen Tänzerinnen, die umerzogen wurden, damit aus ihnen wieder wertvolle Mitglieder der Gesellschaft werden konnten. Selbst die Rikschafahrer gab es nicht mehr. Auch dieses feudalistische Fortbewegungsmittel war von den neuen Herren Chinas verboten worden. Die einzigen, die es wagten, dagegen aufzubegehren waren die Rikschakulis selbst gewesen, von denen einige noch immer ihrem Geschäft nachgingen.

Es waren unruhige, verwirrende Zeiten. Manchmal hallten nachts noch Schüsse durch die Straßen, manchmal rannten Menschen am hellichten Tag um ihr Leben – Opiumsüchtige oder auch die letzten Opiumhändler, die die Entschlossenheit des neuen Regimes auf die Probe stellten und meistens teuer dafür bezahlten.

Ma Li war nach einigen Tagen der Ungewißheit in ihrer neuen Bleibe, dem grauen Haus, eine Arbeit zugeteilt worden. Es war der einzige Lichtblick in einer ansonsten bleischweren und hoffnungslosen Nacht. Sie hatte dank ihrer Fremdsprachenkenntnisse eine Stelle in der Bibliotheksverwaltung gefunden, wo ihre Aufgabe darin bestand, imperialistische, ausländische Druckerzeugnisse und Literatur zu erfassen. Alles, was die Kommunisten anfaßten, mußte geordnet werden. Daher richteten sie eine zentrale Bücherei für gefährliche Schriften ein, ein Depot vielmehr, das eher einer Müllhalde denn einer Bibliothek glich und in die alle Druckerzeugnisse verbracht wurden, die an verschiedenen Punkten der Stadt gefunden worden waren. Aus Sicht der Machthaber war es eine Art weltanschauliche Kloake, ein Klärwerk des Geistes mit angeschlossener Verbrennungsanlage. Aus Schubkarren, Handwagen und sogar auf den Ladeflächen von Lastwagen wurden die ausländischen Bücher und Zeitschriften bei Ma Li und ihren Kollegen abgeladen: Bestände aus aufgelösten Bibliotheken und Sammlungen, zurückgelassene Literatur aus den Wohnungen der Französischen Konzession und der Internationalen Siedlung, Fundstücke aus Hotels und aufgegebenen Botschaftsbeständen. Grob wurden sie in Sprachen unterteilt – Japanisch, Englisch, Französisch, Deutsch, Spanisch –, und für jedes Buch war ein kurzes Protokoll auszufüllen, für jedes Objekt gab es eine Kategorie. Dichtung, Politik, Wirtschaft, Naturwissenschaft, Geografie, Religion, Unterhaltung und so weiter. Manches würde vielleicht noch gebraucht, das meiste wanderte direkt in die Öfen.

Ma Li arbeitete mit vier anderen Frauen in der Abteilung für englische Sprache. Gespräche zwischen ihnen waren zwar nicht ausdrücklich verboten, aber auch nicht erwünscht – offenbar auch nicht von den Betroffenen. Außer zur Begrüßung und zum Abschied vermieden sie jeden Blickkontakt, als schämten sie sich für diese schmutzige Arbeit – der Vernichtung von Wissen, Schönheit, Dichtung und Philosophie. Ihr Auftrag lautete, alle Lehrbücher über Physik und Chemie zu sichern, weil daraus vielleicht noch wichtige Kenntnisse zum Aufbau des neuen China gewonnen werden konnten und alle nutzlosen und mitunter gefährlichen weltanschaulichen, romantischen und obszönen Schriften auszusondern: Bibeln, Liebesromane, Theaterstücke und Geschichtsbände. Die Werke Byrons, Shakespeares, der Brontë-Schwestern landeten unweigerlich auf dem Stapel der Verdammung. Doch es gab auch kleine Triumphe, wenn Ma Li ein paar heimliche Minuten erobern konnte, sobald der Aufseher, ein ehemaliger Hafenarbeiter, der selbst nicht nur keine Fremdsprachen, sondern überhaupt nicht lesen konnte, anderweitig beschäftigt war und sie in einem der Bücher blättern und sogar darin lesen konnte. Das waren die guten, leider seltenen Momente in ihrem Leben.

Kein Tag verging, an dem sie nicht an Xiao Sheng dachte, an ihre letzte Begegnung und seinen plötzlichen, unerklärlichen Abschied. Keine Nacht, in der sie nicht weinte und bereute – auch wenn sie gar nicht wußte, was sie verbrochen hatte, um diese Strafe ihres Sohnes zu verdienen. Sie dachte auch oft an Benjamin Liu und seine letzte, verzweifelte Umarmung, dachte an die Bestimmtheit, mit der sie sein Angebot zur Flucht zurückgewiesen hatte. *Ich kann Shanghai nicht verlassen*, hörte sie wieder und wieder ihre Antwort – die Antwort einer Gefangenen. Niemals hätte ihr Sohn das gerade erwachende, neue China verlassen, und ohne Xiao Sheng wollte sie nirgendwo hingehen.

Sie hatte seit ihrer letzten Begegnung am 1. Oktober, dem Tag, als die Kommunisten China übernahmen, nichts von Xiao Sheng gehört oder gesehen. Sie hatte noch immer keine

Ahnung, von welcher »Wahrheit« er gesprochen hatte. Was hatte er erfahren, daß er so gegen sie aufgebracht war, daß er sie verleugnete und ablehnte? Es überstieg ihr Vorstellungsvermögen und stürzte sie in eine tiefe, ratlose Traurigkeit. Sie fragte sich, ob er sie überhaupt finden könnte, wenn er seine Meinung geändert hätte. Er war jung, er war heißblütig. Vielleicht dämmerte ihm irgendwann, daß er voreilig und ungerecht gehandelt hatte. Wenn er nun doch beschlossen hatte, ihr seine Braut vorzustellen – gab es überhaupt einen Weg, auf dem sie wieder zueinanderfinden konnten? Ob es wohl irgendwo in den Unterlagen der diversen Arbeiterausschüsse und revolutionären Komitees, die alles kontrollierten, eine Akte gab, die von dem alten Tudor-Haus in ihre neue Bleibe und in dieses Krematorium der Literatur führte?

Vielleicht heute? Heute war schließlich Weihnachten – Ma Li wußte es genau. Obwohl sie niemals die glühende Christin geworden war, die ihre Pflegemutter, die spät bekehrte Madame Lin, gerne aus ihr gemacht hätte, war das Weihnachtsfest in ihrer Jugend immer etwas Besonderes gewesen. Kerzen brannten, Geschenke wurden ausgetauscht, Lieder gesungen. Für Lingling war Weihnachten immer der schönste Tag des Jahres gewesen. Die Kleine jauchzte und jubelte über jedes goldene Sternchen und jede Kerze. Auch Benjamin Liu, der während seiner langen Jahre bei Gastfamilien in Neuengland dieses Fest liebengelernt hatte, gab viel auf die abendländische Tradition und bestand darauf, für die Kinder einen Baum zu schmücken und die Socken am Kamin aufzuhängen. Selbst als sie nur noch zu zweit im kalten, leeren Tudor-Haus wohnten, hatte Ma Li für ihren Sohn immer ein kleines Weihnachtsfest mit Überraschungen, Girlanden und Bescherung bereitet. Vor einem Jahr noch, als sie längst nichts mehr hatten, was sie sich schenken konnten, hatte sie es geschafft, ihn mit nichts weiter als einer einzelnen Kerze und einem schön verpackten, einfachen Flugzeugmodell zu verzaubern. Würde er sich daran erinnern? Würde er wenigstens zu Weihnachten irgendeinen Gruß schicken? Ma Li wagte nicht, sich solche Hoffnungen zu machen. Sie wußte nicht, ob sie dieser Enttäuschung gewachsen war. Manchmal spürte sie einen Stich im Herzen, und dann tat die Sehnsucht plötzlich so weh, daß sie bereit war aufzugeben. Sie stellte sich vor, daß er in dieser Sekunde vielleicht an sie gedacht hatte und daß er einfach den Weg zurück nicht finden konnte. So war es doch immer: Wer im Streit und mit bösen Gedanken auseinanderging, der verbaute sich selbst seinen Rückweg. Vielleicht für Jahre, vielleicht sogar für immer. Und wenn sie dieses Stechen wie von einem feinen Messer in ihrer Brust spürte, dann war es vielleicht Xiao Sheng, der nach ihr rief.

Wieder kam ein neuer Packen englischsprachiger Bücher, auf den Boden gekippt wie eine Ladung Dung.

»Langsam werden es weniger«, sagte der Lieferant, ein älterer Herr mit nervösem Augenzwinkern.

Ma Li wurde aus tiefen Gedanken gerissen und starrte ihn lange an, bevor sie ihn überhaupt bemerkte. Sie hatte ihn schon einige Male im Depot gesehen und vermutete, daß auch er nicht als Büchervernichter auf die Welt gekommen war. Vielleicht war er ein Lehrer oder sogar ein Schriftsteller. Er wirkte jedenfalls wie jemand, dem körperliche Arbeit bisher fremd gewesen war und der, wie die meisten hier, wenig Freude dabei empfand, Kulturgüter – und seien es ausländische – zu vernichten. Die Partei, schrecklich in ihrer Rache, hatte ausgerechnet diejenigen mit dieser Aufgabe bestraft, die am meisten darunter litten.

Der Mann blieb vor ihr stehen und sah sie unverwandt an. Ma Li, die ihn nun zum erstenmal näher betrachtete, spürte ein ungewisses Aufflackern des Wiedererkennens.

»Haben wir uns früher schon einmal gesehen?« fragte sie.

Er strahlte sie an. »Jawohl, das haben wir. Sie sind Wang Ma Li, die Frau von Benjamin Liu, nicht wahr?«

Ma Li lächelte und wandte sich wieder ihren Büchern zu. »Die erste Frau von Benjamin Liu«, korrigierte sie sanft.

»Ich war Gast bei Ihrer Hochzeit«, rief er aus. »Es freut mich sehr, Sie wiederzusehen.«

»Ganz meinerseits«, erwiderte sie unsicher. »Doch verzeihen Sie mir – ich kann mich nicht auf Ihren Namen besinnen.«

»Ich heiße Zhang Hu Liao.«

Sollte ihr dieser Name etwas sagen? Nein, er sagte ihr nicht das geringste. »Freut mich, Sie wiederzusehen, Zhang-*xiansheng*.«

»Ich habe damals für Ihren Bräutigam gearbeitet. Ich leitete eine seiner vielen Fabriken. Vielleicht würden Sie mich erkennen, wenn ich mein Markenzeichen von damals noch trüge – mein Monokel. Leider ist es mir in den Wirren des Machtwechsels abhanden gekommen.«

Natürlich, dachte sie, *Monokel-Zhang*. Sie hatte sich nie erklären können, warum Benjamin diesem eher aufdringlichen Patron so zugetan war. Es war, als teilten die beiden Männer ein Geheimnis.

»Warum sind Sie …?« begann sie, aber unterbrach sich selbst, denn sie wollte nicht unhöflich erscheinen.

»Warum ich noch hier bin und nicht wie alle anderen nach Taiwan oder Hongkong geflohen bin?« Er lachte. »Das wollten Sie doch sicherlich wissen, nicht wahr?«

»Vielleicht …« Sie lächelte beschämt.

»Ich war einfach zu dumm. Ich glaubte bis zum Schluß, daß die Kommunisten sich in Luft auflösen würden.«

»He, was gibt es zu tuscheln?« Der Aufseher hatte sie entdeckt und kam quer durch die Halle auf sie zu.

»Nichts, Genosse Hua.« Zhang verbeugte sich und steuerte seine Handkarre Richtung Ausgang. »Wir sprachen nur über das Wetter.«

»Ich gebe dir gleich Bescheid, wenn du nicht machst, daß du weiterkommst. Draußen liegen noch drei Haufen Bücher.«

»Wird sofort erledigt, Genosse Hua. Sofort ...«

Der ehemalige Fabrikdirektor, der mit seinen Arbeitern noch weit unmenschlicher umgesprungen war als der leseunkundige Löscharbeiter, zog in die Dezemberkälte hinaus.

»Und du – guck nicht so frech«, fuhr der Aufseher Ma Li an.

Sie untersagte sich wie immer eine Antwort und griff schnell nach dem nächsten Buch. *Der Reichtum der Nationen* von Adam Smith. War das wissenschaftlich wertvoll oder moralisch verwerflich? Sie warf das Buch, über das sie selbst vor vielen Jahren eine ausgezeichnete Seminararbeit geschrieben hatte, kurzerhand auf den Stapel der Verdammung. Es war kapitalistisches Gedankengut und demnach für den Untergang bestimmt. Für einen Moment wunderte sie sich über ihre schnelle Entscheidung. Der Kommunismus, seine Ängste, Verbote und Tabus gingen einem schneller in Fleisch und Blut über, als man es selbst für möglich hielt.

Als das Hupen eines zweckentfremdeten Lastwagenhorns das Ende des Arbeitstages verkündete, wartete Herr Zhang am Ausgang auf sie. Er rieb sich verlegen die Hände. In seinem nervösen Gesicht zuckte ein Lächeln auf.

Ich hoffe, er denkt jetzt nicht, ich wäre seine neue Freundin, dachte Ma Li.

»Ich muß nach Hause«, sagte sie, als würde dort jemand auf sie warten.

»Darf ich Sie wenigstens ein Stück des Weges begleiten?«

Ma Li seufzte. »Wenn Sie durchaus möchten.«

Sie schlenderten zur Bushaltestelle, die um diese Uhrzeit aussah wie früher nur die Schalter der Bank, als in den letzten Jahren der Guomindang-Herrschaft das Geld so wertlos war, daß jeder um seine Ersparnisse fürchtete. Eine riesige Menschentraube, eine dichte Masse aus Steppjacken und blauen Mützen, stand da. Wenn der Bus kam – vorausgesetzt, er brach nicht wie so häufig unterwegs schon zusammen –, dann war er meist schon voll, daß sich kaum noch Passagiere hineinzwängen konnten.

»Ich glaube, ich laufe lieber«, sagte Ma Li und hoffte, ihren Begleiter, der nicht sehr gut zu Fuß zu sein schien, abzuschütteln.

»Eine famose Idee«, pflichtete er begeistert bei. »Und das ist auch viel gesünder. In diesen vollbesetzten Bussen bekommt man ja kaum Luft. Wenn die Fahrer bremsen, kann man sich leicht ein Bein brechen. Ganz zu schweigen von den ganzen Bakterien und Krankheitskeimen, die man sich in diesem Gedrängel einfangen kann.«

Herr Zhang, der offenbar nicht viel Gelegenheit hatte, sich auszusprechen, bestritt den größten Teil der Unterhaltung. Er erzählte ihr sein ganzes Leben, und sie hörte kaum zu. Zwei Stunden waren sie in der Dunkelheit und Kälte dieses Weihnachtsabends unterwegs.

»Wo wohnen Sie denn?« fragte Ma Li, als sie nur noch ein paar Minuten von ihrem Haus entfernt waren.

»Ganz hier in der Nähe. Wir sind fast Nachbarn.«

»Dann sagen wir hier jetzt besser Lebewohl, denn dort drüben ist meine Wohnung.«

Zhang verbeugte sich und ergriff ihre Hand. Für einen Moment fürchtete sie, er würde ihr einen Handkuß geben. Zum Glück besann er sich aber noch eines besseren.

»Nun wissen Sie alles von mir«, sagte er mit einem feinen Lächeln, das von dem nervösen Blinzeln konterkariert wurde. »Das ist auch gut so, denn ich weiß alles von Ihnen.«

Ma Li erschrak.

»Keine Angst. Ich werde nicht zudringlich. Ich wollte Ihnen nur gestehen, daß ich immer Ihr großer Bewunderer war. Ich habe Ihren Mann stets sehr beneidet.« Er kicherte. »Damals war ich noch jung.«

»Auf Wiedersehen, Herr Zhang«, sagte Ma Li, der diese Begegnung immer unheimlicher wurde.

»Ich möchte Ihnen etwas sagen«, rief er ihr hinterher, als sie sich bereits zum Gehen gewandt hatte. Sie fuhr herum, und er wich ihrem Blick aus. »Wie ich weiß, sind Sie sehr einsam. Sie haben Ihren Sohn verloren, aber ich kann Ihnen sagen, wo er ist. Ich habe, bevor ich in die Büchervernichtung versetzt wurde, noch ein paar Wochen in der Verwaltung meiner alten Fabrik gearbeitet, und da habe ich ihn gesehen.«

»Woher kennen Sie meinen Sohn?« frage sie scharf und bereute es sofort. Dieser alte Mann wollte ihr bestimmt nichts Böses. Er schien noch kleiner zu werden, als er erwiderte: »Ich sagte doch schon: Ich war immer ein großer Bewunderer von Ihnen. Ich bin oft vor dem Haus auf und ab gegangen, in dem Sie damals wohnten, doch ich habe mich niemals getraut, an Ihre Tür zu klopfen. So blieb mir nur die Hoffnung, daß Sie vielleicht einmal zufällig herauskommen würden, und dann hätte ich vielleicht den Mut gefunden, Sie anzusprechen.«

»Ich habe das Haus nicht häufig verlassen«, entgegnete sie leise.

»Ihr Herr Sohn aber um so häufiger. Ich habe ihn oft gesehen. Deswegen habe ich ihn auch gleich erkannt, als er in der Fabrik auftauchte. Sein Vater war übrigens in dieser Fabrik kein Unbekannter. Ich war in der Verwaltung und habe sogar seine Papiere abgeheftet, und da stieß ich auf etwas, daß ich zuerst nicht verstand. Dann jedoch wurde mir klar, daß Ihr Sohn sich Ihrer schämt und Sie verstoßen hatte. In seinen Unterlagen stand kein Wort von Ihnen. Als Mutter hatte er einen anderen Namen angegeben.«

Ma Li fühlte, wie ihre Knie weich wurden und wie das Blut aus ihrem Kopf wich. Sie mußte an einer Mauer Halt suchen. »Sprechen Sie weiter«, sagte sie mit einer heiseren, trockenen Stimme, die sie nicht mehr als ihre eigene erkannte.

»Seine Mutter soll den Papieren zufolge Zhang Yue heißen. Ich dachte, Sie sollten das wissen. Man sorgt sich ja doch um die Kinder, selbst wenn sie sich nicht um uns kümmern.«

Ma Li hörte ihn nicht mehr. Sie hatte sich umgedreht und ging, sich an der Mauer abstützend, die letzten Schritte bis zu ihrem Haus. Sie schleppte sich die Treppe hinauf wie eine alte Frau und ließ sich auf die Matratze fallen, das einzige Möbelstück in ihrem dunklen Zimmer. Sie schluchzte, ihr ganzer Körper wurde von Krämpfen der Traurigkeit geschüttelt. Wie viele Tode mußte sie noch sterben, bevor sie endlich Ruhe fand? Wie viele Prüfungen noch bestehen, bevor der Jadepalast sich öffnete?

Es war Weihnacht, fiel ihr irgendwann ein, als sie längst keine Tränen mehr hatte. Es war Weihnacht, und sie hatte sich nicht getäuscht – es war tatsächlich eine Nachricht von Xiao Sheng eingetroffen.

Herr Zhang stand unschlüssig vor dem Haus in der Dunkelheit und tadelte sich wegen seiner törichten Geschwätzigkeit. Was hatte er dieser Frau denn nur angetan? Wichtig wollte er sich machen, nichts weiter! Wollte sie beeindrucken mit seinem Wissen über ihren Sohn, damit sie ihn wiedersehen und sich vielleicht mit ihm anfreunden würde. Nun hatte er sie zutiefst verletzt. Er wünschte, er hätte seinen dummen Mund gehalten. Aber immerhin, dachte er, immerhin habe ich nicht alles erzählt, was ich weiß …

Wenn er an die Frau dachte, die ihn sein ganzes Leben lang betrogen und belogen hatte, dann gewiß nicht mit einem warmen Gefühl. Er dachte an sie als gemeine Kindsräuberin, als Geliebte eines Ausbeuters und Erzkapitalisten und als Hure der Japaner. Kang Xiao Sheng hatte mit dieser Frau abgeschlossen, hatte sie aus seinem Leben und seiner Erinnerung verdammt und wollte sie niemals auch nur wiedersehen. Sie hatte ihn, den Sohn eines Märtyrers, aus lauter Selbstsucht in die Sippschaft des Klassenfeindes entführt und seinen jungen Geist vergiftet und verdorben. Fast bereute er es, ihr damals nicht alles gesagt zu haben, was er wußte. Warum hatte er

374

noch Rücksicht auf ihre durch und durch verdorbenen Gefühle genommen und ihr nicht seine Enttäuschung und seinen
gerechten Haß offen ins Gesicht geschrien? Er wußte, wo sie
wohnte, wußte auch, welcher Arbeit sie nun nachging. Es interessierte ihn jedoch nicht. Er war auch zu sehr damit beschäftigt, sein neues Leben aufzubauen.

Xiao Sheng hatte sich auf der Universität einschreiben wollen, doch das revolutionäre Komitee, das den Zugang zu den
Studienfächern neuerdings verwaltete, war nach auffallend
kurzer Beratung zu dem Schluß gekommen, daß ihm ein Studienplatz im Fach Physik und Maschinenbau nicht zustand.
Flugzeuge wollte er bauen? Das mußte warten. Bevor China
die Lüfte erobern konnte, mußten erst einmal alle Chinesen
ordentliche Kleidung tragen. Sein Gesuch wurde abgelehnt, so
daß er sich am nächsten Tag als Schichtarbeiter in einer Textilfabrik wiederfand. Er schleppte Farbeimer und Stoffballen
von einer Halle in die andere. Es war die Textilfabrik Nummer
23 im Bezirk Chapei unweit des Hafens, vormals die Textilfabrik *Goldener Lotus*. Xiao Sheng war stolz, daß er hier arbeiten durfte. Sein Vater Kang Bingguo hatte in dieser Fabrik
einmal einen Aufstand angeführt – so stand es in roten
Schriftzeichen an der Mauer. Irgendwann war geplant, diese
Aufschrift durch eine richtige Gedenktafel zu ersetzen.
Zunächst aber mußte die Produktion von blauen Anzügen in
Schwung gebracht werden. Xiao Sheng fand einige ältere Arbeiter, die sich an den Aufstand erinnerten. Eigentlich, so kicherten sie, war es kein regelrechter Aufstand, sondern eher
ein Angriff auf einen ungeliebten Vorarbeiter mittels einer mit
Kot gefüllten Wassermelone, und das trübte ein wenig seinen
Stolz.

Die Fabrik war heruntergekommen und schmutzig. Ein erbärmlicher, beißender Gestank brannte einem in den Augen
und verätzte einem die Schleimhäute in der Nase. Keiner
schien sonderlich glücklich und eifrig bei der Sache zu sein,

und die ständigen Seminare und Vorträge über den Sieg der Revolution, die Reden des Vorsitzenden Mao und die glorreiche Zukunft Chinas trugen auch nicht zur Verbesserung der Stimmung bei, denn jeder wußte, daß die dabei verlorene Zeit hinterher durch Überstunden wieder aufgeholt werden mußte.

Xiao Sheng aber beklagte sich nicht, er verlangte keine Sonderbehandlung wegen seiner Eltern – eines Märtyrers und einer verdienten Kommunistin, die eine wichtige Rolle bei der Erneuerung Shanghais spielte. Zwar hatte er überlegt, seine Mutter um Hilfe bei der Universitätszulassung zu bitten, doch er ahnte, daß sie ein solches Ansinnen brüsk zurückgewiesen hätte. Es widersprach dem Wesen der Partei, persönliche Vorteile aus seiner Stellung zu ziehen. Trotzdem bemerkte er die unsichtbare Hand Zhang Yues, als er am Tag nach seiner Hochzeit mit Gao Xie vom Wohnungskomitee eine eigene Bleibe zugewiesen bekam. Einige seiner Bekannten warteten schon seit Monaten darauf – doch für ihn und seine junge Frau fand sich sofort ein Zimmer. Es lag in einem Hinterhaus im Häusergewirr zwischen der Datong Road und der Chengdu Road. Gar nicht weit entfernt, so wußte Xiao Sheng, wohnte auch die Frau, die sich als seine Mutter ausgegeben hatte. Er vermied es aber, an dem ehemaligen Stundenhotel auch nur vorbeizugehen, um keine peinliche Begegnung mit ihr zu provozieren.

Gao Xie war zierlich und hübsch. Ihr Mund wurde eingerahmt von zwei bezaubernden Grübchen. Ihre Augen waren groß, und immer schien ein Lachen in ihnen zu funkeln. Ihr Vater war leider doch nicht Bürgermeister geworden, da es einige dunkle Punkte in seiner Vergangenheit gab. Offenbar hatte er in früheren Zeiten allzu gerne Mahjong gespielt und auch der Opiumpfeife zu sehr zugesprochen. Es hieß, er habe sogar Umgang mit einigen Gestalten aus der Unterwelt gepflegt. All das kam noch rechtzeitig vor der Ernennung des

Bürgermeisters heraus. Danach beging er das größte Verbrechen, das man begehen konnte: Er nahm sich das Leben.
Nichts haßte die Partei mehr als Feiglinge und Verräter, die
sich durch Selbstmord ihrer gerechten Strafe entzogen und ihr
die Möglichkeit nahmen, sie anzuklagen und zu richten. Im
Gegenteil: Der Selbstmörder klagte durch seine Tat seinerseits
die Partei an – als könne die ihm auf dieser Welt keine Gerechtigkeit verschaffen. Eine ungeheuerliche Entgleisung.

Das Lachen in Gao Xies Augen jedenfalls war nach diesem
Vorfall für einige Zeit erloschen, und ihren Verbindungen war
es gewiß nicht zu danken, daß das junge Ehepaar, gleich nachdem es die Trauungspapiere unterschrieben hatte, in seine
eigene Wohnung ziehen konnte. Gao Xie wollte eigentlich
Lehrerin werden, aber ebenso wie ihr Mann hatte sie wenig
Gnade vor den Augen der Studienplatzkommission gefunden.
Am nächsten Tag fand sie sich in einer Näherei wieder, wo sie
zwölf Stunden täglich Knöpfe an blaue Jacken nähte.

Das junge Ehepaar hatte nicht viel voneinander. Die gemeinsamen Stunden beschränkten sich meist auf den Besuch
von politischen Versammlungen, die das Nachbarschaftskomitee organisierte und die zu versäumen sich für niemanden empfahl, denn über die Anwesenheit wurde streng Buch
geführt.

An diesem Abend war Gao Xie gar nicht zu Hause. In der
Näherei wurden Sonderschichten geschoben. Es galt, 25 000
Uniformjacken der Volksbefreiungsarmee mit Knöpfen zu
versehen, und statt blauer waren es nun grüne Jacken, die sie
bearbeitete. Und dies nicht mehr nur zwölf, sondern vierzehn
Stunden am Tag.

Xiao Sheng aß wie immer Reis und Gemüse mit ein wenig
Schweinefleisch in der Gemeinschaftsküche der Wohnanlage
und wollte nichts weiter, als ins Bett zu sinken, doch plötzlich
bemerkte er, daß Licht im Zimmer brannte. War Gao Xie doch
früher nach Hause gekommen? Voller Freude betrat er den

377

Raum und stand Zhang Yue gegenüber, die sich auf dem einzigen Stuhl niedergelassen hatte.

»Guten Abend«, sagte sie mit einem Lächeln. »Ich wollte bei euch einmal nach dem Rechten sehen.«

Seit ihrer ersten Begegnung hatte er seine Mutter, die eine vielbeschäftigte Kommissarin war, nur noch ein Mal getroffen. Sie war kurz bei ihrer Trauung erschienen und hatte einige Worte mit Gao Xie gewechselt, die noch ganz unter dem Schock des väterlichen Selbstmordes stand. Ihr Gespräch war Xiao Sheng vorgekommen wie ein Verhör. Gao Xie hatte still und brav alle Fragen beantwortet und sich bei Zhang Yue für den unverzeihlichen Akt ihres Vaters mehrfach entschuldigt. Das hatte die Kommissarin gnädig bestimmt. Sie hatte sogar ein Lächeln zustande gebracht, als sie dem Brautpaar *Alles Gute* wünschte und hinausrauschte, wo ein Wagen mit Chauffeur auf sie wartete. Sicherlich stand der Wagen nun wieder irgendwo draußen, aber Xiao Sheng hatte ihn nicht bemerkt. Er war zu müde.

»Wie schön, daß du Zeit finden konntest«, sagte er zur Begrüßung. »Leider ist Gao Xie nicht da.«

»Nicht so schlimm«, wehrte Zhang Yue ab und erhob sich. An ihr wirkte die Einheitskluft der Parteidiener weniger unförmig. Es war, als füllten ihre Kurven den Stoff aus, als betonte selbst das freudlose Blau noch ihre Figur – was allerdings nicht verwunderlich war, denn sie beschäftigte im geheimen einen Schneider, der ihr diese Uniform auf den Leib schneiderte. »Ihr habt es sehr schön hier.«

»Danke. Ich glaube, das verdanken wir dir.«

Zhang Yue schüttelte den Kopf in einer Art, die erkennen ließ, daß sie ihm zustimmte.

»Wie gefällt dir die Arbeit?« fragte sie.

»Sie ist anstrengend, aber sie füllt mich aus. Ich war noch nie so zufrieden.«

»Gut.« Sie schien in seinem Gesicht nach etwas zu suchen. »Das freut mich.«

»Möchtest du einen Tee?« fragte er unbeholfen, und sofort fiel ihm ein, daß er ihr keinen Tee anbieten konnte. Es gab keine Küche in ihrem Zimmer, und die Teeküche des Nachbarschaftskomitees hatte längst geschlossen.

»Mach dir keine Mühe«, erwiderte sie. »Ich wollte nur sehen, ob ihr zurechtkommt.«

»Alles ist in bester Ordnung«, versicherte er.

Sie seufzte. »Ich sehe eine Möglichkeit, dich demnächst doch noch an die Universität zu schicken. Wie würde dir das gefallen?«

»Wirklich?« Sein Gesicht hellte sich auf.

»Physik und Maschinenbau wolltest du belegen? Warum?«

Er fragte sich nicht, woher sie das wußte. Er konnte kaum still stehen vor Aufregung. »Ich interessiere mich immer schon für Flugzeuge. Ich dachte, wenn ich diese Fächer studiere, dann könnte ich vielleicht Ingenieur werden und meine eigenen Flugzeuge bauen.« Er biß sich auf die Lippen. »Ich meine, nicht meine eigenen, sondern Chinas Flugzeuge …«

»Ein ehrenhaftes Vorhaben«, befand sie und musterte weiter sehr intensiv sein Gesicht. Denn tatsächlich suchte sie in seinen Zügen etwas: die Ähnlichkeit mit Kang Bingguo. Es war wie ein Ausflug in ihre eigene Geschichte, den sich Zhang Yue gestattete. Vor 22 Jahren hatte sie betrogen und hilflos, verzweifelt und haßerfüllt in eben diesem Zimmer gestanden. Heute hatte sie Macht über dieses Zimmer und seine Bewohner, hatte sogar Macht über die Zeit. Sie konnte die Uhr zurückdrehen. Es war, als wäre sie wieder die junge, aufstrebende Schauspielerin und als stünde vor ihr der treulose Aufrührer. Der Haß kehrte zurück, doch auch die Liebe. Zwei widerstreitende Drachen trugen in ihrer Brust einen Kampf aus, und ohne es selbst zu bemerken, begann sie, schwerer zu atmen.

»Mutter?« Sie hatte wohl zu lange in ihren Erinnerungen verharrt. Xiao Sheng sah sie alarmiert an, als fürchte er, sie habe einen Schwächeanfall erlitten.

»Wie nennst du mich?«

»Ich sagte: Mutter«, antwortete er kleinlaut, als er bemerkte, daß sie dieses Wort nicht gerne hörte.

»Ich stelle fest, daß du noch einiges zu lernen hast, kleiner Kang. Du solltest dich bemühen, das bürgerliche Gedankengut, das dir eingepflanzt wurde, schnellstmöglich abzulegen. Die Partei ist unsere Mutter. Du wirst mich nicht mehr so nennen, verstanden? Ich bin für dich Genossin Zhang.«

Er schluckte, während er diese Zurückweisung verdaute, und kam zu dem Schluß, daß sie recht hatte. »Jawohl, Genossin Zhang.«

»Siehst du, es ist doch gar nicht so schwer.«

»Wegen der Sache mit der Universität ...«, stotterte er.

»Ja? Was ist damit?«

»Ich möchte nicht, daß du etwas für mich unternimmst. Mein Platz ist erst einmal in der Fabrik. Was danach kommt, wird sich finden.«

Dummkopf, dachte sie. Ein verdammter Dummkopf war er, genau wie sein Vater. Dabei wäre es so einfach gewesen, ihm einen Studienplatz zu besorgen. Sie hatte schon alles vorbereitet. Es fehlte lediglich noch die kleine Gegenleistung, die sie von ihm erwartete, aber die würde er nun nicht leisten müssen, da er ihr Angebot ja nicht annehmen wollte.

»Du bist ein Mann von sehr anständiger Gesinnung«, erklärte sie und dachte: Paß *auf, daß du daran nicht erstickst.* Dann machte sie einen Schritt auf ihn zu, stellte sich auf die Zehenspitzen und küßte ihn auf den Mund.

Einen Moment später rauschte sie aus dem Raum, ehe er wieder Luft holen konnte.

4. Kapitel

Shanghai, 12. November 1950

»Hier befand sich vor der Befreiung ein besonders berüchtigtes Etablissement«, erklärte Herr Zhang wichtig und lenkte ihre Blicke auf ein halb verfallenes Haus. »Hier trafen sich die Herren der Unterwelt. Der berüchtigte Peng Lizhao ging hier ein und aus. Man erzählt sich die schauerlichsten Geschichten von ihm ...«

Ma Li nickte gedankenvoll. »Peng hat meinen Pflegevater umgebracht. Ich konnte mit meiner Schwester gerade noch vor ihm fliehen, aber zu diesem Zeitpunkt haßte ich meinen Pflegevater mehr als den Teufel selbst. Er hatte kurz zuvor einen Todesbefehl gegen den Mann ausgesprochen, den ich liebte ...«

Herr Zhang nickte. Oder war es nur das unkontrollierte Wackeln seines Kopfes? Er war alt und hinfällig und brauchte Medikamente für sein Herz, die man ihm allerdings nicht gab. Leute wie er, hatte ihm das Gesundheitskomitee gesagt, kämen erst an die Reihe, wenn diejenigen versorgt seien, die so viele Jahre unter ihnen gelitten hatten. Zhang hatte das akzeptiert und lehnte sich nicht auf. Jede Aufregung war Gift für ihn, und er hatte beschlossen, noch ein wenig zu leben.

Sie gingen nun oft zusammen spazieren. Manchmal trafen sie sich schon morgens im Park zum Schattenboxen, kurz nach Sonnenaufgang, wenn die Vögel erwachten und die Luft noch frisch war. Die Soldaten, die lange hier gelagert hatten, waren mittlerweile nach Norden marschiert und kämpften in Korea gegen die amerikanischen Imperialisten. Ma Li hatte ihren Schock aus der Weihnachtsnacht nie überwunden, doch sie hatte gelernt, ihre Trauer nicht offen zu tragen. Sie hatte entdeckt, daß sie, wenn nötig, eisern sein konnte, zumindest nach außen. Niemand würde je erfahren, wie es in ihr aussah. Kein Schicksalsschlag und keine Enttäuschung konnten ihr die Würde nehmen. Sie hatte sich abgewöhnt, in ihr Herz zu schauen. Sie sprach mit kaum jemandem, und dieser Herr Zhang, der ungeschickte Bewunderer der schönen Frau, die sie einmal gewesen war, war tatsächlich so etwas wie ein Freund geworden, so unwahrscheinlich diese Freundschaft auch sein mochte. Ein ehemaliger Fabrikdirektor ihres ehemaligen Mannes, der seine besten Jahre als Monokel-Zhang, Menschenschinder und Industriebaron in einer Fabrik verbracht hatte, in der es vermutlich nicht weniger grausam zugegangen war als in der Seidenspinnerei, die sie damals mit Benjamin Liu besucht hatte. Aber das bedeutete ihr heute nichts mehr. Heute war sie manchmal nur noch froh, daß sie mit einem kultivierten, zuvorkommenden Menschen sprechen konnte, der irgendwie zu ihrem längst verlorenen Leben gehörte.

Herr Zhang war ein perfekter Gentleman und behandelte sie wie eine Königin. Er öffnete alle Türen für sie, er pflückte Blumen für sie. Einmal zog er sogar seine Jacke aus und warf sie in eine Pfütze, damit sie trockenen Fußes hindurchschreiten konnte. Er besuchte sie und besorgte Essen und Medikamente, wenn sie krank war. Manchmal brachte er sie sogar zum Lachen – und das tat ihnen beiden gut.

Ihre alte Anstellung im Krematorium der Bücher hatten sie beide längst verloren. Als alle ausländische Literatur entweder in den Kellern irgendwelcher Parteigebäude verschwunden oder verbrannt war, schloß das Depot, und sie wurden neuen Einheiten zugeteilt. Herr Zhang fegte die Werkstatt eines Metallbetriebes, und Ma Li kochte Reis in der Werkskantine eines Stahlwerkes. An den Wochenenden unternahmen sie, wenn keine politischen Schulungen anstanden, lange Spaziergänge. Zhang erzählte dann Geschichten aus der Zeit, als ihm und seinesgleichen Shanghai gehört hatte. Ihm tat das gut, und Ma Li war dankbar für die Ablenkung.

»Was wohl aus ihm geworden sein mag?« fragte sie.

»Aus Peng? Er bekam, was er verdiente: eine Kugel in den Kopf. So ist das immer bei Schurken – irgendwann taucht ein noch größerer Schurke auf und erschießt sie.«

»Sie wissen ja viel von Schurken, Herr Zhang.« Sie lachte.

»O ja.« Er stimmte in ihr Lachen ein. »Wollen wir uns nicht setzen? Ich bin etwas müde.« Er steuerte auf die Umfriedung eines Springbrunnens zu, der längst kein Wasser mehr spuckte. Seine Schritte waren unsicher. Sie hakte sich bei ihm unter.

»Geht es Ihnen nicht gut?« fragte sie.

»Ich bin nur etwas müde. Ich glaube, die Metallspäne tun meiner Lunge gar nicht gut.«

»Sie sollten besser auf sich aufpassen«, ermahnte sie ihn.

Er ließ sich auf der niedrigen Mauer nieder und lächelte düster. »Warum denn? Ich erwarte nichts mehr in diesem Leben.«

»Es ist aber nie ein Fehler, alles zu erwarten, Herr Zhang«, sagte Ma Li. »Habe ich Ihnen jemals erzählt, was meine Erwartungen waren, als ich in diese Stadt kam?« Sie wußte selbst ganz genau, daß sie es ihm nicht erzählt hatte. Nur einem Menschen, Kang Bingguo, hatte sie jemals alles erzählt. Warum sie ausgerechnet jetzt bereit war, ihre Geschichte zu erzählen, wußte sie selbst nicht. Herr Zhang war ein aufmerksamer Zuhörer. Seine grauen, eulenhaften Augenbrauen hoben und senkten sich, die tiefen Falten seines Gesichtes formten ein wehmutsvolles, wissendes Lächeln. Die Sonne war schon untergegangen, als sie ihre Geschichte zu Ende brachte.

»Eine schöne Geschichte«, sagte er nachdenklich, als sie schon zweifelte, ob er ihr überhaupt zugehört hatte. Was war denn an ihrer traurigen Geschichte schön?

»Ich meine die Geschichte vom Jadepalast«, setzte er hinzu,

383

als würde er ihre Gedanken erraten. »Ich mag am liebsten den Schluß. Daß man nur in den Jadepalast eintreten darf, wenn man frei von Haß ist.«

»Diesen Teil mag ich auch besonders«, sagte sie. »Kang Bingguo hat ihn geschrieben.«

»Ach so.« Er nickte wieder. »Ja, Kang Bingguo war ein guter Mann. Ich glaube, wir stünden heute in China besser da, wenn es unter den Kommunisten mehr von seiner Sorte gegeben hätte.«

Lange saßen sie schweigend in der Dämmerung und hingen ihren Gedanken nach. Es war ein milder Abend, viel zu warm für November. Sie würden heute nacht hungrig zu Bett gehen, denn die Gemeinschaftsküchen schlossen um diese Stunde, und wer zu spät kam, bekam nichts mehr. Ma Li wußte plötzlich, daß sie ihren einzigen Freund an diesem Abend verlieren würde. Herr Zhang atmete kurz und unregelmäßig. Sie nahm seine Hand und versuchte vergeblich, seinen Puls zu fühlen. Es war, als tasteten ihre Finger an einem hautbespannten Skelettarm. Er saß mit gesenktem Kopf da und starrte auf den Boden. Es war schon zu dunkel, um in seinem Gesicht zu lesen.

»Zhang-*xiansheng*«, sagte sie. »Wir sollten versuchen, einen Arzt für Sie zu finden.«

»Ich will keinen Arzt«, sagte er leise. »Ich will nicht mehr in diesen Stall, in dem ich nun leben muß. Ich will nicht mehr die Werkstatt ausfegen. Ich will nur noch meine Ruhe.«

In seinem Kopf fochten die Dämonen des Todes mit den Lebensgeistern einen wilden Kampf. Er wollte die Augen schließen und sich ergeben, aber er mußte noch etwas sagen. Diese Frau, diese letzte Freundin, bedeutete ihm mehr als jeder andere Mensch in seinem Leben. Er wollte ihr etwas sagen, aber er wußte nicht, ob es klug war. Sie schien Benjamin Liu, ihren geschiedenen Mann, in sehr guter Erinnerung zu haben. Warum sollte er ihr diese Erinnerung nehmen? Sein Lebenslicht erlosch, und wieso sollte er im letzten Aufflackern noch zärtliche Gefühle zerstören? Vielleicht, weil er damit der Wahrheit helfen konnte, die in diesen Zeiten auf so verlorenem Posten stand? Vielleicht, weil sie mit diesem Wissen den Verlust leichter ertragen konnte. Vielleicht, weil sie dann Benjamin Liu endlich hassen und ein leichteres Leben führen könnte.

»Ich war an einem bestimmten Tag vor vielen Jahren ein Teil ihrer Geschichte«, sagte er langsam und bedächtig.

»Wirklich? Das hatten Sie nie erwähnt!« Ma Li sprach viel zu laut, weil sie erleichtert war, daß er überhaupt noch einen vollständigen Satz zustande brachte.

»O ja«, fuhr er fort. »Sie wußten vielleicht nur, daß Ihr Pflegevater Huang dem jungen Kang Bingguo nach dem Leben trachtete, doch er war nicht der einzige.« Seine Atemzüge wurden noch schneller und noch unregelmäßiger. »Auch Benjamin Liu wollte Kang lieber tot sehen. Kang war ein Aufrührer, und ich hatte ihn ausfindig gemacht. Weil ich gute Kontakte zur Unterwelt pflegte, hatte ich Herrn Liu angeboten, nein, ich hatte ihm sogar empfohlen, diesen Störenfried zu beseitigen.«

Die Berührung ihrer Hand war plötzlich nicht mehr fürsorglich. Nun klammerte sie sich förmlich an ihn.

»Sprechen Sie weiter«, sagte Ma Li.

»Herr Liu hat lange überlegt. Es fiel ihm wohl nicht leicht, aber schließlich gab er mir doch den Auftrag, dafür zu sorgen, daß Kang Bingguo ermordet wurde. Er liebte Sie und wußte offenbar, daß Kang sein einziger Widersacher war.«

Zhang riß seine Hand aus ihrer Umklammerung und griff sich an sein Herz. Er massierte seine Brust, während er weitersprach.

»Aber dies eine Mal habe ich versagt. Gott sei Dank! Ich habe das Treffen mit meinen Kontaktleuten verpaßt, einfach vergessen. Als es mir einfiel, war es schon zu spät, und die Aktion gegen die Kommunisten war schon in vollem Gange. Daß

Kang Bingguo dabei zu Tode kam, war nicht die Schuld von Benjamin Liu, auch wenn er es vielleicht bis heute annimmt.«

Ma Li saß neben ihm wie vom Donner gerührt. Das hatte sie nicht hören wollen. Nun war es ihr eigener Atem, der schwer und unregelmäßig ging, und ihr schossen Tränen der Empörung und Wut in die Augen.

»Seien Sie Herrn Liu nicht böse«, sagte Herr Zhang. »Ich glaube, er liebte Sie über alles. Und was kann es Schöneres und Erhabeneres geben als eine große Liebe …?«

Es waren seine letzten Worte. In der nächsten Sekunde griff er sich mit beiden Händen an die Brust und sank nach vorn. Ma Li konnte ihn nicht halten. Er schlug mit dem Gesicht auf die Kiesel des Spazierweges und regte sich nicht mehr.

Im Kommissariat für die Wiederherstellung von Sitte und Ordnung, das in einem alten Tudor-Haus in der ehemaligen Französischen Konzession untergebracht war, brannte auch zu später Stunde noch Licht. Zhang Yue stand am Fenster, blickte in den dunklen Garten und rauchte eine filterlose Zigarette nach der anderen. In der Schublade ihres Schreibtisches, zwischen Akten, Verhörprotokollen und Berichten und Stapeln loser Blätter, von denen die meisten das Schicksal ihr völlig unbekannter Menschen besiegelten, hatte sie eine Flasche *Maotai* verwahrt. Es gab einen Grund zum Feiern. Ihre Arbeit hatte Aufsehen an höchster Stelle erregt. Man hatte ihr mitgeteilt, daß schon bald neue Aufgaben auf sie zukommen würden.

Das Kommissariat hatte ausgedient. Sitte und Ordnung, so hatte man an höchster Stelle beschlossen, waren nun soweit wieder hergestellt, daß man nun auch in den Städten beginnen konnte, was auf dem Lande längst geschah: systematische Suche nach Reaktionären und feindlichen Agenten. Die Partei selbst, so wurde gemunkelt, war offenbar durchsetzt mit Verrätern und Anhängern des alten Regimes. Die notwendigen Maßnahmen würden koordiniert vom neu geschaffenen Ministerium für Öffentliche Sicherheit, und in dieses Ministerium mit Sitz in Peking sollte die Genossin Zhang Yue nun aufsteigen. Gleich morgen würde sie sich auf den Weg in die Hauptstadt machen, wo ihr außerdem ein Sitz im erweiterten Politbüro in Aussicht gestellt worden war. Sie war dabei, aus ihrer Amtsstube in Shanghai in den Palast der neuen Kaiser in Peking aufzusteigen. Ihr Koffer war gepackt, ein neuer Lebensabschnitt begann. Der Zeitpunkt war perfekt. In Shanghai gab es kaum noch etwas zu tun. Mit großem Eifer hatte Zhang Yue sich für die Wiederherstellung von Sitte und Ordnung eingesetzt und dabei mit all jenen aufgeräumt, die jemals die Dummheit und Unvorsichtigkeit besessen hatten, sie zu demütigen, zu verlachen oder auch nur zu ignorieren. Wie ein eiserner Besen war sie durch die Besetzungslisten der Filmstudios gegangen, durch die Listen mit den Namen der Regisseure und Drehbuchautoren, der Assistenten und Kameraleute, selbst der Beleuchter. Wenn ein Name ihr bekannt vorkam, dann setzte sie ihn auf eine schwarze Liste. Allen voran der Regisseur Deng Ping Lao, der sie damals angeschreien und vom Set gefeuert hatte. Er wußte nicht einmal, wie ihm geschah und warum er auf dem Weg zum Studio, wo er einen neuen Film drehte, verhaftet wurde. Es bedurfte keines Beweises und keiner Anklageschrift, ihn als gefährlichen Rechtsabweichler zu brandmarken, dessen Filme auf unterschwellige, heimtückische Art und Weise die Verdienste der kommunistischen Partei kritisierten und in den Schmutz zogen. Nach einer Gerichtsverhandlung ohne Anwalt und Publikum, die ganze zwölf Minuten dauerte, wurde Herr Deng auf einen Lastwagen geworfen und machte sich auf den langen Weg in eines der neu eingerichteten Arbeitslager. Zwanzig Jahre, lautete seine gerechte Strafe. So wie ihm erging es Dutzenden anderen, die alle das Unglück hatten, einmal den Weg von Zhang Yue, alias Vivian Zhang gekreuzt zu haben. Zwei wurden gleich erschossen, drei nahmen sich das Leben, und die restlichen Verbrecher wurden in die Einöde geschickt, um von den Bauern zu lernen und ihre Verfehlungen zu bereuen.

Ihr größter Triumph jedoch war die systematische Zerstörung der falschen Jadeprinzessin Wang Ma Li. Als wäre es eine Butterblume, hatte Zhang Yue das Leben ihrer einstigen Rivalin zerpflückt und in alle Winde zerstreut. Es wäre ihr ein leichtes gewesen, Wang Ma Li als Frau eines Guomindang-Verräters und Japanerliebchen des Hochverrats anzuklagen und töten zu lassen, doch diesen billigen Ausweg gönnte sie ihr nicht. Wie eine Katze, die mit einer Maus spielt, hatte sie Wang Ma Li alles genommen: ihr Zuhause, ihren Sohn, ihre Würde und ihre Schönheit. Nun lebte sie, vom Kummer früh ergraut, ein arbeitsreiches, freudloses Leben. Zhang Yue hatte dafür gesorgt, daß ihr die Straßenecke, wo sie damals die Leiche ihres Liebhabers fand, ständig vor Augen stand. Sie lachte sich bei dem Gedanken ins Fäustchen, daß die einst so stolze und so schöne Wang Ma Li irgendwann durch Zufall ihrem Sohn in die Arme laufen würde und von ihm hören würde, wen Kangs Sohn nunmehr für seine leibliche Mutter hielt.

Zhang Yue selbst war mit ihrer Behörde in das alte Tudor-Haus der Madame Lin und des Pockengesichts Huang eingezogen. Es war nicht nur ihr Büro – sie wohnte auch hier. Allerdings mußte sie sich das riesige Haus mit dem provisorischen Zivilsekretariat der Volksbefreiungsarmee teilen und hatte nur durchsetzen können, daß sie den schönen Salon mit Ausblick auf den Garten erhielt. Sie hatte außerdem dafür gesorgt, daß die studierte Ma Li eine passende Anstellung erst bei der Büchervernichtung fand – welche feine, böse Strafe! – und dann in der Großküche. Und wenn deren mißgebildete Schwester nicht längst gestorben wäre, dann hätte Zhang Yue auch einen Weg gefunden, ihr diese einzige Angehörige auch noch wegzunehmen.

Doch nun war Zhang selbst dieses Spieles überdrüssig geworden und dürstete nach neuen Aufgaben. Wilde, gefährliche

Zeiten waren angebrochen. Als sei der Kampf gegen die inneren Feinde noch nicht genug, war in Korea der lange erwartete Kampf gegen die imperialistischen Mächte entbrannt. Chinesische Freiwillige marschierten zu Hunderttausenden in der bitteren Winterkälte auf, um sich den UNO-Truppen unter Führung der verhaßten Amerikaner entgegenzuwerfen und zu verhindern, daß die Ausländer ihre wahre Absicht in die Tat umsetzten und China angriffen.

Im Obergeschoß des Tudor-Hauses, auf dem Schreibtisch des Genossen Wu von der Volksbefreiungsarmee lag eine Liste von sogenannten Freiwilligen – dreitausend noch ahnungslose junge Männer, die im Laufe des morgigen Tages von ihren Arbeitsstätten und aus ihren Wohnungen abgeholt würden, um an den Yalu-Fluß gebracht zu werden und dort als Kanonenfutter zu dienen.

Zhang Yue kippte den scharfen Schnaps hinunter und zündete sich eine weitere Zigarette an, doch schon nach zwei Zügen warf sie die Zigarette zu Boden, trat sie aus und löschte das Licht. Wenn sie morgen auf dem Weg nach Peking war, dann konnte sie sich endlich das holen, was ihr zustand.

»Datong Ecke Chengdu«, raunzte Zhang Yue ihrem Fahrer zu, während sie sich auf den Rücksitz fallen ließ. Sie grinste gespenstisch in die Dunkelheit, als der Wagen die fast leeren Straßen hinunterraste, und war stolz darauf, daß ausgerechnet sie es war, die in dieser Stadt der Ungerechtigkeit so viele Lichter gelöscht hatte. Nun hatte sie nur noch ein letztes Rendezvous mit der Vergangenheit.

Den Fahrer, einen ehemaligen Bauern und Frontsoldaten namens Liang, wies sie an zu warten. Er salutierte, während er ihr die Tür aufhielt, und dachte wieder einmal, daß die Kommissarin für ihren Beruf eigentlich viel zu gut roch. Er verdächtigte sie, manchmal heimlich Parfüm zu benutzen, was zwar nicht verboten, aber sehr verpönt war. Heute roch sie obendrein nach Schnaps. Da er nicht nur ihr Fahrer, sondern auch ein Mitarbeiter der Behörde für Öffentliche Sicherheit war, hatte Liang schon mehrmals daran gedacht, diesen Verstoß zu melden, aber er fürchtete Zhang Yue mehr, als er sich selbst eingestehen wollte. Es war das zweite Mal, daß sie zu dieser Adresse gebracht werden wollte, ein Hinterhaus in einer engen, nicht besonders ansehnlichen Wohngegend.

Kurz nachdem Zhang Yue das Haus betreten hatte, gewahrte Fahrer Liang eine Person, der Körpergröße nach eine sehr dicke Frau, die in großer Eile aus dem Haus flüchtete und deren Gestalt schnell von den Schatten der Nacht verschluckt wurde. Er schob das Fenster auf und lauschte. Er glaubte, aufgeregte Stimmen zu hören, ohne allerdings einzelne Worte zu verstehen.

Dann kehrte sie zurück, seine böse Passagierin. Ihr Haar war in Unordnung geraten, ihr Jacke vor der Brust zusammengerafft, ihr Gesicht rot vor Zorn.

»Zurück ins Büro«, blaffte sie ihn an. »Los, mach schon!«

Liang zog den Kopf ein und konnte sich ein kleines, geheimes Lächeln nicht verkneifen, das ihn sein Leben hätte kosten können, hätte sie es bemerkt. Zhang Yue war wütend wie schon lange nicht mehr. Als sie am Tudor-Haus vorfuhren, verschwand sie in ihrem Büro und schlug die Tür hinter sich zu. Er wartete noch eine Stunde, ob sie wieder herauskommen würde, und beschloß dann, daß er wohl nicht mehr gebraucht wurde.

Als Liang weg war, kam sie endlich aus ihrem Zimmer. Noch immer kochte sie vor Wut. Ihre Haare und Kleidung hatte sie wieder gerichtet, den letzten Rest Schnaps getrunken. Zhang Yue steuerte auf die Treppe zu und ging nach oben, ins Büro des Genossen Wu. Die Liste mit den Freiwilligen lag immer noch auf seinem Tisch. Sie rülpste heftig und suchte nach einem Stift.

Der verdammte Dummkopf hatte sie abgewiesen, und dabei war es wirklich so, als stünde Kang Bingguo wieder vor ihr und sie würde wieder zu dem jungen Mädchen mit den großen

Träumen von der Leinwand. Es war ein unbeschreibliches Gefühl gewesen. Es hatte ihr auch keine Mühe gemacht, sein kleines, dummes Weibchen wegzujagen.

»Ich werde morgen die Stadt verlassen und habe mit ihm zu
reden«, hatte sie der verschreckten Maus gesagt, und da war
die junge Frau gerannt wie um ihr Leben, mit einem Bauch so
dick und rund, als hätte sie einen Ball verschluckt.

Als er seiner Frau nachlaufen wollte, hatte sie sich ihm in
den Weg gestellt.

»Du bist stark und kräftig«, sagte sie und streichelte mit der
linken Hand sein Haar. Ihre Rechte aber griff ohne Scham und
Zögern geradewegs in seinen Schritt. »Ich vermisse deinen Vater, und ich träume oft davon, wie es war, als er mich bestieg.
Er war ein wilder Reiter. Gilt das auch für dich?«

»Bitte nicht!« Xiao Sheng wich erschrocken zurück, entwand sich ihrer Umarmung.

Sie quittierte seine Scheu mit einem heiseren Lachen.
»Glaubst du, gute Kommunisten müßten wirklich auf jede
kleine Freude im Leben verzichten? Dann habe ich gute
Nachricht für dich, mein Junge. Ich war in Yan'an und weiß,
wie es bei den sauberen Genossen Kadern zuging, wie in einem Blumenhaus. Die großen Revolutionshelden sind die
geilsten Böcke, die man sich nur vorstellen kann. Je höher der
Rang, um so dicker die Hosen.«

»Bitte, Genossin Zhang«, wehrte er ab. »Bitte nicht …
Meine Frau erwartet ein Kind.«

»Von dir?« Sie neckte ihn. »Und ich? Bin ich etwa keine
Frau?« Sie knöpfte sich die Jacke auf und benetzte mit der
Zunge ihre Lippen. »Ich kann dir Dinge zeigen, von denen das
kleine Küken nicht einmal träumen würde. Du willst es doch
auch! Sag es schon!« Sie riß sich ihre blaue Jacke vom Leib und
gleich darauf auch das unförmige weiße Unterhemd. Dann
stand sie mit nacktem Oberkörper vor ihm und strich über
ihre Brüste. »Greif zu!« gurrte sie.

391

»Es ist … falsch …«, stammelte er immer wieder und schüttelte den tiefgesenkten Kopf, als peinigten ihn tausend Stechmücken. Er machte einen Schritt zur Tür, aber sie ahnte seine Bewegung voraus und baute sich wieder vor ihm auf.

»Nicht doch, kleiner Kang. Ich will dich, hier und jetzt. Hast du verstanden?«

Sie machte sich an seinem Hosenbund zu schaffen. Ihr Körper wand sich, als folge er dem Takt einer rhythmischen Musik, die nur sie hören konnte.

Auf einmal schlug er sie, nicht hart, nur verzweifelt und einzig, um sie zur Vernunft zu bringen. Sie lachte. Dann schlug er noch einmal zu. Sie sah dabei sein Gesicht. Es war der alte Kang, der sie schlug. Kang Bingguo. Noch einmal schlug er zu. Ein klatschendes Geräusch. Ihr Kopf flog erst in die eine, dann in die andere Richtung. Kang Bingguo war zurückgekehrt, und wieder verstieß er sie und demütigte sie. Wieder gab er einer anderen den Vorzug.

»Das wirst du bereuen«, sagte sie und zog ihr Hemd wieder an, danach die Jacke. »Du, deine Frau und euer Kind. Ihr werdet alle für deine Dummheit bezahlen.«

»Aber du bist doch meine Mutter!« heulte er auf.

»Nicht mehr«, zischte sie ihn an und verließ das Zimmer.

»Nicht mehr«, wiederholte sie nun und setzte seinen Namen ganz oben auf die Liste des Genossen Wu. Kang Xiao Sheng, seine Adresse, seine Arbeitseinheit. Morgen früh, wenn sie schon im Zug nach Peking Platz nahm, würden Wus Schergen ausrücken, um ihn und dreitausend andere junge Burschen einzufangen und nach Norden zu schicken.

An den Fluß Yalu. Zum Sterben.

Sieh an, dachte Wang Ma Li, als sie die letzten Treppenstufen zu ihrem Zimmer nahm. So beginnt das neue, kommunistische Paradies …

Eine Bettlerin lag vor ihrer Tür. Die junge Frau hatte ein Neugeborenes im Arm.

Als sie Ma Li kommen hörte, richtete sie sich unter Mühen auf und sagte mit kläglicher Stimme: »Bitte, jagen Sie mich nicht fort!«

Ma Li kam näher und bemerkte, daß das Kind erst einige Tage, vielleicht erst einige Stunden alt sein konnte. Die Frau blutete. Wo sie gesessen hatte, breitete sich ein dunkler Fleck auf dem Betonboden aus.

»Komm mit herein«, sagte sie. »Du brauchst einen Arzt.«

»Nein, keinen Arzt«, wehrte die Frau. »Es geht mir gut.«

Ma Li sperrte die Tür auf, führte das Mädchen zu ihrer Matratze und bedeutete ihr, sich auszustrecken. Sie nahm das Kind, das die junge Mutter ihr bereitwillig gab, und blickte auf ein winziges Gesicht hinab, das von schwarzen Haaren umrahmt wurde. Viele kleine Kinder hatte sie in jener Zeit, als sie das Tudor-Haus zum Heim für die Flüchtlingsmütter gemacht hatte, in den Armen gehalten, aber danach nie wieder. Es war ein schönes Gefühl, so ein junges Leben an der Brust zu wiegen.

»Wie heißt dein Kind?«

»Es hat noch keinen Namen«, sagte die erschöpfte Besucherin und brach in Tränen aus. »Mein Mann rief mir zu, wir sollten sie Lingling nennen. Dann brachten sie ihn weg.«

Ma Li hatte das Gefühl, als hätte sie ein Blitz getroffen, als schlage nun der Donner genau über ihrem Kopf zusammen.

»Wer ist dein Mann?« fragte sie, obwohl sie die Antwort kannte.

»Kang Xiao Sheng. Er sagte, daß ich zu Ihnen kommen sollte. Ich sollte Sie um Vergebung bitten. Ich weiß nicht, was er meinte. Man hat ihn mitgenommen.«

Ma Li sank in die Knie und bettete das Kind neben seine Mutter. Sie ergriff die Hände des Mädchens. Warme, fleißige Hände, die vor Angst ganz steif waren. »Ganz ruhig, mein Kind. Wer hat ihn mitgenommen?«

»Die Soldaten. Sie sagten, er sei ein Freiwilliger für den Krieg in Korea. Er durfte nicht einmal seine Sachen packen.« Die junge Frau schluchzte laut auf. »Er wollte doch gar nicht in den Krieg! Er hat noch nicht einmal seine Tochter gesehen!«

»Und er hat dich zu mir geschickt?«

»Er sagte, Wang Ma Li sei unsere einzige Hoffnung. Er rief es herunter von dem Lastwagen, auf den sie ihn sperrten. Du bist doch Wang Ma Li?«

»Ja, das bin ich. Ich bin seine Mutter.«

Die Frau machte große Augen. So viele unbeantwortete Fragen, so viel Unverständnis und Verwirrung.

Ma Li strich der Frau über den Kopf. »Willkommen zu Hause, Gao Xie«, sagte sie.

5. BUCH

1966–1968

Die Rückkehr

1. Kapitel

Hongkong, 11. August 1966

»Vater, komm zum Fenster und sieh dir diese verdammten Wirrköpfe an!«

Xiao Tang stand am Fenster der Bibliothek im vornehmen *Hongkong Club*, die Daumen trotzig in seine Weste gehakt, und blickte voller Verachtung hinunter in die Straßenschlucht. Ein Grüppchen Mao-Fanatiker hatte sich dort versammelt, vielleicht hundert Demonstranten, und sie schwenkten unter Schmährufen die kleinen, roten Bücher mit den wichtigsten Aussprüchen und Weisheiten des Großen Vorsitzenden gegen die Fassaden der ausländischen Banken und Handelshäuser.

»Und das Plakat da – was soll das denn heißen? Nieder mit den *Rennenden Hunden des Kapitalismus*! Wer, zum Teufel, denkt sich denn solche blöden Schimpfworte aus? *Rennende Hunde*? Weißt du, was das heißen soll? Sind wir jetzt etwa alle rennende Hunde?«

Benjamin Liu legte das Buch, auf das er sich ohnehin nicht konzentrieren konnte, beiseite und trat ans Fenster neben seinen Sohn. Xiao Tang schob sich trotzig seine Zigarre in den Mund und paffte, bis dicke Rauchschwaden aufstiegen. »*Rennende Hunde …*« Er lächelte böse.

»Ich wünschte, du würdest nicht diese stinkenden Dinger rauchen«, sagte Benjamin Liu.

»Ach, komm schon, Vater. Sei nicht so streng. Irgendein Laster darf sich doch wohl jeder gönnen.«

»Eines, vielleicht, aber ich fürchte, dein Maß an Lastern ist längst voll.« Xiao Tang, oder Jason Liu, wie er sich nun lieber nennen ließ, war seinem Vater längst nicht nur körperlich über den Kopf gewachsen. Er war ein Meter achtzig groß und kräftig, sehr kräftig gebaut. Den jungenhaften Charme hatte sich sein durchaus angenehmes Gesicht noch lange bewahrt, aber nun begannen ihm ein zweites Kinn und ein enormer Bauch zu wachsen, und sein Nacken und sein Hintern wurden immer breiter.

Benjamin Liu, der selbst einmal dick gewesen war, hatte nach seiner schweren Krankheit nie wieder seine frühere Statur zurückgewonnen. Bald würde er so aussehen wie jene weißhaarigen, alten Skelette, die in Sandalen, hochgerollten Hosen und ärmellosen Unterhemden am frühen Morgen mit ihren Singvögeln im Park spazierengingen, die im Schatten der Bäume zusammensaßen und ihre langstieligen Pfeifen rauchten. Nicht, daß ihn diese Vorstellung erschreckte. Im Gegenteil, er wäre lieber heute als morgen seine Pflichten und seine Verantwortung für sein milliardenschweres Unternehmen losgeworden und hätte sich zu den fröhlichen, alten Männern im Park gesellt. Leider jedoch konnte er seinem ältesten Sohn Xiao Tang – Jason – nicht vertrauen. Der Junge war die Karikatur eines reichen, verwöhnten Schnösels. Die Sammlung seiner Laster reichte von teuren Zigarren über schnelle Autos, teure Frauen, maßlosen Genuß von Cognac und vielleicht sogar Opium bis hin zur Spielsucht, der er zusammen mit einigen falschen Freunden und anderen Milliardärssöhnen an Wochenenden im benachbarten Macao nachkam. Jason transportierte gewöhnlich die ganze Bande am Freitagabend mit seiner schnittigen Motoryacht ins portugiesisch kontrollierte Spielerparadies und kehrte nicht vor Sonntagabend zurück. Meistens mußte er seinem Vater heiser und ziemlich verkatert berichten, daß sich wieder einige zehntausend, manchmal sogar hunderttausend Dollar in Luft aufgelöst hatten. Der Vater bezahlte, wie immer. Der Vater hatte keine andere Wahl. Alles, was er für seinen Erstgeborenen getan hatte, erwies sich am

Ende als falsch. Das Studium in Amerika hatte den Jungen frustriert, denn er war einfach nicht intelligent genug, hatte Konzentrationsschwächen und zu viele Flausen im Kopf. Der Vater kaufte ihm den Abschluß durch eine beträchtliche Zuwendung an die Universitätskasse. Die Stelle des Vizepräsidenten in Benjamin Lius Firma, der OGSL – *Oriental Garment and Shipping Line* – überforderte Xiao Tang, bis er das Trinken anfing. Er vergaß wichtige Termine, verlegte Verträge und hielt Lieferfristen nicht ein.

Das Schlimmste aber war: Es gab keinen Ersatz. Seine Schwester Yuanyuan war klug und ehrgeizig, doch sie war von ihrem Studium in Amerika gar nicht mehr nach Hause zurückgekommen. Sie hatte geheiratet, hieß nicht mehr Yuanyuan, sondern Patricia, war inzwischen selbst Mutter und eine sehr erfolgreiche Chirurgin in Los Angeles. Von den drei Kindern, die seine zweite Frau Li Song Li zur Welt brachte, war das älteste, ein Mädchen, noch in Taiwan und vor ihrem Umzug nach Hongkong an einer Lungenentzündung gestorben. Der Sohn lebte in New York, haßte und verachtete alles Chinesische und interessierte sich für nichts anderes als sein verfluchtes Cello und klassische Musik. Benjamins jüngste Tochter war erst neunzehn geworden und würde, wenn sie so weiter fraß, in spätestens fünf Jahren nicht mehr durch die Tür passen und zwei Jahre später unter dem ganzen Fett, das sie mit sich herumschleppte, zugrunde gehen.

Mit seinen knapp 62 Jahren stand Benjamin Liu, einer der reichsten Männer Asiens, vor den Trümmern einer durch und durch untauglichen Familie. Am schlimmsten hatte ihn das Schicksal mit seiner zweiten Frau Li Song Li gestraft, dieser ehemals so zierlichen und schönen Tochter aus gutem Hause. Sie war seiner schon bald nach ihrer Abreise aus China überdrüssig geworden, sie haßte und verabscheute Taiwan und noch mehr Hongkong und verbrachte den Großteil ihrer Zeit auf Hawaii, aus Gesundheitsgründen, wie sie vorgab. In

Wahrheit ließ sie es sich in dem Luxusapartment, das er für sie in Honolulu gekauft hatte, ausgesprochen gut gehen, und wenn ihm die Privatdetektive, durch die er sie anfangs überwachen ließ, nicht belogen, dann hatte sie sich eine hübsche Sammlung von jungen Liebhabern zugelegt. Den Skandal einer Scheidung wollte Benjamin Liu sich allerdings nicht ausliefern. Er überwies ihr und seiner jüngsten Tochter, die mit ihrer Mutter nach Hawaii gegangen war, jeden Monat stattliche Beträge und hoffte, beide, Mutter und Tochter, niemals in seinem Leben wiedersehen zu müssen.

»Was für Haufen von hirnlosen Idioten!« empörte sich Xiao Tang, der auch von seinem Vater lieber Jason genannt werden wollte, über die Demonstranten unten auf der Straße.

»Sie glauben wenigstens an etwas«, erklärte sein Vater verdrossen. »Und wenn es nur ein verblendeter Führer voller Haß und verrückter Ideen ist.«

»Man könnte meinen, du hast Verständnis für sie.« Jason drohte seinem Vater spielerisch mit dem Zeigefinger.

»Man könnte auch meinen, ich habe zu viel Verständnis für dich, mein Sohn. Ich bin eben ein sehr verständnisvoller, alter Mann. Komm jetzt. Wir wollen zum Essen gehen.«

In der Lounge war wie immer ein reichhaltiges Bufett für die ehrenhaften Mitglieder des *Hongkong Clubs* aufgebaut. Wer in diesem exklusiven Verein aufgenommen wurde, hatte im Leben alles erreicht. Millionäre, Milliardäre, Reeder, Fabrikanten, Händler und Bankiers – viele hatten ihre Wurzeln in Shanghai, gehörten früher dem Shanghai Club an und erinnerten sich noch an die spektakuläre Aussicht aus ihren holzgetäfelten Clubräumen über den Bund hinaus auf den Huangpu-Fluß mit seinen Schiffen, welche die Waren aus ihren Fabriken und Lagerhäusern hinaus in alle Welt brachten, während die Überweisungen aus dem Ausland die Telegrafendrähte summen ließen. Nun saß man auf gepolsterten Möbeln aus Edelholz, zwischen bestickten Kissen und schaute aus dem Speise-

saal auf den nicht weniger betriebsamen Hafen von Hongkong, auf die grünen Berge am nördlichen Horizont die *Neun
Drachen – Kowloon –*, die zwischen der britischen Kron-
kolonie und dem Reich Mao Zedongs lauerten. Von der Galerie erklang dazu dezente Pianomusik.

»Jetzt sind die Rotchinesen völlig übergeschnappt«, grunzte
hinter seiner Zeitung Tung Lee-Hwa, der Spielzeug-König,
dessen Etagenfabriken drüben im Stadtteil Kowloon tonnen-
weise Puppen, kleine Autos und Dinosaurier aus Plastik aus-
spuckten. »Jetzt hauen sie alles kurz und klein. Bitte, Gentle-
men, setzen Sie sich doch zu mir.«

Benjamin Liu und sein Sohn ließen sich an Tungs Tisch nieder.

»Sie nennen es die *Große Proletarische Kulturrevolution* –
was für eine Schande.« Er deutete auf das Bild der Titelseite:
Eine Bande Rotarmisten legte einen buddhistischen Tempel in
Schutt und Asche. Jahrhundertealte Schriften wurden verbrannt wie Altpapier, Tafeln und Statuen zerschmettert und
verhöhnt. »Nur gut, daß die Guomindang die größten Schätze
Chinas vorsorglich mit nach Taiwan genommen hat. Sonst
würden wir alles verlieren.«

»Es bleibt trotzdem noch genug zu zerstören«, seufzte Benjamin Liu. »Sie werden nicht ruhen, bis alles Alte in Trümmern
liegt und nichts mehr heilig ist außer ihrem Vorsitzenden
Mao.«

»Ich bemitleide nur die Menschen, die diesem Mob ausgeliefert sind. Haben Sie gehört, mein Bester, daß jeden Tag
hunderte Flüchtlinge jämmerlich ersaufen bei dem Versuch,
zu uns nach Hongkong zu schwimmen?«

»Ist vielleicht besser so«, ließ sich Jason Liu vernehmen. Als
er den mißbilligenden Blick seines Vaters bemerkte, setzte er
schnell hinzu. »Ich meine, was sollten wir denn hier mit denen
anfangen? Es sind doch viel zu viele …«

»Es sind Menschen, und es sind auch deine Landsleute,

Xiao Tang«, wies Benjamin ihn zurecht. »Du solltest nicht von Dingen sprechen, die du nicht verstehst.«

Sein Sohn senkte betreten den Blick.

Wenn er doch wenigstens den Schneid hätte, für seine verkorkste Meinung einzutreten, dachte Benjamin Liu voller Geringschätzung.

»Sie gestatten?« Franklin Wong gesellte sich zu ihnen. Der größte Bauunternehmer Hongkongs, bei Freund und Feind nur als Beton-Wong bekannt, plazierte einen Teller mit Dim-Sum-Leckerbissen vor sich und breitete feierlich seine Serviette aus. »Es mußte ja etwas geschehen. Nach dem Fiasko mit dem sogenannten *Großen Sprung nach vorn* war der große Steuermann mächtig unter Druck geraten. So viele Todesopfer kann selbst China nicht einfach wegstecken. Seine eigenen Genossen forderten seinen Kopf. Nun schafft er sich mit dieser wahnsinnigen Kampagne seine Gegner vom Halse.«

Liu und Tung nickten grimmig. Der *Große Sprung nach vorn*, mit dem Mao das rückständige Land in einer einzigen Mammutanstrengung ins Industriezeitalter katapultieren wollte, hatte zig Millionen Menschen den Hungertod gebracht. Noch immer hörte man von Hungersnöten und Nahrungsmittelknappheit in allen Gegenden des riesigen Reiches.

»Es war doch immer so mit diesem Irren. Wenn er nicht weiterkam, dann erfand er eine neue Kampagne, ließ munter Köpfe rollen, und am Ende war er jedesmal stärker als zuvor.« Mit gutem Appetit wandte sich Beton-Wong seinem Schweinefleischbällchen mit Shrimpskrone und den gesottenen Hühnerfüßen zu.

»Haben Sie eigentlich noch Verwandtschaft drüben?« fragte Tung seine Tischnachbarn.

Wong, den Mund voll Dim-Sum, schüttelte schnaufend den Kopf.

Liu zögerte einen Moment. War eine geschiedene Frau, die strenggenommen nicht einmal geschieden war, als Verwandtschaft anzusehen? Er hatte schon seit Jahren nicht mehr an sie gedacht, obwohl sie die Mutter Xiao Tangs und Yuanyuans war, was beide nicht wußten. Sie hielten sich für die Kinder seiner zweiten Frau. Ob Wang Ma Li überhaupt noch am Leben war? Fast hätte er die Jahre selbst nicht überlebt. Fast hätte ihn ein heimtückischer Krebs umgebracht, der, so warnten die Ärzte, vielleicht nur eine Atempause eingelegt hatte und jederzeit zurückkommen konnte. Wie war es ihr ergangen? Ob sie wieder geheiratet hatte? Ob sie glücklich war? Ob er versuchen sollte, sie wiederzusehen und um Verzeihung zu bitten? Schließlich hatte er die Liebe ihres Lebens umbringen lassen, auch wenn sie das nie erfahren würde. Hatte er ihr verziehen?

»Werter Herr Liu?« Tung, der ihm gegenübersaß, sah ihn betroffen an.

Liu schüttelte den Kopf, als erwache er aus einem Tagtraum. »Wie? Nein, ich habe keine Verwandtschaft mehr. Nur Erinnerungen, viele Erinnerungen.«

»Ja, Erinnerungen.« Tung nickte verständnisvoll. »Gute und schlechte. Je älter man wird, desto unwichtiger erscheinen die schlechten Erinnerungen, nicht wahr? Manchmal wollen sie einem sogar vorkommen wie dumme Mißverständnisse. Und die guten Erinnerungen machen einem das Herz schwer. Da braucht man ab und zu solche schrecklichen Nachrichten, um zu wissen, daß man mit seiner Flucht richtig gehandelt hat.« Er tippte auf die Zeitung und den Bericht über die wilden Rotgardisten, die das ganze Land und seine lange und stolze Geschichte einfach zertrümmern wollten.

»Ich wünschte nur, wir könnten etwas tun, statt hier untätig herumzusitzen«, seufzte Tung.

»Was denn tun, werter Tung?« Beton-Wong tupfte sich vornehm die Mundwinkel ab. »Herumsitzen ist unsere beste Waffe. Wir müssen doch nur abwarten, bis die ganze Rote Horde sich gegenseitig zerfleischt. Liu Shaoqi, den Präsidenten

403

und Deng Xiaoping haben sie schon kaltgestellt. So wird es weitergehen. Einer nach dem anderen werden die roten Kaiser fallen.«

»Trotzdem würde ich jedem eine Million Dollar auf die Hand geben, der auch nur einen dieser Menschenschinder unschädlich macht.«

»Ich muß mich entschuldigen«, meldete sich Xiao Tang wieder zu Wort. »Ich habe noch einen wichtigen Geschäftstermin.«

»Wirklich?« Benjamin Liu zog verwundert seine dichten, grauen Augenbrauen in die Höhe und rückte beiseite, damit sein dicker Sproß sich vom Stuhl erheben konnte. Seit wann war der Junge denn geschäftlich tätig? Es war wohl nur eine Ausrede, weil ihm das sentimentale Gerede der alten Männer lästig fiel. Im Erfinden von Ausreden war sein Sohn jedenfalls nicht zu schlagen.

»Wir sehen uns heute abend … Auf Wiedersehen, die Herren. Es war mir ein Vergnügen.« Damit drehte Xiao Tang sich um und bewegte sich zum Ausgang.

»Ein Prachtbursche«, meinte anerkennend Beton-Wong. »Sie können wirklich stolz auf Ihren Sohn sein.«

Tung lächelte fein und vertiefte sich wieder in seine Zeitung. Sein eigener Sohn gehörte zu Jasons Macau-Bande, und der Spielzeugkönig wußte sehr genau, welche unmenschlichen Qualen Benjamin Liu durchstand.

Jason Liu war wie immer spät dran. Das Treffen mit Herrn Kong aus Chengdu war für zwei Uhr vereinbart, und nun war es schon Viertel nach eins. Selbst bei günstigster Verkehrslage würde er es nicht vor halb drei zu dem verlassenen Bauernhof in den New Territories direkt an der Grenze zu China schaffen, wo sie sich verabredet hatten. Es kümmerte ihn nicht. Sollte dieser Kong doch warten! Er hatte schließlich das Geld, das Kong wollte – dreihunderttausend US-Dollar.

Trotzdem trat er mächtig aufs Gas. Sein roter Jaguar setzte

sich mit quietschenden Reifen in Bewegung. Mochten die alten Herren über diese Kulturrevolution da drüben in China denken, was sie wollten – ihm verschaffte der organisierte Wahnsinn der Roten Garden jedenfalls die Chance auf das Geschäft seines Lebens. Selbst sein strenger Vater würde ihm den Respekt nicht verwehren können, wenn Jason ihm stolz seine erste Million präsentierte, die er mit einem Einsatz von nur dreihunderttausend Dollar gewonnen hatte. Eine Million würde es mindestens werden. Er rechnete insgeheim mit bis zu fünf Millionen US-Dollar, die bei diesem Handel für ihn herausspringen konnten.

Und das Beste war: Er verdankte sie niemand Geringerem als dem Großen Vorsitzenden Mao Zedong.

Ich bin wahrhaftig ein rennender Hund des Kapitalismus, dachte Jason, während er seinem Jaguar die Sporen gab. Und was für einer!

2. Kapitel

Shanghai, 11. August 1966

Die Hitze war unerträglich. Das Atmen fiel schwer, die geringste Bewegung kostete viel Kraft und Anstrengung, und doch hielten sie auch an diesem Tag keine Ruhe. Von weitem schon hörte man den Radau ihrer Trommeln und Gongs, ihre Sprechchöre. *Hoch lebe der Vorsitzende Mao, der größte Marxist aller Zeiten!* schallte es durch die menschenleeren Straßen. Wer nicht ohnehin in einer der pausenlosen Kampfsitzungen hockte und sich mit giftiger Propaganda berieseln ließ, der machte, daß er verschwand. Niemand wollte den Roten Garden in die Hände fallen. Sie prügelten und mißhandelten, sie zerschlugen und schreckten auch vor Todschlag nicht zurück, wenn einer nur eine falsche oder unbedachte Antwort gab. Sie waren die neuen Herren Chinas – Halbwüchsige mit der ganzen mörderischen Energie von Ahnungslosen. Der große Steuermann hatte ihnen die Macht über Leben und Tod gegeben, und dafür beteten sie ihn an. Sie durften ihre Lehrer an den Armen aufhängen, ihren Schichtleitern im Betrieb die Haare scheren und ihnen Narrenkappen aufsetzen, sie durften die Parteisekretäre und Vertreter der Nachbarschaftskomitees herumstoßen und bewußtlos prügeln. Sie durften Nachbarn, Verwandte und Eltern tyrannisieren, Häuser plündern und die letzten tapferen Mönche aus den Klöstern zerren und durch die Straßen jagen. Das war ein Spaß! Sie durften verunglimpfen, beleidigen und sogar zerstören, was immer ihnen nicht paßte – und das war eine ganze Menge. Mao hatte die Jugend von der Leine gelassen, und es war, als hätte er hundert Millionen Dämonen auf das Land losgelassen. Niemand war vor ihnen sicher.

Hoch lebe der Vorsitzende Mao! Mit diesem Schlachtruf bog die Bande in ihren blauen Mao-Kluften mit den roten Armbinden, die ihnen jedes Recht gab, um die Ecke. Sie schwenkten Bilder des Großen Vorsitzenden, wedelten mit dem kleinen, roten Buch seiner wichtigsten Lehren und trieben einen alten Mann vor sich her, der niemals erfahren würde, was er sich eigentlich hatte zuschulden kommen lassen. Vielleicht gefielen ihnen seine Schuhe nicht – vielleicht sahen sie für ihre Augen aus wie imperialistische, kapitalistische, revisionistische oder reaktionäre Schuhe. Vielleicht wollten sie auch einfach nur jemanden zum Zeitvertreib quälen. Die »kleinen Generäle der Revolution«, wie Mao seine Quälgeister genannt hatte, mußten sich für keinen Überfall und keinen Mord rechtfertigen.

Fußtritte und Fausthiebe trafen den Greis, er strauchelte und fiel mit dem Gesicht voran auf die Straße. Sie marschierten achtlos weiter, über ihn hinweg. Zwei, drei kräftige Tritte und der alte Mann rührte sich nicht mehr. »*Hoch lebe der Vorsitzende Mao*!«

Eine junge Frau ergriffen sie, rissen sie grob vom Fahrrad und warfen sie zu Boden. Das Verbrechen der Frau bestand darin, ihr Haar offen zu tragen. An dieser frivolen Unsitte erkannte man unzweifelhaft die Lakaien des Imperialismus und die verhaßten Intellektuellen, die nichts weiter waren als die Handlanger der Kapitalisten. Brave Arbeiterinnen und Kommunistinnen trugen ihr Haar zum Bubikopf geschoren oder in strengen Zöpfen. Irgendeiner führte immer eine Schere, zumindest ein Messer bei sich. Die junge Frau kreischte wie von Sinnen, als sie ihr grob den Schädel schoren und ihr gleich noch die Kleider vom Leib zerrten.

»Komm weg vom Fenster!« sagte Wang Ma Li und wünschte sich zum erstenmal die alte Wohnung zurück, die nur dieses kleine Luftloch oben in der Wand hatte, durch das nur abends die Sonne schien. Nach zwei Jahren jedoch war ihrem Gesuch auf eine größere Wohnung stattgegeben worden, und die drei Frauen durften ins Vorderhaus ziehen. Wang Ma Li, ihre Schwiegertochter Gao Xie und ihre Enkelin, die gerade laufen lernte. Nun war sie sechzehn und sollte längst zu Hause sein.

»Ich mache mir solche Sorgen!« wimmerte Gao Xie.

»Das sollst du auch«, fuhr Ma Li sie an. »Aber komm vom Fenster weg! Wenn sie dich sehen, könnten sie auf dumme Gedanken kommen!«

»Da kommen sie!« Gao Xie sah die Bande in die Straße einbiegen und biß sich in die Hand. »Ich erkenne einen, zwei. Sie gehen mit Lingling zur Schule. Wo bleibt sie nur?«

»Sie ist nicht dumm. Ihr wird nichts passieren. Was denkst du? Was würden wir tun in dieser Situation? Wir würden mit den Wölfen heulen. Und das tut sie auch.«

»Meine Tochter ist keine von denen!« jammerte Gao Xie.

»Sie muß es sein, sonst ist sie in Gefahr!« Ma Li konnte nicht länger zusehen, wie ihre Schwiegertochter am Fenster stand, und zog sie mit Gewalt ins Zimmer und auf den Fußboden.

Sie hatte genug unfaßbare Dinge in den letzten Wochen gesehen. Es gab keinen Anstand mehr, keine Rücksicht, keine Achtung und keine Menschlichkeit, sondern nur noch Haß und Angst. Der Leiter der Großküche, in der sie immer noch arbeitete, war das erste Opfer gewesen, an dessen sogenannter Verhandlung sie selbst teilnehmen mußte. Er hieß Li. Sie kannte ihn als gütigen, verständnisvollen Mann, der selbst in den schlimmsten Tagen der Versorgungskrise und Hungersnot nach dem *Großen Sprung nach vorn* noch immer Spinat, Kohl und sogar Eier und Reis besorgt hatte, so daß die Arbeiter im Stahlwerk zumindest gelegentlich satt wurden. Genau das wurde ihm nun zum Verhängnis. Jemand mußte ihn verleumdet haben. Plötzlich schwirrten Gerüchte umher, er sei ein Agent der Guomindang, der auf geheimen Wegen Lebensmittel ins Land geschmuggelt hatte, vergiftete Lebensmittel natürlich. Die ganze Küchenmannschaft wurde zusammengetrommelt und mußte zusehen, wie Herr Li, die Hände auf den Rücken gebunden, auf einen Stuhl gestellt wurde. Ihm wurden die Haare geschoren, wobei an vielen Stellen seine Kopfhaut platzte und er scheußlich blutete. Dann setzten sie ihm eine spitze Papiermütze auf und schimpften ihn einen Kuhdämon.

Zitternd und weinend, gab Herr Li alles zu, was die Wandzeitungen in blutroten Schriftzeichen herausschrien: Ja, er war ein Agent der Guomindang. Ja, er hatte vergiftete Lebensmittel ins Land geschmuggelt. Ja, alle Anschuldigungen stimmen – schrie er und flehte um Gnade. Niemand erhob sich zu seiner Verteidigung. Alle, auch seine besten Freunde und engsten Mitarbeiter, hoben ihre Fäuste, schrien auf ihn ein, schrien aus vollem Halse und waren froh, daß es nicht sie selbst erwischt hatte. Herr Li verblutete an diesem Tag irgendwo auf dem Hinterhof. Niemand wagte es, ihm zu Hilfe zu kommen.

Als sie aus ihrer Näherei nach Hause kam, berichtete Gao Xie von einer ganz ähnlichen Kampfsitzung, in der eine angesehene Parteifunktionärin sich plötzlich als Anhängerin des kapitalistischen Weges zu erkennen gegeben hatte. Auch sie hatte den Tag nicht überlebt. Es kamen weitere Sitzungen, nicht nur im Stahlwerk und der Näherei, sondern auch in der Nachbarschaft. Tagsüber und manchmal sogar nachts. Unbescholtene Bürger entpuppten sich plötzlich als unverbesserliche Lakaien des Imperialismus; Rechtsabweichler, Kapitalisten und Konterrevolutionäre wimmerten im Staub um Vergebung.

Lingling, die Sechzehnjährige, berichtete aus ihrer Schule, daß es nun als Heldentat galt, bei Prüfungen ein leeres Blatt

Papier abzugeben und den Lehrern ins Gesicht zu spucken. Sie weinte, wenn sie nach Hause kam. Die Lynchmorde, die sie gesehen hatte, verfolgten sie bis in ihre Träume. Sie war ein feinfühliges, zartes Mädchen, das mit Liebe und Fürsorge von ihrer Mutter und ihrer Großmutter großgezogen worden war. Ihr Vater, so hatte sie erfahren, hatte sich als Freiwilliger zum Kampf gegen die Imperialisten gemeldet. Am Tag ihrer Geburt war er in ein kaltes Land weit weg von hier aufgebrochen, um für China zu kämpfen, und war nicht zurückgekehrt.

Ma Li und Gao Xie waren übereingekommen, daß diese Geschichte die größte Sicherheit bot. Die Zeiten waren unsicher und hart. Ein falsches Wort konnte schlimme Konsequenzen haben. Auf die Wahrheit würde das Kind warten müssen, bis die Zeiten sich geändert hatten. Wie denn das ganze Land auf nichts anderes warten konnte als bessere Zeiten.

»*Hoch lebe der Vorsitzende Mao!*« erschallte es von unten, aber irgendetwas stimmte nicht. Der Sprechchor, die Trommelwirbel und das Scheppern der Gongs entfernten sich nicht so wie sonst üblich. Der Lärm setzte sich vor dem Haus fest wie ein Krebsgeschwür und wurde immer lauter, immer bedrohlicher. Hoch lebe der Vorsitzende Mao!

Gao Xie kauerte zusammengekrümmt an der Wand unter dem Fenster, hatte die Hände auf ihre Ohren gepreßt und starrte ihre Schwiegermutter, die neben ihr kniete, aus vor Angst geweiteten Augen an.

»Wieso gehen sie nicht weiter?« schluchzte sie.

»Sie werden sicherlich gleich wieder aufbrechen. Vielleicht formieren sie sich nur neu«, versuchte Ma Li ihre Schwiegertochter zu beruhigen, aber sie glaubte selbst nicht daran. Die grölende Horde stand genau unter ihrem Fenster, und da hörte sie auch schon den ersten Ruf, der ihr das Herz gefrieren ließ: »*Heraus mit Wang Ma Li, der kapitalistischen Hure!*«

Als das Geschrei noch weiter anschwoll und Gao Xie es durch ihre schützenden Hände hindurch hören konnte, klammerte sie sich an den Armen ihrer Schwiegermutter fest, denn Ma Li wollte sich erheben.

»Du darfst nicht gehen!« Gao Xie ließ ihre Arme nicht los.

»Sie beleidigen mich«, gab Ma Li zurück. Mit sanfter Gewalt befreite sie sich aus dem Griff ihrer Schwiegertochter und stand auf. »Das werde ich nicht dulden. Ich muß gehen.«

»Sie werden dich umbringen!«

»Es sind doch nur Kinder, dumme Kinder.«

»Bleib hier!«

Nun stand Ma Li aufrecht am Fenster und blickte hinab auf die wütende Menge. Jeder hatte sein kleines, rotes Buch mit den Zitaten des größten Marxisten aller Zeiten hervorgeholt und schwenkte es in ihre Richtung wie die Anklageschrift eines Kapitalverbrechens. Schon hämmerte es an der Tür.

»Macht auf, ich bin es!« rief eine vertraute Stimme: Ling-ling. »Es tut mir leid! Ich wollte nichts sagen, aber ...« Schwere Schritte hallten durch das Treppenhaus. Die Verstärkung war angekommen.

»Aber sie mußte es tun«, vollendete Ma Li den Satz ihrer Enkeltochter. »Richte ihr später aus, daß ich ihr nicht böse bin. Ich habe auf diesen Moment gewartet. Es war unausweichlich.«

»Bleib hier!« jammerte hilflos Gao Xie.

»Sei jetzt stark!« herrschte Ma Li sie an. Gao Xie war keine Kämpferin. Die Nachricht von Xiao Shengs Tod hatte ihr damals fast den Verstand geraubt und sie in monatelange Depressionen gestürzt, die immer noch, so viele Jahre später, aufflammten. Ma Li hingegen wußte schon am Tag, da ihre Schwiegertochter vor ihrer Tür lag, daß ihr Sohn nicht zurückkehren würde, und sie nahm auch diesen Schlag wie alle anderen – schweigend und ohne Haß und Wut. Nichts und niemand, so hatte sie beschlossen, konnten ihr die Haltung und Würde nehmen.

Gao Xie war anmutig und liebte Blumen, schöne Musik und

traurige Gedichte. Sie war nicht sehr klug, nicht sehr tapfer. Sie hatte sich in all den Jahren an Ma Li geklammert wie eine Ertrinkende. Was sollte aus ihr werden, wenn Ma Li nicht mehr war? Lingling mußte sich um ihre Mutter kümmern. Lingling war vielleicht noch ein Kind, doch war sie stark. Sie schien den Trotz, die Klugheit und die Zähigkeit ihres Vaters geerbt zu haben. Um das Mädchen sorgte sich Ma Li nicht, doch ihre Schwiegertochter würde nicht alt genug werden, um bessere Zeiten zu erleben. »Sei jetzt stark und vergiß nie, daß dein Mann der Sohn eines bedeutenden Märtyrers war. Verstanden? Er war Kang Bingguos Sohn. Dieser Name sagt selbst diesen lichtlosen Herumtreibern etwas.«

»Aber du warst Kang Bingguos Frau!« schrie Gao Xie verzweifelt. »Du bist die Mutter seines Sohnes!«

»Nein. Hast du keine Ohren im Kopf? Ich war nur eine kapitalistische Hure. Paß auf dich und auf Lingling auf. Lebe wohl.«

»Macht doch bitte endlich auf. Sonst müssen wir die Tür einschlagen!« rief Lingling von draußen.

Ma Li schloß die Augen und atmete tief ein. Sie richtete ihren Körper auf und ließ den Kopf kurz im Nacken kreisen, als gelte es, eine athletische Höchstleitung zu vollbringen. Sie fühlte sich stark, so stark wie schon lange nicht mehr. Sie riß die Tür auf und sah sich einer Gruppe von Rotgardisten gegenüber, die sich eben anschickten, das Zimmer zu stürmen. Von Haß verzerrte Mienen, fanatische Augen. Die Horde sah aus, als sei sie bereit, ihr Opfer mit bloßen Händen zu zerreißen.

»Sie suchen mich?« fragte sie in vollkommener Würde. »Da bin ich.«

»Das ist sie!« schrie Lingling und zeigte mit dem Finger auf sie.

Schon ergriffen sie ein Dutzend Hände und zerrten sie unter triumphierendem Gegröle die Treppe hinunter, hinaus auf die Straße.

Was für ein heißer Tag heute, dachte Wang Ma Li. Irgend etwas anderes zu denken, gestattete sie sich nicht.

Lingling steckte kurz den Kopf in das Zimmer, in dem ihre Mutter noch immer am Boden hockte, zitternd und gepackt von fürchterlichen Weinkrämpfen.

»Sei nicht böse! Ich mußte etwas sagen. Sie wußten ohnehin schon das meiste!« rief das Mädchen. »Ich komme heute abend sicherlich spät nach Hause, warte nicht auf mich. Vertrau mir!«

Damit warf sie die Tür hinter sich zu, und der vertraute Rhythmus ihrer Schritte erklang aus dem Treppenhaus. Sie verstand gar nicht, was sie getan hatte. Es war, als ginge sie hinunter zum Spielen, dachte Gao Xie und sank kraftlos auf dem Boden zusammen.

Zwei Grobiane hatten Ma Lis Arme nach hinten gebogen, einer drückte von hinten ihren Kopf nach unten. Wie eine verurteilte Verbrecherin wurde sie ins Freie geführt. Ein Jubelschrei aus hundert Kehlen empfing die Helden und ihre Gefangene. Die Gongs und Trommeln schwollen noch einmal zu einem ohrenbetäubenden Orkan an.

»Hure, Verräterin, Volksfeindin!« zischte es von allen Seiten auf sie ein.

Ma Li trug einfache Stoffschuhe, eine graue Hose und ein weißes Baumwollhemd. Trotzdem schrie einer: »Seht nur, sie kleidet sich wie eine Königin, diese Ausbeuterschlampe.«

Sie spürte einen Schlag auf ihrem Rücken und einen Tritt gegen das Schienbein, als sie weiter gezerrt wurde. *So werde ich nun sterben*, dachte sie. *Nur ein paar Schritte von dem Ort, an dem mein geliebter Kang damals ermordet wurde. Es ist eine Auszeichnung.*

Und so wäre es wohl auch gekommen, wenn nicht eine glockenhelle Stimme plötzlich geschrien hätte: »Los, bringen wir sie auf die Wache. Einen so schweren Fall müssen wir melden.«

Es war die Stimme Linglings.

»Du willst sie doch nur schützen!« brüllte eine männliche Stimme dagegen. »Laßt sie uns hier und jetzt für ihre Verbrechen gegen die Arbeiterklasse bestrafen!«

Ma Li, deren Kopf noch immer niedergedrückt wurde, konnte nicht sehen, wem diese Stimme gehörte.

»Ich will sie nicht schützen, ich will, daß sie dem Revolutionsrat verrät, wer noch hinter der reaktionären Verschwörung steckt«, schrie Lingling dagegen.

Kluges Kind, dachte Ma Li. Ihre Enkelin kämpfte sich durch die dichten Reihen der Rotgardisten bis zu ihrer Großmutter vor und versetze ihr mit der Rechten einen Hieb in den Bauch und gleich danach noch einen ins Gesicht. Ma Li schnappte nach Luft. Ihre Beine gaben nach. Sie spürte, wie der Schmerz sie ohnmächtig machte, aber die Strolche, die sie von beiden Seiten festhielten, lockerten ihren Griff nicht. Es war, als würden ihr die Arme ausgerissen.

»So wird es jedem ergehen, der meine kommunistischen Überzeugungen in Frage stellt!« kreischte Lingling.

Kluges Kind, dachte Ma Li wieder.

Lingling griff ihr Haar und riß ihren Kopf hoch. Durch das schnell anschwellende Auge sah sie das gerötete und wutverzerrte Gesicht ihrer Enkelin.

»Wer weiß, welche finsteren Geheimnisse sie bei sich trägt. Wir müssen sie ausliefern, um das ganze Ausmaß ihrer Verbrechen kennenzulernen. Sie soll alles gestehen und uns ihre Mitverschwörer verraten.«

»Ja, bringen wir sie auf die Wache«, johlte endlich ein anderer, und dann setzte sich der Zug in Bewegung.

Wie in einem sich immer schneller drehenden Karussell wurde Ma Li weitergetrieben. Ihre Füße berührten kaum den Boden. An den zurückgebogenen Armen wurde sie durch die Straßen gezerrt. Ihre eigenes Stöhnen und Ächzen war plötzlich lauter als das Brausen der Mao-Rufe und das Scheppern der Gongs. Sie verlor für Sekunden – oder waren es Stunden? –

das Bewußtsein und ließ sich forttragen von einer Wolke aus blindem Haß.

Gao Xie sah die Meute und ihr Opfer sich entfernen und sank, immer noch schluchzend, auf den Boden. Was hatte sie nur großgezogen? Ein feiges, niederträchtiges Monstrum – das war ihre Tochter. Sie hatte den Schmerz gespürt, als Lingling ihre geliebte Großmutter vor aller Augen in den Bauch und ins Gesicht schlug. Gao Xie biß sich in ihrem Weinkrampf die Knöchel ihrer Hand auf. Sie schlug den Kopf gegen die Wand, bis Blut floß. Nein, sie konnte nicht stark sein, wie Ma Li es befohlen hatte, nicht, nachdem sie das mitansehen mußte. Sie schämte sich für ihre Tochter und trauerte um ihre Schwiegermutter, ihren Mann, ihren Vater – alles Opfer dieser unmenschlichen Kommunisten, die nichts konnten als Menschen zu zerstören und auch noch lachend auf ihren Leichen herumzutrampeln. Ihr Vater hatte damals Gift genommen. Sie hatte kein Gift im Haus. Ein Messer zu nehmen brachte sie nicht fertig. Sie öffnete das Fenster und hörte den Lärm der Rotgardisten, der noch immer in der Straße nachhallte. Dann sprang sie. Aus dem vierten Stock. Kopfüber.

Lingling, diese feige Verräterin, soll mich finden, war ihr letzter Gedanke.

Lingling aber fand sie nicht. Nachbarn fanden sie, als sie noch lebte. Einen Arzt zu rufen war sinnlos. Er würde ohnehin nicht kommen, und wenn, würde er nicht mehr helfen können. Also brachte man die Sterbende mit dem zertrümmerten Schädel zurück in ihre Wohnung und legte sie auf das Bett, wo sie Stunden später starb. Aber die Nachbarn hatten es eilig, diesen Ort des Todes zu verlassen, und sie versäumten es, das Fenster zu schließen. Bis zum späten Abend hatten tausend hungrige Fliegen sich über ihren Kopf und den mit getrocknetem Blut besudelten Oberkörper hergemacht.

So fand sie Lingling.

»Wir wissen alles über Sie!« brüllte zum hundertsten Male der Mann, der Ma Li abwechselnd mit zwei Genossen in einem fensterlosen Zimmer verhörte. Einer schrie sie an und versuchte, ihr ein Geständnis zu entlocken, und die beiden anderen saßen in der Ecke und taten so, als machten sie sich Notizen, und zogen dabei angewiderte und empörte Gesichter.

»Und wir wissen alles über Ihre schmutzige Vergangenheit und Ihre Mitverschwörer. Wenn Sie nicht endlich die Wahrheit sagen, dann werden wir gezwungen sein, noch ganz andere Seiten aufzuziehen. Geben Sie alles zu, und nennen Sie uns die Namen!«

Ma Li saß auf einem Stuhl in der Mitte des leeren Raumes und sehnte sich nach dem Glas Wasser, das verlockend auf dem Fußboden an der gegenüberliegenden Wand stand. Ihre Peiniger wußten, daß sie vor Durst vergehen mußte. Es war keine leichte Aufgabe, eine so hartnäckige und schlaue Verräterin zu vernehmen. Die Anschuldigungen waren schwerwiegend, die Beweise erdrückend, und die Strafe lag auf der Hand, aber den Gepflogenheiten entsprechend wäre es hilfreich gewesen, wenn die Angeklagte alles zugegeben und bereut hätte.

»Was soll ich denn zugeben, wenn Sie mir nicht einmal sagen können, was ich verbrochen haben soll?« hielt sie standhaft dagegen. Ihr Kopf und ihre Rippen schmerzten noch immer von den Schlägen, die ihre Enkeltochter ihr versetzt hatte. Ihre Kehle war trocken, ihre Zunge fühlte sich an wie Sandpapier. Es kostete sie ungeheure Kräfte, diese Auseinandersetzung zu führen, aber Kraft war alles, was Ma Li noch besaß. »Sie haben mir noch gar nicht gesagt, was ich überhaupt zugeben soll!«

»Sie wissen doch am besten, was Sie zugeben sollen!«

»Nein. Ich habe mich keines Verbrechens schuldig gemacht, sondern wurde von halbwüchsigen Schlägern aus meiner Wohnung gezerrt.«

»Wagen Sie es nicht, die Roten Garden zu beleidigen!«
brüllte der Mann, während er sein rotglühendes Gesicht so
nah an Ma Lis Gesicht heranschob, daß ihr von seinen Knob-
lauchatem übel wurde. »Wer die Roten Garden beleidigt, greift
unseren Vorsitzenden Mao Zedong an!«

Ma Li erkannte, daß sie zu weit gegangen war. Wenn sie dieses Gebäude wieder lebend verlassen wollte, dann mußte sie
gewisse Regeln einhalten, ob es ihr paßte oder nicht. *Sei so
klug wie deine Enkeltochter*, ermahnte sie sich.

»Verzeihen Sie bitte«, sagte sie kleinlaut. »Ich bin eine alte
Frau, die nur langsam lernt. Ich wurde selbstverständlich zur
Korrektur meiner Fehler und zur Hebung meines revolu-
tionären Bewußtseins von den verantwortungsvollen kleinen
Generälen hierhergebracht, was zu meinem eigenen Besten
geschah.«

Man konnte diesen verblendeten Fanatikern gegenüber gar
nicht dick genug auftragen. Sie erkannten Ironie nicht einmal,
wenn sie ihnen geradewegs ins Gesicht sprang. Dazu hatten
sie zu viel Angst, einen Fehler zu begehen und morgen selbst
Opfer einer Kampfsitzung zu werden. Schicksale und Karrie-
ren nahmen in diesen wirren Zeiten oft die unerwartetsten
Wendungen.

»Und nun, werter Genosse, was wünschen Sie denn, das ich
zugeben soll?«

»Ich wünsche nicht – ich verlange, daß Sie Ihre Verbrechen
gestehen!«

»Welche denn?«

»Die Verbrechen, die Sie gegen die Volksrepublik China begangen haben.« Nun erhob sich der nächste und legte seine
Notizen beiseite. Schichtwechsel im Verhörzimmer der Hölle.

»Aber ich habe nicht das geringste Verbrechen gegen die
Volksrepublik China begangen!«

»Dann gestehen Sie die Verbrechen, die Sie gegen die Volksrepublik China begehen wollten!«

»Ich wollte niemals auch nur das geringste Verbrechen gegen die Volksrepublik China begehen. Ich habe Durst. Dürfte ich bitte einen Schluck Wasser trinken?«

»Nicht so voreilig. Wir wissen, daß Sie die Tochter eines Gangsters und einer Puffmutter sind.«

Ma Li schnaufte trotzig. »Ich war nicht ihre leibliche Tochter, sondern ihre Pflegetochter. Sie nahmen mich und meine Schwester zu sich und waren gut zu uns. Niemand wird von mir ein schlechtes Wort über die beiden hören. Wir kommen aus der Provinz Shandong und wurden nach Shanghai verkauft. Unsere Herkunft ist durchaus proletarisch.«

»Der Vorsitzende Mao hat bereits gesagt, daß die Anhänger des reaktionären Weges Meister der Verstellung sind und daß nur der wahre Kommunist ihre Lügen erkennen kann.«

»Ja und?« fragte sie und blickte dem jungen Mann herausfordernd in die Augen. Sie konnten die berühmten, hohlen Sprüche ihres Großen Steuermannes im Schlaf herunterbeten, aber sie konnten genausowenig einen Sinn darin erkennen wie jeder klar denkende Mensch.

»Das frage ich Sie! Sie waren mit einem Guomindang-Offizier verheiratet!«

»Mein Mann war kein Offizier. Er war Geschäftsmann. Außerdem ist unsere Ehe längst zerbrochen.«

»Das entschuldigt nichts!«

»Ich will ja auch gar nichts entschuldigen. Ich bin durstig. Dürfte ich einen Schluck Wasser haben?«

»Erst sagen Sie uns, wer Ihre ausländischen Auftraggeber sind!«

So ging es seit Stunden, seit die Rotgardisten sie am späten Nachmittag hier abgeliefert hatten. Mittlerweile war es gewiß schon weit nach Mitternacht. Die drei Männer wußten, daß sie die Pflegetochter von Madame Lin und Huang Li war und mit Benjamin Liu verheiratet gewesen war. Daraus leiteten sie ab, daß ihre Gefangene heimlich den Umsturz betrieb und

418

zweifellos in Kontakt mit feindlichen, ausländischen Mächten stand. Die drei Männer hatten schon viele solcher hoffnungslosen Fälle in diesem Zimmer weichgekocht und am Ende immer bekommen, was sie brauchten und was ein Todesurteil oder eine Verurteilung zu zwanzig Jahren Zwangsarbeit rechtfertigte. Zunehmend wurden sie ungeduldiger mit dieser verstockten Frau, die ihre Verfehlungen und Verbrechen einfach nicht einsehen wollte. Nicht einmal das verlockende Glas Wasser, das sonst nie seinen Zweck verfehlte, konnte diese besonders hartnäckige Reaktionärin überzeugen.

»Genossen, so kommen wir nicht weiter. Laßt mich mit ihr alleine«, sagte schließlich der dritte Mann, ein besonders finsterer Kerl, zu seinen beiden Kameraden. »Es ist spät, und wir wollen nach Hause.«

Nein, dachte Ma Li alarmiert. *Das nicht! Keine Schläge mehr, keine Folter! Das ertrage ich nicht.*

Ich kenne die Verfassung der Volksrepublik China, wollte sie schreien, doch sie brachte nur ein jämmerliches Krächzen heraus. »Ich habe Rechte und verlange, daß Sie diese Rechte respektieren!«

»Für Verbrecher wie Sie gibt es keine Rechte«, erwiderte der Folterknecht, der mit ihr allein sein wollte. Er war Mitte Dreißig, älter als seine beiden Komplizen, und grinste ihr höhnisch ins Gesicht. »Außerdem ist die Verfassung sowieso nichts mehr wert. Zu viele Reaktionäre haben mitgeholfen, diese Verfassung zu schreiben. In China gilt nur noch der Wille der Roten Garden, der wahren Revolutionäre. Laßt mich fünf Minuten mit ihr alleine, und wir bekommen unser Geständnis und können endlich nach Hause gehen«, wandte er sich erneut an seine beiden Genossen. »Ich verspreche euch – wenn ihr wiederkommt, haben wir das Geständnis.«

»Nein!« protestierte Ma Li mit ersterbender Stimme, aber die beiden anderen verließen den Raum, und sie blieb allein mit einem bulligen, schnaufenden Dämon zurück.

»Wang Ma Li«, sagte er, als er sicher sein konnte, daß seine beiden Komplizen längst im Hof waren und sie nicht mehr hören konnten.

»Rühren Sie mich nicht an«, gebot sie mit aller Würde, die sie noch aufbringen konnte. Er aber nahm das Glas Wasser und hielt es ihr hin.

»Trinken Sie!« sagte er.

Was immer er damit bezwecken wollte – sie konnte nicht mehr widerstehen. Obwohl das Wasser längst warm war und abgestanden schmeckte, war es der köstlichste Trunk in ihrem Leben. Sie leerte das Glas gierig in einem Zug.

»Ich wurde auf der Straße geboren«, hörte sie ihn sagen. »Meine erste Erinnerung ist, daß ich feine Ausländer um Geld anbettelte; meine zweite, daß sie mir nichts gaben. Ich erinnere mich an ihre Tritte, die mir weh taten, doch noch mehr schmerzten die Tritte meiner Landsleute. Ich erinnere mich auch an das Weinen und Klagen meiner Mutter, der niemand half …«

Was will er nur von mir? dachte Ma Li, noch immer wie benommen von dem kurzen Glück, das ihr das belebende Glas Wasser verschafft hatte.

»Ich war damals vier Jahre alt und hatte keine Zukunft«, fuhr der Mann fort. »Meine Mutter war krank. Wir hatten nichts als Hunger.«

Er stand vor ihr, groß und Angst einflößend. Wann würde er anfangen, sie zu schlagen. Oder seine Hose zu öffnen? Oder wollte er ihr tatsächlich nur einen politischen Vortrag über die Vorzüge der kommunistischen Herrschaft halten?

»Aber dann bekam ich doch eine Zukunft. Eine Tür öffnete sich, die Tür zu einem wunderschönen, großen Haus, das mir vorkommen wollte wie ein Palast. Wir bekamen etwas zu essen und einen Platz zum Schlafen. Meine Mutter wurde wieder gesund.«

Er will mir weismachen, daß der Kommunismus ihn gerettet

hat und daß ich endlich alles zugeben muß, weil der Kommunismus so schön und gut ist, dachte Ma Li.

Doch sie irrte sich.

»Der Ort, an dem das Wunder geschah, war das Haus von Wang Ma Li. Das sind Sie, nicht wahr?«

Sie konnte nur noch stumm nicken.

»Ich danke Ihnen, Wang Ma Li. Sie haben mir das Leben gerettet. Und nun werde ich Ihres retten.«

Verständnislos sah sie ihn an.

»Sie müssen gestehen. Sonst wird man sie töten. Gestehen Sie irgendwas. Ich werde dafür sorgen, daß Sie davonkommen. Sie werden ins Gefängnis gehen – das kann ich nicht verhindern, aber Sie werden leben. Bitte, gestehen Sie.«

Sie ergriff seine Hände, grobe, wuchtige Hände, die jedoch ehrlich wirkten.

»Was soll ich denn gestehen?«

»Ich schreibe es für Sie. Dann müssen Sie nur noch unterzeichnen. Bitte, werden Sie das für mich tun und mich von der Schuld erlösen, die ich Ihnen gegenüber trage? Vertrauen Sie mir!«

Ma Li gestand, vor sieben Jahren in einem Brief geheime Informationen über die Reisernte der Volksrepublik an ihren ehemaligen Mann, den Guomindang-Offizier Benjamin Liu, geliefert zu haben, doch dank der revolutionären Wachsamkeit der kommunistischen Kader war dadurch kein Schaden entstanden. Ihr Verbrechen wog schwer – trotzdem bestand die Hoffnung, daß sie ihren Fehler einsehen und nach der entsprechenden Behandlung ein besserer Mensch werden konnte.

Das Urteil lautete: dreizehn Jahre Haft für Wang Ma Li. Abzusitzen in einem Gefängnis in Shanghai und nicht wie in anderen Fällen in einem der berüchtigten Todeslager in Qinghai oder Xinjiang.

3. Kapitel

Peking, 11. August 1966

Es waren in *Zhongnanhai*, dem Palast der neuen Kaiser in Peking, goldene Zeiten angebrochen für Leute mit wenigen Skrupeln, brennendem Eifer und geringer Bildung – für Leute wie Zhang Yue. Die Dinge waren im Fluß. Überall lauerten selbst für altgediente, angesehene Kader und verdiente Kommunisten plötzlich unvorhersehbare Gefahren. Ein unbedachtes Wort, ein falscher Blick, und alles war aus. Bis vor kurzem hatte Zhang Yue einen von vier Vize-Ministerposten im Ministerium für Öffentliche Sicherheit bekleidet und war zudem Abteilungsleiterin für Kulturelle Fragen gewesen. Außerdem hatte sie über all die turbulenten Jahre der Kampagnen und inneren Säuberungen ihren Sitz im erweiterten Politbüro gehalten. Nun war das Ministerium im Handstreich entmachtet, alle Parteigremien kurzerhand aufgelöst worden. Alle Macht lag plötzlich auf der Straße und in den Händen eines jugendlichen Mobs, der nur auf Mao, seinen Handlanger Lin Biao und auf niemanden sonst hörte. Es gab nur noch Kampfsitzungen und Wandzeitungen, jede normale Arbeit war bis auf weiteres nicht möglich. Überall vermutete man Kuhdämonen und Schlangengeister, die Feinde der Revolution. Jeder war damit befaßt, Anklageschriften und Brandbriefe zu schreiben, jeder bezichtigte jeden und hoffte, selbst irgendwie davonzukommen. Täglich gab es neue Enthüllungen. Täglich wurden auf wilden Versammlungen Menschen zerstört, ihr Leben in den Schmutz gezogen, ihnen die Würde genommen. Ständig änderten sich die Regeln, Freunde wurden Feinde, und

Freunde wie Feinde waren plötzlich nicht mehr da. Es war, als trieben die Überlebenden eines gigantischen Schiffunglücks im Meer und einen nach dem anderen holten die Haie. Der Große Steuermann aber saß im einzigen Rettungsboot, und wer mit ihm überleben durfte, war noch längst nicht ausgemacht.

Zhang Yue genoß jeden Augenblick. Es war die schönste Zeit ihres Lebens, denn sie erkannte schnell die unglaublichen Chancen im Chaos. Sie war Kulturbürokratin mit guten Kontakten in alle Provinzen und zu den Leuten, die überall im Auftrag der Partei die Museen und Tempel nach Kunstschätzen und Überresten der verhaßten, feudalistischen Lebensweise durchstöberten. Als die Roten Garden in Peking begannen, ihren revolutionären Eifer an kostbaren Ming-Vasen, klassischen Schriftrollen und Steintafeln und unschätzbaren Skulpturen aus der Kaiserzeit auszulassen, begriff Zhang Yue sofort, welche Möglichkeiten sich für sie in ihrer Position auftaten. Sie trat sofort in Kontakt mit einem ihrer vertrauenswürdigsten Mitarbeiter, einem Herrn namens Kong in Chengdu, und bereitete zusammen mit ihm ein Geschäft vor, das sie, wenn dies alles vorbei war, zu einer Multimillionärin machen würde, und zwar nicht Millionärin in *Renminbi*, dem Volksgeld der Massen, sondern Millionärin in harten Devisen. Ein perfektes Geschäft – Herr Kong erledigte alle Arbeit, und sie mußte sich nur zurücklehnen und abkassieren und weiterhin nichts weiter tun, als ehemalige Genossen ans Messer zu liefern. Zhang Yue war immer schon eine Meisterin der Intrige gewesen, aber nun entledigte sie sich ihrer Neider, Gegner und Widersacher so leicht, als pflücke sie Äpfel von einem Baum.

Als eine der ersten hohen Kader hatte sie sich die Armbinde der Roten Garden umgebunden und war mit den »kleinen Generälen« lärmend durch die Straßen gezogen. Sie kannte die wichtigsten Anführer der Revolte persönlich, hatte zwei von ihnen ihrer eigenen, kleinen Kulturrevolution unterzogen, wie

423

sie es nannte, und ihnen im Bett einige Dinge gezeigt, die sich die grünen Burschen niemals hätten träumen lassen. Denn Zhang Yue war immer noch eine sehr attraktive Frau. Kaum ein Fältchen wagte es, ihr Gesicht zu verunstalten, ihr Haar war voll und schwarz, ihr Körper dank vieler geheimnisvoller Kräuterbehandlungen durch einen kenntnisreichen Arzt aus dem Stab des Großen Steuermannes immer noch straff und begehrenswert. Den Schneider aus Shanghai, der ihre Partei-kleidung nach Maß fertigte, hatte sie nach Peking beordert, nachdem keine Geringere als die allmächtige Jiang Qing sie beiseite genommen und auf ihre perfekt sitzende Uniform an-gesprochen hatte. Maos Gattin war die treibende Kraft der Kulturrevolution. Sie und ihre Freunde aus Shanghai dirigier-ten das Konzert des Wahnsinns, und der geistig oft abwesende Mao sah zu, während ihm manchmal der Speichel aus dem Mundwinkel rann. Nun teilte Zhang Yue mit Jiang Qing den Schneider und ein Geheimnis, und das war die beste Lebens-versicherung in dieser unsicheren Zeit. Auch Jiang Qing stammte aus Shanghai, auch sie war einmal Schauspielerin ge-wesen.

Noch einen zweiten Schutzengel hatte Zhang Yue: Wann immer er sie bei Banketten oder Sitzungen sah, wechselte Zhou Enlai ein paar freundliche Worte mit ihr. Immer kam das Gespräch wieder auf Kang Bingguo, den aufrechten Kommu-nisten, den er damals in Shanghai zurückgelassen und der sich trotzig und allein gegen die Mörderbanden der Konterrevolu-tionäre gestemmt hatte. Zhou gestand, daß er sehr oft an Kang dachte und dessen Tod ihm immer noch zu schaffen machte. Zhang Yue erwiderte nichts, um dem Premierminister seine Zerknirschung zu nehmen. Im Gegenteil, sie ließ ihn auch nicht vergessen, daß ihr und Kang Bingguos Sohn – ein Kom-munist ohne Fehl und Tadel, so wie sein Vater und seine Mut-ter! – sich seinerzeit freiwillig zum Kampf in Korea gemeldet hatte und dort gefallen war. In der Volkszeitung hatte es Fotos von ihr und Zhou gegeben sowie Artikel, die Kang priesen und seine Witwe lobten. Kein Geschichtsbuch, in dem nicht die revolutionären Leistungen und Verdienste Kangs gewürdigt wurden.

Mit Kang als Helfer aus dem Jenseits und mit Jiang Qing und Zhou Enlai aus dem Diesseits, so dachte Zhang Yue, wäre sie vor den Stürmen der menschenfressenden Kulturrevolution sicher.

Daß sie sich geirrt hatte, erkannte sie, als es am Morgen früh und unverhofft heftig an ihrer Wohnungstür hämmerte.

»Zhang Yue! Sie werden in zehn Minuten im großen Versammlungssaal erwartet«, schrie eine junge Stimme durch die geschlossene Tür.

Zhang Yue war noch nicht einmal angezogen. Ihr stockte das Herz, und sie mußte sich an der Wand abstützen, um nicht im Badezimmer umzufallen. Sie bemerkte, daß sie heftig schnaufte. Sie hatte an genügend Kampfsitzungen im großen Versammlungssaal teilgenommen, um zu wissen, daß es durchaus angebracht war, Angst zu haben. Todesangst. »Machen Sie sich bereit. Wir warten hier auf Sie!« erklang es von draußen.

»Ich kann nicht ... ich bin krank«, schrie sie zurück und dachte sofort: Was für eine unsinnige Ausrede! Als ob es für die kleinen Teufel einen Unterschied machte, ob sie Kranke oder Gesunde quälten.

Getuschel war vor der Tür zu hören. Jemand kicherte.

»Sollen wir hereinkommen und Sie zur Versammlung tragen?« kam nach einer Weile die Antwort.

»Ich komme, sobald ich kann«, gab sie kraftlos zurück. Sie raffte ihre blaue Mao-Uniform vom Haken und stellte fest, daß sie die Knöpfe der Jacke nicht schließen konnte, weil ihre Hände so sehr zitterten.

»Sie kommen besser sofort, sonst müssen wir Sie holen.«
Wieder folgte dieses unmenschliche Kichern.

»Laßt mich zufrieden! Ich bin die Witwe von Kang Bing-guo, dem Märtyrer aus Shanghai!« brüllte sie in höchster Verzweiflung. »Wenn Sie ihn nicht kennen, dann empfehle ich einen Blick in die Geschichtsbücher!« Damit war ihr ein schwerer, dummer Fehler unterlaufen. Diese verdammten, verfluchten Roten Garden zerrissen alle Bücher, spuckten und pinkelten darauf.

»Genau darüber wollten wir mit Ihnen reden«, kam es zurück. Erneut erklang das unheimliche Kichern.

»Werde ich als Zeugin gebraucht?« Vielleicht war dies die Lösung. Vielleicht sollte sie nur gegen einen Genossen aussagen, der sich schwerer Verfehlungen schuldig gemacht hatte. Sie war bereit, alles gegen jeden auszusagen.

»Das werden Sie gleich erfahren. Also, kommen Sie jetzt, oder sollen wir Sie holen?«

»Ich komme!« Ja, sie sollte gewiß als Zeugin auftreten. Wer sollte es auch wagen, die Witwe Kang Bingguos und eine Bekannte von Jiang Qing und Zhou Enlai anzuklagen? Sicherlich brauchte man sie als Zeugin. Die Partei war von schädlichen Elementen unterwandert, und man erwartete von ihr nicht mehr als eine deutliche Aussage und eine feurige Schmährede gegen einen dieser gewissenlosen Verräter. »Ich komme sofort!«

Zhang Yue warf einen letzten Blick in den Spiegel. Sie sah immer noch gut aus. Ein scharf geschnittenes, zeitlos anmutiges Gesicht. Klare Augen, ein voller, roter Mund. Die Jahre hatten ihr nichts anhaben können. Selbst mit hundert Jahren würde sie noch schön sein.

Sie riß die Tür auf. Vor ihr stand ein Dutzend junger Männer in blauen Uniformen, mit Ballonmützen und Mao-Ansteckern.

»Welchen Agenten des Imperialismus entlarven wir heute?« rief sie begeistert.

»Dich«, war die Antwort, und schon griffen starke Hände nach ihr und zerrten sie in die große Versammlungshalle.

Es war derselbe Hexenkessel, den sie schon viele Male erlebt hatte – nur hatte sie da selbst im Publikum gestanden, schrie und geiferte und drohte mit dem kleinen, roten Buch, trat vor und stieß unter dem heiseren Jubel der Menge die abscheulichsten Verwünschungen auf irgendein armes Schwein aus. Nun war sie selbst das Ziel der Flüche.

Nieder mit Zhang Yue, der Hure des alten Systems! schrien in roter Farbe die Wandzeitungen. Ihr Name war mit schwarzer Farbe durchgestrichen.

»Ich bin die Witwe des Märtyrers Kang Bingguo!« schrie sie aus vollem Halse, aber das Haßgebrüll der Menge war lauter. Ihre Arme schmerzten, weil sie ihr auf dem Rücken zusammengebunden waren. Was war nur geschehen? Wie konnte die Horde es wagen, sie selbst zum Gegenstand einer Kampfsitzung zu machen? Mit Schrecken dachte sie an die Möglichkeit, daß Kong, der Mitarbeiter in Chengu, vielleicht nur zum Schein auf ihr geniales Geschäft eingegangen war und sie statt dessen ans Messer lieferte. Oder er hatte beschlossen, das Geschäft ohne sie zu machen und hatte sie denunziert? In diesem Falle allerdings wäre ein schneller Tod eine milde Strafe. Welch schlimmeres Verbrechen konnte es für die Rote Bande geben, als wenn ein Kommunist sich mit den Schätzen des Feudalismus zu einem beträchtlichen Dollarvermögen verhalf?

»Gestehe deine Verfehlungen und Verbrechen!« schrie die Menge.

Starke Arme hoben sie auf einen Stuhl, damit alle sie sehen konnten, und hakten die Fesseln ihrer Hände in eine Art Galgen, der an der Decke befestigt war. Ihre Arme wurden nach oben gezogen, mit einem schmerzhaften Ruck ausgekugelt, so daß ihr Oberkörper nach vorne kippte. Zhang Yue übergab sich vor Schmerz. Die Menge jauchzte vor Entzücken.

»Ich eröffne die Verhandlung gegen Zhang Yue«, schrie ein jugendlicher Richter. »Sie war die Frau von Kang Bingguo!«

»Schande über Kang Bingguo. Schande über Kang Bingguo!« lautete die Antwort der Menge.

»Ihr beleidigt einen Märtyrer der Bewegung!« schrie Zhang Yue aus vollem Halse, überglücklich vor Erleichterung, daß von der Sache in Chengdu offenbar nichts bekannt war. Diesmal hörte man ihr sogar zu. Ein kräftiger Rotgardist trat vor und schlug ihr die flache Hand ins Gesicht. Blut spritzte aus ihrer Nase.

»Rede nur, wenn du gefragt wirst!« brüllte der junge Mann.

Sie konnte den Kopf gerade weit genug heben, um in ihm einen ihrer jugendlichen Liebhaber zu erkennen. Als er bemerkte, daß sie ihn sah, schlug er noch einmal zu. »Kang Bingguo war ein unverbesserlicher Reaktionär und Vertreter des alten Systems!«

Die Rede des Anklägers, die immer wieder durch empörte Rufe aus der Menge unterbrochen wurde, dauerte eine Ewigkeit. Zhang Yue meinte, ihre Arme würden sich jeden Moment aus den Schultern lösen. Sie wurde ohnmächtig, aber nur für wenige, gnädige Sekunden. Wie durch ein heftiges Rauschen, das von ihrem Blut und ihrem Schnaufen verursacht wurde, hörte sie die hohe, durchdringende Stimme, die verkündete, daß neu entdeckte Dokumente eindeutig bewiesen, daß Kang Bingguo der Sohn eines unverbesserlichen, kaisertreuen Gelehrten aus der Stadt Shenyang in der Mandschurei war. Wer aus solch privilegierten Verhältnissen stammte, sei nicht nur ein Volksfeind, schrie der Ankläger, sondern ein ganz besonders gefährliches und heimtückisches Element. Denn er verstellte sich nur, schlich sich unter Verschleierung seiner wahren Motive und Absichten in die Bewegung ein, um sie von innen her auszuhöhlen und zu zerstören. »Das sind von allen Verrätern und Feinden die gefährlichsten. Keine Strafe ist hoch genug für sie und diejenigen, die ihnen helfen!«

Sein Schlußsatz ging im tosenden Beifall, im Gescheppr und Gedröhne von Gongs und Trommeln unter. An dieser

Stelle einer jeden Kampfsitzung brach üblicherweise der überführte Konterrevolutionär und Agent feindlicher Mächte vollends zusammen und gestand unter Tränen seine unentschuldbaren Verfehlungen: seine Kontakte zu den Feinden Chinas, seinen Betrug am Proletariat, seinen Hang zu Extravaganzen und alle beliebigen anderen Verbrechen, die mit lebenslanger Lagerhaft oder sofortigem Todschlag zu bestrafen waren. Zu ihrer Überraschung bekamen die Rotgardisten von Zhang Yue kein solches Geständnis, sondern etwas, das sie unter diesen Umständen noch nie gesehen hatten.

Die Angeklagte brach plötzlich in wildes, wieherndes Lachen aus.

»Sie ist verrückt geworden«, tuschelte man im Publikum.

Plötzlich wurde es still in der Halle, die Trommelwirbel erstarben, Gongs verhallten. Das Knistern der großen Mao-Bilder war das einzige Geräusch, als alle die wie rasend lachende Frau anstarrten. So unerwartet war ihr Verhalten, daß sogar die Fesseln gelockert wurden und Zhang Yue entkräftet und unter unsäglichen Schmerzen, aber immer noch lachend zu Boden glitt. Da kniete sie, rieb sich die Arme und hob schließlich den Kopf. Ihr blutverschmiertes Gesicht war auf unheimliche Art hart und entschlossen, und selbst die Hartgesottensten in den Roten Garden mußten neidvoll zugeben, daß Zhang Yue wie eine ideale Kämpferin und Revolutionärin aussah.

»Natürlich war Kang Bingguo ein Verräter«, schrie sie. »Dachtet ihr Tröpfe etwa, ich hätte das nicht gewußt! Ich kannte jedes seiner Geheimnisse! Warum glaubt ihr, daß er nicht mit den anderen aus Shanghai fliehen und weiter sein reaktionäres Gift in unserer Bewegung spritzen konnte? Warum? Weil ich dafür gesorgt habe. Ich und niemand sonst. Ich habe ihm das Handwerk gelegt. Ich habe ihn umbringen lassen. Ich war damals schon auf eurer Seite und bin es heute erst recht.«

Für Sekunden herrschte Totenstille in der Halle. Blicke flogen hin und her, geballte Fäuste lockerten sich, und dann brach ein neuer Höllenlärm los – doch diesmal waren es Jubel und Hochrufe auf Zhang Yue.

Der Ankläger, unversehens seiner Macht beraubt, brachte die Menge mit wildem Rudern beider Arme wieder zur Ruhe. »Und wo sind die Beweise?« schrie er Zhang Yue an, doch längst nicht mehr in dem Ton, den er vorher angeschlagen hatte. »Hast du Beweise dafür?«

»Ich habe Zeugen, und ich habe Aufzeichnungen, die alles belegen«, log sie, denn sie wußte, wenn sie die Halle jetzt lebend verließ, würde niemand sie jemals wieder behelligen. »Kang Bingguo wurde geköpft am Morgen des 12. April 1927 vor einem Restaurant namens Jadepalast in Shanghai, ganz in der Nähe seiner Wohnung. Ich hatte ihn dort hinbestellt, ich habe seine Hinrichtung organisiert, um die Kommunistische Partei vor weiterem Schaden zu schützen.«

»Hoch lebe Zhang Yue, die Retterin der Kommunistischen Partei!« schrie einer von den hinteren Rängen, und alle stimmten mit ein. Hände streckten sich nach ihr aus und gratulierten ihr. Schulterklopfen jagte ihr Schauer des Schmerzes durch den ganzen Körper. Der Bursche, der sie vorhin noch geschlagen hatte, ergriff nun ihre Hände und drückte sie voller Ergriffenheit, bevor er sie unter Jubelrufen in die Luft hob.

Auf den Schultern ihrer Bewunderer verließ Zhang Yue die Kampfsitzung, auf der sie vernichtet werden sollte. Es war, als habe sie ihre drohende Hinrichtung nicht nur überlebt – es war wie eine neue Geburt. Zhang Yue war stärker als jemals zuvor.

Ein paar Tage später, am 18. August, stand sie nur ein paar Schritte entfernt von Mao selbst und dem Verteidigungsminister Lin Biao oben auf dem Tor des Himmlischen Friedens und überblickte den Tiananmen-Platz wie eine Kaiserin. Unter ihr wogte ein Meer aus Köpfen mit roten Schaumkronen –

das waren die kleinen, roten Bücher mit den Aussprüchen des Vorsitzenden, die die Hunderttausende über ihre Köpfe hielten, während sie aus vollem Halse ihre Treueschwüre hinausschrien. Ein Fotograf huschte aufgeregt zwischen den Ehrengästen auf dem Balkon hin und her und machte Fotos. Auf eines war er besonders stolz. Der Vorsitzende Mao wandte sich mit amüsiertem Gesichtsausdruck dem eifrigen, kleinen Lin Biao zu, der sich die Hände rieb, und im Hintergrund erstrahlte das schöne und wild-revolutionäre Gesicht einer nicht mehr ganz jungen Frau, die voller Hingabe und Bewunderung war. Es schien, als symbolisiere das Gesicht dieser Frau das erwachende, neue China: nicht mehr jung, unverbraucht und unerfahren wie die Roten Garden, sondern schicksalsgeprüft und weise und doch voller Liebe und Opferbereitschaft für Mao, den größten Marxisten aller Zeiten, und für die große Aufgabe der Revolution. Das Foto war reif für die Titelseite der Volkszeitung, und dort landete es drei Tage später.

Und von dort ging es um die Welt.

4. KAPITEL

Hongkong, 23. August 1966

Hol mich der Teufel, dachte Benjamin Liu. Plötzlich waren alle anderen Sorgen und Gedanken, die er sich machte, verschwunden. Daß Xiao Tang dreihunderttausend Dollar in bar von ihm verlangte, um angeblich Spielschulden in Macau zurückzuzahlen, daß der Junge in letzter Zeit noch auffälliger und geistloser wirkte als sonst, daß seine gierige Frau aus Honolulu ihn in aller Frühe wutentbrannt angerufen und Geld für eine neue Wohnung verlangt hatte, weil ihre fette Tochter die Treppe hinuntergestürzt war – all das war vergessen, als er das Foto vom Vorsitzenden Mao sah, das alle Hongkonger Zeitungen heute auf der Titelseite führten. Der Vorsitzende Mao hielt Truppenschau auf dem Platz des Himmlischen Friedens.

Das ist eine sündige Tochter Shanghais, flog ein überaus klarer Gedanke ihn an, bevor er die Frau überhaupt erkannt hatte. Kein Zweifel, das war die geheimnisvolle Besucherin, die damals, an Ma Lis Geburtstag, in ihr Haus gekommen war und nach deren Besuch, der in einer häßlichen Szene endete, sich ihr Leben und ihr Glück in Luft aufgelöst hatten.

Im Hintergrund das verdiente Parteimitglied Zhang Yue, erklärte die Bildunterschrift mit Bezug auf eine entsprechende Zeile in der Pekinger Volkszeitung. Ja, erinnerte sich Benjamin Liu, das war ihr Name. Zum erstenmal seit vielen Jahren dachte er wieder an jene pornografischen Fotos, die er nie weggeworfen hatte – oder doch? Er konnte sich nicht mehr erinnern.

Er stieß fast mit seinem Diener zusammen, der noch Tee

einschenken wollte, als er plötzlich aufsprang und in sein Arbeitszimmer eilte. Er lachte dabei wie ein Schuljunge, weil ihm einfiel, daß Spielzeugkönig Tung eine Million für jeden Kopf geboten hatte, der in Peking rollte. Da würde sich Tung aber wundern, daß er, Benjamin, eine Frau aus der unmittelbaren Umgebung Maos zu Fall bringen konnte. Und das gar noch mit einer so unglaublich pikanten Ladung Schrot. Ob Tung zahlen würde oder ob er versuchen würde, sich mit dem Hinweis herauszureden, er habe doch nicht von Parteimitgliedern gesprochen, sondern von wichtigen Funktionären und hohen Kadern? Liu machte sich über die lange vergessene Holztruhe her, in der er die alten Unterlagen aus seiner Shanghaier Zeit und den Jahren in Amerika aufbewahrte: Briefe, Zeugnisse, Redemanuskripte aus dem Debattierclub in Headhurst, antijapanische Flugblätter und die Kaufverträge für seine Lagerhäuser und Firmen, die er dank Ma Lis weiser Planung alle zur rechten Zeit abgestoßen hatte, bevor die Japaner sie beschlagnahmen konnten. Sein lausbubenhaftes Grinsen war längst erloschen, gewichen einem Lächeln der Wehmut, als er die stummen Zeugen seines ersten und einzigen Glücks in den Händen hielt. Die Geburtsurkunden von Xiao Tang und Yuanyuan. Die ersten Schulzeugnisse von Xiao Sheng. Eine Rechnung des japanischen Arztes für die Behandlung Linglings und schließlich – sein Herz tat weh – das Hochzeitsfoto von sich und Ma Li.

Ein Mann sollte nicht zurückschauen, dachte er traurig. Ein Mann sollte seine Vergangenheit verbrennen und immer nur nach vorne, in die Zukunft sehen. Wer das nicht tat, kam nur auf dumme Gedanken. Wie hatte Tung gesagt? *Je älter man wird, desto unwichtiger erscheinen die schlechten Erinnerungen. Und die guten Erinnerungen machen einem das Herz so schwer.* Wie recht er doch hatte! Liu beschloß, ihm die Zahlung der fälligen Million allein für diesen wahren, wertvollen Spruch zu erlassen. Doch als er die Truhe der Erinnerungen ausgeräumt hatte, mußte er erkennen, daß ihm Tung so oder so nichts zu zahlen hatte: Die schmutzigen Bilder waren nicht mehr da. Hatte er sie doch weggeworfen? Er konnte sich beim besten Willen nicht erinnern. Seine Hände waren staubig vom Stöbern in den alten Papieren, sein Atem ging schwer, denn die Truhe war tief, so daß er sich immer wieder hineinbeugen mußte. Sein Herz war tatsächlich schwer, und nun war er auch noch enttäuscht worden. Da sah er auf dem Boden der Truhe eine kleine, rote Scheibe liegen, die er keiner Erinnerung zuordnen konnte. Er nahm das Stück Plastik auf und sah, das es mit der goldenen Ziffer *100* bedruckt war. Ein Geton aus einem der Kasinos in Macau. Liu selbst hatte diese Truhe seit Jahrzehnten nicht mehr angerührt, aber offenbar hatte sie die Neugierde seines Sohnes erregt und beim Hinunterbeugen war ihm eine der Spielmünzen herausgefallen, die er immer in seinen Taschen vergaß.

Warum auch das noch? Reichte es nicht, daß Xiao Tang ein unzuverlässiger Schürzenjäger war, der weder Ehre noch Schneid, noch Pflichtgefühl noch irgendein erkennbares Talent besaß? Mußte er auch noch seinem Vater hinterherschnüffeln? Vor einer Stunde erst hatte sich Xiao Tang – oder Jason, wie er lieber genannt wurde – übermütig und ein wenig geheimnisvoll von ihm verabschiedet.

»Ich habe eine geschäftliche Verabredung«, hatte er wichtig verkündet.

»Schon wieder?« hatte Benjamin Liu skeptisch gesagt. »Du bist ja mächtig fleißig mit deinen Geschäften in letzter Zeit. Sie haben ja wohl nichts mit unserer Firma zu tun, oder? In der Firma habe ich dich schon lange nicht mehr gesehen.«

»Ich interessiere mich nicht für Schiffe und Hemden«, hatte Jason erwidert. »Ich mache andere Geschäfte. Handelsgeschäfte. Du wirst sehen, daß meine Gewinnspannen viel besser sind als deine. Ich glaube, heute abend wirst du zum erstenmal wirklich stolz auf mich sein.«

»Das wäre schön«, hatte Liu ihm noch hinterher geseufzt.

Nun ließ er sich neben dem Stapel seiner Erinnerungsstücke nieder, lehnte sich entkräftet an die Truhe und schlug die Hände vors Gesicht. Hatte sein Sohn etwa die Bilder der Zhang Yue an sich genommen? Warum? Und wieso tat er in letzter Zeit so geheimnisvoll, verschwand ständig zu irgendwelchen Geschäftsverabredungen, wie er das nannte. Xiao Tang verstand nichts von Geschäften und würde es nie verstehen. Welcher Art also konnten diese ständigen Verabredungen sein? Womit handelte er? Rauschgift? Wundern würde ihn das nicht mehr. Es gab kaum noch etwas, über das er sich wundern würde.

Ich frage mich, was wohl aus Xiao Sheng geworden sein mag, dachte Benjamin Liu. Aus seinem ersten Sohn, dessen leiblichen Vater er damals hatte umbringen lassen. Ob der heute auch ein verwöhnter Nichtsnutz war und seiner Mutter auf der Tasche lag? Wohl kaum. Als er ihn zuletzt gesehen hatte – und sein Leben rettete –, war Xiao Sheng ein zwar frecher, aber durchaus mutiger und selbstbewußter junger Mann gewesen. Ein überzeugter Kommunist, doch vielleicht hatte er dazu gelernt. Vielleicht hatte er die Schwächen und Fehler dieses Systems erkannt und hatte von seiner Mutter die geheimnisvolle Gabe geerbt, gute Chancen zu sehen und zu nutzen.

Der Blick in die Truhe der Vergangenheit hatte Benjamin Liu verändert. Wer über die Vergangenheit nachdachte, mußte unweigerlich bei der Zukunft landen, aber er konnte bis jetzt keine Zukunft sehen. Er besaß mehr Geld, als selbst Xiao Tang mitsamt seinen Freunden verprassen konnte. Er hatte eine blühende Firma von seinem Vater übernommen und sie – nicht zuletzt dank der Beratung seiner ersten Frau – durch schwierige Zeiten und unter vielen Opfern zu dem gemacht, was sie heute war: eine weltweit operierende Krake von einem Unternehmen. Er besaß Öltanker und Containerschiffe, er besaß Textilfabriken und Immobilien, er führte ständig Übernahmeverhandlungen mit Elektronikunternehmen und Geräteherstellern in anderen Ländern, aber er war auch ein kranker Mann, der seine Sachen in Ordnung bringen mußte und für den Fall seines plötzlichen Todes Sorge zu tragen hatte. Mit Xiao Tang und den anderen Kindern konnte er nicht rechnen. Von denen konnte er nicht einmal erwarten, daß sie zum Totenfest an sein Grab kommen würden. Ein Chinese, der aus gegebenem Anlaß an den Tod denken muß, fürchtet nichts so sehr wie diese Einsamkeit. Von seinen Nachkommen verlassen zu werden, ins Jenseits zu gehen ohne die Gedanken und Gebete seiner Kinder – das war die schlimmste Vorstellung, schlimmer als die Hölle selbst. Wer würde für ihn beten, wer würde an ihn denken?

Immer noch mit dem Rücken an der Truhe lehnend, der Gruft seines ersten Lebens, wünschte er sich nichts so sehr wie einen magischen Spiegel, in dem er sehen konnte, was aus Xiao Sheng, dem Sohn des anderen, des Ermordeten, geworden war. Und wie es Ma Li ging, seiner Mutter. Waren sie noch am Leben? Dachten sie manchmal an ihn? Konnte er Kontakt zu ihnen aufnehmen? War das überhaupt weise oder sollte er die Geister der Vergangenheit lieber ruhen lassen?

Hätte Benjamin Liu einen magischen Spiegel gehabt und nach seinem Sohn Xiao Tang Ausschau gehalten, so hätte er ihn in höchst sonderbarer Gesellschaft gefunden. Xiao Tangs Jaguar stand wieder einmal vor dem verlassenen Bauernhof in den New Territories, in Sichtweite der Grenze zu Rotchina, wo mannshohe Transparente vom Sieg des Kommunismus kündeten. Wie ein Raumschiff von einem anderen Stern erschien der rote Sportwagen im Schatten eines riesigen Bananenbaumes vor dem heruntergekommenen Gebäude. Es war drückend schwül, schwere Gewitterwolken zogen vom Festland her auf, und am Weiher vor dem Haus tanzten Millionen Mücken über dem fauligen Wasser.

Im ehemaligen Schweinestall des Gehöftes stand Benjamin Lius Sohn zusammen mit drei Männern in billigen, grauen Anzügen – einer Verkleidung, wie sie dachten. Ihr breiter und manchmal schwer zu verstehender Akzent ließ auf ihre Herkunft schließen. Sie kamen geradewegs aus Sichuan, dem chinesischen Herzland. Ihr Wortführer war ein hochgewachsener Schmächtling namens Kong. Ein Mann von etwa fünfzig Jahren mit ergrauenden Haaren, die er im Stile Zhou Enlais nach hinten gekämmt hatte. Er war ein hoher Mitarbeiter der Sichuaner Zweigstelle des Ministeriums für Öffentliche Sicherheit. Seine beiden Begleiter, kräftige, junge Kerle mit wilden Haartollen, die sich in ihrer kapitalistischen Verkleidung sichtlich unwohl fühlten, waren Anführer zweier eigentlich rivalisierender Banden von Rotgardisten, die vor wenigen Tagen erst von einer höchst aufreibenden revolutionären Mission aus dem Hochgebirge zurückgekehrt waren und sichtlich darauf brannten, schnell dorthin zurückzukehren. Die drei hatten sich von einem Offizier der chinesischen Grenztruppen gegen Zahlung von zehn *Renminbi* aus dem Dörfchen Shenzhen auf Schleichwegen durch die Sperranlagen in ein Schutzgebiet für Zugvögel lotsen lassen, das direkt an den Bauernhof grenzte. Die beiden Rotgardisten sah Xiao Tang zum erstenmal, mit Herrn Kong aus dem Ministerium hatte er sich schon mehrere Male hier getroffen, um den Handel vorzubereiten. Ein Bekannter dieses Herrn Kong, der gute Verbindungen zu haben schien, hatte ihn vor Wochen in Macau am *Blackjack*-Tisch angesprochen und sich erkundigt, ob er Interesse an einem sehr lukrativen Geschäft hätte. Xiao Tang, der gerade zehntausend Dollar verloren hatte, willigte begeistert ein.

Auch er war nicht allein zu diesem Treffen im Schweinestall gekommen. Er hatte einen Fachmann mitgebracht, einen Antiquitätenhändler namens Choy aus der Hollywood Road, der so alt, verrunzelt und grau war, daß er selbst schon als Antiquität angesehen werden konnte. Jedoch war Herr Choy der beste Kenner buddhistischer Kunst weit und breit. Und er war ein absoluter Profi. Er hatte die drei Musterstücke – mit bunten Steinen besetzte, bronzene Statuetten – aus dem Sack der Rotchinesen einer eingehenden Prüfung unterzogen und erklärte Xiao Tang: »Keine Fälschungen. Alles echt, ich bin sicher. Echte Rubine und Smaragde, massiv Gold, großes Handwerk, ich vermute Indien, 11. Jahrhundert. Und dieses Stück« – die etwa 20 Zentimeter große Statuette aus Gold zeigte eine abstoßend häßliche, vielarmige Figur mit drei Köpfen – »würde ich ins 9. Jahrhundert einordnen. Ehrlich gesagt, habe ich so etwas bisher nur in Büchern gesehen. Allein diese drei Objekte bringen gut eine Million Dollar.«

Der schlaue Fuchs sprach diese Worte in gleichgültigem Tonfall und mit ausdruckslosem Gesicht, als rede er über das Wetter. Da er Kantonesisch redete, verstanden die Rotchinesen kein Wort.

»Was hat er gesagt?« erkundigte sich Herr Kong nervös.

Xiao Tang kam sich unendlich verschlagen vor, als er antwortete: »Er sagte, daß es möglicherweise echt und wertvoll ist, aber daß man nie ganz sicher sein kann. Es gebe heutzutage auch sehr viele, sehr gute Fälschungen.«

Herr Kong übersetzte die Nachricht für seine beiden Begleiter, die böse schnaubten und in ihrem quäkenden Dialekt antworteten, den wiederum Xiao Tang nicht verstand.

»Sie sagen, daß die Mönche jedenfalls sehr an diesen Teilen hingen, so sehr, daß sie sich dafür erschlagen ließen.«

Xiao Tang nickte unbeteiligt. »Sie sagten, Sie haben noch mehr davon? Wie viele insgesamt?«

»Insgesamt dreißig. Fürs erste. Aus verschiedenen Klöstern und Tempeln in Tibet. Die Altäre wurden abgebaut und die Mönche zur politischen Schulung gebracht. Niemand wird nach diesen Sachen suchen und dumme Fragen stellen. Das garantiere ich.«

»Kaufen Sie, was Sie kriegen können«, mischte sich Herr

Choy ein, der die kostbaren Stücke achtlos in den Sack fallen ließ, auch wenn ihm das fast körperlich weh tat.

»Was sagt er?« fragte Kong vorsichtig.

»Er sagt, daß es schwierig sein könnte, Käufer für diese Stücke zu finden und unsere Kosten wieder hereinzuholen«, log Xiao Tang, der dieses Treffen genoß. Er fühlte sich stark und überlegen wie selten. Die dummen Rotchinesen hatten keine Ahnung, was ihr Diebesgut auf dem freien, kapitalistischen Liebhaber-Markt einbringen konnte. Sie waren bereit, diese Schätze für ein Trinkgeld abzugeben. Das kam davon, wenn man den Vorsitzenden Mao anbetete und ansonsten nichts von der Welt da draußen ahnte. Bevor Herr Kong aber die buddhistischen Kunstwerke wieder einpackte und zum nächsten Interessenten brachte, setzte Jason schnell hinzu: »Aber ich bin bereit, es trotzdem zu wagen. Schließlich haben wir in Hongkong ja auch eine Pflicht dem chinesischen Mutterland gegenüber ...«

Diese Worte gefielen Herrn Kong, der ein schiefes Lächeln aufsetzte. Xiao Tang ging hinaus zu seinem Jaguar und holte die Tasche mit dem Geld aus dem Kofferraum. 150 000 US-Dollar sofort, die zweite Hälfte dann bei Lieferung der restlichen Ware in ein paar Stunden. Die beiden Rotgardisten machten sich sogleich über das Geld her und begannen zu zählen. Jason hatte keinen Zweifel, daß sie noch heute nacht ihren Anteil, der sicherlich nicht sehr groß war, in den Bars und Bordellen von Wan Chai verjubeln würden. Fortsetzung der Kulturrevolution mit anderen Mitteln.

»Und das andere?« erkundigte sich Herr Kong. »Haben Sie das versprochene Material dabei?«

Xiao Tang grinste wie ein Wolf. Nun kamen sie zu seinem Lieblingsteil des Geschäftes. Herr Kong hatte bei einem ihrer früheren Treffen und wohl um sich wichtig zu machen und Xiao Tang zu beeindrucken, erwähnt, daß der Schmuggel der tibetischen Kunstwerke von ganz oben abgesegnet war und daß keinerlei politische Querschüsse zu befürchten waren. Niemand Geringeres als eine Vizeministerin des Ministeriums für Öffentliche Sicherheit, die verdiente Genossin Zhang Yue, sei eingeweiht und beteiligt. Der Name sagte dem unpolitischen Jason nicht das geringste, aber er erinnerte sich an einige sehr interessante Fotos, die er schon vor vielen Jahren in der geheimen Truhe seines Vaters gefunden hatte.

»Sie meinen Zhang Yue aus Shanghai?« fragte er damals Kong aufs Geratewohl.

»Sie war früher dort Schauspielerin. Mittlerweile ist sie eine mächtige Person in Peking.«

»Schauspielerin?« Xiao Tang hatte gelächelt. »Könnte es sein, daß sie auch eine sündige Tochter Shanghais war?«

»Was meinen Sie damit?« fuhr ihn Herr Kong entrüstet an. Nichts und niemanden auf der Welt fürchtete Herr Kong so sehr wie diese Frau, die ein Drachen war, ein Schlangengeist. Er konnte jedenfalls nicht zulassen, daß eine solche Beleidigung auf ihr sitzenblieb – am Ende würde sie durch irgendeinen dummen Zufall davon erfahren und sich schauerlich an ihm rächen. »Ich verbiete Ihnen, in einem derartigen Ton von einer Heldin unserer Bewegung zu sprechen«, rief er empört. Doch als Xiao Tang ihm von den Fotos berichtete, war er plötzlich ziemlich kleinlaut und sehr hellhörig geworden.

Nun zog Xiao Tang den Umschlag aus seiner Innentasche und übergab ihn schmunzelnd an Kong. Während die beiden Helden des Proletariats mit zitternden Fingern die Dollars zählten, entnahm Herr Kong mit klopfendem Herzen dem Umschlag den dreißig Jahre alten Fotoband *Sündige Töchter Shanghais* eines längst vergessenen französischen Fotografen namens Levesque.

Er erkannte sie sofort. *Meine Güte, wie haarig sie ist*, dachte er benommen, weil er keinen anderen Gedanken fassen konnte. Dieses Büchlein war Sprengstoff. Es würde dafür sorgen, daß sein Anteil an diesem Handel von läppischen 50 000 auf 280 000 steigen würde. Denn so war es von Zhang Yue bestimmt worden: Die beiden Rotgardisten bekamen je 10 000, er sollte 50 000 einstreichen, und den Rest beanspruchte Zhang Yue für sich. Schließlich hatte sie die Idee gehabt und war die einzige, die ihm die nötigen Reisepapiere besorgen konnte. *Damit kann ich die Schlange vernichten*, dachte Kong, und sein Herz schien ihm vor Erregung aus der Brust springen zu wollen.

»Und – ist das Ihre Freundin aus Peking?« fragte Xiao Tang amüsiert.

Nun spielte Kong mit Jason dasselbe Spiel, das zuvor mit ihm gespielt worden war. Das uralte chinesische Lieblingsspiel des Handels mit verdeckten Karten. »Nein, wie ich mir schon dachte – es ist eine andere«, sagte Kong möglichst unbeteiligt, mühsam seinen Atem unter Kontrolle haltend. »Aber die Fotos gefallen mir trotzdem. Ob Sie mir dieses Büchlein wohl als Zeichen des guten Willens überlassen würden?«

»Gerne«, erwiderte Xiao Tang. Die armen Rotchinesen, dachte er voller Spott. In ihrem prüden kommunistischen Himmelreich wurde Pornografie mit dem Tode bestraft. Fast bemitleidete er den armen Kong dafür, daß er sich beim Betrachten dieser altmodischen Akte so aufregte. Gar nicht auszudenken, wie er reagieren würde, wenn Xiao Tang ihm zeigte, was in diesem Metier mittlerweile in Hongkong auf dem Markt war.

»Nehmen Sie es als Geschenk. Was ist nun mit dem Rest? Wie lange brauchen Sie, um alle dreißig Stücke hierherzuschaffen?«

Kong riß sich von den sensationellen Nacktbildern los und glotzte viel zu lange auf seine Uhr. Die Zeiger sagten ihm nichts. Er dachte nur noch darüber nach, wem er dieses Material aushändigen konnte und was wohl danach mit der Genossin Zhang Yue geschehen würde. Hoffentlich hatte sie vor ihrer Erschießung nicht mehr die Zeit, ihr Geschäft mit den geraubten Kunstschätzen auszuplaudern und ihm doch noch Schwierigkeiten zu machen.

»Eine, nein, zwei Stunden. Wir brechen sofort auf. Sie haben das restliche Geld bereit?«

»Selbstverständlich.«

Kong fuhr seine beiden Helfer an, die sich ständig verzählten und noch nicht weiter als bis zum zweiten Bündel gekommen waren. Sofort erhoben sie sich und stopften die Dollars in die Taschen ihrer Anzüge. Sie eilten sich mächtig. In weniger als 45 Minuten standen sie mit hochroten Köpfen, hechelnd und beladen mit drei ausgebeulten Säcken wieder vor dem Bauernhof. Ware und Geld wechselten die Besitzer.

»Ich hoffe, Sie kommen bald wieder«, erklärte Xiao Tang zum Abschied. »Wenn wir tatsächlich, was ich allerdings nicht glaube, diesen Plunder verkaufen und einen kleinen Gewinn machen können, dann wäre es angebracht, über eine Fortsetzung unserer Geschäftsbeziehungen nachzudenken.«

»Ich werde mich bemühen«, sagte Herr Kong. »Es gibt noch viele Tempel in Tibet und noch zahlreiche Museen und Sammlungen in China. Die Roten Garden sind rund um die Uhr im Einsatz. Sobald ich wieder etwas habe, wende ich mich an Sie.«

Xiao Tang reichte ihm augenzwinkernd die Hand. »Abgemacht. Und viel Spaß mit dem Büchlein.«

Allein die Erwähnung ließ Kongs Herz wieder schneller schlagen. Hoffentlich starb er nicht vor Aufregung, bevor er es weitergegeben hatte.

Benjamin Liu wartete an diesem Abend lange auf seinen Sohn. Xiao Tang hatte eigentlich zum Diner zurück sein wollen, aber er erschien nicht. Den Koch und den Diener hatte der einsame Hausherr längst weggeschickt, sein Abendessen hatte er kaum angerührt. Er saß wie festgewachsen seit Stunden in einem alten, chinesischen Stuhl, mit beiden Händen angespannt die Armlehnen umklammernd, als erwarte er jede Minute, von einer unbekannten Macht in die Luft geschossen zu werden. Das großzügige Wohnzimmer seines Hauses an den Hängen des *Victoria Peak*, aus dessen Fenstern man einen grandiosen Blick auf die Stadt hatte, war üppig möbliert, mit weißen Polstersesseln, mit Kommoden und Schränken aus Edelholz, die Wände dekoriert mit erlesenen, antiken Kunstwerken, aber Liu hatte sich diesen harten Stuhl ausgewählt. Seine Gedanken rannten wie Windhunde immer nur im Kreis. Er war heute nicht in sein Büro gegangen, hatte keine Entscheidungen getroffen und keine neuen Geschäfte in die Wege geleitet. Er hatte sich am Telefon verleugnen lassen und außer mit dem Hauspersonal mit niemandem gesprochen, seit er am Morgen die Truhe mit den Erinnerungen geöffnet hatte.

Immer wieder dachte er an die weißhaarigen, alten Männer, die sich morgens im Park trafen und denen er immer ähnlicher wurde. Dünn, ergraut und ausgezehrt waren diese alten Männer mit ihren Singvögeln, denen sie so viel Liebe und Aufmerksamkeit widmeten. Er war reich, steinreich, aber nun wurde ihm klar, daß er noch nicht einmal einen Singvogel besaß, den er morgens in den Park bringen und dessen Holzkäfig er an einem Baum aufhängen konnte, während er mit den anderen alten Männern fachsimpelte und scherzte. Bald würde sicherlich der Krebs erneut ausbrechen, dachte er. Solche Krankheiten waren wie die Geier. Wenn einer so willenlos und traurig war wie er, dann würde es nicht lange dauern, bis die Geierkrallen des Todes nach ihm griffen.

Das Klingeln an der Haustür bemerkte er zunächst gar nicht. Erst, als es immer ungeduldiger wurde und ihm einfiel, daß er den Diener nach Hause geschickt hatte, riß er sich aus seinen Gedanken und ging gebeugt zur Tür. Er trug noch immer seinen schwarzen Seidenpyjama, aber der war ja um diese Stunde wieder angemessen.

Zwei Männer in Anzügen standen vor der Tür, und im Hintergrund sah er zwei weitere, diese allerdings in Uniform.

443

»Ja?« fragte er nur.

»Entschuldigen Sie die späte Störung«, sagte der ältere der beiden Besucher.

»Wieso – wie spät ist es denn?« fragte Liu verwirrt.

Sofort schaute der jüngere auf die Uhr und meldete: »Gleich halb zwei ...«

»Wir kommen wegen Ihres Sohnes.«

»Ich erwartete ihn zum Abendessen, aber er kam nicht«, antwortete Liu. »Was wollen Sie denn von ihm? Sie sind von der Polizei, nicht wahr?«

Der Beamte nickte. »Wir kommen nicht, weil wir ihn suchen. Wir kommen, weil wir ihn gefunden haben. Ihr Sohn ... vielleicht dürfen wir hereinkommen?«

»Was ist mit ihm?« fragte Benjamin Liu scharf.

»Ihr Sohn kam am Abend bei einem Verkehrsunfall ums Leben. Sein Jaguar fuhr gegen einen Brückenpfeiler. Er war sofort tot. Unser herzliches Beileid.«

»Brückenpfeiler ...«, wiederholte Liu, ohne den Sinn zu verstehen. Er wurde sich bewußt, wie lächerlich er aussehen mußte. Ein alter, müder Mann in einem schwarzen Pyjama, mit krausem Haar und wirren Blicken und ohne einen Vogelkäfig wie all die anderen alten Männer. »Tot ... ich habe ihm so oft gesagt, er soll nicht so schnell fahren ...«

Der jüngere Beamte räusperte sich. »Er hatte einen guten Grund, sehr schnell zu fahren, verehrter Herr Liu. Ihr Sohn wurde von der Polizei verfolgt.«

Benjamin Liu stöhnte auf. *Also doch Rauschgift, wie ich befürchtet hatte*, dachte er. »Bitte, kommen Sie herein«.

Er öffnete den beiden Beamten die Tür und ging ins Wohnzimmer voran. Wieder ließ er sich auf dem harten, chinesischen Stuhl nieder, und wieder umklammerte er die Armlehnen so fest, als erwarte er, jeden Moment in den Weltraum katapultiert zu werden.

Als die beiden Beamten sich eine Stunde später verabschie-

444

deten, war es tatsächlich soweit, und er verlor jeglichen Kontakt mit der Welt unter seinen Füßen.

Heute abend wirst du zum erstenmal stolz auf mich sein, hatte Xiao Tang ihm angekündigt. Wie wenig der Junge doch verstanden hatte von ihm, vom Leben, von China und vom Geschäft. Die Beamten hatten ihn beobachtet, wie er in einem Schweinestall seinen schmutzigen Handel mit Kunsträubern aus Rotchina abschloß. Sie hatten ihn und einen Antiquitätenhändler aus der Hollywood Road, der ebenfalls bei dem Unfall gestorben war, zurück in die Stadt verfolgt. Als sie ihn zum Anhalten aufforderten, beschleunigte er, versuchte, sie mit seinem schnellen Jaguar abzuhängen, und prallte schließlich gegen den Brückenpfeiler. Im Autowrack fand die Polizei drei Säcke mit sehr kostbaren Kunstobjekten, die offenbar aus Tibet stammten. Diese waren beschlagnahmt worden und wurden noch von Fachleuten untersucht. Xiao Tangs Lieferanten, drei Rotchinesen, konnten die Hongkonger Beamten durch das unwegsame Vogelschutzgebiet bis zur Grenze nach Shenzhen verfolgen, da tauchten sie allerdings unter, denn sie kannten offenbar einen geheimen Weg. Kurz darauf erklangen jedoch von der rotchinesischen Seite Maschinengewehrsalven, und es wurde beobachtet, wie die chinesischen Grenztruppen drei Leichen abtransportierten.

Das war also Xiao Tangs geheimes Geschäft gewesen. Aus dem Ruin und der Tragödie seines Mutterlandes wollte er Gewinn schlagen. Während China im Chaos versank, kratzte er wie ein gieriger, gewissenloser Leichenfledderer zusammen, was noch zu retten und zu verkaufen war. Und er hatte wirklich geglaubt, daß sein Vater deswegen stolz auf ihn sein würde.

Bis zum Morgengrauen saß Benjamin Liu wie angewurzelt auf seinem Stuhl, dann klingelte das Telefon. Er hob den Hörer erst nach dem hundertsten Klingeln ab, ohne sich zu melden. Es war seine Frau aus Hawaii.

»Ich war bei der Bank«, geiferte sie. »Es ist noch immer keine Überweisung eingegangen. Ich habe Arztrechnungen zu bezahlen. Wir brauchen eine neue Wohnung! Ich verlange, daß du sofort deinen alten Arsch in Bewegung setzt und uns das Geld überweist, sonst passiert was!«

Und da setzte er seinen alten Arsch in Bewegung.

Als sein Koch und sein Diener erschienen, um sein Frühstück zu bereiten, war er schon nicht mehr im Haus. Er irrte durch die Straßen, immer noch in seinem schwarzen Pyjama. Er schlurfte in ausgetretenen Schlappen vorbei an vornehmen Häusern, deren Bewohner einst zu seinen Freunden und Bewunderern gezählt hatten, hinunter in die Stadt, vorbei an Behörden und Geschäften, Boutiquen und Firmenniederlassungen, bis er den Victoria Park erreichte. Wie jeden Morgen saßen die alten Männer mit ihren Vogelkäfigen da. Manche übten sich im Schattenboxen, andere spielten oder hockten zusammen und erzählten sich von den guten, alten Zeiten.

»Du bist neu«, sagte einer der Greise zu ihm. »Kannst du Karten spielen? Wir brauchen noch einen Mitspieler.«

So lernte er Herrn Lau, Herrn Wong und Herrn Cheung kennen. Und als die wohltuende Frische des Morgens immer mehr der schwülen Hitze eines wolkenlosen Spätsommertages wich und bevor seine neuen Freunde sich wieder aufmachten, um daheim nach dem Rechten zu sehen, fragte er in die Runde: »Weiß einer von euch, wen man aufsuchen könnte, um eine größere Schenkung an die Brüder und Schwestern in Rotchina zu machen?«

»Ich habe vor ein paar Tagen was gespendet«, bekannte im Weggehen Herr Wong. »Beim Roten Kreuz, glaube ich. Bis morgen …«

»Kleiderspenden oder was?« fragte Herr Cheung, der ebenfalls nach Hause strebte. »Es gibt da eine Organisation in Causeway Bay, aber ich habe den Namen vergessen. Irgendwas Christliches.«

»Wieviel willst du denn spenden?« fragte Herr Lau, als sie nur noch zu zweit auf der steinernen Parkbank saßen.

»Alles in allem so um die drei Milliarden US-Dollar«, sagte Liu ohne Aufregung.

Herr Lau wieherte vor Vergnügen wie ein Pferd und schlug ihm freundschaftlich auf die Schultern. Dann trollte auch er sich nach Hause, wo fünf Enkelkinder zu betreuen waren.

5. KAPITEL

Volkskommune Xin Hong, Provinz Anhui, 9. September 1968

»Es ist nichts Schlimmes. Du mußt dir deswegen keine Sorgen machen. Es heißt Menstruation. Frauen bekommen das manchmal.«

Der junge Barfußarzt blinzelte nervös und vermied es, seine Patientin bei diesem heiklen Thema anzusehen. Obwohl er sie gerne angesehen hätte, denn sie war sehr schön. Zöpfe reichten ihr bis auf die Schultern. Sie hatte volle rote Lippen, makellose Zähne und große Augen, die zu leuchten schienen.

Lingling, die sich vor Krämpfen kaum rühren konnte, preßte beide Hände auf ihren Bauch und überlegte, ob sie diesen Idioten beleidigen oder nur belächeln sollte. Sie beschloß, daß er ihren Spott nicht verdient hatte, denn er war ehrlich bemüht um sie, und die Berührung seiner Hand tat gut, als er ihren Puls fühlte. Er hatte vorsichtige, sanfte Hände – ganz, wie sie erwartet hatte. Hände, denen man vertrauen konnte. Die ersten seit vielen Jahren.

»Ich weiß, was Menstruation ist«, sagte sie gequält, als ein neuer Krampf sich ankündigte. »Ich bin ja nicht blöd. Das hier ist keine Menstruation. Ich muß etwas Falsches gegessen haben.« Es hatte zum Abendessen erstmals, seit sie hier war, ein paar Stücke Fleisch gegeben. Endlich! Wie sehnsüchtig hatte sie auf dieses Stück Fleisch gewartet. Monatelang. Sie konnte ja kaum eine Kohl- oder Sojasprossen- oder Spinatvergiftung simulieren, um endlich seine Aufmerksamkeit zu erregen und mit ihm allein zu sein.

Er saß auf dem Holzschemel neben der Behandlungspritsche in einem schmucklosen Raum, welcher der Volkskommune als Krankenstation diente. Die Wand war grob verputzt, lehmfarben und ohne Schmuck, wenn man von dem allgegenwärtigen Bildnis des Großen Steuermannes absah, dessen Augen arrogant und gefühllos dreinblickten, leer und ohne Trost wie die Warze, die er am Kinn trug. Lingling krümmte sich sehr eindrucksvoll zusammen, und der Barfußarzt legte wieder die Stirn in Falten.

»Möglich«, sagte er. »Aber wieso sind dann die anderen nicht krank geworden? Alle haben doch schließlich das gleiche gegessen.«

Er war jedenfalls nicht dumm, dachte sie anerkennend. Gut so. Mit einem dummen Mann wollte sie nichts zu tun haben. »Vielleicht hatte ich das einzige verdorbene Stück!«

»Das wäre aber ein Pech. Bist du sicher, daß es nicht die Menstruation ist?« Wieder suchten seine Augen einen Punkt auf der Wand, weil er sie offenbar nicht ansehen konnte, wenn er dieses unanständige Wort aussprach, das ein Mann wahrscheinlich gar nicht kennen sollte. Sie fand ihn unglaublich süß. Seine Scheu gefiel ihr so gut, daß sie ihm am liebsten um den Hals gefallen wäre.

»Natürlich. Meine letzte Blutung ist schon über eine Woche her ...«

Wie genoß sie diese fast ein wenig frivole Unterhaltung mit dem Barfußarzt Chen, dem medizinischen Sachverständigen des Bezirks, der seine Kenntnisse in einem zweiwöchigen Schnellkurs erworben hatte und nun für die medizinische Versorgung von 12 000 Bauernfamilien und gut fünfhundert Rotgardisten zuständig war, die aus Shanghai hierher geschickt worden waren, um von den Bauern zu lernen. Als die Kulturrevolution immer mehr die Formen eines Bürgerkriegs annahm und außer Kontrolle geriet, hatte der Große Vorsitzende mit Hilfe der Armee die Bewegung gestoppt und die heißblütigen »kleinen Generäle« kurzerhand zur Landarbeit

449

verdonnert. Sie waren in die Provinz geschickt worden, mußten auf den Feldern arbeiten, Schweineställe ausmisten, Mais pflanzen und Gemüse ernten, um ihr revolutionären Gesinnung zu vervollkommnen. Keiner wußte, wie lange sie hier bleiben sollten. Es war vermutlich kein Fehler, wenn man davon ausging, daß sie für immer auf dem Land ausharren mußten.

»Manche Mädchen wissen nämlich nicht, was das ist, und haben schreckliche Angst, weil niemand ihnen gesagt hat, daß das doch ganz normal ist ...«, stotterte der Barfußarzt Chen. »Das ganze Blut und so weiter ...«

Lingling hatte ihn schon lange angehimmelt. Immer, wenn er auftauchte, spürte sie ein Aufwallen in ihrem Bauch, als hätte sie zu lange im Schweinestall gearbeitet und dabei zehntausend Fliegen verschluckt. Sie war fast achtzehn Jahre alt, aber sie hatte nie einen Jungen auch nur berührt. Sie wußte nicht, was in ihr vorging, und alles, was sie zur Erklärung heranziehen konnte, waren die alten Geschichten ihrer Mutter und vor allem ihrer Großmutter. Manchmal und nach langem Bitten und Drängen hatten die beiden ihr nämlich erzählt, wie das war, wenn einem das Herz überfließen wollte, wenn einem schwindelig wurde und wenn man wie auf Wolken ging, wie man träumte und Musik hörte, wo gar keine war. Wie es also war, wenn man sich verliebt hatte. Sie fand das Gefühl nicht sonderlich beruhigend und nicht sehr schön. Es war ein bißchen, als verliere man die Kontrolle – und nichts haßte Lingling mehr, als ausgeliefert zu sein. Trotzdem war sie neugierig auf dieses Gefühl. Liebe – ja, Liebe hatte sie gekannt, Liebe zu den beiden Frauen, bei denen sie groß geworden war. Aber die Große Proletarische Kulturrevolution hatte diese Liebe zerstört. Lingling hatte ihre Mutter mit zertrümmertem Schädel gefunden. Ihre Mutter war aus dem Fenster gesprungen, erklärten die Nachbarn. Sie hatte wohl gedacht, Lingling hätte tatsächlich ihre Großmutter verraten. Dabei hatte Ling-

ling ihre Großmutter gerettet. Ma Li hatte in einer Selbst-
kritik, die alle schreiben und abliefern mußten, selbst erwähnt,
daß sie von 1928 bis 1937 mit einem Industriellen, einem Lakaien des Imperialismus und Ausbeuter der Massen verheiratet gewesen war. Dieses Dokument war von der Großküche,
in der sie damals arbeitete, direkt an die Anführer der Roten
Garden weitergeleitet worden, und die hatten Lingling vor-
geladen und verhört. Lingling begriff sofort, daß sie zum
Schein mitspielen mußte, um die Kontrolle über die Vorgänge
zu behalten. Ihre Rechnung war aufgegangen. Ma Li, ihre geliebte Großmutter, war nicht erschlagen worden wie so viele
andere. Sie wurde einem Revolutionskomitee übergeben und
bekam die Gelegenheit, sich zu verteidigen. Lingling wußte,
daß ihre Großmutter aus dieser Chance alles herausholen
konnte, was herauszuholen war. Ihre Großmutter war eine
starke und kluge Frau. Nur ihre Mutter war schwach. Statt ihr
zu vertrauen, wie Lingling sie angefleht hatte, war sie aus dem
Fenster gesprungen. Ihren Tod, so sehr er sie auch traf und
traurig machte, nahm Lingling als persönliche Beleidigung,
denn er zeigte, daß ihre Mutter sie gar nicht kannte.

Lingling hatte danach versucht, ihre Großmutter ausfindig
zu machen, aber das war ihr nicht gelungen. Vermutlich war
sie in eines der Arbeitslager nach Gansu oder Qinghai ver-
schickt worden, um aus ihren Fehlern zu lernen und sich zu
reformieren, wie das hieß. Lingling konnte nichts für sie tun
als hoffen, daß sie alles heil überstehen und daß sie sich eines
Tages wiedersehen würden. Sie zweifelte nicht daran. Denn
Ma Li kannte ein Geheimnis des Lebens. Es lautete: *Man muß
nur alt genug werden. Wer alt genug wird und nicht zu früh
stirbt, der trifft vielleicht irgendwann sein Glück.* Ihre Mutter,
kleinmütig, schwach und ohne Vertrauen in sie oder das Leben, hatte diese Weisheit nicht beherzigt und hatte sich zu
Tode gestürzt, bevor sie das Glück einholen konnte. Lingling
aber war entschlossen, das Glück an sich zu reißen, wenn sie

451

es sah. Und vielleicht war es ja beachtliche ein Meter achtzig groß, schmal und ein wenig ungelenk. Vielleicht hatte das Glück ein nachdenkliches, breites Kinn, sanfte Hände und kluge Augen und hieß Chen Jian wie der Barfußarzt in der Volkskommune Xin Hong in der Provinz Anhui an den Ufern des mächtigen Yangtze, der das Wort »Menstruation« nicht aussprechen konnte, wenn er ihr in die Augen sah.

»Ich gehöre jedenfalls nicht zu diesen ahnungslosen Mädchen. Und im übrigen bin ich kein Mädchen mehr, sondern eine Frau«, sagte Lingling mit einer Bestimmtheit, die ihren Eindruck auf den jungen Mann nicht verfehlte. Er nickte anerkennend und versuchte, ein wissendes Lächeln aufzusetzen, was ihm allerdings nicht gelang. Er sah dumm und zugleich unglaublich goldig aus. Wieder hätte Lingling ihn am liebsten umarmt. Sie hatte bei den Bauern ein paar vorsichtige Erkundigungen über ihn eingezogen. Er war Mitte Zwanzig und der Sohn eines ehemaligen Großgrundbesitzers, der wie so viele Ausbeuter seines Standes gleich nach der Befreiung bei einer turbulenten öffentlichen Sitzung erschlagen worden war. Auch er hatte seinen Vater also nie kennengelernt – genauso wie Lingling. Immerhin hatte er das Glück, nicht in der Stadt zu wohnen, wo die Roten Garden jeden bis aufs Blut gequält hatten, der auch nur in der fünften Generation von einem der verhaßten Großgrundbesitzer abstammte. Chen Jian wurde nicht nur dies erspart – er konnte sich sogar für das Amt eines Barfußarztes qualifizieren. So nannte man beschönigend den allenfalls mit elementaren Grundkenntnissen der Medizin, einer recht willkürlich zusammengestellten Kräuterapotheke und bestenfalls einer Portion guten Willens ausgestatteten Gesundheitsdienst, dessen ungewissen Heilkünsten die ländlichen Massen Chinas ausgeliefert waren.

»Wärst du gerne ein richtiger Arzt geworden?« fragte Lingling ohne Umschweife und setzte sich auf ihrem Krankenlager auf.

Ihre Frage verunsicherte ihn nur noch mehr. Er setzte viermal zu einer Antwort an, kam aber nicht über das Luftholen hinaus. Offenbar traute er sich nicht, offen mit ihr zu sein. Sie half ihm auf die Sprünge.

»Ich wäre gerne Geschäftsfrau geworden«, verkündete sie.

Seine Augen weiteten sich vor Entsetzen. »Bist du verrückt? Sag bloß nicht so was! Wir hatten hier schon lange keine Kampfsitzungen mehr. Wenn du etwas Konterrevolutionäres sagst, bringst du dich in höchste Gefahr! Und mich auch.«

»Entschuldige. Ich wollte dir keine Angst einjagen.«

»Hast du aber«, versetzte er unwillig und blickte sich besorgt um. »Und was ist überhaupt mit deinen Magenkrämpfen?«

Sie legte die Hand auf ihren Bauch. »Gerade dachte ich, sie wären verschwunden, aber jetzt fängt es wieder an.«

»Leg dich wieder hin und halte dich ruhig. Ich schaue, ob ich etwas gegen Fleischvergiftung dabeihabe.«

»Du solltest lieber noch mal meinen Puls fühlen. Ich glaube, ich werde gleich ohnmächtig.«

»Dann atme tief durch und rede nicht so viel Unsinn.«

»Bist du verheiratet?« fragte sie, während sie einen weiteren Magenkrampf vortäuschte.

»Du sollst still sein!«

»Sag schon!«

»Nein. Bin ich nicht.«

»Gut. Wenn du verheiratest wärest, dann könnte ich dich nämlich nicht bitten, mal deine Hand hierhin zu legen.« Sie schob ihre blaue Jacke hoch und entblößte ihren Bauch. Chen Jian drehte schnell den Kopf zur Seite. »Fühl doch mal, ich glaube, genau hier ist das Zentrum des Schmerzes.« Sie wußte selbst nicht, woher sie ihren Mut nahm – er steckte irgendwo tief in ihr drinnen. Auf jeden Fall genoß sie ihre Frechheit – oder nannte man das sogar Lust? – und seine Ratlosigkeit. Woher kam nur dieses unerklärliche Verlangen, von ihm berührt zu werden? Für so etwas hatten die strammen Kader in den täglichen politischen Schulungen keine Antworten. »Fühl doch mal! Oder traust du dich nicht?«

»Du machst mir angst, Kang Lingling«, sagte er leise. »Was bist du nur für ein unanständiges Mädchen?«

»Ich bin überhaupt nicht unanständig«, gab sie so laut zurück, daß er sie entgeistert anzischte. Das Krankenzimmer war eine Lehmhütte mit zwei kleinen, glaslosen Fenstern. Jeder, der zufällig in der Nähe war, konnte sie hören.

Lingling setzte sich wieder auf und sprach leiser weiter. »Ich bin überhaupt nicht unanständig. Was ist denn unanständig daran, wenn man unbedingt jemanden kennenlernen möchte?«

Er stutzte. »Du möchtest mich kennenlernen? Warum?«

Nun war sie diejenige, die die Augen niederschlug. »Ich finde dich nett.«

»Aber du kennst mich doch gar nicht!« widersprach er.

»Deswegen will ich dich ja kennenlernen, Dummkopf.«

Er saß auf seinem Hocker, dachte lange nach und wagte nicht, sie anzusehen. Schließlich faßte er sich ein Herz: »Ich finde dich auch nett.«

»Würdest du mich gerne kennenlernen?« fragte sie.

»Nicht, wenn du dich so benimmst. Mädchen, die sich so benehmen, möchte ich lieber nicht kennenlernen.«

»Ich benehme mich doch gar nicht.«

»Du hast mich verführen wollen! Vielleicht stehen draußen deine Freunde von den Roten Garden und warten nur darauf, daß ich wirklich meine Hand auf deinen Bauch lege. Das ist der Moment, in dem sie hereinstürzen und mich erschlagen. So ging es doch immer.«

»Ja, du hast ja recht«, erwiderte sie, denn endlich erkannte sie, wovor er Angst hatte. Ihre ganze Generation war ohne Vertrauen und ohne Liebe herangewachsen. Angst und Mißtrauen bestimmten ihr Denken und Handeln. Wer Gefühle

zeigte – und sei es nur Mitleid oder Sympathie, Großmut oder
Unsicherheit –, wurde sofort bestraft. Ehrlichkeit wurde bestraft. Schwäche, Zweifel, Menschlichkeit wurden bestraft.
Und Liebe wurde bestraft. »Du hast recht, aber du mußt keine
Angst haben. Niemand wartet draußen. Ich bin allein. Und
ich bin gar nicht krank. Ich habe nur simuliert, weil ich mit dir
allein sein wollte. Schlimm?«

Er schnaufte unschlüssig und hob seine Arme, als würde er
mit einem unsichtbaren Dämon ringen.

»Nein, nicht schlimm«, befand er schließlich. »Aber normal
ist es auch nicht.«

»Was ist denn normal?« forderte sie ihn heraus. »Alle
Mädchen, die aus der Stadt kamen, um von den Bauern zu lernen, sind einsam und suchen mittlerweile händeringend nach
einem Mann. Und die Jungen suchen nach einer Frau. Hast du
das noch nicht bemerkt? Wir sind verzweifelt. Eine meiner
Freundinnen hat sich in einen ungewaschenen Bauerntölpel
verliebt, der sie wegen ihrer großen Füße auslacht! Stell dir
das mal vor! Und dabei dachte man, so etwas gehöre längst
der Vergangenheit an.«

»Pssst … nicht so laut!« ermahnte er sie. Woher nahm sie
bloß solche Worte und Gedanken? Von Bauern redete man
nicht als »ungewaschenen Bauerntölpeln«. Unter keinen Umständen durfte man so reden. Wer das tat, war reif für die Um-
erziehung oder Schlimmeres.

»Ich habe mich nun mal in dich verliebt und will einfach
nicht zulassen, daß irgendeine dich mir wegschnappt. Das ist
alles!« Lingling nickte mit Nachdruck und Ernst, verschränkte
die Arme vor ihrer Brust und ließ sich trotzig wieder auf die
harte Pritsche sinken. Doch einen Moment später fuhr sie
wieder hoch. »Und die Krämpfe, die habe ich übrigens wirklich. Jedesmal, wenn ich an dich denke oder dich sehe.«

»Das tut mir leid.«

»Ach, du kapierst nichts!« stöhnte sie.

Chen brauchte wiederum eine ganze Weile, bis er all das verdaut hatte und zu einer Antwort fähig war. Er gab ihr aber nicht die Antwort, die sie erwartet hatte. Langsam, sanft schob er seine Hand unter ihre blaue Jacke und legte sie auf ihren warmen Bauch. Ihr ganzer Körper erschauerte unter der ersten zärtlichen Berührung eines Mannes, die sie je erfuhr.

Er räusperte sich und fragte: »Und hier ist es also, das Zentrum dieses Schmerzes?«

»Ja, genau da. Glaubst du, daß du mich vielleicht heilen kannst, Herr Barfußarzt?«

»Ich weiß nicht, ob dagegen ein Kraut gewachsen ist, aber –«

Weiter kam er nicht. Sie schlang ihre Arme um seinen Kopf und drückte ihm einen Kuß auf die Lippen. Woher wußte sie das nur, und warum tat sie das überhaupt? Sie konnte sich das nicht erklären. Vermutlich war es ohnehin verboten, und wenn einer sie jetzt erwischte, dann drohten Prügel, verschärfte Arbeitsnormen und knappere Essensrationen.

Aber es war wunderschön.

6. Kapitel

Shanghai, 9. September 1968

Die Nächte wurden kühler, und der Wind, der durch das vergitterte Fenster in ihre Zelle blies, wurde kälter. Der Winter war nicht mehr fern, der zweite von vielen Wintern, die sie in diesem Gefängnis verbringen sollte, ohne zu wissen, warum. Wang Ma Li, Häftling, Nummer 1332, stellte längst keine Fragen mehr und fügte sich den alltäglichen Übungen und Schikanen mit grenzenloser Geduld. Sie ließ politische Schulungen und Vorträge über sich ergehen wie das Wetter. Still und unauffällig drehte sie ihre Runden im Gefängnishof, wenn die Häftlinge für eine halbe Stunde ihre Zellen verlassen durften. Sie begehrte nicht auf und fing keine nutzlosen Diskussionen mit dem Aufsichtspersonal an, das erkennbar nur darauf wartete, daß sie sich endlich als die unverbesserliche Anhängerin des kapitalistischen Weges zu erkennen gab, die jeder in ihr vermutete.

Ma Li schwieg und hoffte auf nichts anderes, als daß die Zeit verging und sie alt genug würde, dem Glück zu begegnen. Die Hoffnung auf Besuch von ihrer Schwiegertochter oder ihrer Enkelin hatte sie längst aufgegeben. Die beiden wußten vermutlich nicht einmal, daß sie inzwischen Insassin des Gefängnisses Nummer Eins war, der Haftanstalt für politische Vergehen. Anfangs hatte sie noch des Nachts, wenn sie in die Dunkelheit lauschte, die Trommeln, Gongs und Sprechchöre der Roten Garden vernommen, die auf der Suche nach neuen Opfern durch die Stadt zogen. Irgendwann aber hörten die gespenstischen Umzüge auf, irgendwann waren alle schädlichen

457

Elemente entweder getötet oder verhaftet worden, und dann begann wieder eine neue Zeit. Ma Li hatte schon genug Zeiten erlebt, um zu wissen, daß nichts endgültig war. Glück nicht und auch nicht Unglück. Eines löste das andere ab, so wie Sommer und Winter einander ablösten. Das schien der Lauf der Dinge zu sein.

Das Klopfen an der Tür drang in ihre Träume. Sie träumte, sie sei wieder jung und schön und ihre kleine Schwester Lingling schliefe im Nebenzimmer. Das Klopfen an ihrer Tür mochte von diesem unverschämten, jungen Schnösel namens Benjamin Liu stammen, der ihr nachstellte und sie einfach nicht in Ruhe lassen wollte. Im Traum lächelte sie, geschmeichelt von seiner Hartnäckigkeit, entschlossen, sich ihm nicht so leicht hinzugeben. Wenn er nicht bald aufhört mit dem Lärm, dann weckt er noch Lingling auf, dachte sie empört. Aber das Klopfen hörte nicht auf, und Ma Li erwachte auf ihrem Gefängnisbett, starrte an die dunkle Gefängniswand, während sie noch ihrem Traum nachsann. Lingling war tot, Benjamin Liu hatte sie verstoßen, und sie war eine Gefangene ohne Verbrechen.

Das Geräusch kam nicht aus dem Traum. Jemand klopfte leise, aber beständig an ihre Zellentür. Lächerlich – so als könne sie aufstehen und die Tür öffnen. In den zwei Jahren, die sie nun hier schmorte, hatte nie jemand an die Tür geklopft. Warum auch? Die Tür ließ sich nur von außen öffnen, und wer sie öffnen wollte, der besaß alles Recht über sie, ihr Leben und ihren Tod.

»Was ist? Wer ist dort?« fragte sie in die Dunkelheit.

»Wang Ma Li? Sind Sie wach? Ich öffne die Tür!«

Wie lange schon hatte sie niemand mehr mit ihrem Namen angeredet? Sie war Nummer 1332 – oder nicht? Sofort saß sie aufrecht im Bett und lauschte in die Nacht.

»Wer sind Sie, und was wollen Sie?« fragte Ma Li. Sie hatte keine Angst. Sie hätte nur gerne gewußt, was als nächstes mit ihr geschehen sollte. Nicht, daß sie irgend etwas noch überrascht hätte.

Wie zur Antwort drehte sich der Schlüssel im Schloß, und Licht drang aus dem Korridor in ihre Zelle. Ein Mann trat ein – der Mann, der ihr Geständnis verfaßt hatte. Sie erkannte ihn sofort, obwohl sie nur seine Umrisse sehen konnte. Er stand in der geöffneten Tür, ein schwarzer Schatten, rücklings angestrahlt von der Flurbeleuchtung.

»Was ist geschehen?« fragte sie.

»Es ist vorbei. Sie können gehen. Sie sind frei«, erklärte der Mann. »Danke, daß Sie mir vertraut haben.«

Ma Li erhob sich und mußte sich an der Wand abstützen, denn ihre Beine gaben nach.

»So schnell sind dreizehn Jahre vergangen?« fragte sie ungläubig.

»Ihre Strafe ist nach nochmaliger Überprüfung aller Vorwürfe auf zwei Jahre verkürzt worden. Hier sind Ihre Entlassungspapiere.« Die Schattengestalt drückte der Schlaftrunkenen ein Dokument in die Hand, das von roten Stempeln wie von einem schlimmen Ausschlag übersät war. Sie griff mechanisch zu. »Ich habe eine neue Wohnung und eine Arbeit für Sie gefunden.«

»Aber ich brauche keine neue Wohnung«, widersprach sie. »Ich habe doch eine Wohnung. Meine Schwiegertochter wartet sicherlich auf mich. Und meine Enkelin.«

Der Schatten schien noch schwärzer zu werden. »Es tut mir sehr leid. Ihre Schwiegertochter ist schon vor einiger Zeit plötzlich und unerwartet verstorben. Ihre Enkelin ist mit den anderen Rotgardisten aufs Land geschickt worden, um von den Bauern zu lernen. Sie sind allein, doch ich werde Ihnen helfen.«

»Ich verstehe das nicht«, erwiderte Ma Li hilflos und kam sich alt und nutzlos vor. Gao Xie war tot? Warum? Sie war doch nicht alt und krank gewesen. Und was sollte Lingling ausgerechnet von den Bauern lernen? Sie war kein Bauernkind und interessierte sich nicht für Landwirtschaft. Sie war klug und geschickt und wollte Händlerin werden.

»Ich kann es Ihnen nicht erklären«, sagte der Schatten. »Bitte, kommen Sie mit.«

Wie ferngesteuert folgte sie dem Mann, der sie retten wollte. »Ich bringe Sie in Ihre neue Wohnung. Morgen früh melden Sie sich bei Ihrer neuen Einheit.«

Er hatte sogar ein Auto und fuhr sie durch die stockdunkle Nacht in ihr neues Zuhause. Ein Zimmer in einem großen Gebäude, so viel konnte sie selbst in der Finsternis erkennen. Das Gebäude roch aufdringlich nach Schimmel, Moder und Schlimmerem. Die langen Flure waren schon seit Jahren nicht mehr gelüftet worden. Abgerissene Wandzeitungen mit gehässigen Parolen zeugten auch hier vom Leid und der Verfolgung. Ma Li versuchte, mit ihrem unbekannten Retter Schritt zu halten.

»Ich habe Ihnen eine Stelle im Revolutionären Museum besorgt«, sagte der Mann. Er trug einen Beutel bei sich, in dem sie die Kleidung vermutete, die ihr damals bei der Einlieferung ins Gefängnis abgenommen worden war. »Niemand kennt Sie hier, niemand wird Fragen stellen.«

»Aber ich verstehe doch gar nichts von der Museumsarbeit«, wandte sie ein.

»Das spielt keine Rolle. Wer versteht schon etwas davon? Die Dinge sind in Fluß.«

»Wieso kann ich nicht wieder in der Großküche arbeiten?«

»Bitte, tun Sie, was ich sage. Melden Sie sich einfach morgen früh beim Dienstleiter. Er heißt Ding.«

»Was ist mit meiner Schwiegertochter? Sagen Sie mir doch wenigstens, woran sie gestorben ist!«

Der Mann seufzte und sagte im Laufen: »Sie hat sich umgebracht, an dem Tag, als Sie verhaftet wurden.«

»Umgebracht?« wiederholte Ma Li und blieb plötzlich stehen, als wäre sie gegen eine unsichtbare Wand gelaufen.

460

»Sie müssen jetzt versuchen, die Vergangenheit zu vergessen«, sagte der Mann. »Heute beginnt ein neues Leben für Sie. Es hat keinen Sinn, am alten festzuhalten. Die Dinge sind in Fluß.«

»Aber warum …?« Zu mehr reichte ihr dünner Atem nicht.

Er kam zu ihr zurück und ergriff sie bei den Schultern, aber er hatte keinen Trost für sie. »Solche Fragen führen zu nichts. Nur noch ein paar Schritte, dann haben wir Ihre neue Wohnung erreicht. Kommen Sie …«

Es war ein freundliches Zimmer mit einem großen Fenster zum Innenhof. An der Wand standen leere Bücherregale, daneben ein schmales Feldbett und eine Kommode. Elektrisches Licht gab es nicht. Der Mann entzündete eine Öllampe, die sofort anfing zu rußen.

»Sie werden es sich sicherlich bald wohnlich gemacht haben«, sagte er und stellte den Beutel mit der Zivilkleidung neben dem Bett auf den Fußboden. »Stellen Sie sich morgen um acht Uhr Herrn Ding vor, dem Leiter Ihrer Einheit. Er wird Ihnen Ihre Arbeit zuweisen.«

Ma Li war unfähig, sich zu bedanken und sich freundlich von ihrem Retter zu verabschieden. Sie ließ sich auf das niedrige Lager sinken und starrte an die Wand, auf das ausgeräumte, unendlich traurige Bücherregal.

»Es ist alles zu Ihrem Besten«, sagte der Mann und schloß behutsam die Tür. »Auf Wiedersehen!«

Ma Li saß stumm und regungslos auf ihrem Lager, angestrahlt von dem flackernden Licht der gelblich glimmenden Lampe. Sie dachte an ihre kleine Schwester und daran, daß sie nie wieder sie selbst geworden war, seit Lingling verschwunden war. Ihr Lebenszweck war immer gewesen, die Kleine zu beschützen, so wie es ihre Mutter gewollt hatte. Mit ihr wollte sie in den Jadepalast einziehen, ohne sie ergab der schönste Traum ihres Lebens keinen Sinn. Vorübergehend, als sie Lingling bei dem großen Mann in Sicherheit wußte, war sie ihrer eigenen Wege gegangen – aber nur, um danach wieder für sie dazusein, bis hin zur Selbstaufgabe, bis zu jenem Tag, als die fremde, andere Frau tat, was getan werden mußte und Ma Li wie zur Strafe ihre Schwester verlor. War heute der Tag gekommen, wo sie aufhören sollte zu trauern? Vielleicht mußte sie endlich wieder lernen, für sich zu leben. Vielleicht war ihr deswegen dieser Neuanfang im Revolutionären Museum geschenkt worden.

Sie saß so lange da, bis das Licht der Lampe erlosch und das Licht eines strahlenden Oktobermorgens durch das milchig-schmutzige Fensterglas fiel. Vor ihrem Fenster stand ein riesiger Baum, dessen Blätter noch immer satt grün waren.

Ich werde mich nicht besiegen lassen, dachte sie schließlich, als die ersten Sonnenstrahlen in den Innenhof drangen und irgendwo im Haus fernes Töpfeklappern und Schritte zu hören waren.

Sie besaß längst keine Uhr mehr, aber der Winkel, in dem das Sonnenlicht nun in den Innenhof des Gebäudes fiel, ließ den Schluß zu, daß es irgendwann zwischen sieben und acht Uhr sein mußte. Um acht Uhr sollte sie sich dem Leiter ihrer neuen Einheit vorstellen. Sie legte die Gefängniskleidung ab, schlüpfte in ihre graue Hose und ihr weißes Baumwollhemd und dachte daran, daß, als sie diese Kleider zum letztenmal anzog, ihre Schwiegertochter noch am Leben gewesen war. *Ich werde mich nicht besiegen lassen*, dachte sie noch einmal trotzig.

Herr Ding war ein gemütlicher Mann mit einem breiten Gesicht und den Tischmanieren eines Schweins, denn er schlürfte gerade seinen Morgentee und schmatzte mit offenem Mund auf Dampfbrötchen herum, als sie ihn fand.

»Ich kenne deine Geschichte«, sagte er zur Begrüßung. »Du hast im Gefängnis Nummer Eins gesessen. Eines sage ich dir gleich: Ich will hier keinen politischen Ärger.«

Ma Li brachte ein freundliches Lächeln zustande. »Diese Sorge ist ganz unbegründet.«

»Na fein. Dann hole dir da drüben dein Frühstück. Danach reden wir über die Arbeit.«

Eine kleine Einheit von höchstens 25 Leute hatte sich hier versammelt. Alle wohnten wie auch Ma Li in dem Museumsgebäude, aber auf verschiedenen Stockwerken, denn die Zimmer, die sich von der Größe her als Wohnungen eigneten, waren selten. Die Angehörigen der Museumseinheit schienen irgendwie zusammenzugehören, schienen miteinander in einer Sprache zu kommunizieren, die Ma Li nicht verstehen konnte. Es war, als verständigten sie sich durch verstohlene Blicke und geheime Handzeichen. Das Gebäude war vor vielen Jahren von den Sowjets gebaut worden, mutmaßlich als sozialistischer Bruderdienst, in Wirklichkeit aber als Beweis ihrer technologischen Überlegenheit. Es sollte eine Ausstellungshalle sein, in der die Chinesen die Erfolge der sowjetischen Brüder bewundern und ihnen nacheifern konnten, doch dann hatte der Vorsitzende Mao die Sowjets als Anhänger des kapitalistischen Weges und als Revisionisten entlarvt und die Beziehungen zu Moskau abgebrochen. Seit dieser Zeit war nichts mehr an diesem Gebäude erneuert oder instandgehalten worden. Die Heizung, falls sie tatsächlich jemals funktioniert hatte, war längst ausgefallen. Elektrischen Strom gab es nur in wenigen Sälen, und selbst dort neigten die Lichter dazu, an- und auszugehen, wann immer sie wollten. Die Wasserrohre waren an vielen Stellen zerborsten, und es war strengstens verboten, die Toiletten zu benutzen. Trotzdem hatte irgendein Komitee beschlossen, diese Ruine zum Revolutionsmuseum umzubauen. Der Plan sah vor, daß es spätestens zum nächsten Nationalfeiertag, am 1. Oktober, als strahlendes und beeindruckendes Beispiel chinesischer Leistungsfähigkeit und Ordnung eröffnet werden sollte. Zu diesem Zweck wurden aus allen Museen, Lagerhallen, Werkskontoren, Theatern, Privathäusern und Behörden der Stadt bedeutsame Exponate gesammelt und hierher transportiert. In weniger als einem Jahr sollten aus der enormen Menge von Möbeln, Dokumenten, Unrat, Sperrmüll und willkürlich zusammengewürfelten Versatzstücken einer verlorenen Epoche die Dinge bewahrt werden, die den Triumph des chinesischen Weges belegen konnten. Die Einheit des Herrn Ding hatte die Aufgabe, diese Aufgabe zu vollbringen.

»Damit du weißt, was zu tun ist«, erklärte Herr Ding, der immer noch geräuschvoll damit beschäftigt war, die Reste seines Frühstücks aus den Zähnen zu saugen, als er sie durch die Hallen führte und vor einem unscheinbaren Tisch stehenblieb. »Dies ist der Tisch, an dem die Kommunistische Partei Chinas gegründet wurde. Der Tisch ist wichtig. Alle wollen diesen Tisch sehen. Es wäre ein Fehler, diesen Tisch wegzuwerfen, weil er ein historisches Stück von unwiederbringlichem Wert ist. Verstanden?« Der große Raum verlieh seiner hohen Stimme einen nachdrücklichen Hall.

»Ich glaube, ja«, erwiderte Ma Li unsicher.

»Gut. Komm mit!« Er ging mit rudernden Armen zehn Schritte weiter und blieb vor einem zweiten Tisch stehen, der genauso aussah wie der erste. »Dies aber ist ein ganz gewöhnlicher Tisch aus irgendeiner Schule. Dieser Tisch kann weggeworfen werden. Verstanden?«

Sie suchte in seinem Gesicht vergeblich nach der kleinsten Spur von Ironie. Er war ernst und streng und ganz von sich und seiner Sache überzeugt.

»Verstanden?« wiederholte er.

»Ja«, sagte sie. »Alles, was revolutionär bedeutsam ist, wird aufgehoben, alles andere nicht.«

»Genau. Ist doch gar nicht schwer. Du lernst anscheinend sehr schnell.«

»Danke. Woher weiß ich denn, was revolutionär bedeutsam ist?« wagte sie zu fragen.

»Das kannst du nicht wissen, deswegen fragst du mich oder Lao Tu, der mit dir zusammenarbeiten wird. Verstanden?«

464

»Ja.«

»Das da ist Lao Tu!« Ding deutete auf einen vertrockneten, hageren Mann, den sie vorher schon kurz im Frühstücksraum gesehen hatte. »He, Lao Tu! Hier ist deine neue Gehilfin. Wang … irgendwas …«

»Wang Ma Li!« assistierte sie.

»Egal. Fang jetzt an! Wir haben keine Zeit zu verlieren!« Damit war er verschwunden.

Lao Tu war ein menschliches Skelett. Sein blauer Anzug schlotterte an seinen Knochen, sein Gesicht war ausgezehrt, als würde er seit vielen Jahren unter Tage arbeiten, ohne je die Sonne gesehen zu haben.

»Nimm dir diese Seite vor!« Ohne sie anzusehen, wies er auf einen Stapel von Kisten, der offenbar neu angeliefert worden war. »Sobald du etwas siehst, daß die Überlegenheit des chinesischen Weges und die Genialität des Großen Vorsitzenden Mao Zedong beweist, sagst du mir Bescheid.«

»Was ist in den Kisten?« fragte sie.

»Man weiß es vorher nie. Das macht unsere Arbeit ja so interessant und revolutionär«, murmelte er.

Die groben Holzkisten, aufgestapelt bis fast unter die Decke, waren nicht gekennzeichnet. Auf dem nackten Betonboden lag ein Stemmeisen, mit dem man die Nägel ziehen konnte. Ma Li hob das Werkzeug auf und wandte sich der ersten Kiste zu, die einzige, die etwas abseits stand. Sie fragte sich, wie sie wohl die oberen Kisten erreichen sollte. Sollte sie sich wie ein Affe nach oben hangeln und freischwebend die Nägel lösen? Es gab weit und breit keinen Kran und keinen Gabelstapler, mit dem man dieser Wand aus vernageltem Holz beikommen konnte. Fast eine Stunde brauchte sie und war schweißgebadet, als sie die Verschalung der ersten Kiste endlich gelöst hatte. Sie gewahrte, wie Lao Tu hinter ihr auftauchte und ihre Arbeit begutachtete. Vorsichtig nahm sie die Bretterwand ab. Holzwolle quoll hervor.

»Laut Papieren stammt das ganze Zeug aus dem Keller irgendeines Krankenhauses oder Forschungsinstituts«, hörte sie ihren Mitarbeiter von hinten brummen. »Die Chancen auf einen revolutionären Fund sind also eher gering.« Anders als Herr Ding, der ungehobelte Leiter der Museumseinheit, klang dieser Lao Tu nicht nur ironisch, sondern abgebrüht. Vielleicht war er wie sie ein Opfer unsinniger Verfolgungen. Seine Wortwahl jedenfalls bewies, daß er ein Intellektueller war.

Ma Li griff beherzt in die Holzwolle. Ein großes Glas kam zum Vorschein, darin eine blasse, menschliche Hand. Sie fuhr entsetzt zurück und hielt sich den Mund zu, denn sie fürchtete, sich jeden Moment übergeben zu müssen. Lao Tu jedoch kam schnell näher und ergriff das grauenvolle Gefäß, als wäre es ein Heiligtum.

»Phantastisch«, sagte er aufgeregt. »Endlich mal wieder was Brauchbares!«

Ma Li kämpfte noch immer mit ihrem Würgereiz und starrte ihn entsetzt an. Als er ihren Blick bemerkte, fühlte er sich zu einer Erklärung bemüßigt: »Manchmal findet man hier auch Sachen, die sich zwar nicht revolutionär, sondern ganz praktisch verwerten lassen«, dozierte er. Auf einmal war sie ganz sicher, daß er in einem früheren Leben einmal ein hochgebildeter Mann gewesen sein mußte. Allerdings war er durch die Revolution und seine Arbeit hier zu einem unverbesserlichen Zyniker verkommen. »Zum Verkauf also. Du bist neu, aber du hast das Glück gehabt, sehr schnell einen solch wichtigen Fund zu machen. Also hör mir gut zu. Alles, was wir hier finden und was nicht unmittelbar gebraucht wird, um die Überlegenheit Chinas und des chinesischen Weges zu dokumentieren, wird ohnehin zerstört. Daher versuchen wir, es uns zunutze zu machen. Und dieses Fundstück hier …«, er hielt das Glas mit der Hand hoch und sprach damit wie Hamlet mit dem Totenschädel, »… dieses Glas wird dir und mir ein paar nette Einkünfte bringen.«

»Eine Hand?« keuchte sie.

»Nicht doch die Hand!« versetzte er streng. »Der Alkohol, in dem die Hand eingelegt ist. Jedenfalls hoffe ich, daß es Alkohol ist. Ich kann diese Flüssigkeit für gutes Geld verkaufen. In dieser Stadt gibt es immer noch genug Leute, die gerne einen guten Schluck zu sich nehmen – um der alten Zeiten willen. Man muß nur die richtigen Leute kennen und die richtigen Beziehungen haben. Die Hand nehmen wir natürlich vorher raus, aber die Lösung verkaufen wir als Schnaps. Selbstverständlich teilen wir den Gewinn. Mal sehen, was da noch alles zum Vorschein kommt.«

Während Lao Tu sich auf die Kiste stürzte und die Holzwolle herausriß, brachte Ma Li hervor: »Ich will nichts davon.«

Er holte ein weiteres Glas hervor, in dem irgendein inneres Organ schwamm. In dem nächsten schwebte ein Ohr samt Gehörgang.

»Noch mal zehn Kuai – zum Wohl!« Er lachte und grub weiter. »Und hier … Du lieber Himmel! Sieh dir das an! Das ist genug Fusel für ein ganzes Bankett! Scheint aus den Kellern irgendeines Krankenhauses oder Naturkundemuseums zu kommen.«

Er tauchte in die Kiste und zog ein Glas hervor, das er in beiden Händen halten mußte, so groß war es.

»Das ist ja grotesk!« Er lachte überglücklich. Seine Zähne waren gelb und groß, sein Gesicht war faltig und seine Augen hatten sich zu schmalen Schlitzen verengt. »Noch mal mindestens zehn Liter!«

In dem Glas schwebte nackt, mit geöffneten, flehenden Augen, wirren Haaren und Händen, die sich nach ihr auszustrecken schienen, ihre Schwester Lingling.

Es war der schwerste Willensakt in ihrem Leben, schwerer als der Gang zu dem Japaner ins Hotel, schwerer als der Verlust ihres Sohnes, als ihre Verhaftung durch Maos Kindersoldaten und sogar schwerer als Linglings Tod und Verschwinden.

467

Sie durfte an diesem Morgen im Keller des zukünftigen Revolutionsmuseums nicht den Verstand verlieren. Als der breit grinsende Herr Tu mit dem gläsernen Sarg ihrer aufgeschnittenen, nackten Schwester vor ihr stand, fühlte Ma Li, wie sich Hände nach ihr ausstreckten, die sie aus diesem Leben hinausreißen wollten – hinein in eine gnädige Dunkelheit, in der nichts wohnte außer Vergessen. Wie leicht und wohltuend wäre es, sich den Händen zu ergeben, dachte sie.

Aber sie ließ es nicht geschehen.

Herr Tu sah sie an, und sein Grinsen erlosch wie eine Kerze, die von einem heftigen Windstoß ausgeblasen wurde.

»Was ist?« fragte er. »Was hast du?«

Ma Li wunderte sich selbst, daß sie überhaupt sprechen konnte, auch wenn ihre Stimme schwach und verloren klang. »Das kleine Mädchen ist meine Schwester«, hörte sie sich sagen.

Herr Tu mochte ein Zyniker sein, aber er war nicht aus Holz. Flugs holte er eine Wolldecke und wickelte das große Glas darin ein, damit Ma Li den fürchterlichen Anblick der toten Augen nicht mehr ertragen mußte. Sie stand da und wußte selbst nicht, wieso sie sprechen konnte und wieso sie dem unbekannten Herrn Tu überhaupt etwas erzählte.

»Sie ist 1937 gestorben. Ein japanischer Arzt hat sie mitgenommen. Dann kam die Nachricht, sie sei tot. Ihr Leichnam blieb verschwunden, und auch der Arzt tauchte nicht mehr auf. Ich konnte sie nicht einmal beerdigen.«

»Es tut mir sehr leid«, sagte Herr Tu, der sich sichtlich schämte.

»Ich muß sie jetzt begraben.«

»Ich helfe dir. Draußen im Garten gibt es einen kleinen Friedhof. Da haben wir in aller Heimlichkeit schon einige Freunde und Mitarbeiter bestattet. Auch meine Frau und meine Tochter liegen dort. Weißt du, wenn man die Toten meldet, dann kann es passieren, daß die Behörden sie einem einfach wegnehmen und verbrennen. Man hat dann keinen Platz zum Trauern und kann sie nicht besuchen. Möchtest du, daß deine Schwester dort begraben wird?« Er sprach sehr leise und mitfühlend. Dabei faßte er sie mit beiden Händen sanft und doch fest genug an den Schultern, daß sie sich gestärkt fühlte. Es waren große, rauhe Hände, die mit viel Leid und Schmerz gerungen hatten. Was war wohl mit seiner Frau und seiner Tochter geschehen?

»Würdest du mir helfen?« fragte sie.

»Natürlich. Ich werde einen Sarg für sie zimmern.«

Noch vor dem Mittagessen hatten sie Lingling beigesetzt. In einem kleinen Sarg, den Lao Tu aus dem weißen Holz einer sehr kostbaren Tür gebaut hatte, die irgendwie in seinem Keller gelandet war. Mehr als dreißig Jahre nach ihrem Tod sollte die kleine Prinzessin aus dem Jadepalast endlich ihre Ruhe finden.

Jetzt werde ich niemals wieder ihre Stimme im Traum hören, dachte Ma Li, als sie ein Bündel Räucherstäbchen entzündete und in ein Glas steckte. Beides hatte Lao Tu besorgt.

»Bist du eine Christin?« fragte Lao Tu vorsichtig.

»Nicht wirklich«, antwortete sie.

»Ich bin Christ, auch wenn sie es mir austreiben wollten und meine Liebsten deswegen vor meinen Augen getötet haben. Erlaubst du mir, ein Gebet zu sprechen?«

»Bitte«, sagte sie.

»Vater unser, der du bist im Himmel, geheiligt werde dein Name …«, murmelte Lao Tu.

Plötzlich war es, als erhebe sich ein Echo aus den geöffneten Fenstern des Museums, in denen die anderen Mitarbeiter ihrer Einheit standen. Alle, die sie heute morgen beim Frühstück gesehen hatte und noch einige mehr, die sie noch nicht kannte. Alle hatten inzwischen gehört, was geschehen war, und hatten der Beerdigung schweigend zugesehen. Sie standen nun mit gesenkten Köpfen über ihnen und beteten mit Lao Tu für ein kleines Mädchen, das schon so lange tot war.

469

Es war, als kämen ihre leisen Stimmen direkt aus dem Himmel.

Und noch einer sprach das Gebet mit – jemand, der direkt hinter ihr stand. Sie drehte sich um und sah einen unbekannten, weißhaarigen Mann von dünner Statur in einem gepflegten, blauen Mao-Anzug. Als er das »Amen« sprach und seinen Kopf hob, wußte sie, daß nichts im Leben ohne Sinn war und kein Kreis sich öffnete, der sich nicht wieder schloß, daß kein scheinbarer Zufall und keine menschliche Willkür, Dummheit oder Gemeinheit die himmlische Ordnung des Schicksals beeinflussen konnten und kein Leid unbelohnt blieb, wenn man es nur schaffte, lange genug am Leben zu bleiben.

»Ich bin zurückgekommen«, sagte Benjamin Liu. »Wirst du wieder meine Frau sein? Ich bitte dich darum.«

6. Buch

1989–1998

Der Konzern

KAPITEL

Peking, 15. Mai 1989

»Aus dem Weg, du kleines Miststück!«

Zhang Yue war entschlossen, sich ihren Weg in die Große Halle des Volkes wenn nötig mit Gewalt zu bahnen. Verdiente Mitglieder der Partei waren zum Empfang geladen, um die Delegation aus Moskau unter Führung von Staats- und Parteichef Gorbatschow willkommen zu heißen.

Es war ein milder, klarer Frühsommerabend, wie ihn die Hauptstadt leider viel zu selten erlebte, bevor sich die drückende Schwüle des Sommers über das graue Häusermeer legte. Im satten Grün erstrahlten die Blätter der Platanen gegen den klaren Himmel, der sich eben im Licht der untergehenden Sonne von Hellblau auf Rosa verfärbte. Aber alles wurde durch diesen grauenhaften Mob überschattet, der sich auf dem Platz des Himmlischen Friedens zusammengerottet hatte. Selbst der kurze Weg von ihrer Wohnung im von hohen Mauern umgebenen Regierungskomplex Zhongnanhai über die Straße gestaltete sich als schwierig, denn überall hockten diese verwahrlosten, jungen Unruhestifter und Halbstarken und weigerten sich, ihr Platz zu machen.

Ihr Tritt, mit aller Kraft ausgeführt, verfehlte seinen Eindruck auf den jungen Mann, der im Kreis seiner Mitverschwörer frech auf der Straße hockte. Die Rowdies hatten ein großes Transparent entrollt, auf dem stand: *Gebt uns Demokratie oder gebt uns den Tod!* Liebend gerne würde sie dieser aufsässigen Bande von Konterrevolutionären und Halunken den Tod geben. Zhang Yue holte mit ihrem Stock aus und wollte ihn auf

473

dem Kopf des so unverschämt grinsenden Studenten zerschmettern, als eine kräftige Hand ihren Arm ergriff und ihn sanft, aber bestimmt wieder senkte.

»Wir wollen doch nicht, daß die Situation außer Kontrolle gerät, Genossin Zhang!« ermahnte der junge Parteisoldat, der sie pflegte, für sie kochte, sie bei ihren Spaziergängen unterhielt und bei öffentlichen Auftritten begleitete. »Folgen Sie mir, bitte. Ich kenne einen anderen Weg.«

»Du sympathisierst wohl auch noch mit diesen Rabauken!« giftete sie ihn an. Was waren das nur für Zeiten, in denen eine Heldin der Partei, eine angesehene und respektierte Veteranin von einem gesetzlosen und vom Ausland gesteuerten Pöbel gezwungen wurde, einen Umweg zu machen?

»Ich will aber diesen Weg gehen«, fuhr sie ihren jungen Begleiter an. »Das ist mein Weg.«

»So beruhigen Sie sich doch«, erwiderte der Jüngling. »Bald werden Sie Ihren Weg wieder gehen können, aber geben Sie der Staats- und Parteiführung noch ein paar Tage Zeit, die Lage in den Griff zu bekommen.«

»Die Staats- und Parteiführung ist ein Haufen von rückgratlosen Dilletanten, die allesamt keine Ahnung haben!« Sie schrie so laut, daß man sie auf der anderen Straßenseite noch hören konnte.

Plötzlich ging ein Raunen durch die Menge. Alle Gespräche, Diskussionen und Protestlieder erstarben, und Tausende hoffnungsvolle, junge Gesichter wandten sich ihr zu. Die hochbetagten Parteigenossin in ihrem schlichten Mao-Anzug, an dem einzig das Ehrenabzeichen der Partei als Schmuckstück prangte, hatte den Mut, laut und deutlich herauszuschreien, was sie alle dachten und fühlten. Einige Sekunden war es totenstill um sie herum. Zhang Yue selbst erschrak über die Reaktion, die sie ausgelöst hatte. Es war fast ein wenig so wie damals auf der Kampfsitzung, die sie leicht ihr Leben hätte kosten können und die sie dann doch in einen Siegeszug verwandelt hatte. Und da jubelte die Menge auch schon los, applaudierte, johlte begeistert, und wer noch nicht stand, sprang auf die Füße, um einen Blick auf diese außergewöhnliche, mutige, alte Frau zu erhaschen, die allen aus der Seele sprach.

Zhang Yue hatte seit vielen Jahren nicht mehr solche begeisterte Zustimmung erhalten. Tatsächlich war sie von den sogenannten Reformern immer mehr aufs Abstellgleis geschoben worden. Im erweiterten Politbüro, dem sie nach wie vor angehörte, machten sich unverschämte, junge Leute breit, und immer häufiger traten sie sogar in Anzügen westlichen Zuschnitts auf und trugen obendrein Krawatten. Man begegnete ihr zwar immer noch mit Respekt und Ehrerbietung, und man lauschte höflichkeitshalber ihren Diskussionsbeiträgen, aber im Grunde war ihr schon lange klargeworden, daß niemand mehr sie wirklich ernst nahm und daß man vielmehr darauf wartete, daß sie endlich starb. *Deine Zeit ist unwiderruflich vorbei, alte Frau,* sagten die Blicke der smarten Nachrücker in einer kommunistischen Partei, die schon längst ihren Namen nicht mehr verdiente.

Nun aber machten ihr plötzlich alle Platz. Wie eine Königin schritt sie durch die Reihen und wurde von begeistertem Jubel und Applaus begleitet. Es fehlte nur noch der rote Teppich unter ihren Füßen.

»Bitte, Genossin, wie ist Ihr werter Name?« fragte eine junge Frau, fast ein Mädchen noch, die sich durch die wogende Menge bis an ihre Seite durchdrängelte. Sie ging gebeugt, denn sie notierte sich ihre Antwort auf einem Block.

»Ich bin Zhang Yue«, verkündete sie. »Ehrenmitglied der Partei und des erweiterten Politbüros. Ich war schon in Yan'an dabei und habe mit Mao Zedong und Zhou Enlai aus derselben Reisschüssel gegessen.«

»Und Sie meinen, die heutige Führung sei unfähig?«

»Alles Weichlinge und Lakaien der ausländischen Kapitalisten«, schrie sie in den Jubel der Demonstranten, der nicht aufhören wollte. Es war wie ein starker Wind, der sie in die Höhe hob. Ja, sie wurde geliebt, bewundert, verehrt. Sie hatte ihre Schönheit nicht verloren und auch nicht ihre Gabe, die Menschen zu begeistern. Wäre es ihr doch bloß vergönnt gewesen, Schauspielerin zu werden ... sie hätte Geschichte geschrieben und Weltruhm erlangt. Sie hatte ein natürliches Talent, die Menschen einzunehmen und zu entflammen. Alle liebten Zhang Yue.

»Bitte, sagen Sie jetzt nichts mehr«, appellierte der nervöse Begleiter an ihre Vernunft, aber das machte sie nur noch wütender.

»Zhao Zeyang ist ein romantischer Träumer« kreischte sie, den Generalsekretär, den Ministerpräsidenten und den Staatspräsidenten schmähend. »Li Peng ist ein unerträglicher, vom Ehrgeiz zerfressener Schleimer, und Yang Shangkun leidet schon seit langem an Wahnvorstellungen!«

»Und was ist mit dem Genossen Deng Xiaoping?« fragte die junge Frau mit dem Notizblock und blinzelte sie aus großen Augen an. Sie hatte ein schönes, frisches Gesicht. Offen und angenehm.

Woher kenne ich diese Frau? fragte sich Zhang Yue für einen kurzen Moment.

»Deng ist ein Radieschen, außen rot und innen weiß. Wenn Sie mich fragen, gehört er ins Altersheim.«

Wenn sie bisher Begeisterung ausgelöst hatte, dann war es nun fast Hysterie. Die Masse lag ihr zu Füßen, niemand konnte ihr widerstehen. Sie war Zhang Yue. Vivian Zhang, ein geborener Star. Sie hatte alle überlebt, und nun erlebte sie den Triumph, der ihr gebührte. Sie fühlte sich fast, wie Mao sich gefühlt haben mußte, als er oben auf dem Tor des Himmlischen Friedens stand und zu seinen Füßen die Roten Garden ihn anhimmelten wie ihren Gott.

»Bitte, schweigen Sie jetzt!« Der junge Parteimann zerrte an ihrem Arm, um sie schnell in die Große Halle zu bringen.

476

Er war zu kräftig, als daß sie sich ihm lange widersetzen konnte.

»Auf Wiedersehen, junge Frau. Sie sehen, ich muß weiter«, verabschiedete sich Zhang Yue von dem Mädchen mit dem Notizblock.

»Die Kleine war sicherlich von einer Filmzeitung«, seufzte sie, als ihr Aufpasser sie endlich hinter dem Polizeikordon in Sicherheit gebracht hatte. Hatte sie diesen absurden Gedanken wirklich laut ausgesprochen? *Wie komme ich nur auf so etwas?* fragte sie sich belustigt. Es schien, als hätte sie ganz einfach den Unterschied zwischen gestern und heute weggewischt, als wäre sie wieder die Herrin über die Zeit – wie damals, als sie sich über Kang Bingguos Sohn hermachen wollte.

»Das war keine Filmzeitung, Genossin Zhang. Ich weiß gar nicht, wie Sie auf so eine Idee kommen!« blaffte sie der junge Helfer an, dem der Gang durch die jubelnde Menge der Demonstranten immer noch schwer an den Nerven zehrte. »Das war eine Reporterin von der Volkszeitung, eine von der frechen Sorte. Morgen wird ganz China lesen, was Sie diesen Demonstranten über die Partei- und Staatsführung zu sagen hatten.«

Zhang Yue blickte ihn an, wie einen Wurm, den zu zertreten oder am Leben zu lassen sie beschließen konnte. Früher hätte sie Jungs wie ihn zum Frühstück verspeist, früher hatten ihr solche beflissenen Milchgesichter jeden Wunsch erfüllt und sich ihr zu Füßen geworfen.

Schade um die alten Zeiten, dachte sie. »Was regst du dich so auf? Die Volkszeitung gehört schließlich der Partei. Glaubst du wirklich, sie würden etwas drucken, was mir schaden könnte? Mir?«

Der Junge schüttelte den Kopf über so viel weltfremde Arroganz. Genau daran war die alte Elite im Begriff unterzugehen. Und wenn er nicht höllisch aufpaßte, dann würden sie junge Leute wie ihn mit sich reißen.

»Die Mitarbeiter der Volkszeitung, werte Genossin, haben sich heute an der Demonstration gegen die Führung beteiligt und gelobt, nie wieder Lügen zu verbreiten. Ebenso die Mitarbeiter des Staatsfernsehens.«

»Und wenn schon«, erwiderte Zhang Yue giftig. »Ich habe schon ganz andere Krisen überstanden. Dies hier ist nichts. Das erledigt die Volksbefreiungsarmee. Wir sind noch mit jedem Gegner fertig geworden. Wenn die kleine Schlange von der Volkszeitung wirklich etwas Dummes schreiben sollte, wird sie ihr Leben lang dafür büßen, und ich werde darüber nur lachen. Ich lebe, sie stirbt. Das ist das alte Gesetz unseres Landes. Du bist noch viel zu jung, um zu verstehen, wie China funktioniert.« Sie blitzte ihn aus ihren alten Augen an, schob ihn beiseite und humpelte, auf ihren Stock gestützt, auf den Eingang der Großen Halle zu. »Warte hier auf mich!« rief sie im Weggehen.

Der junge Parteisoldat blickte ihr nach. Plötzlich dämmerte ihm, daß diese böse, alte Frau recht hatte. Niemand konnte Zhang Yue etwas anhaben, sie war lebende Historie, ein Denkmal. In den Schulbüchern war ein Foto abgedruckt, das sie in unmittelbarer Nähe des Großen Vorsitzenden Mao Zedong zeigte. Sie war eine der »Unsterblichen«, wie man sie ehrfurchtsvoll nannte – eine der Helden der ersten Stunde, die immer noch die Geschicke des Landes bestimmten und die unangreifbar waren, denn wer sie angriff, verging sich an der kommunistischen Partei.

Die Sonne war verschwunden, und die Nacht hatte sich über den Platz des Himmlischen Friedens gesenkt. Die Demonstranten hätten nun eigentlich längst nach Hause gehen müssen, aber sie schienen sich hier im Mittelpunkt Chinas sehr wohl zu fühlen. Das ganze, weite Feld des Tiananmen Platzes war ein Meer aus Köpfen und Körpern. Fahnen wurden geschwenkt, Lieder gesungen – wie bei einem großen Picknick.

Das erledigt die Volksbefreiungsarmee, hatte Zhang Yue gesagt. So würde es wohl kommen. Die Unsterblichen irrten sich selten.

Chen Anling, die erst im zweiten Jahr bei der Volkszeitung arbeitete, eilte vom Tiananmen Platz direkt in die Redaktion. Sie erlebte die aufregendsten Tage ihres Lebens. Plötzlich galten die eisernen Regeln nichts mehr, plötzlich sprach jeder frei heraus, und in den Konferenzen kamen Themen zur Sprache, die vor ein paar Monaten noch niemand vorzuschlagen gewagt hätte: die Situation der Wanderarbeiter, die in menschenunwürdigen Bedingungen und Illegalität in Bretterbuden am Stadtrand hausten. Die Ausstellung einer Gruppe von avantgardistischen Künstlern, deren Werke bisher als »schädlich« und »ungesund« galten und die der Parteiführung kritisch gegenüberstanden. Eine Reportage aus Moskau, wo die neuen Zauberworte *Perestroika* und *Glasnost* hießen – Umbau und Offenheit.

Anling, mit ihren gerade mal zwanzig Jahren, war wie elektrisiert von den neuen Möglichkeiten, die sich überall boten. Es war, als habe ein Wind der Veränderung das ganze Land ergriffen. Sie selbst war mit der Gruppe von Redakteuren und Journalisten marschiert, die sich dem riesigen Demonstrationszug zum Tiananmen Platz angeschlossen hatten. »*Nie wieder Lügen*«, hatten sie gerufen, und das Volk hatte applaudiert. Nachrichtensprecher vom Fernsehen waren dabei gewesen – Leute, die jeder kannte und denen man vertrauen konnte. Nie wieder Lügen! Was für ein wundervolles Versprechen! Es war wie ein Volksfest gewesen, ein Fest der Ehrlichkeit und Offenheit. Niemand hatte mehr Angst, verraten und denunziert zu werden, denn sie waren die Masse, sie waren die Mehrheit. Sogar die Pekinger Taschendiebe hatten sich der Bewegung angeschlossen und schworen, niemanden zu bestehlen. Nach diesem Tag, da war sie sicher, würde nichts mehr so sein, wie es mal war.

Chen Anling war froh, daß sie doch noch geblieben war. Die anderen Reporter waren schon lange vor ihr in die Redaktion geeilt, um ihre Geschichten zu schreiben, aber Chen schrieb schneller und besser als alle anderen. Sie war noch bei den Demonstranten geblieben und hatte gewartet, ob nicht doch noch etwas passieren würde. Ihre Geduld war belohnt worden. Sie hatte zwar noch nie von dieser Frau gehört, der plötzlich der Kragen geplatzt war. Wenn selbst die alten Kader sich mit Abscheu abwandten, dachte Chen Anling, dann konnten die Machthaber, diese korrupte Clique von alten Männern, sicherlich nicht mehr lange so weitermachen wie bisher. Zhang Yue war der Name der wütenden Genossin. Der Name sagte Anling nichts, doch gewiß würde sie im Archiv etwas über diese Zhang Yue finden. Die Alte trug schließlich das Ehrenabzeichen der Partei an ihrer Jacke, mit dem nicht jeder ausgezeichnet wurde.

»Ich habe noch etwas ganz Besonders«, rief sie in das verqualmte Sitzungszimmer, in dem die morgige Ausgabe vorbereitet wurde. »Haltet mir bloß einen Platz frei. Und ein Foto und ein paar Informationen brauche ich aus dem Archiv. Über Zhang Yue. Ehrenmitglied der Partei.«

Dann verschwand Chen Anling in dem Büro, das sie mit vier Kollegen teilte und von dessen Decke seit gestern ein breites Spruchband flatterte, auf dem *Wahrheit – nichts als die Wahrheit!* geschrieben stand. Sie ließ sich an ihrem Schreibtisch nieder, hinter dem mannshohen Stapel von Zeitungen und Notizen, und begann ihre Geschichte. *Alte Genossen klagen an*, lautete die Überschrift. Noch während sie schrieb, trafen die angeforderten Unterlagen aus dem Archiv ein. Das Bild zeigte zweifelsfrei die alte Frau, die sie heute interviewt hatte. Auf einem älteren Foto stand sie, lange bevor Chen Anling geboren wurde, schräg hinter dem Vorsitzenden Mao auf dem Tor des Himmlischen Friedens. Das Bild mußte während der Kulturrevolution entstanden sein. Dieses Foto legte Anling lieber schnell zur Seite. Niemand wagte es, über diese Zeit zu schreiben. Jedenfalls war diese Frau Zhang eine lebende Legende. Aufgewachsen in Shanghai, eine Gefährtin des legendären Kang Bingguo hatte sich in Yan'an den Revolutionären angeschlossen, war mit dem sagenumwobenen General Deng verheiratet gewesen und hatte nach der Befreiung in Shanghai gegen Überreste des alten Systems gekämpft.

Interessant, dachte Chen Anling, sie kommt also auch aus Shanghai und ist fast derselbe Jahrgang wie meine Urgroßmutter. Vielleicht sind sich die beiden Frauen irgendwann sogar mal über den Weg gelaufen. Doch daran verschwendete sie keinen weiteren Gedanken. Der Artikel *Alte Genossen klagen an* mußte fertig werden, um noch in die morgige Ausgabe zu kommen. *War es wirklich erlaubt, in der Volkszeitung zu schreiben, daß Deng Xiaoping ein Radieschen war – außen rot und innen weiß und daß er ins Altersheim gehörte?* fragte sie sich, aber schon hatte sie es zu Papier gebracht. Es war ja nicht ihr Einfall, den mächtigsten Mann im Lande so zu nennen, sondern ein Zitat von Zhang Yue, einer bedeutenden Veteranin der Bewegung, und sie war es auch, die Li Peng einen unerträglichen Schleimer genannt hatte und Yang Shangkun unterstellte, er leide an Wahnvorstellungen. Jeder halbwegs intelligente Chinese würde diesen Satz mit Zustimmung und Genugtuung lesen. Auch daß Zhao Zeyang ein romantischer Träumer war, hatte die böse, alte Frau Zhang erklärt, doch das schrieb Chen Anling nicht in ihren Artikel. Alle, die Veränderungen wollten, hofften auf diesen Zhao, den reformbereiten Parteichef.

Moment mal, ermahnte sich Anling, der mittlerweile die Zeit davonlief. *Das geht aber nicht! Wenn ich mich entschlossen habe, die Wahrheit zu schreiben, dann muß ich doch die ganze Wahrheit schreiben, oder? Ein bißchen Wahrheit geht ja wohl nicht. Und ein Großteil Wahrheit und etwas anderes weglassen ist auch nicht gut.* Genau so hatte die Volkszeitung bis vor ein paar Tagen gearbeitet: immer nur genug Wahrheit, damit die Geschichte auf halbwegs soliden Beinen stand – und den Rest wohlwollend dazu erfunden. Nur eben zugunsten der Partei und nicht gegen sie.

»Anling? Bist du endlich fertig?« rief der verantwortliche Redakteur.

»Sofort!« schrie sie zurück.

»Wir können nicht mehr länger warten.«

»Ich bin in einer Minute soweit!« *Zitiere ich nun wirklich alles, also auch den Teil über Zhao Zeyang – oder nur die Beleidigungen derer, die ich auch nicht leiden mag?* dachte sie verzweifelt.

Wahrheit – nichts als die Wahrheit, schrie das Spruchband von der Decke.

Verdammt, dachte Chen Anling. *Es ist zum Besten dieses Landes, Zhao Zeyang muß im Amt bleiben, sein Ansehen darf nicht weiter beschädigt werden. Ich sage nicht die Unwahrheit, ich lasse nur ein kleines Detail weg.*

Sie zog, wie sie es immer tat, einen energischen Schlußstrich unter ihren letzten Satz und rannte mit dem Manuskript los, um es direkt dem Drucker in die Maschine zu diktieren. Das wäre vor zwei Wochen noch unmöglich gewesen. Da mußte man seine Geschichten für den nächsten Tag schon am frühen Nachmittag dem Zensor vorlegen. *Aber jetzt herrschte endlich Freiheit*, dachte Chen Anling. Und das war eben auch die Freiheit, mal was wegzulassen.

2. Kapitel

Shanghai, 5. Juni 1989

Sie hatten vom ersten Tag an Glück gehabt. Es war ihnen, dem Ehepaar Liu/Wang, eine geräumige Zweizimmerwohnung in einer Seitenstraße der ehemaligen *Nanjing* Straße zugeteilt worden, die allerdings damals vorübergehend in *Straße des Revolutionären Sieges, Straße der Roten Garden* oder *Straße der Glorreichen Kulturrevolution* umbenannt worden war. So genau erinnerte sich keiner mehr an den tatsächlichen Namen, denn plötzlich hatte alles ganz anders geheißen. Das war zu der Zeit, als die Roten Garden, welche die Macht im Lande übernommen hatten, darüber nachdachten, auch die Verkehrsregeln zu ändern und zu verfügen, daß das Ampelsignal Rot nicht Stop!, sondern Weiterfahren! bedeuten sollte, weil Rot schließlich die Farbe der Revolution war, die zum Sieg führte. Aber all das war längst vorbei, und niemand erinnerte sich gerne daran. Auch wagte es niemand, an den Wunden zu rühren. Peiniger und Gepeinigte von gestern lebten Seite an Seite und taten so, als wäre die Erinnerung nichts weiter als ein böser Traum.

Benjamin Liu, der sich seit seiner Rückkehr nach China Liu Dong Li nannte, und Wang Ma Li bezogen ihre neue Wohnung zwei Tage nach ihrem Wiedersehen bei Linglings Bestattung im Hof des zukünftigen Revolutionsmuseums. Ma Li konnte sich des Eindrucks nicht erwehren, daß Liu einige Strippen gezogen hatte, um so schnell und ohne jahrelange Wartezeit an eine solch luxuriöse Wohnung zu gelangen. Er schwieg sich darüber aus, wie ausgerechnet er, der ehemalige

Erzkapitalist, es inmitten des antikapitalistischen Aufruhrs ge-
schaffte hatte, von Hongkong eine Einreiseerlaubnis zu erhalten und vor allem die Staatsbürgerschaft der Volksrepublik
China.

»Ich hatte Sehnsucht nach dir, und die Sehnsucht hat mir
Flügel verliehen«, sagte er nur.

Sie ahnte, daß diese Flügel ihn vermutlich sehr teuer zu stehen gekommen waren, doch sie fragte ihn nicht danach. Sie
stellte auch nicht die andere, viel größere Frage, deren Antwort er ihr noch schuldete. Es war plötzlich nicht mehr wichtig. Wichtig war, daß die beiden dreißig Jahre nach ihrer Tren-
nung zusammenlebten wie ein junges Liebespaar, daß sie die
Jahre der Bitterkeit überwunden hatten und – obwohl jenseits
der Sechzig – miteinander turtelten und einander liebkosten,
als entdeckten sie zum erstenmal die Liebe. Jeder Tag seit
ihrem Wiedersehen war wie ein kleines Wunder. Mochte die
Stadt um sie herum grau und freudlos sein – und es gab keinen
Ort, der so trist und schmucklos war wie das ehemals
blühende Shanghai –, die beiden entdeckten im anbrechenden
Herbst ihres Lebens jede auch noch so kleine Frühlingsblüte.
Sie gingen keiner Arbeit nach. Ihre Anstellung bei der Museumseinheit ließ Ma Li ruhen und kehrte nur noch zurück,
wenn sie das Grab ihrer Schwester besuchen wollte.

Benjamin schien außerhalb jeder Ordnung und außerhalb
des Systems zu stehen. Niemand fragte ihn jemals nach seinen
Papieren oder seiner Einheit. Er schien über alles erhaben zu
sein. Ma Li vermutete, daß er aus früherer Zeit ein paar ganz
bedeutende *guanxi* hatte, Beziehungen zu irgendeinem hohen
Tier, die ihn immun machten gegen die kleinen und großen
Mißliebigkeiten des Alltags in der Volksrepublik China. Aber
auch danach fragte sie ihn nie, denn sie wußte, daß er ihr nicht
antworten würde.

Zwei Jahre nach ihrem Einzug vergrößerte sich ihr Haushalt. Lingling kam endlich aus dem Exil bei den Bauern in An-

hui zurück. Sie brachte ihren Mann mit, einen ehemaligen Barfußarzt namens Chen, und ihre kleine Tochter, Chen Anling. Ohne Fragen, ohne Zögern räumten die Alten der jungen Familie das zweite Zimmer frei. Die Kulturrevolution war vorüber, die Verfolgungen zumindest einstweilen ausgesetzt, auch wenn man nie sicher sein konnte, ob nicht der greise Steuermann in seinem fernen Palast in Peking noch irgendeine neue Kampagne lostreten würde. Die Menschen waren noch immer verschreckt und ängstlich, niemand wagte es, außerhalb seiner sicheren Wohnung seine wahren Gefühle oder gar seine ehrliche Meinung zu offenbaren, aber alle hofften auf bessere Zeiten und darauf, daß sie alt genug werden mögen, diese zu erleben. Freiheiten gab es immer noch wenige. Lingling, der schon als Kind das Handeln und Feilschen in Fleisch und Blut übergegangen war und die gerne Geschäftsfrau geworden wäre, arbeitete als Baggerführerin. Ihren Mann, der gehofft hatte, in Shanghai endlich das Studium der Medizin aufzunehmen, steckte das Arbeitskomitee in eine Schuhfabrik, wo er von morgens bis abends minderwertige Absätze auf minderwertige Sohlen nagelte.

Gemeinsam nahmen sie am 9. September 1976 an einer vom Nachbarschaftskomitee organisierten Trauerfeier teil, bei der tränenreich der Tod des Großen Steuermannes Mao Zedong bejammert wurde – und gemeinsam stießen sie hinterher in der Wohnung mit einer Flasche französischen Champagners auf die neue Zeit an. Woher Benjamin diese Kostbarkeit hatte und wie er sie ins Land brachte, blieb ebenfalls sein Geheimnis. Er sagte nur, daß er sie für diesen Zweck schon damals aus Hongkong mitgebracht hatte. Keiner glaubte ihm, aber das Getränk schmeckte auf berauschende Art köstlich. Eine zweite Flasche war fällig, als Ende August 1979 die Volkszeitung berichtete, daß Genosse Deng Xiaoping das Politbüro dazu aufgerufen hatte, die politischen Strukturen zu reformieren.

»Stammt die Flasche auch noch aus Hongkong?« fragte Ma Li listig.

»Gewiß«, antwortete er. »Der kluge Mann baut vor.«

Als vor einem Jahr die dritte Flasche geleert wurde, um Anlings Universitätsabschluß und ihre Anstellung bei der Volkszeitung in Peking zu feiern, da konnte, wer gute Verbindungen und das nötige Kleingeld hatte, das prickelnde Getränk bereits in besonderen Läden in Shanghai kaufen oder sich in einem der von ausländischen Gästen besuchten, besseren Hotels servieren lassen.

Linglings einzige Tochter war überdurchschnittlich begabt. Sie war durch die Schule gegangen wie eine dieser neuen Raketen, die Chinas Armee entwickelt hatte, und schien nach den Sternen zu greifen. Sie bestand mit Leichtigkeit alle Prüfungen, für die andere monatelang büffeln mußten, sie beherrschte mehr Schriftzeichen als selbst ihr Großvater Benjamin, und ihre Auffassungsgabe und Eloquenz verblüffte selbst das strenge Auswahlgremium der Volkszeitung, das ihr sofort eine Anstellung als Jungreporterin anbot.

»Gib zu – du hast was gedreht«, sagte Ma Li am Abend im Bett, nachdem Anling mit dem Zug nach Peking abgereist war, um ihr neues Leben zu beginnen.

»Ich weiß nicht, was du meinst«, erwiderte Benjamin, aber sie sah, daß ein zufriedenes Grinsen auf seinem Gesicht lag. Sie schmiegte sich an ihn. Mitte Achtzig waren die beiden nun, angekommen im Winter ihres Lebens, doch noch immer waren sie kräftig und gesund. Benjamins Krebs war nie zurückgekehrt. Die heimtückische Krankheit gehörte zu seinem früheren Leben, dem Leben ohne Ma Li.

»Du hast ein paar Telefonate geführt, und schon war Anling angenommen, obwohl sie noch so jung ist. Gib es zu. »

»Wie soll ich Telefonate führen?« gab er unschuldig zurück. »Wir haben noch nicht einmal ein Telefon!« Zwar war es mittlerweile erlaubt und möglich, einen eigenen Anschluß zu bekommen, doch die Kosten waren enorm hoch, und sie waren nach wie vor der Haushalt zweier Rentner, einer Baggerführerin und eines Schusters und hatten kein Geld für derartigen Luxus.

»Kann schon sein …«, murmelte er dann und tat so, als kämpfe er mit dem Schlaf. Sie hörte jedoch an seinem Atem, daß er erheitert war und mit sich und der Welt viel zu zufrieden, als daß er sich schon dem Schlaf ergeben hätte.

»Mit wem? Wen hast du angerufen?« Sie richtete sich im Bett auf. »Welche *guanxi* hast du, von denen du mir nie erzählt hast?«

Sie lauschte in der Dunkelheit auf seinen Atem. Schließlich richtete auch er sich auf.

»Weißt du …«, begann er – doch dann sagte er lange Zeit nichts, bis er das Licht anknipste. Da lagen sie beide, grau und alt, verliebt wie am ersten Tag, hatten die Vergangenheit mit allen Lügen, Strafen und Verlusten hinter sich gelassen und hatten auf nichts zu warten als den Tod. Oder auf bessere Zeiten? »Weißt du, ich war Geschäftsmann, Milliardär, doch das hat mir nichts eingebracht außer großer Schuld, einer tödlichen Krankheit und tausend Enttäuschungen. Ich habe mehr Geld verdient, als jemals ein Mensch nur ausgeben konnte, und trotzdem war ich unglücklich und bereit zu sterben. Statt dessen starb mein Sohn – unser Sohn. Und warum? Weil er Geschäfte machen und mich beeindrucken wollte. Ich will nicht wieder auf einer alten Straße gehen und so werden, wie ich früher war. Denn da hatte ich alles – außer Glück und Zufriedenheit.«

Er holte tief Luft, und dann brach es endlich aus ihm heraus. Er ballte seine Fäuste »Ich habe in den letzten zwanzig Jahren keinen Tag begonnen, ohne mir fest vorzunehmen, dir an diesem Tag endlich die ganze Wahrheit zu sagen, aber niemals fand ich den Mut. Ich fürchtete, daß alles wieder zerbrechen könnte und daß du mich nie wieder lieben würdest.«

Sie nahm seine Hände und drückte sie fest. »Was könnte denn so schlimm sein, daß ich es dir nicht verzeihen würde?«

»Oh, da gibt es etwas.«

Ma Li wußte genau, was es war. Sie ließ es ihn jedoch nicht wissen. Es war ein Handel, den sie vor langer Zeit mit sich selbst abgeschlossen hatte. Solange er ihr nicht die Wahrheit sagte, solange er ihr verschwieg, daß er Monokel-Zhang den Auftrag gegeben hatte, Kang Bingguo zu töten – solange würde sie ihm nicht erzählen, daß dieser seinen Auftrag nicht ausgeführt hatte und das Kang das Opfer eines unbekannten Mörders geworden war.

»Ich habe dir nie erzählt, wie ich damals zurückkehrte …«

Ihr Herz sank. Er hatte beschlossen, seine Schuld weiter für sich zu behalten. *Wie dumm von dir*, dachte sie traurig.

»Ich habe mein ganzes Vermögen der Nachrichtenagentur Xinhua in Hongkong überschrieben, die nichts anderes war als die Interessenvertretung Rotchinas. Ich habe ihnen alles gegeben, meine Schiffe und die Werften, meine Fabriken und die Immobilien. Du hättest ihre Augen sehen sollen. Ich forderte dafür nichts als freies Geleit zurück zu dir und Hilfe dabei, dich zu finden. Zum Glück waren sie ein wenig großzügiger und gaben mir ein paar Namen und Adressen von Leuten, die ich jederzeit um Hilfe bitten konnte, was ich auch manchmal tat und immer noch tue.«

»Und die haben den Champagner besorgt?« folgerte sie.

»Und die Wohnung und die Bezugscheine für Essen und alles andere.«

»Und was sollte mich daran so erzürnen?« fragte sie unschuldig.

Noch einmal atmete er tief ein und schloß die Augen. Sie konnte spüren, wie er wieder ganz kurz davor war, sich zu erklären. Doch wieder war er zu feige.

»Daß ich nicht ganz ehrlich war. Ich hatte ja keine Ahnung, ob ich dich wirklich wiederfinden würde und ob du mich aufnehmen würdest. Also habe ich ein kleines Auffangnetz zurückgelassen, nur für den Fall …«

»Und deswegen sollte ich dir Vorwürfe machen?« bohrte sie weiter. Die Hoffnung auf ein Geständnis hatte sie indes schon verloren.

»Ich wußte ja nicht, wie du es aufnehmen würdest. Außerdem könntest du böse sein, weil ich dir erst jetzt davon berichte. Mein Auffangnetz bestand damals aus ungefähr hundert Millionen Dollar, die ich beiseite schaffte. Mittlerweile hat es sich dank der klugen Investitionen meines inzwischen verstorbenen Freundes Tung, des Spielzeugkönigs, den ich in meine Pläne einweihte, auf eine halbe Milliarde vermehrt.«

»Eine schöne Stange Geld!« Sie nickte.

»Ich trage mich mit dem Gedanken, es in China zu investieren«, gestand er. »Unter Deng Xiaoping ist alles anders. Er hat gesagt, daß nichts dagegen spricht, reich zu sein, aber du hattest schließlich immer den besseren Riecher für gute Geschäfte. Was meinst du?«

Enttäuscht, daß er offenbar seine Schuldgefühle lieber mit ins Grab nehmen wollte, als ihr alles zu gestehen, drehte sie sich in ihre Bettdecke ein und schnaufte. »Ich meine, daß du ein verbohrter, alter Trottel bist, und ich habe keine Ahnung, wie du es bei deiner Unfähigkeit für alles Geschäftliche jemals zu einem solchen Reichtum hast bringen können.«

Lange hatte Benjamin sie nicht mehr so heftig erlebt. Ratlos starrte er ihren Rücken an. Unsicher begann er, ihre Schulter zu streicheln. Ihre Hand fuhr hoch und löschte das Licht.

»Du meinst also, ich sollte das Geld jetzt lieber nicht nach China bringen?«

»Liest du immer noch keine Zeitung, oder verstehst du es einfach nicht?« knurrte sie. »Dieses Land ist ein Pulverfaß. Deng Xiaoping sitzt oben drauf und spielt mit dem Feuer. Einige wenige werden plötzlich reich, und die anderen bleiben weiter bettelarm und dürfen nicht einmal den Mund aufmachen, um sich zu beschweren. Was meinst du eigentlich, wie lange das noch gutgeht? Wer jetzt Geld nach China bringt, der könnte es auch gleich verbrennen. Ich bin jetzt müde – gute Nacht.«

Jetzt, zwei Jahre nach diesem Gespräch, zeigte sich, daß Ma Li wieder einmal recht gehabt hatte. Das Land war in Aufruhr. In Peking gingen die Studenten auf die Straße. Immer mehr Arbeiter schlossen sich ihnen an. Der Ausnahmezustand war verhängt worden. Auch in Shanghai begann es zu brodeln. Wieder hörte man nächtliche Sprechchöre, wieder zogen junge Leute durch die Straßen, nur daß sie diesmal keine unschuldigen Opfer vor sich her trieben, sondern selbst in Gefahr waren, Opfer zu werden. Täglich kamen neue Nachrichten. Chen berichtete, daß in seiner Schuhfabrik kaum noch gearbeitet wurde, weil alle plötzlich lieber für die Freiheit demonstrieren wollten oder einfach blaumachten, um den anderen beim Demonstrieren zuzuschauen oder ein paar Besorgungen zu machen. Lingling sorgte sich um ihre Tochter, die für die Volkszeitung berichtete und deren Artikel immer frecher und respektloser wurden. Vor ein paar Tagen sollte die Armee die Demonstration im Herzen der Hauptstadt auflösen, wurde aber daran gehindert, weil sich ihren Lastwagen eine Mauer aus Menschenleibern entgegenstellte.

Als Ma Li am Abend diese unglaublichen Bilder von entmachteten Soldaten in den Fernsehnachrichten sah, wußte sie, daß nun alles verloren war. Die unsichtbare Grenze war überschritten, die Machtfrage war gestellt. Niemals würden sich die Kommunisten die Macht so einfach aus der Hand nehmen lassen.

»Ruf Anling an, sofort. Sag ihr, daß sie nach Hause kommen soll.«

»Sie wird nicht auf mich hören!« jammerte Lingling.

»Dann sage ihr, daß ich ihr befehle, jetzt und sofort nach Hause zu kommen. Außerdem glaube ich, daß sie klug genug ist, nicht in ihr Verderben zu rennen.«

Das Telefonat war sehr kurz. »Sie sagt, sie habe schon ihre Sachen gepackt und sei auf dem Sprung zum Bahnhof«, erklärte Lingling erstaunt. »Sie sagt, sie käme nicht allein.«

Es kam, wie Ma Li befürchtet hatte – in der Nacht auf den 4. Juni fuhren die Panzer im Zentrum Pekings auf, und Elitesoldaten eröffneten das Feuer auf die unbewaffnete, friedliche Menge. Die Abendnachrichten zeigten keine Bilder mehr von Demonstranten, sondern von grauenvoll verstümmelten Soldaten, die von Konterrevolutionären hingerichtet worden waren, wie es hieß. Recht und Gesetz gelten nun wieder, verkündete die Sprecherin, die man nie zuvor auf dem Bildschirm gesehen hatte. Die Gesichter, die in den vergangenen Tagen die Nachrichten bestimmt hatten, sah man nie wieder.

Die Nachrichten waren noch nicht vorbei, als es an der Tür klopfte. Gehetzt, als würde eine Verfolgte um Einlaß bitten, sprang Lingling mit einem Jauchzer der Erleichterung hoch und öffnete. Anling hatte gewiss zehn Kilo abgenommen, seit sie das letzte Mal zu Besuch gewesen war. Ihr Gesicht war erschrocken, ausgemergelt, ihre Augen groß und voller Angst.

»Habt ihr gesehen, was passiert ist?« fragte sie.

»Ich bin so froh, daß du rechtzeitig zurückgekommen bist!« Lingling schloß ihre Tochter in die Arme, doch Anling blickte über ihre Schulter hinweg in das Zimmer, auf den Fernseher, wo gerade irgendein Politbüromitglied im Mao-Anzug irgendeine Erklärung verlas. »Alles ist verloren«, schluchzte sie. »Alle sind tot.«

Ma Li erhob sich und ging auf sie zu. Anling löste sich aus der Umarmung ihrer Mutter und fiel ihrer Urgroßmutter in die Arme.

»Nichts ist verloren, du dummes Kind«, tröstete Ma Li. »Nur deine Karriere. Ich habe alle deine Artikel aufmerksam gelesen. Du wirst dir einen neuen Beruf suchen müssen.« Lächelnd streichelte sie über den Kopf der aufgelösten, jungen Frau. »Du hast nichts falsch gemacht, aber manchmal wird man bestraft, wenn man das Richtige tut, und manchmal gibt es keine Strafe, auch wenn man das Falsche tut.«

»Ich will auch gar nicht mehr Journalistin sein.« Anling weinte. »Ich tauge nicht dazu. Ich habe die Wahrheit verbogen, und ich habe damit Menschen in Gefahr gebracht.«

»Wirklich?« fragte Ma Li. »Wen denn?«

»Diese Frau namens Zhang Yue, eine alte, verdiente Kommunistin – sie war sehr wütend. Ich habe sie in einem Artikel zitiert, aber ich habe nur das gebracht, was mir in den Kram paßte. Daraufhin hat sie alles verloren. Sie wurde sogar von der Geheimpolizei gesucht. Und ich war schuld.«

»Ich habe den Artikel gelesen«, sagte Wang Ma Li mit einem wissenden Nicken. Sie hatte dabei eine Brise, eine erfrischende, erlösende Brise gespürt. Wie oft hatte sie diesen Namen und die Frau, der dieser Name gehörte, verwünscht und ihr Leid, Schmerz und Tod an den Hals gewünscht! Oft hatte sie den Namen in der Zeitung gelesen. Nun jedoch waren diese Gefühle längst verschwunden. Geblieben war nichts mehr als Gleichgültigkeit, die sich einstellte, wenn man alt genug wurde, um gute Zeiten zu erleben. Als sie den Artikel *Alte Kader klagen an* von Chen Anling in der Volkszeitung gelesen hatte, da hatte sie nicht einmal mehr Genugtuung und Überlegenheit gegenüber dieser verbitterten, verlorenen Greisin gespürt, sondern nichts als Mitleid.

»Die Frau war auch aus Shanghai«, wimmerte Anling. »Sie war ungefähr so alt wie du und hätte einen ruhigen Lebensabend und Glück verdient. Ich habe ihr Leben zerstört.«

»Deswegen hast du sie vor den Geheimdienstleuten gerettet und mit nach Shanghai gebracht.«

»Woher weißt du das?«

»Weil ich dich kenne. Weil du sie nicht kennst. Weil ich wahrscheinlich dasselbe getan hätte. Weil ich schon lange darauf wartete, sie einmal wiederzusehen. Es gibt so viele Gründe …«

»Wirklich?«

Lingling stand neben ihnen und verfolgte ihre Unterhaltung mit wachsender Ungeduld und völligem Unverständnis.

»Ich habe mich als ihre Urenkelin ausgegeben, und so sind wir glatt durch die Polizeikontrollen gekommen«, verkündete Anling nicht ohne Stolz über ihre List. »Bitte, kommen Sie doch jetzt herein, Zhang Yue«, rief sie nach draußen ins Treppenhaus, wo ihre Begleiterin wartete.

»Sie scheint sehr schüchtern zu sein«, bemerkte Wang Ma Li ruhig und ein wenig amüsiert.

»Ich habe ihr alles über dich erzählt«, erklärte Anling. »Was für ein wundervoller Mensch du bist und wie sehr ich dich liebe!«

»Das ist sehr nett von dir. Kommen Sie doch herein, Genossin!« rief Ma Li fröhlich.

»Vielleicht ist sie befangen«, flüsterte Anling. »Je mehr ich von dir erzählte, um so schweigsamer wurde sie. Ehrlich gesagt ...«, sie wisperte so leise in Ma Lis Ohr, daß es für niemanden sonst zu hören war, »... sie ist eine ziemliche Giftspritze. Alte Kaderschule, wenn du weißt, was ich meine. Eine Unsterbliche. Voller Verbitterung und ziemlich muffiger Ideologie.«

»Ich freue mich, dich wiederzusehen, Zhang Yue!« rief Ma Li mit einem feinen, erwartungsvollen Lächeln.

»Ich schaue nach ihr ...« Anling löste sich aus den Armen Ma Lis und ging hinaus in das dunkle Treppenhaus. Ihre Begleiterin stand nicht mehr dort. Sie lag auf dem Boden, an der Wand zusammengesackt. Offenbar hatte sie einen Schwächeanfall erlitten.

»Wir müssen einen Arzt holen«, rief Anling aufgeregt. »Die ganze Aufregung war wohl zu viel für ihr altes Herz.«

Ma Li blieb ganz ruhig und blickte geheimnisvoll lächelnd auf die Frau in ihrem blauen Mao-Anzug herunter, die regungslos am Boden lag. »Steh auf, Zhang Yue. Die alten Tricks haben längst ausgedient.«

Als die Ohnmächtige noch immer nicht reagierte, ging Ma Li in die Knie, was ihr nicht mehr leichtfiel. Ihre Gelenke gaben schauerliche Geräusche von sich. Sie würde Hilfe brauchen, um sich wieder aufzurichten. Lingling stand jedoch bereit, Chen war hinzugeeilt, und hinter ihm erschien auch Benjamin Liu, der die Nachrichten bis zum Ende geschaut hatte und von der Rückkehr Anlings kaum etwas mitbekommen hatte.

»Ich bin froh, daß du zurückgekommen bist, Zhang Yue«, sagte Ma Li. »Endlich kann ich dir sagen, wie leid es mir tut. Ich hätte damals nicht zulassen dürfen, daß Bao Tung dich wieder mitnahm. Vielleicht wäre dann alles ganz anders gekommen.«

Anling verstand nicht, was sie hörte und was sie sah. Ihre Urgroßmutter hatte Tränen in den Augen und streichelte den Kopf der Bewußtlosen. Auch aus deren geschlossenen Augen traten Tränen.

»Ich habe gehört, wie Bao Tung dich geschlagen hat, da draußen im Flur. Ich höre es manchmal immer noch in meinen schlimmsten Träumen«, sagte Ma Li. Ihre Stimme zitterte, und sie begann zu schluchzen.

»Es hat so weh getan«, sagte die Besucherin, die gar nicht wirklich ohnmächtig war, wie auch Anling nun erkannte.

»Ich weiß.«

»Ich habe ihn in die Hand gebissen, aber er hat wieder zugeschlagen. Wieder und wieder …«

»Ich weiß – und ich habe geschwiegen.« Auf einmal lagen sich die beiden Greisinnen weinend in den Armen. »Ich habe geschwiegen, weil ich böse auf dich war. Du hattest Lingling in ihrem Affenkostüm ausgelacht. Es war so dumm von mir und so feige. Ich bitte dich um Verzeihung.«

»Ich wollte doch nur ein kleines Zimmer im Jadepalast. Ich wollte ihn dir nicht wegnehmen.«

»Ich weiß.« Ma Li nahm Zhangs Hand, die kalt war und kraftlos.

Benjamin Liu zupfte Chen und Lingling am Ärmel und lotste sie zurück in die Wohnung. Auch Anling gab er ein Zeichen, daß sie mitkommen sollte. Ein letzter Blick auf die beiden Frauen, dann schloß er die Tür. *Die sündige Tochter Shanghais ist zurückgekommen*, dachte er benommen. Hoffentlich zerstört sie unser Leben nicht ein zweites Mal.

Dazu hatte Zhang Yue keine Gelegenheit mehr. Zwei Stunden nach dem Wiedersehen mit Ma Li, als die beiden alten Frauen für kurze Zeit wieder die hilflosen, verlorenen Kinder wurden, die sie einmal waren, schloß Zhang die Augen und schlug sie nicht wieder auf. Sie starb auf dem Sofa in der Zweizimmerwohnung. Auf der Straße heulten Polizeisirenen. Aus der Ferne klangen Sprechchöre. Die Shanghaier Studenten waren nach der Blutnacht von Peking zu Tausenden auf die Straße gegangen, um Gerechtigkeit und Demokratie zu fordern, aber sie begriffen schneller als ihre Altersgenossen in der Hauptstadt, daß sie nicht gewinnen konnten, und nach ein paar weniger ernsten Zusammenstößen mit der Bereitschaftspolizei zogen sie sich zurück in ihre Universitäten und rührten sich nicht mehr.

Ma Li hatte sich einen niedrigen Stuhl neben das Sofa gestellt und Zhang Yue in den Tod begleitet. Sie fühlte kein Genugtuung und keinen Haß auf diese Frau, die ihr in zwei früheren Leben so viel Leid zugefügt hatte. Zhang Yue hatte am Ende immer verloren, und sie, Ma Li, hatte immer gewonnen. *Du stirbst, ich lebe* – das war die einfache Formel Chinas, auch heute noch. Und nur, wer das Glück hatte, alt genug zu werden, konnte dem Schicksal ins Gesicht lachen.

»Ihr habt euch sicherlich gut gekannt«, sagte Chen Anling, die neben ihr saß, angenagt von ihrer Schuld. Wenn sie nicht die Wahrheit verdreht hätte, dann wäre diese Frau vielleicht nicht verfolgt worden und hätte friedlich in ihrer

Kaderwohnung in Peking sterben können statt hier, als Flüchtling auf einem fremden Sofa.

»Wir waren uns einmal sehr nah«, erklärte Ma Li. »Wir haben beide an der Tür zum Jadepalast geklopft. Sie jedoch wurde abgewiesen.«

»Du hast mir früher einmal vom Jadepalast erzählt«, erinnerte sich Anling. »Es war eine sehr schöne Geschichte – auch wenn ich nicht alles verstanden habe.«

Ma Li lächelte. »Auch ich habe sie lange Zeit nicht verstanden. Meine Mutter hat sie meiner Schwester Lingling und mir erzählt, und ich habe mir immer vorgestellt, es sei wirklich ein Palast – mit hohen Räumen, mit geschmückten Wänden und Springbrunnen und vielen Dächern. Aber wer nach so etwas sucht, der wird den Jadepalast nie finden.«

»Wo ist er denn?« mischte sich Lingling ein. »Auch mir hast du ganz früher die Geschichte erzählt, und ich habe es mir auch so vorgestellt, den Garten mit den Schmetterlingen und den Wohlgerüchen.«

»Er ist hier drin.« Ma Li zeigte auf ihr Herz. »Jeder trägt ihn in sich, und die meisten wissen es noch nicht einmal. Es ist nichts, daß man suchen muß. Man muß nur die Tür zu sich selbst aufstoßen. Wir haben ihn immer bei uns getragen, seit wir geboren wurden.«

»Es ist also kein Ort, sondern ein Gefühl?« stellte Anling ein wenig enttäuscht fest.

»Es ist das schönste aller Gefühle«, belehrte Ma Li sie. »Es ist Frieden und Harmonie. Es ist Verzeihen, Vergeben, Vergessen, und es ist Zufriedenheit.«

»Also ganz einfach Glück.«

»Ja.« Ma Li seufzte und wünschte sich, Zhang Yue hätte diese Worte noch gehört. »Es ist für jeden etwas anderes, und es hat tausend Gesichter, aber am Ende ist es immer nur der eigene, ganz besondere Traum vom Jadepalast, das eigene Glück. Ich glaube, die einzige, die das wirklich von Anfang an begriffen hat, war Lingling. Nicht du, Liebes, sondern meine kleine Schwester Lingling. Sie lebte immer im Jadepalast, und das schon, als ich ihn noch verzweifelt suchte.«

Chen und Benjamin Liu standen etwas abseits, hörten die Frauen über das Glück philosophieren und konnten der Unterhaltung nicht recht folgen.

»Verdammte Demonstranten«, knurrte Chen grimmig. »Ich meine, sie haben ja grundsätzlich schon recht mit dem meisten, was sie fordern, doch mußte ihnen das, verdammt, ausgerechnet jetzt einfallen? Dieser Zwischenfall wird sicherlich alles in der Politik und im Betrieb durcheinanderwerfen. Ich sehe es schon kommen! Jetzt müssen wir wieder jeden zweiten Tag zur politischen Schulung und uns diesen heillosen Quatsch von Lei Feng anhören, dem braven Mustersoldaten. Und die verlorene Arbeitszeit wird uns vom Lohn abgezogen. Und dabei hatte ich gerade …« Er hielt inne und schüttelte böse den Kopf.

»Was denn?« wunderte sich Liu und zog seine grauen Augenbrauen in die Höhe.

»Ach, ich wollte euch alle überraschen, aber das ist jetzt ohnehin egal. Ich hatte gerade 10 000 Kuai zusammengespart, und das reicht als Anzahlung für einen *Volkswagen Santana*.«

»Wirklich? Ein eigenes Auto?« Liu strahlte.

»Nicht so laut!« ermahnte ihn Chen. »Ich dachte, wir könnten dann alle zusammen an Wochenenden raus aufs Land fahren. Endlich mal frische Luft atmen, und ich müßte nicht immer in diesen vollen Stadtbussen zur Arbeit schaukeln. Diese ganze politische Unruhe wird mir jedoch alles zunichte machen. Wir einfachen Leute sind am Ende doch immer diejenigen, die in den Hintern gekniffen werden. Egal, was kommt.«

Liu lächelte sein liebenswertes, faltenreiches Lächeln und klopfte Chen trostspendend auf die Schulter. Für jeden war das Glück etwas anderes, dachte er. Das Glück hatte wirklich tausend Gesichter, wie Ma Li gesagt hatte. Für Chen war der

Jadepalast nichts weiter als ein VW-Santana, den er noch viele Jahre abbezahlen würde.

Und was war es für ihn selbst, Benjamin Liu? Sein Glück, sein größter und strahlendster Jadepalast, war die Liebe seiner Frau. Doch was war mit dem Garten? Der Garten mußte blühen.

»*Yugong* – Jadepalast – ein schöner Name, nicht wahr?« wisperte er Chen zu, während die Frauen den Leichnam der geheimnisvollen Fremden zudeckten.

»Ein schöner Name für was?«

»Ich dachte an eine Fabrik – oder mehrere. An ein Unternehmen. Einen Konzern.«

Chen, der keine Ahnung hatte, wer und was Benjamin Liu in seinem früheren Leben gewesen war, blinzelte den wunderlichen Alten verständnislos an. Liu legte seinen Arm um Chens Schultern und führte ihn zum Fenster.

»Was würdest du in diesem Land produzieren? Ich meine, wenn du die Wahl und das Geld für eine eigene Fabrik hättest und es fehlte nur die zündende Idee? Was würdest du herstellen?«

»Ich?« schnaubte Chen. »Ich würde eine Fabrik bauen, in der endlich vernünftige Schuhe produziert würden. Gute Schuhe braucht jeder. Ja«, er nickte mit aller Entschlossenheit, »ich würde eine Fabrik für vernünftige Schuhe aufmachen.«

»*Jadepalast-Schuhe*.« Liu und geriet ins Schwärmen. »Fest, solide und zuverlässig.«

»Ein schöner Traum«, sagte Chen. Sein offenes, angenehmes Gesicht, das sich für einen Moment durch diese weltfremde Vorstellung verklärt hatte, wandelte sich wieder zur nüchternen Miene eines enttäuschten Arbeiters, der wie Millionen andere täglich arbeiten ging und wenig Befriedigung darin fand.

»Aber leider ist das nicht möglich. Für feste, solide und zuverlässige Schuhe bräuchte man ein ganz neues Werk. Man bräuchte auch ganz andere Rohstoffe. Richtiges Leder und so.

Was wir da jeden Tag in dieser staatseigenen Bruchbude von einer Fabrik zusammennageln und kleben, fällt nach drei Tagen auseinander.«

»Trotzdem – danke für deine Anregung«, sagte Liu. »Ich werde die Sache mal mit meiner wirtschaftlichen Beraterin durchsprechen.«

Chen sah ihn ratlos an und nickte, als sei die Sache damit aus der Welt. Dann halfen sie, die Leiche der fremden Frau nach unten zu schaffen und dem diensthabenden Aufpasser vom Nachbarschaftskomitee zu übergeben. Der würde sich um alles weitere kümmern.

3. KAPITEL

August 1998

Lius wirtschaftliche Beraterin hatte die Idee mit den Schuhen tatsächlich gutgeheißen, aber sie erlaubte dem Ungeduldigen nicht, sein Geld sofort ins Land zu holen, wie er das am liebsten getan hätte. Noch war die Situation zu undurchsichtig, noch wußte keiner, welche Kräfte sich am Ende durchsetzen würden. Erst im Januar 1992, als Deng Xiaoping die Sonderwirtschaftszone in Shenzhen an der Grenze zu Hongkong besuchte und erklärte, China müsse vom Kapitalismus lernen, da wußte sie, daß die Reformer den Machtkampf gewonnen hatten und die Zeit zum Investieren gekommen war. Und noch eines verbot sie ihm: Er durfte nicht den Namen *Jadepalast* benutzen. Sie hatte Kang Bingguo verboten, ihren Traum zu kapern, und sie verbot es auch Benjamin Liu. Er war enttäuscht, aber er fügte sich und grübelte eine ganze Nacht lang über dem Namen seiner Firma. Im Morgengrauen weckte er Ma Li und fragte, ob sie ihm den Namen Wang erlauben würde. Er wollte seinen Namen nicht ins Spiel bringen, denn vielleicht lauerten irgendwo da draußen in ihrem Exil auf Hawaii noch seine zweite Frau und die dicke Tochter und warteten nur auf den Moment, daß sie wieder auf der Bildfläche erscheinen und abkassieren konnten. An diesem frühen Februarmorgen 1992 wurde *Wang Industries Shanghai* – *WIS* – gegründet und noch am Vormittag bei der zuständigen Wirtschaftsbehörde registriert.

Das Startkapital bestand lediglich aus den mindestens erforderlichen 1 000 *Kuai*, denn es würde noch ein paar Tage dau-

500

ern, bis die vielen Millionen Dollar aus Hongkong und Übersee nach Shanghai fließen konnten.

Der mürrische Schalterbeamte fragte, was sie in ihren Industries so herstellen wollten, und Liu antwortete: »Schuhe und was sonst noch anfällt.«

Der Wirtschaftsbürokrat drückte zwei rote Stempel auf ein dünnes Papier: Der Konzern war geboren.

»Der nächste!« Die Schlange hinter Benjamin Liu war noch lang. Alles junge Leute voller Ideen und Schwung.

Ma Li würde bald ihren 92. Geburtstag feiern, Benjamin ging auf die 94 zu – und beide waren noch immer gut genug auf den Beinen, um jeden Morgen vor der prachtvollen Kulisse der alten Handelshäuser und Banken am Shanghaier Bund ihre Frühgymnastik zu üben und sich manchmal im Anschluß daran noch ein Tänzchen bei der Fitneßgruppe *Moderner Gesellschaftstanz* zu gönnen, die gleich nebenan Foxtrott und Walzer übten. In ihrem früheren Leben, im alten Shanghai waren sie selten tanzen gegangen – nun lagen sie einander verträumt in den Armen, wiegten sich im Takt eines plärrenden Kassettenrekorders, und Liu sagte: »Ich habe gestern einen Hellseher besucht.«

»Wirklich? Ich dachte die wären längst ausgestorben!«

»Sie sind wieder da, stell' dir das mal vor! Er hat gesagt, wir beide könnten gar nicht versagen. Du bist ein Feuerpferd, und ich bin ein Affe. Es gibt keine bessere Kombination für gute Geschäfte.«

»Für diese Auskunft mußt du keinen Hellseher bezahlen. Das hätte ich dir auch sagen können«, kritisierte Ma Li ihn und lachte sofort selbst über ihren strengen Ton.

Sie begannen mit Schuhen, Chen leitete die Fabrik. Er verstand anfangs nicht, warum er nicht mehr Sohlen nageln mußte und wieso die beiden alten Herrschaften, mit denen er so viele Jahre ahnungslos Seite an Seite gelebt hatte, plötzlich von allen so ehrfürchtig gegrüßt wurden und anscheinend über endlose Barmittel verfügten. Irgendwann verstand er es, doch da interessierte es ihn nicht mehr, denn er war schon viel zu beschäftigt damit, neue Designvorschläge zu prüfen, anzunehmen oder zu verwerfen, neue Maschinen zu ordern, neue Zulieferer zu verpflichten und die Qualitätskontrollen zu beaufsichtigen.

Lingling, die Baggerführerin, war ebenfalls *ins kalte Wasser* gesprungen, wie das hieß, wenn man seinen sicheren Job bei einem Staatsbetrieb aufgab und die Marktwirtschaft umarmte – wobei es in ihrem Fall kein wirklich kaltes, sondern sehr angenehm temperiertes Wasser war. Lingling litt wie alle aus ihrer Generation unter der versäumten Schulbildung. Mehr als die Grundrechenarten beherrschte sie nicht, und ihre Kenntnis der Schriftzeichen war sehr begrenzt. Mao hatte sie um ihre Ausbildung gebracht, was sie dem Großen Vorsitzenden nie verzieh. Nächtelang brütete sie über Büchern voller Zahlen, rechnete und kontrollierte ihre Rechnungen. Ihr größter Tag war gekommen, als sie errechnet hatte, daß *Wang Industries Shanghai*, obwohl bisher nur eine Schuhfabrik, reif für den Börsengang war.

Chen und Lingling zogen bald aus und kauften sich ein Reihenhaus in einer Siedlung am Stadtrand, die einen klangvollen, englischen Namen trug. Auch Anling hatte die kleine Zweizimmerwohnung längst gegen ein eigenes Apartment ausgetauscht. Nur Ma Li und Benjamin Liu stellten fest, daß ihnen nichts fehlte, und blieben in ihrer alten Wohnung zurück. Sie stellten allerdings einen Koch ein, ein Hausmädchen und einen Fahrer, der ihren schwarzen Volkswagen Santana steuerte. Mehr Luxus wollte Benjamin Liu nicht zur Schau stellen, das brachte nur die Neider auf den Plan.

Bis weit in die neunziger Jahre blieb Shanghai, was es seit dem Sieg der Kommunisten gewesen war: ein graues, trauriges Arbeitspferd, schlecht beleuchtet, mit beklagenswerter Kanalisation, mit viel zu engen Straßen, als sei sie im Mittelalter steckengeblieben. Dann aber beschloß irgendeiner in der Regierung, die mittlerweile von Leuten aus Shanghai geführt wurde, daß diese Stadt reif war für eine Generalüberholung, und das war der Punkt, wo die Bagger erschienen, die Abriß-birnen und die Kolonnen der Bauarbeiter, die Tag und Nacht schufteten und keinen Stein mehr auf dem anderen ließen. Gebäude wuchsen schneller als Pilze. Glasfassaden, Büro-türme, Warenhäuser und Hotels entstanden an jeder Ecke. Ganze Siedlungen wurden gnadenlos verschluckt vom Fort-schritt, der Anzüge mit Krawatten trug, Mercedes-Benz fuhr und amerikanische Zigaretten rauchte. Es begann die Zeit, in der Anling wieder aufblühte.

Sie hatte alle Träume von einem besseren, gerechteren China, von Demokratie und Menschenrechten, einfach über Bord geworfen und wollte daran nicht mehr erinnert werden. Seit ihrer Flucht aus Peking hatte sie keinen Satz mehr zu Pa-pier gebracht. Sie hatte ihren Traum, Journalistin zu werden, abgeschrieben. »Jetzt will ich nur noch reich werden«, erklärte sie illusionslos und trotzig wie so viele, die damals auf dem Platz des Himmlischen Friedens die Ideale ihrer Jugend ver-loren. Anling hatte Glück – *Wang Industries Shanghai* bot ihr alle Möglichkeiten.

Oft suchte Wang Ma Li in den Zügen ihrer Urenkelin nach Spuren von Kang Bingguo, aber sie fand keine. Nur wenn An-ling sehr wütend oder sehr angestrengt war, dann malmte sie mit ihren hohen Wangenknochen in einer Art, die an Kang er-innerte. Sie fühlte sich jedoch keinem höheren Ideal verpflich-tet als dem, das Geschäft voranzubringen. Sie war es, die zur treibenden Kraft des Unternehmens wurde, die in Abendkur-sen Englisch paukte und jedes Buch über Management las, das sie in die Finger bekommen konnte.

»Ich mache mir Sorgen um Anling«, gestand Ma Li ihrem Mann. »Das Mädchen arbeitet zu viel, und allein darin scheint sie Glück zu finden. Sie hat keine Freundinnen und hat keinen Mann.«

»Und Kinder wird sie auch nie haben«, pflichtete Liu ihr bei. »Sie geht bald auf die Vierzig zu, und dann ist es unwiderruflich zu spät dafür. Sie hat sich für das Geschäft entschieden – und ich muß sagen, ich finde das gar nicht verkehrt. Sie ist eine brillante Geschäftsfrau. Es liegt ihr im Blut.«

»Sonderbar, aber sie erinnert mich manchmal an Madame Lin, meine Pflegemutter. Sie war auch auf ihre Art eine geniale Geschäftsfrau, aber ihr Herz war kalt, und sie war in der Sprache der Gefühle eine völlige Analphabetin.«

»Bis sie dich und Lingling zu sich genommen hat.«

»Nein, auch das hat ihr Herz nicht liebevoller gemacht. Sie wurde nur stolz, weil sie vielleicht zum erstenmal in ihrem Leben etwas Gutes getan hatte.«

Chen Anling nannte sich, seit sie *Wang Industries* faktisch leitete, nicht mehr bei ihrem Geburtsnamen, sondern führte den Namen Lucy Wang. Sie war sehr schön, begehrenswert für viele Männer – bis zu dem Punkt, wo ihr Willen getestet, ihr Unwillen erregt oder ihre Wünsche nicht sofort erfüllt wurden. Dann konnte aus der Schönen innerhalb von Sekunden ein scharfzüngiges Biest werden, das fauchte und verletzte. »Business ist keine Cocktailparty«, erklärte sie in Anlehnung an einen berüchtigten Spruch Mao Zedongs, der damit alle Exzesse der Revolution entschuldigt hatte, und sie war sich dabei noch nicht einmal der bitteren Ironie bewußt.

Benjamin Liu mochte die Art, wie sie sein Unternehmen führte. Er ließ sie gewähren, sah ein zweites Mal in seinem Leben, wie sich sein Geld auf geheimnisvolle Weise vermehrte, und redete ihr selten hinein. Lucy Wang hatte sich nicht mit Schuhen zufriedengegeben. Schuhe waren gut für den Anfang, aber sie wollte mehr. Sobald die Chinesen ordentliche Schuhe hatten, würden sie damit einkaufen gehen. Dann wollten sie Radios, Fernsehgeräte, Videorekorder und CD-Spieler und Klimageräte. Während sie noch die ersten Betriebe gründete, in denen all diese Waren hergestellt wurden, kam die nächste große Konsumwelle: Die Chinesen wollten jetzt Computer, Laptops und vor allem Mobiltelefone.

»Wir brauchen eine eigene Stadt«, hörte man Lucy Wang immer öfter sagen. Wochenlang war sie im Land unterwegs und suchte tatsächlich nach einer eigenen Stadt, in der sie die wichtigsten, neuen Fabriken bündeln konnte. Die Werkstätten für die Microchips hier und die Fertigungsanlagen für die Geräte dort und da hinten die Unterkünfte für die zehntausenden Arbeiter aus den armen Landesteilen.

»Ich weiß nicht, was sie sucht! Ich verstehe das Kind nicht mehr«, seufzte Ma Li.

»Sie sucht ihren Jadepalast«, sagte Benjamin Liu sanft.

»Nein«, widersprach Ma Li. »Nein, das darfst du nicht sagen – wenn dies ihr Jadepalast ist, dann wird sie ihn niemals finden.«

»Vielleicht doch …«

Lucy Wang fand ihre Stadt dort, wo sie selbst geboren worden war – an den Ufern des Yangtze, in der Provinz Anhui, unweit der ehemaligen Volkskommune Xin Hong, die heute eine trostlose Ansammlung armer Bauerndörfer war. Der örtliche Parteisekretär, Herr Li, gab ihr freie Hand bei der Planung. Er garantierte, daß die Steuern konkurrenzlos niedrig, die Umweltauflagen extrem locker und der Zufluß von willigen Arbeitskräften aus dem bettelarmen Umland quasi unbegrenzt sein würde. In weniger als einem Jahr wurden die neuen Fabriken hochgezogen, wurde auf Staatskosten eine vierspurige Schnellstraße zur nächstgrößeren Stadt und eine Hafenanlage gebaut, von wo aus die Yangtze-Frachter die Ware innerhalb von zwei Tagen hinunter nach Shanghai bringen konnten. Es war eine Investition in die Zukunft, denn wenn in zehn Jahren der große Drei-Schluchten-Damm fertiggestellt wäre, dann würde sich ihnen auch das gesamte Hinterland Chinas öffnen. Dies war der Punkt, an dem Benjamin Liu die Papiere unterzeichnete und Lucy

Wang offiziell die Kontrolle über die *Wang Industries* übernahm.

Der Konzern, mittlerweile einige Milliarden schwer, gehörte ihr nun allein.

Eine große, rauschende Einweihungsfeier war geplant – mit Löwentänzern und Feuerwerk, mit riesigen bunten Luftballons, die weithin von der Gründung der neuen Stadt künden sollten. Eine Gedenktafel mit goldener Inschrift sollte enthüllt, rote Bänder sollten durchschnitten und wichtige Reden gehalten werden. Politiker aus Peking und Shanghai hatten ihr Erscheinen zugesagt, das Staatsfernsehen und alle Zeitungen würden groß berichten, und Parteisekretär Li freute sich auf den wichtigsten Tag in seinem Leben. Inzwischen standen zwölf der insgesamt dreiundzwanzig Fabrikanlagen blitzsauber und betriebsbereit auf ehemaligen Reisfeldern, einen halben Kilometer vom Flußlauf des Yangtze entfernt. Die einfachen Bauern der Umgebung blickten mit Stolz und Unverständnis auf die riesige, umzäunte Anlage und fühlten sich, als sei der überall beschworene Fortschritt nun endlich auch bei ihnen angekommen. Offiziell hieß die Anlage *Xin Hong Industrial Park* – aber jeder nannte sie nur *Wang City*.

Lucy Wang hatte das Datum für die Feier mit Bedacht gewählt. Es sollte am 10. August 1998 stattfinden, dem 92. Geburtstag ihrer Urgroßmutter, Wang Ma Li. Allerdings wollte die solcherart Geehrte durchaus nicht daran teilnehmen.

»Ich bin zu alt und zu gebrechlich für so eine lange Reise«, erklärte Wang Ma Li trotzig, und ihre Hände klammerten sich in die gepolsterten Lehnen ihres Lieblingssessels, als fürchtete sie, ergriffen und weggezerrt zu werden.

»Unsinn«, tadelte Benjamin Liu sie. »Wer dich morgens beim Tanzen erlebt, der weiß, daß du kerngesund bist. Warum willst du ihr diesen großen Triumph nicht gönnen?«

»Ich gönne ihr alles, aber ich habe kein gutes Gefühl!«

»Ich verstehe dich nicht. Glaubst du etwa, daß es ein Fehler war, alle unsere Fabriken zusammenzulegen?« Benjamin Liu hatte plötzlich Zweifel.

»Ich habe mit einem Hellseher gesprochen«, gestand sie.

»Abergläubischer Quatsch!« zürnte er. »Das war die einzige Leistung der Kommunisten, daß sie diesen Humbug abschafften.«

»Der Hellseher wies darauf hin, daß dies das Jahr des Tigers ist. Und ich bin ein Feuerpferd. Feuerpferde sollten sich in Tigerjahren vorsehen, es sind Jahre, die ihnen schreckliches Leid zufügen können.«

»Du wirst dich doch wohl nicht von diesem Altweiber-Unsinn verunsichern lassen«, sagte Liu in strengem Tonfall, der fast vergessen ließ, daß er derjenige war, der bei allen wichtigen Entscheidungen die Hellseher, die Hand- und Gesichtsleser aufsuchte, die neuerdings wieder auf den Nachtmärkten erschienen waren. Er war es auch, der vor der Grundsteinlegung des großen Werkes in Anhui einen Geomanten aus Hongkong hatte einfliegen lassen, der das Gelände nach den Regeln des Feng Shui untersuchte und zu dem Ergebnis kam, daß es sich dank der Nähe zum Großen Fluß, der immer neue Reichtümer hereinspülte, ganz ausgezeichnet für ein blühendes Unternehmen eignete.

»Ich habe kein gutes Gefühl«, wiederholte Ma Li hilflos. »Ein Feuerpferd ist immer in Gefahr, das habe ich schon begriffen. In diesem Jahr scheint es jedoch besonders schlimm zu sein. Tigerjahre bringen immer Unheil.«

Er zog sich einen Stuhl heran. »Nicht unbedingt«, sagte er sanft. »Manchmal bringen sie auch Gutes. Aber oft auch Schlechtes.« Er seufzte. »Und manchmal Schlechtes, aus dem am Ende Gutes wird.«

»Du faselst!« Ma Li lachte unwillig.

»Ich wollte es dir erst nach der ganzen Aufregung und der Reise nach Anhui sagen, doch wo wir schon bei diesem Thema angekommen sind, ist es vielleicht besser, wenn ich gleich damit herausrücke.«

»Was ist?« Sie ergriff seine Hände. Unlängst war er beim Arzt gewesen, weil ihm oft schwindelig wurde. Es sei nichts Schlimmes, hatte er berichtet, nur ein bißchen Kummer mit dem Blutdruck. Kein Grund zur Besorgnis. Sie hatte das damals schon nicht geglaubt. Sollte er ihr nun eröffnen, daß der Krebs doch zurückgekommen war?

»Unser Haus wird abgerissen«, seufzte er. »Vor zwei Wochen schon bekam ich einen Brief, in dem stand, daß hier ein dreißigstöckiges Hochhaus entstehen soll. Apartments, Büros und Geschäfte. Dazu gab es eine Einladung, sich die Musterwohnungen anzusehen. Ende des Monats müssen wir unsere Bleibe verlassen. Ich hatte bisher einfach nicht den Mut gefunden, es dir zu sagen.«

Die Geschichte deines Lebens, dachte sie, aber sie war doch erleichtert, daß es nur ihre Wohnung war, die sie verlieren sollte. Trotzdem wurde ihr Herz schwer. Sie wollte nicht mehr umziehen, wollte keine neue Wohnung mehr beziehen, nicht mehr in ihrem Alter. Wenn sie dieses Zuhause verloren, dann konnte das nur bedeuten, daß ihre Zeit ablief. Man schlägt keine neuen Wurzeln mehr mit 92 Jahren.

Benjamin Liu blinzelte sie verständnisvoll an und beschloß, die zweite schlechte Nachricht lieber noch für sich zu behalten. Auch die alte, sowjetische Ausstellungshalle würde dem Ehrgeiz der Stadtplaner weichen müssen. Ein Revolutionsmuseum war dort zwar nie entstanden, weil der Plan lange vor der Fertigstellung wieder fallengelassen wurde, nachdem erkennbar wurde, daß nicht genug Ausstellungsstücke zusammenkommen würden. Das architektonische Monstrum im Zuckerbäckerstil, das immer mehr verfiel, war danach jahrelang vom Jugendverband als Tischtennishalle genutzt worden. Nun stand es einer neuen Hochautobahn im Weg, die dringend gebraucht wurde, um die ewig verstopften Straßen zu entlasten. Linglings letzte Ruhestätte mußte verlegt werden. Benjamin Liu hatte gehandelt, aber er hatte noch nicht gewagt, seiner Frau die Wahrheit zu sagen.

»Ich habe mich schon um einen Ersatz für unsere Wohnung bemüht«, sagte Liu zögernd und fischte in seiner Jackentasche nach einem Polaroidfoto. »Es ist noch nicht ganz fertig, die Handwerker haben noch eine Menge zu tun. Nach über vierzig Jahren in der Hand der Behörde für Öffentliche Sicherheit ist es auch recht muffig und muß gut durchgelüftet werden. Und es wird in mehreren Ländern der Welt nach dem passenden Springbrunnen gesucht.«

Das Gebäude verschwand fast hinter Baugerüsten, das Dach war halb abgedeckt, davor standen Lieferwagen und die Fahrräder der Arbeiter, die den Auftrag hatten, es wieder in den Originalzustand zurückzuversetzen. Es war das Tudor-Haus ihrer Pflegeeltern in der ehemaligen Französischen Konzession. Seit sie es für immer verlassen mußte, hatte Ma Li sich nicht einmal mehr in die Nähe dieses Hauses gewagt. Sie war im stillen immer davon ausgegangen, daß die Kommunisten es als Symbol des Kapitalismus abgerissen hatten, doch es stand noch. Selbst der Garten existierte noch. Allein der Springbrunnen mit der Fortuna-Statuette, aus deren Füllhorn Wasser floß, hatte den Bildersturm der Kulturrevolution nicht überlebt.

»Ich habe es dir schon einmal zum Geburtstag geschenkt, und nun schenke ich es dir wieder«, sagte Benjamin und konnte seine Tränen nicht verbergen. »So wird aus einer schlechten Nachricht am Ende doch eine gute.«

Ma Li hielt das Bild in ihren zitternden Händen. Tausend Erinnerungen flogen aus allen Richtungen heran. Ihr Atem ging schwer, ihre Kehle war wie zugeschnürt.

»Das Haus …«, sagte sie nur und fuhr sich mit der Hand durch das silbergraue Haar.

»Dein Haus. Unser Haus. Diesmal wird uns niemand daraus verjagen.«

Sie warf ihre Arme um seinen Hals, so wie sie es vor vielen Jahren zum letztenmal getan hatte, und vergrub ihr Gesicht in

509

seiner Schulter. Nun wußte sie, daß bald alles vorbei sein würde. Wenn man nur alt genug wurde, dann wiederholte sich die Geschichte, und wenn man nur klug genug war, dann konnte man aus ihr lernen. Nachdem er ihr dieses Haus zum erstenmal zum Geburtstag geschenkt hatte, war wenig später das Unglück hereingebrochen und hatte sie über Jahrzehnte nicht verlassen. Und jetzt? In ihrem Unglücksjahr? Konnte sie auf das Glück hoffen? Lieber nicht.

»Du hast wahrscheinlich wieder viel zu viel dafür bezahlt!« brachte Ma Li hervor.

Liu hielt sie fest. Seine Hand fuhr auf ihrem Rücken auf und ab. Er nickte. »Schon möglich…«, sagte er.

Nicht aus Dankbarkeit für ihr Geburtstagsgeschenk, nicht aus Loyalität gegenüber ihrem Mann und nicht aus Stolz auf ihre Urenkelin beschloß Ma Li, doch mitzufahren zu Eröffnung der Werksstadt in Anhui an den Ufern des Yangtze. Sie fuhr mit, weil sie fest damit rechnete, daß jede Minute mit Benjamin die letzte sein konnte, und sie wollte von der Zeit, die ihnen zusammen noch gegeben war, keine Minute versäumen.

3. KAPITEL

Xin Hong, Provinz Anhui, 10.August, 1998

Parteisekretär Li war ein aufgeblasener und geschwätziger Patron, einer jener modernen Kader, die es fertigbrachten, vom Wohl der Arbeiterklasse zu schwadronieren und dabei gleichzeitig sein Glas mit teurem französischen Cognac zu einem Toast zu erheben. Er hatte vorstehende Zähne und runde Backen, die ihm das Aussehen eines zufriedenen Hamsters verliehen, und ruderte, kaum daß er sich aus dem Rücksitz seines schwarzen Audi geschält hatte, voller Begeisterung auf die beiden Ankömmlinge zu. Sein Fahrer, der sofort hinter ihm her rannte und den Regenschirm trug, konnte kaum mit ihm Schritt halten.

»Herr Liu und Frau Wang«, rief der Statthalter der Kommunistischen Partei Chinas, der einen blauen Anzug trug und eine rote Krawatte, das Parteiabzeichen dezent am Revers. »Wie ich mich freue, Sie in unserer Provinz begrüßen zu dürfen.«

Benjamin Liu war in einen grauen Mao-Anzug aus feinem Stoff gekleidet, so als gehöre er zum konservativen Flügel des Politbüros, denn er ließ es sich nicht nehmen, die Kommunisten gerade zu solch feierlichen Anlässen auf feinsinnige Art und Weise daran zu erinnern, daß sie für ihn schon immer ein Haufen von verbohrten Trotteln gewesen waren. Ma Li hatte nicht lange überlegt und aus dem Schrank ihren eigenen, blauen Mao-Anzug hervorgeholt. Zusammen sahen die beiden aus wie die Gespenster aus einer Zeit, in der Menschen wie sie bis an den Rand der Verzweiflung und oft darüber hinaus getrieben worden waren. Sie entstiegen ihrem VW-Santana, und weil sie es versäumt hatten, an Regenschirme zu denken, war der Parteisekretär gezwungen, die werten Ehrengäste mit seinem Schirm gegen den Wolkenbruch zu schützen und dabei selbst naß zu werden. Dies war einer dieser Momente im neuen China, die Benjamin Liu genoß.

»Leider spielt das Wetter nicht so ganz mit«, quasselte Herr Li, während er die beiden in das Empfangsgebäude geleitete.

Die hausgroßen, roten Luftballons wurden über dem Gelände von Windböen umhergewirbelt und drohten, sich jeden Moment aus der Verankerung zu reißen. Die Spruchbänder, die über allen Hauseingängen und quer über allen Wegen von Fortschritt, Entwicklung und Reichtum kündeten, befanden sich im Zustand der fortgeschrittenen Auflösung. Auf das Feuerwerk würde man verzichten müssen, denn der Wetterbericht verhieß nichts Gutes. Die Sondermaschine aus Peking konnte im Unwetter nicht landen und war nach Shanghai ausgewichen. Die Gäste der Staatsführung hatten daraufhin beschlossen, wieder in die Hauptstadt zurückzufliegen, denn dort jagte eine Krisensitzung die nächste. Die Regenfälle der vergangenen Wochen in Tibet und Qinghai waren außergewöhnlich heftig ausgefallen. Erdrutsche und Überschwemmungen hatten am Oberlauf des Yangtze in Sichuan schon Hunderte Menschenleben gefordert. Nun rollte die Flutwelle wie eine Wasserwalze auf die großen Siedlungen und auf die fruchtbaren, dicht besiedelten Ebenen am Unterlauf zu. Die Millionenstadt Wuhan stand schon halb unter Wasser, und entlang der Auen und Reisfelder wurde eine einzige Frage plötzlich überlebenswichtig: Halten die Deiche? Die Armee hatte Zehntausende Soldaten abkommandiert, die Tag und Nacht Sandsäcke schleppten und Dörfer evakuierten.

»Alles halb so schlimm«, versicherte, inzwischen klatschnaß, Parteisekretär Li, als er Benjamin und Ma Li in die Halle

512

führte. »Wir wollten ursprünglich draußen feiern, aber bei diesem Wetter ist das ja wohl nahezu unmöglich.«

Anling, nun Lucy Wang, erwartete sie mit einem Gesicht, als wäre der Himmel eingestürzt. »Es tut mir leid«, sagte sie zur Begrüßung. »Alles war perfekt vorbereitet – und dann das.«

»Das Wetter hier ist wirklich unberechenbar«, sagte Chen, der traurig aussah und ein wenig zerzaust. Seine Frau Lingling stand hinter ihm und nickte.

»Das haben wir hier früher schon einige Male erlebt, doch manchmal verschwinden die Unwetter auch so schnell, wie sie gekommen sind.«

Die Musikkapelle war erschienen, allerdings ohne Instrumente, denn der Bus mit Trompeten, Querflöten und Pauken war irgendwo im Matsch steckengeblieben. Statt der erwarteten tausend Gäste hatten es nur rund zweihundert bis in den hoffnungsvollsten Industriepark des Landes geschafft. Einige von ihnen waren bis auf die Knochen durchnäßt, andere hatten Schmutz an den Schuhen. Die Frisuren der Damen hatten gelitten. Das Bufett war angerichtet, aber unvollständig und weitestgehend erkaltet. Die Fernsehteams waren ausgeblieben, lediglich ein Fotograf von der Volkszeitung und ein Reporter der Wirtschaftsnachrichten hatten den Elementen getrotzt und sich rechtzeitig eingefunden.

»Wir werden die Eröffnung verschieben müssen«, sagte Lucy Wang und suchte die Hände ihrer Urgroßmutter – kraftspendende, mutige Hände. »Es tut mir so leid. Alles sollte zu deinem Geburtstag fertig sein.«

Ma Li umfaßte die Hände der Firmenchefin so fest sie konnte und spürte, daß Anling kurz davorstand, in Tränen auszubrechen. Ihr Lebenstraum, ihr Jadepalast, stand kurz davor zusammenzubrechen.

»Aber es ist doch alles fertig. Und ich danke dir sehr für diese Ehre«, sagte Ma Li, doch Lucy hörte ihr gar nicht zu.

»Wir brechen ab«, bestimmte sie, worauf Parteisekretär Li angstvoll zusammenzuckte. »Wir verschieben um eine Woche.«

»Das geht nicht«, winselte der Parteikader. »Meine Vorgesetzten sind eigens aus der Provinzhauptstadt angereist! Sie werden mich dafür verantwortlich machen.«

»Dann werden sie eben noch einmal anreisen – und sie können mich dafür verantwortlich machen«, gab Lucy Wang gereizt zurück. »Ich habe nicht eine Milliarde Dollar hier investiert, um mich von einem verdammten Regenguß besiegen zu lassen. Haben Sie das verstanden?«

»Ich werde mein Gesicht verlieren!« erwiderte Herr Li unvorsichtigerweise.

»Wenn Sie nicht sofort die Feier verschieben, dann reiße ich Ihnen Ihr verdammtes Gesicht höchstpersönlich herunter!« zischte Lucy Wang.

Eine Minute später stand Herr Li, durchnäßt und demoralisiert vor einem Mikrofon, das außer schrillen Pfeifflauten kaum etwas hervorbrachte und erklärte, daß wegen widriger Witterungsverhältnisse die geplante Eröffnung des Industrieparks verschoben werden müßte. Alle Ehrengäste sollten mit Bussen in die nächstgrößere Stadt gebracht werden, wo man sie standesgemäß unterbringen werde. Die Busse ständen bereit, wenn sich bitte alle werten Gäste zum Ausgang bewegen würden …

»Halten die Deiche?« schrie einer aus dem Publikum – die alles entscheidende Frage der Menschen am Yangtze. Von draußen schlug eine Sturmböe mit solcher Wucht gegen die Glasfront, daß die Verankerungen der Scheiben hörbar ächzten.

»Selbstverständlich!« gab Herr Li umgehend zurück. »Ich habe persönlich die Bauarbeiten überwacht!«

Benjamin Liu, der sich das Fiasko schweigend und bedächtig angesehen hatte, nahm Lucy Wang beiseite. Noch nie hatte

514

er sie so aufgelöst, so ängstlich gesehen. Sie konnte seinem Blick nicht standhalten. Das blaßgelbe Kostüm von Dior, das sie für diesen besonderen Anlaß angezogen hatte, war verrutscht und hing an ihr wie ein Sack. Sie hatte erwartet, in den Fernsehnachrichten aufzutreten und von Zeitungen interviewt und fotografiert zu werden. Nun war ihr Make-up verlaufen, ihre Augen flogen angstvoll hin und her, ihr Oberlippe bebte.

»Anling«, sagte Benjamin ganz ruhig. »Ich habe dir nie gesagt, wie stolz ich auf dich bin und darauf, was du aus dieser Firma gemacht hast.«

Sie schien ihm gar nicht zuzuhören, sondern blickte in die Menge der frustrierten, verängstigten Gäste, die zum Ausgang strebten, und kämpfte mit ihrer Fassung.

»Wir haben mit Schuhen angefangen. Und jetzt haben wir eine ganze Stadt. Du allein hast das alles aufgebaut. Ich danke dir, Anling.«

Sie drückte geistesabwesend seine Hände und konnte ihn nicht ansehen.

»Ich danke dir. Was immer jetzt geschieht – es spielt keine Rolle.«

»Nichts wird geschehen«, sagte sie endlich. »Wir verschieben um eine Woche. Das ist alles. Sobald der verdammte Regen aufhört.«

»Verstehe doch, bitte«, beharrte der alte Mann. »Selbst wenn das alles hier untergeht – es ist nicht schlimm.«

»Was redest du denn?« schrie sie ihn unvermittelt an, ebenso aggressiv wie verzweifelt. Sie riß sich los, und im Weggehen fuhr sie noch einmal zu ihm herum: »Wir verschieben um eine Woche. Und die Deiche halten!«

Die Deiche standen tatsächlich – jedoch nur noch zwanzig Zentimeter über der Flutkrone. An manchem Stellen war es auch schon weniger. Die Gäste, die in ihren Bussen auf der einzigen befahrbaren Strecke in die nächstgrößere Stadt gebracht wurden, hatten reichlich Gelegenheit, sich vom Ausmaß der Bedrohung zu überzeugen, denn ihre Strecke führte auf dem Deich entlang und in unmittelbarer Nähe der tosenden Wassermassen des braunen Yangtze. Selbst wenn der dichte Wassernebel und die Wolken kurz aufrissen, konnte man das andere Ufer des großen Flusses nicht ausmachen. Es war, als würden sie auf das Meer blicken. Bäume, Dächer, aufgedunsenes, totes Vieh riß der todbringende Fluß an ihnen vorüber.

Mühsam tastete sich der Konvoi von fünfzehn Bussen durch den Wolkenbruch westwärts auf dem Deich entlang bis zur Abzweigung nach Wuwei, der nächsten Stadt. Immer wieder verlangsamten sie ihre Fahrt auf vorsichtiges Schritttempo, denn die unbefestigte Straße war tückisch. Ein falsches Lenkmanöver, ein unterspülter Abschnitt, eine trügerische Pfütze konnten in den Abgrund führen. Mal schien der Regen abzuklingen, dann wieder schüttete es wie aus Eimern, so daß die Scheibenwischer kaum nachkamen.

Links die braunen Fluten des Yangtze, rechts, zehn Meter tiefer, die Häuser und Dörfer, die Felder und Viehställe der Bauern, so ging es fünfundsiebzig Kilometer stromaufwärts. Unter normalen Bedingungen waren es höchstens zwei Stunden Fahrt bis Wuwei, aber im Unwetter wurde es zu einer Weltreise.

Benjamin und Ma Li folgten den Bussen der Ehrengäste in einigem Abstand in ihrem Volkswagen. Ihr Fahrer saß äußerst angespannt und konzentriert hinter dem Lenkrad, fluchte und stöhnte, kurbelte immer wieder mörderisch, um im Schlamm die Spur zu halten, und fiel immer weiter zurück.

Als die Nacht hereinbrach, waren die roten Rücklichter des letzten Busses im Nebel und Regenstaub vor ihnen verschwunden. Als selbst die Spuren der Busreifen im Schlamm von den tückischen Pfützen nicht mehr zu unterscheiden waren und die Scheinwerfer des Santana kaum noch etwas ertasteten, an dem der Fahrer sich orientieren konnte, drosselte er den Motor und ließ den Wagen ausrollen.

»Es tut mir sehr leid«, sagte er und wischte sich den Schweiß von der Stirn. »Wir kommen heute nicht mehr bis Wuwei. Ich habe zuviel Angst, und Angst ist ein schlechter Lotse. Eine falsche Bewegung, und wir landen im Fluß. Ich habe noch nie so etwas erlebt. Es tut mir sehr leid.«

Benjamin und Ma Li hielten sich bei den Händen und tauschten in der Dunkelheit einen Blick. Obwohl beide die Augen des anderen nicht sehen konnten, wußten sie, was sie einander zu sagen hatten. Vielleicht war dies die Endstation ihres langen Weges. Und wenn es so sein sollte – es war nicht schlimm. Hauptsache, sie waren zusammen.

»Ist schon gut, Meister«, beruhigte Benjamin den Fahrer. Er konnte die Schultern des Mannes als Silhouette im Licht der Scheinwerfer zittern sehen. Ob es wegen der körperlichen Anstrengung der letzten fünfzig Kilometer war oder schlicht aus Panik, vermochte er nicht zu sagen. Das Prasseln der Regentropfen auf dem Dach, das eben noch jedes Wort im Wagen übertönt hatte, erstarb plötzlich, als hätte jemand eine Dusche abgedreht. Die Scheibenwischer, die im nervösen Takt hin und her schnurrten, hatten nichts mehr zu beseitigen. Die Uhr am Armaturenbrett zeigte 22:34.

»Wir könnten versuchen, für die Nacht bei den Bauern ein Quartier zu bekommen.« Benjamin deutete auf die vereinzelten Lichter, die nach und nach unterhalb des Deiches zu sehen waren. »Vielleicht sieht morgen früh schon alles anders aus.«

»Es gibt immer wieder Fußwege, die zu den Gehöften hinunterführen«, hatte der Fahrer beobachtet. »Wir sind eben noch an einem vorbeigefahren.« Er beugte sich vor und holte eine kleine Taschenlampe aus dem Handschuhfach.

»Guter Mann«, lobte Benjamin.

Es war kein leichter Abstieg über die schlammverschmierten Holzstiegen hinunter auf die sichere Seite des Deiches.

Der Fahrer ging mit der Taschenlampe voran, dahinter, sich an seinen Schultern festhaltend, Ma Li und dahinter Benjamin, der sich auf einen Ast stützte, den er auf dem Damm gefunden hatte. Das erste Gehöft, an dessen Tür sie klopften, war verlassen. Oder die Bewohner hatten beschlossen, niemandem zu öffnen. Die Rufe des Fahrers verhallten unbeantwortet. Sie zogen durch knöcheltiefen Matsch weiter. Der Regen setzte wieder ein, als sie den zweiten Hof erreichten, in dessen Fenstern noch Licht brannte.

»Bitte, machen Sie auf und helfen uns!« Der Fahrer hämmerte an die Tür, und wenig später erschien das runzelige Gesicht eines alten Bauern, der einen erkalteten Zigarettenstummel zwischen seine letzten Zähnen gepreßt hatte. Er blinzelte aufgeregt im Licht der Taschenlampe.

»Wer seid ihr?« quäkte er.

»Wir sind mit dem Auto auf dem Deich steckengeblieben. Können wir die Nacht in deinem Haus verbringen?« fragte Benjamin.

Der Alte zog seinen Kopf zurück ins Haus und ließ die Tür offen – das war seine Antwort. Sie hörten ihn etwas rufen, was sie nicht verstanden, denn er sprach einen breiten Anhui-Dialekt.

Ihr Fahrer ließ sie eintreten und machte selbst keine Anstalten, mit in das Haus zu kommen.

»Was ist?« fragte Benjamin.

»Ich bleibe bei dem Auto«, erklärte der Fahrer.

»Das ist doch Unsinn.«

»Jemand muß auf das Gepäck aufpassen. Es gibt viele Diebe in dieser Gegend.«

»Das Gepäck ist gleichgültig.«

»Aber jemand könnte den Motor ausbauen oder die Reifen abmontieren. Dem ungebildeten Landvolk ist alles zuzutrauen. Außerdem muß ein Fahrer immer bei seinem Auto bleiben. Das ist nun einmal so. Ich hole Sie morgen früh wie-

518

der ab. Dann setzen wir unseren Weg fort. Es tut mir sehr leid, daß ich Sie nicht ans Ziel bringen konnte.« Er richtete demütig den Blick zu Boden.

Benjamin schüttelte unwillig den Kopf – über die Sturheit des Fahrers und über seine geringe Meinung von den Menschen, die bereit waren, ihr Dach mit ihnen zu teilen.

»Wie du willst«, sagte er schließlich und faßte Ma Li am Arm, um ihr über die Schwelle zu helfen.

Der Gang war stockfinster und roch nach Kohl und Viehdung. Ganz hinten fiel ein Lichtstrahl aus dem Raum, in dem der alte Mann offenbar gerade verschwunden war. Vorsichtig gingen sie hinein und klopften noch einmal an der halb geöffneten Tür.

»Ja, kommt rein« schrie jemand von innen.

Es war, als gingen sie über eine weitere Schwelle hundert Jahre zurück in die Vergangenheit, in das alte China, das sich nie geändert hatte. Als wären alle Kriege und Revolutionen, alle Kampagnen und Wirren spurlos vorübergegangen, saßen an einer Feuerstelle vier Generationen um einen Eintopf und schaufelten sich Kohl und Schweinefett in ihre Reisschüsseln. Der alte Mann, der sie hereingelassen hatte, hatte wieder auf seinem Schemel Platz genommen, neben ihm lag ein Säugling in einem Bastkorb. Daneben saßen seine zwei Geschwister, vielleicht Zwillinge, fünf Jahre alt, die junge Mutter, eine aufgeschwemmte Mittzwanzigerin in einem grellbunten Hemd sowie deren Eltern, die Mitte Fünfzig sein mochten, in schlichten blauen Arbeitsanzügen. Der Vater schielte stark, und die Mutter, die breitbeinig auf einem niedrigen Stuhl hockte, schmatzte laut und musterte die beiden Ankömmlinge mit unverhohlener Neugierde.

»Sie sind Parteikader. Habe ich recht?« sagte sie viel zu laut. Zum Schneiden dick war die Luft, das Zimmer wurde wohl nie gelüftet. Die drückende Schwüle des Hochsommers vermischte sich mit dem fetten Geruch des Abendessens. In der

Ecke, auf dem Boden aus festgetretenem Lehn, gewahrte Ma Li, als sie sich umblickte, einen Sarg, der immer für den Tod bereitstand, auf den der alte Mann wartete.

»Wir sind aus Shanghai«, sagte Benjamin Liu. »Unser Auto …«

»Ja, alle Leute aus Shanghai haben neuerdings Autos. Das habe ich im Fernsehen gesehen. Unsere Nachbarn haben nämlich einen Fernseher«, schnauzte die Frau ihn an und lachte. »Wir leben ja hier nicht hinter dem Mond.«

»Haben Sie Hunger? Setzen Sie sich!« forderte ihr stark schielender Mann sie auf.

Ma Li konnte kaum atmen, so überwältigt war sie von ihren Erinnerungen. Der Geruch, das Licht, die nackten Wände dieses Raumes – es war, als sei sie plötzlich wieder in der Küche der Herberge, wo sie und Lingling hinter dem Ofen gelebt hatten.

»Sie denken vielleicht, daß wir dreckige Bauern sind, aber so ein gutes Kohlgericht bekommen Sie in Shanghai bestimmt nicht serviert.« Die Frau lachte. Sie war dick und hatte schwarze Fingernägel. Sie erinnerte Ma Li an die dicke Köchin.

»Gerne würden wir mit Ihnen essen«, sagte Benjamin und führte Ma Li zu der Feuerstelle. Der schielende Mann erhob sich und holte zwei Stühle aus dem dunklen Teil des Raumes.

»Also – sind Sie nun Kader? Wir haben nämlich eine Menge zu fragen, aber unser Parteisekretär tut immer so wichtig.«

»Es tut mir leid – wir sind keine Kader. Wir sind nur einfache Leute!«

Die dicke Frau begann loszuprusten. »Sie sind keine einfachen Leute!« rief sie. »Das sehe ich sofort. Sie sind stinkreich, aber mein Sohn hat Arbeit gefunden in der neuen Fabrik weiter unten am Fluß. Bald ist er vielleicht auch stinkreich. Stimmt doch, oder? Und zwei andere Söhne habe ich noch, die arbeiten in Guangzhou auf dem Bau!«

Die aufgeschwemmte, dreifache Mutter schaufelte Gemüsereis in sich hinein und grinste verschämt. »Wenn wir genug Geld beiseite gelegt haben, dann bekommen wir auch einen Fernseher.«

Der schielende Mann drückte ihnen eine Schüssel mit Reis, Kohl und Schweinefett in die Hand und forderte sie, indem er seine Augenbrauen hochzog, zum Essen auf. Die beiden Kinder musterten die Fremden mit großen Augen und wichen ihrem Blick aus, sobald sie sie ansahen.

»Sie haben recht«, sagte Ma Li nach dem ersten Bissen. Die Mahlzeit war wirklich köstlich. »So etwas Gutes bekommen wir in Shanghai nicht.«

»Habe ich doch gesagt!« rief die Frau triumphierend. »Bitte, nehmen Sie noch mehr davon. Wir haben genug für alle!«

»Wie heißen Sie?« fragte Benjamin.

»Wir heißen Wang«, sagte die Frau. »Alle hier heißen Wang. Und wer nicht Wang heißt, der heißt Liu. Hier ist das Land der Wangs und der Lius.«

Benjamin und Ma Li tauschten ein Lächeln. »Dann haben wir die richtige Gegend gefunden«, sagte er. »Wir heißen nämlich auch Wang und Liu.«

»Wieviel Geld verdienen Sie?« fragte Frau Wang unverblümt.

»Wir sind alt und verdienen kein Geld mehr. Und Sie?«

Die Wangs waren ein wenig besorgt wegen des Hochwassers, aber sie hatten selbst beim Deichbau mitgeholfen und vertrauten auf die Stärke ihrer Befestigungen. Schließlich kam das Hochwasser fast jedes Jahr, und noch nie, so weit sie zurückdenken konnten, war etwas wirklich Schlimmes passiert. Sie besaßen zwei Reisfelder und einen Fischteich, drei Schweine und fast zweihundert Enten. Seit ein paar Jahren ging es spürbar bergauf. Die beiden ältesten Söhne arbeiten schon seit Jahren im Süden, und der Jüngste hatte glücklicherweise eine Anstellung in der neuen Fabrikstadt flußabwärts gefunden. Ob sie davon schon gehört hatten? Das war ein ganz unglaubliches Ding, fast so groß wie Shanghai und modern bis zum Gehtnichtmehr. Wer da Arbeit fand, hatte ausgesorgt. Die Schwiegertochter hatte vor fünf Jahren die Zwillinge zur Welt gebracht. Beides Mädchen. Pechsache. Also hatten sie den zuständigen Beamten so lange beschwatzt und ihm auch Geld zugesteckt, bis er die Genehmigung für ein weiteres Kind herausrückte. Und dann kam endlich ein Junge. Ein Prachtkerl. Letzten Herbst war die Großmutter gestorben, und der alte Vater war sehr still geworden und würde sicherlich auch bald sterben. Sie würden dafür sorgen, daß er ordentlich bestattet und seine Seele anstandslos ins Totenreich überführt wurde. Der Alte nickte zufrieden und kaute auf seiner erkalteten Zigarette.

»Wenn Sie aber ein Auto haben, dann sind Sie sicherlich ganz schön reich!« sagte Frau Wang.

»Wenn das Auto im Schlamm steckenbleibt und man nicht weiterkommt, was hilft einem dann noch Geld?« fragte Benjamin Liu, und Frau Wang, die darüber noch nie nachgedacht hatte, nickte bedächtig.

Ma Li sagte wenig. Sie war wie verzaubert, hingerissen von diesem einfachen Haus und seinen Bewohnern. Hier schien es keine Lügen und keine Falschheit zu geben. Es war ein Haus der Unschuld, ohne Lügen, ohne Gier. Ein Haus mit Menschen, die nie zuviel von irgend etwas besessen hatten und dennoch alles hatten, weil sie einander hatten. Sie beobachtete den schweigsamen Greis, der vielleicht ihr Alter haben mochte, wie er ins Feuer starrte und an seine verstorbene Frau dachte, der er bald folgen würde. Der Sarg stand schon bereit. *Ich habe keinen Sarg*, dachte Ma Li. *Wer wird sich um meine Seele kümmern*? Sie betrachtete die Hände des Mannes: Hände, die ein Leben lang zugepackt und geschuftet hatten, vertrocknet nun und beinahe kraftlos. Hände, die bereit waren, den Tod zu begrüßen. Unwillkürlich suchten ihre Blicke die Hände ihres Mannes, und sie erschrak.

»Wir haben keine Betten, aber Sie können im Heu schlafen.« Frau Wang gähnte, als das Feuer langsam erlosch. Es mußte schon weit nach Mitternacht sein. »Das Heu ist ziemlich bequem, Sie werden sehen …«

Ma Li und Benjamin stellten fest, daß Frau Wang nicht übertrieben hatte. Ihr Lager war weich und der Geruch, den es verströmte, köstlich. Sie lauschten auf den Regen, der mal stärker, mal schwächer auf das Dach trommelte, und auf das leise Grollen und Gurgeln des mächtigen Flußdrachens, der nur wenige hundert Meter weiter an den Deichen leckte.

»Bist du schon sehr müde?« fragte Benjamin Liu nach einer ganzen Weile. Ma Li dachte nicht an Schlaf. Sie lauschte in die Nacht und fragte sich, wie lange ihr Mann noch bei ihr bleiben würde. Sie hatte beim Blick auf seine Hände festgestellt, daß auch sie eingefallen und müde aussahen wie die Hände des alten Herrn Wang. Benjamins Hände zitterten. Der Tod griff nach ihnen. Er hatte es zu verbergen versucht, aber dieser Tag hatte ihn mehr angestrengt, als er jemals zugeben würde. Die lange Fahrt aus Shanghai, die verpatzte Fabrikeröffnung, die Auseinandersetzung mit Anling und dann die nervenzehrende Fahrt auf dem Damm – Benjamin Liu war am Ende seiner Kräfte.

»Ich bin wach!« antwortete sie.

»Ich muß dir etwas sagen …«

Eine lange Stille folgte – er suchte nach Worten für die Beichte seines Lebens. Endlich. Aber nun wußte sie, daß auch Benjamin den Tod um dieses Haus der Unschuld und der Ehrlichkeit schleichen hörte. Sie beschloß, ihm seine schwerste Pflicht leichtzumachen.

»Ich weiß es bereits.« Sie nahm seine Hand, die kalt war und nichts suchte außer Trost und Liebe, doch beides konnte sie ihm geben. Es schien, als überrasche ihn das gar nicht, oder er verstand die ganze Tragweite ihrer Worte nicht.

»Ich wußte damals nicht, wie sehr du ihn liebtest, und

vielleicht – ich weiß es nicht – vielleicht hätte ich es nicht getan, wenn ich das gewußt hätte.« Seine Stimme war dünn und heiser. Er schluckte schwer an unterdrückten Tränen. »Ich sah nur mein eigenes Glück und meine Liebe zu dir. Ich wollte dich nicht verlieren.«

»Ich weiß auch das, aber du hast Kang Bingguo nicht umgebracht, Liebster. Ich dachte lange, es sei mein Pflegevater gewesen, aber auch er war es nicht. Es war Zhang Yue, sie hat es mir selbst gesagt, kurz bevor sie starb. Sie hat es mir zugeflüstert, und dann ist sie gestorben.« Sie bekam eine Gänsehaut, während sie das sagte. *Nicht auch du*, dachte sie verzweifelt und drückte seine Hand noch fester.

»Aber ich habe doch Monokel-Zhang beauftragt …«

»Er hat den Auftrag nicht ausgeführt. Er hat es mir kurz vor seinem Tod gestanden.«

»Wieso …?« Benjamin versuchte, sich auf seinem Heubett aufzusetzen, was ihm nicht gelingen wollte. Zu weich war das Lager, in das er immer tiefer versank.

»Du hättest es schon vor dreißig Jahren erfahren können, aber erst mußtest du mir deine Geschichte erzählen. Warum hast du nur so lange damit gewartet?«

»Ich war ein Idiot«, sagte er trocken. »Mein ganzes, langes Leben lang war ich ein Idiot.«

»Rede keinen Unsinn!« Sie kicherte, erleichtert, daß nun endlich alles zwischen ihnen ausgeräumt war. Fast hundert Jahre alt hatte sie werden müssen, um das zu erleben.

Sie lagen nebeneinander, hielten sich bei den Händen und verjagten den Schlaf, wenn er sich näherte. Es waren vielleicht die kostbarsten Stunden ihres Lebens, und kein Schlummer sollte sie ihnen rauben, denn vielleicht versteckte sich in ihm der Tod.

Als das erste Licht durch die Ritzen des Schuppens fiel, stellte Ma Li erleichtert fest, daß Benjamin noch atmete. Sie fühlte verstohlen seinen Puls, der schwach war, aber regelmäßig. Möglicherweise hatte sie ihn wieder gewonnen, vielleicht konnten sie dem Leben noch ein paar gemeinsame Tage, Wochen oder sogar Monate und Jahre abtrotzen. Man war so gierig nach dem Leben – besonders, wenn man alt genug geworden war, gute Zeiten zu sehen.

Es war noch nicht lange hell, als sie die Motoren hörten. Der Regen hatte vor einer Stunde schon aufgehört. Durch die Ritzen im Gebälk fielen sogar Sonnenstrahlen, Hühner scharrten und gackerten draußen im Hof. Immer näher kamen die Motoren, es waren wohl mehrere Autos, die sich näherten. Dann vernahmen sie Stimmen.

»Ich glaube, ich höre unseren Fahrer«, sagte Benjamin und rappelte sich auf. Sie klopften sich das Heu von den Kleidern, als sie hinaus in den schwülen Morgen traten. Das Gastspiel der Sonne würde jedenfalls nur von kurzer Dauer sein. Am westlichen Horizont ballten sich schwarzblaue Wolken bedrohlich zusammen. Auf dem Deich standen ihr Volkswagen und vor ihm drei Jeeps, denen ein Dutzend Männer entstiegen waren. Als sie näher kamen, erkannten sie Arbeiter, die mit roten Stangen hantierten und Männer in Anzügen. Einer von ihnen war der unangenehme Parteisekretär, Herr Li, der aufgeregt mit den Armen fuchtelte und auf den Fahrer einredete.

»Was ist denn los?« fragte Benjamin, als sie die beschwerlichen und glitschigen Stufen den Deich hinauf gemeistert hatten.

»Sie verlangen, daß ich rückwärts bis zur nächsten Abfahrt fahre. Das ist mehr als ein Kilometer!« empörte sich der Fahrer. »Das wäre Selbstmord bei dieser aufgeweichten Piste.«

»Wir haben hier zu tun!« rief der Parteisekretär und versuchte, sich zwischen Benjamin und die Arbeiter zu stellen, so als wolle er verhindern, daß der Mann aus Shanghai sah, was sie taten. Es schien, als klopften sie den Deich ab.

»Da seid ihr ja!« hörten sie eine vertraute Stimme. Anling

525

stieg aus dem letzten Jeep und kam auf sie zu. Sie hatte ihr Dior-Kostüm abgelegt und trug Gummistiefel, einen Arbeitsanzug und eine Regenjacke der Volksbefreiungsarmee. »Kommt her, ich bringe euch ins Hotel. Ihr seht ja aus, als hättet ihr im Stroh übernachtet!«

Benjamin blickte hinüber zum Haus der Wangs und sah, daß die ganze Familie vor die Tür gekommen war, um zu sehen, wer am frühen Morgen solchen Lärm verursachte. Sie winkten ihm zu, und er winkte unsicher zurück.

»Du hast uns gesucht?« fragte Ma Li

Anling antwortete: »Natürlich. Ich habe kein Auge zugetan, weil ich mir Sorgen um euch gemacht habe. Jetzt kommt aber mit!«

»Was geht hier vor?« fragte Benjamin und deutete in Richtung der Arbeiter.

»Nur eine kleine Deichreparatur. Um ganz sicherzugehen … Nun kommt, im Hotel wartet ein reichhaltiges Frühstück,« antwortete Anling und ergriff die Hand ihrer Urgroßmutter, um sie zu ihrem Wagen zu ziehen. Die Hand war fahrig und nervös, die Hand einer Lügnerin.

»Sag die Wahrheit, Anling«, forderte Ma Li, die sich dem Zug der energischen, jungen Frau nicht widersetzen konnte. »Was machst du hier?«

»Ich bin froh, daß ich euch gefunden habe!« erklärte Anling ausweichend. »Das ist alles.«

»Was machen die Arbeiter dort?« Benjamin, der den beiden Frauen folgte, beharrte auf eine Antwort auf seine Frage.

»Deichreparaturen«, wiederholte Anling gereizt. »Wie oft soll ich das noch sagen?«

»So lange, bis die Wahrheit dabei herauskommt!« versetzte Ma Li streng.

»Ich sage die Wahrheit!«

»Und seit wann braucht man für Deichreparaturen Dynamit?« fragte Benjamin scharf.

Anling sah die beiden entgeistert an. Ihr Haar hing ihr wirr ins Gesicht. Sie sah gehetzt und übernächtigt aus. »Du hast selbst gesagt, du wolltest das Geschäftliche mir überlassen. Also höre bitte auf, dich einzumischen!« fuhr sie den alten Mann an.

»Antworte mir!« entgegnete Benjamin Liu in einem Ton, den weder Anling noch Ma Li jemals von ihm gehört hatten. Sein Unterkiefer zitterte, seine Nasenflügel bebten, und wenn nicht der messerscharfe, bohrende Blick aus seinen Augen gewesen wäre, hätte man meinen können, er stünde kurz vor dem Herzinfarkt.

»Die Deiche werden nicht halten«, sagte Anling trotzig, so als sei das Benjamins Schuld. »Es regnet weiter am Oberlauf. Die nächste Flutwelle wird hier alles zerstören. Auch unsere Stadt.«

»Ja und?« fragte Benjamin etwas versöhnlicher. »Ich habe dir bereits gestern gesagt, daß mir das nichts ausmacht.«

»Aber mir macht es was aus, verstehst du das nicht? Ich verliere alles!« Sie schrie die Worte heraus wie eine Furie. Er sah sie fassungslos an und vergewisserte sich durch einen hilflosen Blick bei Ma Li, daß sie das tatsächlich gehört hatten. Ihr Mädchen, auf das sie so stolz waren, ihr Mädchen, das sich für Demokratie und Menschenrechte eingesetzt hatte, wandelte sich in einen Dämon, wenn seine Reichtümer bedroht waren.

»Dann fangen wir eben wieder von vorne an«, sagte Ma Li und suchte den Blick der jungen Frau. »Ich weiß, wie das geht.«

»Ich will das aber nicht. Ich habe meinen Erfolg verdient und werde ihn mir nicht von einem verdammten Fluß kaputtmachen!«

»Ihr wollt den Deich sprengen«, stellte Benjamin Liu fest, als ihm dämmerte, was geschehen sollte. »Ihr wollt ihn hier oben sprengen, damit er nicht fünfzig Kilometer weiter unten bricht und das Werk überflutet wird.«

»Kapierst du das nicht?« heulte Anling. »Der Deich würde sowieso brechen. Das ist nur eine Frage von Tagen, vielleicht

527

nur von Stunden. Wenn wir hier oben sprengen, dann haben wir eine gute Chance *Wang City* zu retten.«

»Und all diese Leute hier sollen ertrinken, damit dein Reichtum keinen Schaden nimmt?« Ma Li bekam kaum Luft, so aufgeregt war sie. »Anling! Ich bitte dich!«

»Sie würden sowieso ertrinken. Warum begreift ihr das nicht?« Sie stampfte mit den Füßen auf wie ein zorniges, kleines Mädchen. »Rein jetzt in das Auto. Ich habe keine Zeit für solche Auseinandersetzungen!«

»Du kannst deinen Jadepalast nicht auf den Leichen unschuldiger Bauern errichten«, sagte Ma Li.

»Ich weiß nicht, wovon du redest«, gab Anling beleidigt zurück. »Ich glaube an keinen Jadepalast. Ich habe ein Unternehmen zu führen, und wenn ich nicht jetzt handele, dann wird dieses Unternehmen untergehen.«

»Ich bleibe hier«, sagte Benjamin Liu feierlich, denn er erkannte, daß es sinnlos war, mit diesem Dämon zu streiten. »Ich bleibe bei den Bauern.«

»Mache, was du willst, alter Mann«, zischte Anling. »Es ist auch dein Unternehmen. Ich rette es auch für dich.«

»Rette dich selbst für mich, mehr verlange ich nicht.« Mit diesen Worten drehte Benjamin sich um und ging zurück zu der Treppe. Parteisekretär Li hatte inzwischen den Fahrer so weit eingeschüchtert, daß er in den Wagen stieg.

»Hier wird es bald ein Unglück geben«, rief der Fahrer dem niedergeschlagenen, alten Mann zu. »Ich setze den Wagen zurück und fahre dann so schnell ich kann nordwärts. Bitte, steigen Sie ein!«

Liu winkte müde ab. Er blieb stehen und sah hinüber zum Haus der Familie Wang, dem Haus der Ehrlichkeit, das dem Untergang geweiht war. Die Familie stand immer noch vor der Tür. Alle blickten zu ihnen hinüber.

»Sie sollten tun, was Ihr Fahrer sagt«, empfahl Parteisekretär Li boshaft.

Voller Verachtung musterte ihn Benjamin. »Ja, tun Sie doch, was Sie und Ihresgleichen am besten tun. Ermorden Sie unschuldige Menschen zu Ihrem eigenen Vorteil.«

»Ich brauche mir von einem Erzkapitalisten wie dir keine Vorträge halten zu lassen!« schrie Li. Seine Stimme überschlug sich.

Fünfzehn Meter entfernt sank Anling zu Boden. Ihre Hände griffen im Fallen in den Dreck, und ihr Gesicht sank fast in eine Pfütze. »Bitte, kommt doch mit!« flehte sie.

»Ich bleibe bei meinem Mann«, wiederholte Ma Li, die voller Mitleid und Verachtung auf die Urenkelin hinabsah. »Und bei der Familie Wang. Sie haben drei wunderbare Kinder und einen Großvater, der so alt ist wie wir. Wenn du sie ertränken willst, dann ertränke auch uns, Anling. Ihre und unsere Todesschreie werden für immer durch deinen Jadepalast hallen. Lebe wohl.«

»Bleibe bei mir!« In der Pfütze liegend, Kleider und Gesicht mit Schlamm verschmiert, klammerte sich die weinende Anling an Ma Lis dünnes Schienbein und hinderte sie am Weggehen. »Ich will alles tun, was du sagst, aber bitte, bleibe bei mir!«

Plötzlich schrie einer der Arbeiter, die Dynamitstangen möglichst tief an der Flußseite des Deiches anbringen sollten, und stürzte in den Fluß. Es dauerte nur Sekunden, da war sein Körper weggerissen. Nur eine Hand ragte noch aus den schnellen, braunen Fluten. Die Sonne war verschwunden, der Regen setzte wieder ein.

»Was ist los?« schrie Parteisekretär Li verunsichert.

Drei andere Arbeiter, die ebenfalls bis zu den Hüften im Wasser standen, wurden vom Strom weggerissen.

»Der Deich gibt nach!« brüllte der Mann, der die vier Arbeiter dirigiert hatte. Einen Moment später verlor auch er den Halt und glitt mit rudernden Armen und einem grellen Schrei in die Fluten. Mit ihm fielen zwei seiner Helfer.

Benjamin Liu hatte die ersten Stufen des schlüpfrigen Abstiegs genommen, als er den fingerdicken Wasserstrahl sah, der direkt neben seinem Fuß aus dem Erdreich schoß. Er legte beide Hände an den Mund und schrie so laut er konnte zu den Wangs »Rennt! Rennt um euer Leben. Der Deich bricht!«

Ma Li riß sich aus Anlings Umklammerung und sah gerade noch, wie der rote Santana sich aufbäumte, wie die Vorderräder in der Luft hingen und die ganze Karosserie mitsamt ihrem Fahrer einfach verschwand, sah, wie Parteisekretär Li wegrennen wollte, hinfiel und fortgerissen wurde wie ein Stück Holz. Sie sah ihren Mann, der auf dem Abstieg stand und das Gleichgewicht suchte, sah seinen Blick, der ihr zurief *Vergiß mich nicht*! und sah, wie ihm die Beine von einem tödlichen Hieb aus Wasser weggeschlagen wurden.

Der erste der Jeeps sackte weg und tauchte erst wieder auf, als er das Haus der Wangs rammte, das mannshoch vom Wasser umspült wurde. Ma Li wollte ihrem Mann nach, um mit ihm zu sterben, aber Hände ergriffen sie von hinten und zogen sie in die andere Richtung. Die Arbeiter, die überlebt hatten, zerrten die beiden Frauen in die Wagen, und mit kreischenden Motoren setzten die Fahrzeuge zurück, während vor ihnen und unter ihnen der Deich zerbröckelte und zur Wasserwüste wurde.

Hundert Meter weiter wurde der Untergrund plötzlich wieder fest. Hier hielt der Deich dem Toben des Flußdrachens stand, so daß sie nach zwei Kilometern die rettende Abfahrt erreichten.

Von den Gehöften, den Häusern, Ställen und Schuppen diesseits des gebrochenen Deiches ragten nur noch die Dächer hervor, wie Inseln in einem braunen Meer. Auf manche hatten sich die Bewohner geflüchtet und hofften, sich dort so lange halten zu können, bis ein Rettungstrupp der Volksbefreiungsarmee sie erreichte.

Anling weinte den ganzen Weg, zwei Stunden bis nach Wuwei, die größte Stadt der Gegend. Ihre Kleider, Hände, Haare waren schlammverschmiert, sie stank wie ein nasses Tier und krümmte sich zitternd und unter Schock auf dem Rücksitz zusammen. »Ich habe ihn umgebracht«, schluchzte sie immer wieder.

Ma Li wurde klar, daß sie ihren Liebsten tatsächlich niemals wiedersehen würde. Also war es doch der Tod, der in der letzten Nacht um das Haus der Unschuld und der Ehrlichkeit geschlichen war. Sie beide hatten ihn gehört, hatten seinen kalten Atem gespürt, und als der Tag graute, da dachten sie beide, sie seien noch einmal davongekommen. Der Tod jedoch hatte sich nicht abweisen lassen. Er hatte nur hinter dem Deich im Fluß gelauert, und seine Beute war reichlich ausgefallen. Hunderte Häuser und Höfe waren von den Fluten umgerissen oder eingeschlossen worden. Auf dem Weg nach Wuwei kamen ihnen Lastwagen der Armee entgegen, vollbesetzt mit jungen Soldaten, die zur Schlacht gegen den Yangtze ausrückten. Hundert Tote meldete am nächsten Tag die Volkszeitung – doch wie immer waren es in Wirklichkeit viel mehr.

Anling war nicht mehr die feuerspeiende Dämonin des Deiches, sie war ein schmutziges Häuflein Elend, voller Selbstvorwürfe und Schuld. Ma Li führte sie, als sie das Hotel erreichten, auf ihr Zimmer, wusch sie und kleidete sie an, als wäre sie wieder das kleine Mädchen, das vor bald vierzig Jahren in ihr Leben getreten war. Lingling und Chen, ihre Eltern, die in der Nacht mit einem der Busse nach Wuwei gekommen waren, saßen mit Ma Li an Anlings Bett.

»Ich muß wiedergutmachen, wiedergutmachen«, winselte Anling, die aus Scham die Decke über ihren Kopf gezogen hatte.

»Mir scheint, sie hat Fieber«, sagte Chen, der ehemalige Barfußarzt.

»Es ist nur der Schock«, erklärte Ma Li, deren eigener

Schock ihr fast das Herz abschnürte. Würde sie Anling, das Mädchen, das sie geliebt hatte, jemals wieder so sehen können wie früher? Oder würde ihr immer nur die böse, menschenverachtende Dämonin vor Augen stehen, die auf dem Deich stand und eiskalt das Todesurteil über Hunderte von Menschen sprach, um ihren Besitz zu beschützen? Waren Anlings Tränen wirklich echt?

»Es tut mir so leid um deinen Mann«, sagte Lingling. »Wir haben ihm alles zu verdanken. Und nun haben wir nicht einmal ein Grab, wo wir ihn besuchen können.«

»Ja«, sagte Ma Li. »Daran habe ich auch schon gedacht.« Nichts war so schrecklich wie der Tod ohne ein Grab.

»Ich werde ihn suchen«, erklang es von Anlings Krankenlager. Sie schlug mit einem Mal das Bettuch beiseite und fuhr aus dem Bett. »Und ich werde ihn finden. Ich bringe ihn zu dir, Ma Li. Ich bringe dir deinen Mann zurück.«

»Ich komme mit«, erklärte Chen. »Wir lassen ihn nicht hier zurück. Wir bringen ihn nach Hause.«

Eine halbe Stunde später brachen sie mit einem Hubschrauber der Armee ins Überschwemmungsgebiet auf. Für die größte Investorin der ganzen Provinz war nichts unmöglich.

Am späten Vormittag hatten sich die schwarzen Wolken ausgeregnet, und zum erstenmal seit zwei Wochen waren keine neuen Unwetter angekündigt. Statt dessen lag brütende Hitze über dem Flußlauf. Chen und Anling überflogen eine kilometerbreite hellbraune Wasserwüste, zerstörte Dörfer und Höfe, aufgedunsene Viehkadaver und Wracks von Landmaschinen und Lastwagen. Sie überflogen den gebrochenen Deich, ein klaffendes Loch, das auf einer Breite von hundert Metern dem Druck des Yangtze nachgegeben hatte. Wie Ameisen wirkten die Soldaten, die Sandsäcke in die Fluten warfen und hofften, die Wut des Flusses zu zügeln. Eine kleine Zeltstadt war auf dem intakten Teil des Deiches entstanden, wo die Überlebenden notdürftig versorgt wurden.

Einen Kilometer unterhalb des Deichbruches entdeckten sie einige menschliche Leichen, die sich im Ufergestrüpp wie in einem Netz des Todes verfangen hatten, und bedeuteten dem Piloten, dort zu landen.

Chen sicherte sich mit einem Seil und schwamm die zwanzig Meter hinaus zu den Toten.

»Er ist nicht dabei!« schrie er zurück, aber er brachte es nicht über sich, die Opfer hier alleine zu lassen. Der Fluß würde sie irgendwann wegspülen, weg aus ihrer Heimat und den Lieben, die vielleicht noch lebten, um sie zu betrauern und sie zu bestatten. Einen nach dem anderen, achtzehn leblose Körper, zog er keuchend vor Anstrengung aus dem Gestrüpp und brachte sie auf den Deich.

Über Funk orderten sie ein Boot, das wenig später zur Stelle war, und hatten bis zum späten Nachmittag mehr als vierzig Tote aus dem Wasser gefischt und zurück zum Deich gebracht. Auch Überlebende fanden und bargen sie. Einen jungen Mann, der in einem Holzzuber ruderte, und eine kleine Familie, die auf der Tür ihres Hauses wie auf einem wackeligen Floß hilflos in den Fluten trieb.

»Es wird bald dunkel. Wir müssen abbrechen!« rief der Soldat, der das Boot steuerte.

»Wir brechen nicht ab, bis ich es sage, verstanden?« schrie Anling.

»Wie Sie meinen«, gab der Soldat kopfschüttelnd zurück.

»Dort drüben!« Chen zeigte auf ein längliches Objekt, das sich in den Ästen eines versunkenen Baumes verhakt hatte.

Es war, wie sie im Näherkommen sahen, ein Sarg. Darin zwei kleine Mädchen, Zwillinge offenbar, bis auf die Knochen durchnäßt, weinend, zu Tode verängstigt, aber gesund. Sie hielten ein Seil in ihren Händen. Neben dem schwimmenden Sarg, wie schwebend im Wasser, die Hand noch immer um das andere Ende des Seiles geschlossen, fanden sie Benjamin Liu.

»Es war der Sarg des Großvaters«, sagte Ma Li später, als sie alles gehört hatte. »Sicherlich saß die ganze Familie Wang in dem Sarg, und Benjamin hat versucht, sie in Sicherheit zu bringen, aber nur die Zwillinge haben überlebt.« Ihr Blick verklärte sich. »Das sah ihm ähnlich. Ich habe mal beobachtet, wie er einem kleinen Jungen das Leben gerettet hat. Irgendein Grobian wollte den Kleinen zu Tode prügeln, aber Benjamin ist aus dem Auto gesprungen und hat den Jungen freigekauft. So war er. Und so ist er geblieben.«

3. Kapitel

Shanghai, 14. August 1998

Der passende Springbrunnen war noch immer nicht gefunden worden. Man sei in Verhandlungen mit einem Hersteller im italienischen Padua, erklärte der Architekt, der sie in das Anwesen führte. Verschwunden waren die Gerüste, die Leitern und die Lastwagen, verschwunden auch die Zementsäcke und die Baumaschinen, die auf dem Foto, das Benjamin ihr gezeigt hatte, zu sehen gewesen waren.

Das Tudor-Haus erstrahlte in neuem Glanz – das Fachwerk über dem Portal, die Erker, die spitzen Dächer. Es war wie damals, als Ma Li ihr neues Zuhause zum erstenmal gesehen hatte. Als Lingling, die brav an ihrer Hand ging, plötzlich sofort losrennen mußte, um in dem herrlichen Garten zu spielen. Ma Li war damals mit ihrer Schwester in den Garten gerannt, jauchzend hatten sie mit den Schmetterlingen im herrlich satten Grün getanzt, unter Blumen, in den Wohlgerüchen im Garten eines Jadepalastes. Ma Li war, als hörte sie das herzliche Lachen der Madame Lin, die sich an ihrem sprachlosen Erstaunen über dieses wundervolle Zuhause ergötzte.

Und wieder rannten zwei kleine Mädchen los und tobten mit den Schmetterlingen auf dem Grün des Rasens. Wieder lachte eine hartgesottene Geschäftsfrau, als die beiden sich zum erstenmal ihrer Angst entledigten und Kinder wurden, ohne Angst und ohne Mißtrauen. *Jetzt*, dachte Ma Li, *kommt die Zeit zurück, der Kreis nähert sich der Vollendung, und die Geschichte wiederholt sich. Jetzt ist es bald soweit, daß ich Abschied nehmen muß ...*

Nun war ihr das Haus ein drittes Mal geschenkt worden, und Ma Li fragte sich, ob Häuser eine Seele haben konnten, ob sie sich wohl erinnerten – an Stimmen oder an Schritte der Menschen, die einst in ihnen gelebt hatten.

»Es ist ein Haus voller Geschichten«, sagte, als könnte er ihre Gedanken lesen, der Architekt, ein smarter Hongkongchinese mit amerikanischem Vornamen. Stolz auf sein Werk stand er neben Ma Li, verschränkte die Arme vor der Brust und lächelte zufrieden, während die Zwillinge im Garten tobten. Ma Li saß immer noch im Rollstuhl, den ihre Urenkelin schob.

Sie waren erst gestern aus Hefei, der Hauptstadt Anhuis nach Shanghai geflogen. Am Morgen hatten sie Benjamin Liu bestattet. Es war kein trauriges Fest gewesen, sondern wie jedes gute Begräbnis ein Abschied und ein Wiedersehen zugleich. Sein Foto war in einem Meer von Blumen aufgestellt worden. Auf der Kondolenzliste tauchten die Namen aller wichtigen Persönlichkeiten in Shanghai auf. Wirtschaftslenker und Politiker erschienen persönlich oder schickten riesige Blumengestecke. Aus Peking trafen zwei Telegramme der wichtigsten Männer Chinas ein: Staatspräsident Jiang Zemin und Ministerpräsident Zhu Rongji kondolierten – beide stammten aus Shanghai.

In der ersten Reihe der Trauergäste saßen Ma Li, Anling und ihre Tochter Yuanyuan, die Chirurgin, die aus Los Angeles angereist war und die sich Patricia nannte. Benjamins Sohn, der in New York lebte und sich dort noch immer als Komponist durchschlug, hatte lediglich eine unpersönliche Beileidskarte geschickt. Darauf gab er eine Kontonummer an, für den Fall, daß es etwas zu erben gab.

Benjamins zweite Frau war längst in ihrem Exil auf Hawaii verstorben und kurz noch vor ihr ihre Tochter, die sich, wie Yuanyuan-Patricia zu berichten wußte, buchstäblich zu Tode gefressen hatte. Ma Li lernte ihre einzige Tochter als eine schöne Frau von resolutem und selbstbewußtem Auftreten kennen, deren Chinesisch seit Jahrzehnten angestaubt war und die sich viel sicherer auf englisch verständigen konnte.

Immer wieder richtete Ma Li verstohlene Seitenblicke auf die Besucherin aus Amerika. Es schmerzte sie, daß sie Yuanyuan nicht hatte großwerden sehen. Sie war eine Fremde und ahnte nicht einmal, daß Ma Li ihre Mutter war. Vor vielen Jahren schon waren sie und Benjamin übereingekommen, daß es keinen Sinn hatte, ihr die Wahrheit zu sagen, denn sie hatte ihre Stiefmutter immer sehr geliebt, und weshalb sollte man ihre Gefühle verunsichern? Yuanyuan-Patricia hatte die alten Herrschaften niemals in Shanghai besucht, obwohl Benjamin sie in seinen Briefen und Telefonaten immer wieder eingeladen hatte. Die Tochter hatte niemals verstanden, warum er sein blühendes Unternehmen so plötzlich im Stich gelassen hatte, um mit seiner Jugendliebe in Shanghai noch einmal neu anzufangen. Insgeheim gab sie ihm wohl auch die Schuld am Tod ihres geliebten Bruders, Xiao Tang – Jason. Trotzdem war sie zur Trauerfeier erschienen, auch wenn sie keine Tränen zu weinen hatte.

»Ich sehe mir morgen noch ein wenig die Stadt an«, sagte sie zum Abschied.

»Ich könnte Ihr Fremdenführer sein«, bot Anling an.

»Nein, danke. Ich möchte Ihnen nicht zur Last fallen«, erwiderte Yuanyuan-Patricia in einem Ton, der besagte, daß sie lieber in Ruhe gelassen werden möchte. Dann reichte sie Ma Li die Hand. Nur für einen kurzen Moment, einen Wimpernschlag, schien sie zu ahnen, daß das Leben viel komplizierter war, als sie annehmen konnte. Dann ließ sie Ma Lis Hand schnell wieder los, denn sie wollte sich auf nichts einlassen.

»Ich danke Ihnen, daß Sie gekommen sind«, sagte Ma Li auf englisch. »Und ich habe mich sehr gefreut, endlich Ihre Bekanntschaft zu machen.«

»Ganz meinerseits«, antwortete, ebenfalls auf englisch, ihre Tochter, die Fremde.

»Wollen Sie nicht noch bleiben?« fragte die Witwe. »Wir gehen jetzt zusammen essen. Wir essen *Xiaolongbao*, das war sein Lieblingsgericht.«

»Ehrlich gesagt …«, Yuanyuan-Patricia lächelte unglücklich, »ehrlich gesagt, mache ich mir nicht so viel aus chinesischem Essen. Ich weiß, wie sonderbar das klingt. Wo ich doch eigentlich auch irgendwie Chinesin bin. Aber ich bekomme davon schreckliches Sodbrennen.« Sie sprach sehr schnell, mit einem breiten, kalifornischen Akzent und benutzte Worte, die Ma Li nicht kannte, und doch verstand die alte Frau, daß ihre Tochter lieber gehen wollte.

»Schade. Leben Sie wohl …« Ein zweiter Händedruck, und wieder stutzte Yuanyuan, als gäbe es irgend etwas, das die alten, trockenen Hände der Greisin ihr noch zu sagen hatten. Sie fühlte plötzlich ein unerklärliches Gefühl von Zärtlichkeit in ihrer Brust aufsteigen. Unfug, dachte sie und sagte trotzdem: »Ich bewundere Sie, Mrs. Wang. Sie sind eine sehr, sehr tapfere Frau. Ich kann verstehen, daß mein Vater alles stehen- und liegenließ, um zu Ihnen zurückzukommen. Ich wünschte, ich könnte einmal so schön und stark werden wie Sie.«

Ma Li schlug die Augen nieder. »Oh«, antwortete sie, und jede einzelne Falte in ihrem Gesicht erstrahlte. »Das werden Sie ganz bestimmt. Leben Sie wohl, Yuanyuan.«

Das war der Moment, an dem der smarte Architekt in ihr Leben trat und sie bat mitzukommen. Es gäbe noch ein Rätsel in dem Tudor-Haus, das er nicht lösen konnte.

Gleich nach dem *Xiaolongbao*-Essen und dem Begräbnis fuhren sie hinüber zum Anwesen, dem letzten Geburtstagsgeschenk ihres Mannes.

»Es ist wunderschön«, sagte Anling, die das Haus zum erstenmal sah. »Dies ist also das Haus deiner Kindheit?«

»Ich schenke es dir«, erklärte Ma Li. »Schau doch, die beiden Mädchen, wie sie ihr neues Zuhause erobern.«

In dem Sarg ihrer ausgelöschten Familie waren sie von einem tapferen, toten Mann gerettet worden, und wenn sie Glück hatten, dann würden sie sich niemals daran erinnern. Sie lachten und jauchzten wie vor so vielen Jahren an derselben Stelle ein anderes, verwaistes Geschwisterpaar gelacht und gejauchzt hatte. Ihre Pflegemutter, Anling, beobachtete sie besorgt und beglückt, so wie vor so vielen Jahren eine andere Pflegemutter ein anderes Geschwisterpaar betrachtet hatte.

»Wir haben alles nach den Anweisungen Ihres verstorbenen Gatten hergerichtet«, meldete sich der smarte Architekt wieder zu Wort. »Aber dann wurde etwas angeliefert, das wir nicht unterbringen konnten. Die Urkunden trugen allerdings eindeutig die Unterschrift des verstorbenen Herrn Liu. Und am nächsten Tag kamen einige undurchsichtige Herrschaften und machten sich daran zu schaffen, als ob sie etwas darin versteckten. Ehrlich gesagt, ich wollte es in das Nebengebäude schaffen, aber es scheint ein Stück von beträchtlichem Wert zu sein.«

»Wovon reden Sie eigentlich?« fuhr Anling ihn ungeduldig an.

»Von diesem … diesem Jadepalast.«

Der Palast, der im Foyer abgestellt worden war, war zwei Meter breit, und die höchste seiner Turmspitzen war mehr als einen Meter hoch. Ein Kunstwerk aus reinster Jade. Türme, Fenster, Glocken, Treppen – der Steinmetz hatte wohl viele Jahre damit verbracht, dieses unschätzbare Stück anzufertigen.

»Es ist atemberaubend, unvergleichlich, aber es paßt einfach nirgendwohin«, jammerte der Architekt. »Was sollen wir damit anfangen? Wir müßten anbauen, doch das würde die ganze Harmonie des Anwesens zerstören.«

Ma Li erhob sich aus ihrem Rollstuhl, denn sie hatte sofort den Brief entdeckt, der am Eingang des Jadepalastes lag. Sofort erkannte sie Benjamins Schrift.

Vergib mir meine Feigheit, aber ich konnte es Dir einfach nicht anders mitteilen, schrieb er. *Das Museum wird abgerissen, und Lingling braucht eine neue Bleibe. Ich habe diesen Palast in Hongkong in Auftrag gegeben und hoffe, er entspricht Deinen Erwartungen. Lingling liegt nun in diesem Jadepalast, dafür habe ich sorgen lassen. Sie wird für immer darin wohnen so wie Du in meinem Herzen.*

Ich liebe Dich,

Dein Benjamin Liu.

»Also ist der Jadepalast doch ein Ort«, stellte Anling fest.

»O ja!« Ma Li nickte und ließ den Brief sinken. »Er kann es sein. Manchmal ist er auch ein liebendes Herz. Und manchmal sogar ein Grab.«

Anling dachte nach und zögerte lange, bis sie ihren Gedanken in Worte fassen konnte.

»Wenn du es erlaubst, hätte ich einen guten Platz dafür: in unserer neuen Firmenzentrale, dem Hochhaus in Pudong. Im Foyer, wo jeder es sehen und bewundern kann.« Sie fürchtete, die alte Frau würde sie für diesen Vorschlag rügen und wieder denken, sie habe kein Herz. Sie würde vielleicht wieder an ihre schwärzeste Stunde erinnert, als sie tatsächlich bereit war, Hunderte Bauern zu opfern, um ihre Fabriken zu schützen. Anling würde niemals ihre Scham vergessen und ihre Schwäche, dem ehrgeizigen Parteisekretär Li freie Hand gegeben zu haben.

Ma Li aber schien ihr gar nicht zuzuhören. Wie verzaubert schritt sie auf wackligen Beinen langsam den grünen Koloß von einem Schmuckstück ab und nickte immer wieder in stummer Anerkennung.

Nachdem sie den Palast umrundet hatte, sagte sie im Hinausgehen: »Das Foyer wäre in der Tat ein guter Platz. Such mich nicht! Sei deinen beiden Mädchen eine gute Pflegemutter. Mache sie glücklich und werde selbst glücklich! Ich komme zurück zum Jadepalast, wenn ich Abschied nehmen muß.«

Sie blickte sich nicht mehr um.

Der Fahrer kannte ihre neue Adresse, denn er hatte selbst dabei geholfen, für die alte Frau eine verschwiegene Wohnung in dem dichten Gewirr von Backsteinhäusern zwischen der Datong Road und der Chengdu Road zu finden. Die Gegend war zwar, wie alle historischen Stadtteile, längst für die Abriß-kommandos freigegeben, aber unter der Hand garantierte der zuständige Beamte der Stadtverwaltung, daß es noch mindestens fünf bis sechs Jahre dauern würde, bis diese Häuser weichen mußten.

»Gut so. Länger werde ich dort bestimmt nicht wohnen«, sagte Ma Li, denn der Winter ihres Lebens wurde jeden Tag kälter.

Sie bekam nicht die Wohnung Kang Bingguos, denn dort wohnte seit Jahren ein braver Briefträger mit seiner Frau und seiner kleinen Tochter. Der Beamte, ein alter Bekannter eines alten Bekannten von Benjamin Liu, dessen *guanxi*, Beziehungen, sich in jeden Winkel der Stadt zu erstrecken schienen, bot an, die kleine Familie umzusiedeln, aber davon wollte Ma Li nichts hören.

Sie bezog eine kleine Wohnung im gegenüberliegenden Haus. Es reichte ihr, in der Nähe von Kang Bingguo und Kang Xiao Sheng zu sein, ihrem geliebten Sohn.

Sie saß, eine Decke über den Beinen, oft in ihrem Rollstuhl im Innenhof, wo die Kinder spielten und die Fahrräder abgestellt wurden, wo die Wäsche zum Trocknen hing und die Frauen das Gemüse für die Küche putzen. Sie saß stundenlang einfach nur da, und manchmal nickte sie für ein paar Minuten ein, und dann erblühte immer ein ganz junges, verträumtes Lächeln auf ihrem alten Gesicht, denn sie träumte von Schmetterlingen und Wohlgerüchen, von Pfirsichbäumen und dem glockenhellen

Lachen ihrer kleinen Schwester, träumte von Kangs stolzer Rebellion, die sein Sohn mit ins Grab nahm, und träumte von Benjamin Lius großer Liebe.

Und im Traum waren sie alle beisammen, und keiner war tot, denn wer im Jadepalast wohnte, dem gehörte das ewige Leben.

EPILOG

Shanghai

Chalmers Dixon, Vorstandschef des amerikanischen Handels-giganten *Dixon Inc.*, konnte sich nicht von dem wundersamen Anblick losreißen, den die gebeugt gehende Alte bot. Langsam, mit schlurfenden Schritten, begleitet vom ehrfürchtigen Raunen und den Verbeugungen der Sicherheitsleute und der Angestellten, die sie bemerkten, durchquerte sie die Eingangshalle. Noch mehr faszinierte den Amerikaner der Anblick der attraktiven Drachenlady Lucy Wang, die offenbar aus ihrer Chefetage hinunter ins Foyer gekommen war, um die amerikanischen Gäste zu begrüßen. Statt dessen stand sie wie angewurzelt auf dem roten Teppich vor den Aufzügen und sah aus, als hätte sie gerade ein Gespenst gesehen.

»Da drüben ist Mrs. Wang«, tat sich Dennis Marshall, der Übersetzer, wichtig. »Wollen wir nicht guten Tag sagen? Daß heißt *Ni hao*.«

»Halten Sie doch endlich die Klappe, Marshall«, knurrte Dixon, der die Situation zwar nicht verstand, aber sehr wohl spürte, das hier etwas Außergewöhnliches, etwas Einmaliges geschah. Er brauchte keinen Dolmetscher, um zu sehen, daß Lucy Wang mit den Tränen kämpfte und am ganzen Leib bebte. Plötzlich rief sie etwas, das Dixon nicht verstand, und rannte der Alten hinterher.

»Was hat sie gerufen?« fragte Dixon den schmollenden Übersetzer.

»*Warte auf mich*, hat sie gerufen.«

»Ich denke, wir kommen ein andermal wieder«, sagte

Dixon, nachdem die beiden Frauen hinter einem marmornen Mauervorsprung verschwunden waren, hinter dem ein jadefarbenes Kunstwerk stand, von dem man nur eine Ecke sehen konnte, und drehte sich auf dem Absatz um.

»Was denn – und der Vertrag?« protestierte Rechtsanwalt Dr. Trescott.

»Wir kommen ein andermal wieder. Heute wird kein Vertrag unterschrieben? Haben Sie keine Augen im Kopf?«

»Ich verstehe nicht, was Sie meinen«, erklärte pikiert der Advokat. »Alles ist vorbereitet.«

Dixon musterte ihn geringschätzig. »Ich habe ein ganzes, blühendes Unternehmen auf nichts anderem aufgebaut, als zu wissen, was die Leute wollen«, beschied er den Anwalt im Hinausgehen. »Und diese alte Dame, diese Frau Wang, will sterben.«

Bürgermeister Xiang, der neben ihm ging, nickte respektvoll. »Sie sind ein weiser Mann, Mr. Dixon«, sagte er. »Mein Vater war gut bekannt mit einem Mann namens Benjamin Liu, deswegen weiß ich mehr von der Familie als manch anderer. Möchten Sie die ganze Geschichte hören? Es ist eine sehr lange Geschichte ...«

»Unser Flugzeug soll um halb zwei starten«, mahnte der Anwalt, aber Dixon ignorierte ihn und setzte sich zum Bürgermeister ins Auto.

»Erzählen Sie, Bürgermeister. Ich liebe lange Geschichten ...«

»Es begann, soweit ich weiß, 1919, als zwei Schwestern aus der Provinz nach Shanghai verkauft wurden. Eine von ihnen war mißgebildet, eine Zwergin, und die andere hatte geschworen, sie immer zu beschützen ...«